U0889934

父亲的山

李东辉 著

远方出版社

图书在版编目（CIP）数据

父亲的山 / 李东辉著. -- 呼和浩特 ： 远方出版社，2021.6

ISBN 978-7-5555-1620-0

Ⅰ. ①父… Ⅱ. ①李… Ⅲ. ①长篇小说 – 中国 – 当代 Ⅳ. ① I247.5

中国版本图书馆 CIP 数据核字（2021）第 107437 号

父亲的山

FUQIN DE SHAN

著　　者　李东辉

责任编辑　云高娃　敖尔格勒玛

责任校对　云高娃　敖尔格勒玛

封面设计　李鸣真

出版发行　远方出版社

社　　址　呼和浩特市乌兰察布东路 666 号　邮编 010010

电　　话　（0471）2236473 总编室　2236460 发行部

经　　销　新华书店

印　　刷　内蒙古爱信达教育印务有限责任公司

开　　本　170mm × 240mm　1/16

字　　数　400 千

印　　张　25.5

版　　次　2021 年 6 月第 1 版

印　　次　2021 年 7 月第 1 次印刷

标准书号　ISBN 978-7-5555-1620-0

定　　价　85.00 元

如发现印装质量问题，请与出版社联系调换

时光里沉淀的恩典（代序）

崔美兰

继《母亲的微笑》之后，东辉的又一部作品《父亲的山》如期付梓，可喜可贺。

提到父亲，总会想到伟岸的山，无际的海，荒原的树，擎天的柱……天下的父亲都有伟大之处，每个人的父亲都是他们心中伟岸的山。作者东辉更是感悟颇深。因为思念，所以回忆；因为深爱，所以写作。于是，作品洋洋洒洒，父亲不平凡的一生，和一个大家族的悲欢跃然纸上。他把真实的情感融于字里行间，把昂扬的精神浸于纸笔之内，用朴实无华的语言，呈现给读者一位值得敬重的父亲形象，让读者领悟一位父亲平凡中的伟岸，伟岸中的平凡。

父亲出生于新中国成立前夕，这就注定了那一代人的命运要和祖国的命运联系在一起，要和民族的兴亡联系在一起。在那个年代，祖国一穷二白……父亲在青少年时期就孕育着改变命运的梦想。十八岁那年，他不顾父母的极力反对，毅然离家出走，寻求有价值的人生。

从一个放羊娃开始，没上过学的父亲，边打工边学习，竟然考上了中师。毕业后，从普通老师到小学校长，从党校讲师到乡村书记，再到农机局局长，一路走来，他马不停蹄，带领乡亲们建校舍、搞农用基本建设、修路、抗洪、接电、兴建水库，把一个穷乡僻壤建设成省级典型的富裕村。父亲在如火如荼的青壮年时期，艰苦奋斗，拼搏进取，把壮丽的青春年华献给了党和人民的伟大事业。

他试图用埋头苦干回避着、抗拒着外界白诱惑，更加拼命、更加忘我地工作，全身心地把自己的青春和才华奉献给祖国的乡村建设之中，将农机工作推向了新高度……正当他满怀热情之际，却不明缘由地倒在了田间地头，一个活力四射的青壮年突然不能行动了，他悲恸欲绝，还有多少心愿未了，还有多少蓝图未完……

意气风发的人生上半场，与难离病榻的人生下半场，形成冰火两重天的境遇，让一家人陷入无奈之中。但对全家人来说，即使父亲的脊梁已不再挺拔，他依然是全家最有力的支撑。一个身患不治之症的人，坚持与病魔做斗争，卧床三十余年，向死而生，反求诸己，让自己的生命延续到八十多岁。也许病痛是另一种生命体验，他坚强而执着，只是不想成为人生下半场的“逃兵”，于荆棘丛生中从容地绽放……

命定的现实尽可永在，不屈的挑战却不可或缺。东辉展现给读者一位铁骨铮铮、坚韧不拔的父亲，一位饱经沧桑却又永远对生活充满希望、期待，有着乐观精神的父亲。这个形象有很大的概括性，又有巨大的包容性。这位父亲不仅是作者的父亲，更是那个时代的“中国式父亲”。他们身上汇集着中华民族百折不屈的耐力、毅力和创造力，这个形象所体现的力量是支撑我们整个民族、整个国家从过去走向未来的伟大力量！

父亲如山，巍峨肃穆，那份特别的回忆，是生命里永恒的支撑。

父爱如山，深沉厚重，这份翔实的记录，是时光里沉淀的恩典。

是为序。

目录

引　言

《父亲的山》以家族故事为背景，深入刻画了父亲刚毅、拼搏、务实、担当、伟岸、睿智、坚强、慈爱的形象。

全书内容主要描写父亲在奋斗时期坚持不懈的勤奋努力、永不言弃的坚定执着，以及后半生坚持与疾病做斗争、迎来辉煌老年的人生经历，同时描写了在父亲的影响下下一代人的故事。人物性格各异，情节引人遐想。这些看似相对独立的故事，实际上，都与父亲有关。

总体来看，父亲的一生充满坎坷。在任何情况下，他都以乐观心理从容面对，和周围人一道勇于克服困难，积极追求理想。他一心只求努力做事，在受到不公正待遇后，也要设法把自己的事业向前推进。他在每个工作岗位上都做出了突出的贡献，受到了大家的好评和敬佩，成为大家效仿的榜样。他对家人和亲友有着深厚感情，宁愿自己少吃少用，也要想方设法去帮助大家。他以坚韧不拔的惊人毅力，度过重病后身体和心理的低谷期，迎来老年时期的辉煌。作为我们的精神领袖，他关心每个人，以正义的、互助的、热爱生活的理念引导大家要靠辛勤劳动改善生活，努力感召家人、凝聚家人，使大家彼此相爱相助，鼓励和帮助每一个家人克服困难，争取过好各自的生活。父亲还设立家族奖学金，鼓励晚辈积极向上，努力学习科学文化知识。父亲的精神和作为营造了一座高山，为家人、亲友和社会树立了榜样。

父亲的一生是平凡的，但他身上折射的精神是不平凡的，值得后代子孙去思考和学习，也值得人们去了解和思考。他的子女继承和发扬了他身上那种坚韧不拔的精神，他们都有独立的生活。这种独立对父亲来说，也如同山峰一样，使他不能登顶，很多事情让他很失望和无奈。这是社会环境所致，也是父亲自己的局限性所致。

第一章

二月飞雪

闲云去

宁山，是北方一个八十余万人口的县城。人们刚从春节祥和的气氛中走出，还带着亲人团聚时温暖的气息，一场突如其来的寒流席卷而来。漫天飘雪，像有一个硕大的、装满棉花的筐，向下倾倒一样，铺天覆地，顷刻间，天地被染个透白，白色还在不断地加厚。

父亲在这个县城成家、立业、养育子女，整整走过六十年的历程，今年他八十一岁了。

昨天，我的老姨，也就是父亲的小姨子，他最疼爱的小妹来家里探望父亲和母亲。父亲亲自做了他的拿手菜——氽白肉。饭后，父亲、母亲、老姨，还有大哥、大嫂和二哥，一家人聊了很久。母亲催了好几次，大哥也催，最后老姨说：“姐夫，我坐了两天车，有点累了，我们都休息吧！”这时，父亲才同意散场。可是，他还是累着了，当晚就犯了病，气喘得厉害，上气不接下气，浑身冒汗。母亲赶紧给他吃药，并在他前胸和后背不停地捶打，父亲的这口气才喘匀。挺到今天早晨，父亲又病犯了。二嫂来得早，急忙拨打120，将父亲送到了县医院急救室。

在医院急救室的父亲，经过医生的抢救，那口气儿又幽幽地回到了体内，只是喘得厉害，不能讲话。他用手不停地比画着，想要写点什么。

大哥说："爸，你是不是要写字啊？"

父亲点了点头，大哥马上找来了纸和笔。父亲用右手吃力地在纸上写了几个字，汗珠就从头上冒了出来，铅笔画在纸上不成字体。

大哥说："老爸，这也看不清楚写的是什么啊？要不咱们歇一歇，再写一遍？"

父亲吃力地点点头，他又写了一遍。这次写得很清楚："我不行了。一、管好你妈，二、搞好奖学金，三、闲云去！我。"

写完后，父亲就晕了过去，随后转入了ICU重症监护室。

窗外漫天飞雪。

出 走

我爷爷的祖上曾经是有雇工的大户人家，可是到了爷爷这一辈，家境败落。爷爷和奶奶共生育了七个子女，三男四女，全部靠爷爷一个人给有钱人家做活养家，日子十分艰难。全家人挤在两间土房里，家徒四壁。有一年初夏，家里断了粮，奶奶向婆婆、小叔子，还有娘家人借粮，借了一圈，连一碗米也没有借到，她坐在炕上号啕大哭："这可怎么活啊！这日子可怎么过啊！我的老天哪！"

而爷爷是一个一棒子打不出个屁的老实人，这时也只能蹲坐在屋里靠西的墙角上，摆弄着没有烟叶的烟袋锅。大姑早早地嫁了人，大爷在还没有成年的时候就跟着爷爷一起给有钱人家干活，被压成了大罗锅。父亲在兄弟姐妹中排行老三，在兄弟中排行老二，他还有三个妹妹和一个弟弟。他从六七岁开始给地主家放羊，这样可以混口饭吃。他吃的饭不过是野菜掺杂着谷糠蒸的窝头，这对穷人家来说，也是不错的。

父亲说："我给地主放羊的时候，不敢跟着羊群走啊！把羊赶到山上，自己就找一个坡地，头朝下躺着，这样抗饿。"就这样一天下来，把地主家的羊赶回去时，自己已经头重脚轻，两眼冒金花了。有一次，父亲从山坡上爬起来把羊拢到一块，发现少了一只，吓得冒出一身冷汗。穷人家给地主赔只羊是赔不起的。他心急火燎地奔跑着，在山里山外、山上山下找羊，好不容易把羊找到了，赶回地主家。可是把羊圈好后，他一抬脚就昏倒在地上，什么也不知道了。好在后来，一位干活的长工发现他，把他救了。那时候的日子真不叫日子！

东北解放后，奶奶家里分到了几亩地，日子稍有些保障。但是由于家里人口多、底子薄，生活仍很艰难。这时父亲已经十七八岁了，个子只有一米五左右，除了有一个大脑袋、一双炯炯有神的大眼睛，整个人看上去非常不起眼。但是在新中国成立前，他加入了儿童团，还当过儿童团团长，培养了他敢想敢干的精神。这时父亲一心要为父母减轻负担，思前想后，决定离开家乡出去找出路。可是出去找谁呢？父亲想起了叔伯伯。叔伯伯在朝阳地区银行工作，他可以帮忙找些事做。反正靠劳动吃饭，只要有事做就行，于是他把自己的想法告诉了爷爷奶奶。可是无论父亲怎么说，爷爷奶奶就是不同意。无奈之下，父亲在一九四九年二月底一个阴郁的日子，不顾爷爷的反对和奶奶的哭闹，毅然地走出了家门。这一走，开启了他新的人生。从此，他在他乡砥砺奋斗，生死未回头。

早春二月，北方大部分地区还很寒冷。父亲穿着单薄的衣服，走在乡间的小路上，一阵阵风吹来，令他有些发抖。可是想到自己将要开始一种新的生活就激动不已，很快就把寒冷忘掉了。走不多时，天就下起了雪，雪越下越大，纷纷扬扬，漫天飞舞，但是天气好像暖和了一些，父亲不仅不感到冷，而且感到了一种热情，好像这漫天的飞雪在身前身后飘荡飞舞是在欢迎他，在为他的出走而庆祝。雪落在他的脸上、身上，是那样的友好和亲切。尽管他的衣服、帽子和鞋都被雪水弄湿了，他都不觉得凉，浑身的血液在沸腾，步伐轻快有力，踏雪发出咯吱咯吱的声音，好像在奏响进军的曲子，鼓舞着他向着自己选择的方向前进。所以，他越走越快，最后甚至跑了起来。路上过往的行人，不时望一望父亲，对他很好奇，他对这一切都熟视无睹。走了近一天的时间，他终于来到了盼望已久的卓南。

父亲的四叔，我们称为四爷爷，是个文化人。中华人民共和国成立以前，他在一家旧式银行当伙计，后被当时的国营合作社吸纳为员工，在合作社里专门从事业务工作。四爷爷长得相貌堂堂，很有气派，一米七五的个头，上身长，头发不多，整齐地梳在后脑，浓眉细眼大鼻子，嘴角上翘。我童年时见过四爷爷，那时他虽然头发白了，有点儿驼背，但在我的记忆中他是非常和善非常气派的。他很早就喜欢父亲，觉得父亲能干、勤快，人聪明还很善良，将来一定有出息。

到街里，父亲一路打听，设法找到了四爷爷，喊道："四叔！"

四爷爷见到父亲，吃了一惊，说："顾廉，你怎么来了？快跟我走！"

他赶忙带着父亲回到自己的宿舍，找了一身自己的衣服，让父亲把湿衣服换了之后，才问父亲大老远来干什么。父亲怀着忐忑不安的心情，把自己的打算向四爷爷和盘托出。

四爷爷说："你长大了，知道替父母着想，这很有出息。我给你找找活儿，吃饭没问题！"

然后，他看父亲穿着自己的上衣像袍子，笑着说："这几年，你也没长个儿，中午吃过饭了吗？"

父亲照实说："四叔，早上我就在家喝了一碗粥，一天没有吃饭。"

四爷爷带着父亲到一个临街面馆。这面馆铺子不大，门前的雪被扫得干干净净，热气不住地从开着的门里向外冒，显得小铺子热气腾腾。他们找到座位，要了两大碗打卤面。面上来后，四爷爷刚吃了一口，父亲已经吃了半碗，等四爷爷又吃了几口抬头时，父亲已经把一碗全部吃掉，双手捧着碗喝面汤呢。

四爷爷把自己的碗推到他面前说："顾廉，你把这碗也吃了吧，我不饿！"

父亲也不客气，把四爷爷剩下的多半碗面三下五除二吃光。那个吃相让小店跑堂看着很吃惊，但不敢说什么。晚上，父亲就在四爷爷的宿舍住下。

第二天，四爷爷让父亲在宿舍歇着，他到外面给父亲找活儿。父亲这时才想起到街道转一转。那时的朝阳地区属于辽宁省的一个区，不太大，东西两条街，街长有一千米，街面比较宽。一条南北马路在街中穿过，临街挂着各种招牌。这时街上的雪都被各店铺清扫到一起堆在店前，地面湿乎乎的，车行马踏的地方有些泥泞，空气很清新。街上各个店铺的生意恢复正常，人来人往很热闹。不时有马车、驴车在大街上驶来驶去。父亲想到今后自己就在这里干活，心里说不出的高兴，但不知四爷爷给他找个什么样的活儿！他打定了主意，无论让他干什么，他一定干好。

到中午时，四爷爷回来告诉他，给他在朝阳邻南中学找了个差事，当勤杂工，管吃管住不挣钱。父亲欣然同意。四爷爷还给父亲买了一双布鞋，说："顾廉，把这双新鞋穿上。你那双鞋都露脚趾头了，扔了吧！"

父亲这才注意到自己脚上的鞋，从家来的时候，鞋上的一个小洞补上了，没想到昨天走了一天的雪路又把鞋给穿破了。他把新鞋穿上，把自己的鞋用报纸包好拿在手里。

四爷爷说："你还拿着你的鞋做什么？"

父亲说："我把这双鞋补一补，替换穿。"

四爷爷说："也好，穷人家的孩子会过啊！"

四爷爷把父亲带到学校，找到那位用工的老师，实际上就是学校的大师傅，姓柳。柳师傅四十岁左右，中等个头，很壮实，方脸，浓眉大眼，头发很黑很厚，脸黑乎乎的，是典型的北方人。他身上系了个洗得发白的围裙，正忙着干活儿呢。

原来做勤杂工的就他自己，后来学校扩大，住宿的老师增多，他一个人做不过来，需要一个勤杂工做帮手。他打量了一下父亲，看到他瘦瘦的，脸上没有血色，个子又不高，说："云海，这就是你介绍的人？他行吗？这里的活计可多了！"

父亲没等四爷爷发话就直接说："老师，我行！我在家里还是主要劳动力呢，我什么活儿都能干！"

四爷爷和那位师傅都笑了，四爷爷说："柳师傅，这孩子家里困难，能吃苦！你就放心用吧，没有问题！"

柳师傅同意父亲留下来。父亲送四爷爷到门口，四爷爷嘱咐父亲说："在这里要好好干活，眼里要看到活儿，别什么事情都等师傅发话。另外，在这学校做工有学习识字的条件，闲时学习识字看文。新中国马上要成立了，新社会哪儿都需要有文化的人。我看你头脑挺聪明的，能学进去。有什么事就找我去！”

父亲向四爷爷鞠躬致谢，请四爷爷放心，心里有点恋恋不舍地送走了四爷爷。回到学校，见水缸里水不多了，他二话不说拎起水桶就去挑水，挑满了水又找到笤帚扫院子。柳师傅一看这小伙子还真不错，马上就喜欢上他了。

学校给父亲发了一套工作服和一双鞋，父亲暂时住在仓库里。

父亲的工作主要负责什么，是无法说清的！因为学校干活儿的人就是柳师傅和他。柳师傅重点负责师生的伙食，其他的事都是父亲的。父亲从早晨起床到晚上入睡都很忙碌，一天跑着干活，早晨起来担水扫院，中间砍柴、采买和浇园，等老师们上课走了，他给住宿老师收拾宿舍。时间长了，哪位老师有事都会找他去做，他来者不拒，让干啥就干好啥，从来不推辞。一九四九年十月一日，中华人民共和国成立，大街上到处张灯结彩，大家敲起锣鼓，扭起秧歌，庆祝中华人民共和国的成立。父亲对此深有感触，想到过去给地主干活儿的日子一去不复返了，自己作为国家的主人，是人民中的一员，要把自己的活儿干好，身体力行。因此，他干活儿更卖力了。学校厕所大粪没人掏，他二话不说，就将这活儿担了起来。过去是校外的一个农民来掏大粪，将大粪用粪车拉走，运到他的田里。现在那个农民说不再来掏大粪了，学校一时找不到别人，就把这活儿交给了父亲。父亲也没有说什么，定期将厕所大粪掏出，放到菜园沤一沤。等沤好后，种菜时施到地里。学校的菜地有了这上等的肥料后，蔬菜长得非常喜人。活儿虽然累，但是伙食好，吃得饱，父亲的个头窜了上来，脸上也有血色了。一年下来，他长了十多公分，看上去很结实，又干净利索。又干了一年多，他的个子已经长到一米七多了。

父亲没有忘记学习文化。他一边干活儿，一边请教，每天都学两个新字，没有纸和笔，他就用树枝在地上画。住宿的一位男老师姓孙，名正学。孙正学老师是个南方人，个子不高，比较清瘦，是位非常有教学经验的中年老师。他也非常爱干净，自己买了一个浴盆放到宿舍里，一到星期日就洗澡。这时，父亲在食堂把水温好后，给他担来倒到浴盆里。等他洗好了，父亲再将水倒掉，把东西收拾好。时间长了，这位孙老师对父亲非常有好感。一次父亲给孙老师整理物件时，一个带字的包裹纸引起了父亲的注意，无意中多看了两眼。

这微小的动作被孙老师发现了，他说：“咦？顾廉，你还识字呢？”

父亲听了后刷地脸红了，说：“孙老师，我没有文化，都是在学校做工后跟人家问的。”

“好！你愿意学就好，我可以教一教你。”孙老师说。

父亲说：“孙老师，那太谢谢您了！我一定好好学习。”

孙老师很快给父亲制订了学习计划，并给父亲找了本小学三年级的语文旧课本，每个星期教他两次，还给父亲留作业。而父亲呢，无论多累多忙，都把孙老师留的作业完成。与此同时，还有一位姓李的青年老师，二十多岁，是个孤儿，从小讨饭，后来，参加了解放军，走上革命的道路。中华人民共和国成立后，因为年龄小，政府就送他去读书，后来他做了老师。他非常同情父亲的境遇，决定教父亲的算术。这样父亲就在田头、树下抽空学习，有时学到深夜。

柳师傅也支持父亲学习文化，他说：“你年轻，学习还赶趟。这里有老师教你，你就好好学吧！别错过机会，早晚有用。”

父亲更卖力干活儿了，浑身像有使不完的劲儿，从来没因为学习耽误了干活。但是有几个清高的学生，他们眼里容不下像父亲这样的人掌握知识，早就看不惯父亲识字学习，背后戳戳点点，看父亲不顺眼。

一天，父亲做完活儿后，正在树下学习孙老师教的内容。他们中一个学生叫吴号，看到了他就喊：“大家看，那个挑大粪的家伙又在那里假模假样看书呢！你们瞧，他还想有文化呢！”

另一位学生说：“走，我们去看看！”

几个学生向父亲围了过来，父亲没有理他们，接着看自己的书，用树枝在地上练习写字。

吴号一边走，一边说：“哎，我说挑大粪的，你还想出人头地啊？你识什么字？看你那身上发出的臭气，让人闻了就恶心。”

说着，那几个学生也凑到父亲身边。

父亲站起来说：“我挑大粪怎么了？挑大粪也是靠劳动吃饭。学习文化也是响应毛主席号召，碍你什么事？”

吴号说：“你看，他还振振有词！”说着，吴号上去就把父亲手中的课本抢了过去，扔在地上。

父亲说：“还我课本！”他急忙去捡自己的课本。

这时，另外两个学生一起把父亲按在地上，嘴里喊着说：“你学什么文化？让你学！”就动手向父亲身上打去。

可是他们哪里是父亲的对手，父亲一使劲儿就把他们掀翻在地，跳起来找自己的课本。这些学生一看他们几个都躺在地上，又爬起来一起围打父亲。正在这时，一位副校长赶到了，一问情况，看到父亲散乱的头发，手中端着被撕成几半的旧课本，就知道是怎么回事了。他把那些学生训了一顿，将他们轰回教室，把带头闹事的学生吴号带到办公室，狠狠地批评了一顿，并要求他向父亲当面做检讨。这件事在教职工和学生中产生了很大的影响。孙老师和李老师找到校长，要求处分那个带头闹事的学生。柳师傅也找到政教处反映情况，也为自己的徒弟鸣不平。校党支部召开紧急会议，认为那几名学生代表了一种轻视劳动者的思想倾向，必须得到及时纠正。

第二天，上间操时，各班整齐列队。当时邻南中学分六年级和七年级两个教学组，共有六个班级，每个班级五十多名学生。这所学校在当时属于大学校了。三百多名学生站在操场上，气氛非常严肃。这时学校政教处老师把党支部对这件事情的处理意见向全体师生进行了宣读，不点名地批评了那几位闹事的学生，要求每个学生要树立正确的学习观念，同时号召全体学生向父亲学习，说：“顾廉同志从小家境贫寒，念不起书。他来到学校做工后，在不耽误做工的条件下，抓紧一切机会、一切时间补习文化课。这种热爱文化知识，刻苦学习知识的态度，值得我们每一位同学学习。”

从此，父亲的学习环境得到了改善，更多的老师和学生愿意帮助他，他的劲头更足了。但是，他从来都把干活儿做工放在第一位，夙兴夜寐，一件事也没耽误过。

上　学

在父亲做勤杂工第三年，邻南中学要扩招中小学师范生，将学校建设成为一所混合式学校。

六月的一天，大概是周五，孙老师突然拿了一张手印宣传单，兴致勃勃地找到父亲说："顾廉！顾廉快过来一下！有好消息！"

父亲放下手中的活儿，问："孙老师，有什么好消息？"

孙老师说："你看，这是今年新学年招生计划。这次招生向社会开放，凡是热爱劳动，有文化的，年龄适合的都可以报考。报考者需要持所在村公社或单位的介绍信。"

父亲接过传单，仔细看了一看，说："孙老师，这意思我也可以报考了吗？"

孙老师说："对呀！顾廉，这次给你带来了机会，你一定要抓住啊！"

父亲说："我能考上吗？"

孙老师笑着说："你怎么考不上？这样吧，你先做你的活儿！离考试还有一个多月的时间，我回头给你搞一个学习计划，你晚上干完活儿到我宿舍去。"

父亲说："谢谢孙老师！"自己在原地跳了一个高，跑掉了。

孙老师说："这小子！"

他笑了笑，回到办公室，坐下想给父亲补课的事，觉得光自己给父亲补课还是不行。于是，他又去找年轻的李老师，李老师说："孙老师，我也想到这个问题了。你说，顾廉这小子如果考上咱们师范，今后准是个好料子。"

孙老师说："李老师，你也辛苦辛苦，咱俩给他辅导辅导。我认为顾廉这小孩挺聪明，一定能考上！"

李老师说："孙老师，你比我有经验，你看怎么办好咱就怎么办。"

孙老师和李老师商量好，开始集中给父亲补习。每天晚上父亲先在七八点找到李老师补习数学，九点后找孙老师学习语文历史，十点以后回到住处消化补习的课程，一学就学到十二点，甚至零点以后。柳师傅对父亲报考的事非常支持，不断鼓励父亲好好学习，要相信自己，还有意让父亲少干活儿。有些活平时是父亲干的，他自己来做，这让父亲非常感动。

很快考试的日子到了，父亲忐忑不安地走进了考场，一看好多考生都比自己小很多，心里更是紧张。

父亲考上了！在考试中，他竟然名列第八名。这让邻南中学全校老师都很吃惊。柳师傅是最高兴的，见到父亲，上去在他胸脯上杵了两下，就把父亲抱了起来，转了一圈儿往地上摔，说："好小子！有两下子，了不起！师傅真替你高兴！"他几乎是看着父亲成长的，看着父亲长高、长结实，有了知识。可是无论有什么变化，父亲的活儿一直干得好。柳师傅对他太满意太喜欢了。这回，他真的不干了，柳师傅有些恋恋不舍。无论父亲怎样推让，他还是拉着父亲到服装店做了一套衣服，父亲感动得不知说什么好。两位恩师，孙老师和李老师不但为父亲高兴，还送东西给父亲。孙老师送给父亲一条褥子、一条大浴巾。李老师送给他一个新书包、一支钢笔和一套半新的运动服。这些解决了父亲的燃眉之急，他就是靠这些家当开始自己的学习生活的。

在开学后的第一个星期日，父亲去四爷爷那里，他要把自己成为一名师范生的事亲自告诉四爷爷。可是四爷爷单位的人告诉他，四爷爷到邻县抓县级合作社试点工作去了，一时半会儿回不来。父亲把四爷爷的通信地址要来，回到学校就给四爷爷写了一封信，同时也给爷爷奶奶写了一封信。

后来，父亲听说爷爷奶奶收到信后，请认识字的人读给他们听，当听到父亲当了一名师范学校的学生开始读书时，奶奶说："有活儿不好好干，上什么学，谁给出钱？"

接着听到师范生由国家出钱，自己不出钱时，她又说："我就说过，我儿子有出息！怎么样，上了不要钱的学校！"笑得双眼眯成了一条缝。

孙老师和李老师成为父亲班级的语文老师、数学老师。父亲在这两门课上如鱼得水，接受得快、理解得透，很快成为佼佼者，深得两位老师的喜欢。在其他课上，他却和同学们有了差距，文体美不懂，唱歌跑调，地理知识为零，历史知识一知半解。面对自己的差距，他找书读，找资料看，把同学当作老师请教。他将全部的精力投入新的学习生活，上完课抢时间学习。

他在班上年龄较大，班主任让他做生活委员，管理班务。他关心每一个同学，哪一个病了，哪一个家里有事，哪个与同学闹了别扭等等，他都去帮助，通过谈心排除矛盾，照顾生病的同学，在同学中渐渐有了威信。两个月后，改选班委会时，他当了班长。经过半年的苦学苦练，他掌握的知识技能也长进了许多。在班里联欢时，他不仅能跳舞，还能唱歌，有板有眼，成了班里的明星。同学们在课余时间，总是班长长、班长短地叫着，让他帮助解决一些事情。外班的同学也打听他，有的同学主动认识他，曹亚军就是其中一个。他是邻班的班干。有一天，通过一个学生的介绍主动找到父亲。还真是相见恨晚，两个人见面没谈几次话就成了朋友。他们的友谊从那时起延续了半个多世纪。

因为李老师年轻，学校让他兼任学校党支部的青年委员和校团委书记，开展学生会工作。当时学生会主席和几位学生会干部是毕业班的学生，马上要毕业，李老师为了不让学生会工作受影响，决定在下一年级选几个学生干部加入学生会。他首先想到的就是父亲，可是又觉得直接让几位不错的学生干部进学生会不妥。于是，他想搞一次公开选拔，鼓励大家参加，登台演讲，让同学们决定谁来当。

“顾廉，这小子一定能胜出的！”他心里这样想。随后，李老师拟出方案并报学校党支部，并得到批准。

在课间操时，向全校公布了这个方案，要求各班班干部踊跃报名。过了两天，李老师拿过名单一看，没有父亲的名字！

“这是怎么回事？顾廉这小子没有报名？”李老师抬起腿就跑到父亲的班主任那里问情况。

班主任告诉他说：“顾廉说自己年龄大，上学不容易，想多读点书，怕去学生会耽误时间。我也觉得他不该参与，班里就够他忙活的了，再上学生会肯定对他的学习有影响。”

李老师说：“你说的虽然有些道理，但是学生会能够锻炼学生的组织领导和处事的能力啊！这些对学生参加工作、走上社会迅速成长有好处。再说，学生不光要讲学习，还要讲为同学、老师做贡献嘛！哪能就为自己的学习着想，我去找他谈谈吧！”

班主任说：“你就去谈吧，我不跟你理论！”

李老师一溜儿小跑出去了。李老师来到父亲的班级，孙老师正在给学生上语文课，李老师写了一个纸条送给孙老师。

孙老师看后，说：“顾廉同学，外面有人找你。”

父亲站起来向外走，心想：“这个时候谁能找我呢？”他一出门见到李老师在门外，心中就明白什么事情了，同时心中有了主意。

“李老师好，您找我吗？”父亲问道。

李老师说：“好你个顾廉，你倒挺沉得住气啊？”

父亲明知故问道：“李老师，您说的是什么事啊？”

李老师说：“好小子！你还给我装蒜！学生会干部公开选拔的事，你能不知道吗？赶紧给我报名去！你还怕选不上啊？”

父亲说：“李老师，我真怕选不上。再说，李老师您看我能上师范是多么不容易！如果不是您和孙老师没日没夜地给我辅导，我哪有今天！我觉得最重要的是学习和掌握知识。李老师，全校那么多学生干部，其中优秀的很多，你就让他们干去吧！”

李老师双眼瞪着他，耐着性子听他说完后说：“你倒挺能说啊！好像也有点道理！我知道你上学不容易，珍惜机会，多掌握知识没有错，但是作为一个学生不能光为自己打算，在校期间为老师分忧、为同学服务也是本分，是理所应当的。你又不是没有这个能力。通过担任学生干部还能锻炼组织领导能力和社会交往能力。这在今后的工作中都是有益的！少在这里废话，你抓紧给我报名去！”

父亲正要说什么，下课铃响了，他只喊了一句“李老师，对不起！我不能报”，就跑回教室。李老师愣在那里，他从来没有遇到过这样的学生。

孙老师走出教室说：“李老师，怎么样？碰壁了吧？顾廉这小子，别看他平时不吱声，其实有主意呢！”

李老师回过神儿和孙老师边往办公室走边说："我也没想到会这样啊？孙老师，我真是喜欢这小子！另外，也想让他锻炼锻炼。要不，你再帮我劝劝吧！"

孙老师说："这家伙应该是知恩图报的。我来试试，报名不是还赶趟吗？"李老师说："报名还赶趟。孙老师，就拜托你了！"

孙老师看着蔫了吧唧的李老师说："你先回去吧，没事儿，保证让他把名报上！"

李老师回到办公室，一句话也没说坐到椅子上。这时有人敲门，李老师说："进来！"原来是学生会的干部。

那个学生说："李老师，截至目前报名的同学已经有二十四名，要安排演讲的时间吗？"李老师说："你再去发动发动，看看还有没有报名的？"

那个学生看到李老师满脸不高兴的样子，说了声"好"，就跑出去了。

课间操时，曹亚军来找父亲，说："顾廉，公选学生会干部，你报名了没有？"

父亲说："还没有。"

亚军说："我不信。你这个班长当得这么优秀，怎么不往前再跨一步！"

父亲说："我真没有报。上午李老师还找过我，我还是不想报。"

亚军说："这你更不对了！李老师对你那么好，让你报名对你有好处。再说，你怎么能不给李老师面子呢？"

父亲说："我不是不给李老师面子。有那么多学生干部想干，又不缺我一个。"

亚军还想说什么，上课铃响了，他们匆忙赶回教室。

晚自习时，孙老师把父亲叫到办公室。孙老师说："小子，咱爷俩很长时间没说话了。你现在语文进步挺快，作文也不错，有思路，就是词汇还欠丰富。"

父亲说："孙老师，我正在多看书，以此提高自己的词汇量。"

孙老师说："这样不错，还要多写多练。上午李老师找你报名的事，你考虑了没有？"

父亲说："我有点对不起李老师，可是我不想报名。"

孙老师说："你怕耽误时间吧？"

父亲点了点头。孙老师接着说："你做勤杂工时间那么忙，也没耽误学习。其他方面抓紧点，不就把时间挤出来了吗？再说，到学生会可以办个学生报，你可以自己撰稿，这样逼自己多练习也是好事！"

父亲有些不好意思地说："我也担心做不好工作，耽误了学习，又耽误了李老师的事，那不是更不好吗？"

孙老师笑了笑说："你这小子理由还挺多呀！没有自信，干不好就是个熊包！李老师刚管这事，他需要帮手。你这小子袖手旁观，这么做对吗？"

父亲赶紧说："孙老师，我不是那个意思，不是那个意思！我怎么会不帮助李老师呢？可是……"

孙老师说："你别再跟我说可是，只说你报不报名？"

父亲又想了想说："如果还赶趟，要不我就报个名！李老师不会生我的气吧？"

孙老师笑着说："这就对了，报名是赶趟！你先得向李老师做下自我批评，他就原谅你了。"

这样，父亲谢过孙老师，回到教室，找来公开选拔学生会干部的通知研究起来。

父亲和曹亚军，还有另外两名同学，在公选学生会干部的活动中胜出，父亲出任学生会副主席，曹亚军等三名同学担任各部部长和主任。他们的学哥学姐，唯有学生会主席留下，其余光荣离职。新上来的学生会干部个个精力充沛，生龙活虎，激情高涨，在李老师的带领下，他们几个认真开展各种形式的活动，使学校生活变得丰富多彩。学生报办得很好，父亲做主编，而且经常亲自撰稿，培养了一批文学爱好者。

一天，父亲正在上自习课，突然四爷爷来看他了。

他跑到四爷爷面前喊："四叔，真是想你啊！"

四爷爷打量着这个成为师范学生的侄儿长高了，气质也变了，不像农民了，而像一位知识分子，个子也跟自己差不多，两眼深邃，很有棱角，头两侧的头发剪得很短，头顶的头发稍长一些，整齐地梳向一边，智慧的额头发亮，方形的脸，鼻子很宽，整个人看上去风华正茂，很有神采。天冷了，父亲身上穿的棉衣明显小了一号，但整体看上去有朝气。

四爷爷说：“四叔在外地下乡，一直都没有回来，祝贺你成为师范生！一晃半年多了，我的侄子变化可真大！让我去看看你的住处。”

对面走来一个学生跟父亲打招呼说：“李主席。”

父亲说：“你好。”

四爷爷听到后说：“你当什么主席了？”

父亲说：“上个月，全校公选学生会干部，我被选为学生会副主席。”

四爷爷高兴地说：“我侄子不错，从小就看你有出息，现在开始应验了。”

他们一边走，一边说着话，一会儿就到了父亲的宿舍。这宿舍是两间的筒子屋，南北各五六张床。父亲的床在南侧最里边的墙角，只见上面铺着一个褥子，褥子上叠着一个大浴巾，靠墙堆着他的书籍和换洗的几件衣服，别的什么也没有了。

四爷爷问：“你的被褥就这些？”

父亲说：“是的。这是孙老师送我的。晚上躺在草垫子上，盖上褥子也没觉得冷。”

四爷爷听着皱了皱眉头说：“这哪能行！将来要落病的。”说着，从衣兜里掏出四块钱来，说：“这样吧，你去扯几尺布做一个蒲棒绒褥子，蒲棒绒没几个钱就能买一大堆。那东西比草甸子热乎，还不返潮。再把褥子拿去添点棉花做条被子，剩下的钱找做棉活儿的地方，把自己的棉袄、棉裤重新做一下，添点儿棉花、添点布。”

父亲推让，不要四爷爷的钱。

四爷爷说：“我来晚了，不然不会让你受这份罪。四叔也不富裕，但比你爹妈还好一些，拿着吧！将来你有条件再孝敬我！”父亲这才勉强收下，心里暖暖乎乎的。

父亲常说四爷爷是他生命里的恩人。是啊，在父亲走出山村时，四爷爷给他找到落脚地，又向他指明学习文化的重要性，在生活上关心他，经济上资助他。如果没有四爷爷这个人，父亲的路还不知会有多坎坷。父亲对四爷爷的恩情一生都没有忘记过，向我们多次说起过。

当学生会主席毕业卸任后，父亲转任学生会主席。这时，他对学生会工作已经相当熟悉，几乎可以扔掉李老师这根“拐杖”，独自开展工作了。整个学生会工作有声有色，丰富多彩，他的学习成绩也名列前茅，作文水平有了很大的提升，在几次作文比赛中获得了好成绩。

相　识

这时，母亲也考入了师范学校。

母亲家和父亲家相距四五十千米，同属于一个县。母亲叫宴珍，母亲的舅舅、叔叔等很多人都参加了革命，姥爷也是很早就参加了革命。母亲在家中排行老大。当年，我姥爷在外扛枪打仗时，风里来雨里去，基本不回家，姥姥一个人在家带着几个孩子过日子。在母亲小的时候，姥姥就把她当男孩子养，在外做农活儿、上集赶店的事，都由母亲做，而绣花做鞋做衣服这些本该是女孩做的事，姥姥却一概不让母亲做。那个年代，像姥姥这样开明有主见的农村妇女着实不多见，这与当时姥姥家的环境有关系。母亲到了上学的年龄，姥姥不顾众人的反对，执意要送母亲上学。对姥姥的这一做法，当地十里八村的老农们都不理解。那时家有女娃，通常会被父母早早地嫁出去，换得几斗米或者留在家里帮着干活儿。中华人民共和国已经成立，各家都分到了田地，农活儿很多。而在姥姥的支持下，母亲高中毕业后考入师范学校读书。她品学兼优，还是校篮球队的队员，曾经与另外两名女队员一起代表区里参加热河省的比赛，并取得了优异成绩。

其实父亲也是个体育爱好者，每天清晨都会进行晨练，在操场上一跑就是十几圈。在师范那几年，因为伙食好，再加上他坚持不懈地锻炼，父亲竟然长了三十多厘米，变成一个英俊潇洒、一表人才的小伙子，而且成绩优秀，在师生中威信很高。在学生中，父亲很受人敬佩，崇拜他的女同学很多，可是他对这些人一个也没有在意过。在闲暇时间，他总能看见校园中一个灵活有力、带球稳健、投篮命中率极高的女篮队员，觉得这位女同学和别的同学不一样。他曾经想认识一下这样一个活力四射的女同学，但是终因别的事情耽搁，没有得到实现。没有想到一次偶然的机会，他们两人相识了。

在一九五四年八月的一天，东北地区大中专学校举行首届篮球比赛，比赛地点在通辽。父亲他们学校和另外两所师范学校组成联合队参加比赛。他被抽调担任学校篮球队总领队助理，协助带队的体育老师参加比赛活动，并为男队女队的队员提供帮助。此刻母亲被选拔为女队主力队员之一，参加了比赛。母亲在家中吃惯面食，而比赛活动的主食却是小米。母亲一吃小米饭就胃疼，但是为了不给他人添麻烦，她一直暗暗忍着。在比赛场上，母亲是控球后卫，需要抢球，将球带到后场的安全地带，设法将球传出去，创造投篮机会，实在没有别的机会，自己就冲向前，努力投篮，她的命中率还很高。母亲在场上汗流浃背，有时手不自觉地抚一下胃部。此时，父亲注意到了她这细微的不舒服表现。

父亲找到女篮领队张老师，问道：“张老师，女队的宴珍同学是不是胃痛啊？”

张老师说：“顾廉，我还想找你呢！宴珍不是胃痛，是她一吃小米饭，胃就不舒服，你可不可以找点面食给她？不然这样下去，我怕她顶不住，影响全队的成绩。”

父亲说：“张老师，你就放心吧，我去找！”

于是，父亲就设法给母亲找馒头或者饼干充饥。这一举动让母亲很是感动，每次接到父亲递来的面食都连声说谢谢，同时也对父亲另眼相看，心里想着：“这个男生真是细心，也很会关心人。”父亲这个人在母亲的心里扎了根。

很快比赛结束了，母亲所在的篮球队取得总分排名第二的好成绩，光荣回到了学校。不久，母亲凭借学习活动等各方面的优秀表现被选入学生会，担任副主席一职，专门负责女工部的相关事宜。这样一来，父亲是学生会主席，母亲是学生会副主席，两个人不可避免地又见面了。

父亲一见到母亲，有些吃惊地说："你不是上次参加篮球比赛时，那个不能吃小米饭的队员吗？"

"是的。"母亲充满自信，微笑着回答，"我也记得你！你是那位给我到处找馒头的领队助理。"

父亲和母亲彼此间的好感使得他们工作起来关系很融洽。母亲组织活动和开展其他工作，父亲去助阵。父亲组织活动和开展其他工作，母亲积极协助，全力配合。他们两位成了学生会的黄金搭档。

转眼间，到了父亲毕业的时候，他忙着学生会的各项收尾交接工作。这时，有几位好朋友向父亲作别。临近毕业，大家都忙着奔赴各个工作岗位，在欢声笑语中充满对新工作、对未来的憧憬，个个脸上都激情涌动。他们怀着凌云壮志，要到广阔天地干出一番事业。

这时，曹亚军不知道从哪里钻出来说："顾主席，我们大家都找到了爱人，你有没有？是不是在向我们保密什么呢？抽空给大家介绍一下呗！"很显然，他认为像父亲这样一位优秀的同学不可能没有爱人。

父亲却说："我哪里顾得上找对象，每天忙得脚打后脑勺。现在真的没有考虑，我想等到了工作岗位上再说吧！"说话间，他不经意地表现出一种无奈的神色。虽然在学校里追求他的女同学很多，但是他都没有答应。而且他从不读信件，也从不接受约会邀请。等到毕业时，他才发现周围的同学都已经成双成对，女同学也全部名花有主，唯有他孑然一身。

看着父亲有些无奈的神色，曹亚军积极地出谋划策："同届的女同学是没有指望了，都有主了。不然，主席你注意一下下一届的嘛。实在不行，我给你介绍介绍，准保能成！"

父亲想都没想，说："行啊！你想把我介绍给谁啊？"

曹亚军说："我介绍的人你也认识，就是咱们的副主席宴珍啊！"

父亲听到他说出人名时，说："你还真有人选。"这时在场的同学都纷纷说行，啧啧称好。

父亲也觉得不错，但是他还是有一丝顾虑，他犹豫地说："我也觉得宴珍很好！可是我不知道人家宴珍有没有对象？对我是个什么态度？”

其实，父亲的顾虑很有道理，母亲有才又能干，长得端庄灵秀，有一种不服输的劲儿，是个很优秀的女同学。

曹亚军想了一下，然后说：“我听说她没有对象，而且看上去也不像有对象的样子，你看她跑前跑后，像个男孩子似的，也不描眉涂粉的，准没谈恋爱。你等着，我去给你问问！”说着，他从父亲身边跑开了。而父亲则继续和其他同学商讨学生会工作，谈以后的工作理想，不知不觉谈到很晚。

送走同学后，父亲回到寝室。寝室的同学都睡了，他没有惊动其他同学，一个人悄悄地和衣躺在床上，脑海里不禁想起下午曹亚军说的话。这时母亲的形象也逐渐浮现在他的眼前，篮球场上活力十足的身影，在组织活动积极配合的行为，演讲、做学生工作时流露出不同寻常的思想，帮助同学的善良举动。场面一个接着一个地在眼前闪动，要是这样一个女孩成为自己的爱人，那该是多么难得的事啊！想着想着，父亲觉得越来越激动，干脆坐起来，穿上鞋子走出宿舍，来到操场，轻快地跑了几步，同时感觉浑身有用不完的力量。试跑了几步，热了热身，接着他快速地跑了起来。他有预感，曹亚军同学会给他带来好消息。

太阳升起来了，操场周边的杨树、柳树在阳光的照射下，生机盎然。父亲站在操场中央，仰着头沐浴在清晨的阳光下，心情如微风轻拂中的树叶一样飞扬。曹亚军带着母亲来到了操场，走到父亲身边。正如父亲所期望的那样，母亲同意与父亲成为男女朋友，向更深一步交往。他们三人沿着操场边走边谈，走了一圈。这时，上课的铃声响了起来，母亲挥手向曹亚军告别，然后转头面向父亲说：“我等你的来信。”随后，飞快地向教室跑去，临到门口，她又转身向父亲灿烂一笑，然后摆摆手走进了教室。

相　爱

一九五五年八月二十二日，盛夏一个阳光明媚的早晨。父亲和邻班的曹亚军、叶红三人被分配到甸子公社甸子小学任教，在当时教育局指定的地点集合，公社派专车去接他们，他们想不到的是这专车竟是一辆毛驴车。甸子公社甸子小学是宁山县的乡村小学。学校开学的时间是九月一日，而学校要求老师到校时间则是开学前一周。出于教学考虑，提前通知父亲他们三人到校，为扩大教学工作多献一份力量。所以，公社派出了一辆驴车送三位教师到岗。这驴车是公社从大队借的，大队将车老板子和车一同派给公社使用。公社还派甸子小学的校长兼教师谢雷宇坐着毛驴车去接他们。

甸子小学是一所新建的小学，一九五四年才开始招生，所以全校目前只有一个年级、一个班，共三十八名学生。另外，招收了一个中青年学习识字的补习班。到了一九五五年，新招收了一年级四十三名学生，同时招收了二年级两个班和三年级的一个班。因为学生大增，所以学校的情况是缺老师、缺设备、缺教室。对以上问题，上级只给补充三名新毕业的教师，其他的让学校自行解决。甸子小学校长谢雷宇听说给他们学校支援了三个师范毕业生，可是高兴坏了，主动要求去接他们。接到后，他们先自我介绍，然后上了毛驴车。上车后，毛驴"嘚嘚嘚"土欢快跑起来，土路上扬起一串串尘烟，两边绿油油的庄稼迅速向后涌去，万里无云，阳光明亮。谢老师和父亲他们心中都是说不出来的激动。谢老师急不可待地将甸子小学白办学情况向他们做了详细介绍。最后，他说："目前困难和问题不少，你们来了就好，我们会全力解决问题、克服困难。"父亲他们都是青春少年，有一种初生牛犊不怕虎的劲头，别说是困难和问题，就是面前有一座山让他们搬走，他们也会二话不说。

这时，父亲怀着敬佩之情看着他说："谢校长，您说怎么干我们就怎么干！"

谢校长说："只管给你们介绍学校情况了，忘记介绍自己了！我是刚被上级任命为校长，现在学校唯一的教师也是我，我是一个人一个学校！"

父亲看他梳着平头，一身农民打扮，却是老师加校长，还很健谈，心想这个校长不错。

这时毛驴车拉着他们进入一个较大的村子，谢老师指着前方说："你们看，前边还有一千米就到了！”

他们激动地大声喊起来：“我们就要到学校了！”几个人的喊叫声传得很远。他们是师范学校扩招后第一届毕业生，正是国家需要人才的时期，他们的奋斗必将被历史铭记。

一会儿工夫，一座简陋的小学出现在他们面前。一排土坯房，房前有一口井，没有院墙，在建墙的地方栽了杨树，树已经长到一人多高，树叶在微风中摇摆，像伸出所有的树枝欢迎新教师到来。已经有几名同学在打扫院子，看到他们的车就跑了过来：“欢迎老师们，老师辛苦了！”

“快点把老师们的行李都卸下来，我们洗一把脸去吃饭。”谢老师说。

这里的两间房做中青年补习班和村办公室，一间做校长室兼卧室，还有两间是教室。父亲他们没有想到学校这么小！

谢老师说：“这些房间是远远不够的，我们还要建一些房子。现在先不说这些了，我们先去吃饭。今天，公社的教育助理在公社食堂准备了饭，为大家接风洗尘。”他带着父亲他们向公社走去。

甸子公社在村西大约一千多米，需要穿过村子。他们不时遇到村里人，大家对这几个人感到稀奇，早就听说学校来了新教师，这些人看到他们就对上号了，有的人还跑回家里告诉其他人。他们一会儿就走到了，那是一个青砖黑瓦的四合院。据说，这过去是一户开明地主的院子，中华人民共和国成立后他就把这房子无偿献了出来。进了院子一看，正房要比其他房子高一些，宽敞一些。他们走进办公室，东厢房是公安勤务室，南面大门两侧的房子安排了接待室和值班室，而西侧厢房设为仓库和食堂。公社教育助理从窗户看到父亲他们进了院，他一边喊着欢迎，一边跑出来。

他热情地握着他们的手说：“欢迎大家！大家辛苦了！快到里面坐！”

坐好后，谢老师把教育助理介绍给大家说：“这是教育助理李云峰同志。他是部队转业干部，在部队当过文艺指导员。转业后，为了发挥他的文化专长，专门派他到公社作教育助理工作。”

谢老师又把父亲他们介绍给李助理：“这是今天新到的三位老师，顾廉、曹亚军和叶红。”

他们随着谢老师的介绍，分别和李助理握手。

父亲他们稍显拘谨，李助理笑着招呼大家：“坐，坐，大家都坐着。”

这时，饭菜端上了桌，四样小菜，红烧肉炖粉条、西红柿炒鸡蛋、炒豆角丝和凉拌黄瓜，都是农村的家常小菜，红红绿绿的，让人看着很有食欲，主食是小米绿豆干饭。

菜上齐后，李云峰笑着说：“饭菜简单，没办法，这个季节的东西就这么多，单调是很。大家尽量吃吧，别客气！”

对于父亲他们这些刚参加工作的毕业生来说，这样的饭菜其实已经算得上是改善生活了。因为学校里的饭菜因为是免费提供的，不花钱，所以在口味上就不能有过多的保证。坐了一天的车，他们也有些饿了，因此，不顾风度大嚼大咽起来。看到这场景，李助理也没多说什么。待他们吃完后，李助理又招呼大师傅给他们盛了一碗米汤。

又过了几分钟，大家都放下了碗筷。李助理见大家都吃得差不多了，便开始介绍起学校的情况，说：“学校刚刚成立，条件不是很好，你们都看到了，这也是没有办法。”李助理顿了一下，说：“新中国成立没有几年，要上学的学生很多，学校有些跟不上发展。再加上今年又扩大招生，所以办学困难还是很大的。”

李助理说的这些，父亲他们也早有耳闻，但是却没有想到困难这么大，一时也想不出什么好的解决办法。

于是，父亲开口问：“公社对学校下一步有什么样的打算？缺少房舍，总得找个办法解决才对啊？”

李助理想了想答道：“八间房可以做四个大教室，但是现在的木料和人力确实是没有办法解决。”

“是的。”谢校长喝了口米汤，然后插话道，“公社也有这个打算，听说已经向黑里河林场预订了一批木材。”

“我相信办学的困难是可以克服的！”曹亚军开口说道。他毕竟是个刚毕业的青年，身上还带着学校里那种勇往直前的冲劲和朝气，但也不失理智。

父亲想了想说："从长远看，扩大招生的势头很猛，每年可能都会扩招，如果不把学校宿舍问题解决好，恐怕明年来不及！不如这样吧！我们几个教师也帮忙，想想办法，三个臭皮匠赛过诸葛亮嘛！"

三位新老师中，叶红虽然没有像父亲和曹亚军想得远，但是她就近在眼前的问题提出了自己的解决方法："我们可以合理安排教室，在暖和的时候多安排一些室外教学，比如体育课、文艺课、劳动课。这样，回头我可以做一个课程表。"谢校长和李助理欣然同意。

大家又激烈地讨论了一会儿，才各自散了。李助理送父亲他们走出公社大院。在分别的时候，李助理拍了拍父亲的肩膀，郑重地对他们说："咱们甸子小学的事，也就拜托大家了，让我们共同努力吧！"

父亲他们刹那间感到肩上多了一份沉甸甸的责任，直到这个时候，他们才真正地感觉到，自己已经成为了一名必须要担负起责任的教师了。

紧接着，父亲他们投入了工作。很多学生都上学了，没有那么多教室，各年级轮流上课。天气好的时候，不上课的学生在操场上活动；天气不好的时候，就先让学生回家。同时，盖校舍的事情也提上日程，谢校长和父亲不断地跑东跑西。一晃到了第二年，在这一年四月时盖房子的事情开始动工，父亲就更忙了。

与此同时，母亲在学校也升为最高年级。学校任命母亲接任父亲的职位，成为新一届的学生会主席。同时，李老师任数学教学研究主任，不再兼任党支部青年委员和团委书记职务。这一职务由新调入的、更年轻的马文斌老师担任。母亲上任学生会主席，工作起来轻车熟路。转眼到了五月，她的工作和学习更忙了。

中午的教学区静悄悄的。母亲因为准备五四青年节活动，在吃过午饭后，到教室加班。只见她飞快地来到教室门口，将两根又粗又黑的辫子甩在脑后，然后用钥匙打开门走了进去，坐到桌前稳了稳心神，从包中把父亲写给她的信拿了出来，捧在手中轻声读了起来："宴珍，你好吗？祝贺你升任为学生会主席。工作担子重了，吃得消吗？要注意身体！我们学校的条件逐渐在改善，我教二三年级的政治和语文，同时协助校长做政教工作和学校扩建工作，忙是忙了一些，但是觉得非常充实，不觉得累，就是有点放不下你！宴珍，你很开朗又能干，具有很强的组织能力，一定能将学生会工作搞得有声有色。只是，要注意身体。今年是毕业年，又要准备毕业课程和工作实习，还要负责好学生会的工作，一定要把时间和精力分配好，不要把自己累垮了。同时，说话时也要注意，有些话讲得时候要婉转些，很是惦念你……”

母亲心里暖暖的，将五四青年节活动安排拿了出来。学生会组织全校学生搞一次纪念五四活动合唱比赛，以班级为单位，内容是纪念五四运动歌唱伟大祖国。她仔细思考了一下各项工作的进程，把还没有完成的工作记录下来，又将青年教师团支书马文斌老师修改过的倡议书重新抄写了一遍。她一边抄，一边想：“马老师可真是有才，倡议书经过他的修改后，更能反映青年学生的心声。这样的倡议书公布了，一定能够进一步激发学生的爱国热情，端正思想态度，学好本领报效祖国，为建设社会主义国家而奋斗。”抄完，上课的时间也到了，同学们开始陆续进了教室。

“宴珍主席，中午没休息啊？”一个同学走进教室，看见母亲在，于是问道。

“啊，是的。”母亲刚回答完，下午的上课铃声也响了。

体育活动课时，母亲和学生会干部白鹭副主席一同敲开马文斌老师的办公室，由马文斌老师带他们到校长兼支部书记那里汇报纪念五四运动活动的准备情况，校长非常满意他们的工作。

在回来的路上，马书记说：“宴珍主席，你不仅有很强的组织能力，而且很有文学素养，写的倡议书不管是内容上，还是在表达上都很不错。”

“才不是呢！”母亲回答道，“马书记，如果不是您给我把关，我那倡议书还是不成样子的。再说，倡议书的内容都是我们学生会集体讨论的结果。”

“宴珍主席，你太谦虚了！”旁边的白鹭副主席笑着插话，“马书记，倡议书上的内容大多数都是宴珍主席提出的，我们大家也不过是做了一个补充而已。”

马书记哈哈地笑了一声：“我就知道是这样。宴珍主席，今后还要多写多练多思考。现在，我们最重要的还是把明天的活动组织好，你们有信心吗？”

“有信心！”母亲和白鹭异口同声地答道。

这时，到了马文斌老师的办公室，他打开门然后回头对母亲和白鹭说：“好了，我们再分头把准备工作检查一下，看看有没有漏洞。”然后，他们三个就各忙各的了。

晚上十点多，母亲回到宿舍，别的同学都进入了梦乡，母亲不敢洗漱，轻轻地解开外衣躺在床上。月亮把窗外的树影印在窗子上，影影绰绰的。窗影又印到了床上，每个同学披着窗影入睡。母亲又把工作从头到尾在大脑中过了一遍，包括所有细节部分。她有信心做好这次活动，而且她也必须做好这次活动。这时，她想起了父亲，望着窗户，似乎看到了窗外的月亮，在心里悄悄地说：“顾廉，等我的好消息吧！”

活动安排在五四青年节的当天下午举行，这一天正好是周五。活动在操场举行，一条“纪念五四运动三十七周年歌唱祖国歌咏比赛”横挂在空中，在标语下，插了两行红旗和彩旗。东风猎猎，红旗招展。全校十二个班级都报名参赛，教职工也出一个代表队参加。别出心裁的是，师范班的优秀女同学们组织了一个队伍。学校以马文斌老师为首的七位老师作为评委。主持人是学生会副主席白鹭和学生会文艺部的一位漂亮女生。不知白鹭从哪里搞来的一身西装，看上去很庄重，有点不像他自己。另一个主持人穿了一件学生装，搭配短裙，看上去很青春靓丽。

比赛前，各班派代表抓顺序号。比赛开始，全场起立，大家合唱《没有共产党就没有新中国》，然后按顺序进行比赛。首先上场的是高中一班，参赛曲目是《东方红》《南泥湾》。他们的特点是唱得非常整齐。然后上场的是女声合唱队，母亲站在其中，她们演唱的是《白毛女》《九九艳阳天》，她们有合唱、分唱和轮唱，演绎得非常好。各个参赛队都表演完毕，已经是晚上七点。最后，母亲所在的班级获得了第一名，高二一班获得第二名，女声合唱队获得第三名，其他参赛者获得组织奖等。比赛在热闹的气氛中结束。

活动举办得非常成功，全校师生在思想上得到了洗礼，同学们的爱国热情和学习主动性有了很大的提高。特别是在活动前，个别同学存在学多学少都一个样，毕业后单位是什么还不知道，学的东西也可能用不上的思想，在活动后，这些同学在思想上有了很大的转变。母亲获得了全校师生的普遍认可。但是，随之而来的麻烦事也不少，有要求做朋友的信件和请求在学习上给予帮助的信件等一下子多了起来。母亲没有办法，就把自己有男朋友的事情散播了出去。这样，确实是打消了一些同学的念头。但是大家都是二十出头的年轻人，朝气蓬勃，也不服输，总认为自己是最优秀的，他们觉得母亲没有结婚，就还有希望，仍有几个男孩子对母亲穷追不舍。尽管母亲采取了回避的态度，但也不好伤着同学。每当母亲有难处时，白鹭同学就会出来挡驾。母亲把白鹭同学当作自己的弟弟，自然而然有一些心里话也同他说。

这时母亲和父亲也进入热恋，每个星期都进行书信交流，母亲快乐得像个小燕子，学习成绩科科全优，学生会工作也做得非常出色。有一个人一直密切关注着母亲的动向，这个人就是马文斌老师。这个热血青年，毕业于重点大学，因父母年龄大了，他要求回家乡工作。一米八几的大个儿，喜欢打篮球，年龄只比母亲大四岁，还没有结婚，他也非常喜欢母亲。但是，他跟那些男同学一样，不知道怎样表达。那个年代自由恋爱并不是每个人都能做到，所以他心里非常难过，他试着不与母亲接触，但是学生会的工作由他分管，他又躲不开。而白鹭，这个被母亲当作弟弟的学生，心里也很不是滋味。他每次被母亲拿来挡驾的时候，都把母亲当作自己的女朋友。只是母亲还蒙在鼓里。

在不知不觉中，时间到了六月，母亲也要毕业了。一个星期六，父亲代表学校到师范学校了解毕业生去向问题，为下一步引进教师做准备。在父亲他们的努力下，新的教室落成了，而且预计新一学年除了新收的两个班，五年级还招收了一个插班生的新班。招生的计划安排公社已经下达，公社党委请示上级再引进四位教师，已获批准，因此派父亲先行打听情况。父亲跟学校领导沟通后，到校园内找到母亲。这时的父亲一身近似农民的打扮，身穿制服，脚蹬一双手工布鞋，这鞋是奶奶给捎来的，身挎一个军用绿色布包，也不知道是谁送的，脖子上还搭了一条毛巾。母亲被人叫了出来，一看是父亲，就跑了过去。父亲伸手握住了母亲的手。赶巧，这时下课铃响了。从教室出来的同学一眼就看到了父亲，都围了上去。

“顾主席，你什么时候到的？”

“顾主席，你怎么来了？”

“顾主席好久不见啊！”

一群人一窝蜂地把父亲母亲团团围住。母亲的手被父亲紧紧地握着，站在人群中间，她不知道怎么做好。父亲拉着母亲的手一边与熟人打着招呼，一边从围观的学生堆里挤出来。两个人散了一会儿步，上课铃就响了。母亲告别父亲上课去了，父亲说下课再来。他用这个时间去看望孙老师、李老师，最后来到食堂看望柳师傅。

柳师傅一见到父亲说：“你这小子怎么来了，这身打扮像个农村教师。”他拉着父亲的手，把他上下打量了半天。下课铃响了，柳师傅留他吃饭，他说还有事就向柳师傅告别。

柳师傅说：“正好今天中午吃馒头。”说着，柳师傅拿了两个馒头塞进父亲的书包。

父亲说：“柳师傅就是心疼我。”他说着，走出食堂，去找母亲。

他们两个人选择了不吃饭，说说悄悄话。于是，他们来到了操场上，父亲把两个馒头拿出来，自己一个，给母亲一个。他们拉着手一边吃着馒头，一边聊天。一会儿，馒头就吃完了，他们拉着手慢慢地绕着操场散步。两个人都怀有浓浓的相思之情，激动地畅谈着，天南海北的话不断茬。当然，更多的是谈父亲的教学经验和母亲的学生生活，他们尽情地描述，走着说着。时间很快就过去了，尽管母亲很想留父亲多待一会儿，但是父亲还要当天赶回去。他们依依不舍，在学校大门口分了手。

母亲在返回的路上，与马文斌老师相遇。“马老师好！”母亲先向马老师打了招呼。

“哦，宴珍同学。”马文斌老师点了点头，“刚出去的那个男同志是上一届的学生会主席顾廉吧？”他顿了一下，“这小子刚刚毕业一年，怎么把自己折腾成这样？”

母亲微笑着回答：“他们学校缺老师啊，每个老师都担任至少两门课的主讲，还要操心学校新校舍建设等工作。”

“哦，是吗！”马文斌沉吟了一下，没说什么就走了。

母亲回到班级才想起来马文斌的话，虽然不太理解，但是没有往深处想。

婚姻观

学生会女工部和社会实践部两个学生来找母亲：“宴珍主席，我们已经想好你前两天给我们布置的题目，今天想向你汇报一下。”

“好。”母亲点了点头，然后对女工部长说，“你去把白鹭找来。我们一起商量商量。”

没一会儿，白鹭就到了。母亲她们就一起到操场上，站在阴凉处讨论起了工作。母亲微笑地看着大家说：“有什么点子，大家尽管说。”

“宴珍主席，”女工部长调整一下呼吸说，“我们面临毕业，很多同学都在关心将来找什么对象的问题。有的同学说，上学有文化就可以找个好对象，将来不工作也可以。”白鹭同学皱着眉头看着她。

女工部长直接说：“我觉得这些想法不对路，我和社会部长商量，想搞一个谈婚姻家庭问题的征文。”

女工部长说：“是这样的，想通过征文活动引起大家思考，对待婚姻家庭要有一个正确的态度。”

这时，白鹭有点儿耐不住性子，说：“国家送我们上学，为的是培养我们成为合格的社会主义建设者，我认为应该把大家引导到为建设新中国做贡献上来。”

母亲认真听他们每一个人发言。等大家都说完后，她想了想说：“大家说的都有道理。我看这样，我们搞一个演讲比赛，题目是树立正确的婚姻观，为建设新中国做贡献，可以谈树立正确婚姻观念，也可以谈为国家做贡献问题，还可以两个方面结合起来。这样既引导大家对婚姻家庭有正确态度，同时更要树立伟大理想，将来为建设祖国多做贡献。你们看怎么样？”

白鹭和几位同学都认为不错。大家又针对主题进行了议论，共同决定活动在下个星期六举办，然后由母亲和白鹭一同到马文斌老师那里汇报。这时上课铃响了，他们回到班级上课。

下课后，母亲和白鹭来到马文斌老师办公室做活动的汇报。

马王斌老师听取了母亲和白鹭的汇报后，说：“你们的想法很大胆。这个主题有热点，找个好夫君或好妻子就能够幸福一辈子，这也是流行的婚姻观念。对于我们有文化的新青年，在婚姻家庭方面要树立正确的观念，同时，新中国刚刚成立不久，有许多事情需要你们去做。这一代人要有使命感，应立志为国家多做贡献。”

母亲和白鹭怀着十分崇敬的心情听着马老师讲话，目不转睛。

马老师问他们说：“你们是怎样看待这个问题的？”

母亲有些不好意思地说：“我们学生会的骨干讨论了这个问题。作为新时代有文化的青年，毕业后走上广阔的天地，要为祖国多做贡献。婚姻家庭问题是每个人都会遇到的问题，处理好婚姻家庭关系才有利于投身事业。树立正确的婚姻观，一要有共同的理想，我们是有文化的新一代，为祖国做贡献应成为每个人的理想；二要婚姻自由，父母兄弟不可以在未征求男女双方意见的前提下为其做主；三是不提倡门当户对，只要双方认为对方是自己的最爱，不应该以家庭背景为条件；四是结婚后男女双方都要出外劳动和工作，丈夫要支持妻子参加社会建设。男女双方都要成为建设新中国的力量。”

白鹭补充说：“男女双方缔结婚姻要尊老爱幼，教育好自己的孩子，无论是男孩女孩都要让他们上学读书，让他们成为合格的社会主义建设者。”

马老师说：“你们想得很全面。我再补充两点，一是男女双方彼此要忠诚，相亲相爱，相互辅助。再就是离婚也自由。我们国家有婚姻法，大家找来读一读，有时间组织起来到婚姻管理部门做一些社会调查。”

马文斌用深邃的目光看着他们，接着说：“一定要调动学生们的积极性，让更多的学生参与进来。这样，影响力会大一些，让更多的人受到心灵的启迪。”

母亲和白鹭齐声说：“是，马老师。”

母亲说：“放心吧，马老师！我们会设法把这次活动搞好的。这也许是我们毕业前组织的最后一次活动了。我想同学们会珍惜这一次锻炼机会的，我们这就回去准备吧！”

马老师说：“好，你先留下，白鹭你先走一步。”

白鹭说：“好，老师再见。”

一开门跑了出去，没走几步，却又折了回来，他冲动地想知道马老师与母亲说了些什么，但是过了一会儿他又折了回去，觉得这样做有些不道德，但是心里还是不断地猜测马老师与母亲的对话内容，走得无精打采的。

这时，迎面走来一个老师说：“白鹭，想什么呢？”

白鹭吓了一跳，赶紧立正，回答道：“老师好。”然后抬脚向班级跑去，看上去很滑稽。

在办公室里，马老师与母亲的气氛也挺融洽的。

马老师说：“宴珍同学，还有两周的时间你们就要毕业了，人心比较散，你们一定要把学习搞好，同时站好最后一班岗。这次活动不同以往的活动，要有一定的思想深度，下去后要在同学中做好发动。”

母亲点了点头说：“好，我一定按照马老师的要求办。”

“你自己也想组一个稿子吗？”马老师想了想问道。

母亲回答：“马老师，我觉得我得带个头，也很想抓住这个机会促进自己多思考，虽然课程和学生会让我很忙，但是时间只要挤一挤还是有的。所以我想参加。”

马老师赞赏地点点头说：“好，你这个态度是对的。学生会的同学、班级干部以及党团员都应该积极参加学生会举办的这次活动中。”

母亲又说道：“那么能不能让校团委向全体同学发一个倡议书？”

听到母亲这么说，马老师想了想也觉得不错，于是说：“这个主意不错！这样吧，你负责起草一个底稿交上来。”

母亲说：“好的，马老师！没有什么事情，我就出去了。”

马老师说：“好。”

母亲转身就跑了出去，马文斌老师站在窗前，看着母亲的背影，心中有一种说不出道不明的滋味，他想进一步接近母亲，他自认为自己比上届顾廉优秀很多，只是母亲与他隔着一堵墙。这墙又厚又高，简直跨不过去。

想到这时，有人敲门：“马老师？”

他马上收起心思，说：“进来。”

这天下午，“树立正确的婚姻观，为建设国家而奋斗”演讲活动在操场上隆重举行，全校四个毕业班的同学和老师列队而坐，高中部的两个班也参加了此次活动，自愿上台演讲的同学多达三十人。马文斌老师作为这次活动的总指挥，在场前进行了总体安排。虽然学生会团总支部同学多，也参加了演讲，不过在演讲正式开始之前，他们在为大会做着各项服务工作。老师被邀请到第一排，学生们不知道从什么地方弄来木板铺在前面，老师们坐在木板上。这时，风止树静，每片叶子都仿佛在等待，偶有一两只飞鸟从操场的东西两侧树上，飞到篮球架上，互相叽叽喳喳地叫了几声，仿佛在进行着一种交流。

这时，高中班中间有一点点的躁动，几个学生站起来，还有蹲下的，但很快平息了下来。原来是一个学生的鞋子里爬进了一只小虫。由于同学们太紧张了，没有立刻发现这个恶作剧的虫子，直到虫子想爬出来，却找不到出路，使劲儿地扭动，才被学生们发现，然后大家笑成了一片。

演讲比赛马上就要开始了，师生们都拭目以待。这时，马老师严肃地走到队伍前面，郑重地宣布：“邻南师范学校‘树立正确婚姻观，为建设祖国做贡献’演讲活动正式开始！演讲者们都按照顺序抽取了号码，接下来就从一号开始进行演讲。”

第一个上场演讲的是白鹭同学，他演讲的题目是《树立正确的婚姻观，努力为国家做贡献》。内容囊括了各个方面，重点阐述了有知识的社会青年要多为祖国做贡献，学习本领报效祖国。第二个演讲的是毕业二班的金花同学，题目是

《自己的婚姻要自己做主》。她演讲道："新中国成立了，我们女性得到了更多的尊重，我们有了尊严。今天，我们自己的婚姻要自己做主，在家中有地位，才能在社会上多做事。"她的演讲慷慨激昂，激烈的情绪化语言深深地打动了观众们。显然，她的观点得到了大家的认同。接着演讲的是毕业一班的王涛同学，他演讲的题目是《结婚离婚自由，解放人性》。他大胆地提出："我们不但要坚持结婚自由，同时我们也必须坚持离婚自由，一对夫妻间完全没有了感情，婚姻就是阻碍幸福的坟墓，夫妻二人都会沦为活死人。所以，要允许他们离婚。"他讲的问题是个严肃的现实问题，引导师生将婚姻问题与人性尊重问题结合起来。

接下来，终于轮到了母亲演讲。母亲演讲的题目是《要找和自己地位平等的对象做终身伴侣》。她说："我们女性受到党和国家的培养，来到师范读书增长才干，将来要到广阔的天地里建设祖国，从事教育事业，成为新中国的建设者，要实现上述的人生目标，在寻找人生伴侣上，应该去找和自己地位平等的对象。地位平等才能达到志同道合。无论在生活上，还是工作中，彼此都能够做到互相学习和帮助，要做到'八互'，即互敬、互爱、互帮、互学，互谅、互信。"

在这里，母亲演讲的内容涉及婚姻中夫妻之间的关系。在传统的夫妻关系中，妻子是没有地位的，是丈夫的附庸，没有自己的话语权和行为权。这种思想还没有完全消除，思想的残余还在家庭中作怪。所以，有些家庭尽管是披着新式家庭的外衣，在里子上还是旧式的料子。母亲着眼于婚姻关系的真正解放，而选择了这个视角来阐述自己的观点。演讲会一直持续到下午五点半，比预计多了半个小时，但是没有一名同学或老师离开，大家一直被演讲者的思想所吸引。

马文斌老师在母亲演讲时，从侧面方向一直注视着母亲，她演讲的一字一句都没有放过。他仔仔细细听了母亲讲的每句话。他认为，母亲的演讲就是她自己选择对象的宣言。他怎么也没有想到，在这个问题上，母亲想是那么深刻。平时，他总认为母亲只是个好学上进、聪明深沉、心地善良的女孩子。通过这一次演讲，他对母亲另眼相看。他思前想后，还是决定找母亲细谈一下。

星期六，马文斌老师特意没有回家，他让同学通知母亲到他办公室来一下。母亲来了之后，马文斌老师首先送给母亲一本《青年知识手册》。他说："这本书中知识很全面，我想你今后应该能够用到它。”母亲道谢后，双手接过这本书，当下就爱不释手，翻开书看了起来。

马老师看着母亲的动作有些好笑，摇了摇头，然后故作严肃地说：“宴珍同学，这本书就送给你了。以后，你有时间慢慢细读，不急于这一时，好吧？”

说着，他走到母亲跟前，透过窗户看了看天空，“今天天气不错，不如我们到操场上走一走。”

母亲有些诧异，但还是点头表示同意。两人一同向操场走去，由于是周六，操场上的人并不多，只有零星几个。他们漫步在操场上，绕着跑道散步，相距一米，并排向前走。马老师身着一身很干净很整齐的运动装，而母亲则穿着学生服。马老师一米八几的个子，跟母亲一米五几的个子相比，有些不和谐。实际上，不和谐的内容比这多多了。

只见马老师一会儿侧目注视着母亲，一会儿向前方抬着头说着什么。母亲却目不斜视一直注视着前方，也不时地说着什么，有时激动地还把手抬起来不断地比画。

马上就要毕业了，同学们一边做着收尾工作，一边思考着未来就业的问题，但是总体来说还是很闲的。不知道哪个嘴碎的，把马老师和母亲在操场上散步的事情告诉了父亲的同学曹亚军。曹亚军作为父母亲的直接介绍人，突然对母亲有些担心，他找到父亲，把听到的言论统统告诉了父亲，并表示如果宴珍离开了父亲，他愿意再给父亲重新找一个对象，保证比母亲优秀。

父亲听了这些话，觉得有些好笑，他笑着说：“怎么？你成了介绍对象行家了。”

接着，他慢悠悠地端起茶杯喝了一口茶，稍微停顿后说道：“我相信宴珍。别人的谣言都是猜测，宴珍不是那样的人。我们要相互信任，我相信她！你手里要是还有好姑娘，还是赶快给别人介绍吧！”说着，两人都笑了。

毕业后母亲被分配到宁山县二龙小学。母亲在二龙小学的办公室里，给父亲写信：“顾廉，你好吗？我已经到二龙小学报到了，再有一个星期就开学了。我带了四年级四个教学班的数学和地理，会很忙，暂时不能去看你了，真的很想你。你们也开始了开学前的准备工作了吧？你的胃养好了吗？前一天你回老家一趟，老家的各位亲人都好吗？”

父亲确实因为爷爷生病，回了老家一趟，送回去一些药，又去看了看大爷，大爷身体也不好。他本打算回来后，到学校接上母亲，送她到工作单位，但是因为甸子小学有些工作需要他马上处理，所以没能够接送母亲。母亲本来就是个自强自立的女性，身体也好，所以，在学校接到工作单位的通知后，自己带上介绍信独自报道去了。虽然一同分到二龙小学的还有两位同届学生，但是因为母亲被吸纳为校党支部成员，需要提前几天到学校。她原本是提出去甸子小学的，但二龙小学要加强校领导的力量，这样一来，母亲作为学校毕业的优秀人才，受到学校的重点培养，被分配到了二龙小学。

父亲接到母亲的信后，加快速度处理好手头工作，在开学前两天从乡下干部那里借了一头毛驴，骑驴去看望母亲。父亲到了学校，打听到教师办公室的地点，便抬脚走向办公室。他敲了敲门，里面靠门的教师打开门问：“请问您找谁？”

父亲笑着回答道：“我叫顾廉，我找宴珍老师。”

那个老师赶忙让开身，让父亲进去，并扭头向屋里喊道：“宴珍，有人找。”

母亲当时正在准备教案，听到喊声有些惊讶，抬起头向门口看去，脸上惊讶的表情转变为惊喜，赶紧放下笔，连忙站起身来，三步并作两步跑到了父亲身边，张开双手，又将双手合在一起搓了一下，非常拘谨地请父亲进屋。其实母亲是想去拉父亲的手的，但是脸皮薄的母亲在众目睽睽之下不好意思，父亲也微微打量一下，跟着母亲进了屋，母亲向大家笑了笑，然后转身将父亲介绍给大家。

“这是顾廉，是甸子小学的教务主任。”母亲说道。

她没有说父亲和她的关系，因为她有些不好意思。父亲向大家点了点头，母亲又把屋里的老师逐一介绍给父亲认识。屋里有几个是父亲在师范学校的同学，大家都戏谑地跟父亲打着招呼：“李主席，好久不见啊！”父亲都与他们一一握手。

父亲拉着母亲来到宿舍，一进屋两个人就拥抱在一起，他们这一抱是确定男女关系之后两年来的第一次，久久地抱在一起不想分开。

但是，父亲惦记母亲的生活情况，就轻轻地说："宴珍，我看看你的生活条件。"

他们放下手，母亲说："你看嘛，我这里不错。"

那是个西厢房，一个七八平方米的小屋，小炕在进门的南侧，父亲用手摸了摸炕头，又掀开被褥看了看被褥的厚度，然后说："你们天天烧炕才行，炕摸着太凉了，被褥也有些薄！"

说着，把摸被褥的手收了回来，说："这样吧，回头我给你在老家弄一张毡子，毡子既保暖，又防潮。"

母亲笑着点点头，心中不禁燃起了一丝甜蜜，一种幸福的面容出现在她的脸庞。

父亲又在屋子里转了转，然后他看到母亲和同事的木箱子放在地上，有些不赞同地皱了皱眉，说："这样怎么行，时间一长，地面就会返潮，箱子里的东西就该长毛了！"

说着他大步走了出去，过了一会儿，找来几块砖头和石块，又从老乡家要了几根粗树枝搭了一个简陋的架子，把母亲和同事的木箱子都放在架子上，这样就不会受潮了。

"宴珍，你要对自己好一点，多注意一下自己的生活。"他叮嘱道。

到了中午饭的时候，母亲带父亲到学校的小食堂吃饭，母亲点了水煮大白菜豆腐和大葱大蒜蘸大酱，主食是发糕和馒头。尽管饭菜很简单，但是父亲还是吃得很香，他觉得二龙小学的伙食要比他们的学校好很多。吃过饭后，父亲还要返回学校。父亲牵着毛驴，母亲跟在后面。

他们来到校门口，在分别之际，母亲终于鼓起勇气握住了父亲的手，说："顾廉，回去的路很远，路上一定要小心。我这里，你也看到了，不要担心！我会照顾好自己，你也要注意身体。特别是你的肠胃不好，不要过多吃生冷的食物。"

“知道了。”父亲拍了拍母亲的手说道，“不要操那么多心，不管怎么说，我已经工作一年了，要比你有经验，我会照顾好自己的。你自己也要注意，炕一定要烧，不然太凉了，时间长容易落病。工作上的事，也要循序渐进，不可太着急，还要不断地自我总结与学习。学校很重视你，你不要辜负学校的期望。”

他们之间与其说是恋人，不如说是兄妹。想想也是，父亲比母亲大了三岁，他们是上下届的同学，也是同乡。而父亲在家中本来就有很多弟弟妹妹，他已经习惯了照顾别人，所以自然而然像呵护妹妹一样呵护着母亲。时光过得真快。他们恋爱这么长时间，见面时间却这样短，现在还要分别，真是依依不舍。终于到了父亲离开的时间，尽管父亲还不放心母亲，但也不得不骑上驴和母亲道别。

父亲骑着驴，消失在绿色的田野里。母亲仍然望着那个方向，在那里站了好久。在革命生产大建设的年代里，没有多少谈情说爱的时间，他们就这样在考验中各自提升着勇气和毅力，锤炼着他们的真情。做得永远比说得好，父亲这次来看望母亲，母亲更加坚定了自己的信心，认为自己选对了人生伴侣，这一生，她是跟定了父亲。

新学期开始了。学校在公社的组织下，盖了两栋土坯房。公社将木料从林场赊来，请村里的木工将木材截成房梁和椽子等。老师和公社干部开展义务劳动，从村上调几个会砌墙盖房子的人，将房子盖起来。这期间，父亲一边出力劳动，一边与公社、村队、林场进行沟通协调，安排课桌、凳子等事宜，可把他累够呛。不过，贫苦出身的父亲，并没有觉得辛苦。现在新建的两栋房共有八间，安排四个教学班，原来的教室腾出来，成了教师办公室，村办公室也腾出来，做了食堂。学校的院子周围砌了一圈矮墙，操场上铺了一层沙子，不起烟了，整个学校有点模样了。

甸子小学扩大到八个班，分别是一二三年级各两个班，四五年级各一个班。学校又新招收了六位老师，其中又从邻南师范来了四位教师，三位女性和一位男性。父亲这时仍做政教主任，担任三四五年级的语文和四五年级的政治，另外负责学校的扩建工作。新来的四位教师对父亲非常熟悉，所以在工作上有了难题或心中有了感悟等等，都愿意与父亲交流、互相帮助、分享快乐。

女性中有一位叫古菊的老师。这位女老师长得美，杏核眼、柳叶眉、鼻子挺挺的，一张樱桃小嘴特别吸引人，个子一米六多，长发及腰，梳成两根大辫子，走起路来两个辫子在腰间摆来摆去，整个人看上去有一种跳动的感觉。因为与父亲姓氏是同音，于是她在私底下称父亲为哥哥。因为父亲比她年长了很多，也没有多想，只当多了一个妹妹。这样一来，哥长哥短地叫起来，有人听着别扭，听不惯，时间稍久，人们免不了背后议论几句。

曹亚军老师因为对象与他分手，正在极度的悲伤中，父亲时常陪他，想分享他的悲伤。曹老师是父母亲的介绍人，在工作中都很出色，担任教导主任，带四个班的数学课程。父亲想把古菊老师和曹亚军老师撮合成一对儿，所以有几次父亲去找曹老师的时候，都带着古菊。每当这时，古菊都会默默地看着父亲，一双动人的大眼睛有时会随着曹亚军和父亲的话时不时溢出泪水。一次，父亲与曹老师单独出去散步，曹亚军的情绪仍然不是很高涨。父亲看着他说："过去的事情，就不要想太多了，想了也没有用，人要学会向前看！我看你应该换一换心情为好。"曹亚军在父亲的耐心劝说下，心情渐渐地好了起来。

看到曹亚军的心情一天一天地好转，父亲心里十分高兴。他还是没有放弃撮合曹亚军和古菊的事，只是苦于没有机会。一天，父亲与古菊共同整理完资料，还有些时间才上课，于是他们就聊了起来。

"古老师，你觉得曹亚军老师怎么样？"父亲看着古菊问道。

"不错啊！"古菊认真地回答，"曹老师人很好，非常能干有才华。"

父亲听到她的回答，顿时大大地松了一口气，也露出了一丝笑容："那么，我想把你介绍给曹老师，你看怎么样？你是个好姑娘，曹老师也是位优秀的有为青年，你们两个如果在一起，一定会很幸福的。"

听了父亲的话，古菊脑袋轰的一声，先是有些反应不过来，然后立刻感到一股强大的失望和悲伤向她袭来，太出乎她的意料，她眼睛充满泪水说："哥，我不想考虑这个问题。"

说完，她拿着教科书走出了办公室，将门啪的一声关上了。古菊的行为让父亲大为吃惊，顿时也没有了主意，他一直把古菊当作亲妹妹看，不知道事情怎么就变成这个样子。这件事只得暂时放下了。

正在这时，谢校长推门走了进来说："你来一下。"父亲放下手中正在修改的教案，起身同谢校长一同向校长办公室走去。

母亲搭乘一辆马车在赶往甸子小学的路上。每次都是父亲设法到二龙小学看望母亲，但这次，父亲在信中表示同事们都想见见母亲，而且他也想把母亲郑重地介绍给他的同事。其实，这是父亲想了很久的办法。自从与古菊谈话后，父亲察觉到了古菊对自己的依恋，他不再与她独处，古菊也不再有说有笑，而是满面忧愁。

而这一切，都被曹亚军看在眼里。他本来就是细心青年，古菊比较依恋他这个哥，全校都知道。但是，他跟父母亲都是好朋友。他心里觉得古菊真是傻呀！父母亲的感情，他是看着发展起来的，他是介绍人，父母亲的品德，他也都知道。他知道这个古菊一点机会都没有。所以，当母亲出现在甸子小学的时候，他不禁在心里为父亲竖起了大拇指。

父亲对母亲的突然出现非常惊讶，他总以为母亲还要过两天才来，"宴珍，你是飞过来的吧！"

父亲在门口，与母亲开玩笑地说道，母亲也笑着点点头说："是啊，我飞来的。"

父亲带着母亲到教师办公室，正式把母亲介绍给他的同事。母亲一眼就看到了古菊，上前握住了古菊的手说："古老师，你好！你长得真漂亮。"母亲语气真挚，笑容温暖。

"谢谢你，宴珍主席，也祝福你。"古菊有些不好意思地说。

这时，几个年轻老师都围上来，宴珍主席长、宴珍主席短地打着招呼。母亲也向各位老师打着招呼。这里的很多老师与父母亲毕业于同一个学校，对于父母亲都很熟悉。大家都纷纷站起来，欢迎母亲的到来。

中午，父亲带母亲到小食堂吃饭。正巧大师傅给大家加了一道菜，大家打完菜都笑着与母亲开玩笑："宴珍主席，你一来就给我们加菜了！"

"宴珍主席，您真是我们的福星啊，救我们于水煮白菜之中啊！"

唯有古菊打了一份饭菜，坐在一旁，似乎无心参与其中。

曹亚军看见了，端着刚打好的饭菜坐到了她身旁，试着与她搭话：“古老师，想家了吗？怎么无精打采的？不然，明天请假回家看看。你的课，我可以帮你带。”

“谢谢你，曹老师。我只是有些不舒服，休息一下就好了，让你担心了。”说完，她对曹亚军强扯了一下嘴角想笑，但是比哭还难看。

曹亚军看了，更觉得这女孩傻，莫名有些心疼她。

晚上，谢校长请父母亲吃饭，也请了曹老师，并同时邀请古菊陪同。谢校长觉得两位女青年可以一同唠唠嗑什么的，也显得母亲不那么孤单。父亲也在这个场合，把自己准备结婚的打算向校长做了请示。

听到父亲的打算，母亲有些诧异：“顾廉，你还没有和我商量，就把这个事情告诉了校长，太大男子主义了……”

母亲微微一笑：“不过，我答应了。”

谢校长和曹老师马上向父母亲祝贺，谢校长笑着说：“顾廉同志、宴珍同志，你们的婚礼，我来给办。”

谢校长郑重地对母亲承诺：“宴珍，正好我们学校还缺少老师，明年又要扩招六个教学班，到那个时候，甸子学校就成规模了，你过来做我们的主力。”

母亲满脸笑容连声说：“好。”

这时，古菊站起来向父母亲道贺：“宴珍主席、顾廉哥，我祝福你们俩。你们结婚时，请曹老师给你们做伴郎，我呢，就当伴娘怎么样？”

大家都笑了，父亲瞧着古菊的样子，心里感到一丝宽慰，觉得古菊已经有新的开始了。

第二章

比翼双飞

父母之命

父亲正往教室走着，这时，学校收发室的同志突然喊：“顾廉老师，顾廉老师，这里有你的电报！”

父亲调整步伐大步向收发室走去，他接过电报展开看，只见上面写着：“父病重，请速回。”他心里想：“不是已经给家里带了药吗？难道没有起作用。”他有些慌张，担心的情绪压也压不住，但是他还是坚持把两节课上完，才向谢校长请了假。他到村口搭了一个老乡的车，连夜赶到县城，第二天又坐上了开往家乡的汽车。

正值春夏时节，大地的庄稼一片新绿，高粱、玉米像吃饱喝足一样，叶子向上拔高，一望无际，好不漂亮，但是宜人的景色丝毫不能触动父亲的心。他沉浸在担忧之中，他担心爷爷的身体，他为爷爷的不幸人生感到悲哀。中华人民共和国成立后，爷爷的生活也逐渐改善了，父亲每月只留一些生活费，剩下的工资全部寄给爷爷奶奶。按理说，爷爷奶奶的生活应该得到保障，但实则不然，奶奶家里的老叔、二姑没有工作，老姑在读书，三姑从小就患有小儿麻痹症，不易行走。他们生活上还是很紧，有时候断顿儿，但是好张罗，到哪里借点粮食，还是能借得到的。况且，每个月他们都能收到父亲寄来的钱，所以生活上的困难可以克服。父亲时常感到自己肩上的担子非常重，但他不想逃避责任，担起了家庭的重任，尽管后来他都自顾不暇。母亲和我们兄弟姐妹都被这个决心折腾得十分疲倦和无奈。

父亲是下午到的家，下了汽车，他又租了一辆毛驴车赶往家里。四点多的时候，他才赶到家。走进院子，院子非常干净，窗户纸也像新糊上去的，这让他有些吃惊，家里的情况不像是父亲有病的样子，倒像是有什么大事情发生一样，这使他有些糊涂。他怀着十分沉重的心情，走到房前，喊道："爹娘，我回来了。"奶奶是很精神的老太太，头发刚开始变白，但是脸上的皱纹不多，还是有些细皮嫩肉的。奶奶自带一种神气劲儿，让她多了几分风采。

奶奶首先应了声出来："顾廉回来了啊，可把你叫回来了！"

这时，父亲看到爷爷没事儿人似的坐在炕上，很精神，一点儿都没有生命垂危的迹象。

父亲纳闷地问："爹，怎么回事？电报上不是说你病危了吗？"

爷爷说："我没事儿，挺好的！你回来就好，回来就好啊！啥事去问你娘吧！"说着，举起烟斗吸了一口烟。

"娘，这到底是咋回事啊？"父亲的语气有些急躁。

奶奶说："来，来，来，先坐下歇口气、喝口水。"说着，递上白瓷碗。

父亲有一些纳闷，接过了水碗，却没有喝水。

奶奶见了叹口气说："我这都是为你好啊！"

"为我好，怎么就为我好了？我这不是好好的吗？"

"你好什么好呀？你都多大了？咱村和你同岁的人的孩子都满地跑了，你这连个对象都没有，你不想结婚啊？你不结婚，你弟怎么结婚！没有弟弟比哥先结婚的道理。我可是等着抱孙子呢！"奶奶狠狠地瞪了父亲一眼。

父亲有些无奈，感情这么急叫他回来，就是催婚来了。他松了一口气，然后缓缓地说道："爹娘，我的事情心里有数。我不是跟你俩说过嘛，我有对象，就是我们工作太忙，所以没有把她领家里来。"

听到父亲的话，奶奶大喝一声："你有对象，你有对象也不算是！她忙于工作，没有工夫，谁来伺候我。儿女的婚事，都是爹妈做主，谁让你自己找了！你自己出去上学、工作就是不听我们的话，这事你还想忤逆我不成？”

她没有给父亲插话的机会，接着又说：“你四嫂给介绍了一个，是张家的丫头，叫张翠翠，是村上的干部。那丫头人长得水灵灵的，性格还好，给你当媳妇最好不过了。你爹我们两个都同意这门亲事，你同意也罢，不同意也罢，反正这次回来就把事情办一办，圆个房，然后你想干啥就干啥去，媳妇留下给我生孙子就行。”奶奶不顾父亲越来越僵硬的表情，一口气把骗父亲回家的动机和目的都说了出来。

父亲越听越来气，可是又发作不得，知道面对爹娘不能硬来，得慢慢劝。

他说：“爹娘，你们这样是不对的。这不是包办婚姻吗？这可是违反婚姻法的。新时代儿女的婚姻父母是不能包办的，这是违法行为。你们给我介绍的对象，我坚决不要。我自己找的对象好好的，我们马上要结婚了，你们这样不是诚心拆散我们吗？”

父亲难受，很气愤，说话的语调也很高：“我看你们还是赶快把婚退了吧！别耽误人家姑娘。”

奶奶是个顽固的老太太，有着非常顽固的封建思想，她听了父亲的话，脸都变了，眼睛瞪得比平时大了几倍，嘴角下垂，很不认同父亲的话，不耐烦地说：“你别跟我整什么婚姻法不婚姻法的，那玩意儿，我弄不明白。我只知道你从小就是个孝顺的孩子，最听娘的话。别的事，咱就不提了，都依着你，但是，这结婚的事你必须听我的。不然，你让娘这张脸往哪儿搁啊？”

这时，一直没吱声的爷爷也插话了：“二儿，张家的姑娘我看不错，村里村外都夸她，那提亲的人多了，数都数不过来，可是她就相中你了。这事我看你就依了你娘吧！她也是为你好！”

“不行，绝对不行！我已经决定了，非宴珍不娶！”父亲坚定地说。

听了父亲的话，奶奶急了：“死东西，你说啥话？你不要爹娘了？我告诉你，该死的东西，你今天要是不同意这事，你就不是我儿子！”

说着说着她竟哭了起来，边哭边吼道：“哎呀呀！我的命怎么这么苦啊！年轻时，吃不饱穿不暖啊，好不容易熬到儿子成才了，儿子还是这样的不孝啊！我的命怎么这么苦啊！”奶奶这一哭，让大家都毛了。

这时，父亲的弟弟、妹妹们，也就是我的二姑老叔们也都从地里干活儿回来了，听说他们的二哥回来了，都跑过来看望他。他们听说父亲不同意亲事有些纳闷。在他们看来，张家那个姑娘真的是很好，长得端庄，性格温顺，还很孝顺，不知道父亲为什么不同意。二姑穿一件家做的盘扣花袄，头发黄黄的，一根辫子懒懒地垂在脑后，圆脸蛋儿，一双大眼睛不解地看着父亲，她扯着父亲的袖子说道：“二哥，那家的姑娘真的是很好，咱娘没糊弄你！”

老姑将辫子向后一甩，接过了话茬：“二姐，你别瞎掺和。咱二哥自己给咱找了个二嫂，还是当老师的呢！比那个什么张翠翠好多了！”

奶奶听了这句话，大喝了老姑一声：“你个死丫头，你胡说什么呢？那个女娃子怎么可能比得上翠翠？”老姑看到奶奶这样，皱着眉头做了个鬼脸，站到一边，不再说话了。

场面一度僵持。二叔，黑黑的脸，个子比父亲矮了半头，看着大家都不说话，便慢声慢语地说：“二哥，这你都不愿意？我看那个张翠翠可是最好，要不是她非看中你这个文化人，给我我也会乐不得的。”

奶奶也随声附和：“你们都傻站着干啥？快给我好好劝劝你二哥！”

然后奶奶伸手顶着父亲的脑门说：“你也给我好好想想，是要爹娘，还是要那个女娃子。”

说完，奶奶起身进厨房做饭去了。其实，她原本打算让那个张翠翠今天就跟父亲圆房，但看父亲这个架势，恐怕不能来硬的，便把二姑叫到身边嘀咕了几句，二姑走了出去。

但是这时她听到她老姑娘大声喊她：“娘！娘！二哥他要走。”

老姑急急忙忙向厨房跑来，奶奶一听，大惊失色，连忙跑出去冲着父亲大喊道：“顾廉，你要是今天敢走，以后你就别认我这个娘了。”

父亲无奈地停下了脚步，说：“我没想走，回家总要住一宿啊。”原来奶奶刚才悄悄打发二姑去找张翠翠，父亲听见了，想把二姑喊回来。

二姑带着四婶和张翠翠来到了奶奶家。张翠翠姑娘，生着一张圆脸，梳着学生头，一双水灵灵的眼睛，小嘴，中等个头，看上去很能干，还很和善。她穿着粉红色小领上衣，黑色布裤，脚穿一双家做的绣花黑条绒鞋。对于这门亲事，张翠翠是持肯定态度的，她很早就认识父亲。多年不见，彼此还是能看见当年的影子。

而父亲见到张翠翠却是一愣，惊讶地叫道："玲子？"

"廉哥！"张翠翠说。

原来他俩从小就认识。那时，父亲早晨为地主家放羊，途中就会遇到赶着一群鸭子的玲子，也就是张翠翠。村口有个小池塘，玲子每次都会把鸭子赶到那里。

那个时候，父亲每次遇见玲子，都会随口嘱咐："玲子，要小心！"玲子也会轻声地回答："知道了，廉哥，你也要小心！"一来二去，两个人就这么熟悉起来。没想到事过多年，玲子出落成一个又漂亮又大气的姑娘，浑身还带着一股利落劲儿，难怪都说女大十八变呢，父亲心里想。

两个人聊了起来，然后没一会儿，老姑也加入进来。奶奶看了很满意，觉得父亲已经被张翠翠迷住了，这事八九不离十，于是就把爷爷拽走，自个儿进厨房做起了饭。

父亲一看奶奶走了，趁机对张翠翠说："玲子，我这次回家才知道，他们把你介绍给我了。我在外边搞了对象，她是我同学，人很优秀，也很善良，我们已经决定要结婚了，并且确定了结婚时间。她是老师，工作太忙，所以我才没把她领回家来。我想我们都是新时代青年，不认同包办婚姻那一套，你一定能理解我，是吧？"

玲子听了父亲的话，虽感失望，但也是早有预料。她说："廉哥，你看这事闹的，村里人都知道你在外读书，有了工作。你娘打发四婶到我家跟我爹说，他们就同意了。廉哥，我们从小就很要好，可是多年不见，对这事我心里也打鼓。这回见到你，一切都明明白白的了，唉！"她长长叹了一口气接着说："廉哥，我是不会难为你的。"接着她又叹了口气。

父亲满怀感激，儿时的一幕幕又闪现在眼前，他动情地说："谢谢你，玲子。你这么漂亮，又这样明事理，有能力，还很能干，将来一定会找到一个称心如意的对象的。”这时，饭好了，奶奶请他们留下吃饭，四婶留下了，玲子说什么也没有留，跑出了家门。大家热闹热闹，谁也不提父亲对象的事。

父亲了解奶奶，奶奶是一个倔老太太，要说服她不是一两天的事情。而他在甸子小学的工作不允许请太长时间假，本来教师就不足，根本没有代课老师，于是他决定先回去。他嘱咐老姑，叫她不要像上次那样大喊大叫，然后跟玲子道了别，悄悄地离开了家。后来，奶奶听老姑说父亲和张翠翠说好，各自找各自的对象，跟爷爷大哭了一场。这件事似乎过去了，但是当时奶奶在心里想：“等你把媳妇领回家再说。”

新　婚

从老家回来，父亲想起了这段时间发生在自己身上的事，有的可笑，有的无奈。事事非非皆有果，为人立场不能丢。他觉得真的应该结婚了，但是现阶段的条件不是很好，虽然工作两年多了，自己一点儿钱也没有攒下。爹娘那里的情况他是清楚的，父亲被难住了。他写信与母亲商量，母亲表示钱的方面她也可以准备一些。看到母亲的信，父亲心里有点儿数了。第二天，他又找到曹亚军老师说明情况。曹老师也非常义气，答应借给父亲一个月的工资。他又给奶奶写了一封信，说自己准备暑假结婚，这两个月就不向家里寄钱了，欢迎爹娘和弟妹有空来参加他们的婚礼。

他在学校不远处的地方租了一间民房。休息的时候，他仔细地把房子打扫干净，找了一些旧报纸重新把房顶棚和墙壁糊了一遍，房子马上亮堂起来。他又买了两张马克思和毛主席的相片贴在北墙上，还换了新的炕席，这样看上去，整间屋子焕然一新，只是现在屋子空空的什么也没有。星期六，母亲搭车从二龙小学赶了过来，她可以用周末休息时间帮助父亲做这些事情。她已经向我姥姥姥爷说明了自己要结婚的事。姥姥姥爷都很开明，同意这门婚事，并要了未来女婿的鞋码，准备为他俩做新鞋。奶奶家也捎来了八斤棉花。父亲将棉花交给母亲做了两套新被褥。几个女老师非常高兴地帮助父亲做些活计。经过多方张罗，结婚最基本的条件已经具备了。

入秋后，父亲去接母亲到甸子完婚。一大清早，父亲乘着马车，在曹亚军的陪伴下，来到二龙小学迎娶母亲。一路上，大田里的庄稼都成熟七八分了，谷子齐刷刷地低着头，高粱都红了脸，玉米棒子红红的。天上万里无云。父亲坐在马车上，特别高兴。曹亚军也为父亲高兴，他作为父母亲的介绍人，早就盼望父母亲结婚了。他们一路说着上学时候的事、学校教学的事，没觉得时间过多久，就到了二龙学校。当时，学校校长和几位老师正陪着母亲说话。他们见到父亲和曹亚军来了，就请他们进屋喝水，然后送母亲上车。

母亲的校长说："宴珍，结婚后多休息几天。你的课，我找人代着。"

母亲说："谢谢校长！"

父亲也说："谢谢校长！"

大家提前祝父母亲新婚快乐。母亲在教导主任任阳红的陪伴下，共同乘坐马车来到了甸子小学。母亲的弟弟，也就是我的大舅和父亲的妹妹作为双方家庭的代表，前来参加婚礼。晚上，陪母亲来的任阳红跟母亲一起睡在租来的民房中，而父亲则还是如往常一样住宿舍。

第二天是星期六，在甸子小学的食堂里，谢校长主持了父母亲的婚礼。只见母亲穿着整齐的黑色裤，淡灰偏粉色上衣，父亲则是一身深蓝色中山装，两人胸前都戴上了红花，脚上穿着姥姥为他们新做的布鞋。母亲的布鞋上还绣着两朵牡丹。食堂被父亲的同事用红色彩条布置一新。甸子公社的干部、大队干部和甸子小学的所有教师都来到了现场。

吉时已到，谢老师登台宣布，父亲母亲的婚礼正式开始，并且讲话："顾廉同志参加工作仅两年多时间，被提拔为政教主任，工作认真，一丝不苟，在学校的建设工作上，态度积极热情，积极推进校园建设，是个有才华、负责任的好同志。宴珍同志是一位优秀的教师，在二龙小学是骨干，教学态度端正，工作踏实肯干，教学质量非常高。二龙小学对她非常认可。我们学校正在扩建中，非常需要像宴珍这样的教师。今天，在这样一个美好日子里，顾廉和宴珍经过两年的自由恋爱，终于结为连理。我们要祝福这对年轻人幸福美满，并且也希望他们工作上互相帮助，互相鼓励，为社会主义教育事业做贡献。”接着，他又让父亲母亲分别行三鞠躬礼。因为大家都是年轻人，所以，父母亲的三鞠躬被同事拉来推去的，没有鞠成躬，大家打闹成一团，他们行了三次礼才完成。看着他们之间的互动，谢校长也笑弯了腰。随后，父母亲交换礼物。父亲送给母亲一个鲜红色的红围巾，而母亲赠给父亲的则是英雄牌钢笔。

随后大家入席。那天，食堂大师傅做了很多菜。父母亲在众人的掌声中有说不出的幸福感，大家也很高兴。气氛特别喜庆，大家都给父母亲送上了真挚的祝福。古菊笑得也很开心，她是真心为父亲母亲高兴。婚礼上并没有准备酒，因为都是教师，每天都有工作，不能因为喝酒耽误了工作。尽管婚礼很简单，没有什么钻石戒指或者交杯酒，但是父母亲一生记着这个场景。

婚礼结束后，几位老师拿着大家一起送给父母亲的礼物，和大舅老姑一同陪父母亲来到了新房。新房的炕上，整齐地摆放着两套被褥，都是新的。门的左手边放着一个木制脸盆和肥皂盒。在架子旁边的墙上，挂着一个圆形镜子。镜子的对面又是一个木架子，底层放着父母亲的两个木箱子，箱子上都铺着红布，上下两层是一些锅碗瓢盆。东墙根儿下，立着一个木制小方桌，这是父亲找人做的。塞满东西的屋子不再是以往空空荡荡的样子，反而充满了生活的气息。

把老师们都送走后，大舅和老姑留下来吃了饭。吃完饭，父亲又把他们送到学校的男女宿舍，并看望了陪母亲一同来的任阳红老师。把一切安顿好，他们才又回到新房。

父亲回到家的时候，母亲正坐在已经铺好被褥的炕沿上，等待着父亲。看到父亲回来，母亲有些激动，脸微微发红。父亲走过来，坐在她的旁边，胳膊轻轻地放到了母亲的肩上，两个人谁也没有说话。母亲身子僵了僵，又过了一会儿，才放松下来，头轻轻地靠在了父亲的肩上。

父亲感觉到母亲的动作，顿时踏实了下来，说：“累了吧？宴珍。”

母亲没有回答他的话，悠悠地问：“顾廉，你会对我一生都好吗？”

父亲点了点头说道："会的，今生今世我都会对你好的。"

母亲腼腆地笑了笑，轻轻地说："我也会！"

父亲站起来，双手拉着母亲，母亲也起来。他双手捧着母亲的脸，静静地看着她的眼睛，轻轻地说："宴珍，我爱你，我好想你。"

第二天清晨，父亲先醒过来，他轻手轻脚地下了炕，生火做饭。没过一会儿，母亲也醒了，她看父亲已经起床，自己也坐了起来。她整理好被褥，走到父亲的身边，认真地看着父亲做饭说："顾廉，我妈从小就把我当男孩子养。女孩子该会的事，我大都不太熟悉，你能不能教我？"

父亲搅了搅锅里的小米粥，答道："当然，我也不怎么会，我们慢慢摸索着来吧！日子会越过越好的！"

新的生活就这样开始了，他们吃过早饭后就去学校，同时将大舅和老姑、任阳红老师送走。母亲休了一周的婚假，就准备回去上班。

母亲该返回学校了，她整理好行李，父亲租了一辆毛驴车，他们坐着驴车往二龙小学驶去。刚刚下过一场雨，路两侧的庄稼墨绿色，有的叶子已经发黄；有的玉米棒子已经和玉米秆分离，向下垂着；谷子低下沉沉的头；成排的高粱红着脸站着，像秋天的卫兵，尽着职责；路两侧的树木，有些叶子已经发黄，一个丰收的秋天就要到来。

母亲坐在毛驴车上，看着父亲亲自赶车的样子说："顾廉，你就像一个熟练的车老板子，干啥像啥。"

父亲说："都是生活和工作锻炼出来的！赶毛驴车就得摸透驴的脾气。这头驴还算温和。"

实际上，学校这两年的工作，把父亲锻炼成多面手。因为协助校长管理校舍建设，需要来回跑资料、跑材料，有时候能找到有车把式的毛驴车、马车，有时候就找不到。人家跟他说："这毛驴可老实了，谁都能赶走。顾老师，你就自己赶车走吧！"一来二去，作为小学老师的父亲就会赶毛驴车了。

他们这样一边说着话，一边赶着路，母亲心中有一种说不出的自豪感和幸福感。小毛驴嘚嘚地迈步，驴车的轮子吱吱地叫着，它们的响声如同婚姻进行曲，毛驴车载着父母通向幸福生活的大路上。路旁丰收的田野不断地向他们身后涌去。

父亲和母亲过了几个月牛郎织女般的生活，终于在十一月下旬的时候，母亲被调到甸子小学，谢校长亲自到门口迎接母亲。她一到学校就被安排到了重要岗位，做四年级一个教学班的班主任，同时担任四年级三个班的数学，还兼任学校的音乐老师。这样，父母亲都早出晚归，非常忙碌。转眼间到了年关，母亲怀孕了，孕吐反应很强烈。父亲为母亲请来了老中医，老中医把了脉，诊断为中气太弱，胎气不稳。医生说："孩子你太累了，需要把活动放缓，让胎坐定了，最好停下工作保胎。"他给母亲开了安神保胎药，父亲每天用小炉子给母亲熬药。母亲坐在铺着很厚垫子的凳子上批改作业。父亲把熬好的药用两个小杯子来回晾，把药晾好后，还亲自尝一尝，然后叫母亲喝。这时，母亲一副很乖的样子。她放下手中的笔，接过父亲手中的汤药，咕咚咕咚喝下去。有时候，母亲喝得不顺，几乎要把药吐出来，她就鼓着嘴，使劲儿闭着眼睛不吐出来。

父亲赶紧轻轻地捶着母亲的背，让母亲把药咽下去，还说："先到炕上躺一会儿，等胃不折腾了，再起来批作业吧！"

母亲一言不发，顺从地爬到炕上躺下，父亲给母亲盖上被子，一会儿母亲便睡着了。父母亲共同生活六十年，多数时间她都是默不作声的。我们常说，咱家的话都让老爸说了，可事情都让老妈做了。这说的是父亲躺倒之后的事。父亲见母亲睡着了，不忍心喊她，就将母亲未批改过的作业一本一本地批改完，再让母亲脱掉外衣，重新关灯睡觉。

认　亲

转眼间，临近过年，学校放假了。父母亲参加了十天的教师培训班后，开始为回爷爷奶奶家准备年货。那个时代，看望长辈至少拿四样点心，他们得按规矩准备礼物，还办点爷爷奶奶爱吃的、老家又没有的其他年货。大包小包一大堆，当然由父亲扛着，母亲少拿一些。这时的母亲已经结实一些，只是腰有些粗。他们已经提前把回家的消息用电报发给家里。家里为迎接他们的到来，做了充分准备。而这个充分准备，令父母一生难忘。

他们高高兴兴踏上回家的路，那年的冬天特别冷，虽然雪没有下多少，但是寒风刺骨，大地都冻裂了。父母亲乘火车转汽车，下车后三叔用马车把他们接回家。到家后把东西卸下来，父母亲却被拒之门外。

三叔说："二哥、嫂子，你们不能马上见爸妈。妈说了，你们必须先向长辈行磕头礼。这话在接你们时，妈叫我别告诉你们。我想磕头就磕头吧，反正乡里乡外都这样。"

这时，周围邻居一看顾家来人了，一个、两个、三个围上来，他们知道顾家老二在外面娶媳妇，都想一睹为快。

父亲拉着母亲的手说："我们早就办完婚礼了，新社会不流行磕头了，我们不磕头，只行礼。走，见爸妈去。"

他拉着母亲的手往里走，三叔在前拦着，却没拦住。这时，在外看热闹的人也像起哄，跟着他们往里挤。

"爹娘，我把儿媳妇给你们带回来了！"父亲喊道。

可是爷爷奶奶谁也没有回应。这时母亲也开口说："爸爸妈妈，顾廉我们回来过年了。我们从家里带了不少东西，专门给爸妈买了新衣服呢！"

奶奶听了母亲的话，满脸横肉，瞪着眼睛，开口道："别叫我们爸妈，你还没给我们磕头呢！不是我们家儿媳妇。"这明显刁难的话，让母亲双眼沁出了泪水。

父亲见了，一股心疼的情绪升起："娘，你们怎么这样说话？我们不能磕头，我们已经结婚了！你是知道的，不是派顾瑛去参加了吗？现在新社会不流行磕头了。再说，宴珍现在有身孕，我们不能磕头！"

"你敢？你敢？"奶奶喝道。

奶奶想起自己嫁到顾家时的情形，自己也是被婆婆刁难，磕了头才进的家门，说："你这个媳妇必须给我磕头！"

她以命令的语气蛮横地对父亲说："她进顾家的门，就得磕头。"

父亲非常无奈地说："娘，我们不能磕头。宴珍身孕刚稳定下来，磕了头，孩子出了问题怎么办？”

“你到村里村外问问，哪家的媳妇不给磕头？”奶奶瞪圆了眼睛，“感情你们受到了文化教育，就不尊重长辈了不成？”奶奶仍然坚持。

这时，老叔出来当和事佬：“二哥、二嫂，磕头就磕头，都是一家人，别伤了和气。”

这时，二姑和老姑等人才赶了过来。二姑看了看院子僵持的气氛，心里很是着急，她不明白，不就是磕个头，为什么一直跟奶奶为难：“二哥、二嫂，我们都认你们。妈让你磕头也不过分，我看你们就磕一个吧！眼瞅着就过年了，你让爸妈顺畅点儿吧！”父亲母亲没有吱声，但明显没有妥协的意愿。

老姑看了看父母亲，又瞄了一眼还在气头上的奶奶说：“爸妈，你看你们干啥呢？我二哥和二嫂是在外面工作的人，不磕头就不磕头吧！咋，不磕头就不是你儿子了？你看他俩赶了两天的路，都累得不行了。你不心疼儿子儿媳妇，我还心疼我哥和嫂子呢！”

奶奶大怒，说：“你胡说什么呢？死丫头！”然后转头看向父亲：“老二，你说说你，我给你说媳妇儿你不要，你领了一个回家还不给爹妈磕头。你想不想要你这个娘了？我还就把话撂这了，如果今天你们不磕头，就不要再认我这个妈！”

她又想起了父亲不让她给找儿媳妇的事，就是生气，心想：“当时我就发誓要制一制儿子的媳妇。今天若不磕头，就别想过这关。”

母亲做梦也没有想到自己居然遇见了这么厉害的婆婆，母亲从小就生长在一个民主宽容的家庭中，从来没有接触过像奶奶这样的人，她的尊严不允许受到这样的侮辱。作为一个新青年，她是不会向封建思想低头的。

于是，她对父亲说：“顾廉，你留下，我走。”语气很平静，却透着一股宁为玉碎不为瓦全的坚定，她挣脱了父亲的手，就往外走去。

父亲连忙追上说：“宴珍，你先停下。”

父亲拉住了母亲：“你能上哪儿去啊？这天都黑了，也没有回程的车。再说，这里就是你的家，你不回家去哪儿！”

这时，母亲终于承受不住委屈了。她哪里受过这样的委屈呢，在家一直被姥姥爷当作男孩养着，姥姥姥爷又是思想开放的人，尽管活儿很多，但是从小她被培养成有主见、有思想的人，到了学校她又那么优秀，工作岗位上，她跟男子不相上下，甚至更好。眼泪像断了线的珠子滚了下来，她默默地擦着眼泪。父亲看到母亲这样，一股心酸袭上了心头，他搂住母亲，心里暗想："如果妈再不让步，只好撂下东西，带着宴珍先离开这里。"

爷爷看到母亲落泪，终于妥协了。他下了炕，走出门，对父亲说："顾廉，儿媳妇快进去！走什么走！你妈跟你们说着玩儿呢！"说着又怒目看一下正要反驳的奶奶："我说老太婆，你行了啊！别闹了，差不多就得了。不磕头就不磕头。这规矩也得变一变。"

奶奶冷着脸不情不愿地同意了。

爷爷又说道："好了，你俩给你妈行个礼就进屋吧！大过年的，别整这么多不愉快。你妈说，要是不磕头就不给钱了，你俩体谅一下，乡里乡亲的都这样。你俩反正也都是挣国家的钱，不缺这个。"

母亲抹干眼泪，点了点头。父亲拉着母亲走到爷爷奶奶跟前，弯腰行了个礼，说："爸妈，我们回来了！"

爷爷连忙叫他们起来，然后对着老姑他们说："你们快点啊！快点把你二哥、二嫂扶到屋里去，休息一会儿，然后准备吃饭。你妈为了给你们接风做了八个菜呢！这是过年了啊！"

父母亲随着老姑到东屋，屋里的炕烧得很热乎，但是被褥都是旧的。父亲有些不好意思，他拉着母亲说："宴珍，委屈你了。妈这人思想守旧，不开化，你就不要跟她计较了。"

母亲其实心里是委屈的，但是她不是那种小家子气的女子，于是她摇了摇头说："我知道，我不会跟妈计较！"

她看了看屋里的摆设，有些担心地说道："我很担心，妈是不是不满意我这个儿媳妇？"

父亲叹了口气说："别瞎想！她还不了解你！别着急，有我呢！我不会让你受委屈的。”

过完大年初三，父亲开始给亲戚拜年。屋外寒风凛冽，灰色的云彩往一起聚，大地硬邦邦的。父母亲拎着礼物，走在冬天里的土路上。他们要到各个亲戚家拜年。真像爷爷说的那样，因为父母亲没有磕头，各家都没有给新年钱。乡里人都说：“这下可省钱了。”各个亲戚家都是热热闹闹地把父母亲迎进门，留下礼物后，又热热闹闹地把他们送出门。有的还私底下嘀咕：“你说，这顾婆子是精呢，还是傻呢？”

走访亲戚的最后一站，是四爷爷家。四爷爷也是刚回来。父母亲到他家后要给他行礼，他连忙摁住了父亲的肩膀：“使不得！使不得！咱都是文化人，不流行这个！你们能来看看我，我就非常高兴了。来，来，来，我叫你婶儿准备点儿下酒菜。顾廉，今天咱爷俩好好喝一顿。”

不知怎么，父母亲在四爷爷家感觉特别轻松和亲切。四爷爷的故事，母亲不止一次听父亲讲过，父亲一直对四爷爷心存感激，所以除了送上城里买的点心，还给四爷爷四奶奶各买了一块布料。而四爷爷没有理会村里不磕头不给钱的习俗，给了父亲和母亲一份超丰厚的礼金。尽管父母亲百般推让，但是四爷爷还是执拗地塞到了他们手上，并说：“顾廉、宴珍，你们俩的事我也听说了。你俩也别怪你爸妈，你妈这个人死要面子，心里倒没有什么，慢慢地她就想通了。”

父母亲在四爷家吃的这顿饭是他们回来以后吃得最快乐的一顿饭。

这个年过去了，在以后的五十多年里，父母亲都因为这个原因那个原因没能一同回到家里过年。奶奶也终于知道，母亲是个好儿媳，她帮父亲负担起这个大家庭的责任。即便奶奶爷爷去世了，他们管完长辈管同辈，管完同辈管小辈。母亲似乎就是为了父亲而生，为这个家族而生，却几乎没为她的娘家做什么。

结　怨

甸子小学作为一个地区优先发展起来的学校，很快成为其他落后地区教师成长的摇篮。父亲、母亲、曹亚军等早期来到学校的教师成了各学校办学中的抢手货，教育局不断到学校挖他们。虽然谢校长反复强调本学校的重要性，其他老师还是陆续被派往更需要的地方。在暑假期间，曹亚军和古菊又被调往大店子乡小学。这时，他们已经是恩爱夫妻。临走前一天，父母亲在家请他们吃了一顿饭。父亲和曹亚军喝了点儿酒，他们谈了很久，分别时两人几乎要掉眼泪。

深冬，外面非常寒冷。母亲即将生产，父亲每天在上下班路上，小心地陪着她。在一九五七年十二月底，母亲生下了大哥。因为母亲奶水不足，大哥面黄肌瘦。一天，外面下着小雪，母亲怀里的婴儿使劲儿地哭，声音沙哑，屋内充满了雾气，唯一向外看的玻璃窗上蒙上了很厚的霜。这时，父亲从风雪中赶回来，手里拎着两个猪蹄。开门时，屋内的空气迅速化为水雾挤出去，而外面冷风也随之挤进来。父亲用力将门关上，将寒冷的世界截在门外。

“回来了，顾廉。”母亲说。

“回来了。我买了两个猪蹄，社员们说这东西最下奶。怎么儿子不哭闹了？”父亲问道。

母亲一边抱着婴儿，一边用手轻轻地拍着说：“可能是吃不饱，这样哭了半天。真是急死人！”这时婴儿又哭了起来，她一会儿站起来，一会儿又坐下，这孩子不管大人怎么哄，仍然不饶不屈地哭喊，嗓子哑了，只能发出“啊啊”的声音，真是可怜！

父亲用刀切开猪蹄，放到锅里，再放了水，然后将锅放到炉上。一会儿，锅里的水开了，咕嘟咕嘟水蒸气不断地冒出来，小屋里更是显得满满当当的。这时，孩子总算睡着了，母亲把孩子轻轻地放到炕上。

猪蹄炖好了，父亲给母亲盛了一大碗，双手捧着递给母亲说：“先喝一碗，如果奶水多了，孩子大人都少受罪。”

母亲接过碗一看，说：“怎么这么浓？油乎乎的。”

对于不爱吃肉的母亲来说，喝这碗不放任何佐料、浓浓的猪蹄汤，真是难事！她吹吹，又打量打量碗。

父亲说：“你快喝了吧！一会儿孩子又醒了！”她又使劲儿吹吹，闭着眼开口，咕咚咕咚喝了两口。这时，孩子又哭了。

又一个学年结束了，母亲一边带大哥，一边忙教学。一天中午回家，母亲从邻居家把大哥接回来。这时的大哥可以吃一点面糊或者大人嚼过的食物，所以奶水不足的母亲多少轻松了一些。孩子吃不饱，就给他喂点儿饭。

她正给大哥喂饭时，父亲匆匆回来说："宴珍，我听到一个消息，要把你调到三店子小学当副校长兼教导主任。"

母亲说："那你呢？"

父亲说："我也提拔当甸子小学的副校长，主持工作。谢校长调到甸子中学当校长去了。"

母亲说："那儿子怎么办？你不在身边，儿子这么小，我还得工作，这可怎么办？"

父亲说："看看消息是不是准确！老师们还很羡慕咱们，说咱们都得到了提拔。"

母亲给大哥喂完饭，抱起来亲了他一口，说："找你爸去吧！"

她把孩子递给父亲，说："我才不在乎当不当官，把自己的课教好，不要误人子弟就行。不然，我就跟教育局说，我不去当什么副校长。"

父亲抱着儿子说："你不去那还行，那叫不服从组织分配。再说，你是凭自己的能力和贡献得到提拔的，这是多少老师求之不得的，这样能更好地发挥你的作用。"

母亲一边做饭，一边说："那儿子怎么办？"他们吃完饭把儿子送到邻居家，又一起上班去了。

暑假还没结束，上级的调令下来。正像父亲说的那样，母亲被调走。这期间，父亲写信把他们的情况告诉了爷爷奶奶。奶奶现在对待儿媳妇的态度大有转变，为了补救当年怠慢母亲的事情，同意帮父亲母亲带孩子。当他们两个人正想一同送孩子回老家时，姥姥家发来电报说，姥姥病得很重。母亲他们商量后，只得由父亲将大哥送到奶奶家，而母亲回姥姥家看望姥姥。母亲含泪将大哥交给父亲，自己登上回姥姥家的汽车。父亲抱着大哥，独自将大哥送到了奶奶家。父母亲每两个月给奶奶家寄两袋奶粉，另外寄一些钱。而奶奶爷爷认为大哥什么饭都能吃，就把寄来的奶粉时不时地给三姑家捎一袋。这时，三姑嫁给了比她大十二岁的姑父，也生了小孩，没有奶水。而正在外地上中学的二姑和老姑，因学校伙食不好，奶奶也给她们捎点。所以，大哥反倒没有喝到多少奶粉。寄的钱补贴家里的开销，弄得大哥营养不良，从小发育不良。而爷爷奶奶认为，孩子有先长后长之说，大哥属于后长的孩子。看大哥不长个，他们也不着急。

经过住院治疗后，姥姥身体得到了恢复，母亲赶回三店子小学。父亲担任甸子小学副校长，主持工作。他们各自忙起事业来，聚时少，离时多，但是他们互相关怀、互相鼓励，都快乐地工作和生活着。

转眼到了第二年，母亲怀上了二哥。母亲现在已经成长为一个教学质量高、管理能力强的优秀教师和学校管理者。她独自怀着身孕上课教书、管理学校，比起怀大哥的时候，沉着多了。父亲不时到三店子看望和照顾母亲，但是由于他非常忙，所以心里觉得对不住母亲，总是写信来。

有些老师跟母亲开玩笑说："宴珍老师，你真有魅力！又谈恋爱了，情书一封一封的！"

母亲说："哪有的事，这都是我爱人写的，他是有点儿不放心我！"

二哥出生了，他很幸福，母亲奶水足，所以吃得饱。二哥不哭不闹，非常省事。可是同样也有一个怎样带他的问题，父母亲两地，都担任重要工作，没有办法带二哥。这回父母亲想求助姥姥和姥爷。当时姥姥带刚刚三岁的老姨，就让他们把二哥也送过去。在一九六〇年春节后，父母亲把刚学会走路的二哥带到姥姥家。离开父母对二哥的打击非常大，据说二哥到姥姥家后，三年没有笑过，语言方面也没有进步。等回家时，他只会说："大马，杀了，吃肉。"不知道是不是这个原因，我觉得二哥与父母亲的感情一直就没有培养起来。他一路走来，总显得有些灰暗。

把两个孩子送走了，父母亲很想孩子，特别是晚上。

"不知道老大老二现在怎么样了？挺想他们的！"母亲说。

父亲马上答道："估摸又长高了，在爷爷奶奶家、姥姥姥爷家，孩子不会被亏待的。”

就这样你一句我一句的唠几句后，他们又投入工作中，似乎有使不完的劲儿。

两个人在这个地区很快就出了名。父亲不仅在小学上课，有时公社的培训工作也请他去。他为了把课讲好，平时加强积累，特别在培训农牧民上课时，他深入浅出、一丝不苟地讲解。下了课，他来到学生中间，虚心地向这些真正来自大田的学生请教，大家特别愿意讲给这位虚心好学的顾老师。一次，父亲在给农村干部讲课时，赶巧工作组的同志也在，一个同志说：“顾老师，你讲课讲是这么好，怎么不报名进入党校当老师啊？”

父亲说：“有这事？我一个小学老师能够条件吗？”

那位同志说：“像你这样的师范毕业生也算知识分子。这样的人不多，你课也讲得这么好，我想够条件。”

父亲说：“谢谢你告诉我这个消息，那我就去试一试。”

父亲把培训课讲完后，借了一辆自行车，回到三店子小学的家，跟母亲讲了他听来的消息，母亲也同意他去试一试。这样，父亲拿上公社开的介绍信，又到县教育局替换了介绍信，然后到县委党校报名处。确实像那位同志说的，父亲符合报名条件。这样，父亲就报了名，领了讲课提纲就回到学校。谁都没把这件事当回事，该做什么就做什么。

过了十多天，一天上午，党校给公社打电话，通知父亲下午去试讲。父亲把自己的课安排了一下，坐公共汽车已经来不及，又借了辆自行车，赶往五十多千米外的党校。正是初春时节，农民们下地种庄稼，庄稼地旁的树都抽出绿芽，一路春光明媚，壮美无比的画卷展开。父亲却没有心思欣赏风景，他边用力蹬自行车，边思考着需试讲的题目，不知不觉来到了县里。已经是十二点多，他找个小店吃了碗小米饭拌豆腐后，赶到党校会议室。

父亲在等候试讲时，突然有人叫他：“顾廉校长，你来这儿做什么？”

父亲循着声音转过头，马上站起来，只见一个人，身高一米七多，穿着整齐的中山装、白衬衣，头发整齐背向后脑，脸上架着一副眼镜，细长的眼睛盯着父亲，显出满脸傲气。这个人是韩局长，父亲在一次教育发展会议上听过他的讲话。

父亲说："韩局长，是您啊！我来参加今天党校教师选调试讲。"

韩局长有些不满意地说："你试讲？你报名了？谁同意你报名了？你来试讲，学校扔给谁了？"

父亲非常不解地说："我报名了。我是拿着教育局介绍信来报名的。学校那头，我安排好了，讲完，我就赶紧赶回去。"这时，等待试讲的人围了过来。

韩局长说："不行！我不同意你试讲。你是教师中的骨干，不安心当教师来参加什么试讲。你这是无组织行为，你马上回学校去。"

父亲正要说什么时，党校校长李强赶来，问："韩局长，怎么了？有什么事儿吗？"

韩局长说："李校长，这位顾廉同志是我们教育系统的骨干力量。我不同意他报名党校教师试讲。你把他的报名取消了吧！顾廉老师，你马上回到学校去！"

李校长说："韩局长，我不能取消顾廉同志的报名，他符合报名条件。马上要开始试讲了，请你到评委座位上来。"

这时的韩局长脸色通红，哪里还有当评委的心情，说："不行，你必须取消顾廉的报名，不然，我去找张怀忠副书记去。"

李校长也有点儿来气，他让工作人员把评委、听众和试讲人员安排好后，对韩局长说："走，我和你一起去找张怀忠书记去。顾廉，你也来。"

父亲不知道说什么好，只好跟在他们后面。一会儿，三个人来到张书记办公室门外，李校长说："顾廉，你先在外面等着。"

他敲开了张书记的门，张书记听了他们各自的报告后，首先批评李校长。他说："你们收到学校老师的报名，是应该征求教育局的意见，教师队伍稳定是很重要的。单凭单位的介绍信就同意顾廉同志报名，这个做法有些简单。"

然后，他对韩局长说："人已经赶来准备试讲了，我看就这样吧！党校是培训党政干部的地方，也需要高水平的教师，县委同意他们用这种形式，就是想发现好的老师。所以，就放他一马吧！再说，他讲得怎么样还不知道呢！”在门外的父亲心里有些着急，可又没有办法，关切地盯着这扇门，等待领导对他的裁决。

韩局长说：“好吧，张书记！不过，下不为例。顾廉老师讲课水平还是很高的。全体老师培训，我都请他来讲课，没准儿还能比别人讲得好呢！”

张书记说：“是吗？一会儿他讲时，我也去听一听，真像你说的那样，我还得谢谢你呢！”说完，自己带头笑了。他一笑，李校长和韩局长也跟着大声笑了，笑声传出屋。听到屋内的笑声，父亲提着的心也就放下了，觉得可能没有事儿了。

这时，韩局长推开门，说：“顾廉，你也进来一下。”

原来张书记想见一下父亲地父亲走进屋，向张书记恭敬地行了个礼说：“张书记。”

张书记站起来，一边走向父亲，一边打量着他，只见父亲上身穿着洗得发白的旧灰色中山装，下身穿深蓝色劳动布裤子，脚踏运动球鞋，裤脚和鞋上都带着尘土，背了一个军用挎包，头发有些乱，一双眼睛炯炯有神，额头又宽又大，有点儿像思考者的样子。他上前握着父亲的手，说：“顾廉同志，从哪里来啊？”

父亲说：“上午从甸子小学骑自行车来的，因为赶不上公共汽车了。”

“那可是五十多里啊，辛苦了！你们韩局长说你讲课讲得好，是吗？”张书记接着说。

父亲说：“是韩局长夸我。”

张书记说：“你要好好讲，你们韩局长同意你试讲了。一会儿你讲课时，我也要去听一听。”

父亲高兴地说：“谢谢！谢谢书记，谢谢韩局长、李校长，那我去准备了。”

张书记说：“好。”

父亲先出屋，随后韩局长和李校长也回到了会议室。

父亲认真地准备着。韩局长对这件事还是耿耿于怀：“你顾廉也太牛了，心中哪有我这个局长，这回你出风头了！”可是在这种场合，他不便于表现，也就不吱声了。

共有二十八名报名者，父亲是第七号。很快轮到他上台试讲，提纲是宣讲马克思的唯物史观。父亲在学校时接触过马克思列宁主义理论，平时经常将学过的东西与实践联系起来思考。他刚开始讲课时有些紧张，但是他思路清晰，很有条理，讲了几句后就把紧张的情绪控制好。虽然他讲得没有多深，但是观点明确透彻，理论与实际相联系，讲得活灵活现，很受人欢迎。父亲还需要当场抽签，进行现场讲课，这也是规定流程。父亲伸手一抽，抽了一张“向基层干部讲述怎样科学抓好备耕生产”的条子，只有三分钟的准备时间。父亲在讲台上写了自己的提纲，台下的人包括张书记、李校长，还有韩局长，都为他捏一把汗。特别是韩局长想：“你这个趾高气扬、不可一世的家伙要倒霉了，一个小学教师能懂春耕问题吗？让你逞能报名，这回有你好看的！”真是戴什么颜色眼镜，看到的景物就是什么颜色。父亲这样一个虚心好学、认真肯干、善于钻研的人，在韩局长这里变成一个不可一世的人。他以一种看父亲笑话的心态观察台上的动静。父亲准备好后，沉稳地站起来，手里拿起半截粉笔，将提纲写在黑板上，然后转过来开始讲课。他把科学抓好备耕工作讲得头头是道，不但讲了怎样科学备耕应该注意的问题，而且就目前广大农村备耕生产中存在的问题以及如何纠正这些问题，讲得有理有据、思路清晰，把在场的人都听愣了。讲完后，大家还没有反应过来，停顿了几秒钟，现场响起了热烈掌声。韩局长也不得不鼓起掌来，随即他对父亲有了新的评价，认为父亲不务正业，是个一无是处的人。一个干部对事物的判断总是掺杂个人情感，而他这种影响了父亲半生的政治生涯。

讲完课后，父亲出了会议室，骑上自行车就往回赶。当时天还早，父亲一边骑车，一边回忆自己讲的内容，认为有些地方讲得可以，有些地方讲得不全面。这两个题目与他的职业联系不大，父亲想了想，反正讲完了，是什么结果随它去吧！又想到了学校的发展问题，新上岗的教师需要老教师带，老房子需要修，不然到雨季可能会漏雨等等。等他到学校时，已经晚上七点多，天快黑了。他骑了一天车，一百多千米路，又讲课，实在是有些累了。到了办公室，看大家都在准备教案，拿上教案回到宿舍，煮了一碗玉米面糊，就着干粮咸菜吃了起来，用热水泡了泡脚，就上炕了，靠在行李上看教案，很晚才入睡。

大概过了十几天，突然有几个同志到了甸子小学。他们是公社教育助理、县教育局杨副局长和一位不熟悉的人。

教育助理找到父亲说："教育局向甸子小学派了一位校长，来，我来介绍，这位是于长志校长。今天，教育局副局长专门到此送于校长上任。"

父亲跟杨局长和新来的校长握着手说："欢迎，欢迎。一年多时间让我主持学校工作，今天终于盼到了校长，欢迎！我通知各教研主任来。老师们都在上课，稍等一下就下课了。杨局长，您看呢？"

杨局长说："顾校长，我把于长志校长送到位，我们召开一下各教研室主任参加的会议即可。教育大会由你们自行安排。"

通知下去，很快各教研室主任赶到办公室，杨局长宣读了教育局任命文件，任命于长志同志为甸子小学校长兼党支部书记，宣布父亲为副校长，不再兼任党支部书记，并讲了一些鼓励的话就离开了。

父亲本来想把学校的总体情况向于校长做介绍，可是于校长不听，他自己向各个教研室主任甚至教师打听情况。过了三四天，于校长主持召开了全校教职工大会。在会上，他把学校的教学及管理工作说得一塌糊涂，弄得教师和职工莫名其妙。接着，他在会上提出了新的教学管理方法，将几个科室的骨干教师调离，让普通老师上任。他说："我来学校前，县教育局韩局长专门找我谈话，让我一定纠正甸子小学不务正业的错误倾向，把主要的精力转到教学上来。当然，经过我的了解，觉得我们甸子小学存在的问题是有的，但是没有那么严重。我们的教学质量和学校的管理还是很成功的。在顾廉主持工作期间，学校有了很大发展。我们说话就要一分为二嘛，有问题说问题，有成绩讲成绩！"父亲强压着自己的情绪，没有说什么。

会后，有些人问父亲究竟出了什么事。父亲说没出什么事，他们不信。父亲真不知道出了什么事，自己不再抓管理，只把教学搞好，心里有所不满，可又不能跟老师们说什么。

转眼到周日，他回到了家，一进门，说："宴珍，我回来了。"

母亲非常诧异地看着父亲："你今天怎么这么轻松？"

父亲叹了口气说："没事！回家看看你，休息两天。怎么我回家你不高兴啊？"

母亲说："我怎么会不高兴呢？你们甸子小学有那么多事，你这个主持工作的校长没事，我一个普通副校长还忙不完呢，到底出什么事了？"

父亲把背包放下，脱掉鞋子上炕，找来一个枕头，一头躺下了。

母亲坐在炕沿上盯着他说："顾廉，出什么事了，你的气色不好。快告诉我吧，别自己闷着！"

父亲说："事没出，只是教育局给甸子小学派了校长，所以我就不操那么多心了。"

母亲说："这样更好！看这一年多时间把你忙的，休息一下更好。你躺着我去做饭。"

第二天接近中午时，父亲在屋外忙乎，天空晴朗，阳光明媚，惠风和畅。父母亲洗了许多衣物，挂在院里的晾衣绳上。这时，曹亚军来了。

"这可是个稀客！亚军，你怎么来了？宴珍快出来，曹亚军来了。"父亲说。

曹亚军说："老同学，好想你啊！我把明天上午的课调给了别人。今天，坐汽车来到这里，准备明天早上回去，专门来看看你们。"

母亲说："这让我们说什么好，你把古菊和孩子扔到家，怎么不一块儿带来。"

曹亚军说："想带她们来，我怕把孩子折腾病了。咱们都一年多没见面了，想你们啊！"

母亲做饭，父亲忙出去买酒菜。

父亲出去后，曹亚军问："宴珍校长，顾廉最近有什么变化吗？"

他的问话让母亲丈二和尚摸不着头脑，母亲说："你是指哪方面啊？"

曹亚军说："哪方面都行，有没有什么变化？"

母亲说：“他二十多天没回家了，昨天回来说，甸子小学又去了一个校长，别的没说什么。”

正说到这里，父亲拿了一瓶酒、一袋花生米、一瓶鱼罐头回来，母亲已经炖了一碗土豆，炒了一道酸菜粉头。他们三个人开始一边喝酒一边吃菜，曹亚军迫不及待地说明他的来意。原来，人们说他不务正业、不研究教学，却研究起农业生产，还到党校报名试讲；说他没有把教育局长放在眼里，去报名参加试讲，也没有向教育局报告；说他把学校搞得乱七八糟，甸子小学领导班子必须改组；还听说党校要调顾廉，教育局借故说缺人，没放，等等。

说到这里，他独自端起酒杯喝了一口说：“真是太气人了。”

父亲本来端起酒杯，听曹亚军讲了这些，就把酒杯放下说：“我知道是什么事了！教育局已经把于长志校长派去了。”

曹亚军说：“你原来认识于长志吗？”

父亲说：“听人说，他原来是教育局的工作人员，后派到西子小学当校长的。在他去甸子小学之前，我不认识他。”

母亲说：“来，亚军吃菜，你们只顾说话，菜都凉了。你知道他是个什么样的人。来吃菜！”她给亚军夹了点儿菜，放到他的碗里。

曹亚军说：“宴珍校长，咱们相互了解，就是有人在故意整顾廉啊！”

然后，他对着父亲说：“我听说这个于长志是韩局长的人，教学能力和管理能力都一般，就是对韩局长毕恭毕敬，都说他擅长溜须拍马、阿谀逢迎。”

父亲说：“我是什么样的人，大家知道。人正不怕影子歪。我干好我的教学，他还能把我开除吗？”

曹亚军说：“那他倒不敢！”

晚上，曹亚军和父亲住，母亲到女教师那里住了一宿。

第二天早晨，父亲和曹亚军都早早地赶回去上班，母亲也早早到学校去了。

转眼进入冬季，一天上午，父亲正在办公室批改作业，于校长开门进来说：“顾廉校长，你来我这里一下。”

父亲跟着于校长去了他的办公室，一边进屋，一边问于校长：“有什么吩咐？”

校长指着旁边的一把椅子说：“你先坐下。”

然后，他说：“顾廉校长，我到学校有些日子了。我们两个人配合还算过得去吧？”

父亲不知道他要说什么，就附和着：“我们配合得不错。于校长对我还满意吗？”

于校长并不回答他的话，望着窗外说：“是这样，刚才我接到教育局的电话，让我通知你办调转手续。你已被县党校正式录用了，祝贺你。”

他走到父亲身边伸出双手，满脸恭维谦和的笑容，说：“祝贺你，顾廉。今后请你对我于某人多多关照啊！”

父亲方才醒悟过来，原来他要调走了，这也是他想不到的事。因为距离面试已经有近半年的时间了。

他也站起来握着校长的手说：“这是哪里的话！即使我调走了，也不会忘记于校长，也不会忘记咱们甸子小学，谢谢于校长对我的栽培。这几个月，我从你身上学到了不少东西。”

他一边说，一边想自己怎么也变得能说会道了呢？这时，几个老师也听说了这件事，赶过来向父亲祝贺。

父亲穿着棉大衣，戴着一顶棉帽子，脚踏一双棉布鞋，找了一辆马车，前往宁山县城。一路上，冬天的大地里，只留下一个个庄稼茬子，显得光秃秃的，路旁的树木早落光了树叶，枝条在风中摆动。父亲回想自己已经参加工作六年多，又想到未来作为党校老师的责任，感到肩上的担子很重。尽管旷野冷风飕飕、天寒地冻，但是他的心中有一团火在燃烧，他的光热一定会投射到所从事的事业上。

父亲来到教育局办手续，在走廊遇到了韩局长，父亲马上迎上去说：“韩局长，你好。”

韩局长一见父亲，冷冷地说：“顾廉，你现在是大名鼎鼎啊！教育局水浅，祝你好运！”

然后，还没等父亲说什么，他就大步地走了。父亲站在那里，望着他的背影，突然有两个人从他面前走过，他没有理会就忙着办别的手续了，然后，去人事局、组织部，真是一路畅通。父亲正式成为一名党校教师。虽然他仍然是教师，但是他跨出了教育界，这是靠自己的能力走出来的。

后来他听说党校李校长一开始就要调父亲，结果被韩局长挡了回来。这次县委要求党校大规模培训村乡两级干部和县机关涉农部门干部，党校力量明显不足，李校长又想起了父亲。这次他没有去找韩平，直接找到张怀忠书记，张书记才知道这件事。张书记说："这个韩平小家子气！马上给组织部门打电话，要求他们立刻办理调转事宜。"

这次，韩局长是挡不住了，所以心中特别不痛快，给父亲牢牢记了一笔，心想："等我哪天遇到你再说。"实际上，他曾经特别欣赏父亲的才华，现在他是彻底看不上父亲了。父亲想起这些，心中也不怨韩局长。

父亲办完手续回到学校，与校长做了交接，雇了一个马车拉上生活用品，回到家，立刻把自己调往县党校的事告诉了母亲。

母亲说："祝贺你，顾廉！祝贺！从小学老师到党校老师，这跨度很大呀！你可要努力学习工作，别辜负组织和领导对你的期望。"这夫妻连祝福的话都带着大道理，他们的人生就是奉献的人生。

父亲看着妻子的脸说："我会做好，你大可放心。"

这时，母亲又有了身孕，父亲不能照顾她，心中有些过意不去。父亲嘱咐母亲照顾好自己，把家里的粮食、柴火等多预备了一些，就抓紧赶到党校去了。

一九六一年三月，中央工作会议通过的《农村人民公社工作条例（草案）》，（简称"农业六十条"），为贯彻精神，宁山县委在农业生产稍闲的时候，举办为期七天的学习班，培训村乡两级一半多的干部，将近五百人，重点是传达如何推广科学发展，推广机械化以及先进地区的好做法。父亲报到时，准备工作已经开展。他负责讲如何推进农业生产的科学化以及先进地区好做法，这对他来说着实陌生一些。同时，因为他年轻，还要和另外几个年轻同志一道为培训工作做后勤服务。父亲抓紧备课，找了很多资料，然后又去走访涉农工作机关和农村大队，特别是先进典型。四天的时间，他白天走访，晚上翻资料、写提纲，宿舍灯亮到后半夜，同时还要和其他同志去看教室、找旅馆等。看他来去匆匆不知疲倦身影，党校的老同志议论：“这个新来的年轻人真不错！”

培训开始了。父亲每天上两次大课，每节课三个小时，他用贴近生活、贴近生产的语言讲课，就像讲身边发生的故事一样，引导基层干部、村干部发言，整个课堂非常活跃。

下课休息时间，他与基层干部交流，收集好的思路和做法，纳入自己的教学课程。他一边讲课，一边进行着充实和总结。这样一来，一次比一次讲得好，听课的基层干部收获很大，父亲也得到了锻炼和成长。

等培训结束后，父亲整整瘦了一圈，但这时他已经成为远近闻名的年轻的非常有水平的党校老师了。这时，他才想起来看望李校长的事，他要认真向李校长致谢。他来到李校长办公室，站在桌前非常诚恳地说：“李校长，到您这儿报到有点儿晚了。我不知道我的课上得怎么样，但是我觉得这次学习班办得很成功，谢谢您，李校长！真是非常感谢您，把我一个小学老师变成党校老师，让我有机会锻炼自己，有机会做更多的工作！”

李校长也站起来说：“小顾，这是哪里话！把你调来，是因为你有这个才能做这项工作，是工作的需要。我们党校是宣传党的路线、方针和政策，培训干部的阵地，是提高干部素质的摇篮。能够在党校工作是非常光荣的，责任也很重大。你这次课讲得不错，以后我们还有很多课程，希望你再接再厉抓紧时间，学习提高自己。”

父亲有些诚惶诚恐，再次道谢后走了出来，他怀着紧张、激动的心情，以百倍的信心投入新的岗位。

他的专业是农业生产，这也是党校重点工作之一。不过还好，在培训班结束后，党校派他去上级党校培训两个月，使他从理论、政策等方面有了全面的提升。每到星期日，他就设法回到母亲那里，帮助母亲做一些活计。

第二年的春天，三哥出生了。这时，大哥六岁，二哥四岁。父母亲商量后，觉得不能再让大哥二哥在奶奶家姥姥家待下去了，在甸子小学找了一个农村小姑娘帮助母亲带三哥。在三哥两岁后，母亲又生下四哥。四哥长到六个月后，父母决定雇个保姆，将大哥二哥接回来。于是，他们托好朋友帮忙，最后在黑里河找到一位姓葛的奶奶，母亲每月给她十元钱。那时母亲和父亲的工资合起来挣四十多元，虽然家里有人照顾孩子们，但是日子变得紧张了。大哥二哥陆续被奶奶、姥姥送了回来。大哥面黄肌瘦，个子不高，已经很懂事了。二哥胖乎乎的，长得像大哥一样高，不说话。他们在葛大奶奶的照顾下，同三哥、四哥一同成长。葛大奶奶的到来，虽然使我们的日子紧张些，常有借钱借粮的事，但是父母因为孩子有人管，所以从容多了。葛大奶奶和我们一家人相处得非常融洽。在外人看来，她就是孩子们的奶奶，父母亲的亲娘。葛大奶奶用在我们家做工赚的钱，盖了房，娶了儿媳妇，成了他们那个穷山村里的中上等人家。四个哥哥在葛大奶奶的帮助下，在父母身边幸福快乐地成长，大哥慢慢地胖了一些，个子也高了一些，上了小学。二哥一点一点地学说话，个子长得很快，很快就超过了哥哥，三年后，也上了小学。三哥和四哥小一些。三哥很顽皮、机灵，让人操心。四哥比较安静，常跟在三哥屁股后边，要么自己玩，葛大奶奶很喜欢他。

我于一九六五年出生了。父母亲本想要一个女孩，可是我又是个男孩，而且听母亲说我小时候特别爱哭，哭的声音还非常大，好像对这个世界不满似的。

这个时候，爷爷奶奶家有些事情，需要父亲操心。三叔要结婚了，爷爷奶奶没有钱，他们写信给父母。父母借了些钱，还给做了两套行李，给二叔二婶每人买了一身衣服捎回家去。过了不长时间，二姑和老姑一同来到我们家。奶奶说她们毕业了，田地都由三叔种，想让她们在外面找点事做。父亲求爷爷告奶奶，给老姑找了个在商场卖货的临时岗位，给二姑在小学找了代课岗位。她们都能养活自己，安顿了下来。父母亲想在宁山县给她俩找对象，但她们想回家，不同意。

这个时期，父母亲压力很大。教育局想提拔母亲为校长，母亲说什么都不干，她说自己孩子多，精力有限，担任不了校长。父亲在党校工作没有母亲忙，但是没有假期，有时候周六日还需要加班。在党校工作四年后，县委办调父亲去当秘书。因为自己年龄也不算小了，担心做不好工作，所以不想去，但是调令下达，他也只能去了。干一行，爱一行，父亲始终认真工作。在父亲调到县委当秘书的第二年，张怀忠同志升任县委第一书记。他上任的第二天，县委办就将父亲调过去，给他当秘书。这时，韩平局长升任副县长。他每次见到父亲都会想起当年父亲没有请示他就去党校报名的事，但现在只当是个笑话说了。他春风得意，有一种大干一场的劲头。在县里的处级干部中，他具备知识分子独特的气质和风度，分管社会事业民政等领域，大权在握。他的追随者于长志当上了教育局副局长，这让曹亚军他们这些老师望尘莫及。他见到父亲从来都是笑容可掬，显得非常谦虚。

秘书这个工作很锻炼人。县委的大部分材料，由父亲和其他秘书班子成员负责。可是，日常各类材料都需要父亲准备。一方面，父亲努力学习，特别是时事、政法、党的方针政策，他要保证自己的思想及时跟上形势。张书记也严格要求他，这样他才能不落伍。另一方面，他需要随时跟上张书记的步伐。他有一个笔记本，随时将张书记的讲话观点记录下来。有时候张书记有事找他，他想不起来时，就翻记录本。一次在下午快下班时，张书记接到紧急通知，第二天下午到盟革委会、盟委汇报工作。这时，半年还未到，没有工作总结，前一年的工作总结已经过时。张书记知道他的材料不好准备，就把父亲叫到办公室，给父亲列了一个提纲。父亲连夜准备材料，他将张书记的大提纲都列出小提纲，按照小提纲将材料找好。晚上，他在自己的卧室准备材料，凌晨才写完。睡了两个小时后，他将材料誊抄一遍。在张书记吃早饭时，他将材料交到张书记手上。张书记用早饭时间看了一遍材料，在几个地方做了一下修改，然后交给父亲。父亲要在一个小时内拿出多份油印材料。那个时期，油印材料很麻烦，需要将文字刻在蜡纸上，再用油滚子印刷出来。父亲跑到办公室，自己亲自刻蜡纸，保证一个字也不错。他在这头刻蜡纸，那头有人在油印，这样用了四十分钟时间，将材料油印出来。这时，父亲才觉得饿，因为昨晚他就啃了半个窝头，早上还没吃饭。还好，张书记在他忙得时候，让人给他拿了两个馒头。办公室的人看他根本没空吃，也就没打扰他。等油印完，办公室的小同志才将开水和馒头送到他跟前。他大口地吃着馒头，喝了点儿水，就抱着材料和张书记一起出差了。

这样又过了两年，父亲在秘书岗位上得到了全面锻炼和提升。同时，因为父亲为人谦虚、勤奋工作，善于学习，周围的人对他赞赏有加。一天，父亲正在总结前几天和书记一同下乡的调查情况，准备写一篇调查报告。县委常委会这时开会研究人事问题。对此，父亲多少知道一点信息，但他丝毫没有想到这个问题。他认为，组织对每个人都是负责任的，提拔他干啥，他就干啥；不提拔他，他也没有意见，所以心如止水。而教育局副局长于长志却坐卧不安，他当副局长也有两年了，想换个单位或者提上一级。他焦急地等着县委会研究结果，没有地方去，跑到父亲的办公室，父亲给他倒了一杯水。他和父亲随意说了几句话，待一会儿就走了。

在县委常委会，组织部提出派父亲到宁南公社做党委书记兼革委会主任。常委中有人提出意见，认为顾廉同志很优秀，但是把他从一般干部直接提拔到一把手岗位，认为不妥，觉得让教育局副局长于长志同志去比较合适。这个人和顾廉的出身经历相仿。顾廉现在当秘书，而于长志同志是副科级干部。这时常委里有的人赞成父亲，有的人赞成于长志。

组织部长说："于长志同志年轻有为，也不错，但我们考虑他没有基层工作经验，不适合派到基层任一把手。"

那位常委说："你说的这一点，我认为站不住脚，顾廉也没有基层经验嘛？"

这时，张怀忠书记说："大家就这个问题不要再争论了。顾廉同志，在党校任教好几年。大家不要小看他这个经历。在党校，他是专门培训农村干部的教师。为了讲好课，没少到农村各个地方调查研究。给我当秘书，跟着我，无论到农村工厂，还是学校机关调查，他从来都是非常谦虚细心，而且勤于思考，分析问题，还有一定的理论功底，写出的调查报告能够反映真实情况，提出的观点都是很有见解的。这方面，你们提到的那位于长志同志是不具备的。再说，上级对提拔干部有要求，对于符合革命工作需要的年轻干部，可以突击提拔、突击入党，来解决缺乏干部的难题。顾廉同志党龄超过十年，我想他能够经受住组织考验，到一个落后的公社发挥他的聪明才智，改变那里的面貌。"

张书记的这一番话说得大家都不吱声了。会上，任命父亲到宁南公社任党委书记兼革委会主任。

这个工作让父亲的生命大放异彩。在宁南公社这片土地上，责任是促进他成长的肥料，农民兄弟是支持他改造落后山区的重要力量。自父亲到任后不久，父亲和这个地区开始迅速成长。

父亲接到通知，感觉到自己身上责任重大，竟没有一点喜悦。张怀忠书记找他谈了谈，对他提出了严格的要求和殷切的希望，又从爱护的角度，告诫他注意的事宜，他牢牢记在心里。回到办公室后，他一边整理东西，一边思考书记的话。这时，有人敲他的门，打开门一看，是市交通局办公室秘书王岳坤。

父亲把他让进来，说："你怎么来了？岳坤，有什么事吗？"

父亲认识这个小王，他工作很认真，而且头脑灵活。

王岳坤说："顾廉哥，听说你去宁南公社做党委书记兼革委会主任，我也想跟你去。"

父亲说："你们交通局多好，跟我下基层吃苦，你受得了吗？再说，我又不是组织部、人事局，我能让谁去，谁就能去吗？我没有这个权力啊！"

王岳坤说："顾廉哥，只要你愿意让我去，我自己找组织。下基层，组织还不欢迎吗？"

父亲说："这事你得自己想好，还要跟家里老人和妻子商量妥才行。你要去，我欢迎。但是这事你自己办，我一个小干部不能主张带谁去。"

王岳坤答应了一声，高高兴兴地走了。父亲收拾好东西，回到家，家里正一团糟呢！

父亲赶到家时，葛奶奶正坐在炕上哭呢，一把鼻涕一把泪，不住地用衣襟抹着眼睛。母亲一手抱着我，一手帮着葛奶奶擦眼泪，劝说着葛奶奶。原来葛奶奶的儿媳妇最近生了第二个孩子，孩子没有人看，请她回家照顾孙子。可奶奶不愿意去，她在我家生活了六年，从一个中年妇女变成一个健康的老太太。父母亲曾答应给她养老，儿子现在却让她回去。她舍不得这里，也担心将来儿子不能给她养老送终，还有些舍不得我们这帮孩子，特别是我刚十个月，她觉得这个时候离开我们家不够意思，没有人照看我。

父亲安慰她说：“葛大娘，你儿子的事比我们的事更重要，因为你是他的娘，这时候你不去帮他，怎么行？我们自己的事，我们自己再想办法吧！你就放心吧！等你孙子长大了，想到我们家来，你再来。我和宴珍曾答应给你养老，这话还算数。”

葛大奶奶听到这里更伤心了，哭着说：“你们两口子待我这个老婆子太好了，太好了！”

她这一哭，弄得大家都落泪了。

他儿子套车来接她，父亲给她装了半袋小米、半袋白面。这白面是准备过年包饺子用的。

父母亲说：“等过年，我们再想办法，先把这仅有的白面给葛大奶奶拿上。”

父亲又和同志借了三十元，加上自己的二十，凑够五十元，给了葛奶奶。葛奶奶哭着坐上车，我们一家人把他们送到大路上。后来听母亲说，葛奶奶回到家两年后得病了，儿子也没耐心给她治病，第三年她就去世了。去世时，她儿子来我家找父母，问有没有棺材板。父亲买了一副棺材板，亲自送过去，送走了葛奶奶。

我们一家人也得往宁南公社搬家了。母亲也调到宁南中心小学任教导主任。过了半年，她改任校长。当校长的母亲，几乎将所有的精力都用在教学工作上。同时，父亲顾不了家，家里的一切事情都压在她的身上。这可把母亲累苦了，但是她自己不这样认为，一种奋斗的精神鼓励她拼命地工作，可是人的身体不是钢铁做成的呀！

第三章

根植宁南（一）

上　任

这是一九六八年，一个干旱的春天，青黄不接，连续一个多月不下雨。父亲到任后第二天就进行村调查。宁南公社是个山区，在辖区范围内有大小山脉十几座，耕地少，耕地质量很差，都是山地，地里石头多。全公社辖九个村三万一千人。九个村分别是西大坡，这里也是公社所在地，还有北面坡、杏花岗、酸枣沟、吐泡泉、鱼脊背、岔路口、岭子头和马歇脚。这大多数村中又有小村，有的村只有三五户人家。他从西大坡开始，转到吐泡泉，再向南，最后到马歇脚村。

陪同父亲的，有革委会副主任李大力，他是军转干部，还有农业助理王化民和综治办的一名年轻同志。他们坐着一台拖拉机，在坑坑洼洼的山路上行进。两侧的山岭背阳处有一些乔灌木，而朝阳处岩石裸露寸草不生。一路上，李大力不吱声，王化民给父亲介绍各村的情况。由于天旱，那些树木也是半死不活的样子。山谷地大田的庄稼长势不好，一些山坡地没有种。每到一处，父亲都与村干部座谈，到农户走访，了解生产状况，查看土质和墒情。由于长时间不下雨，秧苗一片一片地贴在地皮上，父亲的心情很沉重。他到的第三站是杏花岗。这时王岳坤赶来，他带着组织部调令和党组织关系追着父亲报道来了。父亲对他这种雷厉风行的行为很是欣赏，就让他跟着工作组一同开展调查活动。在调查活动中，王岳坤同志第一次接触农村。他认真地记笔记，一般不开口。

父亲鼓励说："岳坤，你认真听，勤记笔记，这习惯不错！好记忆不如烂笔头啊！但是还得善于提问。"

王岳坤说："顾书记，我不是不想问，我是什么都不懂，怕问得不对路。"

父亲笑着说："怕什么，谁不是从不懂开始的？我在甸子小学当教员，公社非让我给社员上农业生产方面的课，我哪里懂得？还不是凭着打破沙锅问到底的精神，使自己慢慢积累了一些知识。

王岳坤说："好，书记！我听您的！"

他试着每到一个地方都主动问一两个问题，渐渐找到工作思路。

到杏花岗村，村支书和两个村干部到村口接父亲他们。他们下车后，李大力向村支书司红书介绍道："这是新到的宁南公社顾书记。"然后给父亲介绍了司红书。

司红书说："欢迎顾书记到杏花岗调查。"然后，他们边走边唠。

此刻正值初春时节，漫山遍野的山杏花，漂亮极了。

父亲问村支书司红书："司红书同志，你这山杏树真不少啊，有多少亩了？"

司书记说："顾书记，不瞒你说，我这山杏树有千八百亩地。杏花岗这个村名就因这里山杏树多。到杏花开时，漫山遍野都是啊！"

父亲又问："耕地情况怎么样？"

司书记说："顾书记，好的地人均不到一亩。剩下的都是山坡地，土薄靠天吃饭。别看这满山遍野的杏花，'一时看景看不够，花落还不如棵豆'，真是啥用没有。"

父亲听后说："没有在这杏花上做文章吗？"

司书记说："也就是秋天卖杏核，值不了几个钱！"

父亲在杏花岗转了一天后，看了一块较好的耕地，又看了几块坡地，就在那里住下，晚上，又找几个社员座谈。

第二天，父亲他们到了酸枣沟。全村三千多人分布在六个山坳里，几乎没有耕地，坡上坡下多是山枣树。支部书记将父亲接上后，直接看了酸枣树林和一块耕地，庄稼旱情很重。

父亲问支书蔡大臣：“农民收入主要靠什么？”

他说：“顾书记，不瞒你说，我们这里没个靠。灾年没粮了，家家都贮存一点儿酸枣，饿了就抓一把嚼，村里好多人都有胃病。”

父亲想这地方哪能只有酸枣呢，将这里看了看，一边看，一边思考，但是一时也没有好的思路。

来到吐泡泉村，村支部书记丁洪亮带父亲他们到这里有名的吐泡泉洼地参观，只见这一洼地南面是高山，东北方向是个弧形的高台地。这吐泡泉有近三百亩地，最深处有四十多米。这里是旱时丰收，平年就涝，所以有个顺口溜：“吐泡泉吃饱，人肌瘦；吐泡哭时，人饱腹。”不过，现在这里是绿油油的庄稼，他们一行人都挺高兴的。

王化民说：“顾书记，这块下沉的台地还是有点小。”

父亲说：“是啊。”

父亲想：“这样的地形能做点什么呢？”

告别这里，他们接着去鱼脊背村。这里是一个三面环山的壶底形地貌，一座东南走向的大山伸出无数褶皱，从远处看像鱼脊背一样，几乎没有一块平地。

村支书徐大力向父亲他们介绍说：“这里是依山靠山，家家常年到山上摘果采药换成钱，补贴家用。往常日子还算过得去，但是今年山上的野果草药也不多，日子难过。”

李大力说：“顾书记，这里山上的药材可多了。”

父亲问：“徐大力，村民采药材普遍不？”

徐大力说：“差不多家家都挖药材，零花钱就靠这个。”

父亲想，这里没有保障的口粮田，村子的日子不好过。

他们来到岔路口村，这里与其他走过的村都不同，它与邻县平川公社的最西端相邻，土地平整，是宁南公社的主要产粮区之一。有三条公路在这里交汇，所以称为岔路口。因为旱情，这里也减产，但是总体形势还好。这让父亲身上的担子稍缓一些。

岭子头村跟岔路口村差不多，只是一半平地，一边山地。这里的平地庄稼长势一般，山上目前苗不全。父亲想："如果再不下雨，岭子头的平地庄稼也会大面积减产。"

带着这样的思考，他们最后来到马歇脚村。据说过去马队来到这里，必须将货卸下来，前面有一段山路非常陡峭，只能容纳一个人把货物从这陡峭的山间背过去，然后再小心地把马拉过去。中华人民共和国成立后，村里组织社员将通行的山路拓宽些，但是也不好走。这个村在一座东西山脉和一个西南走向山脉形成的拐角地区。山上都是青石，草目不生，山地贫瘠，全村几乎需要救济粮。村里又分了七八个小村，基本上是拐一个山头就有一个村子。老乡的房子多是由石头砌墙，房顶用茅草覆盖。有些人家的墙上挂着兔子皮什么的。父亲想："这样的村子也得想办法自给，减轻国家的负担。"

一个月后，父亲回到家。他推开家门，看到家收拾得比较像样了。两间半的房屋，一间住人，炕烧得很热，被褥放在东炕。在炕的对面，有几个旧箱子。中间的一间做厨房，另外半间房做仓库，放些米面和杂物。在靠东墙门边，还弄了一个小炕，能睡一个人，大哥睡在这里。母亲上任后，工作有些起色。老师们说宴老师负责任、有经验、善于帮助人。大哥、二哥分别上了三年级和一年级，三哥、四哥不到上学年龄。而我呢？母亲上班时，就把我送到邻居老乡家，他家有一个六十五岁的老奶奶。母亲回到家，再把我接回家，由哥哥们负责看护。

父亲回到家，非常过意不去地对母亲说："宴珍，真是难为你了！我一到这儿，就马不停蹄地下乡去了，一走就是一个多月。你把家搞得井井有条，辛苦了！"

母亲说："没什么，你还不是到这第二天就连续工作了一个多月没有休息，更是辛苦。要不你休息一天，理理发、洗洗澡、换换衣服什么的。"

父亲深情地说："换换衣服，抽空理发是必要的，其他的就先不用了。"

他从母亲手里接过要换上的衣服，一边挽衣袖，一边接着说："我还要抓紧时间召开党委会，研究今后的工作方向和措施，然后还得到县委汇报去，张怀忠书记等我汇报呢！”说着，把换下来的衣服递给母亲。

母亲接过来，说：“那你就忙你的事情吧！不过，要注意身体，家里现在没有什么大事！”

父亲答应一声就走出家门，他全身心地投入工作中。母亲承担了一家人的生活、劳作、服务，还要管理教学和教课。不过，她看上去很有劲头。

夜　谈

父亲召开党委扩大会，让王岳坤担任秘书做记录，参加会议的除党委委员外，革命委员会成员、各村党支部书记、公社农牧助理等都被吸纳进来，父亲说：“今天就以讨论生产建设为主。”他看着党委副书记、革委会副主任陈立说：“你先说说吧！”

陈立说：“宁南公社生产条件较差，但是活动开展得还不错。我觉得在全公社还要发动一下，能促生产。”

岔口村党支部书记姜明灯说：“顾书记，你要求大家发言，我给党委提一个意见，现在大家最大的意见就是各村的生产条件太差，公社能不能改善？”这个书记个子不高，头发稀少，大脸盘，皮肤白白的。他说的话代表了农村党支部书记们的意见，大家纷纷补充和响应。

马歇脚村支部书记许魁，个子高高的，满头黑发乱糟糟的，腰像伸不直似的，满口焦黄的牙。他接话茬说：“我们的村民因没有粮食差不多都投亲靠友去了。我们那里土地贫瘠，没有收入，人活着难啊！”

陈立很不高兴地说：“许魁，你这个书记怎么搞的？别的村儿学习笔记收上来了，你们到现在也没有上交。”

徐魁说：“人都走没了，怎么交？要不是来了新书记，我也去临县的弟弟家了。”

陈立书记还要说什么，父亲打手势让他们停下来，陈立很不愿意住嘴。

李大力说：“这次调研，我感到农村因旱情经济很困难，可能有的地方口粮有问题，要早做打算！”

公社农村助理王化民，五十多岁，头发灰白，黑脸，像是有气管炎，说话总是干咳，他使劲儿咳几下说：“顾书记，你在全公社走了一圈，也了解了许多情况。我们公社农业生产底子太薄，七山一河二分田，除了干河，就是坡，沟壑纵横，岭连岭，很多人家都是半年蹲坡，半年讨吃喝。生产靠老天，老天不作美，粮食就打不出来。”

父亲要求大家继续说，无论大家怎么说，也没有新内容。整整一天下来，大家的心情和想法可以用一个“急”字来形容：急天不下雨，急无米下锅，急怎么安排往下的日子。父亲强调，大家要树立信心，抓好各项工作，将事业向前推进，就这样散会了。

父亲回家吃了晚饭，回到办公室想把今天开会的情况拢一拢，刚刚坐定，就有人敲门，他吃了一惊，心想：“这么晚了，谁还能来呢？”他去开门，原来是几个村书记。父亲让他们进来，他们分别是岔路口村书记姜明灯、酸枣沟书记蔡大臣、杏花岗村书记司红书、鱼脊背村书记徐大力、马歇脚村书记许魁。大家进了屋，父亲请他们坐下。

姜明灯在会上已经做了发言，自认为跟父亲比较熟悉，就说：“顾书记，我们几个有些话不敢在会上说。我们觉得您这书记挺平易近人，挺为我们百姓着想的，所以散会后我们哥儿几个合计合计就没走，有点心里话想跟您讲一讲。”

父亲面带微笑，重重地点点头说：“今天，我就觉得你们没有把话说透。既然大家来了，反正夜很长，想说什么就说什么！谁先说啊？”

他们几个用眼神沟通一下，还是姜明灯说：“顾书记，现在乡亲们苦啊！我们那儿都是平地，天不下雨，地不打粮，眼看都断顿了。我想领几个强壮劳动力悄悄出去做工，我们那里离邻县城很近，干几个月，给乡亲们挣点儿口粮去。”

父亲说：“那这样吧，大家一个一个说，先由酸枣沟蔡大臣书记说吧。”

蔡大臣瘦瘦的身体，黑黑的脸，满脸的皱纹。他一笑嘴上翘，两眼向下一看，抬起头说：“谢谢顾书记，这么晚还听我们的讲话。顾书记，我想领几个人出去，为各家存的酸枣找找销路，看能不能换回点粮食？”

父亲问：“你有眉目没有？”

他说：“我听说邻省的曹县能够生产一种酸枣饮料，看他们能不能收点现货？”

接着是杏花岗支部书记司红书。这个年轻的杏花村书记要出去想办法卖掉村里积存的几吨山杏核，为农民换粮。鱼脊背村书记徐大力也要出去给村民手中的中药材搞推销。

最后马歇脚村书记许魁说：“顾书记，我没什么可以卖的，我也没有人往外带。我是想我们那里有的就是石头，我们能不能办个采石场，向外卖石头？”

父亲听了他这话说：“这个想法不错！但是办采石场需要有关部门批准，这不是我们想干就能干的。你可以先把你那里的石头原料情况搞一个材料来，看我能不能想个办法。”

他听了父亲的话，马上站起来向父亲鞠了一躬说：“那就谢谢你，顾书记！”他的腰身伸不直，这一鞠躬，差一点儿头拱地，逗得几个人都笑了，气氛轻松了一些。

大家围绕各自的工作议论着，这时有一个人影从窗前闪过，司红书说：“有人！”

他冲到门前，推开门出去，看到一个人影迅速闪到房后去了。他回到屋说：“没看见那个人的正脸，但是从那个人的背影看，像是陈立书记。”大家一听是陈立，各自又紧张起来。

父亲说：“大家不要紧张，明天我来向他解释。”

然后他接着说：“大家心系百姓，为解决当前的困难，真是想了不少的办法。我看，各种办法都不错。要不这样，除了许魁书记提的事，大家都可以试一试。但是我有要求，一要有公心，二要公平，重要的是争取做成。”

他说完后，问大家还有什么想法，大家都非常激动，说没有了。

父亲说：“时间不早了，大家都回去吧。”

父亲送走几位村书记，回到办公室，心想：“我们的基层书记真替老百姓想事啊！”他接着工作起来，一直到凌晨三点多才回到家。孩子们都睡得很香，母亲批完作业，也伏在饭桌上睡着了。父亲推开门，把母亲惊醒了，他们轻声交流了几句，把饭桌搬下来，焐好被褥躺下。很快，天又亮了，母亲先起来准备早饭，紧张的一天又开始了。

太阳很高了，陈立还不起床。公社勤杂员不停地敲门，陈立才睁开眼，马上从炕上跳起来，一边洗脸，一边想昨夜父亲到底干什么了。昨天他从门前溜回宿舍，想半夜也想不透，他觉得父亲有意孤立他。

早晨上班后，父亲让人把陈立叫来，说：“陈立，昨晚我在单位加了一会儿班，找人了解一些情况。听说你在公社住，家在县城，来这里工作好几年了，真是难为你了。怎么样？咱们公社的伙食还行吗？”

陈立感激地说：“谢谢书记的关怀，公社的条件不错，伙食也不错。您看我做点什么？”

父亲说：“你把咱公社各项活动开展情况整理一下，过几天，我要到县委做汇报。”陈立书记高兴地答应一声就出去了。

父亲又叫来王岳坤，让他到马歇脚村，把那里的情况仔细了解一下。父亲又下乡了，他这次请农业助理王化学民陪他走几天，去周围村转转。而王岳坤当天就到了马歇脚村，让当地的村干部和社员介绍情况。

外面的世界

宁山山脉从东北的邻县向西南延伸，从主脉向西分出两个支脉，把宁山的西坡分隔成三个部分，南部为马歇脚村，西部是西大坡村，北面的一小部分为北大坡村。虽然西大坡东高西低，但是地势平坦、开阔，是宁南公社最开阔平坦的地方。宁南公社就坐落在这里。整个公社总共有两千八百多户，七千六百多人。这里设有中心小学一所、中学一所，有邮政、公社，粮食、土产、信用社等部门。整个宁南，一路一街一庙。一路是南北马路，是从南到北的砂石路，路两旁栽的杨树有碗口粗。中小学、各机关单位设在这条马路旁。北部有一座庙。这座庙建设的年代久远，没有人管理，现在破烂不堪。庙前是很大的空地，农历初五、初十的时候，这里变成自由市场，做小买卖的人集中到这里。那时人头攒动，很热闹的样子，现在这里没有人了。一街就是从庙向西沿过去，路很窄，街南北都是农户的住房。

父亲他们走到西大坡村部，村部就是三间土房。村部有一个住户，当家的姓周，住一间房，给看房子。村书记不在，看房的老周去叫人，不一会儿村书记赵树果来了。他们村的问题，倒不是十分着急。村里有些人在公社机关工作，干杂活儿的有一些。另外村上有两眼机井，保证三百多亩的水浇地，家家都有小菜园，春夏度日还能过得去。这让父亲很欣慰，他与赵书记讨论了一下将来发展的问题，进行到很晚。他们就在北大坡村住下，准备第二天到别的村研究农业生产。

王岳坤在马歇脚村调查了三天，把那里的石头资源总体了解了下。这里不仅有大理石，而且有用于做路基的青石，还有石灰石。这些资源如果开发起来，那可是不得了。他高高兴兴地回乡里写完调查报告，准备向父亲汇报，父亲出门了。

原来父亲在西大坡村与村干部研究下一步如何提高水浇地的时候，接到了让他参加第三批去西阳县大寨村学习考察队考察的通知，第二天就出发了。

王岳坤转到陈立书记门口，喊道："陈书记。"

"进来。"陈书记说。

王岳坤走进去说："陈书记忙什么呢？"

陈立一看是他："是你啊，顾书记的红人！你怎么到这里来了？"

王岳坤说："顾书记让我搞马歇脚村石头资源的报告，我弄完了，他却走了。"

"我就说嘛，顾书记在家，你才不来。你的报告在哪儿？给我看看。"王岳坤把手中的报告递给他。

他拿过报告，翻了几页，说："这些情况，我都知道。顾书记不问我，又让你去调查，这不是浪费时间吗？”

王岳坤听他这么一说，想了想说：“是啊！陈书记来这儿好几年了吧？”

陈书记说：“四年了，我对公社的一山一水，没有不了解的。”

王岳坤说：“陈书记对工作认识得深刻，我向你学习。这样，陈书记，你忙着，我回去了，不再耽误你的时间。”

还没等成陈书记回答，他开门走了出来。他不知道该不该把陈书记的这些话报告给父亲，匆匆地回到办公室。

在岔路口村，姜明灯从公社回去后，带了二十几个人来到邻县县城。他只带了一天的口粮，到了之后，就派几个有点儿闯劲的社员出去找活儿，看看哪里有需要帮工，他自己也下去找。一天下来，姜明灯找到了一个砖厂，需要六个人。另外五个社员找到维修队的工作，那里需要三个懂泥瓦技术的人。有个工地伙房需要两个人。还有一个修路队，需要两个人。这样，一天下来，有十三个人有了活儿，还有一半人没有活儿。姜明灯将那些人打发出去，剩下的人只得找一个破棚子，只有顶子，没有墙，大家挤在一块凑合一宿，第二天接着找，总算东一个西一个找到了工作。姜书记说，每个人每天只允许吃一顿饭，省下的饭钱和工钱属于大队的每一个社员，过一阶段，他来收钱。说完，他就回去了。

酸枣沟村书记蔡大臣打听到加工酸枣汁的厂子，但是人家那里需要新鲜的枣，说什么也不收这种陈枣，他们说枣存到这个时候已经变味了。但是人家看了蔡大臣捧出的枣，说这是上品质的枣，明年春天有多少要多少。这虽然不能解决燃眉之急，但也有了希望。

路上走着的司红书领着一伙人和徐大力领的一伙人相遇了，相互一打听，都蔫了。

司红书说：“现在哪都有山杏核，人家早就收够一年用的了。我想让他们明年 一点货，人家说明年的货早就定完了。这山杏核哪儿都不稀罕。”

“我们找了些药贩子，有的不需要，有的不干了。找了几家中药店，人家说早都进够了。”鱼脊背村徐大力说。

司红书说：“看起来，明年咱们得赶早。”

这时，下起小雨，他们抓紧了脚步，先到鱼脊背村，徐大力想留一下他们，司红书说：“不行啊！如果真要下雨，我们村担了小雨，担不起大雨。雨大一点儿，就有洪水啊。”说着，他们连跑带颠儿向前赶路。这时，天空电闪雷鸣，很厚的积云大面积集结，一股强烈的东南风吹来。

这时被派到先进地区学习的父亲，来到昔阳县大寒村。这里的自然条件比宁南公社还要差，但是他们靠自立更生、艰苦奋斗的精神，劈山造地修梯田，向恶劣的环境苦战，改变了穷山恶水的现状，最后实现粮食连年丰收的好成绩。父亲边参观边思考，有了一些思路。思考了一路，他本想找县委书记做工作汇报，但是有些想法还需要进一步完善，所以他参观后，在很多同志借路到别的地方转转的情况下，直接回到宁南公社。宁南前几天下了场大雨，庄稼像憋了好长时间，突然窜了上来，大田一片片油汪汪的，一派生机勃勃的景象，作物向上生长，像竞赛似的。父亲坐着公共汽车，看到窗外的庄稼，心情变好，思想更加活跃。可是过了一会儿，他觉得非常疲劳，他真的是太累了，看着看着睡着了。汽车一停，他醒了，一看宁南车站到了。

父亲拎着自己的手提包，迈着轻快的步伐回到了公社。这时已经是下午七点多，公社静悄悄的。正好，他静下来，把这两个月内调查和考察的情况汇总一下，逐渐形成思路，写了一篇心得体会。改善农业生产基础条件，要把靠天吃饭变成天天有饭、土地，要做到旱涝保收。父亲想要充分利用本地资源条件，在粮食能够自给的基础上为农民增收，壮大村级经济，推进农村各项基础设施建设，改善路况。他还想到了建设村屯、兴修水利、引电入山等项目，无论有多少困难，也要坚定向前，让农民过上好日子。

他十一点多回到家。

母亲已经睡了，听到动静，开门一看他回来了，说：“顾廉，你怎么这么晚才回来？”

父亲说：“我七点多下了车，到单位将一路的体会总结写了一篇文章才回家。这些天，你辛苦了。”

母亲说：“还可以，不辛苦！不过，你回来了，我有个重要的事告诉你！”

母亲告诉父亲说："顾廉，我昨天到医院做了检查，又怀孕了，怎么办？我们现在真是没有精力再生孩子了。"

父亲说："是的。我们真没有精力再要孩子了，那怎么办？"

母亲说："我想到医院把孩子做人工流产。"

父亲说："那不是有落病的危险吗？"

母亲说："那也没有别的办法了。如果再生一个，我就别想工作了。我想我身体好，应该不会怎样。"

父亲说："我就怕把你累坏了，不然让老妹把老五先带回奶奶家一段时间，你也歇一歇。"

母亲说："自己的孩子总是让父母亲养，给他们添麻烦不太好。再说，他奶奶的年龄也不小了，还能带得了孩子吗？你看老大、老二，他们都不如老三、老四健康聪明。老五才这么小，放奶奶家怎么能行。"

父亲长叹口气说："这不是没有办法嘛，先别说这事了，要不你就先把手术做了吧！明天我把老妹叫来，让她伺候你几天。"

母亲说："不用老妹来，她还要上班。我明天让女老师陪我上医院把手术做了，在家休息几天就行了。你就别操心了！"

父亲又叹口气说："那就这样办吧！"

他们关灯休息，父亲很快就睡着了，母亲却很难入睡，她想了很多，后来才睡觉。

第二天，母亲在老师的陪同下，到医院做人工流产。但是医生在给母亲检查身体时，认为母亲的身体不适合做手术，说母亲是低血糖，如果孩子自然流产还好，人工流产对生命有威胁，不同意给母亲做手术。这令母亲非常沮丧，陪她去的女教师说："宴珍校长，你年龄也不算大，不行，就把孩子生了吧！"

母亲说："我都是五个孩子的妈妈了。再生，无法养活他。谢谢你，我回家和你姐夫商量一下，看下一步怎么办。"

母亲回到学校，给父亲打了个电话，说："顾廉，晚上下班早点回家。"

父亲说："怎么了，你做手术了吗？"

母亲说："没有，回家再说。"

父亲说："好吧。"

晚上，母亲下班后将饭菜做好，没有马上让我们吃饭。不一会儿，父亲回来后，大家一起吃饭，这样的时候非常少。因为父亲从来没有正点下过班，所以吃饭时我们几个孩子谁也不敢说话。

吃饭后，我说："爸爸，抱抱！"

爸爸把我抱起来说："你都这么大了，还老让大人抱，该和哥哥们一起玩儿了。"

我说："爸爸，他们都不爱和我玩儿。"

这时，饭桌都收拾好了，父亲将我放在地上，说："荣兴，你照看一下荣军，我和你妈说点儿事，荣军去找大哥玩儿。"

大哥过来拉着我的手到房外玩儿去了。

母亲有些累了，叹口气说："顾廉，我和于老师去公社医院了，他们给我检查身体后，认为我现在的身体不适合做人工流产，这可怎么办？"

她坐在炕沿上，情绪很低落。

父亲走到母亲身边，将手轻轻放在母亲的肩上说："宴珍，不要着急！咱们慢慢想办法。我在县委时，认识县委的一个干部，他家三个女儿了，就是没有儿子，还想让我帮他要一个儿子。等我再见到他时，问问他，如果要是儿子，就送给他。他们家生活条件比咱家好。如果是女儿，咱们就留着。咱们一直没有姑娘，你说这样好吗？"

母亲说："也只有这样了！带孩子真累，我真不想再生了。"

父亲将母亲抱在怀里，说："宴珍，你太累了，又是工作，又是管家。今后让孩子多干点儿，我也想法多回家。你就放心吧！我们大家都会照顾你的。"

母亲激动地说："顾廉，没事的。我也不是泥捏的，我能挺过去。"

父亲说："有信心就好。"

于是，他喊道："荣兴，你先过来一下。"

大哥走了过来，父亲说："你妈妈怀孕了，今后你多干些活儿，别让你妈累着。”

大哥说：“好，妈妈放心吧！我也长大了。”

这样一场很重要的谈话结束了，一条生命存活了。夜已经很深了，家人都进入了梦乡。母亲做梦了，梦中她的孩子被人抢去，她奋力抢夺，也没有成功，还是被抢走了，她无助地哭了起来，哭醒后，悄悄抹一把眼泪，又翻身睡去，她太累了。

第二天早上，母亲做饭时，父亲挑水、扫院子。哥哥们起来，大哥二哥帮着父母做事，三哥四哥自己穿好衣服。母亲给我穿上衣服，将我送到父亲怀里。

抗　洪

当父亲带领全公社的干部学习，筹划农村发展，促进粮食生产的时候，开始下雨，下了三十几天。人们欢喜的脸色渐渐转变成忧愁，积蓄了力量的洪水开始露头。

机关干部动员起来，哪里有洪水就去哪里，保护社员的生命财产。公社和各个村的大喇叭不断播报着雨情和抗洪涝的知识，提醒人们注意安全。各村的党支部班子组织社员准备好自救。公社通过水利系统、民政系统，从县里争取到的一些物资。父亲领着农业助理王化民和革委会分管农村工作的丁化民副主任深入各村，他们穿着雨衣、雨靴深入各个险区、险段检查防汛工作。大雨还一直下着，雨点打在他们身上，像小河似的流下来。他们不停地在雨中穿行检查，对不同条件的村提出有针对性的要求：西大坡、北大坡、岔路口、岭子头村吐泡泉村，在保障社员安全的同时，在农田中挖渠排水；酸枣沟、杏花岗、鱼脊背、马歇脚地区，保证社员的生命安全，各村、各单位要昼夜值班。同时，紧急调动物资，在北大坡村的宁河道上，用铁网兜石头，形成一座长五十多米的大坝，避免洪水流向村子和公社的土里。岔路口村弃掉低洼地，在高地挖两条排洪渠，以保证大地不涝。鱼脊背村严禁村民上山采药。

这天，父亲他们在岔路口村，正和村干部商量怎样抗洪时，突然有村民报告说，昨天一个村民到鱼脊背的落鹰岭采药材至今未归。了解这位村民的社员透露，他常到落鹰岭的南坡去采药。父亲他们在村部紧急调集六十多名突击队员，加上青壮社员，组成百人队伍，由五名向导带着绳索，穿着雨衣、雨鞋，带着手电，分别由父亲、支部书记、村革委会副主任、村小组组长、民兵连长带队攀上落鹰岭，边走边喊。越到高处，山峰越陡峭，路也非常难走，雨还在下着，“小心脚下”的喊声不断从前传到队尾。雨水汇到山涧形成激流，发出震撼的响声。走着走着，父亲前面的人一脚踏滑，向父亲冲来，父亲一闪身，迅速拽住那个人的左肩膀，身体向下一沉，才把那个人拽住，并且自己也没有滑倒。太危险了，跟前几个人吓得脸色煞白。父亲大喊：“大家注意脚下！”他们继续向前搜寻，经过近几个小时的紧张搜寻，他们在一块岩石下找到了这位村民，他已经摔成重伤，但还有生命体征。他们赶紧用树枝做成简单的担架，艰难地将这个村民抬下山。这时，一个村民脚底一滑摔倒了，他身边两个人顺势将他拽起来，虚惊一场。

鱼脊背的村民被送往医院。这时，山里的防洪电话打进村部，县防洪革委会领导小组把电话打到公社，公社值班人员说父亲在鱼脊背村。电话又打到这里，领导小组副组长是县革委会副主任，他向父亲询问了宁南公社的抗洪工作后，嘱咐父亲要千方百计抗洪，可能有大洪水要来临，让他们一定要小心。

雨连续下着，已经到了夜里十点。父亲告诫每个人，要好好守在家中，不得上山采药，看一看有没有排水好的土地，争取挽救一些庄稼。他带着突击队连夜赶到酸枣沟，那里的情况更差，所有土地被淹，坡上的地被山洪劫过，棵苗不留，全村绝收。父亲要求村干部、党团员，一不要让村民挨饿，二不要让洪水淹了房屋。同时，他回到公社紧急动员全机关的人捐钱捐粮，并将学校三个班腾出来，为收留灾民做准备。

马歇脚村的村民全部撤到公社。杏花岗村没有危险，大半土地被洪水冲过，全村一半的粮食被毁。岭子头村出现了历史上最大的洪水，因村子位于高处没有损失，土地被冲了一半。

山洪过去了，本来贫瘠的土地被冲的毛石裸露，地塌沟陷，满目疮痍。宁南公社百分之六十的土地被冲毁，百分之八十的土地颗粒无收。父亲带领社员搞自救，将冲过的土地重新开垦，逐块查看能够种植什么。他们惊奇地发现，几棵树和石头就能保护一块土地，所以马上种上萝卜蔬菜等短期见效的作物。他又到县民政部门报告灾情请求支援，又到没有受灾的各个公社化缘。县委、县政府对宁南等几个受灾的公社非常重视，派出救灾工作组到现场了解情况，支援粮食和物资。经过大家的努力，灾民生活安定下来，生产开始恢复，但是损失惨重。这场洪水冲毁了全部农田，冲毁了一部分旱涝保收的农田。从现在到明年秋收前，村民每天只有一顿粮，心情沉重，情绪低落，提不起精神。

新思路

父亲在总结抗洪经验时，得出了要治坡必先治河，造田栽树齐头并进，抗旱抗洪双措并举，因地制宜分别施策的结论。再一个想到的是急需物资和人才，治坡、治河、造田、种树、抗旱抗洪都不可蛮干，需要有专家来指导。有些村可用副业补充主业，解决一些粮食问题。父亲连续召开几次调查会议和党委会，把他的想法和党委会委员、村干部、公社干事们研究、讨论，最后形成统一意见。思想统一后，父亲带着王岳坤到了县城。一进城，父亲就给王岳坤放了假，他已经一个多月没有回家了。他独自到县委，将经公社班子统一研究的三年工作总体计划向张怀忠书记做了汇报，同时要求县委派出治坡、治河、造田、种树、抗旱抗洪人员。另外，在治理河道方面，他请求上级分配对口支援资金。张怀忠书记一直不动声色地听着父亲的汇报，他没有想到上任还不到半年的父亲，为宁南公社找到了一条好路子。父亲一口气汇报完，才发现张书记一直没有说话，他心里有些发毛，但想到自己汇报的都是经过调查和反复讨论的，不会有问题。

张书记看到有些不解神色的父亲，突然，爽朗地笑了：“哈哈哈，哈哈哈。”

父亲也笑了。

张书记笑着说："顾廉，你小子进步挺快呀！你提出的治荒造田、抗旱抗洪的工作思路，不仅适合你们公社，对咱们县的南部、西部五六个公社的工作都有指导和启发的作用！好！好！非常好！你把你的材料留到这儿。我会很快给你答复的！怎么样，你的班子成员还缺一位，王岳坤怎么样？"

听到书记问，父亲说："王岳坤，三十出头，这半年表现不错，吃苦耐劳，有一定政治觉悟，我认为他不错。我们的农业助理在基层工作三十多年，非常有工作经验，人正直肯干，如果组织信任，可以提拔他一下。陈立书记在基层工作四年有余，家一直在县城，如果可以的话，组织照顾一下他，将他调到离家近的单位工作好一些。"

张书记说："你的意见，组织上会考虑的。回去后，你可以先在公社落实你的计划，县委工作队很快就要派下去。"

父亲谢过张书记后，没有马上回到公社，又到公路交通局，介绍宁南马歇脚村石头资源情况。他们答应派人到那里看一看，让父亲回去等着。

办完这件事后，父亲抓紧时间往回赶。父亲回到公社，首先把五十到七十岁的农村老能人请来，有的是老村干部、老党员，更多的是老社员。大家乐得合不拢嘴，有生以来，没有像公社书记这么大的干部跟他们商量事情。父亲给他们沏上茶，讲了公社未来的发展计划，重点是治河、治坡、造田种树、抗旱抗洪方面请前辈们对这计划提出意见。这会开了整整两天。他把老同志们的建议都记录下来。智慧来自于群众，父亲收获颇丰。

父亲在综合思考后，将工作分成四个部分，将治河和抗洪放到一起考虑，把造田和治坡放在一起，而种树和抗旱打井分别进行。这时，县里工作队也来了，成立了四个组，第一组是宁河以及相关河流勘查设计小组；第二组是治理山坡和沟壑，造田工作设计小组；第三组是保护植被，栽树围封工作小组；第四组是抗旱打井工作小组。很快，父亲将领导班子成员做了分项协调工作，自己带领第一组，陈立负责立第二组，李大力负责第三组，丁化民负责第四组。各组马上投入工作。

各小组深入山间、地头、沟底、高坡，调查地形地貌情况，向群众了解植被、土壤、水深、泉井等经验做法。整个工作进行了近一个月。这期间，交通局派了两个技术员来马歇脚村，看了石头的储存量和品质，认为不错，就回去了。这次的调查研究活动也是对宁南地形、地貌、土壤、自然条件等一次大起底调查。专业的工作就需要专业的人员负责，这些从县里来的专业技术人员不辞辛苦，任劳任怨，跋山涉水，各个村的老乡都非常欢迎他们，踊跃当向导，介绍自己知道的情况。当时吃派饭，交饭钱，但是老乡都将自己认为好吃的东西做给工作人员吃，这让大家特别感动。这种亲密的关系，是在劳动中建立起来的。等调查结束，乡亲们都不愿意让他们走。

父亲所在的第一组主要是对宁南奎宁河等河流整治提出方案，将抗涝和造田结合起来。父亲让王岳坤跟着他。他们跑了两天后，父亲让王岳坤陪水利技术员进行工作，父亲赶到第二组。这个组是陈立带队，任务很重，几乎九个村都涉及治理山坡和沟壑以及造田工程设计。

父亲来后，陈立说："书记，你可来了！这个工作组任务重，我怕完不成任务，要不成立两个组，分头进行。"

父亲觉得也行，就说："这个主意不错，我给县农业局、水利局打个电话，再让他们支援几个技术员，成立两个组。"

在父亲的努力下，县里又派来三位技术员，这个组一分为二，分头工作，陈立带一个组，父亲带一个组，父亲有事就让王岳坤或王化民来顶替一下。

这项工作到八月十五日基本结束。各小组写出详尽的计划和工作方案，党委进行了初步研究。父亲提议让各组的主要业务人员向各村党支部干部、社员小组长们认真地讲解两天，同时征求大家的意见。培训和征求意见马上开始。培训是让大家了解相关知识和计划内容，征求意见是将群众提出的好的意见收集起来。这是第一次进行这样大流量、全方位、快节奏的知识培训和梳理问题相结合的活动，大家热情很高，一个个都聚精会神，那渴望和满足是从来没有的。在培训的过程中，社员、村干部有建议就提。比如，一个社员提议在造田中，要注意地表土的收集等等。

培训之后，党委召开了一次党委扩大会议，请县农业局、水利局、林业局等派人参加，各生产大队的书记、主任和社员代表参加了会议。会议对造田、植树、改河道等方案进行了研究，除个别地方还需完善，通过了这个方案。规划组和第二小组负责治理山坡、沟壑、造田工作，几个技术人员要将规划设计进一步细化，其他小组先散去。

各村进入秋收，一粒米、一个菜叶、一个土豆都不要落下，因为今年是个灾年！父亲跟着技术员一块地、一段河、一条沟地走着、记着，计划着。晚秋的天气有些凉，秋风萧瑟，但万里无云，阳光充分。从洪水中被抢救的土地上，庄稼成熟了，补种的荞麦、蔬菜也到了收获的季节。抢救下来的庄稼，因为水分充足，也成熟了七八分。农民在土地上忙碌着，父亲他们每到一处，都和老乡唠几句，问问情况。

秋收基本结束后，经过统计，北大坡、西大坡、岔路口、吐泡泉、岭子头村等五个村粮食产量基本自给，而酸枣沟、杏花岗、鱼脊背和马歇脚村缺了半年的粮食。县政府对受灾最重的四个村给予救济。公社决定各村之间进行互助，岔路口村支援杏花岗村，吐泡泉村支援酸枣沟村，岭子头村支援鱼脊背村，北大坡村支援马歇脚村。灾难面前开展自救、互助是战胜灾难的有力措施，能增强人们战胜灾难的信心和加快恢复生产的速度。这种结对互助，不仅缓解缺粮的问题，更主要的是拉近了村与村之间的关系，村民在互助中走得更近，让受灾重的各个村的村民社员感到社会主义大家庭的温暖。

奋　战

一九六八年九月二十日，在公社中心小学操场上，红旗飘扬，这里将举行利用农闲时治坡治河改善农业基础条件的动员大会，县委书记请组织部长周志国和副县长韩平参加。韩平在主席台上想："顾廉这小子把事情做得这么大气。"因为他分管文教卫生等工作，所以他推辞讲话，请组织部长周志国代表党委政府讲话。会议由父亲主持。他首先用简明的语言，讲了公社受洪灾造成的危险和损失，全公社农业基础薄弱，抵御灾害的能力弱等问题，然后，以激动的心情，用洪亮的声音说道："我们宁南人在灾害面前是坚强的、勇敢的，是不怕困难的，是敢于自力更生、艰苦奋斗的。我们都是毛主席的好战士，牢记毛主席的'下定决心，不怕困难，排除万难，去争取胜利'。从今秋到冬，我们要大干一场！要打井，提高水浇地面积；要造田，改造我们的荒山；要整治河道，让河水不再泛滥；要栽树造林，让单一的树木护田模式变成抗灾害的综合性模式。总之，我们要通过奋战实现大灾后的大变，为我们明年实现粮食自给的目标而奋斗！"台下响起了雷鸣般的掌声。

组织部部长发表讲话："韩县长、宁南公社的干部群众、同志们，宁南公社，今年遭受几十年不遇的洪灾。全公社在公社革委会、党委会的领导下，在县委革命委员会抗洪领导小组的大力支持下，全公社三万名群众共同努力战胜了洪水，县革委会、县委对此给予了高度的评价。在这里，我代表县革委会、县委、县政府向公社全体群众表示亲切慰问。"他站起来，首先鼓掌，台下群众响起热烈的掌声。

他坐下，接着说："这项工作得到县革委会、县委、县政府的支持，特派韩县长和我来参观我们公社的动员大会。县革委会主任、县委书记张怀忠同志特意让我告诉大家，县委希望通过社员们共同奋战给宁南公社带来巨变，彻底改变落后面貌，要为这样的地区闯出一条路子。我希望宁南公社克服一切困难，实现目标。最后，祝治坡治河活动取得成功。"台下又响起了雷鸣般的掌声。

会议结束后，真正的恶战硬仗也开始了。

东北—西南走向的奎山把宁南公社分为北区、南区。北区是北大坡、杏花港、酸枣沟、吐泡泉、鱼脊背。南区是岔路口、岭子头、马歇脚和西大坡。奎山的一个支脉，由西向北，像英文字母"U"穿过鱼脊背，这个支脉叫小奎山，把鱼脊背围成个葫芦形。宁山从西进入宁南，向东南与奎山交汇，又转向东北，在半路山岭结束。西南为马歇脚村，东侧山岭为岭子头村。宁南的主要河流是奎宁河、宁河、上奎河。奎宁河从奎山阴面山底流到宁山半岭头，从宁山脚向西南流去，在宁山阳面形成一个支流，为宁河，在岭头流入奎宁河。而奎山北坡与沿奎山的东山体下，形成一个支流，从鱼脊背葫芦底转向东流出宁山县，这条河叫上奎河。上奎河和宁河平时没有经流，多是山体的排洪河流。当所有雨水汇入河道，形成巨大流量，局部落差转大，其声像万马奔腾，非常壮观。

这次按照河流整体规划设计，四个村有河流改造任务，分别是鱼脊背、岔路口、岭子头和西大坡。治理河道后，岔路口可增三百到四百亩地，鱼脊背增加二百五到三百五亩地，岭子头增加三百亩地左右，而西大坡增加五百到六百亩地。这对于耕地特别缺乏的宁南来说，增加一千五百亩左右的耕地，是个大事。

四个村同时开展改河工作，先在准备改河流的地面布设雷管，雷管瞬间爆破，雷声震天，成百成千的人涌上去，锹挖，镐刨，柳筐担，推车推，把挖出的土石运到老河道。这里离渠太远，各队把马车、驴车都调上来。他们用袋子装土后，往渠上运。他们从早上天亮干到晚上，奋战十几个小时。公社把从上争取的从西大坡运来的粮分下来，每天给每个劳动力四两粮食。各村加上土豆菜和其他材料，为他们提供两顿饭，多是玉米菜叶的馍馍就着咸菜，给大家提供开水，但是人们不说什么！

其余的五个村子，主要任务是改田和造田。马歇脚村造田改田各占百分之五十。这个地方平均每个人两亩多田，田地多在山坡、沟边，不成片。党支部书记许魁请公社的技术员按着设计图纸测量好，打上木桩标记，专门找有文化的社员跟着技术员学习。他们把参加劳动的社员分成两部分，一部分强壮劳动力去山上打石头、砌墙，其他人将高处的土运到低处。许魁一会儿在打石头、砌石墙的现场，一会儿在推土填田的现场。

西面坡主要是改田。这里有一千五百多亩坡地，靠天吃饭。今秋的任务，就是对其进行改造，将这坡地改造成局部两三层的梯田，将来可以上水浇地。

杏花岗、酸枣沟和马歇脚的情况差不多，酸枣沟要更难一些。吐泡泉任务特殊，他们将低洼地一分为二，靠山的部分深挖到底，将挖出的土运到低的地方，并用石头和红胶泥砌起来。这样，能够造出近二百多亩平整耕地，同时为明年修建水库做好了准备。因为改田造田任务需要科学指导，支部书记丁红亮和县水利局、农业局来的技术人员形影不离，一切安排全听技术员的，工程进行得非常有序。

有一个老汉，今年八十四岁，叫陈汉良，他不听家人和村干部的劝阻，硬是扛着铁锹，到了治河现场。虽然陈爷爷干活儿不如年轻人，但是到地方就要干活儿，还笑哈哈，他说："我能干点儿就干点儿，为了给子孙留点儿东西，子孙们将来不挨饿就行了。"陈爷爷一干就是二十几天。后来天冷了，他听从家人和村干部的劝阻，不情愿地回了家。

父亲将公社干部分配成三个组，对各队的工作给予指导和联络。这些人一边参加各队的劳动，一边不断地汇报进度。被派到岔路口村的王化民向父亲报告，那里的队干部为了多出田地，擅自决定将河道变窄，他怎么说也不听。父亲听了，马上和王化民赶了过去，一看这干活儿的场面真是感人，人们汗流浃背，马不停蹄、热火朝天。父亲找到图纸一对照，他们更改了设计图纸的要求，将只留了新河道一半的宽度。

父亲找到姜明灯书记，他一看父亲，高兴地喊道："顾书记，您来了，我们有希望提前完成任务，能多出五十到八十亩地啊！书记，您跟我来看看。"姜明灯说着，带着父亲来到新河道处。

父亲说："我看到大伙儿的干劲儿很足，不过姜明灯，恐怕这河道留窄了！这可不行！"

这时，路过的几个社员跟父亲打招呼，父亲边向他们致意，边说："这河道的宽度，是根据历年的流量计算出来的。你将河道留窄了，那河水可不管你这一套，冲起来不走直路，还不知道祸害多少田地呢！你们必须改过来，好在现在还没有填多少土。"

姜明灯有点儿傻眼，说："书记，真像你说的那样？"

父亲说："老姜，我们做事情要讲科学，要严格按照水利工程师的设计要求办。"

姜明灯说："书记，是我自作主张这样做的，就是想多改些田出来。不过，没问题，今天天冷了，我让大家先收工，明天就改回去。书记，您留在我们村吃饭吧，大伙儿好长时间没有见到你了。”

父亲说：“不了，我还有事，公社还有人等着我。”

父亲和王化民推着自行车向外走。姜明灯一边说着，一边招呼其他队干部收工。

父亲将搞设计的技术员请来，亲自陪着他们在各队走了一遍，总体还不错。这些技术人员没有想到，这个大老粗的社员能够把图纸看得这么明白，把活干得这么地道。这说明，只要教给群众科学的方法，群众就能科学办事。他们将公社施工的情况总结了一下，父亲认真听取，感谢他们在百忙中抽时间帮助检查指导。听说他们准备回去，父亲就请他们过些日子再来做指导，然后与他们告别。

这天，父亲在晚上九点多回家了。他手里拎着一个包，这时母亲在批着作业，我已经睡着了，两个哥哥在做作业，三哥、四哥在旁边玩耍。母亲听到开门声，马上将父亲迎了进来。父亲的出现让大家高兴起来。

父亲手里拎着包，当着大家的面高高举起：“你们看，爸爸给你们拿什么回来了？”

大哥喊了起来：“是月饼。”

这时，三哥从炕上蹦起来说：“月饼，我想吃一块。”

四哥站在炕上，眼睛盯着父亲的包。

大家一喊，把我也喊醒了，张嘴就哭起来，母亲抱起来我说：“荣军，你看你爸爸回来了。”

这时，父亲已经把月饼包打开，将两块月饼掰开，给四个哥哥一人一小块，又将一块掰成两半，将一个半块再掰开，把一小块递给我，说：“来，荣军，吃月饼，爸爸抱一抱。”因为有了月饼，我就让父亲抱了。

自从治坡治河活动开始，我们几个孩子几乎见不到父亲。今天父亲回来得早，还带来了好吃的，真好！

西大坡、岔路口改河道任务基本完成，转入打井阶段。打井是个技术活，主要依靠县打井队，但是公社抽了一部分社员支援邻村。今年计划新打六十眼机井，这是县农业局的项目。这些打井项目重点放在岔路口、西大坡，县里打算把这两个村建设成产粮基地。同时，县里也计划在岭子头和北大坡打井，将其作为粮食生产的副基地。因为将来吐泡泉会建小水库，只考虑打两眼井。其余四个地区，还定不下来打几眼井，因为那里的地理情况不明，县打井队目前在做前期的调查工作。

各地同时开始了挖树坑的工作，重点在酸枣沟和杏花岗。这两个村的山地、沟壑不适合多造田，依靠山势和特殊的地形种上苹果、梨树，还有杏树，将来用水果换粮吃。自古以来，种这点儿不打粮的地是年年抱希望，年年有失望。这回通过改造工程，有了保障后，大家都愿意在山上沟里沟外种果树。父亲从各地采购了树苗，本公社也有几个村有树苗，愿意无偿提供给公社。公社给他们打了收条。父亲说，等公社有经济基础了，一定要给他们经济补偿。

十一月，北方进入深冬，各队的改河工程完工，改田造田基本完成，没完成的也等明年继续，除了鱼脊背和酸枣沟没有完成打井工作，其他村都已完成。打井队的同志穿着军大衣、大头鞋，几个社员配合他们，再有几天也完成了。杏花岗和酸枣沟的地上，有社员突击种树，一棵棵两年生、一人来高的树插在树坑中，覆上土，向上拎一下，使它的根部向下，浇水，再覆土。人们带着希望栽着树，似乎看到满山的果树开了花，成了花果山。所以，寒风刺骨的天也被他们忽视了。

马上进入一九六九年，父亲给公社的所有同志放了一个星期假。他们太累了，需要回家休整休整。这个期间，父亲安排了另外的工作，可是母亲的预产期到了。父亲找到武装部的那位同志，他也姓顾，叫顾生华。父亲问他是不是还想要个儿子，他告诉父亲，这是他盼望已久的事，就是老婆生不出来。于是，父亲将母亲的情况说了说，他高兴地期待着母亲生个儿子，母亲却不太高兴。

阳历年来了，这是我们家到宁南过的第一个元旦，全家人吃了一顿饺子。母亲的身体很重，很多活儿都是大哥、二哥干。这天晚上父亲回来很早，下厨做了两个菜。我们这些孩子好长时间没有吃，父亲做的氽白肉特别好吃。过了元旦没几天，老家来电报说奶奶要来。

父亲说：“这个时候她来干什么？”

奶奶说："想儿子，想小姑娘了，就坐车来了。"

父亲将奶奶接来，安排她和老姑住在一起，和老姑一个屋的同志去别处找住处了。母亲突然生产，又是一个儿子，大眼亮，头发好，白白净净的，特别可爱。可是没几天，武装部的顾生华带着老婆和保姆到家了。父亲从母亲怀里接过儿子，直接交给顾生华。顾生华那个高兴，他顺着就在婴儿头上亲了一口。婴儿哭了起来，他也没法子，将婴儿交给老婆，老婆又交给保姆。

他们跟母亲说："顾廉、宴珍，谢谢你们，你们圆了我养儿子的梦。我会好好养活他的，你们就放心吧！"

然后，他们坐车走了。母亲哭了，父亲说："别哭了，宴珍。咱儿子到他家错不了。你安心养养身体。"

父亲在家只待了一天，然后带着王化民、王岳坤、司红书、姜明灯、丁红亮和赵树果到邻县考察砖厂、面粉厂等等。宁南跟宁山的南部邻县是村挨村、地挨地，而且邻县的县政府就设在附近。如果按现在的经济观点看，宁南的经济发展应该受邻县辐射。宁南人一直以来都是过穷日子的，对父亲带他们考察想都不敢想。现在虽然他们也饿肚子，但是有了希望，有了奔头。

考察回来后，大家都跃跃欲试，很有信心。父亲就请他们吃饭，要的是高粱米红豆干饭、红烧肉炖土豆、酸菜炖粉条。

掌柜的说："酸菜和粉条都算配菜，不多要钱，红烧肉只放半斤肉。你这伙儿人怕不够，如果要肉就得多加钱。"

父亲说："一斤红烧肉多少钱？"

他说："不多收你的，加五元钱。"

父亲说："那就多加二斤，你去做吧！"

父亲和王化民吃了一碗多饭，那几个每人吃了四五碗。多放肉的菜是真香啊！最后，大家用菜汤泡饭吃。

那个姜明灯书记用手擦了一下嘴说："顾书记，你请客真省，多加了十元钱就让我们解馋了。这菜饭比过年时的都好！"大家都笑了。

父亲点燃一支烟，一边吸着烟，一边笑着说："考察完，大家心中都有谱了。你们回去好好和社员商量下一步怎么办，如果运气好，明年不旱不涝，粮食就会自给，后年粮食就会有余，所以我们要把未来发展的事情想到前头。”

赵树果说：“顾书记，我们大队办一个砖厂、一个面粉厂、一个粉条厂是没有问题的，我回去就找人商量。”

其他人都有自己的打算，各自散去。父亲独自回办公室，陈立书记在等着他。

父亲回到家，母亲坐在炕上，听到父亲回来的声音，说：“顾廉回来了，你到屋里来。”

父亲走进屋，母亲无奈地说：“你可回来了！今天他奶奶回家大闹一场，说我们败家，把他的孙子送人了。我们不养，她还养呢！哭闹着非要我把孩子要回来。她老姑和我好一顿劝，才不哭了。但是，她说明天要回去呢！”

父亲说：“这老太婆真想不开，她自己都得别人照顾呢，还想养活孩子。她要走，就先回去吧。我一会儿去看看她。”

第二天，奶奶真回去了。她到死，都念叨那个被送人的孩子呢！

马上要到春节了，老姑来了。老姑从农村走出来，已经出落成一个利落的大姑娘，那张周正的脸看上去特别阳光。老姑给大伙儿买了一堆苹果和一包饼干，我们一家人特别高兴，老姑给我买了一套衣服和一个玩具枪。我高兴地拿出枪一边比画，一边不停地喊“叭叭叭”，把吃苹果的事都忘了。她住了两天，父母给她准备了回奶奶家的礼物。

走时，她对父母说：“二哥、二嫂子，我看我嫂子脸色不好，人瘦得就剩一条了，准是累的！要不我把顾荣军带回去过年，特别是嫂子歇一歇。”

母亲有点不舍得，父亲说：“我看也行，你嫂子生孩子后，就没恢复过来。你把他带回去，在奶奶家住一段也好。”

事情就这样定了。走那天，父亲把老姑和我送上火车。那时我很小，虽然哭了，但很快就没事了，觉得火车上这么多人很好玩儿。三哥也跟着父母去了火车站，他不愿意让我走，含着眼泪，盯着火车。后来，他告诉我，火车都开了，他还不肯走，是父亲硬把他拉走的。我哪里知道，从此我就成了姑姑家的人。如果我像三哥那么大，一定不去。可是等我长到三哥那么大时，一切都无法改变了。

后来听说我走后，最想我的是母亲。当她忙完家务事，总会四处看看。大哥说，那是找我呢！但母亲不说什么，她只会把心事隐藏起来。我走后，屋里宽多了，一个一岁多的孩子能有多大空间，都会因为我在家时不停的跑、闹、喊而使空间很挤。他们晚上吃完饭后，就静静的在灯下各忙各的。

春节来了，父母亲在宁南过了第一个春节。

过了春节不久，老姑回来上班，把我留在了奶奶家。这时二姑已经结婚。

老姑说："二姐结婚，没有事做，把顾荣军送她家玩儿去了。"

父母亲问了问我的身体情况，也没说什么。

老姑说："这次回家，她的对象解决了，是现役军人，人非常好，对她也好，对奶奶爷爷好。还有半年时间转业。他转业后，她就回去了。"

父亲说："老妹子，你找对象我没意见。可是你回去就没有工作了。别小看你挣的几个钱，这可是旱涝保收的，能够养活自己。所以你别回去。不行，让你对象到这儿来。"

老姑说："二哥、二嫂，我也是新时代青年，要到广阔天地扎根，建设新农村，那将大有作为。这天天跟一杆秤打交道，哪有那样的生活有意思。"

父亲看见自己老妹正在兴头上，也没多说些什么。

第二天，老姑就坐车到县城上班去了。人在年轻时，总是不能够正确估量自己。如果当年姑姑坚持留下来工作，现在就会像父亲一样带着工资养老。虽然她生活在农村，但她是很不地道的农民，几乎不做农活。现在她七十多岁，对往事也只剩下了回忆。

三月，母亲被提拔为中心小学校长。

一天，王岳坤说："顾书记，有一个人找你，他说是你的老师，姓孙，叫孙正学。"

父亲说："什么？孙老师来了。"

他跑出去接孙老师，见一位穿着深蓝色工服，戴着一顶军帽，挎一个洗得很旧的军用书包，整个人瘦成了一条，皱纹布满了没有血色的脸，耳后露出白发，站在那里。

父亲激动地喊："孙老师，是什么风把你吹来了？"

父亲跨向前，和他拥抱到一起。好半天，他们才一边说话，一边走进父亲的办公室。

孙老师坐下来，说："顾廉，你干得不错啊！这么年轻就管一个公社。"

父亲笑了笑，说："多亏恩师的栽培，不然我就是个勤杂工。"

孙才师说："我准备在你们这里生活一段时间，这是我们学校开的介绍信。"他把介绍信递给父亲。父亲将介绍信展开看了看，然后说："孙老师，欢迎你到我生活工作的地方来，我会给你安排好一切的。"

孙老师被安排在一家非常老实的农民家里。这家人有三个孩子，对学习都不感兴趣，他们的父亲想让他们再大点儿就回乡务农。一向注重孩子成长的孙老师住进他们家的第二天，就开始给他们的孩子补文化课了。父亲为了发挥他的特长，让他为中小学教师讲课，也给农业朋友上课，所以孙老师的生活很充实。

吐泡泉小型水库获得批准，专区有一部分投资，不够部分由县社两级政府解决，县委决定让公社组织农民以工代赈。因为马上就到播种季节，所以他们准备在播种完成后开工，县水利局派出技术组先进行详细设计。

马歇脚条石厂获批准，宁山通往南部邻县的公路建设就用了马歇脚条石厂的条石。一九六九年三月二十六日，在马歇脚石厂举行了简单的开工仪式，父亲和陈立书记、大队党支部书记许魁为石厂开工剪彩。许魁搞了五千响的鞭炮，十里八村都能听见，它炸响了春之声，小草萌根，鸟儿啼唱。

公社各大队开始了耕种，经过去冬今春五个多月的改河造田改田，打井植树，人们在平整的土地上耕种，虽然还是牛拉犁人播种，但那种舒心、幸福的感觉，滋润了心田，染红了笑脸。

第四章

根植宁南（二）

检　验

五月公社的干部进行调整，陈立调回县农业局工作，王岳坤升任党委副书记、革委会副主任；王化民升任革委会副主任、党委委员，李大力升任小河沿公社副书记；曹亚军调任革委会副主任、党委委员。县委组织部副部长来宣布县任职文件，送曹亚军到任，带陈立回县城。在干部会议上，父亲高兴地祝贺陈立、祝贺王岳坤、王化民，欢迎老朋友曹亚军；感谢县委对宁南公社的重视和关心，表态一定要按党的要求带好领导班子，完成县革委会、县委的各项工作任务。他视粮食如生命，在表态中说要争取早日实现粮食自给，一班人将组织部副部长送上车。

宁南公社党委、革委会班子配齐，父亲把党建等有关工作交给王岳坤，王化民管农业生产，曹亚民管社队企业和其他工作，然后带着王化民、曹亚军到各大队去了解调查研究，了解春耕情况。

曹亚军看那些成片的改造田和梯田，非常感慨地说："顾廉，这么大力度的改田造田工程，在这样仅有三万多人口的贫穷公社实施，真是了不起啊！这不仅改善了土地的基础条件，而且为粮食生产提供了保障。"

父亲听了也很激动地说："这里的社员群众能干，他们是穷怕了、饿怕了，只要我们当干部的有好思路，为群众谋利益，就会得到群众的支持，调动起广大社员的积极性，社员们的力量是无穷的！”

他们转了一圈回来，王岳坤和几个公社的干部出来迎接，王岳坤跟父亲到办公室。

“顾书记，你下乡这几天来了几个文件，其中有一个文件是最为重要的，韩平县长要到咱们公社调研，他新任县党委副书记了，而原来的张书记任县委书记。”

父亲说：“好，王岳坤，你去准备一下，咱公社的事你都了解，先搞个汇报材料。”

王岳坤说：“好，书记。”他走出门。

父亲想起韩平，想起过去小小的不愉快，不知道这个人是不是有胸怀，不然可能自己没有好果子吃。他又想事情过去这么多年了，不应该还有什么想不开的才对啊。

他想到这里，他打电话找到母亲说：“宴珍，我们已经到公社了，我想晚上请曹亚军到家里坐一坐，也把孙老师请来，我们叙叙旧，你看怎么样？”

母亲有些为难地说：“好是好啊，可是我们吃什么啊，家里现在只有玉米面和小米，菜也只有干白菜。”说到这里母亲叹了口气。

父亲说：“是啊，可是曹亚军来了我们总要做个东啊，要不这样，我买一个鱼罐头，买两块豆腐，你去买几个鸡蛋，有肉的话再买上半斤五花肉？”

母亲思谋着说：“好吧，我找同事借一点钱。”说着她把电话撂下。父亲喊来通信员把钱给他让他去办采买的事。家里生活虽然算不上上顿不接下顿，但是生活是非常困难的。父亲的工资常补贴奶奶一大家人，如果家里来了客人，真是没有招待客人的东西。

晚上下班，父亲拎着东西和曹亚军一起请上孙老师往家走。这一幕被王岳坤看到，他当时没想什么，他知道父亲和孙老师以及曹亚军的关系。

他们三人来到父亲家，孙老师给孩子们买了一包糖块，曹亚军拎了一包饼干，四个哥哥一一向孙老师和曹主任行敬礼后，被母亲打发到西屋小炕上做作业去了，三哥不安分在西屋待着，东一趟西一趟来回地跑，一会儿告诉两个哥哥，东屋又上什么菜了，一边说一边嘴里流口水。而四哥坐在炕里头，专门把平时玩的弹弓拿在手上，很安静。

大哥不说什么，二哥说："你别说，说得我肚子都咕咕地叫了。"

好多天都没闻到肉味的孩子们鼻子自然非常灵，所以大人们将肉菜一下锅，他们就知道了，哪个还有心思做作业。

大哥严肃地说："你们别说了，老实待着吧！"

四哥好像想起什么，要下炕。大哥说："老四，你想干啥去？"

四哥说："大哥，我想尿尿，有点憋不住了。"

大哥把他抱下地，说："我跟你去。"他们一起走出屋，到外面旱厕去方便，回到小屋内，身上好像带着菜的香气，几个人又打趣了一会儿。

父亲请孙老师、曹亚军主任上桌，母亲把饭菜端上来后也上炕坐在桌前，他们四个人围着简单的薄酒素菜边吃边聊了起来。过了一会儿，母亲出来，将未上桌的菜盛到盘子里，把菜和饭让大哥端到西屋，因为有了肉味，并且油香也很解馋，他们四个吃得很香。

父亲说："孙老师来这么久了，我一直忙春耕也没有将您请到家来坐一坐，亚军也调到宁南来，今天宴珍我们三个学生先敬老师一杯酒。"

孙老师高兴地端起杯说："顾廉、宴珍，多亏你们俩照顾我这个老爷子，谢谢你们。亚军祝贺你！"

曹亚军端杯说："孙老师，我没想到在这里遇见您，今后有什么事我帮您办，祝您身体健康。"

孙老师说："来到这里生活能够得到保障，给你们添麻烦了。"

父亲说："孙老师，别这样说，孙老师吃菜，大家吃菜，边吃边谈。"

然后举起酒杯说："亚军，我敬你一杯酒，你的到来让我太高兴了，虽然宁南经过去年秋冬和今年早春的大面积改田造田，但是经济基础还很薄弱，社员的生活很苦，如果今年风调雨顺，可能取得大丰收，大旱大涝对我们新改的河道、新修的梯田都是严峻考验。现在社村的自有工厂、砖厂、米面加工等几乎是零，这回你来了，我们可以甩开膀子大干了。来，咱俩干一杯！”

他们两人把酒喝了一小盅，孙老师也端起酒盅来激动地说：“来，我敬你们三个一盅酒，看到我的学生这样的优秀，这样有干劲，我真感到自豪，希望你们努力学习和工作，更祝愿你们取得好的成绩！”说着，他举起酒盅，一口将一盅酒喝掉，母亲不会喝酒也喝了一盅，父亲和曹亚军也干了酒。这时母亲招呼大家吃菜，然后下炕，将锅里的菜热了热，又给桌上的饭菜添一些然后将玉米面和白面制作的干粮放到锅里，让大哥烧水，将干粮热一热。

他们就这样边谈边唱，饭吃了很久，最后父亲和曹亚军把微醉的孙老师送回住处。

韩平副书记带着县委办公室主任和农业局、水利局的同志到宁南公社来调查研究。

临走时，张怀忠对他说：“宁南这一年多的时间抓了改田、造田、治河、种树、打井，据说干得不错，你到那里好好地总结总结。”

在路上，他想起了父亲这个人，在教育上还真是很能干的，当想起父亲调出教育界的事总是不免有一些不愉快地感觉。他是这样的人，眼里不揉沙子，什么小事他都非常重视，他想，这回我要看看你顾廉都干了哪些好事，中间一定会出现什么问题，让我揪到再说。

到宁南，一片片田地、一道道川上，经过改造的耕地，都得到耕种，现在庄稼都长出了半尺多高，虽然盖不严地面，但看上去绿油油，有些地块有些旱的迹象。平整的耕地有机井的地方，社员们准备抽水浇地，但他们还要再等一等，因为抽水浇地是有限的，还是希望天下一场透雨。这一派生机盎然的农业生产景象，让韩平书记一行人都很吃惊，因为他们一路上也看到其他公社的田地，就是不如宁南公社的庄稼长得好，社员也没有这里的精神。

到宁南公社，父亲他们公社的全体干部都出外迎接，然后召开汇报会，父亲先请王岳坤就总体工作做了全面汇报，然后他将改造耕地，河流治理，植树和打井的重点工作向韩平一行人汇报，并把今后的打算进行简单地描述。韩平书记听得认真，还做了笔记，他对王岳坤这个年轻人也很重视。接下来是参观，父亲给他们安排四处地方，包括造田、改河等几项工作，韩平看上去很满意。他没有想到父亲到这里仅有一年多的时间，把这里搞得有模有样了，还真了不起。这个年轻人挺能干，在教育上，就看出来了。可是父亲干得越好，他越觉得父亲这个人自负，目无领导。这个先入为主的印象，使韩平书记对父亲欣赏不起来，倒是对王岳坤很感兴趣，有意向他提几个问题都得到满意答复。这也使王岳坤受宠若惊，越发地谦虚和勤快，父亲看在眼里特别高兴，王岳坤，毕竟是他一手培养起来的。父亲陪着韩平书记他们走在改田、打井、拦河的几个参观点上。韩平书记不断地点头，和一同来检查工作的同志交流。这些工程让韩平书记很震惊。他想宁山县的那些山区公社都变成宁南的样子，那该多好！他又想到父亲，觉得父亲带着宁南群众干得不错，他们公社走在了前列，全县再有几个这样的地方就好了，这样山区公社发展成果就会成为全盟的优秀典型，应该很好地发挥宁南公社的榜样作用。但是，这小子就是太牛了。这一点，他不喜欢。韩平书记这样想父亲，实际上是他没有全面了解和认识父亲。

了解父亲的人都知道父亲特别谦虚，一视同仁，从来不摆架子。怎么在韩书记这里是一个问题干部呢？韩平作为县委的重要领导，最后总结了宁南的工作。他说："宁南在公社革委会党委的领导下，经过一年多的奋斗、奋战，取得了很惊人的成果，我代表县革委会、县委向你们表示祝贺！"然后，他带头鼓掌，大家也跟着鼓掌。然后，他说："你们要好好地总结促生产的经验，要上升到理论高度。过一段时间，我要在你们这里召开县革委会、县委的现场会，请你们做好准备。希望大家继续保持艰苦奋斗自力更生的精神争取做出更大的成绩。"与会同志又热烈地鼓掌。在宁南，父亲在精神上树立了一座山峰，从现在开始见到他的风采！

参观结束，韩平问起孙老师的事，父亲做了如实地汇报。

韩平书记对父亲他们的工作给予高度的评价，并鼓励他们要好好干，成为全县的典型。然后调查结束回去了。

天下雨了，宁南的人高兴地出去淋雨，也不知是谁的主意。他们打起鼓敲起锣来庆祝。一时间，整个乡村处处响起了锣鼓声，乡里人个个冒着雨庆祝。

父亲和曹亚军一组，王岳坤和王化民到改河地段去看看，新改的河道经受住了考验，这场雨让大地解了渴，庄稼疯长起来，很快就长到半人高，庄稼长势良好让社员们笑得合不上嘴，但这时，有些人家却断了粮，父亲又到民政局等地求助，到去年收成好的大队借粮，千方百计地解决粮食短缺问题。

喜　报

马歇脚大队书记许魁来公社报告喜讯，他们的石头厂第一批石头已经卖给修路队，用赚来的钱给社员们买了些粮都送到社员家里了，还有半车粮支援公社来了！

父亲他们都迎了出去，别提有多高兴了！他和许魁书记紧紧地握着手说："你们的奋斗成果实现了，祝贺你们，也谢谢你们帮公社解决难题。"他让王化民将这半车粮食收下。

父亲想："大队没有实体，就不会有办事的钱。"为此，父亲马上召开党委会，讨论公社、村上办实体的问题。在会上，父亲说："公社的耕地是农民的保障和基础。我们通过改田造田的工程，改善了耕地状况，但是我们社队没有实体就不会活起来，就没钱办事。马歇脚的石头厂就是个例子，我们在全公社马上推广他们的经验！"

在会上，父亲还让马歇脚村的许魁谈了他们办石头场的事。大家听了之后，都很羡慕，一个个也跃跃欲试，都想做这样的事情，好像都没有心思继续开会了。父亲想："人的积极性是最难得的动力。他们想干事业的热情这样高，就放手让他们干吧！"于是，他干脆利落地结束了会议。

为了发挥马歇脚村的带动作用，父亲与曹亚军带着各大队的干部到马歇脚大队先参观，然后现场开会。

在现场会上，父亲对一同参观的人说："不是让每个大队都来建石头厂，我们是学人家的思想，建不了石头厂可以建别的嘛，有的大队想搞砖厂还没有行动，我看大家都想想办法，从实际出发。马歇脚大队干起来了，我们别的大队怎么办？这次参观结束后，大家都来想办法做些事。亚军你要推荐两个模范大队啊。”

曹亚军说：“顾书记讲得非常在理，马歇脚曾经长期是个缺粮吃不上饭的地方，可是因为建了石头厂，卖了石头，用石头换来粮，还把一些粮食支援了公社，这说明一个问题，正像顾书记说得那样，我们要稳固耕地的基础，同时要办一到两个村办厂，这样才能搞活社村经济。下去后，大家分头想办法，哪个大队想办什么事需要我帮助大家的，大家都不要客气。”整个现场会气氛非常活跃，每个人的思想都受到了启发，过去大家是去别的县参观学习，今天是在自己的公社就看到了典型，大家真的很震惊。许魁的精神也特别得爽，看上去很自信。

西大坡大队赵树果说：“我们大队是公社所在地，在村办工厂上理应走在前面，这回让马歇脚抢了先，我已经在我大队的南侧选择了地块，想先建一个砖厂，过去我们这里用砖必须上邻县去拉，我们的砖厂建起来，不但能让社员用砖方便些，还能安排我们大队一些劳动力。另外想建一个面粉厂，想选在大庙的北侧，这个大庙破烂不堪一点用也没有，不如早一点把它拆了。”

父亲听了他这段话说：“西大坡大队这样思考问题，我很赞成，西大坡是公社所在地，各方面的条件都好于其他大队，你们要迎头赶上，多做一些。”

吐泡泉的丁红亮说：“我们今年按公社的要求把水库建完成，这样就可以开展养鱼养鸭的副业了，我已经派人出外学习养鱼养鸭技术。只是建水库的工程还需要公社派技术员给予指导。”

曹亚军马上说：“这没有问题，县水利局已将设计修改完毕。到时候我们请县水利局的同志在技术上给予你们指导。”

参观结束后，各个村都行动起来。父亲对此项工作抓得很紧。这一天，他带着曹亚军到有关村子调研。到叉路口村，他们见到姜明灯书记。

父亲问他：“姜明灯，你们村办厂有眉目了吗？”

姜明灯说：“顾书记，我们也要建砖厂，现在地方和取料地等已准备就绪。”

到北大坡、酸枣沟、岭子头他们讲了自己的打算。鱼脊背大队徐大力说："顾书记，今年山上的药材也非常多，我准备到外面找找买家，如果有好的买家，社员们也会多一些收入。"

父亲说："靠山吃山，你的主意不错，但是时机不能错过！"

调研后，父亲请曹亚军将主要精力放在村办厂上，争取今年再办几个村办厂，这样村集体在经济上就活了。

这一年，总体看宁南地区风调雨顺，新改的耕地接受了考验。转眼到秋季，西大坡砖厂建成了，并烧出了第一炉砖。他们请公社领导参加，搞了一个庆祝仪式。父亲请曹亚军在仪式上作了讲话，对西大坡砖厂投产表示祝贺。

秋收即将开始，父亲召开了村上干部会议。会议强调：一是促生产；二是抓好粮食生产问题，重点说了秋收；三是要大家相互学习，发展多种经营，增加村集体收入。会上，让马歇脚、西大坡村等革委会主任、书记都进行了发言。他们在村办厂工作上，给其他生产大队做了榜样。同时，每个村做了表态，一定要组织好秋收工作，做到颗粒归仓。会议很快结束，这次会议对于宁南来说是具有重大意义的。从此后各大队在抓好粮食生产的同时，开始着手各种经营为广大社员设法增收，解决全公社的温饱，是这个时期父亲的主要思想，也是他做好一切工作的出发点。

无　奈

一天下午六点多，父母他们赶巧都在家，老姑敲门喊："哥嫂你们看我把谁给带来了？"

老姑带着一名解放军战士来到我家，父母亲听到声音马上把门打开，那位解放军战士，姓罗，叫罗志峰，他非常腼腆地说："二哥、二嫂。"他本来很敦实的个子，这一腼腆就更显得敦实了。父母亲答应着，热情地把他们让进屋里，原来，是姑的对象回家探亲，奶奶要老姑带对象来见一见父母亲。父母亲给他们两人沏茶倒水，然后问了问准姑父在部队的情况和爷爷奶奶的情况，之后父母问起我的情况，他们说我又长高了，二姑和二姑夫都很喜欢我，我也待得很习惯。

当时大家都还没有吃饭，母亲临时打发大哥出去买了鱼罐头，把姑姑她们带来的老家的鸡蛋也炒了一盘，这样凑了四个菜。大家一起吃饭。饭后，姑姑、准姑父和父母一起唠，四个哥哥到小屋，四哥在炕上玩，剩下他们几个做作业。

父亲问准姑夫："你什么时候转业？"

准姑夫说："二哥，我准备明年转业。"

父亲听了之后，稍微沉思一下，建议说："你们将来把家安在这里吧，老妹子这项工作可以做下去，生活有保障，你退伍后，我在这里给你找些事做，慢慢日子会稳下来，这里还有你二哥二嫂在，我们相互还能够有些照应。"

老姑抢话说："二哥、二嫂，我要跟志峰回家乡建设家乡改造旧山村。"她原来就这么说，现在仍然坚持，还说像父亲当年一样。写到这里，我想人年轻的时候，很少像父亲那样成熟。父亲的成熟也是好几个岗位锻炼出来的。对于这些，老姑可能想不到，老姑的想法有些脱离实际。

父亲没想到自己的奋斗过程对小妹妹有这样大的影响。他知道老姑看到的只是他的一些表面现象，他的奋斗是一乡人的奋斗，不是他自己的奋斗。这样的奋斗过程和成效，他小妹妹是开展不了的。但是，老姑的兴致特别高，又在热恋期，她是不会听哥嫂劝的。所以，父亲无奈地叹了口气。而父亲的无奈，老姑根本没有体会到。

而准姑夫有些感动地说："二哥、二嫂对我们俩的将来这样操心，令我非常感动，我代表顾华向二哥二嫂表示感谢。只是我是家里的长子，父母亲年龄会越来越大，我不能离他们太远，这一点还请二哥、二嫂理解。我们结婚后我一定会让顾华过上幸福日子，这一点请二哥二嫂放心。"

父母亲两人相互瞧一眼，谁也没有再说什么。

父母亲留老姑她们在家住了两天后，老姑带着她对象将宁南这个地方转了转。在这个过程中，未来的老姑夫对父亲母亲佩服得不行，他也是农村出身，宁南将农田、山沟等治理得这样合理整齐，比他们那里强多了。他想等自己回去后，也要学习宁南公社这样从事农业生产，建设自己的家乡。他要像二哥好好学习。后来，老姑父真的回乡务农了，还当上了队长。父亲对他的影响还是很大。当然，这是后话。在父亲和他一起吃饭的时候，他还谈了一些想法。父亲听后，感到这未来的妹夫有思想，将来妹妹嫁给他，也能过好日子。很快老姑夫回部队了，走之前，父亲单独和他唠了一次，主要是请他照顾好妹妹，在部队好好表现，转业后要认真从事生产等，当然也包括对我的安排。

又过一年他光荣退伍，老姑辞掉工作回去结婚，父母亲因为都无法请假所以给他们准备一份厚礼。

离　德

县委发来通知要求各公社副书记到县委开会，王岳坤前去参加，这次他受到韩平书记的约见。

王岳坤怀着忐忑地心情走到韩平书记办公室秘书室，秘书看到王岳坤说："你来了，韩书记正等着你呢，韩书记曾好几次谈起你呢，说你聪明、勤快还谦虚，不像顾廉那样目中无人。"

王岳坤听到他说父亲目中无人，很吃惊地看了他一眼，但没敢说什么。

秘书将王岳坤带到韩平办公室。韩平上下打量一下王岳坤说："你来了，岳坤，坐、坐。"

王岳坤小心翼翼地坐在椅子边上，手不知放哪里好，只好在胸前握着。韩书记一边看着文件一边说："岳坤，你们公社工作不错，顾廉挺能干，就是有些目中无人，自以为是。我下乡中看到你不错。"

他想马上离开，不想听父亲的坏话，认为那样做人不道德，可又不敢冒犯韩平书记，于是他在韩书记说话停顿时说："韩书记，我今天还想赶回公社，您看我是不是先走？"这时他对父亲是忠心不二的。

韩平笑了笑说："你这个岳坤，多少像你这样的干部想见我还见不到呢，你没坐一会就想逃走啊，你把这几件事做好……”

岳坤精神高度紧张，拿出本子记录，生怕漏掉哪一部分，韩书记最后说：“你有什么问题可以直接向我汇报。”王岳坤站起来，有些激动地说：“谢谢书记对我的信任和栽培。我不会辜负领导的希望，我这就回去。”

说着他推门走出来，韩平望着他的背影若有所思的样子。站起来背着手在办公室来回踱步。

王岳坤坐上汽车好一会儿了，心情还不能平静下来，他马上要赶回去向父亲汇报，韩平对父亲的态度令岳坤担忧，他不明白韩平为什么总跟父亲劲劲的，但是韩平对他的表扬和希望令他激动不已。他想：“有韩平书记这样的大领导重视自己，对自己的成长是多么难得的事。当然韩平书记让我怎么做，我就怎么做，绝不辜负韩平对自己的一番苦心。”而韩平想，在宁南找到王岳坤是重要的，这样一来宁南就受到了他的控制。他这样做很久了，已有近半数的公社党委有他自己的亲信，他这个副书记要说了算，要一呼百应才对。

秋收开始，宁南的各大队所有人都下田了，这是改田造田的第一年，基本风调雨顺，有些个别地方虽然有些涝，因为进行改河等工程，河道无险泄洪，洪水没有对大田造成损害，是历史上第一个全方位的丰收年，天上万里无云，成片被谷穗压弯了杆的谷子颗颗低着头，微风吹来，一棵挨着一棵向前赶，像是要向大地致谢。而高粱地却是另一番景象，高粱穗都红了脸，昂首挺胸像北方的汉子一样，那成群成队的高粱就像成排成连的队伍，齐刷刷，微风吹来也不散阵脚，说向前就向前，说向左就向左，说行动起来就一个也不走掉。

在田里人们银廉挥舞，汗流浃背。随着割地人的推进，一行行庄稼顷刻倒下，一排排很整齐地躺在地面。玉米地里的玉米比往年都多，玉米穗已经干了，有些玉米因为籽粒饱满，自身重量沉，整个棒子从玉米杆上垂下来，还有大豆等作物，到处都是丰收的景象。人们一边收割，不时还有一两句歌声传出来。在村上、户里只有咯咯地鸡鸣和跳这儿跳那儿吠着的狗。

父亲他们一行人在往吐泡泉村的路上，行走在一派丰收的田野里，他们兴高采烈，特别是父亲，他来到宁南一年多了，经过带领乡亲们改田、造田、改河、打井，使农业生产条件得到了很大的改善，今年终于要打个翻身仗了。他心里有说不出的高兴啊。父亲他们很快来到吐泡泉，和丁红亮等村干部汇合，大家一同来到水库建设工地。

吐泡泉水库已经开始建设，他们大概有五六十位强壮的社员被调到水库建设场地。大家在技术人员的指导下进行施工。

父亲问丁红亮说："丁红亮书记，你这里有工程，要不要公社调些干部来支援你们啊？"

丁红亮书记说："顾书记，不用了，社员们看到今年获得粮食生产大丰收，干劲都上来了，起早贪黑地干，一点怨言也没有，所以特别出活。"

父亲说："水库建设的进度如何？今年冬天前能不能建成？"

丁红亮说："应该没有问题，等秋收完成之后，我再抽调一些强壮的社员上来，施工的速度就能快一些。"

父亲对现场的技术人员表示了慰问后就马上返回公社。

父亲他们路过西大坡，临时提出到西大坡去看一看，西大坡的大队干部都不在，父亲他们向社员打听到西大坡建砖厂的地方，他就直接赶了过去，到现场一看有一百多人在那里干活，有人发现了父亲喊到："赵书记、赵书记，公社顾书记他们来了！"

赵树果和他们的大队主任李春海赶来，说："顾书记，这么晚了，你们怎么来了？"

父亲说："我们从吐泡泉回来路过你们大队，就赶过来看看你们的砖窑建的怎样了？这将是我们公社第一个砖窑，还要起示范作用呢，你们不但要按科学的要求建，还要在砖块烧制过程中讲究科学，不能蛮干。我想我们宁南怎么也得建三座以上的砖窑，自己用砖得到满足了，周边公社还有需求，我们可以把砖卖给他们嘛！你们这里在砖厂建设和生产管理上都要出经验啊！"

说着大家都笑了，李春海说："顾书记，我们愿意做这个榜样，只是请公社多指导我们。"李春海个子有一米七五，说话直来直去。

父亲看着赵果树和李春海说："好，你们也要劳逸结合，我们还得回公社。”

赵树果说：“顾书记在这里吃过饭再走吧！反正已经到吃饭的时间了，吃饭时好给我们讲讲怎样抓生产问题。”

父亲说：“我必须马上赶回去。怎么样抓生产，你们都是专家，还用问我吗？”他们一边说着，一边往外走。他们把父亲他们送出砖厂工地。

路上，父亲跟曹亚军和王化民说：“今年粮食获得丰收是源于去年秋冬今年早春的造田改田等工作，现在我们在村办工厂上又走出了一步，要让这些走出的大队给全公社做榜样，明年我们可以再办几个工厂。”

曹亚军说：“非常必要，有了带头人，其他社队就会跟着学。”

他们说着唠着回到公社已经晚上九点多了，父亲告诉大家都回去休息吧。自己也回到了家，这时母亲还没有睡。

父亲回来了说：“我还没吃饭，有剩饭吗？”

母亲给他倒了一碗水说：“先喝点水吧，我给你热饭去。”

父亲接过水碗说：“你看上去脸色不太好，觉得怎么样？是不是哪里不舒服？”

母亲说：“最近有些觉得身上没劲，倒也没什么，休息休息就好了。”

一会儿母亲就把玉米面饼子和咸菜拿上来，说：“天晚了，你对付一些吧。”

然后有点不好意思地说：“我们学校这次在全县统一考试中，成绩排名全县第二，县城学校里第一，县教育局同志说可能要组织其他学校来这里学习呢。”

父亲说：“不错啊！你干得不错，如果他们来了公社可以帮助你们招待他们。”

母亲说：“那当然不错，我代表学校感谢你，顾书记！”这话把父亲逗笑了。

他们又说几句话就关灯睡下了。

早上王岳坤来到父亲办公室。

王岳坤说：“顾书记，我昨天在县里开会回来，想把会议内容向你汇报一下。”

王岳坤汇报接近尾声时王化民主任敲门走进父亲办公室。他站在父亲的办公桌前说：“顾书记，鱼脊背等几个大队的支部书记来了，想见你，他们见王岳坤在你这就没进来，他们打算再商量一下造田的事。”

父亲对王化民说：“好啊，你快把他们请到我这里来。”

然后对王岳坤说：“你到各村落实一下会议精神。”

这时酸枣沟的蔡大臣、杏花岗的司红书、鱼脊背的徐大力和马歇脚的许魁四个大队的书记前后走进办公室。

他推鱼脊背的徐大力说一说想法，徐大力也不推辞，就说道：“顾书记，今年我们几个村可得去年秋冬和今春的造田改田的济了，我们几个大队基本达到了粮食自给，这是过去想都不敢想的事。我们几个大队书记在一起合计一下，我们没有其他大队办工厂的条件，但是我们在造田改田上还有潜力可挖，我们想在今年秋冬到明早春的时间再组织社员搞一次造田改田的活动，希望公社给我们增加造田改田的指标。”

马歇脚书记许魁说：“虽然我们有了一个石头厂，但是粮食今天自给还有个缺口。对于粮食来说，只有自己有，早晚才不愁啊，我们见到了造田改田的好处，尝到了甜头，所以我们也想再组织社员搞一次这样的活动，使粮食生产有个基础。”

酸枣沟蔡大臣和杏花岗司红书表达了同样的想法。

父亲等他们说完高兴地说：“你们都是从本大队的实际出发，想接着进行改田造田工作。大家想得对啊，不知道社员们有什么想法，他们同意这样做吗？”

杏花岗司红书说：“顾书记，我大队这个计划是经党支部共同研究的，没有征求社员意见，我想只要公社支持我们，我们回去发动社员，多数人是能够响应的。”

父亲说：“一定要得到社员的同意才行，这是我的做事原则。”几个人听后没再说什么，父亲送他们出门之后，在办公室内徘徊起来。

第二天，宁南公社召开了党委扩大会议，扩大到革委会委员和公社副主任，由王岳坤传达上级工作会议精神，王化民安排下一步秋收工作和部分村改田造地工作，曹亚军安排队办实体工作。大家集思广益后，形成了统一的思路，父亲最后作了简明扼要的讲话。

接着父亲带着王化民、曹亚军他们到四个搞改田造田的村去看工程进展情况，他们先到马歇脚，回头到北大坡、杏花岗，在杏花岗住下。

第二天，父亲他们到酸枣沟。酸枣沟蔡大臣说：“顾书记，我们大队有的沟堂特别大，我想是不是也可以建个小型水库，这样有了水，我们也能够干点别的。”

父亲说：“你带我们去看看那些地方。”

蔡大臣带着父亲他们来到叫库叉子的沟边，真是山上的两条较大的沟和几条小沟在这里交汇，形成很大的堂子，下面形成了两个台地，大概得有三四十亩，堂下是一条较宽较深的沟向崖外穿去，这山上长得多是山杏树，杏已经被摘去，树叶变的发黄，有个别小树的叶子是红色，这样沟里沟外层林尽染，景色不错。

父亲看着这个地貌特征后，说：“大臣，你的想法不错，王化民你回去后找县水利局，请他们派技术人员来看一看，如果这里也能建一个小型水库，那可真不错，因为天不算晚，他们从库叉沟直接到吐泡泉去了。”

吐泡泉的水库工程还没完工，比前几天有很大的进展，父亲他们又看一下与水库相配套的农田灌溉工程，已经修了一些明渠。

父亲对吐泡泉的书记说：“红亮，水库和明渠的进度都要加快，你要抓紧把这些工程完成了，再做别的。”

丁红亮说：“书记，这明渠是修了，可以将来从水库提水要用电，都用发动机，这油钱也不少，我知道你来后跑过县供电局，人家说不行。”

父亲说：“通电的事还需要再努力。”

他又鼓励一下丁红亮等村干部。然后他们结束下乡，都回到公社。

晚八点多，他回到家时，母亲不在家。

他坐下来，大哥给父亲倒一杯水后就做作业去了。二哥三哥和父亲打了个招呼也接着做作业。四哥自己玩呢，谁也没搭理。

这时西大坡的赵树果来找父亲，父亲一看这么晚了就跟大哥说：“等会你妈来，就说我去公社了，不要等我。”

于是他和赵树果一同往公社走。

到了办公室赵树果说：“顾书记，我有些事很担心，你是知道的，村主任李春海跟我过去有些矛盾，这些年不提了，各自都放在心里，现在他听了王岳坤的蛊惑跟我对着干，我想他有意取代我，有些社员也没心思干活了。”

父亲说：“现在还没到那一步，真有那么一天，我安排你做别的，你一定要稳住，坚持把砖厂办好，这是我们公社第一座砖厂，你办得好，大家才会跟着你学。”

赵树果说：“书记，有你给我做主心骨，我就什么也不怕了。”然后，他站起来就要走，父亲没有再留他。

送走了赵树果，父亲回到家，这时母亲也刚回来，她跟父亲说：“我们办班学习上级会议精神，听说各村和各单位、学校都行动起来。”

父亲叹了口气说：“现在生产任务多重啊，睡觉吧，挺晚了。”

求稳

从赵树果身边的情况父亲了解到全公社在思想上有些偏离农业生产，于是他召开党委扩大会议，扩大到各大队党支部书记和大队长。听取了王岳坤和各队党支部书记的汇报，还表扬了王岳坤。

这时王岳坤说：“顾书记，都是自家人，怎么互相表扬上了，都是同志们觉悟高，积极响应县委号召啊！”王岳坤尽管这样说，他心里还是美滋滋的。

父亲接着说：“王岳坤书记说得对，同志们是有觉悟的，县委号召得到响应，带来了我们的大好局面。”

他喝口水接着讲农业生产中要把握以下几个方面。第一，落实上级精神促生产。第二，不能拿工作来泄私愤。第三，要将社员都组织到劳动生产中，农时不能耽误，我们建设的工程也不能耽误。我还准备跑一跑电的问题。第四，按照目前上级部门的安排，要多积粪广积粮，大家都要有行动。王岳坤书记，几个大队在造田改田，任务非常重，你带着王化民下去催一催，如果有难处，我们是不是组织机关干部出动一下。”

他又问了问参会人员有没有别的事，大家说没有，他就宣布散会了。

这次会议，稳定了人心。王岳坤自然是如实向韩平做了汇报。

韩平说：“顾廉抓生产是中央的指示，你要多学习，凡事要动脑筋，要树立典型。”王岳坤想了想，还是先落实改田工作吧。他挑着粪筐和王化民下乡了。

热热闹闹抓生产的局面又回来了。这是宁南社员的福气，因为这时期其他公社都乱了，谁也不想生产，第二年种地时要种子，种子不足，要肥料，肥料没有，又赶上春旱，有的耕地没有种上，造成绝收。

转眼间到了春节，丰收带给人们的喜悦，公社常委会派人到各大队，要求要关心社员的生活，安排妥当，过一个祥和快乐的春节。

春节后，宁山县召开三干会议，讨论新一年全县农业生产和农村基层建设工作。县委书记作讲话，县长对农业工作优秀全面部署。会议召开时间为五天，所以安排了较长时间的讨论工作，各个公社组织自己的村队干部结合本地情况，讨论县委书记和县长的讲话，并提出落实讲话精神的意见。大家发言踊跃，每个人结合自己村子的事，一说就是半天。会议有专门的记录员，会议开到第四天，大会秘书处通知各讨论组，要求与会同志用半天的时间给县里各个部门提建议，建议采取书面形式交到秘书处。村队干部说自己的事头头是道，让他们说县里各部门的事都没话说。父亲动员王岳坤、王化民等公社干部提意见，大家也觉得没什么说的。父亲说：“我提两条建议，大家听听合适不，他说得是教育和交通的问题。”

一个建议内容是县政府对基层的教育不重视，把钱都花在县城里，举例说县幼儿园建设太铺张，而农村学校没有桌椅，所以对农村教育要加大投入；另一个建议内容说得是希望县政府要重视农村交通问题，到宁南去的公路多年未维修了，到处坑坑洼洼，下雨就不好走了。大家都同意这两条建议。他们就写好交到了大会秘书处。韩平书记的秘书在秘书处看到了建议文稿，急忙告诉韩平书记，他说："韩书记，宁南公社的建议好像在批评你，虽然他们没有点名说什么，但是说的是你分管领域的工作呀！"韩平让秘书找来父亲的建议，认真看了一遍，心中的气就不打一处来，从此他将父亲牢记在心中。

一心扑在工作上的父亲，没有想到因为提了几条建议又在自己脚下挖了个坑。韩平书记对父亲的成见更多了。接下来他怎么办谁都不知道。但是，对于父亲来说，这绝对是一个隐藏在暗处的地雷，父亲对此却一无所知。

现场会

很快到了三月，宁南在治坡治河活动中取得的明显成就在全县传开。县革委会和县委通知，全县改田造田现场会三月底在宁南召开，请宁南做好准备。接到通知后，父亲将王岳坤、曹亚军和王化民请来，共同商量这件事。父亲认为，他们自己就是这样干的，所以只要把材料搞好。现在还不到种地的时候，各个村要将自己的实体抓好，同时搞好备耕。

王岳坤说："顾书记，我以为韩书记他们到宁南开现场会，虽然是看我们改田造田工作，也可能就我们的全面工作进行考察。"

父亲现在对王岳坤的态度也有所转变，更多的是让他独立工作，和自己分歧少一些。父亲说："岳坤说得有道理。"

随后，他们分头准备。可是这现场会一拖再拖，一直拖到了当年的七月。会前期间，到了春耕季节，父亲他们全力以赴抓春耕。王岳坤也分了几个村搞春耕。因为去年获得了大丰收，农民种地的积极性非常高，春耕时节全力以赴。而后，各地实体建设工作又转为重点，各村都有了自己的奔头。

七月初，宁南下了一场及时雨，大地解了渴，庄稼喝足了水，使劲儿地生长。到夜深人静的时候，在田边都能听到庄稼生长拔节的声音。一九六九年七月十二日，现场会在宁南召开。父亲他们用大红纸写了很多标语贴在公社和参观点的墙上，各地都喜气洋洋，比过年还有气氛。因为这样的大会对宁南来说，也是开天辟地头一回。全公社的人都被调动起来，大家积极工作。社员听到这个事，也特别地高兴，是逢人就讲！公社上的人们跑来跑去的身影把气氛都带活了，有些年轻人甚至刻意打扮了一番。

当天风和日丽，天气晴朗。上午十点，两个大客车，共计一百余人，到达宁南，先到西大坡改田现场，然后到吐泡泉。到现场时，都是村党支部书记做介绍。当赵树果带着大家看他们的改河造田和改山地造梯田，将旱地变成水浇地的现场，赵树果一边走，一边用大喇叭介绍。大家看到长势喜人的庄稼都非常振奋，他们还在砖厂前停车，看到村办砖厂，大家都竖起大拇指说："了不起啊。"到吐泡泉村，这里改田有六百多亩。丁红亮书记自豪地介绍说："我们村历史上从来只有打半年粮，现在我们已经能够自给自足了。"大家还看了他们刚建成的水库。

丁红亮说："将来，我们在水库里养鱼、养鸭，已经派社员去外学习了。"大家都很赞许，羡慕的目光投给他。

韩平书记虽然去年来过宁南。今年到现场一看，他被宁南的变化震惊了。他想，顾廉这个人到这里也就两年多的时间，带着乡亲们改变了山村的面貌，真值得大家学习。不过，这个人自高自大，目中无人，他想起了父亲给县委提的建议，不满的情绪又出现在他脸上。父亲一直陪在他左右，不太说话，因为怕自己哪句话得罪领导。韩平书记的脸部表情被父亲觉察到了，但是他不理解。

参观的中午饭是在公社的院子吃的。公社向老乡借来桌子凳子，雇了十个大师傅做饭，吃得是玉米面和白面两掺的馒头，还专门杀了一只羊和一头猪。他们吃完饭又参观了两个地方，然后乘大客车回到宁山县城。

会议结束后，父亲在全县出名了。后来昭乌达盟召开粮食生产现场会，其中一个参观点在宁山县。宁山县将这个参观点放在了宁南。辽宁省召开山区农业工作现场会的一个参观点也设在宁南，这样，父亲思想行为的山峰突显出来。自此以后，不断有来学习的，父亲都给予很好的介绍。

九月。四哥五岁，上了幼儿园，幼儿园是新建的。这样，四个哥哥都上学了。我长到了四岁，在老姑家很顽皮。这时老姑生了她的第一个孩子，是个男孩，我就盼着他快快长大，好和我玩耍。

随着我国农业机械化的提出，这几年宁南得到了几批农业机械。为了推进工作，父亲让王化民负责。农村办实体的事情也继续推进。转眼到了春节，老姑父把我送了回来。这是我们家在宁南过的第三个春节，特别热闹。当地就有会做鞭炮的人。宁南人有钱了，哪家都买一堆鞭炮。每当这时，父亲组织干部下乡宣传，要安全过节。过年的那一天，从夜里十点多，公社的社会员们开始放爆竹，响成了一片了，空气中都有火药味，不像老姑家就那么几十户人家，放完了就没动静了。

到了初一后，有扭秧歌的队伍。他们一般先到公社里扭两圈打个场子，再到街上去扭。而公社的值班人员就会把桌子上摆满香烟、瓜子、花生等送给秧歌队。因为父母家离公社近，所以每个到公社扭秧歌队伍到来，我们都看。大概过了正月十五，大哥才将我送回老姑家。而父亲这个时候在规划怎样解决通电问题。

通　电

眼看到二月中旬，宁南通电工作没有进展。父亲他们想联系从邻县建平县相邻的叶柏寿公社接电的事情，还没有头绪。他们想联系建平的公社书记，还没有联系上。一天父亲刚上班，叶柏寿公社党委秘书打来电话，他告诉父亲，他们的书记已上任半个月了。对于父亲来说，这是个天大的好消息。他马上找上曹亚军，马不停蹄地跑到建平县，找到书记办公室。这两位相邻县的相邻公社书记见面了，但是两个人却对视半天。

父亲先说：“你是不是那位张……”

那位书记说：“张仁贵。你是、你是大名鼎鼎的顾廉！”

原来他们俩是老同学。只是张仁贵是当时高中班的，父亲是学生会主席，他认识父亲。他们刚到叶柏寿公社上任不长时间，听办公室秘书说起宁南公社的事，挺感兴趣的，因为当年宁南公社在父亲他们领导下，改田造田的事情在周围特别出名。张仁贵在学校就知道父亲这个人，所以让秘书给父亲打了一个电话。

张书记说：“顾廉，你当时是大名鼎鼎，经历又是那样传奇，一天学没上竟直接考上师范，又升为学生会主席。讲话那个带劲儿，逻辑严谨、有文采，鼓舞人心、激励人上进，非常有激情。”

这话说得父亲他们哈哈大笑，父亲说：“老同学你就别拿我开心了。现在，我才羡慕你呢。我们一路走来，看到你们公社土地平整；村子整洁卫生，一片欣欣向荣啊！我们这次来真是有事相求。”

张仁贵说：“你说吧，我还能帮你忙？”

父亲说：“真需要你帮忙。你知道我们公社离县城七八十里，现在还没有通电，我们这里的村离你们才一里多，你们村都通电了，我想从你们这里直接把电接过去，不知道这事该找谁办，你给我帮帮忙怎么样？”

张仁贵爽快地笑了，他说：“没问题，我可以带你们到我们县电力局去问一问。赶巧我正有事找他们商量，我要办一个米面加工厂，现在人们还是推碾子磨面、不但没有效率，而且供不上需求，地点我已经考察好，我们这会儿去是请供电局派人给我们接电。”

父亲说：“这真是太好了！”

张仁贵书记带着父亲他们很快来到了邻县供电局，县供电局局长对张书记带邻县的人找他接电非常惊讶，听了父亲把情况介绍后，很同情宁南公社乡村的处境，但是给临县的村落接电，这是跨盟区的，所以不是他能决定了的事情。不过，他愿意帮助父亲这个忙，于是他很开通地说：“我们县还有供电能力，如果你们县同意你们公社从我们这里拉电，我们可以考虑为农民提供电源问题。不过这事我不能做决定，必须请示我们县委和我们上级电力部门，估计问题不大。”

父亲激动地站了起来，他快步走到这位局长面前，伸出自己的双手紧紧握着他的手说：“太谢谢了，如果这件事做成功，我们宁南公社几万人都感激你啊。”

那位局长也站起来握着父亲的手说：“你们宁南公社有这样努力工作的公社书记有福了！你跑到临县为社员们争取接电这个事本身就很感人，让我们共同努力，争取把这个事做成。”

他要留父亲吃饭，父亲谢过后说：“我们忙着赶回去，那么我们等你们的消息，我想如果你们同意给我提供电源，我想我们县委会支持我们的。”

父亲他们带着喜悦地心情告别了供电局局长和张书记直接回到了宁南公社，没有回家也没有进公社院，他们接着又到另一个村下乡。

等父亲他们回到公社已经是一个星期以后了，正在父亲为接电的事着急时，张仁贵书记打来电话到公社。父亲接到电话说：“张仁贵书记啊，我们接电的事有消息了？”

张仁贵书记说：“恭喜你啊，顾廉，我们县委同意给你们提供电源了，县里说这是支持临县发展，要求我县电力局全力以赴办好这件事。”

父亲高兴地说：“谢谢你、谢谢你们县委，谢谢你们电力局！我一定不辜负邻县对我们的大力支持，我马上与我们县委和电力局汇报和联系，谢谢你，我代表公社全体社员感谢你！”

放下电话父亲想马上开一个党委会，到邻县联系办电的事还只有他们下乡工作队知道，现在事情有了很大的进展，要在党委会讨论下一步的工作。

王岳坤接到通知后很惊讶，马上来到公社，他问已经到达的同志说：“什么事这样急啊？”

有人说：“可能是接电的事。”

“接电？”

他没有再说什么就坐下了。想了想，他依稀记得父亲很久之前提过这事，但是没有再跑这事啊！

会上父亲激动地把建平县接电的事向大家介绍，然后讨论下一步工作。

王岳坤书记说：“接电是好事，我完全赞成。可是这件事的来龙去脉我们党委其他同志都不太清楚，我们没法做工作啊。”

有几个人也随声附和说：“是这样，我们大家发挥什么作用呢？”

“接电这么大的事得多少钱啊？”

父亲在大家讨论一会儿后，他向大家作进一步解释：“大家说得都有道理，从邻县拉电的事我刚才简单向大家介绍了，开始是吐泡泉丁红亮他们提出来的，我一直设法跟建平县联系，事隔一年多时间，联系不上他们。最近新来了一位书记，我们就想到建平到碰碰运气，没想到建平公社的书记是我的同学，他积极地帮助联系，赶上人家邻县县委高度重视这件事，所以我们才有了希望。”听了父亲这样解释后，大家对接电的事基本明白了。

最后，在父亲的提议下，决定组成一个接电工作专门小组，由父亲担任组长，曹亚军、王化民担任副组长专门跑宁南公社接电的事。

会后父亲对王岳坤说：“岳坤，这一段时间我对接电的事要全力以赴，党委的其他事你就多操点心吧。”

王岳坤书记笑了笑，有些不自然地说：“顾书记，放心吧，你就专心跑大事，把家里的事交给我，我保证不会让后院着火的。”

父亲说：“这岳坤，你在开什么玩笑呐！”

接电的事就这样紧锣密鼓地开始了。

父亲他们马不停蹄地赶到县电力局，却被泼了身冷水。他们说这不行，不符合系统作业规范，一个县必须用统一的电源。父亲与他们据理力争，局长却对父亲发起个人攻击：“顾廉，你也太牛了，跑到别的县找电源，你把我们电力局当成什么了？你眼里还有没有我们电力局啊！你们接电的事我们会努力的，但是需要排队，我们工作的原则是先近后远，你就等着得了，我们不同意用建平县的电源。你们愿意找谁就找谁去。”这位局长是王岳坤的朋友，早就看不上父亲。

父亲笑脸相陪说：“局长别这样说，我们知道县电力局对我们公社接电的事有安排，只是还要等几年，如果用邻县电源，不用很大的投资。不然这样，接电的投资咱们电力局帮助拿一些，不够的我们再想办法，就算电力局帮助我们公社了，我代表公社三万多百姓谢谢你。”

无论父亲他们怎么说，这个官僚局长就是不答应，父亲他们没有气馁，他找到县政府分管县长，分管县长也不同意，他和电力局长一个想法。他说父亲到临县去找电源是多此一举，让宁南公社排队等候。

这让父亲很焦急，他不明白人家邻县都同意了，事情怎么会这样。没有办法，他们就去找县委书记张怀忠，将接电的事向他做了汇报。

县委书记听了他们的汇报后，很赞许地说："你们这个做法很好，很有现实意义，不要着急，剩下的事我来想办法。"

他又听取了公社的生产生活情况，并对父亲进行了一番鼓励。

父亲非常高兴，这几天的郁闷一扫而光。回去后，他带领一班人投入到了春耕生产中。

全县农业生产调度大会在县大礼堂召开，县委书记讲话，他对全县上一阶段的工作进行了总结，对下一步工作进行了安排，他说："现在全县一派生机，农作物生长是关键时期，既要抗旱又要防涝。每个社队都不能掉以轻心。"

这时谈到宁南公社说："宁南公社是山区，农业生产条件差，但是经过两年多时间，他们公社革委会党委带领社员改田造田，建设村办实体，走出了一条山区公社发展的路子，值得大家学习。最近他们办了件大事，在邻县找到了电源，这件事是好事，作为公社干部就要像他们那样，千方百计地改善农村条件，促进农业生产。县供电局的同志来了没有？"

电力局局长站起说："来了"。

书记接着说："你马上调动力量给宁南接电。"

局长说："虽然宁南的电源有了，还需要电杆，电线、变压器等，电力局没有这个投资。"

书记说："县委已经和你们上级部门进行了联系，他们认为这是件好事，应该支持一部分投资，他们决定搞一个特殊项目，如果有困难县里再给解决。你们马上办，不可以再拖，在这个问题上你们要转变思想，不能坐等。"

父亲在座位上激动地流下热泪。但是，这让这位局长心里不舒服啊。他没想到，县委在未通知他的情况下，与他的上级联系，并形成了意见，他想："你这个顾廉也太牛了，把县委书记都搬动了，心里哪有我啊！"

宁南公社接电工作全面展开。这是一件很棘手的事。难也要办，而且要办好。宁南公社人口分布是公社所在地居住八千多人，其余两万多人中有一万多人分散在沟沟汊汊里。十户八户一个村，三户五户也一个村。最大的有二百多户，多数在几十户到上百户的村。这个电该怎么接啊！公社请来电力局的设计人员一起下乡调查，经请示县委，决定在充分尊重群众意见的前提下，把接电工作和移户并村工作一同开展。

接电得到欢迎，移户却多不愿意。山上人家虽然有的只有几户，可是他们已经在那里生活三五代甚至更长时间，故土难离，让他们从山沟里搬出来，他们不愿意。为此，父亲他们和供电局的同志一起翻山越岭、走村串户设计线路，尽可能照顾各村民的现实情况，但是也不能四处开花似的到处布线，经过优选和实际相结合，最终确定了供电线路的布局。

同时，抽调机关干部、学校老师等大批人员组成二十几个工作组，革委会党委和各个机关的负责人都去当组长，给大家限定了时间分配到各个村去做工作。每个村的村干部全面出动，要将散住的村民移到电线布线的路线上来，一户也不能落下。这对宁南公社来说，是一个声势浩大、全民参与的工程，接电就是一个激动人心的事。

这时，电力施工人员也在抓紧时间抢进度，按照设计开始组织施工，进行进料、布线、埋杆。电力局长开始时有些想法，但在决定接电之后，他全力以赴组织施工。这也是有难度的工程。因为宁南县是山区，输电线需要过很多山头、沟壑等，施工不仅难度大，而且环境还相当复杂，上级抽调二十多个技术人员帮助他们开展施工。当时宁南公社简直是全面开花，到处是横卧的电线杆、成卷的电线以及埋杆坑等。

通过各个组艰苦卓绝、耐心细致的群众工作，有七八千人、二百多户迁离了自己的故居，向大的村子转移。各个村热烈欢迎他们的到来，帮助他们盖房子，安排生活，出现了很多感人的故事。

鱼脊背村一对老夫妻，没有儿女，在一个沟汊子里的一间窝棚生活，他们说什么也不出来，习惯了这样的生活。但是，公社要求一户不落。党支部书记徐大力开始征求大家意见，有人说干脆给这老两口盖两间新房，房屋产权归生产队集体所有。大家都同意这样办，但是老两口还是不来，说有房子，他们也生活不了，因为没有生活来源，在山上可以靠采药、捡蘑菇卖钱维持生活。这时，村妇联主任王翠花说：“我认这老夫妻为干爹、干娘，将来给他们养老送终。”经她这么一说，其他的干部有的捐东西，有的捐粮食。王翠花说：“这都先不用，先给他们把房子盖好。这两天，我先去看他们，然后把他们接来。”这样，这对老夫妻含泪告别老房子。有了干女儿、女婿，他们非常高兴地搬到了大村子生活。父亲单位有个张干部，家在县城，妻子怀孕四个多月时，他参加工作组，五个月零十天没有回家，直到妻子住院临产，他才请假回去。接电动员了宁南全体人民，所有人都在为接电奔忙。整整用了五个多月，使百分之九十六的村落接上了电。有两个村规划了线路，因为施工太复杂，今年没有完成通电。明年开春就开始施工。

通电的这一天赶上国庆节。夜晚当总闸合上的那一瞬间，机关、学校、村村寨寨立刻亮了起来！公社还在街中的马路上安上路灯，这一刻灯火通明，人们都跑到大街上扭起大秧歌、跳起舞，锣鼓喧天、热闹非凡。孩子们成群结队地，哪里热闹就向哪里钻。父亲带着电力局的同志检查着线路，喜气洋洋的群众见到父亲他们都打招呼。

第二年春天，公社没通电的地区也通上电。宁南公社提前四年告别了点油灯的历史。

离　开

世事难料，当年父亲带领大家接电时找的那位供电局局长，得到提拔，升为县委副书记，张怀忠被撤销职务。韩平升为县委书记，王岳坤在韩平的授意下，对父亲安排他的老师孙正学在宁南生活的事进行了举报，认为父亲谋私。韩平带领大家处理张怀忠问题时，因为张怀忠对父亲特别赏识，加上父亲曾给他当过秘书，定性父亲是张怀忠的人，最后将父亲定为控制使用的干部。

在韩平书记领导下，父亲所在的宁南又做了许多事。接了电后，各村的村办工厂几乎普及，按计划吐泡泉建成水库，北大坡又再建一个砖厂，专门向四邻农民供应红砖。这时，手扶拖拉机等初步农业机械开始分配到农村。在公社建起了农机修配厂，同时建了米面加工厂、食品加工厂等，整个宁南公社的东西街成为一个商业街，门市有十余家。公社的供销社、百货等商业部门也非常地红火。

现在宁南公社远近闻名，不仅农业生产基础得到彻底地改善，好的年份增产增收，旱涝保收。而且，工商业也比较活跃，已经有农村的富余劳动力转移到工商业上。农民的生产有了很大改善。过去宁南姑娘留不住，都想跳出这穷窝。现在外面的姑娘争着来，有句顺口溜："嫁了宁南郎，一生有保障"。宁南这个省内先进典型，墙里开花，墙外红。每年，父亲要花很大精力接待全省的学习考察团。

而宁南在现场会后就基本得不到表扬了。母亲的身体越来越差，但是她的工作没有耽误。宁南小学成为全县农村学校质量发展的典型。一九七一年，宁山县农村教育发展现场会在宁南召开，母亲代表学校作了发言，受到了同仁的一致好评。可是在这时母亲病倒了。父亲边工作边为母亲治病。又过了一年，母亲的病没有好转。一天，父亲看着母亲消瘦的脸，又看看这个家，住了六年没变化的家，看看大哥、二哥、三哥都成小伙子了，大哥上了中学，四哥也到了上学的年龄，深深叹了口气。

他和母亲说："我不想在这里坚持下去了，想调回县城。"

母亲说："也是，这几年下来，宁南变了，老百姓生活有保障了，谁来接着干也不费劲了。但是去哪里啊？"

父亲说："我听从组织部安排。我是放羊出身，能有今天就很满足了。"

父母亲对离开宁南达成了共识。父亲向县委组织部打报告请求调回县里工作。

父亲从宁南调出，顶替他的人就是王岳坤。父亲被调任为县农机局党支部副书记、农机局副局长。他是真舍不得离开这里，脸阴沉着，话不多，总是出长气。他就是千舍不得万舍不得也必须离开。走的那天，父亲没有告诉如何人，自己找到一辆带斗拖拉机，把东西装好就出发了。可是车一出大门，只见满街全是人。有些村干部从几十里外赶来送我们一家，很多人脸上挂着眼泪。父母亲和四个哥哥坐在放了东西的车顶上，只见父亲跟很多人握手，有时握着手两个人还抱在一起。上车后他上半身从车门探出，摆着手、微笑着、流着泪：“大家回去吧，回去吧。”母亲和哥哥们的心里也热乎乎的。

母亲这时身体已经很虚弱了，她被扶上车后，坐在行李上，上身靠在大哥的身上，再盖上棉被。大家想不通啊！母亲的身体是那样的结实，怎么会一下病倒。在宁南的六年的时间里，父亲搞农用基本建设、修路、接电、兴建水库。为了兴修水库，把一个小山削去半边，搬走很多百姓家的坟茔，当时百姓也有想不通的。但是水库修成后，农业得到保障，大家都夸公社的决策好。父亲一心放在工作上，几乎没有时间为家里的事操心，而母亲这位公社中心校的校长，既要管理好一个学校，又要担起生活的担子。别看她嫁给父亲时什么也不会做，到了这时她已经是里里外外一把手了。每天她做完家务，检查了我们的作业后，她开始挑灯批改学生的作业，检查教师的教案，为学校的管理操心，等父亲回家。这个时候，奶奶家的二叔要娶亲，二姑、老姑要上学，这些负担都由父母承担。母亲长时间的奔波终于累倒了。

在一次到水井边担水时，母亲突然晕倒，被人紧急送到公社医院。

等母亲醒来说：“这是哪里啊？”然后就要坐起来。

护理她的老师说：“宴珍校长，这是医院，你现在不能动，你是累坏了，你本来就贫血又逢经期，挑水用力过猛造成子宫出血，好在被人及时发现，不然可能有生命危险。”

经过医生的全面检查，母亲妇科、胃、肝脏、肾脏等都有病，特别是胃病很严重。

医生说：“宴老师，你胃病这样严重怎么没有治疗？”

母亲说：“胃疼时就吃两片止痛片，疼过去也就不管了。”

医生说：“用止痛片掩盖了病情，你长时间的胃病造成营养吸收不足、贫血，使其他器官免疫力下降。病来如山倒，恐怕你要长时间地接受治疗。”

父母亲谁也没有把医生的话当作一回事。据几位哥哥记忆中母亲就没有生过病，她是那样的健康，从来都有使不完的劲儿，从没有看出她会生病。

但是大哥还是长了几岁，他说："妈这一阶段总是叹气，像是气不够喘似的，可能妈早就得病了，只是我们不知道。"

四个哥哥快乐的日子从此结束，而我在母亲生病不长时间被老姑带回来，一看母亲的样子，她和父母亲商量后，我被带到老姑家养活，虽然与父母亲、姑姑姑父的称呼没变，但从此不再跟父母共同生活，每年有数几次被姑姑或姑父带着来看望父亲和四位哥哥，长大后自己放假时常来父亲家玩，但不长时间就回到老姑那里。

第五章

回到县城

请　调

父亲在母亲病倒后，受到了很大地打击，想一想自己成家那么多年，真是没有很好地关心过自己的妻子，把整个家都扔给她，自己一心扑在工作上，到头来，很多没有他工作优秀的人提拔了，而自己却仍是这样。就说前一年的现场会吧，辽宁省农田基本建设现场会的一个参观点放在了宁南公社，一个小公社一下来了几百人，他将几个村的百姓家都给腾出来接待客人，他代表公社介绍工作的经验体会得到了省委分管农村工作的副书记的肯定，整个宁山县都感到光荣，他因此登了报，成了当年省级劳动模范，他们在农田基本建设的经验在全省得到了推广。即使这样，韩平书记似乎并不重视他，除了现场会外，就没有表扬过他，还将岳坤说得天花乱坠。他想起自己的妻子躺在炕上病不见好，自己的孩子都长大了不能得到很好的教育，感到自己愧对妻子，愧对孩子，这个五尺汉子竟然自己悄悄地哭了。特别是想起妻子这么多年没有跟自己提过任何要求，一心一意支持他工作，为自己家的兄弟姐妹，一双老人尽孝道、负责任，拿钱拿物没有拒绝过。自己已经好多年没给妻子买件衣服了。他起身就走到供销社给母亲买了件漂亮的花衣服回来。

拿到母亲跟前，母亲说："你买这干啥？我现在也穿不了。"

他说：“现在穿不了，等好了就能穿了，你的病又不是治不好了。”

母亲说：“这不需要花钱吗？我看病吃药都花了很多钱了，她奶奶家也许久没给寄钱了，要不你让孩子们把衣服退掉。”

父亲说：“你别操心了，钱由我张罗，回头我给他奶奶寄钱，他们也花不了多少，老三娶媳妇了，也过得不错，二妹子嫁人成家，小妹刚成家，荣军在他们家花销大些，我给他们打个电话，看看他们需要什么？”

实际上，父亲的降职是韩平书记一手安排的。父亲的请调报告交到了县委书记韩平的手里，他的心胸像鸡心眼那样大小吧。他拿着父亲的请调报告看了看，心想，顾廉这小子，这回落到我手里了，让你目无领导，让你趾高气扬，让你到处出风头！他两脸狞笑，鼻子脸嘴都变形了，要说这个国家干部也是很能干的，为什么这样小肚鸡肠？他拿起了电话给组织部杨林，请他到办公室来一下。

杨林来后，他将父亲的请调报告递给他说：“你们组织部有打算了吗？”

杨部长说：“怎么安排顾廉同志，我们倒是有点想法，认为顾廉同志这些年在宁南公社干得不错，带领群众将一个山村贫困的地方彻底改变了面貌。提出请调报告是因为妻子生病，这也是可以理解的。想让他到农业局当局长，农业局局长马上就退休了，顾廉同志长期在农村工作，应该有能力干好这个岗位。”

韩平书记听了这话，满脸不高兴地说：“你们组织部还讲不讲政治，这可是在革命建设的大好形势下，对一个想退出前线的干部的安排。还高看一眼，那么谁还到农村去，到困难的地方去？”

杨部长没想到韩书记会说出这一番话来，他不能在干部问题上与书记争论，因为他自己的命运也攥在书记手里，只要他不推荐自己，自己也不能进步，想到这里，他说：“韩书记，我们考虑的欠妥，您对顾廉同志怎么安排，请书记明示。”

听杨部长这么一说，韩书记满腹的气消了一半，他说：“顾廉同志对事业还是有贡献的，这个有目共睹。我们不能一棍子打死人，我记得农机局缺一位副局长，要实现农业机械化，就需要在农机建设上多研究，顾廉同志是个爱钻研的人，我也爱才呀！你们就这样安排他吧，他的正科待遇不变。”

杨部长说："好的，书记。"

他走出韩书记办公室，出了一身冷汗，他没想到自己那么崇拜的县委书记、老革命，对待这么优秀的顾廉同志是这个态度。而话说的却是冠冕堂皇，滴水不漏，这真让人有些后怕。自己如果哪天不小心得罪了韩书记，还不得像顾廉这个倒霉蛋一样吗？一边想着事，一边回到办公室。

进门前，杨部长遇到了组织部办公室主任，他看部长气色不好，问道："部长，你看上去脸色不好，是不是身体不舒服，要不要给你买点药去？"

杨部长说："我没事，你去将档案员叫来，我有事找她。"

办公室主任说："好。"

不一会儿，档案员就来了。她叫李华，是一个二十多岁的女同志。到了后，她敲了敲门。

杨部长说："进来。"

小李走到杨部长桌前，说："部长，你找我。"

杨部长说："小李，你将宁南公社革委会党委书记顾廉的档案拿来，我看看。"

小李说："好的，部长。"

不一会儿，她将父亲的档案送给部长，部长说："你去吧。"

他看了父亲的档案，一切都明白了。

这一天，县委召开工作会议。杨部长在会议上提出了宁南公社和农机局的干部调整报告，顾廉调到农机局任副局长，正科待遇不变，岳坤担任宁南公社党委书记，大家听了之后都目瞪口呆。

副书记朱江说："顾廉同志怎么这样用？"

组织部长说："现在正科的岗位没有空缺，顾廉同志因为妻子有病，他急于调回县城，所以只得这样安排。"

朱江说："这样安排，你们找顾廉同志说过吗？他愿不愿意啊？"

韩平说："谈什么话？干部都得服从组织安排。"

朱江不说什么了。就这样，父亲回到了县城。

开调转手续时，杨部长见了见父亲，说："顾廉，你在宁南干得不错。这样安排你，我有说不出的理由，请你不要闹情绪，好好工作，农机局设立以来没有什么业绩，你到那里任务很重，那里的局长张志远你也熟悉，我已经跟张局长谈过，让他放手支持你的工作，他表示非常欢迎你的到来。"

父亲叹了口气说："部长，让我干什么就干什么，我服从组织决定，一定做好工作，请部长放心。"

离开县委，回家后，父亲想这一切都可能是韩平书记一手造成的，这么多年过去了，他对自己的误解还没有消除，但是不管怎样，自己和老婆孩子都可以回县城了，这是件令人高兴的事。搬家那天，离别时父亲对宁南公社是那样的难舍难分，但是父亲作为一个负责任的丈夫，负责任的父亲，他宁愿自己的前途受损，也要带着他的妻儿离开大山。这时，山区宁南公社已经发生了翻天覆地的变化，整洁的村落，大队企业和镇企业很兴隆，还有非常朴实的老百姓，他们都舍不得父亲离开，就是过去四十年的今天，父亲去世了，那一代人最小的也已经六七十岁了，他们想起父亲还会落泪，他们怀念我的父亲。

新搭档

父亲到新岗位报到，组织部副部长和一个科长送父亲到县农机局。农机局长张志远带领班子成员，迎接组织部的同志和父亲走进会议室。会议室里已经坐满了人，都是农机局各个科室负责人。大家看到组织部副部长他们到后，都站起来欢迎他们。等大家坐好后，首先组织部的科长宣读了任职文件。紧接着，父亲做了表态发言。

他没有准备，张口说了三点想法："第一，服从组织决定，感谢县委组织部对我工作的调动和照顾。我因妻子患病请求调回县里部门工作，组织上给我做了安排，我和我的家人都感谢县委组织部对我的关怀，一定不辜负组织对我的殷切希望，我会努力工作，把自己负责的工作抓好。第二，对于农机战线来说，我是个新兵。虽然在宁南公社开始试点农业机械化工作，但是我对农业机械化了解不多，所以我请张局长和同志们对我多给予支持和帮助。我一定虚心向大家学习，尽快进入工作角色，将工作推向前进。第三，要全力以赴开展好工作。一是要以政治挂帅，努力学习毛主席关于农业机械化方面的讲话，认真落实县委、县革委会的指导精神；二是要在张局长的带领下，团结大家一道工作，向前辈和专家学习，提高我的专业知识，做到干一行爱一行专一行；三是做到和人民群众相结合，等我到工作岗位，我要挨个公社走一走，了解一下我县机械化进展情况，看看社员们对农业机械化的认识程度，尽早将一手资料拿到，这样才能更好地工作。最后，请组织部和张局长以及同志们，多多给予帮助，谢谢大家！”

在父亲发言的时候，组织部副部长、科长和农机局的一班人都不动声色地听着父亲讲话，副部长想：“早就听说顾廉这个同志能干能说能写，今天听他这么脱稿发言，略见一斑了！然而组织部门怎么这样呢？”那张局长想：“这顾书记就是不错，当什么副局长？干脆我不干了，让他干得了，反正我没有几年就退休了。”而那些环节干部和组织部的科长们，就有些惊讶了，因为在他们面前，领导讲话从来都是读稿的，父亲这种张口就说，而且条理清楚，内容全面，还真让人佩服。在人们这样的思考中，父亲发言结束。会议第三项，是张局长做表态发言，政秘科的秘书给他准备了发言稿，他一看父亲脱稿发言，他也把稿子推到一边，说：“部长，顾廉书记，我代表班子向组织表态：第一，坚决服从组织的安排；第二，欢迎顾廉同志到农机战线工作。顾廉同志在宁南公社工作的情况，我是有所了解的，干得真不错，组织是给我们安排了一个得力干将，输入了新鲜的血液，请组织部门放心，我们一定支持好顾廉的工作，也希望顾廉同志放下包袱，努力工作做出成绩。”

实际上，这最后一句话是组织部副部长请他讲的。因为安排父亲担任副局长，实在不好解释，他也不能代表组织说什么，所以由张局长这样点一下，好说一点。父亲听了张局长的话，有些不理解，心想：“我怎么会有包袱呢？有没有包袱，你怎么知道呢？再说，我这个人有个岗位干活儿就行！”在他还想这事的时候，副部长代表组织部讲话，他也带着稿子来的，为了表示和大家一样，他也没有照稿子念，只是强调：第一，顾廉局长和张局长的发言都不错，希望他们不要食言；第二，强调班子要加强团结，共同将农业机械化工作搞上去。

然后他说："韩平书记，在我来之前，把我叫到了办公室，告诉我带个话，年底他要到农机局搞个调研，希望大家要努力工作，要做出点成绩来，不要辜负领导的希望。"

这时，父亲和张局长一起抬起头，他们对视一下，接着听副部长讲话了。副部长强调党员和党组织要发挥好作用，要认真落实各项任务。

很快会议结束，张局长和父亲送组织部副部长和科长到门口，大家握手告别。回到办公室，张局长让父亲去他办公室。父亲已经猜到了张局长要说什么了，肯定是要解释所谓的包袱问题。果不其然，等他来到张局长办公室，张局长请父亲坐到他办公桌对面的椅子上。

他也坐下，然后他说："顾廉，我这个老头子真是欢迎你啊！但是，不理解的是你怎么当了个副局长，应该当局长才对。说你到农机局来，我跟组织部长说我不干了，让你当局长，可是人家不同意，给我讲什么任何干部都要从听从组织安排，不允许让来让去，这是违反政治原则的。然后今天说你放下包袱的事，这是副部长提前给我打电话要我说的。真是不讲理，要说也得他们自己说，但是他非让我说，我也就说了，你不要有什么想不开的。"

然后，又介绍了一些单位的情况，父亲见他快人快语，把该说的、不该说的都说了，觉得张局长这个人很实在，很好相处。

他对张局长说："局长，这话说到哪里去了？一是我要求调回县里工作，人家这么快就把我调回来。这样我妻子治病、孩子上学都好安排了，我真的感谢县委和组织部。包袱不包袱的，人家让你说，你就说呗！我想他们可能怕我因为安排副职的事情闹情绪。实际上，他们想错了，我不会闹情绪的。我会努力工作的。还请张局长多支持！"

张局长听父亲这么一说，悬着的心就放下了，他说："顾廉，难得你心胸这么开阔，我什么也不说了。农机局成立没几年，工作底子也一般，原来负责业务工作的李局长不热爱这个岗位，总想往县委大院钻。这次他找了韩平书记，韩平书记安排他到县革委会办公室做副主任。他在你来的前一天走了。在咱们单位的工作上，你就甩开膀子干吧！我全力支持你。不是说那韩平书记要来调研嘛，我们要干出点样子来！”

父亲说：“好，张局长，请你放心，我会一心扑在工作上的，有事再向您请示。”

他们的谈话很快结束，父亲回到自己的办公室。他的办公室和张局长办公室隔了两个门。

等父亲回到自己的办公室，他办公室有三个人站在那里，这几个人在刚才开干部会议时他们都做了自我介绍，分别是政秘科科长赵志成、机械科科长王奎和机械总工程师岳山平。这三个人怎么也不会想到，在父亲的影响下，他们会得到成长，几年后他们的人生有个新前程。

政秘科赵志成体型稍胖，但是行动灵活，他二十五六，说话很和善。他对父亲说：“顾局长，是这样，咱局里局长、副局长配备的交通工具是自行车。你的自行车是李局长交回来的自行车。我已经让办公室的同志将车子推到修理店看了一下，没有什么大毛病，小毛病都修上了。这个自行车交给你，以后自行车有毛病都自己去修，单位一个月给补助修理费五元钱，单位下乡、近处都骑自行车，单位有几辆公用的车子供大家下乡。到远处乡镇，我们农机局把拖拉机用上，到时候可以坐拖拉机去。另外，你办公室用品除桌、椅、柜之外都是新换的。如果您还有什么要求，就提出来。”

父亲大概看了看，说：“小张，你搞得挺齐全，好像没有什么需要的。”但是他一低头看桌上没有纸和笔，只有钢笔水瓶是满的，就说：“把办公用纸再给我搞点，别的先不需要。”

小赵说：“好，那我就先回去了。”

父亲走到门口，要送他，他把父亲推了回来，说：“顾局长，你太客气，对我们客气什么！”

总工程师岳山平是位知识分子，身材高挑，白皙的脸上架着一副眼镜，一看就是有学问的人。他说：“顾局长，我是咱们局里的总工程师，负责全县各个农用机械运用部门的技术指导工作，您有什么吩咐，就直说好了。”

父亲说：“岳总工，请多多关照，我对机械不太在行，有事我一定找您。”

岳山平说：“顾局长，那您和王奎唠唠吧！我先走了。”

父亲说：“好，岳工。”

父亲从桌子前离开要送他，他说：“顾局长，您别动地方了！我走了。”

说着他开门就出去了。

这样王奎坐在父亲办公桌对面的椅子上，父亲也坐下，并从包里掏出一个简易笔记本，就是那种将一般学生用纸合订起来，贴一层牛皮纸当作笔记本的皮，然后又找了一根蘸水钢笔。这时有人敲门，父亲让他进来。原来是政秘科科员小于，他给父亲送来了两个简易笔记本、两本信纸、一盒钢笔头和两个钢笔杆，小于放下东西就走了。

父亲说：“王奎，你把咱们全县农机工作总体情况说一说，我也记一记。”

王奎个子不高，人很实在，是一个很干练的业务同志。他认真地将全县的农机工作情况向父亲做了总体介绍。

王奎说：“顾局长，实际你在宁南时那里后期的农业机械工作就不错。我去过宁南公社，当然不敢见您这个当书记的大人物，是王化民接待的我。据当时我了解，你们公社已经有五台拖拉机，并筹建一个修配厂。”

父亲说：“那个修配厂已经建起来了。”

王奎接着说：“其他公社，像宁南这样的还有几个……”

父亲他们就这样说着唠着，很快到了中午。

这时王奎才从父亲的办公室出来，被小赵看到了，他有点稀奇地说：“王奎，你这么能唠？”

王奎说：“顾局长问得细。看来今后我要忙起来了。”

小赵说：“一看就是个干活儿的人，和他的前任不同啊！”

说着就往外走，刚出门，又折回来，他忘记了告诉父亲吃中午饭的地方，他到父亲办公室，看到门开着，父亲正伏在桌子上写着什么，敲了一下敞着的门，说：“顾局长？”

父亲抬头看到小赵就说："小赵，进来。"

他也站起来，小赵走进办公室，来到办公桌旁，对父亲说："顾局长，忘了告诉你，单位有个小食堂。有几个家远的人，中午在这里吃饭，每顿饭收四五角钱。如果自己在家里带饭，大师傅就给热一热。现在到中午了，要不我请你到食堂吃饭？"

父亲说："我自己随便去吃点儿。听说你家离单位不远，你快回家去吧！"

小赵说："也好，那我走了。你早点儿去吃饭。他们那里吃饭时间不长。"

父亲说："好，我这就过去。"

小赵走出父亲的办公室，父亲也将写好的东西放下，随后向单位食堂走去。在农机局院子东南角转弯处有两间房子，门前有两棵垂柳，柳枝密布下垂，在微风中摆动，把小食堂的门遮得一点也看不到。父亲绕过柳树，走进小食堂，看到这里吃饭的地方不大，也就一间办公室大小，有几张学生用的桌凳摆在那里，已经有几个人在那里吃饭了。

他们见到父亲进来，有几个人站起来，说："顾局长，你也来吃饭了？"他们都是早晨参加会议的人。

父亲说："你们几位坐下吃饭吧，我家离得远些，中午回家不赶趟，也来这里吃点儿。"

大家都坐下吃自己的饭，父亲抬头看卖饭、递食物的窗户，是个半平方米大小的小窗户，对扇开着，每扇窗户都镶着两块玻璃，在窗户旁边的墙上挂着一个小黑板，上面写着今天中午的餐食：主食为玉米饼一角钱，菜有三样，有白菜炖豆腐三角钱，土豆炖豆角二角钱，素炒芹菜一角五分钱，另外有不收费的菜汤，放在空桌子上，需要的人自己盛。父亲点了一个土豆炖豆角，两个玉米饼，自己盛了一碗汤，坐下来开始吃饭。这时候，其他吃饭的人都陆续走了。

父亲一边吃饭，一边想着工作的事，食堂的大师傅打开厨房的门，走到饭堂，端了一碟盐豆摆在父亲面前，说："顾局长，你吃点儿盐豆吧！"

父亲抬头说："谢谢师傅，您贵姓？"

师傅坐在父亲的对面说："免贵姓石，是宁南西大坡人，我认识顾局长。"

一听他是宁南西大坡人，父亲撂下筷子站起来伸出手，师傅也站起来，伸手握住父亲的手，父亲又把另一只手握在师傅手上，他们高兴地笑了。

父亲说："石师傅，我们有缘啊。我刚离开宁南公社，到农机局来，就遇到老乡，真不错。"

石师傅说："顾局长，你先吃饭吧！有事就找我，我也办不了事。不过，我到农机局食堂两年了。"

父亲坐下来一边吃饭，一边说："好，石师傅，我刚来，什么也不了解，还请你多帮助！"

石师傅说："好，没问题。你慢慢吃饭，我去收拾碗筷。"

父亲说："好。"

他目送石师傅开门走进厨房。他接着吃饭，一边吃饭，一边想中午这四角钱花销，够全家吃顿饭的开销了，以后得带饭吃。当时家里孩子多，父母还需要资助奶奶家，日子过得还真是挺紧张的。

下午，父亲没有出屋，他将找到的资料认真阅读，研究上级的文件和新分管的工作，以及上午王奎给他介绍的情况。

临到下班时，他将王奎找来，将自己弄的下乡调研计划给他，说："王奎，我这个新来的局长不能坐在办公室搞研究，需要抓紧下基层。我想明天就行动，用一点时间把各个公社走一走，一个公社再走上两三个生产大队，这样就能尽快把基层的情况全面了解一下。你通知老岳，我们一起下乡。你有困难吗？"

王奎说："顾局长，我早就想下乡了。只是没有你们局长带着，基层不够重视，我没有困难。"

父亲说："那好，明天开始下乡。先安排近处的地方，然后再到远处的地方去。"

王奎高兴地说："好，我去通知。"

然后，父亲又忙了一会儿，抬头一看表已经晚上八点多了，他将办公桌收拾好，拎着包走出办公室。

他走到自行车棚，骑上自行车，就向岗岗营子驶去。单位到岗岗营子有七八千米，父亲在夜幕下骑着自行车飞奔着。今天是当月的阴历十三，是个晴天，没有风，月亮已经升起，夜色不太黑暗。从万家灯火的县城出来，路上基本没有人，天空上有明亮的月亮和眨着眼睛的星星，地面上却是黑幽幽的，庄稼叶片反射出轻微的月光。因为是土路坑坑包包的，虽然父亲骑自行车技术还可以，但他还是小心骑车，专心看路。

夜里九点多，父亲到家了。他轻轻敲了几下门，大哥出来给父亲开门，说：“爸爸回来了。今天第一天上班怎么回来这样晚？”

父亲说：“看看资料，安排些事就回来晚了，你妈睡了吗？”

大哥说：“好像还没有。”因为大哥和二哥住在西屋，父母和三哥、四哥住在东屋。

父亲说：“我还没吃饭，还有剩饭吗？给我热热。”

大哥说：“爸，你先回屋。饭在锅里呢，我再加把柴火，将饭菜热热，一会儿就好。”

父亲说：“好。”他掀开东屋门帘子，一闪就进了屋。

这时，母亲轻声说：“你回来了，顾廉？”

父亲走到母亲跟前，说：“我回来了，你今天感觉怎么样？”

母亲把灯打开，想坐起来。父亲把她按住说：“你别起来了，都十来点了，我也吃点东西就躺下。”

母亲说：“你今天到新单位，感觉怎么样？”

父亲说：“还好，张局那人看起来挺好相处的。我分管的科室，就一个农机科，科长王奎也好像挺能干；还分管农机技术，总工程师岳山平，人也老实巴交的，看上去技术挺高，也不错。我想这个工作业务性强，不像公社工作那样杂，应该好干些。”

母亲说：“这就好，这些年你也累苦了，到上边局里好好工作的同时，也养养身体。”

父亲在地上走了几步，说：“我没事，你放心吧！”

这时，大哥将饭菜热好，给父亲端进屋放在炕东头炕沿对面的箱子上。父亲坐在炕沿上吃饭，是玉米饼和萝卜汤，还有一碟咸菜。父亲吃好后，大哥给父亲倒一杯水，然后将碗筷收拾出去。一会儿，整个家都安静了，整个村子都安静了，窗外的大地上的庄稼似乎也睡觉了，只有不觉得累的月亮和星星整夜在空中亮着。

第二天早上，大哥起来做饭，二哥也起来帮忙。然后大哥自己先吃饭，并将自己的饭盒带上饭，背着书包上学去了。他在天义中学读书，到学校要走七八千米路，得走一个多小时。然后父亲、二哥、三哥和四哥也起来，四哥跟着三哥一起上学，母亲慢慢穿好衣服。三哥给母亲端着水盆，母亲在炕沿上洗脸后，再将炕桌放上，把饭菜端上来，大家一起吃饭。

父亲说："从今天开始，我到县里各个公社下乡，中午不回家，晚上要回来晚一些。你们几个一边上学，一边照顾你妈。有事到前院大队部给爸爸单位打电话，单位会通知我。"

母亲说："我没什么事。我的药都有。你们上班的上班，上学的上学，我自己在家没事的。"

父亲说："现在也只能这样，也没法再雇一个人。"

吃过饭，父亲收拾好自行车上班了。二哥他们将碗筷收拾好，也去上学了。他们虚关上门，只留母亲一个人在家。

救妻创业

我们举家搬回县城，实际也不算是县城，是离县城七八千米的岗岗营子大队。我听说在我们离开县城到宁南公社时，就是从这里搬去，那时我们都还小。再回到这里时，我的四个哥哥都长大一些，大哥十六岁，二哥十四岁，三哥十二岁，四哥九岁。母亲整天躺在炕上，浑身一点力气也没有。现在想住在离县城那么远的地方，可能是因为不好租房子，贵的租不起，便宜的还没有等原因，我们家就落脚到这里。父亲骑车去上下班，他一边工作一边为母亲请医生看病，大哥他们说家里这个时期，每过一段时间就会有个医生到家来，给母亲诊病。然后开方，买一大堆的中药西药。我们家总是一股中药味儿，几乎每天都熬药，药罐子是黑色陶瓷的。在父母家，这个药罐子有固定的地方，每天都用得上，主要是大哥二哥给母亲熬药。无论多难吃的药，母亲都喝进去，母亲多么希望自己病好起来呀。父亲给母亲请的最远处的医生是北京的医生。我们现在医院搞医联体似乎在创新工作，实际在二十世纪八十年代就有了这样的合作模式，宁山县医院那个时期就与北京崇文门医院有合作关系，当时正赶上有北京的医疗专家到宁山县医院巡诊。父亲跟院长请求又跟医生求情，父亲的请求得到了医院和北京医疗专家的理解，这次是几位专家开了一辆救护车到家里，给母亲做个全面的检查。专家会诊认为母亲主要还是妇科疾病，同时胃脾肝都不健康，恐怕一时半会儿不能够治愈，给开了药，有中西药，还开了些输液的药。

日子无论过得怎样艰难，父母都在奋斗着。伴随每天的阳光，生活总是有希望的。给母亲熬药吃药、输液是我们家生活的一个不可缺少的部分。从这个时候起，哥四个好像没有时间想自己的事，他们背靠着父亲这座大山，想得都是妈妈的事，想妈妈吃药、吃饭等一切事。有一段时间放假了，老姑把我送到父母家，让我住几天。一天夜里，母亲将我们五个孩子都叫起来，显然这时母亲病得很重。她烧得非常厉害，让大哥二哥结伴去前村找大夫。大哥，二哥走后，她收拾自己东西，把我和三哥、四哥叫到跟前，说：“妈可能是要不行了，以后你们几个要听话，别打架，不要贪玩，好好上学。”这时她说话有些费力，喘得厉害。

我喊道：“妈，你别说了，你不会死的。我哥他们马上就回来。”

我不顾一切冲出屋，也不知道哪来的那大胆，咚咚咚跑到前院大队部使劲地砸门：“有人吗？有人吗？快开门！快开门！快去救我妈妈，我妈妈要不行了。”

那次父亲直接叫来救护车将母亲拉走，母亲得救了。可是她出院后，身体更虚弱了。生命是宝贵的，健康不复存在，怎么办？就这样下去吗？母亲不甘心，父亲也不甘心，他们商量后。决定请民间比较知名医生看病。千方百计打听到一位白医生，专门治疗疑难杂症，但年事已高。不能来回跑着给母亲看病，父亲就专门把一间房腾出来，给医生安排好住处。白医生来了，住在我们家。白大夫鹤发童颜，肥头大耳，慈眉善目，说起话声如洪钟，上身很长，坐在那里让人感到他非常高大，像一座塔立在那里。

他开始认真给母亲诊脉开药。

在初步诊病后，他问母亲："宴珍老师，你得这病多久了？"

母亲非常无力地说："三年多了，就是不见好。"

白大夫说："宴珍老师，你的病很重，是因太疲劳导致的，多个系统都有问题。不过，活着就有希望。这也说明你很坚强。我的药剂量大，不这样到达不了病灶深处。宴珍老师，我们共同努力，好不好？"

他的这番话让母亲很感动，也增强了她的信心，她说："好，我听大夫的！"

这是一场与疾病面对面的斗争，母亲和白医生都是斗士，不屈服不后退不胆怯。白大夫用药的特点是剂量大、下药猛、换方勤。下猛药治沉疴，他开的药用小盆来熬。为此，家里专门买来比脸稍小一点的瓷盆，一个瓷盆烧绷瓷了，再换上一个。白大夫是负责任的，他三天换一个药方，有时药方上的药需要到很多地淘才能够找到。他给母亲切脉时双眼微闭，用心在感觉，有一次，我赶到父母家，亲眼看到白大夫给母亲把脉，我看到他是在听脉，看完右脉，看左脉，有时反复的切脉。切脉后，他需要让母亲张开嘴伸舌观察。用听诊器在母亲的腹、胸部认真地听诊，再观一观手脚，问一问，觉得哪里不舒服，然后才去开方子。他在我家一个多月了，我们大家好吃好喝招待着，我们孩子们却看不出母亲有什么变化，有些不耐烦，想这老家伙到底会不会治病，可是父亲对他是非常信任，每天回来后都问一问情况，有时候父亲还和白大夫晚上喝点酒，说一会儿话。

一天，父亲工作结束得早，在晚上六点多就回家了，他准备好饭菜，就与白大夫喝酒，一边唠嗑。

白大夫说："你这个当丈夫的，这么尽心给媳妇治病，还真不错！"

父亲说："这不是应该的嘛？她不仅是我媳妇，还是孩子的妈呀！"

白大夫说："你说得有道理。我直说了，你这个人尽给老百姓办事，是在积德行善啊！你媳妇有救，你就放心吧！”

说着，他和父亲碰了一下杯，又干了。

父亲将杯中的酒喝了一口，说：“不瞒白大夫，我是放羊出身的苦娃子，在这新社会，才能有事情做。多为老百姓多办点事，我心甘情愿，就是把我媳妇累坏了！”

他们就这样说着到很晚。父亲安排白大夫睡下，他才回到自己的卧室。

第二天起早，他又骑车上班了。父亲对全县农机工作的调研进行了一阵子。为了赶进度，他马不停蹄，一个公社接着一个公社地进行，转眼又进行了一个多月。当时宁山县十个公社，分别是天义、蚂蚁山、宁南、二龙、夕子、甸子、孤山子、八里罕、黑里河和大明塔。他已经走完了天义、蚂蚁山、宁南、二龙和甸子公社。在父亲看来，这几个公社的农机工作开展了，因为上级统配统销给各个公社的拖拉机都分到了大队，大队基本将拖拉机用了起来。有的利用的好，比如宁南公社，是父亲刚刚离开的公社，这里用拖拉机犁地等工作已经开展得不错了，准备今年秋后用拖拉机多耕一些。

当时，在父亲调研宁南公社时，开始是王化民陪父亲调研，王岳坤也见了父亲一面，显得非常客气。父亲对此根本没有上心，他一心想着农机工作。他们到了使用拖拉机好的西大坡，支部书记赵树果说：“顾书记，你回咱宁南调研农机工作就对了。我打听了，其他公社也没有咱北大坡农机使用的好。就说拖拉机耙地，你在时是知道的，我去年耙地近五百亩，今年还计划再耙这些。这样我们这里三分之一的土地实现了机耕。”

父亲说：“咱们宁南农机利用，还真可以。你们要好好总结经验，在农机工作上也做典型。”

王奎说：“顾局长，他们农机工作开展的，在全县来说是有数的，其他地区都不如他们。我觉得他们这些农机车辆因为使用率高，都得到了维修保养时间。他们这里还有个农机修理厂。顾局长，我们也去看看？”

岳工程师也这样主张，于是父亲他们在王化民的陪同下，对宁南农用机械修配厂进行了参观考察。

修配厂在宁南南北路的北侧临街，大门向东开着，有一个二亩地的大院子，在院子靠西墙有五间房子，两间修理车间是敞开式的，有一个手扶拖拉机正停在那里，两个修理工正在跟前忙着。父亲他们一行人直接走了过去，王化民喊：“小杨师傅，你看谁来了？”

杨平直起腰，看到父亲，就说：“顾书记，您什么时候来的？”

父亲说：“小杨，当师傅了！不错，学有所用，这里正需要啊！我上午到的，专门调查研究农机工作，今天到北大坡调查，顺便看你们的修配厂办得怎么样？”

王化民说：“小杨师傅，你就给顾书记说说吧！”

小杨说：“书记，这还用我介绍？这个修配厂不是您在时建设的嘛，那个时候没有交工，现在才交工刚刚一个月，基本没有活。但是因为咱们宁南农用机械使用的早，一些农机到了需要保养和维修的时候了，可能秋天时要忙些。另外，修配厂建设起来了，现在农机配件都没有地方买，也没有资金去买。如果上级部门给装备一些就好了！”

父亲说：“你反映的问题是现实存在的。等我们都调研之后，将问题收上去，然后要看出台什么政策。”

当时，王奎和岳山平就这个问题也发表了意见。然后岳山平还帮助他们检查一下修理的拖拉机，说：“发动机没有问题，你们仔细看一看，是不是哪个线路出毛病了。”

之后，父亲他们又看了看修配厂的办公室和仓库，仓库里就挂着几个工具，还有几个废轮胎，空空如也。

这时到了中午，赵树果请他们一行吃了饭，每人按规定交二角钱。

饭后，王化民带着父亲到招待所休息，并对父亲说：“顾书记，下午我不能陪您了。县农业局局长来调研，王岳坤书记让我过去介绍有关农业发展的问题。下午由曹亚军带您到岔路口去调研。”

父亲说：“你去忙你的吧。下午曹亚军来也挺好的。我调出去，还没有见过他呢！”

父亲将他送出门，刚想休息一下，这时有人敲门，他打开门一看是曹亚军。父亲高兴地将他让进屋，说：“你这个急性子，还没有到上班时间，来这么早？你不让我休息了？”

曹亚军乐呵呵地说：“休息什么？来到宁南，这么多老同志能让你休息吗？今天你不要走了，我个人请客，我找几个人一起坐坐，你也听听下面的情况，这不也是调查研究吗？”

说着，他从书桌旁拉过椅子坐在办公桌前，父亲给曹亚军倒了一杯水，放到办公桌上说：“你喝点儿水。”

然后又笑着说：“看到王化民和你，上午还见到赵树果就挺好。下午去岔路口调查，还能见到姜明灯，这也挺好。我晚上还要回去。如果留下来吃饭喝酒，那王岳坤要有想法，到韩平书记那里再参我一本，我本来就是降职，那时候我不得回家呀！”

说着自己先笑了，曹亚军也跟着笑了。

曹亚军马上收住笑容，很神秘地向父亲靠近，说：“说起王岳坤来，他估计没有精力关心你的事。”

父亲觉得他话里有话，就问道：“你有什么话就直说，别藏着掖着。”

曹亚军说：“你一点儿信也没有听说？”

父亲说：“你就快说吧！”

曹亚军说：“你是个工作狂，一心只想着工作，别的什么人也不接触，什么事也不打听。真是的，一个局的副局长，把自己整得那么紧张干啥？”

父亲说：“哎呀！曹亚军，有什么消息你就快说吧！别兜圈子了！”

曹亚军说：“别着急，我这就告诉你。王岳坤有桃花运了，出事了！”

父亲惊讶地说：“这怎么会？”

曹亚军接着说：“王岳坤真不应该。人家还是个黄花闺女，怎么和人家搞到一起？而且听说他的爱人相当不错，在县财政局工作。”

父亲说：“黄花闺女是谁家的呀？怎么会出这样的事？”

曹亚军说：“不是谁家的闺女，是革委会分配来的大学生，叫鞠海燕。”

父亲想起来了，说：“我在的时候，她和杨平一起来的，我记得这事。他们怎么能搞到一起？”

曹亚军说：“别看你才走了两个多月，这事说起来不短了。你在的时候，王书记有时候下乡就带着王化民和她，一来二去就熟悉了。后来听说，小鞠回大连老家带回一些南方水果，和同志们一起吃了，还专门送王书记一些。王书记很喜欢她。一次，他们一起下乡，下午去的岔路口村。晚上，他们几个都喝了点儿酒。连夜回来了，王书记就将小鞠留下，让她给他烧点儿水，谁想到就在小菊给他烧水时，他就把小鞠非礼了。当时小鞠也喝了太多的酒，也没怎么挣扎。当知道自己失身后，就穿上衣服，狼狈地跑回自己的宿舍哭了一个晚上。”

父亲说：“这真是造孽，王岳坤那小子也能干点事，怎么在这个问题上把握不住自己？”

曹亚军说：“事情还不算完。第二天，王岳坤找小鞠到办公室，向她道歉，并说要对她负责任，请她不要有心理负担。小鞠年龄不大，不知道怎样处理这事，也就回到办公室。但是从此以后，她不再往王书记那里跑了，王书记下乡也不带她了。可是没有不透风的墙，也不知道哪个人偷偷地把这事告诉王岳坤媳妇。他媳妇很生气，在电话里将王岳坤书记狠狠地一顿臭骂，说还要到宁南来。王书记好说歹说才把这事放下。这通话被双方跟前的人听到了，这事就传了起来。他媳妇一不做二不休，直接找到了韩平书记，要求把王岳坤调回去。这些王岳坤都不知道，他还在这里干得风声鹤起呢！韩平让他到县里去一趟，他刚到韩书记办公室，就被韩书记狠狠地骂了起来，狠狠地训他有半个小时时间。我听他的秘书说，还提到了你，韩书记说：‘我还指着你在宁南出彩呢！顾廉当时把工作干得那么好，也不能到你这个时候搞得落后啊！’这样，他们将小鞠调走了，现在人们不怎么议论这事了。”

父亲说：“这个王岳坤真让人可惜！这样的错误他都犯，他胆子够大的，将来也许做不了大事！”

他们又谈了些其他的事，很快到了上班时间。父亲他们一起坐着拖拉机到岔路口村去。到了岔路口村，姜明灯见到父亲，伸开双臂和父亲拥抱到一起，大家都跟着感动了。这是父亲工作过的地方，大家还都念着他，一见面自然高兴。这里农机运用的情况和西大坡差不多，西大坡有三台拖拉机，这里只有两台拖拉机。他们今年准备多耕一些地，但是姜明灯向父亲提出新问题，他对父亲说："顾书记，我们拖拉机不够用，今年也没有分配指标。前几天，我到邻县转了转，他们有的村卖旧拖拉机，我想用村上的积蓄买两台能用的，到今年秋后，我们耕地的机械就够了。我想能用机耕的都机耕，这样省出劳动力干点儿别的。"

父亲就他提出的问题征求了曹亚军、王奎和岳山平的意见后，说："我个人意见是这件事要慎重，旧的东西怎么也没有新的东西好。但是只要物有所值，价格较低，拿回来不用换几个件就能使用，也不是不可以，但是拖拉机的配件也不好找。你要是真想这么办，就要请示公社书记王岳坤，还有曹主任，他现在虽然听到了你的想法，那也要去正式的请示一下，因为要用乡亲的公共积蓄支出，必须严谨行事。"

姜明灯说："顾书记，你讲的话我都听明白了。这个事，如果划算，可以办，但是要严谨行事，先请示批准再进行。"

然后，他们就今后的发展方向在田间说了一会儿。父亲合计岔路口村的土地总数，如果有四台拖拉机，就可以实现全部机耕，就说："姜明灯你那里拖拉机够了的话，就实现了全面机耕。那将会是全县机械化水平最高的地方，把农业机械化推进一大步啊！"

姜明灯听了父亲的话，一拍大腿说："顾书记讲得好！我们就争取全县第一个实现机耕机械化的村！"

父亲说："太好了！我完全支持你们！"

曹亚军也说："这样安排，比较符合实际，我赞成！"

然后，大家就怎样将这事办好进行了激烈地讨论。

这事令父亲非常高兴，姜明灯提出的全部机耕的问题，是全县农机工作的一个新的制高点，他现在已经走了五个公社九个生产大队，只有他大胆地提出了这个问题，而且有实现的希望。

太阳西沉，快落山了。姜明灯要留父亲他们吃饭，他说："顾书记，你来一次不容易，晚上在这里吃饭吧，我还有两瓶好酒，咱们喝了它。”

父亲说：“不了，我们今天赶到蚂蚁山公社，他那里就一个村有拖拉机。今晚住在那里，因为那里离天义还有三十多公里。这样，我顺便到那里调查一下，明天上午就回去。”

姜明灯说：“书记，这天这么长，你就住在宁南，明天起早赶过去也不晚！”

父亲诚恳地谢绝了他的好意，他们上了拖拉机，与姜明灯和一些村干部、社员非常不舍地挥手告别。实际上，父亲到了自己工作的地方，也想和他们坐一坐，拉拉家常，但是他还是很谨慎，怕出什么说道。

这样他们一路向宁南公社行驶，路上和曹亚军说着话。等到了宁南公社，天已经黑了，他们将曹亚军留下，直接走了。晚上九点多，他们到蚂蚁山公社，公社革委会副主任安排他们吃饭后，他们就在公社小招待所住下。

第二天，公社书记赵凯和革委会杨副主任陪他们到公社所在地的村看了农机应用情况。村书记姓李，他向父亲介绍了农机应用情况，他说：“这台拖拉机开回后，就基本没动。我们现在培训了驾驶员，今年想用拖拉机翻地，准备翻一百至一百五十亩。”

赵凯书记比较年轻，他跟父亲说：“顾局长，我很羡慕和佩服您在宁南时的工作。我刚到这里任书记，也想将农机运用工作提高些，但是我们现在的基础就这样，希望上级再给调配拖拉机时，给我们增加两台。蚂蚁山公社尽管是山区，但是有几个村的土地还不错，需要用农机的地方挺多。”

父亲很欣赏地看着他，觉得这个年轻的书记想干点儿事，这是优秀的品质。父亲说：“李书记，你们今年的打算不错，只有让农机运转起来，才会有收获。赵凯书记亲自陪我这个副局长调查研究，真是谢谢你！你的想法也错，今年上级农机分配指标还没下来，等下来后我们就把你的意见带上去。农业机械化是我们国家未来的目标，山区也要创造条件推进农机的应用。你们要把总体的想法理一理，搞个农机工作计划，这样有步骤地进行工作，会好起来的。”

赵凯书记说：“顾局长，你讲得真好。我就按照你的建议做，也请你们农机部门多多指导。”

父亲说：“好。”

然后他问问王奎和岳山平还有什么事，他们说没事了。父亲他们坐上拖拉机，和赵书记等人挥手道别。下午又去八里罕，第二天上午调查，下午在黑里河住下。第三天在黑里河调查，下午到小河沿儿住下。第四天上午调查之后，中午回到单位，父亲他们这样马不停蹄地工作，基本完成了全县农机调查的任务。

父亲在办公室整理调查资料时，办公室秘书将一个会议通知送给他，这是盟农机局的会议，通知要求派一名分管农机的副局长参加会议，张局长签字请他参加。父亲想会后直接到赤峰考察一下他们农业机械化工作。于是他拿着通知走到张局长门前，敲门后走进了张局长办公室。

张局长站起来说：“顾局长，你这连续不停地下乡，都好些日子没见到你了！”

父亲笑着说：“真是这样，我光顾着下乡了，没有到你这里请示汇报过。”

张局长哈哈笑着说：“顾局长这是哪里话，你下乡搞调查研究还不是你分管的工作嘛，用不着请示。你有什么事？”

父亲说：“在赤峰开完会后，我想停两天，到赤峰看看他们的农机工作。”

张局长说：“好啊，你挺会抓机遇，我同意。如果需要带王奎他们的话，到时候你就让他们去。”

父亲说：“那好，谢谢张局长支持。”

张局长说：“顾廉，你怎么这样客气？”

这时，张书记的电话响起。

父亲说：“张局长，你接电话吧，我走了。”他回到自己的办公室。

晚上，父亲回到家中已经将近九点。因为入秋了，晚上起了雾，他路上自行车骑得不快。进屋后，大哥给父亲热饭。父亲来到白大夫屋里。白大夫还没有休息，他看到父亲掀门帘进屋，就说：“顾廉，你这个大忙人回来了？”

父亲说：“回来了。怎么样，宴老师的病？现在到什么程度了？”说着他坐在炕沿，对着白大夫的炕桌。

白大夫正在看医学书，这时他将眼镜摘下来，说："我到这里有一个半月了，宴老师情况有了很大的好转，现在胃肠问题基本解决，下一步调肝胆问题，这也是一个慢功夫。不过总体情况不错，你媳妇很坚强。"

父亲说："宴老师遇到你这个救命恩人，她是有福了。"

白大夫说："这话说得过分了，也是你们信任我，让我研究着治病。不然，也不行。"

父亲说："白大夫，那就早点儿休息。我去吃饭然后也休息。明天到赤峰开会，还安排两天考察，你没有事吧？"

白大夫说："你要去赤峰，我还真有点儿事。也是为宴老师治病用，你到那里找几味药。"说着他找一张卷烟纸，将几味药名写上递给父亲。

父亲接过来后，说："那好，就这样。"他转身出了屋。

"顾廉。"母亲在喊他。

父亲进屋坐下，说："宴珍，你喊我？"

母亲说："我听动静是你回来了，就喊了一声。"

父亲说："我先到白大夫屋问了情况。他说还不错，你感觉怎么样？"

母亲说："感到身上有些劲儿了，说话也有点力气。这个白大夫医疗水平还不错，我感到有效果了！"

父亲说："是吗？这样就好。唉！宴珍，我告诉你一件事。"他把王岳坤的桃色新闻和母亲简单说了一下。

母亲听了后表现得很吃惊，她说："王岳坤怎么会有这样的作风问题，真是色胆包天了，太不像话！那个鞠海燕也是傻姑娘，怎么不小心点，这今后可怎么做人？"

父亲说："可不是嘛，现在她调到别处去了，事情算平息了下来。我明天去赤峰开会。"

母亲说："你呀，去吧！别把工作安排太满，再累着！我身体有病，你要健康才行。要不这日子怎么过。"

父亲伸手握着母亲的手，满眼含情看着母亲说："我没事，你放心治病吧！

争取早日康复！”

这时，大哥进屋了，将热好的饭菜端来放在箱子上，还给父亲倒了一杯热水。父亲简单吃点，又在笔记本上写着什么，到很晚他才上炕睡觉。

日子翻转，白大夫为母亲治病的时间又过了一个多月。白大夫仍然坚持不懈地探索给母亲治病的方法。每次诊脉后，他都会告诉母亲：“又好转一些。”

总之，他每次诊脉总是给母亲以信心和希望。不给母亲看病的时候，他在查找药书，他带了半箱子药书。别看他是位老人，眼不花，耳不聋。还有他对新华字典了如指掌，告诉我们他曾背过字典，这使我们对他佩服得五体投地。白大夫在父母家待到第三个月时，我们也明显地感到母亲好一些，她说话声大一些，有力量了。能坐起来慢慢扶着被垛走了，她能够下地走几步了。等到白大夫离开我家时，母亲能够稍微做一些家务了。

白大夫和父母说：“治疗整体结束，如果让宴老师身体尽快恢复，一是要加强锻炼。宴老师身体恢复很多，没有生命危险了，但恢复过程要坚持运动。二是保证健康的前提下，我建议你们再要个孩子，对身体各方面调节一下，在月子里好好地养养身体。宴珍老师的病开始是从月子上得的，那时年轻身体好，没有找上来，后来压力重，身体弱的时候找上来，与其他的病结合起来，才将人放倒。”

白大夫还说：“宴珍老师，你了不起，我治过这么多病人，像你这样有多种病症的人，只有你活下来了！好好活着，我祝福你！”

这些事都是我后来听母亲说的，当时我们孩子谁也没听到。我的父母对白大夫是感激不尽的。白大夫是我们家的恩人，后来听说他活到八十六岁，最后死于肝硬化，我们全家人都怀念他。

父亲开会加考察十天的时间刚刚结束。农机局接到通知，县委韩平书记要组织班子人员听取各部门工作汇报。张局长在通知上签了字，点名这个工作由父亲汇报。父亲拿着这个通知，觉得自己下乡调研还没有完成，就请办公室打听一下县委什么时间听汇报，看看能不能将剩下的两个公社农机工作调研完毕后再写汇报材料。办公室打听了一下，告诉他是下个星期一二汇报。当时是星期三。他就将王奎和岳山平带上，急急忙忙下乡了。这两个地方是孤山子和二龙，两个地方连着。当他们走了不久，县委打电话说这个星期五听汇报，要求在星期四将汇报材料先交上去。张局长让办公室抓紧时间准备材料，办公室小赵却说这材料需要农机科先将材料报到办公室，可是现在农机科王奎被顾局长带着下乡了。

张局长问："他们到哪个公社去了？"

小赵说："好像到孤山子和二龙公社去了。怎么办，要不给孤山子公社打个电话，让他们到了之后赶快回来。"

张局长说："这个顾廉忙着调查什么，差两个地方就差两个地方呗！好吧，就这样。"

大概在上午九点半，父亲他们到达孤山子公社。公社宋仁江书记出来迎接他们。宋书记说："顾局长，欢迎你到我们孤山子公社调研。不过，我接到农机局电话请你们马上回去。因为明天县委要上交汇报材料，单位等着王奎上报材料。"

父亲听到后很吃惊地说："是这样？"

他沉思片刻，接着说："王奎，你坐拖拉机回去准备材料。我和岳山平将孤山子和二龙的调查搞完再回去。这样，晚上我看看你的材料，争取明天早晨交到办公室。"

王奎走后，父亲和岳山平在宋书记的陪同下，调研了孤山子公社的农机工作。这里有一半的土地可以采用机耕，他们已经用了两台手扶拖拉机开始在一些收割的土地上搞深翻。到了现场，两个拖拉机正在作业，跟前还站着几个老乡。

父亲到跟前看了看情况，觉得不错，就向跟前的社员问道："老乡看这拖拉机耕地怎么样？"

一个个子不高的社员说："挺好的，翻的深，还均匀，就是拖拉机需要烧油，不知道这油钱贵不贵？"

父亲说："油钱不贵，一亩用不了几个钱。"

然后宋书记说："顾局长，我们是穷公社，油钱还真的不好张罗。如果钱不够了，我们就耕不了几亩地。"

父亲看到宋书记有些为难地样子，说："这是个问题，我目前还不知道上级有没有油钱的补助。但是我当宁南公社书记时，有的生产队组织社员到外面干些活儿可以赚些钱，这里的问题，你们先自己想想办法吧！我把问题带回去。"

然后他们向孤山子告别，父亲和岳山平骑着公社借给的两个自行车向二龙公社奔去。

等父亲他们从二龙公社骑自行车回到单位，已经是晚上七点。王奎在单位等着他们。

王奎说："顾局长，我请食堂师傅给你们预备了饭。"

岳山平想回家，父亲说："你别走了，我一会儿改王奎的材料。你和王奎分别誊抄，争取晚上早点儿搞完，明天早上将材料交上去。"

这样他们用十分钟的时间吃了饭，回到办公室看王奎准备的材料，应该说将各种资料都列举了，但是做汇报需要有下一步的打算、现在的存在问题以及解决的方法，这些都没有涉及。他就打开稿纸开始写材料，因为他到局里有四个来月，虽然一直下乡考察开会什么的，但是全县农机工作怎么搞，他是一直思考着的。他坐在桌前拿起笔就写起来，只听到"唰唰"的写字声，他将思路不断写在纸上。王奎悄悄地走进来给父亲端了一杯水，这时父亲已经将一页纸写完，但是字比较潦草。他将写完的交给王奎。在王奎还没有抄完时，父亲已经写完第二页了，他喊王奎拿走。父亲头也不抬地接着写，就这样到了九点多钟，父亲写了十二页，完成了材料。

他站起来说："王奎，这是最后两页，放在桌子上。你们两个人抄完后再回家，我先走一步，明天早晨我再将材料看一遍。"

然后，父亲骑车回家了。夜路上，他带着满身的星光，还有早秋的凉意回到家，轻轻地敲了两下门，大哥起来给他开门。他们轻轻地交流几句后就睡觉去了。

县委召开会议。县委班子成员都到了，大家听各个部门的汇报，县里大多数机关都到场了。轮到农机局发言汇报，张局长想让父亲说，韩平书记说："都是单位一把手汇报，你不是有材料吗？"

张局长就按照父亲写的材料念了一遍。韩平听着材料想："这像是顾廉写的呀，这个同志真是干啥像啥！"

张局长念完材料后，韩平书记说："顾局长，你还有什么补充吗？"

父亲想了想说："我在赤峰考察时，人家有两个做法挺好的，我不知道该不该说？

韩平书记说："哦，你到那里考察了，怎么没有请假？"

父亲说："张局长派我到赤峰参加会议，我顺便到那里了解一下农机工作情况。"

韩平书记说："这种处处都学习研究的态度不错，你说说看。"

父亲简单地说："赤峰农业机械普及率比我们高，他们设了一个副科级农机研究所，专门研究农机推广中的问题。另外，他们还办了一个农机培训学校，专门培训村一级使用农机以及农机修理的知识。不知道我们这里可不可以这样做？我回来后还没来得及向我们张局长汇报这事，就来参加会议了。"他这样说了，避免张局长心里有想法。

韩平书记说："培训的事可以交给县委党校办。关于农机研究所的事，可能随着农机的推广应用，会需要这样的部门的，我们下去再研究。"他对农机整体工作没说什么，就让下一个部门汇报了。

散会后，张局长他们回到到办公室。张局长请父亲过去一趟，父亲到了后，他说："顾廉，谢谢你！这次汇报没有挨韩平书记训，你写的材料不错。"

父亲笑了，说："张局长过奖了。张局长，现在到秋天了，我们一年的工作需要计划着检查一下，如果到冬天再做检查工作，有些工作就没法落实了。"

张局长说："顾廉，你就安排一下，安排好，我们开个干部会，统一下思想。"

父亲回到办公室，就检查全县农机工作开展情况搞了一个安排，交给张局长。张局长召开会议，研究检查工作，并进行了分组，父亲负责一个组，张局长负责一个组。之后，他们就开始检查全县的农机工作。

一天，父亲在办公室整理检查材料，这时岗岗营子大队给他打电话，一接是三哥的声音。

三哥说："爸，你能不能中午回趟家？那个在宁南公社姓鞠的姐姐到家里来看我妈妈了，妈妈让你回来一趟！"

父亲说："好。"就把电话放下了。

父亲在街上买了两块豆腐，又买了半个烧鸡，就抓紧往家走。一路上思考着鞠海燕到家里的事，这可是个稀客，他们的关系一般。他用了最快地速度到家。

小鞠看到了父亲回来后，说："顾局长好。"

"稀客呀！欢迎你，小鞠。"父亲把豆腐和烧鸡递给三哥。三哥做好小葱拌豆腐，把烧鸡装盘。这时父亲将炕桌放上，三哥把提前已经炖好的大白菜和土豆盛到碗里端上桌，再将拌豆腐和烧鸡都端上桌，摆好碗筷。父亲请小鞠上炕吃饭。父亲、母亲，三哥、四哥和小鞠都刚刚坐好，小鞠突然恶心要吐，她跑到外头。父亲看着母亲点点头什么也没有说。一会儿小鞠回来了，三哥给她倒了碗水；她喝了点儿水，只吃了一点饭菜就说吃饱了。

父亲说："那你先坐一会儿，喝点儿水。我们还得吃点。"

一会儿，父亲他们吃完饭。三哥收拾完碗筷，就和四哥一起去上学了。

父亲对小鞠说："小菊你有事吗？"父亲这一问，小鞠却哭了。

母亲说："小鞠别哭，有事说事，大家都是同事，没有旁人。"

小鞠停止了哭泣说："顾书记，宴老师，我都没有脸说这个事。你们一定听说王岳坤那畜生糟蹋我的事了吧？我以为这样就过去了，谁知道现在怀上了。去找王岳坤，他竟然让我把孩子生下来。生下孩子，我怎么做人，我都没有主意了。所以才来找顾书记和宴老师。我觉得你们都是好人，我可怎么办？"说着又哭了。

母亲递给她毛巾说："别哭了，孩子的事得你自己拿主意。我认为你应该把孩子做掉，要不将来你怎么做人？还要找对象结婚，有孩子怎么办？"

小菊说："我也想做了，但是我一个大姑娘，到哪里去做手术啊？"

她又要哭，父亲说："小菊，我同意宴老师的意见。如果你定下来做手术，我可以和甸子医院院长说一说，你得找个亲戚陪你去！"

小鞠说："在岗岗营子，有我一个远房的大姨，我找我大姨和我去。"

父亲说："那好，这事得抓紧时间。不然，拖久了，就做不成了。"

小鞠说："顾书记，谢谢你，我明天就去。"

母亲强调："小鞠，你可不要反悔，这是个大事！"

小鞠说："宴老师，我记住了！"

然后她看看父亲和母亲，说："给你们添麻烦了，我回我大姨那里了。"说着，就哭着跑了出去。

父母亲都叹了口气，父亲说："宴珍，我得去上班了，你睡一觉吧！"

母亲说："好的，我也有点儿累了，真是操不着的心也得操！"

父亲说："她都有点儿走投无路了，不帮助她怎么办！你睡一会儿，我走了！"父亲骑着自行车上班去了。

据说，当时父亲上班就给甸子公社医院院长打了电话，说自己远方亲戚要去做一个人流手术。后来，小鞠也电话告知说一切顺利。这个事情就过去了。不久，韩平书记调研农机工作，但是父亲因为着急赶一份材料没有参加调研。

韩平书记调研农机工作后，召开了一个会议，父亲参加了会议。韩平书记对目前农机工作总体说的不多，但是提出要加快全县农机机械化的发展历程，对总体布局和普及率、技术培训等进行了安排。会后，父亲负责制定总体布局的新规划，同时大力推动农业机械化工作，所以工作还是忙得很。

第二年春天，小妹妹出生。但是母亲怀孕的整个过程，我四个哥哥谁也没注意到。据大哥说，当他睡梦中被一个婴儿啼哭吵醒，那还是在黑夜里，并不知道怎么会有一个小婴儿，感到措手不及。实际有老爸在，四个哥哥都可以依靠他，所以他们有主心骨，他们就这样接受了小妹妹。母亲坐月子，我记得她用毛巾包着头，把小米先煮七八分熟捞出来再煮，煮时放鸡蛋，母亲就吃这样的小米稀饭煮鸡蛋，这些如果放在现在看真不是什么好吃的东西，可在那个年代也还算可以的，当年人们无论受伤、坐月子、生重病，吃的都是小米稀饭煮鸡蛋。母亲吃着这些，一个月没出门，奶水也算充足。小妹妹吃了奶后就睡觉，很乖。

自从小妹出生到渐渐长大，我们家的笑声也渐渐地多了起来，母亲经过这个孕育生命过程的疗养，恢复很多，渐渐能下地，能够做些家务，能记起一些事，话也多起来，也开始监督我们的学习。父亲看上去精神焕发，换了一个人似的。只是生活也被这个小天使打破了，家里也多些生机，白天安静地掉地上一根针都能听到声音的情况不再有了，现在是没有半刻的宁静。

小妹妹出生后，母亲虽然康复很多，但是身体依然很弱，她非常容易感冒，无论是流感还是热着冻着，她的反应都是非常强烈。又过了几年，小妹妹两岁了，四个哥哥都长大了，租的房子有些拥挤。父亲一边工作，一边考虑改善居住条件问题。一天，他下班回家，把小姑娘抱在怀里亲了一下，对母亲说："宴珍，我们也不能长期这样下去呀，要不想法盖个房子？"

母亲说："盖个房子当然好，现在没有钱，没有地方，上哪里盖房子啊？"

父亲叹了口气，说："也是！"这个话题就撂下了。

居者有其屋

深思者必表露。一晃到了一九七五年，父亲想改善家里居住条件的愿望更强烈了。这个愿望，在不知不觉间被办公室的小吴发现了，小吴是个少妇，人长得不错，大眼睛双眼皮，白皙的脸庞，个子有一米六多。小吴也不小了，只是比父亲小五到六岁而已。小吴自从父亲调入，她就暗暗观察父亲，听说父亲有重病在床的妻子时，她不敢更多的关心他，见父亲千方百计地为母亲请医生买药品，对待工作非常钻研负责任，渐渐地对父亲产生了敬佩，她时有感叹，想想自己的生活，真觉无奈。自己健康而且漂亮，当年在高中读书也是学校里数一数二的美女，自己的丈夫是爱自己的，可是随着时间的推移，生活之河进入了平缓的地带，没有惊涛，没有波澜，没有飞鸟，没有绿色，好在孩子还好，生活也好，让她不用操心。这个不甘寂寞的女人，幸福把她淹得没了知觉，而眼前这位副局长却让她生出了一些责任感。女人呢，不知道是什么事情让你振作起来，她上班积极了，打扮也认真了，工作态度极其端正，她是在父亲和另外一名男同事打听在天义附近弄块地的问题时知道了父亲的想法。

一天，小吴在给父亲送材料，因为有一个男同志在父亲办公室，她就在门外停了一会儿，听到父亲请这位同志帮助打听建房用地的事情。

她在那位男同志出门后，敲了敲父亲的门，父亲问道："谁呀？"

她说："是我，顾局长。"

父亲前去开门说："请进。"

然后把门开了一道不小的缝。这是父亲的一贯做法，与女同志单独谈话时，一定要开着门，至少将门开个大缝子。

父亲说："小吴啊！怎么，你找我有事吗？你坐。"

小吴没有坐下，说："顾局长，我没有什么事，这是给你的材料。我也是为了你的事来找你。"

父亲接过小吴手中的材料，有些吃惊地说："我的事，小吴？我的什么事让你操心了，快说说！"

小吴说："刚才我在给你送材料时，听见你在打听盖房子用地的事，顾局长，你是不是要盖房子啊？我的一个姐夫是五间房大队的书记，你在他们那里下过多次乡，我听他说过你，姐夫说你给他们解决很多问题，他在说你时还特别佩服你呢，我想如果你不反对，我跟我姐夫问一问。"

父亲很感激地说："小吴，先谢谢你对我的关心，我的确在考虑盖一户住宅，我们家租房子住二十多年了，现在家属房分配也轮不到我。在大家都盖房时，我又在宁南乡下，现在孩子们都大了，老伴身体一直不好，我考虑这事考虑的晚了，现在很难办。"

小吴说："顾局长，你也别着急，慢慢想办法，我明天就到我姐夫家去问一问。"

父亲说："那就多谢了。"

父亲骑车回到家，刚走到门口，小妹妹跑出来喊："爸爸回来了！"

父亲说："哈哈，我的宝贝女儿迎接爸爸了，等我把车子上一捆大葱、两棵白菜从后座上卸下来。"

母亲从屋出来说："回来了。"帮着父亲往屋里拿菜。这时，四哥也跑出来抱了一棵白菜，往屋里拿。

父亲说："那几个孩子还没回来呢？"

母亲说："老大老二还没回来，老三去买豆腐了，正好一会儿做白菜炖豆腐。"

父亲进屋抽了一支烟，说："我们今年无论如何得把住的地方解决了。如果县城没有地方，我们就在县城周围找个地方，只要孩子们上学方便就行，现在老大老二上初高中要跑七八里路，实在是太辛苦。他们都不能帮你做什么，时间都搭到路上了。"

母亲说："说起来容易，你都说把房子解决了，现在没地、没钱，也没东西，怎么盖房？我看不如再等一等，县里如果再盖家属房，我们也应有资格住。"

父亲说："盖房确实是有困难，如果不自己盖，恐怕没有办法。听县里房产的人说，现在排在我们前面的等房住的就有二百多户，每年至多解决三十到五十户，而且今年没有计划，我们就是等，也得等三年五年。三年五年后，形势还不知道有什么变化。"

这时，大哥二哥放学回到家，三哥也回来了。三哥说："今天，我走了好远才把豆腐买来。"

母亲接过三哥手上的豆腐说："老大，你们俩把白菜炖豆腐做了。先用点油把白菜炒一下，再放水，水开后往里打豆腐。"

大哥、二哥应了声，在外屋灶台上做菜，二哥烧水，大哥做大厨的活儿。父母亲接着谈论房子的问题，三哥和小妹玩上了，四哥在旁边瞎捣鼓东西。

父亲说："我单位的小吴给我问去了，看能不能在天义附近的农村要一块房基地。"

母亲说："我们又不是农民，我们要房基地，人家给吗？"

父亲说："是有这个问题，我想如果我们家一口人是农业户口，就可以了。说到这里，我想和你商量一下，要不我们把老三上农村户？反正他小，等我们盖完房子再转成城镇户不就行了吗？”

这个话音还没有落地。

“不干，爸爸，我不干，妈，我不上农村户口，爸爸你不能把我上农村户，你们都是城镇户口，就我一个农村户，我不干。”三哥这样喊着。

父亲说：“你这孩子，大人讲话你插什么嘴？”

三哥说：“爸，我都听到了。你们要把我上成农村户啊，我不干，你们别把我上成农村户。你怎么不给我哥和妹子她们上呢？”

父亲说：“好啦，好啦，你去玩儿吧！”

这时母亲说：“不上就不上吧，现在有机会上了城镇户口，以后还能不能有，不知道是什么情况呢！”

这时大哥进来说：“妈爸，饭好了，我们放桌吃饭吧！”

盖房子的事先撂下。吃豆腐也是改善生活，一家人玉米饼就白菜炖豆腐，人人吃得都觉得很香。

夜深了，孩子们都睡了，窗外的一阵春风吹得窗户纸沙沙响，下弦月像盘子的半边挂在天空，天空的星星一眨一眨的。父母亲还没有睡，又说起房子的事。

母亲说：“就不要把老三户口放农村了，孩子不愿意。再说，还不知道今后是什么形势，一旦不让农转非或现在农转非的条件改变了，我们就没法子了。”

父亲长长地叹口气说：“你说得有道理，现在政策一天一个样，今天这样，明天又是另一样，也看不准。不如再想别的办法。”

这时母亲已进入似睡非睡的阶段，她“哦”了一声就睡了。父亲却翻来覆去无法入睡。

第二天，天刚蒙蒙亮。大哥先起来了，他到外屋去热饭。然后父亲起床，他洗漱后，把自行车检查一下，前后车带又拧了拧螺丝。而这时，母亲把我们剩下的孩子叫了起来，叠被的叠被，扫地的扫地，她自己负责把小妹妹喊醒，她也比较乖，揉了揉眼睛，坐起来说：“妈，我饿了。”

母亲说：“饿就快穿，一穿完衣服就吃饭了。”

吃饭时，父亲说：“我要到小河沿下乡，可能得在那里住一两宿。老大，老二，你们多帮你妈干点活儿。不要气你妈！”

吃完饭后，他抱起小妹妹，在脸上亲了一下，说：“你也要好好听妈妈的话哟！”说着，将小妹妹撂在地上，说：“我走了。”

父亲就推着车出院，飞速向远方奔去。四个哥哥和父亲都走了，家里就剩下小妹妹和母亲，母亲拿出针线活儿做，小妹妹在母亲身前或在院子里玩，春天天气晴朗，母亲将窗户打开。

父亲骑着车向大明塔公社小河沿大队奔去。这正是春天，大地的秧苗长出半尺高，还不能将土地全部覆盖，天空无云，阳光普照，大地绿油油的。父亲骑着自行车，一边看路，一边想着农业机械改造问题，这段路需要一个多小时时间，等他来到小河沿，已经是上午九点多了。

那里的公社干部和王奎都聚齐了，他们要去小河沿大队，五小队的村干部在乡里等着他，他们见面互相握手，看到父亲满身是汗说：“顾局长。你喝杯水，歇一歇，我们就到地里去，好吧？”

父亲说：“不歇了！我喝口水咱就走，上次将小型拖拉机改造了有一阵子了，也不知道现在状况如何，实验得怎样了？”

一个村干部说：“顾局长实验的效果好着呢！”

说着，他们一同坐上拖拉机，向实验地开去，车还没到地方，老远看到一个驾驶员驾驶改造的拖拉机正在那里做锄草试验。已经用机械锄了好大一块儿地了。

父亲他们到后，驾驶员从车上跳了下来，说：“顾局长，您来了。”

父亲说：“王师傅，你感觉怎么样？还要在哪些地方进一步改进呢？”

王师傅说：“顾局长总体上不错，能够连续作业，锄草的密度和深度也可以，只是操作起来不容易把握。我都开了十多天了，这块地也翻来覆去实验好几遍，但是好像还没有真正把握要领。”

王奎说：“慢慢摸索，不能着急。”

别的同志又提出几点问题，大家就坐在地上讨论起来，你一言我一语。

父亲一一记下来，最后他说：“实验总体是成功的，但是问题很多。我们这样办，一方面你们在这里多摸索、多实践；另一方面我把大家提出的问题带回去，找上次来的岳工程师研究研究，看看症结在什么地方，他研究有点眉目，找到一定的规律来，我再把他带来，我们共同商量怎么样？”

大家说：“好。”

已经到了中午，公社徐主任说：“顾局长，我们回去吃饭吧，下午你还要去河东呢。”

父亲说：“好。”

他们上了拖拉机向乡里开去。吃完饭，父亲拉着徐主任说：“秀怀，你先别休息呗！陪我到你们乡砖厂去，怎么样？”

他说：“好哇，咱俩坐拖拉机去吧！”

他俩都上了拖拉机驾驶室，徐主任自己开着，他一边开着，一边问：“顾局长，你去砖厂干什么？要买砖啊？”

父亲说：“不瞒你说，我现在还在租房住。县里几次分房我都没赶上，孩子们也大了，我老婆病一直没有好利索。我想如果改善一下住房条件，她的病也许能好得快些。”

徐主任说：“你说得也是，要不你到咱小河沿乡盖房怎样？我给你搞一块地。”

父亲说：“我先谢谢你的好意，这里离县城太远了，孩子上学老婆看病都不方便。”

主任说：“你说得有道理，看我在哪方面能帮上忙，你就说一声。这些年，你没少给我们乡出力。”

父亲说：“多谢你啦。”

他们很快来到砖厂，看见一个能烧几万块砖的砖窑，在窑的东北处有很大一块空地，用来晒砖坯子，那地方一排排、一摞摞的砖块正晾晒着。父亲一下车，就看到一个熟悉的面孔，父亲有这两下子，他见过的人就会记住人家的名字，见到时张口就能说出，他这点优良基因被他带走了，我们谁也没得到遗传。

他张口说：“马超英，是你吗？你怎么到这儿来了？”

那个人慢慢转过身说：“顾书记，你是顾书记？你还记得我，我就是马超英啊。我来这儿好几年了，咱们宁南的砖厂现在办不下去了。你走后，王岳坤书记说办砖厂破坏耕地，得不偿失，我们又坚持两年终于下马。那时这里砖厂刚要建，需要懂技术的人，别人推荐我，我就到这里干活儿了，现在我是技术员。”

徐主任说：“多好的项目，下马多可惜。马师傅，我们这里的砖厂当年还是顾局长建议的呢。”

父亲说：“不说这些了，你们厂长呢？”

马超英说：“他正在前屋休息，中午喝些酒。”

父亲说：“你的父母还好吗？身体怎么样嘛？”

他说：“好着呢，我每次回家他们都会问到你。”

说着，他来到厂长室。在寒暄后，父亲说：“刘厂长，我如果用点砖先给一半的钱，你能不能赊给我？”

厂长说：“这看徐主任怎么说，我是可以答应的。”

徐主任说：“刘厂长，你就痛快地答应得了，顾局长和咱公社那是什么关系？当年这砖厂都是他极力建议推动下建起来的，就这样吧！顾局长，你个人家建房用砖，我担保你就用我们砖厂的砖，有多少钱给多少钱，剩下的，等你有钱再给。我相信你是个守信的人。”

刘厂长说：“就这么办吧。你什么时候用，只要说一声就行。”

徐主任说：“刘厂长，马师傅，我和顾局长要回去了，下午我们还要到河东大队下乡。”

刘厂长说：“徐主任，顾局长，你们喝点水再走吧？”

父亲说：“刘厂长，我们就不喝水了，你接着休息吧。”

父亲和主任与刘厂长告别后，登上拖拉机就往回走。

徐主任陪父亲到河东的三队下乡，除了机械问题，对科学种田等进行调研，在那里住两宿，第三天下午，他回到了单位。

到单位后，父亲马上把岳工程师和王科长叫来，共同研究一下这几天下乡的情况。父亲将他下乡带回的技术问题分别交给岳工和王科长。这时小吴敲门进来了，说："顾局长，我找你有事。"

父亲对岳工和王科长说："你们还有别的意见吗？"

他们说："没有。"

父亲说："那就按我刚才的要求去做吧。"

他们走后，父亲问道："小吴，你有什么事啊？给我打听的事，怎么样了？"

小吴说："顾局长，两个事，一是单位有一个到北京培训的事，我想去，想请顾局长向张局长建议一下。"

父亲说："你不是不愿意出差吗？怎么这会儿又要出去。"

小吴说："顾局长，我很长时间没有培训了，觉得自己有些落伍，如果再不抓紧学习，恐怕什么也干不了了。你看，经常和你一起下乡的岳工和王科长干得劲儿劲儿的，我还真有点羡慕他们。"

父亲说："这是好事。好，我跟张局长说。那第二件事是什么？"

小吴说："顾局长，我昨天到我姐家见到了我姐夫，把你的事跟他说了。他倒没说什么，只是要我转告你，让你去找他一趟。"

父亲说："好，我知道了，谢谢你。"

之后，父亲找到张局长，向他汇报了一段工作的开展情况，顺便把小吴的请求谈了出来。

张局长说："这个小吴有意思，有想法，为什么不跟我谈？"

父亲说："也许是因为上一次你派她学习，她不去，这次不好意思吧。我想她可能还会找你。"

父亲走后，小吴果然敲开张局长的办公室。父亲回到自己的办公室，感到有些累。他坐了一会儿，处理一下文件，就骑车回家了。

又过了几天，父亲找到一个空闲的时间，骑车来到五间房大队，这里离县城四千米，只是在铁路西侧，所以发展慢些，村子的面貌非常朴素，有些陈旧，多是土平房，有的房子上长了草。父亲找到小吴的姐夫王跃书记，父亲与王跃书记是老熟人了。他来过这里多次帮助协调贷款、争取工程等，做了好多事情，王跃与父亲的关系也不错。

他找到了王书记，说：“王书记，我这次来，可是私事。你已经知道了吧？”

王书记说：“顾局长，你这就有点不够意思了，你直接找我多好。”

父亲说：“我不是有点儿不好意思吗？这么多年没办过私事，还真不知该从哪儿说起。”

王书记说：“你就别再为难了。你不就是找地建一处房子吗？这样，先看你家有没有农村户口。如果有，转到我大队，我马上给你找地方。”

父亲说：“那可真没有，当初宴珍老师我们俩都是城镇户。当时也没想盖房的事。”没有远虑，必有近忧。盖房子是父亲的近忧啊！

王书记说：“那么我还有一个办法给你找一块能盖房能种地的地方，等我与班子的人打个招呼，你在那里盖就是。谁也不用批，只要你敢盖就行。这个事回头我再给你打电话。顾局长你来找我，我可是有公事找你。”

父亲说：“好，你总是事多，你说吧！”

他们又说了五间房试验田等事情，父亲帮他提了提建议，并就种子等，帮助协调一下。到了饭点，父亲在王书记那里吃过饭才回家。

父亲在为盖房的事张罗着。这一天，宁南公社的吐泡泉大队书记兼队长来找到父亲。

父亲见到他非常亲切地说：“丁红亮，你怎么来了？”

丁书记说：“我听说你要盖房子，你到我们大队盖吧！这样我把房子盖好，你就搬到我们大队，怎么样？”

父亲说：“先谢谢你，你怎么知道我要盖房？”

丁书记说：“顾局长，你忘了小河沿砖厂的马师傅是我的小舅子，他回来跟我说的。”

父亲说：“这个马师傅传话还挺快。怎么说呢，我已经从宁南公社搬了出来了，我不能再回去了。”

丁书记说：“搬出来不假。你不在宁南当书记了。可是我们吐泡泉社员们欢迎你，你在那里修的水库现在作用也大了，不但可以养鱼，搞些副业，而且可以浇地灌溉，我们社员们可念你的好了。希望你住在我们那里，我们有事找你方便。”

父亲被感动的心头一热，说：“你这话说得远了一些，我在宁南做的事都是应该的。为了修那个水库，咱广大社员也费了很大的劲，那是连战三年啊！再说，我不能到你那里住，你是知道的，宴珍老师的身体一直没有好利索，现在得不断去医院看医生。还有，我的孩子们都大了，他们也该上中学高中，将来找工作，得在镇上住。这些都方便些。在这一点上，你老哥就多理解我吧！”

丁书记说：“顾局长，你说得也是这个理，那我就不再劝你了。这样吧，你在我们那儿待一会儿，家里的大事，我也得出把力。你盖房子的木料，我给你张罗。”

父亲说：“那太谢谢你了。我到时按价付钱。”

丁书记说：“这事你不用操心了，你还很忙，我先走了。”

家里盖房的事就这样开始了。父亲一直在工作，他又到大城子公社下乡了，他这个局长很少坐在办公室喝茶看报，心里总是装着农村基层的事。写到这里，我有个体会是：我的父亲，这一生首先是因为工作，后来母亲生病后，是工作和家庭双重压力，使他的身体不断地透支了。水满则溢，月满则亏。如果他把这两个压力都稍放一下，别那么较劲，他的人生也许不是这样。

有一天，父亲跟母亲说：“五间房大队给我找了一块盖房的地，我想找空去看一看。如果还可以，我们就动工盖房，现在就是手头有点紧，有些朋友答应赊给木料和砖了。但是瓦和其他的还没着落。”

母亲说：“要是这样的话，我给内蒙古的妈爸写封信，看他们能不能先借给我们一些。”

父亲说：“这些年咱家经济上不宽裕，也没有孝敬老人家。盖房和他们借钱有些不好意思啊。”

母亲说：“没什么，我妈爸知道我闹病这么多年了，他们不会挑理的。”

一天，父亲找时间要去看地了，他带着大哥二哥去的。这时大哥二哥年龄不大，但是也能干点儿什么了。王跃书记住在附近，他和父亲见面后，一起到大队的西北，也就是村的最西侧。村的西侧有一片树林，在树林的西北边缘处有一处沙地，地上什么也不长。沙地的西侧，有一条南北公路通过。在沙地上，因为修路用沙等，有一块沙地被挖成很大的坑，不成样子。这个坑离那条南北公路也就是一百多米。同时，这里离铁西小学、铁西中学都不远，一二千米。

王书记说："顾局长，这块地方不是耕地，不是林地。目前是块废弃地，没有多少人关心。你如果认为可以，我回头找我们大队的推土机给你平整一下。"

父亲看着地，想想可能是只能这样了，有块地落脚就行，他说："王书记，我看这里蛮好，就在这里，这里也算村内，离公路和学校都不远，就是这地形需要整理。怎么也得一亩多地。"

王书记说："顾局长，放心吧，我比照社员新立户的标准再稍多一点给你整理一块地，保证达到你盖房的用地要求。"

县委决定要通过现场会的形式，推进全县的农业机械化水平。

县委办公室刘主任找到农机局局长。张局长将父亲请去一块商量这件事。张局长说："县委刘主任来商量召开全县农机现场会，顾局长，你看看这件事怎么安排，看哪些乡镇？"

父亲说："刘主任，县委对会议是怎么安排的？"

刘主任看看张局长，转头来和父亲说："县委这次现场会很重要，意在推广典型促进全县农业机械化水平。时间安排了两天，参观安排一天半，后半天开会，进行典型发言。我这次到农机局来沟通开会的事，重点看要走哪些公社，要看哪些村，谁作为典型发言。参观看典型时，只有公社革委会主任和副主任、党委副书记和农业办主任参加，加上农机局和县委政府的参会人员可能得有六七十人。在开会的时候，韩书记想开到大队和典型的村，可能需要二百至二百六十人。开会和参加的问题由县委统一安排。你们农机局需要安排典型，参观路线和韩书记的讲话，县委秘书写不了这样专业的讲话。你们需要出这个稿子，他们再进一步加工。"

他一口气将这件事说完了。

张局长说："刘主任，请放心！我们一定按县委的安排做好自己的工作。刘主任，要不这样，我们将你说的工作抓紧准备，今天是周一，争取周五将有关路线和材料等报到县委。"

然后，又对父亲说："顾局长，你还有别的意见吗？"

父亲说："我听张局长的。"

刘主任看着父亲笑了，心想这个顾廉也变圆滑了。他说："张局长，顾局长，你们十天内做好这些就行。"

这样父亲和张局长稍微放松了一些。然后，刘主任说："这样，你们就抓紧准备，我先回去了。"

父亲和张局长都站起来，将刘主任送到门外，然后同时走进张局长的办公室，他们就站着说话。

张局长说："顾局长，刘主任安排的任务，你也听清了，咱们局可是等着你出彩呢！你有什么困难吗？"

父亲现在一个重要的事，是自己家盖房子。但是工作也不能耽误，他说："十天的时间应该还来得及！我先和农机科的同志商量一下，看看路线怎么走的问题，然后向你汇报。材料的事，我先让王奎搞一个，之后我给他修改。然后拿给你把关。"

张局长说："顾局长，辛苦你了！就这样安排，需要下乡什么的，我让办公室全力以赴支持你。"这位父亲的一把手，像个老大哥一样支持父亲工作，只是不愿意操心了。

父亲回到办公室，将小赵、王奎和岳山平叫来，将要召开全县农机工作现场会的事宜向几位传达一下，把张局长说的话也传达给大家。父亲要求王奎将几个地方串一串都看什么、谁来发言等。打算第二天他们在各个点上再看一遍，争取两天走完。下乡时，还是王奎和岳山平我们一起走。这样可能需要单位自行车、拖拉机等，让小赵帮助安排一下。还有就是王奎需要将农机工作总体情况搞一个材料，我再润润色交给县委办，可能要看看农机改造、修理等内容，岳工程师你考虑一下。然后大家分头去准备。

这时农机局办公室接到县委党校的电话，第八期农村机耕骨干培训班开班了，请父亲和岳山平讲课去。前七期是培训班也是他们给上课。这样办公室就通知了父亲和岳山平。

好事多磨。后来听说，王跃书记说将地平整后交给父亲的事却落空了，因为有人说闲话。

他找到父亲说：“顾局长，平整大坑的事我不能帮忙了，有人说了闲话，我怕这个事传大了，你用不了这场地。不过我个人要帮你忙，我弟弟是煤矿开铲车的，他星期日起早将铲车开过来，用铲车给你推一推，这样你整理土地就省点劲。”

父亲说：“王书记，就这样吧，我自己多操点心，你也对有意见的人多解释解释。”

母亲写信给姥姥、姥爷借钱，把盖房子的事和他们说了，姥姥姥爷收到信后，他们可怜母亲父亲这一家人，母亲病了这么多年，父亲不离不弃，而且多方请医生给母亲看病，他们很感动，并且商量姥姥到父母家来帮助做饭什么的，很快钱也汇来了，姥姥也坐火车来到宁山县。父亲将姥姥接回家，这时大表哥从老家来，想让父亲给找点事做，也先找地方住下，下一步也参加盖房劳动。然后开始了土地平整工程，王书记的弟弟开着铲车起早出发，十点来到这块地。王跃和父亲在一边，他们指挥着铲车将跟前推起来，那地方是沙土，一推就起烟了，过来一个小老乡到跟前看看，也不知道会成什么样。到中午，大哥骑着自行车带来一个大点儿的筐子里头装着菜饭，还带来半瓶酒，他们在旁边的树林里找了个凉快的地方吃饭，开车师傅不喝酒，他吃了四个玉米面和白面的馒头，父亲和王跃喝点酒。

父亲说：“王书记，这饭菜太不讲究，我们对付喝吧！等房子盖好了，我在新房子里请你吃饭。”

王跃说：“顾局长，你说哪里的话？实际，这里离我家不算远，本想请你到我家吃饭，但是这块活儿离不开人，我们就地解决吃饭问题，挺好。这俩菜，还有酒，不错啦！现在农村吃啥了？还不就是大葱蘸酱。”

吃完饭后，王书记将他弟弟叫到跟前嘱咐几句后和父亲说：“顾局长，我就不陪你在这儿了。大队上还有点事。你想怎么干，就让我弟弟怎么办。”

父亲说：“好，你快忙你的事吧！”

王书记步行回村了，师傅接着推土，父亲在树下躺着，大哥就站在那里看着师傅推土，他想自己长大了，也要开这样的推土机，真威风。一会儿父亲醒了，他站起来看那大坑被平整得还算可以。

师傅将车停下来，走到父亲跟前说：“顾局长，这里基本推完了，不能再扩面推了，怕社员有意见。但这里缺的土方太多了。”

父亲说：“是这样的，这上哪儿取土添坑啊？”

小王师傅说：“顾局长，我听说在南头蚂蚁山上修路，将山的高处推下来一些，减小公路的坡度。可跟前都是农田，他们还愁这土往哪里卸呢！不然，打听打听那里。”

父亲说：“这是个好办法。”

这样，父亲让师傅先回去。师傅走之前，跟父亲说：“顾局长，还需要我，我再来。”

然后，他将车开走了。父亲和大哥望着这平整的土地。

大哥说：“这得需要多少土啊？”

父亲叹口气说：“需要老鼻子了。还不得十几车呀！”

这时太阳还很高，没到下班时间，父亲说：“你先回家吧。”

他们两人骑上车，大哥回岗岗营子，父亲马上回到单位，他设法找到交通局的李副局长。打听一下土方的事。这个事太大了，如果没有土方，工程就没有办法进行下去。

他将自行车直接骑到了交通局，一打听，这个李局长正在办公室，父亲他们是老相识了，所以父亲见到李局长开门见山把缺土方的事情直接说了。

父亲说：“我需要点土方，听说你们在修路。”

李局长说：“顾局长，太好了，他们在蚂蚁山修路，正愁土方没地方卸呢，你缺多少就卸多少。”

父亲说："这事还得跟铁西五间房大队书记说一声。"

李局长马上拿起电话，找铁西五间房大队的书记说了这事，他说："你那里有修路留下的大坑，我往那里卸点土怎样？顾局长在这里，他需要点土方。"

王跃说："顾局长需要多少，你就卸多少吧。其余的地方不用管。"

李局长说："都卸你那里得了，要不我还得找地方卸。"

王跃说："不行，那地方我用。你卸够顾廉局长用的就行了。"

原来王跃自己有考虑，他想这让父亲在这里盖房子，还不知道出多少说道。不填这坑是为了说明这地方什么都干不了。第二天，就有三四辆从蚂蚁山开来不断往那块地上卸土的车，每车来了大哥大表哥和父亲及司机从上面卸土，大概有二十多车卸了整整两天，将他们几个累苦了。然后是将这些土平整散开，这时三叔也从老家赶来，他把父亲替换下来，让父亲忙工作。

父亲他们几个为现场会选点选路线，自己又亲自跑了一趟。觉得可以后，向张局长汇报了现场会准备的参观单位和路线，请他和刘主任一起按着路线看一看。刘主任为了将这现场会开好，在很多事情上都亲自把关，因为韩平书记抓得细，他更是在各个环节上下功夫。他向韩平书记请示一下后，就赶过来参加这次特殊的考察。他开着一个拖拉机，请张局长和刘主任坐在驾驶室，他们剩下的人就上了机箱。在初秋时节，拖拉机奔驰在原野上，"哒哒哒"发动机迅速地转动，大地一片成熟的景象。他们先到宁南公社，王岳坤满面春风地迎接他们，他和王化民一起陪着刘主任、张局长和父亲他们。此时，曹亚军被调到水利局当副局长。他们到北大坡，赵树果带领班子人员陪同他们参观。刘主任和张局长都第一次下乡看农机工作，看得比较细，他们先到了公社的农机修配厂。这里现在要比前两年装备多一些，院里停着两辆准备修理的拖拉机。机房里一个拖拉机机头停在里面，机盖打开，两个修理工正在修理。杨平已经成为这个修理厂的厂长，人也显得成熟多了。他给人们做了介绍。当人们围在那里，听王岳坤介绍公社整体情况时，杨平悄悄地跟父亲说："听说鞠海燕生了个孩子，在老家养着。"父亲的头"嗡"了一下，瞪大了眼睛什么也没说，他又将注意力转移到参观中。

然后他到了农田，看了深耕地和非深耕地的比较。通过深耕的土地，谷子结得穗长，谷穗也粗，看起来效果非常明显。刘主任和张局长看了后，都非常震惊。紧接着他们一起到岔路口村，姜明灯将大家带到大队部，这里有五台拖拉机在那里摆着。他介绍说："这里两台比较新的拖拉机是县里配给我们的，那三台旧的拖拉机是我们和邻县大林公社买的，是用公共积蓄买的。去年，我们用这五台拖拉机，按照顾局长的建议，对全村土地进行了全面覆盖，现在深耕了百分之八十五的土地，今年的粮食将取得大丰收。"

刘主任没想到，在宁山县，还有农业机械化水平这么高的地方。这顾廉没少干，什么工作在他手上都干得有声有色。实际上，父亲在这里的作用不算大，但是没有他的积极指导推动，也不会有这样的局面。

然后，他们抓紧上车赶到宁南公社，在那里吃个便饭。下午两点多到了甸子公社，然后到二龙公社看完后已经是下午五点多。

他们回到县里是晚上七点多。第二天先到小河沿，重点看了农机改造工作。小河沿村不仅对土地进行了深耕，而且用改造的机械在春季对土地进行了锄草，解放了不少劳动力。然后他们回到天义公社，看了他们的机修厂。这个机修厂比较大，机修工就有四个，功能齐全。附近公社农机修配问题都由这里负责。他们又看了一块机耕场，庄稼都已成熟。王跃书记一直相陪，到中午结束。

刘主任说："张局长，顾局长，你们干得不错。我认为这些典型都可以。我下午就向韩平书记汇报。你们的材料我也收到了。总之，你们对会议的准备工作干得不错。在这里谢谢大家。"

然后他们都上了拖拉机返回县城。

父亲回到单位办公室，这才想起宁南修配厂小杨那句话，怎么鞠海燕那天没有去做人流，把孩子偷偷生了下来，这事儿可是挺大！不知道王岳坤知道不？他如果知道这件事，他会是什么态度呢？父亲想不透，但没再深入思考这个问题。现在工作之余，盖房子是他最大的事情。他出门骑上自行车，就向盖房子的地方飞驰而去了。

一个星期后，这块盖房子的土地平整好。王跃书记一看，对父亲说："你们真了不起。"

父亲说："这也是被生活逼的。我成家二十来年，一直租房住。孩子们都长大了，还租不起大房子。"

王书记找人给量了一下造出的土地，一个多房号儿，他跟父亲说："反正这地都是你垫出来的，也算不多，你都用了吧！"

父亲说："谢谢，谢谢，太感谢王书记了。"

这样，我们家才有块自己盖房子的土地，有落脚地了。

然后开始紧锣密鼓地备料，往这里拉砖、木料等，得有人看着啊！怎么办呢，自己家离那么远，父亲想了想，在地上搭了个窝棚，支上两个三脚架，上面架个横梁，又到好友那儿借来几大张厚雨布苫盖上。窝棚内用砖砌不高的两个墙，将借来的门板横上面就是一个简易的床了。再从家里运来被褥铺上，将一个铁炉子搭在窝棚外。找了一个水壶和几个碗，这里就可以住人了，三叔就住在这里。大哥每天从家里用自行车带来一天的食物，然后他就待在这里，晚上他回家住。

等到料备齐后，宁南公社吐泡泉书记兼队长丁红亮和北大坡大队赵树果来农机局找父亲，丁红亮说："顾书记，你盖房的料都备齐了吗？还缺什么？我帮助张罗张罗。"

父亲说："现在还看不出缺少什么，基本都预备齐了，就等着动工盖房子。"

赵树果说："顾书记，这样吧，我大队的施工队都闲着，今年找的活儿不太多，都干差不多了，我派几个人来怎么样？你就解决一下他们的吃住问题。"

父亲说："我按照你们的价格雇大家吧！不行你们少要点儿钱，你知道我家不富裕。"

赵树果说："老书记，这点忙我帮定了。你不用出钱，反正这些人现在也闲着，你一个三间房子工程量不大，他们来几个人几天就将房子盖起来，所以你不要想太多，当年你给咱队上操那么多的心，我们想给你做点事都找不到。"

丁红亮也帮着赵树果说话，他说："我们大队也有建筑队，赵书记非要他们来做这个事，就这样吧！我的老书记。"

父亲听了很激动，他说：“好，那就依你们。”

父亲通过王跃书记，在临近的村租了一间大炕的屋。他们行李不够，父亲又找人借了几套，这样这些人住在那里，房子是哪天奠基的，我想不起了，大哥回忆说，奠基时还放了一挂鞭炮。

正在父亲他们对基层公社农机修配工作在配件、资金上想方设法帮着克服困难时，国家在配件上给予调拨，要求基层将建立的修配站上报。父亲抓住这个机会，把现有的修配站报了上去，而且把剩下有条件建修配站的公社也报了上去。报上去之后，就督促公社建立修配厂，天义乡又多建了一个。随后不久，计划得到批准，各公社农机推广工作又有了一个很大进步。

宁山县农业机械化工作现场会，在刘主任调研十多天后召开了。先前的参观，父亲没有参加，他到盟里参加了一个半天的工作会。回来后，他参加了最后的会议。他们抓的那些典型都做了发言。王岳坤讲得不错，这小子抓工作还是有一套的。

最后韩书记讲话，他说：“我们宁山县的农机工作在县委的领导下，有了很大进步，一天半的参观，大家都看到了，这些成绩很喜人，也创造了很好的方法，这是可以肯定的。”

总体来看，韩平书记对农机工作很满意，提出的要求符合实际。父亲对韩平书记的才能还是很佩服。

会议结束后，父亲回到办公室，王岳坤敲门进来。

父亲说：“岳坤，你怎么来了？”

王岳坤说：“我不能来看看老书记啊，这个局的局长就应该你来当。”他说话有点调侃的味道。

实际上，父亲为什么不当这个局长，他最清楚，但话还是这么说，口是心非。

父亲说：“有事做就挺好，我没觉得怎么样。你也在基层干那么久了，不想提拔或调回来。”

王岳坤说：“谁不想啊，这事也不是咱们说了算的。”然后他话音一转，说："顾大哥，你怎么会让鞠海燕把孩子做掉。"

父亲没有想到他说这事，说："王岳坤，我真是看错人了。如果是当年，我一定要扇你两个耳光子，你怎么会干这事？可惜你一身的才华啊？事情过去这么久了，你就放下一切吧，你和小鞠都还要继续过各自的生活。听大哥一句劝，不要做对不起良心的事了！"这时，父亲想到，看来鞠海燕把孩子生下来的事，他还不知道。那就不透露这个消息。

王岳坤说："我不是没有把大哥当外人嘛！好，我听大哥的，我走了。"

他推门出去了，父亲望着他的背影沉思了一会儿，叹了口气！

房子的施工启动了，先打地基，因为这地是新垫的，虽然中间下了一场透雨，但是还没有沉淀好，所以他们又浇水，又用榔头砸、夯子夯，中间还停了两天，然后才开始砌墙。真和丁红亮说得那样，那几个人砌墙一天一个样，几天就砌到顶了，三叔和大表哥在中间当小工，大哥是当半天小工，然后骑自行车从家里往这里送饭，在家里姥姥和母亲还有二哥，他们整天忙着做饭，有时做高粱米加小豆饭，把大铝锅端来，母亲让大哥在集市上买了个杀好的整猪。在家里连猪油和切碎的猪肉都放锅里，炒了一下，半生不熟时拿出来放到缸里，装了整整两缸，每天做菜都放两大勺子，这样菜里连肉带油都有，很香啊，那个时候我们家平常都很少见肉。但是主食只有小米、玉米面和高粱米，开始父亲搞了点儿白面，吃饭的人多，几顿就没了。反正大家在家里主食就是这些，所以也没得挑。大哥和三个哥哥，还有妹妹，他们几个是改善了，除大哥外，都吃得脸红扑扑的。大哥很辛苦，尽管吃得不错，还是累瘦了。房子很快盖到了顶，赵树果书记及时派来木工将前面几个工人抽了回去，木工将梁柱、椽子打好后又来了瓦匠，父亲专门买了传统的青瓦，砖也是青砖，这样大概一个多星期，瓦也都安上了，房子就这样盖起来了。

我当时上小学，放假期间，姑父要来看房子，我也跟着来了。那时姑父是他们大队的小领导，到房子跟前，他还挺满意，跟父亲说："二哥，你这房子和老家的比，就是一流的房子了，我们那村里没有几家住瓦房的。"

父亲脸上带着自豪的微笑，他说："妹夫，二哥都四十多岁了，一大帮孩子没有个房子怎么行？这土地都是我们自垫的，原来是个大坑，今天看房子也有模样了。但是，可是把我们累苦了。”

姑父说：“二哥你真不容易，看看我能帮你做点什么？”

父亲说：“我岳母从老家来帮助你嫂子给大家做饭什么的，你去看看老人家吧，她也六十多岁了，每天都很累。”

姑父带着我在路上买了蛋糕和罐头，还有一篮水果，我们到岗岗营子的家看望了姥姥和母亲。姥姥见我非常亲，她知道父母从小把我送奶奶家养着，后来就跟着老姑过，所以她心里很惦记，抓着我的手问长问短，眼里还含着泪。

母亲说：“荣军在他老姑家享福，他们家孩子少生活好，孩子也很快乐。”

我当时想，有父母家，还有姑姑家，挺好的。

我们走后大概也就过了二十多天吧，父母亲他们就搬进新房子。

靶　子

一转眼，大哥高中毕业，响应上级要求，上山下乡去了，他做得不错，很快担任了当地大队党支部书记。对于他来说，还真有点当官的才能，但他这一生只是个科级，他是家中的长子，他也得像父亲一样工作管家，哪样都得做。二哥不久也走了上山下乡的路，不过他是在天义镇，离家不远。我们家常来的还有三姑家的表兄弟们，我这三姑从小患了小儿麻痹，在老家生活不下去。被父亲接到小河沿乡。母亲自从搬到新房子后，她带着小妹妹侍弄院子的小菜园，心情也变好了，她的身体基本恢复到正常人的水平了。生活像一条溪流，不断地迎来春夏秋冬。

没有想到父亲因为自己盖房子的事成了靶子，先是在全县干部会上通报批评，后又要我们家迁出房子，房子充公。父亲坚决不同意，和找他谈话的纪委干部吵了一顿。后来，父亲为此被组织处分了。一家人的温暖让父亲付出了很大的代价，这一次为家庭的据理力争竟是他人生的又一次重大转折，结果却很让人遗憾。

一九七八年，宁山县的干部进行了一次大调整，有交通局、工商局、农机局、财政局等五个局的局长因为年龄问题退了下来，一批年轻的干部被提拔起来，得到重用。甸子乡的党委书记、革委会主任被提拔为副县长。听说想提拔王岳坤担任副县长，但是在组织部考核中，有人举报他作风有问题。这样，他没有得到提拔，考虑到他在基层干这么多年，就把他平调到天义公社担任党委书记兼天义乡乡长。曹亚军被提拔为农机局局长，来领导父亲了。

对于这样的变化，父亲没有多少想法。他心里明白，在韩平手下，他没有出路，这也无所谓，反正自己有事做就行。这回曹亚军来做他的领导，他很高兴，这样他可以轻松一些了。在工作交接后，曹亚军带着古菊到父亲家看看，他们买了很多东西，母亲做了几个好菜，他们几个老同学大唠了一场，提到王岳坤都感到惋惜。

东方不亮西方亮，家里还是有喜事的，部队招兵，大哥二哥报了名，体检都合格了，领兵的部队干部家访说都相中了，但是父亲不舍得两个儿子都当兵，只同意大哥去当兵，这让我们家出了个军人。一九七七年恢复高考后，二哥于一九七八年考上中专，我们这一家的孩子们就在这坎坎坷坷中一个个长大。一九七九年，初中一年级的四哥凭自己的体育成绩考入文体学校，学制三年，三哥进入高中学习，小妹妹也到了上小学的年龄。院子里四周栽的杨树都高过了房子。那房子也显出历史来，在青瓦的缝隙处有几棵草在风中摆动。

昭乌达盟农机局为了推进全盟农机工作，召开全盟十二个旗县区农机工作拉练式工作会议，每个地区进行工作汇报，看三个典型。农机局局长曹亚军母亲突然去世了，他是长子，必须回老家。这样，拉练会由父亲参加。在会议成员到达宁山县时，县委对所有与会成员进行了热烈欢迎。到了汇报环节，父亲拿着稿，但没有看稿，对宁山县情况简单介绍后，整体汇报了农机工作，一是县委重视，列举事实，县委书记韩平亲自调研，召开现场会，采取有力措施推进全县农机机械事业；二是农机系统大力推进，列举各项措施；三是各个公社积极性高，列举宁南公社、大明塔公社、天义公社等，然后提出推进农机工作的总体想法。因为父亲的声音不高不低，抑扬顿挫，吐字清晰，大家都被吸引了。而韩平书记也对父亲开始另眼相看。他想：“这么有才能的人，就在这样的一个岗位上工作，还这么优秀，真是难得！”他在反思自己，他想无论如何，也得用用顾廉吧！谷中山峰也经风雨，也见阳光。知道父亲的为人，为他锲而不舍、勇于拼搏的精神感动。

会议进行到了参观环节。因为宁山县是本次会议最后一站，会议在此结束。会议最后由分管副盟长讲话，他特意表扬了宁山县农机工作，说这里县委重视，专业部门强力推进，基层各社队积极性高，推进农机工作效果显著，使得农业机械化水平有了很大提升。一些农业机械化落后的山区县，要向宁山学习，学习他们克服困难、创造条件，勇于创新，千方百计推进农业机械化水平的精神，从而更大地提高农业生产效率，扩大粮食生产。这也等于对父亲的工作给予了表扬。韩平书记听到这些话时心花怒放，想想宁山这山区还能在农业机械化上出成绩，顾廉起了很主要的作用啊！实际此时的父亲在事业上也成为一个“靶子”，只不过这是令人敬佩的“靶子”，是需要人们学习的“靶子”。

会后，韩平书记考虑了父亲的新岗位问题。这时，要在县委成立改革委员会的消息，而且是正科级。韩平书记想在这个机构批下来之后，让父亲干，也把父亲用一下。这些是父亲不知道的。

父亲不为提拔，不为表扬，他依然是负责地、投入地工作。宁山县土地较为平整的公社：天义、大明塔等几乎全面实现了机械播种，翻地等。山区公社：宁南、甸子等大部分平整的土地也实现了机械播种等作业。被节省下来的农村劳动力，在村里的安排下，到砖厂，米面加工厂等村办实体劳动，虽然还是记工分，但是群众的生活有了很大的提高。父亲在其中起了很大的作用，首先他在宁南公社先开了村办实体的头，他到农机局后仍不失时机的向各公社干部提建议，而农业机械化水平的提高，也是他主抓的事业。由于三姑家搬，三姑家的所有事情都由父亲帮着跑，奶奶家不断有事，许多事中间由父亲协调，所以家里过日子主要还是母亲主导。母亲仍然治着病，只是用药没有过多了，一直平稳，没有太大的进步，但总体向好，她在努力锻炼自己，计划着重返工作岗位的事。

一年冬天放寒假，我独自回家看望父母。我当时是初中二年级。因为一个人住的屋子凉，母亲就让我住她们那屋。这样，在一个大火炕上，住着父母亲、小妹妹和我，一点也不挤。记得一天早晨，有线广播播出县委号召：“广大农民要将自家的秸秆交公，由村子加强生猪、羊等养殖工作。”

父亲听了之后说：“尽瞎指挥，这大冬天的，农民还指着这些秸秆烧火做饭烧炕呢。”

我此时正在炕上叠被子，接着父亲的话说：“就是的，等我当了县长，一定不这样干。”

父亲说：“你要当了县长，一定要考虑老百姓的生活。”

母亲这时说：“快点叠被子，准备吃饭了！”

小妹妹说：“我都饿了！”

于是，我们开始放桌子吃饭，就把广播里的事放下了。

家里的钱总是在不断地向奶奶流动，日子过得依旧紧张。院子大部分地种玉米，房前的地种各种蔬菜，这些补充家里生活开支。

一天，天快黑了，一辆东风拉煤车，开到我家的门前停下来，父亲从司机驾驶室跳下来，二哥也在家和三哥及所有人都出来卸煤，煤仓装不下就放在院子里。这是父亲花很少的钱买到的。在父亲去世后听三哥说，这一车的块煤是父亲和司机两个人装上车的，那时父亲四十五六岁，司机比他小几岁，也是中年人。我想再能干的人也就这样！劳动出身的父亲，在那个时候总是那么能干，山一样的父亲坚不可摧。父亲又陪司机喝了酒，送走司机，休息了半夜，他突发心脏病，但是那时年轻，吃些药，母亲给他捶胸、捶背的总算没出问题。可是过去三十五年，父亲最后还是死于心脏病，这死亡的因子在那时就埋下了，他是一家之主，他是负责任的丈夫，父亲和儿子，他不去做怎行？这是他自己选择的人生，是必然要走的路。

县委又进行了干部调整，多是副科级提拔。农机局王奎、小赵和岳山平都得到提拔。岳山平提拔为副科级农研所所长。农研所在半年前成立，由他来负责。小赵和王奎到下边公社任职。

小赵张罗他们将父亲请到一个小酒馆吃饭。先由小赵敬酒，他说："顾局长，虽然你不分管办公室，但是没有你带着大家干活儿，把一个专业局的工作干得这么火热，谁认得我小赵？也不会得到提拔，所以我要敬您。"

说着，他将一杯酒一饮而尽。

父亲喝了点，说："这些年，我分管的工作都得到了办公室的大力支持，我还得谢谢你呢！"自己举杯喝了点酒。

这时王奎向父亲敬酒说："顾局长，在你手下，我没干够，你带领我们下乡解决问题是那样平易近人，从来没有架子，而且这么有才华，真让人佩服呀！在你身上学到了很多东西，没有你就不会有我王奎，我敬你。"说着，自己也干掉杯中酒。

父亲说："王奎，别这样说，我到农机局是门外汉，没有你们，我什么都干不了！"他也举杯喝了点。

岳山平着急了，他说："好话都让你们两个人说了，我也得敬顾局长酒。"

他举起酒杯说："顾局长，没有你就没有我这个所长。这个研究所是在你呼吁下成立的，我这技术人员也是你积极推荐的，不然我认识谁呀？在你手下干活就是痛快，该干什么就干什么，这样的领导，我喜欢。谢谢局长，敬你，我干了。"

说完，他一口干掉杯中酒。

父亲也有些激动了，他说："就你们敬我了，我要敬你们三位啦！首先，谢谢小赵，张罗这个活动。你在工作上给了我极大支持。我这七年多时间，有一半时间在下乡，用车你从来没有拒绝过。开会的时候，你给予支持也是最大的，谢谢你。王奎是业务干部，一个人，一个科室，所有的事情都是自己办，我要的材料你都没有拖过。我是说走就走，你从来没说自己有事过，谢谢你。岳工，是技术人员，我一刻不停地带着你下乡，可你从来没有讲条件。我们搞农机改造，出现那么多问题，你都去认真研究问题和解决问题。没有你们几个，我们的事业怎能进步，要说我干了点工作，都是你们三位支持的结果，谢谢你们！"一个好汉，三个帮。父亲身边的这几个人，对父亲的支持和帮助很大，同时也成就了自己。他们四个人一同把杯中酒喝了。这顿饭吃到很晚才结束。父亲带着既高兴，又不舍的心情，看着并肩作战的战友走向新的岗位。

对父亲来说，又有了一个好消息，他的同学曹亚军被提拔为县政府副县长。这是他同学中最早成为处级干部的人，父亲对他表示衷心的祝贺。

第六章

灰云盘踞

装　病

一九七九年六月的一天父亲像往常一样，到大明塔、小河沿大队下乡，到刚洒完农药的玉米地了解庄稼的长势，看机械锄草的效果怎样，因为早上去时天凉，穿得衣服少，引起感冒，在医生那里打了一针。可是第二天回到家中，打针的胳膊不能动了，三哥陪他到大城市医院看病没有两天，另一只胳膊突然没了力气，再后来就是一条腿无力，紧接着另一条腿也无力，最后整个人躺倒了，在县医院治了一段时间，没有好转，而且越来越重，甚至呼吸困难，不能进食，双眼睁不开，说话无力。这时父亲才四十八岁，正值人生的美好年华，父亲转院到北京崇文门医院治疗。从此，父亲这座山峰灰云盘踞，有些灰暗。

大舅到北京护理父亲，父亲的这个小舅子曾经淘气不上课，经常让老师把他请到门外，有一次他搞了恶作剧，用裤带把自己和凳子绑到一起，放心的捣蛋，老师伸手去拎他，把他连凳子一同提了起来，弄得全班同学大笑起来，老师当时觉得没有面子，要开除他，最后还是父亲找到老师，求了情才放他一马。他尽管淘气，但是功课学得好，有思想，工作后很上进。他和我三叔一同伺候父亲，父亲好的时候，能吃能喝能说话，就是不能动。他严重时就只有呼吸和心跳，什么都不知道，有时呼吸微弱，要晕过去一样，几个月不见好。他对父亲的病有些疑惑，怎么好好的一个人这样的矫情，说不动就不动，这不是装病吗？他这样一说，爸爸病情又严重了，还要进行抢救。三叔家里等着秋收没有劳动力，大哥从部队即将转业，也在医院陪床。海山哥把大舅替了回去，大舅不放心，回去几天就又回来了。医院对父亲的全身都认真地检查，仍不能确诊是什么病，医院将北京地区知名医院的大夫请来给父亲会诊，最后确定父亲患的是重症肌无力，怀疑是内胸腺增长或胸腺瘤引起。至于方法，唯有手术，但风险很高。国内成功的病例不多，国内能够手术的医生只有两位，一位出国留学，一位出差到上海。医院希望用药物加康复治疗，使病情得到控制。在康复治疗中，父亲一身汗一身汗地出，他想努力恢复，但是效果甚微。

大舅不再说父亲装病了，但他也对父亲的治愈失去了信心。大哥心中也产生了迷茫，治疗没有效果。转院寻找手术的机会，还是接着治疗，他们做不了主，他们给母亲发电报。母亲和父亲单位的小张同志一同赶到，她看到父亲仍看到了希望，母亲就是这样的，她从来都认为父亲的病可以治疗，从来也没有丧失信心。她向医生询问，医生告知父亲有治愈的可能，目前只有手术，进行手术一要等出国的大夫回来，二要转院到上海。手术的成功率不高，目前有几位成功的病例，这些患者的特点一是比父亲年轻，二是比父亲病症明显，三是没有父亲的病情复杂。父亲有心脏病，肝胃功能不好等情况，这些都增加了手术的风险。不手术的话，目前只能保守治疗，控制不恶化就是最大的希望，治愈的先例现在还没有。母亲想怎么办呢？她问大舅，大舅说："姐，我看手术算了，不然他这个大活人能吃能喝不能动，严重了连眼皮都睁不开，你家的日子怎么过呀？"

大哥说："手术要等时间或转院，还有风险，但是这样治疗效果真是不理想，大主意还得妈做主。"

母亲在医院护理父亲一个星期，她一个星期都在考虑怎么办。这个星期她看上去老了，疲惫了，头发一把一把地掉。看着医护人员给父亲打针、输液、喂药，给父亲擦脸、擦手，在大哥的帮助下擦身、喂水。父亲看起来身体又轻松一些，很小声音地向母亲表达他的想法，他说要回家。大舅、大哥和父亲单位的同志都默默地。沉不住气的舅舅对母亲说："姐你快做决定呀，如果做手术，我们明天就可以办转院手续。”

他这一催好像把母亲催醒了一般，母亲跟大哥说：“你爸不能做这个手术。”

他看了弟弟一眼说：“你姐夫手术如果成功了当然好，如果不成功这人就没了，我的孩子们都没有长大，没有工作，我还需要他给做伴、出主意，挣钱把这日子过下去。我豁出来了，在家伺候他。”这一决定让大舅、大哥和小张都很意外，但也很感动，很有压力。这样，母亲将这个决定附在父亲的耳根告诉他了。她说：“你要坚强些，我们回家治疗，我照顾你。”

父亲不能动，但是头微微颤抖一下表示同意。他们很快给父亲办了出院的手续，回到家中。母亲的这一决定给这个不幸的家庭定下了生活的轨道，今后她和我们大家一起拉着父亲这部有故障的车向前走，有困难有心酸，但这个家有亲情，有团圆。母亲从此放弃了事业，她把生命的所有能量都给了这个家。

曹亚军听说父亲在小河沿下乡时得病，越治越重，现在在北京治疗。他很为父亲着急，就向县农机局打听父亲的病情，并要求单位派护理人员，帮助父亲治病，并随时将父亲治病的情况向他报告。所以父亲从北京首都医院出院回家的事他很快就知道了。因为他分管教育卫生工作，他就让秘书将卫生局长和农机局长通知到他办公室，那两位局长来到后，曹亚军问卫生局长，像父亲这样的重病人是怎么个治疗政策。卫生局长说：“这样的重病一般应在医院治疗，医疗费用国家百分之百报销，单位出护理人员。如果像顾廉局长这样的病医院也治不了的情况下，在家保守治疗，医疗费是百分之九十报销，单位视情况也可派护理人员。”

曹县长听后问农机局长说：“你们单位能给派护理人员吗？”

局长说：“单位人少，出一个长期护理病人恐怕不行，但是如果组织上决定这样，我们克服困难也得派，顾廉是在工作岗位上得病，是工伤，他为我县农机工作做出了重大贡献，这些大家有目共睹，所以请县长做指示。”

曹县长叹了口气说：“正是需要顾廉局长这样的人大干的时候，他却一病不起，真是可惜！”

卫生局长说：“如果顾局长的家人护理他，也给开护理费，现在他爱人在家不上班，不行和她商量一下，她留家里护理顾局长，把护理费给她也行。”

曹县长说：“那就安排时间到顾局长家去一趟。”

父亲回到家中不久，曹亚军副县长带着卫生局局长、农机局局长和教育局长等人到家里看望父亲，在慰问父亲和家属的同时，他们征求家人，特别是母亲的意见。曹县长看到母亲，握着母亲的手说：“宴珍，顾廉不幸啊，我们共同想办法为他治病。”这话说得让母亲心里暖乎乎的。

母亲说：“谢谢你，亚军，我认为顾廉这病能治好。”

他们走进屋，曹亚军看着父亲说：“顾廉，我看看你，你要坚定信心，一定能把病治好。”

父亲不能说话，但是双眼涌出眼泪，母亲上前给他擦眼泪说：“你不要激动，我们一定能把病治好。”

曹县长看着父亲病的样子还是很震惊，他想那么一个生龙活虎的人怎么成这个样子，老天对顾廉不公啊，但是他不能跟父亲和母亲说什么。

他征求母亲的意见说：“顾廉现在的病情需要有人长期护理，如果你上班，我们就从单位派一个人来护理，如果你不上班来护理，按照政策工资照常发给你，另外给加一份护理费，怎么决定你自己来做主，我觉得亲人护理病人，病人感觉要好些，可能治愈得快些。”

母亲说：“组织这样照顾，顾廉和我们家人都非常感谢组织，这样吧，我就留下来护理，顾廉工资按县长的要求给他开着，把护理费给我，等他什么时间好了，我再去上班，这样行吗？”

曹县长说：“宴老师，这也太谢谢你了，你也是理解和帮助了组织，就这样办吧，祝顾廉早日康复。”

曹亚军说完后，正准备告别父亲出门，看到大哥说：“荣兴，你要转业了，准备到哪个部门工作？需要我帮忙吗？”

大哥说：“谢谢曹县长对我的关心。我了解到转业后武装部会向县委报告安排我们工作的事，应该都能给我们安排工作。如果有问题，我再找曹县长帮助。”

曹亚军说：“那就先这样。你要帮助你母亲给你父亲治病的事。”

大哥说：“请曹县长放心，我会尽力的！”

说着，曹县长走出家门。

送走了曹县长一行人，母亲回到屋里长长地叹口气。曹亚军、父亲和母亲他们三位同学的命运彻底不同了。母亲不总爱待在家里，她的病好了，身体健壮了，她已经因自己的病近十年不上班了，本打算自己身体也好了，小女儿也渐渐长大了，过段时间就可以上班了，现在老伴病倒，她不得不放下工作的念头，从此再没有回到工作岗位。

在自然界，任何大的天气过程都会对地球表面有所改变和损害。父亲的重病就是他身体内刮起了台风，下起了暴雨。这暴雨摧残着他，让他变成让人不认识的人。同时，父亲的倒下，也成为压在儿女们心头的山，让大家透不过气来，在没人时，他们悄悄地长叹几口气。可是日子还要过，这一家人仍然要迎接每天的日出日落，抱成团对付未来的挑战和命运，尽管矛盾不断。

变格人生

父亲刚回家时，大哥安顿好就回部队了，大舅也回了自己家里，现在家里只有母亲、三哥、妹妹和病重的父亲。三哥本来到大城子蒙中念高中，现在转入铁西中学接着念高二，可以帮助母亲照顾父亲，二哥到中专上学，四哥在艺术体育学校上学。刚回到家中的父亲被死亡的恐惧抓住了，他不允许母亲离开他半步，他说不了话，当母亲离开一会儿做事时，他就从喉咙中发出“喔喔”的喊声，三哥走向前对他说：“爸爸是不是渴了？爸爸，你想小便吗？”

他听也不听，还是“喔喔”地叫喊。

“爸爸你找我妈妈？”三哥接着问道。

他好像听懂，微点了点头，三哥赶紧把母亲找来，坐到他身边，他就安静了些。

可母亲一离开，他又“喔喔”地叫，这让母亲很烦恼。

他有时眼睛看着母亲，自己会落泪。母亲了解父亲的心理后，要出门办事，都要在父亲耳边告诉他，让他不要找她，父亲当时答应了，但一会儿他就忘记似的，又开始叫喊。一个铁骨铮铮的汉子成了这个样子，真是悲哀啊。

父亲要吃很多饭，本来只能吃一小碗，他大口吃着，没有嚼就咽下去，然后还要。母亲这时说你吃得够多了，再吃就消化不了了。这时他才不得不停止。他吃药，给什么药都吃，刚吃完不久，又“喔喔”喊叫，问他什么他都叫喊，当大家猜到是不是要吃药，就告诉他已经吃完药了，他停下来。一会儿就“喔喔”叫起来，谁说他都不听，只有母亲坐在跟前，握着他的手说：“你刚刚吃过药，现在不到吃药时间呢，药吃多了，会有副作用，我们再过两个小时再吃。”他就安静一会儿。我想父亲一定觉得自己多吃饭，多吃药就能很快好起来。这种对健康的渴望变得让人不能理解。我聪慧的父亲啊，你怎么像个不懂事的孩子。他在晚上睡不着时，母亲和弟弟会帮他翻身。有时一夜要翻两到三次，可是他还是张着嘴“喔喔”叫着。这时母亲趴到他跟前安慰几句，他就停止喊叫。母亲了解父亲，她说父亲对自己的病没有把握，他心里急，他怕死，我们要给他信心。你爸可能治不好，但是他还能活着。

日子就这样流逝，父亲没有快乐，天天乱喊，对其他事都变得漠不关心。吃药、输液，吃喝拉撒，生活不能自理。

转眼大哥转业回来，二哥也将毕业，三哥马上面临高考，四哥再有一年毕业，小妹妹上二年级。这时的父亲好些了，说话有声音。把他用力地扶起来，可以在炕上坐一会儿，但是脾气和性格发生了很大的变化。

比如母亲到外院里浇地，有时上街买东西，他会说：“老婆子，你不好好在屋里待着你干啥去了？你找哪个野汉子去了？”

母亲说：“顾廉，你怎么这么不讲理？你自己动弹不了，我再天天坐在屋里，这日子还过不过？”

父亲说：“你强词夺理，你去干啥，我还不知道。你不就嫌弃我久病，才紧着往外跑吗？有能耐你滚啊，我还有儿子呢！”

这话把母亲气得无声地落泪，走到一边不去理他。

他还说：“你说呀，你说呀，你怎么不说话了？”

这时，哥几个不管谁遇上，都会上前劝劝他。

一次，我回到家里，正赶上父亲发脾气，我就说：“爸，你也太不讲理了，我妈本来办正事去了，你却往歪了想。”

他说：“这事你不用管我，还轮不到你管我，用你教训呢？你给我滚一边儿去。”

我拉着母亲往外走，一边走一边说：“妈，咱别理他，咱到西屋。”

我和母亲没去西屋，直接到院子里的菜地，还听他在屋里喊：“老宴婆子，老宴婆子，你死哪儿去了？”

这时大哥回来，他现在已经有工作了，看见母亲和我脸色都不好，问：“你们两个这是怎么了？”

我把刚才发生的事如实地说了一遍。

大哥说：“妈，你也宽点心。我爸他一个大男人躺在炕上，心情不好是可以理解的，你别和他一般见识了，我进屋看看。”

他回屋后说：“爸，我回来了。”

这时的父亲像是正常人似的说：“你怎么样？今天班上事多吗？”

看到大儿子，他把刚才发脾气的事就放一边了。

每天做好饭后，都是先喂父亲吃饭，然后大家再吃饭。这一天，不知是什么原因，我回家了，也来给父亲端上饭，准备喂他。

坐到他跟前说：“爸，今天我喂你。”

他瞪了我一眼，将头向前用力一顶，把整个碗都给顶翻落地，“啪”的一声，碗摔稀碎，饭撒了一地。

我说：“爸你怎么了？把碗顶地下干啥？”

他说：“你给我滚出去，我不用你给我喂饭。”

“我怎么你啦？不用我拉倒！”我也没管摔到地下的碗和撒落的饭，就跑了出去。

妈妈又盛了一碗饭端过来，可是还没端到跟前，他就说："你也上一边去，我膈应你。"

妈妈还要向前去，三哥走过来，用手挡着母亲说："儿子今天喂你，看你想吃什么？要不先喝点水。"

说着，把饭碗从母亲手中端过来，又去倒了一杯水一起放在父亲身旁，说："你吃饭的时候可是不该生气了。如果生气，吃进去的饭都消化不了。"

老父亲还真没有拒绝他，我想不通。从小父母把我送给了老姑，那时候我小什么也不懂，大了时常回家来，也希望父亲早点好起来，也想照顾照顾他，可是他怎样把我当外人了？没过几天我就回姑姑家去了。

日子在无奈中延续着，也不知道什么时候就碰到了父亲那根气线，这时他会大大发作一下，有时就默默地生气，不吃药不吃饭，谁也不知道他在想什么。父亲这座山峰，重病后就崩塌了，精神垮了，身体废了，我的父亲啊，你什么时候还能骄傲地站起来啊！

母亲过去问他，口渴不，有一次他说："不用你管，活着真没劲，不如死了好，看着你们的脸色过日子，憋气死了。"

这种情况时，有时大哥劝管用，有时三哥劝管用，可是过了一阵子，大哥、三哥在他面前也不管用了，可能被二哥劝好。只有母亲心里有数，她总是和颜悦色地劝父亲，无论父亲怎样发脾气，母亲都不激动。父亲说累了也就闭上眼睛，不出声了，也有可能是他得到了释放，才能睡上一觉。这样一来，家里每个人在父亲面前大气不敢出，唯恐惹他不高兴。

有一天，我和母亲在菜园里浇菜，就听见父亲喊道："你少来教训老子，你给我滚出去。"

不一会儿，三哥开门走出来，心情看上去很郁闷。

我向前去问他："三哥你又惹着老爸了？"

三哥说："我哪敢惹他，我只不过说他觉得身体舒服些就稍锻炼锻炼，对于恢复身体有好处。我还没把话说完，他就把脸转过去不理我，我正准备离开时，他突然转过脸对我骂了起来。”

说到这里，他长长叹口气说：“妈，还要浇哪些菜地？我来压水。”

随着生活的继续，家人们慢慢地习惯了父亲躺在炕上的生活，就按着这个节奏，把日子向前推进。大哥终于结婚。四哥毕业那年，他回家前到一个庙里找和尚给父亲算了一卦。和尚说父亲的病是一劫，治不好，但能长寿。他将这些向父母和大哥说了，但大家都不迷信这些，可是父亲对自己有信心了。大哥第一个对象漂亮，个高，两家都看好，可是父亲病倒后，这个对象就掰了。父亲对此耿耿于怀，说他长病，让我的大哥白瞎一个媳妇，这是作为他愧对我大哥的一个佐证，也作为我大哥对他孝顺，对家里贡献大的一个佐证。父亲把这个故事讲给所有他接触上的人听，一讲就是三十年。

大哥在第一个对象分开后处了若干对象，可是人家都嫌弃家里有这么一个卧床不起的病父亲，而终止交往。唯独嫂子不挑这些，和大哥结了婚。嫂子的这一点，让我大哥终生对她心存感激。

二哥也结婚了。二嫂比他大五岁，这个善良、专横的嫂子，用管钱的方式管住了二哥。

三哥没有考上大学，然后报技校，虽然四门的考试只参加三门，考试时他把父亲扶到凳子上，坐着大便，所以耽误了，但也考入了赤峰交通技工学校，这就是命运吧。四哥这时候已经毕业两年，在赤峰乡下的一所小学当体育老师。之后，又过几年，小妹妹也没考上大学，但是她考上了包头职工大学。

拐棍消失

我常常在我家窗前凝望星空，实际上天空多是被高楼挡着，能看到的也不过一小块，但我可以在凝望中去想象，用星空来解读我们家的关系，我想如果我的父亲是太阳，那么我的母亲一定是美丽的月亮，而我们孩子们是围绕太阳转的卫星，我们围着太阳转的同时围着母亲转。经过持续的治疗，重病的父亲把生命保住，维持着低水平、低质量的生活。父亲不能走，大部分行动要有亲人相助，他的大脑却似乎没有受到什么伤害，非常的清醒，非常的智慧，记忆力超群，到八十岁的时候，他还能够记起五六十年前同班同学的姓名。母亲留住父亲的理想在一步一步地实现。是的，父亲挣着钱、出着主意，和母亲一起抚养孩子们茁壮成长，父亲给家族贡献的是智慧，像山一样荫庇整个大家族。

大哥、二哥成家了，三哥很快念完技校回到县城，凭借自己的文学天赋，考入了大嫂的单位广播局当记者，这在县城里是个不错的职业。他找了个对象家在包头，并且是独生女，毕业将对象领回家，这个嫂子那时就开始叫父母为爸、妈，他们竟也答应着。

三哥回到家中，照顾父亲的负担，多数落在这个二十刚出头的他身上。本来在他很小的时候就照顾过父亲，现在他能说善辩，和父亲很能谈得来，照顾父亲也是轻车熟路。父亲变得比较享受和安逸，这对父亲的恢复相当的不利。疾病在身，不进则退。

一天，三哥一边给父亲腿脚按摩，一边说："爸，你得想办法每天做运动，如果总是这样躺下去，身体不动，骨头怕是会变形啊。"

小妹在外面进来说："我三哥说得对，我希望老爸早点站起来呢！我都不知道爸爸站起来有多高，一定是顶天立地，是吧，三哥？"

对她的话，父亲没说什么，三哥也没有说什么。妹妹想："哼，这两个大男人。"其实她觉得父亲站起来的事非常遥远，甚至根本就实现不了。而三哥觉得父亲完全可以站起来，但是他却抵触锻炼。

第二天，三哥又重讲这些话说："爸，我昨天给你说的话，不知道你怎么想？"他一边给父亲按摩，一边又说着。

父亲还是不接他的话，却说："你们单位这几天事不多吧？"

三哥说："单位的事不多，但要好好做的话，那是做不完的活儿啊，你别关心我的事，我是在说你锻炼的事。"

父亲这时说："你说锻炼就能好吗？我这些年挣扎到这程度不容易，我还想陪你妈多活两年呢！"父亲他以退为守，却不想自己离开人们的照顾是否能活下去。

三哥说："爸，我也是想让你陪我妈和我们儿女多活两年，你现在身体比先前好多了，我天天给你按摩，我还不知道吗？你腿和肩明显比原来好多了。"

父亲无语。

母亲从外面走进屋，坐在炕沿上，听着他们的对话，说："你爸在渐渐地好转，不能太急了。"

刚好三哥给父亲按摩完，他扶起父亲的上身，让他坐在炕上，母亲从脸盆里把毛巾捞出，拧干水后抖开，给父亲擦脸。

三哥从炕上跳下地穿上鞋，说："我上班了。"走出去后，他长长地叹了口气。

广播局，嫂子正和几名编辑商量组稿的事。三哥从门前走过，编辑小吴说："陈姐，你小叔子能上广播局都靠你吧？"

嫂子说："可不是嘛，我这小叔子让我和他大哥可操心了。你们说，如果他好好考个大学多好！可在校时就是不学习，起早还练武术。"

编辑小娟说："你小叔子挺有文采，写的稿子我看过。"

嫂子说："那还不是我给润的色，好在大家都支持他，他锻炼一段时间没问题，我们还是看我们的稿子吧！"

因为嫂子的办公室没关门，所以他们说的话全部传到了相隔两个办公室的三哥他们办公室。这时和三哥同做记者的小白也在，三哥没说什么。

小白却说话了："荣升，你嫂子对你蛮好的啊！"

三哥说："还好。"

坐下来看到送报人送来的信件，有两封是同学的，说了些现在的情况，参加怎样的工作等。一封是自己女朋友的来信，说她参加工作了，和父亲一个单位，收入还可以，很是想念他，问他什么时候能够调过去工作。

他把信放回信封，拿起照相机说："我去三合村的蔬菜大棚看一看，小白，有人找我，你就告诉一声。"

实际他着急回家，帮着母亲把父亲扶到地下，坐在凳子上大便。

三哥用卫生纸给父亲擦好屁股，和母亲一起把父亲扶到炕边抬上炕躺下，将大便收拾出去，回来后说：“爸妈单位派我下乡几天，去做春耕方面的采访。我回头和我大哥说一下，这几天让他回来。”

母亲说：“你去吧，你爸现在好一点了，就大便时把他放地下来，我一个人抬不动，你跟你大哥说好。”

实际现在大哥大嫂和我父母就住在同一个院，每天大哥都到这屋看一看。下午六点多，大哥用自行车带着大嫂一同回到家，他们一同到父母的屋内，嫂子开口就说：“荣升也真是的！今天的下乡采访也不是非让他去，可是他自己硬是要求去。”

大哥说：“去就去吧！到单位上班这么久了，他还没下过乡，当记者的什么地方都该去，就应该到处走走。爸，你今天感觉怎么样？”然后空了空又说：“今天还有重要的事要跟爸说，组织部在清理人事档案中，从你的档案里发现一张纸，上面写到‘控制使用’，还有县委的公章，时间是一九七一年五月。他们说这是对你的不公正待遇，应该清理。所以从你的档案中拿了出来。”这时父亲、母亲、大嫂、三哥都严肃地听着，半天谁都不吱声，母亲打破沉默说：“你爸调回县城任农机局副局长，可能因为这个‘控制使用’。”父亲长叹一口气说：“这都没用了，今天是怎么活着，活好更重要。”大家的气氛又活跃起来。

父亲说：“今天感觉不错，就是肩的下方有点疼，我让你妈看了也没啥。”

“我来看看。”大哥说着上炕，把父亲翻过身，看了看疼的地方，有些发红，就说：“可能是躺着压的，我看也没什么，养两天就好了。我去做饭。”

他扶父亲躺平，自己下地做饭了。在一旁写作业的小妹说：“我来帮你。”嫂子回到自己的屋，母亲收拾屋子，晚饭给父亲先喂完，他们一块儿吃了饭。

早上六点，三哥和小白登上了公共汽车。小白昨晚失眠，上车就靠着座椅睡上了。三哥双眼疲惫，习惯了这种状态。从十四五岁，父亲躺在炕上，晚上要起两次来给父亲翻身，习惯夜里醒几次，总是缺觉，慢慢身体适应了这种状态。他望向窗外，初春大地回春，土地看上去很柔软，如果踏上准会出个坑，远望觉得很辽阔。他太熟悉这块土地了，能够工作在自己熟悉的土地上，感觉很幸运，可是女朋友怎么办？他已经三封信未回了，下步怎么走，让她来，没有单位找不到工作，她也来不了，她父母唯一的女儿怎么能离开。所以说，她的父母也不指着她养老，养老要靠老家的侄子，为此在去年，她父母把老家的房带地都送给了侄子，这一切女朋友都知道。但是从包头到东北，她是不愿意来的。对他的女朋友，纯属三哥青春萌动时，异性相吸产生的结果。这冲动的行为，只允许他们往前推进。当他参加了工作，考虑到家庭环境，现实困难，他产生了犹豫的情绪。断绝来往，有理由，不能走到一起就得分，但他是讲义气的人，他不到万不得已做不出这样的事。

可是父亲怎么办？他明显感到父亲把他作为拐杖了。他拄上拐杖就不想扔，他没有多想照顾三儿子的心理，可能觉得你毕业了，可以多照顾我两年，养儿防老，这是天经地义。三哥认为父亲能够进一步好转起来，起码离开他这个拐杖，母亲才能照顾父亲。可是父亲自己现在积极性不高，这样的日子什么时候是个头啊？想起来他心烦的不行，想着想着他也有点晕，闭上了眼睛，昏睡过去。汽车到站了，刹车时摇动一下，他睁开眼，他们到了目的地，他和小白马上下了车。村里等待接他们的人已在车下等他们了，他们相互介绍一阵，寒暄后就投入了工作。他们马不停蹄地一个地方接着一个地方采风，投入工作的三哥风尘仆仆，谈笑风生和老乡们有一个自来熟的劲儿。

五天后的下午，三哥和小白两人兴高采烈地回到单位，他找到了几个新闻点，既有欢喜也有忧愁，准备找分管局长马上汇报，在走廊上遇到了嫂子和小吴，嫂子看到了他们，说：“你们回来啦！”

然后看着三哥说：“看你胡子也不刮，头发也不理理，哪像个机关工作人员啊？”

三哥说：“嫂子，我不是没顾上吗？”

说着，脸也黑了下来。

小白说：“陈姐你忙啊！”

嫂子走到办公室，还在抱怨小叔子的事。

小吴说：“陈姐，现在的年轻人都那样！你快别挑你小叔子了，他人真是很优秀。”

三哥到局长办公室汇报了下乡的收获，局长非常满意，叫他们马上把稿子整理好，说：“你们辛苦了，回家休息休息刮刮胡子，理理发。”

回到办公室，三哥的心情还没有调整过来，坐在那里发呆，没有马上回家的意思。

小白看了他一眼说：“你还走不了啊？我可先走了。”

三哥说：“你快走吧！你媳妇快把你想死了，我这就走啊。”

三哥起身走出院子，向街上瞧了瞧，向一家理发店走去，到理发店一看，人还不少需要排队，他下乡也累了，不想再到别的理发店，就坐下来一边等一边思考着事情，这时走过一个人碰了一下他说：“小顾你好！”

三哥看着那人说：“你好！你是？”

那人说：“我是王奎，是你父亲的老同事，我的提拔都是受你父亲的影响和提携，听说你父亲病有一段时间了，现在好些了吗？”三哥说：“还那样，不过上不成班了。”

王奎说：“我和赵志成，岳山平想看看老领导，不知道你家在哪里住？”

三哥说：“那好啊，先谢谢你。”然后把家庭住址告诉了王奎，王奎和三哥道别之后走出理发店。

大哥和嫂子回到家，嫂子进屋看三哥没在，就说：“荣升还没回家呢？他下午就从乡下回单位了。”

小妹说：“我三哥还没回来呢！”

母亲说：“是吗？那他现在怎么还不回来？”

这时大哥进屋说：“他也许有什么事呗！一会儿就回来了。”

说着他去做饭，母亲也跟了出去。嫂子向父亲说起单位的事，包括三哥胡子不刮、头发长的事。

父亲说：“我就反对年轻人蓄胡子，我年轻就有一个同事蓄胡子，走到哪儿都被人议论。”

到了吃饭的时候，三哥还没有到，他们就把饭吃了。

这时，二哥和二嫂回到家中刚坐下，三哥从外面走了回来，头发剪了，胡子刮了，看上去很精神。

他进屋来说：“爸，大哥。哦，二哥、二嫂也在。我回来了。”

爸说：“早知道你回来了。把胡子刮了，头发剪了，还不错。我们把饭都吃了。”

母亲说：“我给你热饭去。”说着母亲就向外屋走去。

三哥赶紧说：“妈，不用，我自己去热饭。”

说着他把母亲扶了进来，然后自己把饭和菜浇到一起，放到锅里热了一下，再盛进碗里，端着饭碗走进里屋，一边站着一边吃，跟父亲说：“老爸，你有个同事叫王奎？”

父亲说：“王奎？是啊，他在大明塔公社当副主任。你遇到他了？”

三哥说：“我理发时遇到他，他跟我做了自我介绍，他说他们三人：他、赵志成、岳山平要来家看你呢。”

父亲说：“是吗？他们三人都是我的好搭档，我在农机局工作，全靠他们三人支持了，后来他们都得到提拔。”

三哥说：“那个王奎说是受你提拔的。”

父亲说：“我对他们有影响，但是是他们干得好！”

大哥说：“这几个人我都认识，但是没有来往。”

二哥说：“听说教育局要招人，中专以上文凭，好像要考试，不知道荣升对象够不够条件。”

大哥说：“恐怕不够条件，荣升和他对象念的是技工学校，严格上说出来一律当工人，荣升是因为有机会，加上他自己的文章写得还可以，才到了广播局。如果想来，咱也没有那关系。”

二哥说：“那也得想办法呀，不然就得吹了，另找对象。”

父亲没说什么，他是不赞成三哥把对象断了，认为老顾家不该这样做。他躺在炕上多年，又找不到人来解决这个事，所以也只能听着。

母亲说：“要不先让她回来慢慢找工作。”

三哥说：“人家已经上班了，在他父亲的厂子做会计，工资也挺高。”

大哥说：“那就不能先让她来。”

三哥说：“实在不行我去包头吧。”

二哥说：“去包头那倒是行。包头是个好地方。”

小妹说：“那样好，我可以到包头去玩。”

大家说着笑着，谁也没往心里去。

夜里两三点钟，三哥穿着内衣内裤从东屋悄悄走进屋，走到父亲的铺前说：“老爸，我给你翻身。”他们没有点灯，借窗外一点星光，非常默契地配合着父亲翻过身。

三哥帮父亲盖好被子，走出了屋，回到自己的被窝。他又睡不着觉了，他想他的女朋友了，相隔千里之外，又能怎么办呢？想起单位的事，热心的嫂子能不能少关心点他呢？他感到实在是没有办法相处似的。不过，他还是睡着了，睡着后他做了一个梦，梦中山崩地裂，亲人都不知哪里去了，他被很大的石头压在底下，远处看好似在一块大石头下面压着一只兔子，红着眼睛看着他，他想这不就是我吗，我是属兔的。他使劲想动，想将石头推开，使劲地挣扎着。这时就听见有人在喊他，睁开眼睛，稳了稳神，听见母亲在叫他起床。

他起来后，看窗外已经大亮，新的一天开始了。他来到母亲屋，小妹还在睡，父亲醒了，他给父亲按摩，感觉父亲的肌肉软绵绵的，弹力很小，不如前几天，就说：“老爸，你的肌肉怎么变得如此无力了？这几天你练没练，我大哥他们没给你按摩？”

老爸平静地说：“我这几天感到身子发沉，也没让你大哥他们按摩，他们上班也挺忙的。”

三哥有点心急地说：“那怎么行呢？不进则退，你如果不坚持锻炼，不坚持按摩，将来很可能退步到病重时的状况，那时才叫前功尽弃呢。”

父亲这次没说什么。饭好了，大家先给父亲喂饭，然后一起吃饭。饭后，三哥上班去了，大哥带着大嫂去做孕前检查。

大嫂顺产，产下一个小女孩，举家欢庆。父亲为自己能够当上爷爷而高兴。

小妹考上了高中，二嫂也怀孕了。在治疗和家人的精心护理下，父亲好了一些，但生活还是不能自理。三哥去与留的纠结提上日程，四哥在小学工作很顺利。

自从二哥二嫂上次提到三哥女朋友的事之后，大家都忙自己的事，谁也没提这事，三哥感到心里发凉，想说一说又感觉没有用。这一天，三哥去医院为父亲买了药后，听说三合村有两户社员弄起蔬菜大棚，看了看表，觉得时间还够，就找个便车前去采访。这时候分管局长找他，没有人知道他上哪儿去了，局长有点儿来气说："这事小白你去跑吧。"

不多时，三哥回来，将买的药放到办公桌上，就去找分管局长，满心高兴地把自己又抓到一个新闻热点向局长汇报。

来到局长室，还没等他开口，局长劈头就问："干啥去啦，顾荣升？我找你半天了！"

三哥回答说："我去给我父亲买药，顺便做了一个采访，正想向您汇报呢。"

局长说："你做采访为什么不先说一声就自己做主了，眼中还有没有我这个领导？"

"局长，那不是顺路顺车吗？我这不回来正想向您汇报吗？我怎么叫目无领导啦？"

"按照规定，采访什么人，什么事情必须是我来定，我还不知道，你就敢去采访，谁给你的权利？"

"局长，我的采访战线就是农业生产，我采访的内容也是这条战线的，而且我采访回来就是要向您汇报的，我错在哪里了？"

他们的吵闹声被几个同事听见，围了上来。嫂子也往这儿跑。

"我说顾荣升，我还说不了你了，你不经请示就去采访，就是目无领导，你还和局长顶嘴。"

嫂子在小叔子面前的权威显示出来。三哥还想解释什么，嫂子说："荣升你别再强词夺理，赶紧给局长道歉。"

三哥说："我又没有错，我道什么歉？"

他扔下局长、嫂子和围观的同事回自己屋里，“咣”的一声关上门。

下班回到家，一进门，三哥看到大嫂抱着孩子正在给父亲说着什么，刚消下的气又涌了上来，把药送到父亲身边说：“爸，我把药买回来了。”

大嫂说：“荣升，今天的事你做得就是不对，本来领导未批准，你就不该去采访，这是纪律。”

三哥说：“这是单位的事，来家说什么？”

嫂子说：“单位的事还不来家说，今天如果不是我给你打个圆场，你就下不来台。”

三哥说：“下不来台，他能把我怎样？大不了这条新闻不上，还能把我开除，老子还不干了呢！”

父亲说：“荣升，你也没大错。但是还是你嫂子说得对，年轻人要谨慎做事，别和局长计较，人家管着你呢。”

三哥说：“爸，他局长就是鸡蛋里挑骨头，不大点儿事！这事，你遇上也得跟他理论几句。”

母亲说话了：“你别说话了，说话多了，你爸就吃不成饭了。”

大家也就把这话撂下。

在这件事上，三哥听了嫂子的劝说，主动向局长道歉，就算过去了。可是三哥的心开始散了，工作不像过去一样积极热情，开始为自己的前途打算。他终于下决心走，他给自己的女朋友写了答复信，同意调入他们所在的工作单位，同时对父亲，对家里的事情也越来越尽心了。谁也没觉察到三哥的变化，而且谁也没有提到他女朋友的事，所以三哥不提，别人就无心提，父亲享受三儿子的照顾伺候心安理得，想从长计议三儿子成家的事，他没想到三儿子这样坚定。

三哥在这事上犯了错误，他应该把自己的决定先告诉父母告诉大哥。

一天，大嫂上班了，有一个同事问她：“听说你小叔子要调到包头工作了？”

嫂子说：“没有啊，我没听说啊！你听谁说的？”

“人家商调函都来了。”那个同事说。

嫂子跑到三哥的办公室，小白与三哥也正在说这事，嫂子没说什么，回到办公室给大哥打电话说："你知道不知道荣升要调到包头工作？"

大哥说："不能吧，我还琢磨怎么把他女朋友调来呢！"

嫂子说："就是的，他的商调函都来了，我们单位所有人都知道。"

大哥说："他要走也得让他去，下班回家再说吧。"

三哥一不做二不休，拿到商调函直接到人事部门开了准调信，回单位收拾东西。反正自己的东西也不多，该交的交，该留的留，自己的东西装了一个纸箱，骑自行车就回到了家。这时大哥、大嫂都已回到家，父母亲已经知道这个事情。

三哥把东西放在地上说："爸妈，大哥、大嫂，我要去包头工作。"

父亲说："你调往包头，也没告诉我呀？你现在跟我说干啥？"

三哥说："爸，我这不是告诉你吗？"

父亲说："你心中有没有爸妈，有没有大哥大嫂，你也没有把我们当亲人。往外盟调动，这么大的事，你都不和家里商量一声，等调令拿到手，生米煮成了熟饭才来通知我们，这算是什么态度？"

三哥说："爸妈、大哥大嫂，你们也别生气。我的事真是很麻烦，我对象又没什么办法调来，我也不小了，也该结婚了，不调到一起日子怎么过？我知道家里现在这个条件我不该走，可是我自己的生活也得安排，在这个事上说不说都一样，先把想法告诉你们，大家闹个不愉快，还不知道能不能调成，这样调成了也是不愉快。"

大哥说："当初搞这个对象，就有这个难题，但是看你们感情不错，我也没忍心让你们分开，这段时间里我一直想把你女朋友调过来，想了很多路子，哪个路子也不通，所以也没有跟你说，都是你大哥我没有能力啊。"说到这里，他竟落了泪。

三哥也非常感动地说："爸妈，大哥大嫂，我也是不愿意走，要走去年就能走，我也没办法。"

父亲想不通说："去吧，我就当没生你这个儿子，你给人家做养老女婿吧，没有这爸妈。"父亲在三哥这事上就像井底蛙，想不开啊，他不甘心的，他的权威受到挑战，他心里不愿意这样，又改变不了现实，对三哥的怨气结成结了。我想这不仅是父子之间的挑战，更像兄弟之间的挑战，三哥的棱角显露出来，他要为自己的爱情奋斗，所有挡他路的人他都要拿下。

这时在炕上睡觉的小侄女醒了，哭着找妈妈，嫂子把她抱起来。

父亲又说："养儿都是白眼狼！"他实际将儿子当成了拐杖，怎么也没想到三哥离他而去，他悲哀自己的命运，竟到了依靠亲人活着的地步，他恨自己身体不争气，如果不想是陪母亲多活几年，他就想一死百了。

三哥不敢再说什么。父亲气得病情加重，三哥在家中又等候半个多月，等父亲病情好转并稳定，父子的关系也缓和了一些之后，他就去包头到工厂当了工人。他在赤峰转车中间到四哥那里看看，把家里事说了说。四哥比较同情三哥，认为三哥做得够好了，并说家里有事，他请假回家，三哥就不用操心，然后他送三哥上车。三哥这一走，带着无限的憧憬。可是，等着他的路却荆棘丛生，注定他终生劳累的命。对父亲来说，却是激励他的当头一棒。自此之后，他思想上开始自立。

三哥出走的事件犹如晴天霹雳，将盘踞在父亲山上的灰云震开一个裂缝。父亲的思想有了深刻地转变，他的精神进一步回归，开始自我分析，他想起三哥说他加强锻炼的事。他想，反正自己一时半会儿也死不了，不行就像三哥说得那样，一点点的锻炼锻炼，累了就歇着，自己有点儿劲儿就不用麻烦别人了。

想通了后，他就开始有意地锻炼自己，但是病体多年的沉积很难恢复啊，如果三哥没走时，他就认清这一点多好。二嫂生了个儿子，父亲又有了孙子，父母很高兴，家族人丁兴旺。

松　绑

大哥大嫂在父母亲房子东侧盖了三间瓦房，盖房子的木材就是院子里的杨树，其余都是大哥张罗的。因为大哥大嫂的孩子母亲带不了，他们就请嫂子家的妹妹来帮她带孩子，这样大哥大嫂算正式独立过日子。

父母这边就是他们老两口，加上小妹三口人过日子。小妹上高三，应该很紧张，在她身上却看不出来，父母亲不知道高中是什么样，对她也无法管理，她当然没考上大学，与一个要好的同学商量，自个儿搞了一个工作介绍信去考职业大学，她还真考上了包头职工大学。

她这一走，父母就剩下老两口过日子了。在三哥走后，父亲受了刺激，在病反复好转后，开始自己精心保养自己，每天适当锻炼，母亲每天都给父亲按摩两次，同时开始吃肖大夫的药。肖大夫是县里医院的中医大夫，家与我家不远，不懂什么重症肌无力，况且父亲年已六十多岁，当年发作的胸腺，也有了衰老的症状。

肖大夫说："我给你治胃，让你胃动力增强。胃动力增强，消化功能好转，营养供应得到加强，身体自然有劲的。"

父亲这时开始了解中药的性能。每一次药抓来，他都会认真地辨认药的品名，并自己购买了中医书，每天看一些。在吃肖大夫的药半年后，他的腿脚稍有些劲儿了，别人稍给力就能自己翻身，不用太用力，两手托着炕，胳膊一使劲就能坐起，坐的时间也长些了。

每天上午父亲大便时，大哥赶回家里，协助母亲把父亲扶下来，大便后再扶上炕。其他的事情都由母亲来做。母亲也学会了骑自行车，可以自己骑车买药、领工资。父亲和母亲治着病，平淡地过着。父亲研究中医，关心国家大事，母亲屋里屋外忙着，生活继续。

日子这样延续，又过了两年，大哥单位盖楼房，大哥作为老职工有权利分到楼房号，可父母离不开人。大哥和父母商量后，就把二哥二嫂请到家，父亲说："你大哥他们单位要盖楼房，你大哥能分到一套，这是个不错的机会，可是你妈我们俩离不开人，平常也没什么，现在就是我大便时需要有个人帮一把。你大哥走了，你也可以来。其他事，你妈我们俩都独立做了。就怕家里有个突发事，我或你妈突然病了，跟前没人不行！你们如果同意回来住呢，就让你大哥买了楼搬出去，他住的房子给你们住，将来我们的房子就给你们了。"

二哥二嫂他们两个人商量一下，二哥说：“爸，你那房子我们也不要，我们也不回来住，我的工作性质在那儿放着，每天定时回来一次做不到，对做不到的事，我们也没法答应。你二儿媳妇就在单位院内工作，工作性质三班倒，搬回来住上班不方便。”

二嫂又进一步说：“荣风说的是实话，我们搬回来住，条件不允许。”

爸叹了口气说：“那就行了，老大，你们也别想住楼房的事了。”

母亲说：“你爸现在好多了，我们不用他们在身边也行，就让老大他们出去买楼吧！”

父亲说：“老婆子，你懂啥呀？咱们俩都老了，身边没有人不行了，养儿不就是防老吗？”

二哥说：“尽管不搬过来，大哥他们也可以住楼房。有事我和大哥我们办不就行了吗？”

父亲说：“不行，我动弹不了。你出了门，我们到哪儿去找？家里没人可不行，我和你妈需要跟前有人。”

这个事就这样搁下，大哥因为父母失去一次买楼房的机会。过去那么多年，听到父亲谈起这段，我心里对二哥二嫂不理解，他们为什么不搬到父母身边来，可是现在回想起这些，却又对他们有一个深入的理解，他们还是诚实的。

大哥被派出学习一个星期，因为已经请过几回假，这次组织不允许他再请假。他把二哥找来，这几天请他来帮忙照顾父亲，也就是每天上午回来帮助母亲把父亲扶到地上大便，目前没有别的事，二哥当着父母面答应了。大哥就放心去开会。前两天，二哥按时来了。可是第三天，父母左等右等也不来，母亲给二哥他单位打电话，接电话的人说他跟局长出去了。父亲忍不住便到了炕上，弄得被褥上都是，母亲是又拆被子、又拆褥子。第四天，母亲怕他不来，提前给父亲屁股底下垫了一些报纸。二哥真的没到。父母亲为这事有些发愁了。父亲说：“我也不能总往炕上拉呀！”母亲说：“他们谁也不来，那有什么办法？”母亲在早上切菜时看到木墩菜板，突然有了想法。早上吃过饭后，她就把后院早已不用的旧木墩拿来，中间早已腐烂，将中间用刀斧切掉，凿出大碗粗的圆孔，再用旧布将周围包上。这回父亲大便时，她把木墩和塑料袋放好，再把父亲的屁股和腿搬起来，将他的屁股放在垫好塑料袋的木墩上，父亲顺利地解决了大便问题后，母亲把装大便的塑料袋拎出去扔到厕所。

这时，二哥匆匆地赶回来，母亲说："今天不用你了。"

二哥进屋看到炕上放着带孔的木墩，什么都明白了。他说："老妈你挺有创造力啊！"

老妈还没有开口，父亲那边儿说："这不是让你逼的吗？"

二哥说："老爸老妈，实在对不起，昨天和前天我们局长有事把我带在身边，我走不开，今天还来晚了。"

母亲说："你们忙也是没办法，明天也不用来了。"

这样等到大哥回来，大哥看到这些，有点儿埋怨二哥。他心想我这么多年风雨无阻地回家，就这么几天，他都做不到吗？把爹妈逼成这样。后来又想这样倒好了，父母亲自己解决了问题，就说："爸妈你们真会想办法，我回来了，可以不用这木墩了。"

母亲说："你也挺忙的。他爸，咱也别让老大来回跑了，以后就这样吧，你说呢？"

父亲说："我这个人就是拖累人呐！以后，你中间也别回来了，我们就这样也行。"一个凿出孔的菜墩成为父亲精神独立的推进器。从此，他只需要母亲，孩子们谁也不用天天来照顾他了。

木墩给大哥、二哥都松了绑。大哥松绑是思想和行为上的。而对二哥来说是心理上多一些，他没有像大哥那样照顾父亲，但是心理上压力还是很大的。可是，这一松绑，他放松了对自己的要求，做出一些不应有的事情。大哥本身工作就很忙，这回放开了手脚就更忙些。如果他是一只鸟儿，可以自由飞翔，这是非常难得的自由。母亲除一日三餐照顾父亲外，尤其夏天时侍弄园子，种上各种蔬菜，每天忙得不可开交。

一天上午，母亲正在园子里侍弄蔬菜，有三个人走进大院，一个人喊："宴老师好！"

母亲抬头一看说：“你们是？”

那人说：“宴老师不认得我了？我是王奎，我们三个都是顾局长的同事。”

母亲想起王奎来，他们在我家住房建成后曾到家祝贺过。特别是王奎还帮助父亲采买过东西，母亲说：“快进来。”然后大声喊：“顾廉，他爹！王奎他们来看你了。”父亲在里屋的炕上答应了一声。这时王奎和母亲他们已来到里屋，父亲伸出手，三人和父亲握手，都觉得父亲的手一点劲也没有。

赵志成说：“老局长，您好！我们早就想看看您，但是总凑不到一起，今天总算看到您了，有点晚了。请老局长原谅我们。”

王奎说：“顾局长，听说你病了，以为你会很快就好，没想到啊！”

岳山平说：“老局长，我看你还好，慢慢养病，不要着急！”

这时母亲把水沏好，给他们各倒一杯，说：“王奎，你们喝水，你们局长这病不好治，但是不再严重了，就得慢慢养。谢谢你们来看顾廉，我们这里好久没有单位的人来了。”

父亲声音不大，他说：“谢谢你们，我说不动话，你们把单位的工作给我说说。”小赵先说，然后他们都向父亲介绍一些情况，父亲不时地插几句话，屋里的气氛很融洽。后来怕父亲累着，他们才起身告别。

他们三人走出我家，心情都不太好，赵志成说：“老局长，怎么变成这样，真让人心痛。”王奎和岳山平没有说话，三个人坐拖拉机走了。母亲是个善于观察的人，身边有一点儿细微的变化都能够观察到。一天，她到园子里摘菜，发现倒父亲尿的地方有很多蚂蚁聚集，母亲把这一发现，告诉了父亲。父亲也感到惊奇，他抓紧查书，按书上解释，这是因为尿中有糖，那蚂蚁是奔糖来的，蚂蚁喜甜食。父亲可能是患上了糖尿病。对这个现象求证时，大哥被叫来，大哥又找二哥。第二天，他们哥俩带老爸到县医院检查，果然不出所料，父亲患上了糖尿病，而且过了初期进入中期，真是旧病未愈新病又添。父亲的生活质量又下降一截，这个病跟到他去世。从此他每天又跟糖尿病打交道，生活又添了很多内容，研究吃什么对糖尿病病人好又是父亲的一项主要任务。

孝子迁居

二哥二嫂家有两间房，一间做卧室，一间做厨房储物等，还有一个小园子。虽然他们收入不少，可是有两个儿子，这样他们靠着自己攒着和省着用的有数的收入过着日子。开始时还可以，后来嫂子的妹妹到她家来治病，房子不够住。这种情况下，她的朋友怂恿二嫂和父母吵架要房子。父母出于一番好心，想让她妹妹到家里来住，他们不让来。嫂子的几位朋友和嫂子说你们家和老大家有什么不同？都是儿子，我们都看不过眼，给老大家一处房子，凭什么不给你们一处？你们也有权利要房子。开始的时候，二嫂还说我婆婆、公公不容易，人家我大哥大嫂家管他们管得多，我们不能跟他们比等等。可是人架不住天天有人给你耳朵里吹风，为她抱不平的，她的思想慢慢地变化了，觉得父母有偏向，对他们不公平，她就想与父母理论。一开始二哥还挡着她，后来看挡也挡不住，就说你愿意去就去，但是别太激动了，老爸有病，你给气坏了还不如不去。

赶上没有班的日子，二嫂把孩子交给妹妹，自己跑到父母家中，本想说一说自己的想法，可是二嫂不会婉转地表达，只会直奔主题，所以一开口说话就把话说到头了，说："妈爸，你们给我大哥大嫂房子，我也要，房子也得给我们一套房，都是儿子，都应该平等对待。"

父亲和母亲好言以对。父亲说："这房子是怎么回事你们俩是知道的，如果当初你们来住就把房子给你们了，你大哥他们住楼去，是你们不来呀，你今天管我们要房子也不应该啊。"

二嫂说："那都是过去的事，不去提了，反正荣风也是你亲儿子，我大哥大嫂有房子，我们也得有房子。"

父亲说："老二家的，你这样说话就是不讲道理，什么过去的事就过去了。"

二嫂听父亲说她不讲道理，火一下上来，她站起来和父亲喊起来："谁不讲道理了？谁不讲道理？你们当老的才叫不讲道理呢，让左邻右舍来评评理，给老大房子，凭什么不给我们房子？”

这时，周围的邻居三三两两围过来，一会儿围了一大堆人。

父亲说：“你走，别在我家，我没有房子给你。”

这时父亲已经气得哆嗦了。母亲在这个时候一直劝父亲：“不要说了，不要说了，气坏你！”

母亲一边跟二嫂说：“他二嫂，你别跟你爸吵了，别吵了，快停下来，你爸气坏了。”一边向院外轰人们：“回去回去，出去出去。”

这时二嫂失去了理智，更使劲喊起来：“怎么的？不让我说，我偏说，凭什么给老大家房子不给我房子，你这样有偏有向，连世人都气不过，凭什么不让我说。”这时父亲气得脸色苍白，说不出话来，父亲看母亲控制不了局面，让母亲打110、打120，又给大哥打电话。

二嫂自己也气糊涂了，没有听到母亲焦急地打各种电话，也没看到父亲的反应，还在喊着，已经听不到父母的声音了。她一边喊着，还一边哭着旁若无人，失去了控制，变了声音。大哥接了母亲的电话后，给二哥打了电话，让他快回家。

这时先是110车到，警察把周围人群劝走。这时二哥也赶来，警察对二嫂说，你这样对待两位无助的老人有些过分了，看在这是你们家里的冲突，我们就不把你带走，你回家好好反思一下吧。他们让二哥把二嫂领回去，二嫂这时有些被吓傻了，瞪着眼睛，什么也说不出来了，二哥上前拽着她就往外走，很心疼自己吓傻了的媳妇。

大哥这时也赶到家，正好120车赶到，他们把父亲扶到救护车上吸上氧气，母亲和大哥坐车一起到医院急救室对父亲展开急救，最后父亲转危为安。这个事让父亲与二哥之间产生了仇恨，起码他们谁也不说谁好。

人们说父子之间是兄弟，我说父子之间可以是兄弟，也可以是仇敌，为了利益坑害对方的大有人在。二哥和父亲之间不是那样，要说他们都不坏，还都是各自以的方式要对方好，只是相互格格不入的态度，互有积怨的心理，让他们两个终生没有建立起亲人的感情。我每每想起这些，心中总有阵阵的痛。父亲和二哥二嫂心中不痛吗？父亲从这件事后病重了近一个月，他尝了三哥离家，尝了二嫂的争吵。二哥三哥他们二人深深地得罪过父亲，可父亲记恨最多的是二哥。

促销的人给我介绍摇摆机。我承认其中的原理比较适合父亲，就高价买了一台，和单位请几天假，背着这台小型机械回家了。尽管父亲不认可这高价买来的摇摆机，但是还是听了我的劝说，开始用它锻炼身体。他的腿放到机器上，就像两根木棒，在机器上匀速滚动。想想看，他十五年没有走过路，停摆的肢体一定不会有原来的功能。他的腿还像个腿，脚还像双脚，这是母亲的伟大，因为她坚持长期给父亲按摩，父亲的肢体没有变形，是母亲把父亲的这双腿这双脚留下的，留到今天我们有机会治疗。想到此，我感慨万分。奇迹出现了，当我帮父亲做摇摆机做到第六天时，他自己能够穿袜子了，我们是多么得高兴，当锻炼到第十天时，他自己能够穿上背心了，我们渴望更大的奇迹出现，可我需回去工作。

后来母亲写信告诉我，父亲能够下地，说明他的生活可以自理，家里生活的变化像春天大地复苏一样，一切生机都开始展示出来，草花开放、柳叶闹枝、虫蝶飞舞，新的生活也开始了。山一样的父亲又站了起来，母亲将父亲好转的消息写信告诉了外地的孩子们，大家都从心底高兴，每个人都悄悄长出几口气，这是将压在孩子们、母亲身上的一座山被搬开了，这座山又自己成岭成峰，有了自己的风景。

早晨母亲给父亲端来洗脸水，他对着镜子刮脸洗面，然后上炕盘腿坐下，一面听当天的新闻广播，一面等待吃饭。母亲放上炕桌，把饭菜端上来，父亲母亲左右坐下，一边拉着家常，一边用餐，用餐后。父亲退在炕毡上，仍旧坐着听收音机，母亲把碗筷收拾下去。父亲成为一位能与正常人交流，可以在炕上长时间坐着，每天能够在屋内地上渡几个来回步子的病人。整个屋内像多了许多人，满满当当的，日子变活了，有了生机。

最令人高兴和佩服的是日夜不停地关心照顾父亲的亲人们。父亲站起来对母亲和大哥大嫂影响最大，如同压在他们身上的巨石轰然滚落，使他们顿感轻松，禁锢的思想也崩开了，生出许多的信心，也生出了许多新的想法。过去不敢想，暂时放不下的事情都涌了上来。父亲首先想做的事就是明确了自己和大哥家目前居住的一栋房子加半个院子的归属，虽然其他的儿女知道这个房子和院子一定会给大哥，父亲还是写出了他和母亲的决定，决定中写明这栋房子的建造过程及大哥在二哥不搬回家的前提下，放弃本单位集资楼居住的权利，选择留下来与父母同住等内容，写明这栋房子和半个院子归大哥所有。抄写多份，每份都有父母亲的签字，想让我们每个儿女签字，但是不知道怎么回事，我们没有签字。房子正式归大哥，房证办到他的名下，父亲母亲决定跟着大哥大嫂过，由他们养老，这些在以后近二十年的生活中得到印证。

父母亲把自己后半生托付给了大哥，日子还得自己过。这时一直被父母催着找对象结婚的四哥来信，在几天后到家，他已经找了自己的女同学做妻子，也是一个小学教书的同事，在学校办了婚礼，要到宁山县回来看双方父母。收到信后父母非常高兴，小儿子结婚大事完毕啊。父亲马上给大哥、二哥打电话，这是我们家多年来少有的喜事，大哥张罗吃饭的事。等四哥带媳妇回家，全家人热热闹闹地吃了一顿饭。大哥大嫂将自己的卧室腾出来让四哥他们住，他们在家住了三天后，到四嫂家去了。四哥他们结婚的事情，父母亲连续念叨了半年多才放下，日子又平缓地继续着。

可是，怎么也让父母想不通的是四哥四嫂结婚五年后，在他们的小孩才两岁的时候，他们离了婚，孩子四嫂带走了。又过了一年，四哥辞职出家了。父亲派大哥去打听消息，可是大哥没有见到四哥。我们听说后，都不相信。但是三哥说，四哥从小就爱研究佛教的东西，所以大家也慢慢接受了这个现实。其中最为伤心的是父母亲，他们知道这件事后，好长时间精神都缓不过来，多年不犯病的父亲还躺倒了两天。

大哥的二女儿出生了，转眼间，就到了上小学的年纪。他们一家人回家来欢歌笑语，上班上学都走之后，就死寂一样的静。父母亲家偶有人语声，更多的是收音机的声音，后来多个电视机播放的声音。春天母亲在房前的小院进行耕种，入冬前的所有日子，白天她都在这里劳作，劳作带来绿色蔬菜水果，父母亲独自享受着，生出许多乐趣。他们有时把摘来的一篮篮的蔬菜水果拿给本院子的大儿子，偶尔也送给不远处的二哥。这时候，父母亲的孙儿们欢呼雀跃，一边从篮子里捡果蔬，一边奶奶长奶奶短地叫着，孩子们欢迎奶奶来，他们也欢迎爷爷来，但是爷爷只能在屋里走几步，偶尔在奶奶的搀扶下到院中晒太阳。

冬天，母亲用一个旧的水桶把一桶桶的煤拎进屋，再把一桶桶灰拎到院外。经常头戴男式的军用棉帽，穿着黑布大衣，手戴着自己做的棉手套，她个子本来不高，这样打扮起来更显得矮，可是人很精干。只听到“咣当”把门开开，她带着满身的热气，从房里迅速地迈出，又“咣当”把门关上，一会儿又带着满身寒风雪花拥进房内。把寒冬关在了门外。到年节时，孩子们从外地赶回来，他们的房子里显得拥挤热闹，孙子、孙女、外孙、外孙女们屋里屋外地跑着玩，这房门就关不严了，不是被小孩们挤开，就是被屋内的吵闹声挤开。等外面的风涌进时，长辈们在喊：“关门，关门！”孩子跑出去关好门，可没等进屋，那门又被推开了。如果是过年，还要吃饺子放鞭炮，爆响的爆竹，炸出天地呀。这时候尽管很乱烦，闹嚷，但是看得出父母亲是幸福的，喜欢的，天伦之乐让他们合不拢口。当这些人各奔东西时，父母的日子又静如止水，照着日月。

有一年的五月，母亲的阴部生了疮，母亲不好意思告诉儿子、媳妇，半个月的时间，母亲忍着痛做了家务。身体站不直，被父亲发现，父亲问母亲怎么回事，母亲不好意思说了自己生疮的事。后来父亲翻药书，开了方，母亲自己抓药熬汁，连吃带洗，过一个多月才逐渐地治好母亲的病。父亲开始成为负责任的丈夫，负责任的父亲，这是他久病后人生态度的调整，尽管被疾病缠着，但是他慢慢地从怨天尤人的情绪中走出，成为一个坚强的斗士。更让他坚强的事还在后面，他是越面对考验，越能够调动自身的潜能，演奏出人生最动人的曲目。

大嫂是新闻工作者，她对新事物的看法和追求总是要先于别人，她似乎和大城市女性同步烫头发、文眉、隆鼻，被那些还没见过这阵势的人看作另类。现在这些做法成为最平常的美容方法。一天，她提出要到县城住楼房去。大哥他们到父亲这里吃饭，顺便说到社会上的琐事，同时把这个想住楼房到城里生活的想法随口说出来。父母亲听到了他们这些说法，有些吃惊，但没有做更多的设想，父亲在闲时又想了想这个问题，认为这个事情还很遥远，就把这个事情放下。嫂子她一不做二不休，积极地寻找房源，竟找到了房源。轮到大哥，他犹豫起来，有些拿不定主意，他是个孝子，他认为父亲母亲离不开人。嫂子坚持这么做，早就想离开这个院子，早就羡慕人家住楼房，这次她一定要这么做，大哥最后依了她，他们共同到父母房内，向父母提出搬出院子到城里住楼房的决定，并说他们先去稳定后，找机会让爸妈也搬去，父母亲大吃一惊，说不出什么，他们怎么也没有想到大哥大嫂真的从这个院子搬走。

母亲这个时候先开口打破沉静，她说："你们去吧！家里有我呢，你爸我们不去，在这里住惯了。"

父亲也无奈地表了态，他说："去吧！家里还有你妈呢！"

大哥家搬家，一辆解放车停在院外，亲朋们搬着大包小包的东西装车，母亲也力所能及地帮着搬点东西。知道家里情况的人跟母亲打招呼："大娘，大爷好多了。"

母亲说："你大爷好多了，能站起来了，这样我大儿子才能在外面买楼房住，我们能离开人了！""我们能离开人了！"这对父母来说，是自信，也是自立。

这是父母亲多大的变化！他们从此真的独自居住一个院子了。实际上，这压力主要压在了母亲身上。因为父母家的日子是母亲一个人扛着的。但是，母亲是坚强的。

父亲坐在炕上，将收音机放到最大声，看着外面，心中生出无限多的悲哀和无奈。对于他，已经习惯住在大儿子家旁边，他们自己过日子的生活，那样他心里有底，不用担心。门口有站岗的，有事，在这头一喊，大哥大嫂就会来到跟前。现在这个秩序打破了，一声长长的叹息，一份忧虑和无奈在无限地扩大，他思考着独门独院的日子怎么过下去。

母亲看着搬差不多了，她回到屋内喝水。

父亲说："走了，走了。"

母亲说："他爸，你别想太多，也别着急，老大家跟咱们住这么多年，够意思了！现在你好多了，我们自己能把日子过好，我什么都能做，上街买药买粮，在家里种园子浇园子，就是每年需要拉一车煤，让他们去帮着把煤拉来，这几年不都这样过吗？”

父亲还是有点情绪，说：“走吧！走吧！天要下雨，娘要嫁人，随他们去吧！”

他说到这时，大哥开门进来说：“爸妈，我们东西装好，这就要走了，你们俩好好保重。我把家安顿好就回来看你们，反正我们的楼离家也不太远，天气再好些，接你们过去吃饭，等有合适的楼卖，你们再搬出去。”

说完，他走出屋门，母亲也跟着他走到院外，独自向车上的人举手告别。

坐在车上，大哥看着母亲的人影渐渐地小了。大哥深深吸了一口气，他有些舍不得父母亲，毕竟他们身患疾病，年龄也大了。但是，他想住楼房也是大趋势，但愿早点找到合适的楼房也让父母搬过去。搬出去住楼房的大哥家，尽管生活进一步改善，但是父亲的病体仍然牵绊着大哥的道路，而大嫂的翅膀在渐渐丰满，在飞跃中险些折翅。

母亲回到院子时，她显得那样的高大，她可以独自对抗着大院，带着父亲将日子过下去。大哥家搬走，整个院空了许多，连邻居家公鸡的打鸣声都像从很远的地方传来。父亲的收音机，电视机发出的声响更显大了，院里只有母亲忙里忙外的身影。这一切从另外层面证明着这院落的空旷和寂静。我回家看望两位老人，晚上到大门口把大门关好、插上，再用一根木头顶到大门的插销上，从院门往房子走，本不长的距离，却觉得需要紧赶慢赶才能走到屋前，回到屋内，再把外屋门插上，再回到内屋，心里感到的是空是静。每天母亲到了晚上都会重复关门插门的动作，她会有这样的感觉吗？她也许已经麻木，但是我想这种长期的身体上的带有恐怖的压力已经随着时间的推移内化到了她的心灵、神经，甚至是身体上的每个细胞。以后他们住楼了，她还要把卧室的门用木棍顶上，再用小方凳顶上木棍，无论谁劝她，她都不改变，因为她不这样做，就无法入睡，这是岁月给她印上的印迹。现在生活让人与人之间的亲近少了，人与物的亲近多了，那么人生的目的是什么？

院里的日子在寂寞安静中走着，父亲承担起操心想事的责任，母亲把家务都揽在自己的身上，他们共同对付日子，对抗疾病。母亲把家里的情况写信告诉我们在远方的孩子们，孩子们回信就是她的乐趣，读了一遍再读一遍，住楼房的大哥大嫂偶尔来这里小坐，有时吃了饭再走。这样过了两年，大哥找到了一户自己同楼一层楼的卖主，来做父母亲的工作，父亲马上决定去，母亲却不愿意走，她适应了这个小院的日子，适应了这种生活的方式，不愿意改变，不过经父亲和大哥劝说，母亲也同意了。这样，父母亲也住进楼房，再次和大哥大嫂成为邻居。生活环境的改善，父亲身体进一步好转，一切生活都能自理，也不断地打针吃药、看大夫，但在我们的感觉中，他不是病人了。母亲因为卸去了沉重的家务，有机会和邻居共同锻炼身体，有了对外的交往，比以往更快乐些。这些都使父母的生活有了很大地改变。

第七章

和谐之光

全家乐

这是一场家庭春节晚会，在父母家客厅举行。这客厅大概有八九平方米，北侧是个大窗户，东侧摆着沙发，西侧放着电视柜和电视，南侧是一面墙，这面墙两边是通向其他房间的门。这样，我们挤在沙发上，或找个凳子坐在地上。晚会有两个主持人，一个是我的女儿，一个是大哥的二女儿。她们正在隆重推出重量级的表演者爷爷（姥爷），出场表演：

蓝蓝的天上白云飘
白云下面马儿跑

只见父亲他身穿红色夹袄，红润的脸庞，银色的白发，右手举着话筒，左手拿着自己提前准备好的歌词。全家人都在张嘴给他配唱。在最后的一段，他不看歌词，高昂起头，大声唱歌，声音高亢洪亮。他似乎回到了青年时代，当这首歌刚刚流传时，他们几位男同学在学校的晚会上合唱的情形。那时他朝气蓬勃、意气风发，多么美好的年华。五十多年过去了，他今天把这首歌在家庭晚会上唱给大家。这是多么不容易，是他战胜病魔，重新站起来才做到的。他激动了，满脸带着微笑，眼中溢泪。这是幸福的笑容，是激动的泪花，这是熬了艰难岁月才有的幸福一刻，怎么能不让人激动呢？我们全家人都为之动容！多少年过去了，父亲围坐在病床上，生活不能自理，别说参加这样的活动。这是父亲战胜疾病才做到的。在他生病后，我好像是第一次听见父亲唱歌。父亲在大家的掌声和欢笑中回到自己的座位上，脸上的表情竟意犹未尽。他山一样的体态，山一样品格和山一样的精神重新回到我们的生活。

这时主持人爆料了。他们自编相声，让家人笑得前仰后合，高潮迭起，在大家期盼下一段时，他们戛然而止，将母亲推向前台。母亲拿起话筒，神情紧张，紫红色绣花夹袄在灯光的照耀下，紫色闪闪，映照着母亲白皙略有些红润的脸。她唱的是老歌《红梅赞》。在大家鼓掌陪唱中，谁也没有想到的是父亲站起来手捧鲜花，颤巍巍地走到母亲身旁，双手把鲜花向母亲敬上。这时，母亲唱着歌，抬起头，一只手接父亲的花，一手举着话筒，双眼注视着父亲，父亲也注视着她。小妹妹关键时刻举起照相机，将这一瞬间拍下。她正在为刚刚抢下的镜头得意时，主持人报出小妹的节目。她这次送给大家的节目是《快乐和谐一家人》。这是她请人专为家人而做，她邀请侄女和她一起唱。大家一听有新歌发布，都静了下来，搞得她们好像挺紧张。她们抬起头后，放声歌唱：

爹娘生下儿女，抚育我们成长
在祖国的天空里追求梦想
爹娘勤奋工作鏖战病魔
以饱满精神让生命熠熠发光
爹娘情系大家庭心联每一户
把无限的关怀送到亲人心上

我们是快乐和谐的一家人
老人长寿，晚辈健康，家族兴旺
我们是快乐和谐的一家人

和睦民主，心相印，佳话传四方
我们是快乐和谐的一家人
爱在亲情间，大家庭幸福安康

这首歌歌颂了父母亲以坚韧不拔的精神战胜工作困难和疾病，以无私的爱守护一家人，使一家人团结互助、积极向上。这样一个成果，父母起到很主要的作用，每个家庭成员都贡献了力量。当然，这里的核心是父母亲，是他们将大家凝聚在一起，是他们对生活对生命的坚韧精神鼓励着大家团结进步。父亲听着这歌声，陷入了沉思，他也许又想到他人生中的重大场景。总之，他流下了热泪。她们俩的演唱，并不是晚会的高潮。歌曲的主题实在是大题目，不容易演绎好，而且是初次亮相。所以，下一个节目马上登场，大嫂发挥她的特长，为大家带来一首现代诗朗诵。现代诗为现代人而作，是新潮的，现在的老人，我们中年人还没有听出什么意思，只见孙子辈的孩子已经手舞足蹈，连声叫好了。

父亲不能坐很长时间，大家都劝他回去休息。晚会仍在继续，高潮迭起。快乐和谐的一家人，没有因为父母亲的生病而让生活低沉下去，而是坚韧得挺了过来。这一家人好像都有音乐细胞，大哥唱新流行的草原歌曲，二嫂表演拿手的老剧目，二哥专练高难度的男高音，一曲不过瘾再来一曲。而孩子们个个叫好，无论是已经工作的，还是正在上大学的，现在的年轻人真是全面发展。三哥三嫂合唱西部歌曲，特别鲜明。我请媳妇出场唱歌颂沈阳的歌。小妹夫把南方的小曲儿模仿得淋漓尽致，那最小的外甥，一句一句，奶声奶气，笑得大家合不拢嘴。而最后的压轴戏，是孩子们临时组织的一个剧目，这是三国中鸿门宴的节选，每个人认真演绎，像确有其事一样，他们绷着脸。我们快把肠子乐断了，连父亲也从床上起来，站在客厅门口，笑哑了声。这台晚会在欢笑声中拉上了帷幕。

在春节之后，各个家庭很快回到自己的天地，父亲想起他的这些孩子，就像远处的山，望到了山形，但不知山里情况。实际孩子们在各自的天地中都有自己的作为。父母亲的子女中没有一个在才华、能力上超过上父亲的，但是因为他们生活在国家改革开放大发展的时代，他们生活相对父母年轻时代要幸福多了，这也是时代带给人们的。但是各自有自身的价值观、生活理念，有些令父亲不满甚至恼火，他对儿女们的了解，像看远处的山峰一样，只有一个轮廓，不清楚里面的内容。

家族依靠

父亲年富力强时，只有三个姑姑常来，在父亲重新站起来后，父亲成了家族的领袖，他年龄最大，也最有智慧，父亲兄弟姐妹家的事，有困难都找他，他哪天都不闲着。

大爷大娘早逝。大爷家的二哥娶了比自己大五岁的媳妇，生了好几个女儿。在老家没有出路，他投奔父亲来到家乡，靠着自己豆腐做得好，维持着一家的生计。开始他们租房子，父亲借一些钱给他们。这个二哥是个老实巴交的人，有什么事都要找父亲，父亲帮助他出主意想办法。父亲他们搬到城里居住时，他们的房子本来可以卖现钱，卖的价钱还高，但是他们就赊给了二哥，二哥他用五年的时间将父母的钱还完。二哥家培养了三个女大学生，她们在外回家过年，从来都要大包小包的拜见父母亲。父亲这时带着慈祥的微笑，和这些孙女们谈笑风生。她们对这二爷爷二奶奶敬佩得五体投地。这样的场景延续很多年，直到父亲去世。

二姑年轻时非常漂亮，她有很宽的额头，像父亲一样。但是有一双秋水盈盈的大眼睛，鼻子很挺，一张红润厚唇的嘴巴。她行为文雅，说话柔声细气。她这样的品性被是知识分子的二妹夫一看就相中了，可是二姑的婆婆从二姑和二姑夫成家后，一辈子瞧不起二姑。二姑夫的母亲见不了姑父对二姑好，姑父关心一下二姑，她都生气，家里的家务都由二姑做，婆婆什么事都不干，如果姑父上手帮助一下，她马上挥手不是打儿子就是打儿媳妇。二姑夫退休了，老都老了，她的母亲还在劝他的儿子与二姑离婚。他们在老家的日子不能过了，投奔父母做买卖。当时二姑夫已经患上肝癌，父亲他们常去看望他们，他们在父母跟前过了有七八年时间，他们相依为命，相互关怀过得很幸福。有时候二姑和二姑夫将门市关门，专门到父母家待上一天，父母亲和妹妹、妹夫之间说说话、唠唠嗑。姑父是个有学历的知识分子，但他非常佩服父母亲，将他原来当老师的一些事说给父亲，父亲将事情分析分析，说说自己的看法。姑父听着不住地点头。

一次他说："二哥，我们学校如果有你这样的校长，早就办好了。他们那些人自私，不研究教学，喜欢说好话的老师，结果认真教学的老师不吃香，有门子的老师都调走了。"

父亲说："这样的人哪里都有，要看用人单位怎么用人。"实际上一个学校的问题有时候是在学校之外，二姑夫的校长换成父亲这样的人，学校就好办了。

他们就这样谈话，可以谈一个多小时，说完话，姑父觉得特别畅快。因为二姑是个不善言谈的人，所以二姑夫有想法从来不和她说，有了父亲，他像遇到了知己一样。

三叔、老姑都生活在农村，他们打电话跟父亲说他们孩子也没都考上大学，所以在家除了务农，没有出路，能不能给孩子想想办法。父亲答应帮忙了。一天，三叔家的女儿，老姑家的女儿结伴到父母亲这里，父亲马上将哥哥嫂子找来共同想办法，哥嫂出面给她们找了个体诊所学医，她们就住在父母家，每天坚持去学习，时间大概有半年左右吧。后来都以这个专长找到了出路，现在都能够以自己的本领维持生活了。

最让父母亲操心的是三姑，他们自己管不过来，就要求大哥二哥出面解决困难。他们尽管不十分愿意，但父母之命不能违抗。三姑夫走了，三姑又找了个伴儿，父亲为她做主。十年过去了，这个伴儿又走了，三姑还需找个伴儿，这样的残疾人身边没有人不行，父亲还要操心。三姑患了癌症，我们大家都有心瞒着她，怕她着急上火。但是，父亲这个慧心的老人，不放心他妹妹的病，打电话叫来三姑的女婿询问三姑的病情，这位妹夫不敢撒谎，就和盘托出。父亲心里很难过，他不 和我们说什么，只是和母亲一起骑着三轮车到三姑住院的地方去看望三姑。

几闯鬼门关

父亲的一生充满了奇迹色彩。一个放羊娃能够考上中师。一个三十岁出头的人，能够带领乡亲们把一个穷山恶水的地方建设成为富裕农村，成为省级典型。热爱岗位，将农机工作大力推进。一个身患不治之症的人，坚持与疾病做斗争，努力把生命延续到八十余岁。这与他不屈不挠，热爱事业，热爱生活，热爱生命，总有坚定前行的信心是离不开的。长期的疾病缠身，人体的器官不同程度受到创伤，首先支撑不住的是胆囊。父亲住院了。要说一个八十万人口的县医院应该是不错的，一个胆囊炎治不好吗？父亲在县医院住了十天，仍不能解决问题，而且父亲的身体越来越黄。县级医院一般不主张病人转院。父亲到了这种程度，他们还说能治，家人有些撑不住了。这时，父亲也害怕了。他说："你们的爷爷就是因为这个病去世的。"他认为这次自己也要完了。

大哥找医生，医生说："像父亲这样的身体底子，又是高龄，这个病只能保守治疗。"

大哥说："保守治疗我们不反对，能不能保证治好。"

医生说："疾病向哪个方向发展难预料，所以只能说有希望治愈。"

大哥拿起电话，让我们共同决策。我们大家共同的意见是不能因为一个胆囊炎要了老爸的命。这时的父亲进入了病危阶段，大哥将转院的决定告诉了父亲。他同意转院。

我现在想，当时父亲病情非常严重，他知道要转院时，他不担心路途遥远出事吗？但是他以坚韧的态度维持着自己的生命。后来我和父亲闲唠时，父亲说了他当时在路上的感受。父亲说："当时身体都没有了感觉，自己的灵魂非常轻，总是觉得困，他就做自己的工作，不能睡觉，如果睡着了，要是醒不过来，再也见不到你妈了。"所以一直坚持没有睡，但是困得不行，这时他就动一下自己的舌头，使劲吸氧气，然后想自己年轻时的事，最后感觉身体的不舒服，说明自己还活着。人在危险的时刻，生命的自主意识非常重要。

到了北京航空医院，他就住进了危重病房，我想这时父亲是明白的，他一定觉得自己进了保险箱，放松了自己的坚持，因为这时父亲进入休克状态。是大医院的医疗手段先进、技术高明，还有父亲坚强的生命力支撑，经过三天的抢救，他的生命迹象才稳住，又治疗了十余天，对他进行了开腹手术，摘掉胆囊，将受感染的肝脏也削去一部分。父亲接受着重创的洗礼，又得到了重生。

这真是奇迹。但是父亲对自己的身体的认识却经历了认识再认识的过程，开始他觉得住在重症病房，他才最安全，认为自己只有在重病房，才能扛得过去，所以转出了两次，他都因为心里出现紧张，出现心脏不能承受的症状，又回去了。最后在医生的心理疏导下，他确信自己的身体有明显的好转才稳定心情转出普通病房。这样转进转出，再转进再转出，就过了一年，他七十九岁了。这个年，还没吃到饺子，没看上春节联欢晚会，是他的三个儿子和大孙子在北京共同陪他过的年。

父亲出院后恢复得异常快，大手术没有在他的脸上留下任何痕迹，他反而看上去年轻了几岁。但是留在母亲脸上的灰色无法洗去了，她真的是老了。病长在父亲身上，痛在母亲心里。这痛压给她的伤很重。父亲摘除病灶后，如同焕发新的生命力。而母亲却印上了永久的伤痕。但是父亲的精神好，也带动了母亲。这一年，他们走了不少地方。他们一起去了老家一趟。见到六十几年未见到的亲戚，母亲的叔伯兄弟；他们到超市，父亲尝试自己爬三层楼梯，然后接受老朋友吴老太太的邀请，父亲步行上三楼到她家吃了一顿饭；他们到县里水库公园的大坝，自己从大坝上滑下来；他们接受大嫂父母的邀请，到他们家吃了一顿饭等等。父亲的生命一次次出彩。他像个没病的老人一样。

二〇一〇年三月，父亲因脑梗又住进了医院，在抢救室抢救后，正向重病房转时，就在电梯口，父亲突犯心脏病。大哥大嫂看形势不好，马上退回抢救室，父亲又被救了回来。父亲的命真大，多少人经历这个过程，得不到及时抢救，撒手人寰。回到重病房，这次病来得突然，来得猛烈。在重症病房里，八天过去了，没有好转的迹象。人们都处在悲伤和焦虑之中。大嫂和大侄女去给父亲买寿衣。他们买好回家路上，侄女用自行车带着嫂子，自行车在路边。这时，迎面来了一辆轿车直接向她们撞来，只听“吱”一声，司机急刹车，大嫂被撞倒，侄女被撞飞，这是急刹车后惯性造成的。自行车被撞扁，她们被吓得魂出窍，面如土色。好在肋骨没伤着，只有皮肉大面积搓伤、青紫。我们说，这是老爸的灵魂在保佑你们，老爸一定会闯过这一关的。

实际上，对父亲这次住院的事，我开始不知道。后来大哥打电话告诉父亲住院了，我当时有事走不开，就将媳妇和女儿都送回家了。我刚刚完事时，家里来电话说是父亲恐怕不行了。我连夜往家里赶，两个司机轮班开车。我坐在车上，不断地打着电话，我觉得父亲不会有事，但是家人的担心不能不重视，心里一遍一遍地祝福老爸，鼓励老爸，我想老爸会挺过来的。凌晨四点零五分，我直接赶到医院，大哥二哥都在。大哥给我介绍了情况，说现在总体情况稳定，没有进一步恶化，可能脱离了危险。等到天亮，太阳升起来的时候，医生通知我们病人脱离了生命危险，父亲的生命保住了！父亲是以怎样的意志又躲过一劫。

这是多么令人激动得消息！我回到家见到母亲，她已经被熬得面无血色，头发白了许多，说话时恍恍惚惚。我将父亲脱险的消息告诉母亲，母亲还要问：“荣军，你说你爸脱离危险了，是吗？”

我再一次确切地说：“是的，妈妈，我爸他了不起，没事了。”这时母亲才相信了。

妹妹一家和三哥一家都赶了过来。几天时间中，我们分别在探视时间探视父亲，鼓励父亲。父亲生命力非常旺盛，虽然他不能说话，但我们从他的眼神中能够发现，天机在眼神中泄露，父亲求生欲很强。我和大嫂分为一组去探视。父亲看到我，很是高兴。可是，见到大嫂是特别得高兴，带着很强烈地激动和感激的情绪，他使劲地扬着手，呼吸急促。我怕他的心脏受不了，赶紧喊来护士。护士赶来对父亲说：“患者不要激动，不然你的心脏受不了。”父亲似乎听懂了护士的话，但是他好像还有话和大嫂说，对我这个远道而来看他的儿子却不怎么在意。

我感到这里面一定有故事，只是我不知道。后来听说，在住院期间，父亲在吃饭的时候突发心脏病，进入病危状态，医生认为父亲年纪大了，没有必要救。

大嫂跟医生急眼了说必须救，并将父亲留在嘴里的饭一点儿一点儿地抠出。父亲的呼吸出了问题，心脏出了问题，但是他的头脑没任何问题，他记得这事呢！他是知恩图报的人，对大嫂表现出特殊感情是有缘由的。但是父亲也不是什么时候都头脑清醒，有一次他突然犯病，跟前的大哥、二哥都不在，是大嫂的弟弟、表妹夫等人将他送进医院。父亲是突发性脑梗入院，行为发生了异常，把他送以医院的大嫂的弟弟、表妹夫等都用拳头使劲捶打，一下子能把人捶出几步远，不知道他哪里来的这样大的力量。后来大哥向父亲说起这事，他却不记得了。

八十大寿

在家和医院不断地穿梭中，父亲骄傲地迎来了他辉煌的八十岁生日。这位在四十八岁就重病卧床的人，战胜了一路的风霜雪雨活到八十岁，真是可喜可贺。大家要为父亲庆祝一下。大哥开始把这事想得很简单，说自家人坐一坐，为老爸庆祝一下就行了，太多的人会很麻烦，再把老爸累病了，划不来。父亲把大哥叫到跟前说："我这八十寿宴的事，大家都知道啊，包括老家的家属，我的几位不错的同事，我在宁南工作时的几个朋友都打听了。我自己也预备点儿钱。这事你们得给张罗张罗。"

大哥一听父亲的话语，他知道这事得郑重其事地办，而且不能简单。他搞了一个计划，将所有的事列出来，向父亲请示。父亲同意后，然后大哥开始忙起来，开始找饭店，还必须是一楼的，找到后提前预订，这样父亲不用爬楼梯。写主持词的事，由资深的大嫂亲自出马。亲自通知父亲点到的人，老爸也在做着自己的准备。大哥开始安排他发表一篇感言，有文采、智慧的父亲，却自己作了一首诗。我也回到家里为父亲祝寿，而且需要我的时候，一般都是经济问题。向父亲说了想法，打算他有什么开销，我直接付了。父亲却说："你直接付不方便，花钱的地方多了。"我明白父亲的意思，这是他对我不放心，我就把一沓钱亲自交给他。这时他心里安稳了。但是大哥、二哥和三哥，还有小妹，他们最后没让我多花钱，大家平摊费用。父亲为自己的寿宴很上心，在准备寿宴的日子里，他想起一件事就给大哥打电话。如果父亲是位将军，大哥就是他最得力的大将。他七个孩子中，送人一个，在外面养大一个，平日让他看来都云山雾罩的，谁在干啥，谁在想什么，他都掌控得不真切，特别是四哥在八年前就不见了踪影，有人说他在五台山修行，有人说他在别处，父亲的八十大寿，也没能通知到他。父亲对他八十寿宴这样的大事，他当然不能轻易相信大哥以外的儿女。事事都不糊涂的父亲，就是这样睿慧。我想这个老父亲，除了相信自己，就相信大哥，别人他都不觉得托底。这也是他多年考察总结出来的吗？从什么时候开始，我让父亲信不着了呢？

正月初八，一个晴朗的冬日，万里无云，也没有风。是为父亲祝寿的日子。这一天，大哥早早安排人到了饭店。饭店被布置得非常喜庆，台前巨大的寿字沾在墙上，空中固定一个彩球，由拉花向四周拉开，让人感到喜气洋洋的。每个桌子上放了白酒、啤酒、瓜子和糖，中间都有一个花瓶，里面放着红玫瑰。音乐换上了小妹妹专门找人制作的《快乐和谐一家人》，这是我们家族专有的歌曲，一遍一遍地播放着。大哥、二哥在饭店门口迎接前来的亲朋好友。父亲和母亲被安排在主桌，每个人进屋后都先来到主桌向父母问好，大家在一种喜乐的气氛中落座。我没有想到顾姓的亲戚也来了这么多人，有四五桌吧！有几位是专门从老家坐车来的，大家念着父亲的好，为父亲能在战胜病魔中熬到了高龄由衷地佩服。座位基本坐满了，这时生日歌响起，父亲和母亲胸前戴着红花，在生日歌声中缓步走向舞台面向大家，他的孙子和外孙女手捧着鲜花跑向前献给爷爷（姥爷）。全场顿时响起了热烈的掌声，然后由小辈扶着父亲回到桌前坐下。首先，主持人让大哥以长子的身份向亲朋介绍父亲，祝福父亲，祝福母亲，对参加寿宴的来宾、父亲的朋友和所有的家人、亲戚表示热烈地欢迎和诚挚的谢意。第二项，隆重地请出老寿星致辞。父亲站起来，神采奕奕，精神抖擞，他向大家朗诵了他为自己八十岁所作的诗，父亲声音洪亮，感情真挚，手里举着稿，但没有看，他一气儿朗诵完，大家给予父亲热烈地掌声，很多人还发出了称赞的声音，他们为父亲的精彩诗歌而感动，令大家佩服。又一次让我们见识了他的才华和智慧，我为他壮年就倒下惋惜。不然，他会为社会做很多事；我也为他八十岁这样精神矍铄、头脑清晰而感慨。为我有这样一位父亲而自豪骄傲。

我的妹夫献上一首诗，把父亲比作山、比作松、比作大河，他朗诵时热泪盈眶。这个叛逆十足的湘西汉子，自己亲生父亲去世时，他还年轻，对父亲瞧不起。父亲临终时，只希望他叫一声父亲，他却不肯。而父亲真的走时，他却悲伤过度几次晕倒。人到中年，他对岳丈的尊敬和热爱，是发自内心的。小妹妹拉着孩子们合唱了《快乐和谐一家人》。在座的各位都对顾家家庭和睦、尊老爱幼、团结向上的家风表示赞赏。唱完歌后，我们向父亲祝寿，致谢各位亲朋，感谢在父母身边常年照顾的哥哥嫂子。

蛋糕上来了，全场唱起生日歌。父亲在歌声中过了八十岁的生日。此刻，他看上去红光满面，鹤发童颜，精神矍铄。随着大家分切蛋糕，人们离座纷纷前来向老人祝寿，父亲也频频举杯示意。在附近的主桌上，坐着一位白发苍苍的老太太。我向三哥问道，老太太是不是父亲单位的老同事。他说她是父亲的老相好。这话说出来差点让我喷饭，三哥是用现代人的观念衡量父亲。父亲是那样保守而有自制力的人，怎么会有这档子事？况且，父亲壮年躺到，即便有这样的想法，也失去了机遇。但是我知道，这么多年来，特别是向老年迈进的过程中到真正成为老年，他们一直来往，每年都有礼物互送。这位老阿姨，就是当年帮助父亲找盖房的地方的吴阿姨，很不幸，很早就失去了老伴儿，与哪位孩子同住都不能相容，曾想再找个老伴儿，但是孩子们都反对。现在已经八十了，她孤身一人。父亲和母亲是她的伴儿，是她倾诉的对象，也是她心中的念想。前几年，她养了一只狗，自己与狗过日子，现在因为身体原因把狗也送人了。

这时，大哥招呼三哥前去敬酒，我起身紧紧跟上。我们哥儿四个共同一桌一桌地敬酒。我心中深有感慨，这么多年来，我虽不在家，但我也是父亲的孩子，可是三个哥有时候就把我忘了。说实在的，我在外面闯荡世界，为家付出也不算少。可是在他们看来，我是被小姑领养的。如果四哥在就好了，他一向对我不错，可是四哥你在哪里啊！不过，我也不多想。毕竟我回这个家的时间不多，照顾父母还是靠他们啊！

父亲的祝寿宴圆满结束，亲朋好友们都说办得不错，父亲自己也很满意。我们都担心父亲累着，但是父亲很精神。这人还能越活越精神，岁数越老越结实吗？这一刻，在父亲身上像是这么回事。

张狂老年

父亲生命中的最后一年，是他人生最辉煌的一年。在父亲八十大寿后，大哥这位大孝子，备受我们兄弟尊敬的人，到沈阳打工去了。我们在外地的孩子吃惊不少。过去，我想大哥在父母身边，对父母亲非常放心，认为只要父母他们有事，大哥在第一时间就能赶到，我们随后赶回去什么事都来得及。而大哥走了，父母有事找谁去呢？我曾认真翻阅了父亲的电话号码本，本上有修家电的王小庆师傅、有小区物业张师傅、有中药的李大夫，有全国各地治糖尿病、心脏病的通讯地址，有出租车师傅李重庆，有液化气公司电话，供热办公室电话等等，应有尽有。父亲的生活，可以在此一目了然。他作为家里的男主人，真正承担起过日子责任。而这个责任，他已经三十多年不承担了。有事他可以找到跟前的二哥、大嫂，完全不用他们自己办。可是老人不习惯，大哥是随叫随到，他们有时候却不应时。父亲说："求谁不如求自己，你妈我们还能做点啥。"所以他们试着自己做一切事情，母亲的小车成了她们的交通工具，母亲也认为她可以带着父亲到任何地方。但毕竟也老了，有时找不到路。这一对很自信的老人，每天在为自己的事情奔波。

我永远也忘不了那一幕。父母亲电动车的电瓶坏了，母亲推着车去修理，父亲在家，正赶上我回到家。他怕母亲找不到家，要我用车把他送到母亲修车的地方，我们到地方后没见到母亲。

父亲说："等一会儿吧！你妈走得没有咱们快！"

他向店家要了一个凳子，坐在那里等一会儿，只见一个弱小的身影，她推着一个小三轮儿缓缓地穿行在各种大小车辆中间。我真为她担心，哪怕一个冒失的司机一脚油门，她与车就会都飞出去了。父亲像是习惯了这一切。我在他的脸上没有看到一丝的担忧。父母亲熟悉这家店，他们时常来修车。

母亲到了，将电瓶拆下来拎上台阶说："不知道怎么了？就是不通电。"

店主说："放下吧！老太太，我一会儿给你看看。"

母亲将电瓶放下，老板给母亲搬了一个小板凳，说："大娘，歇歇吧。"

"谢谢！我不累！"母亲说着，坐到小凳上。

店主抽空把母亲的电瓶放在机器上检查一下，发现没有任何大毛病，就是电源断了，他顺手给接上，说："老太太，没有毛病，就是电源断了。我给你接上了。"

母亲说："现在能通电了？"

店主说："能充电了。"

母亲说："你要多少钱啊？他爸给钱。"

她一边问着店主，一边喊着父亲。

父亲也说："你收多少钱？"

店主说："不收钱。就接了一下电源，修好了。"

母亲说："要不给你两块钱吧？"

店主说："老太太，不要钱就是不要钱。"

说着，他还把电瓶给拎到三轮车上安好。

母亲一打火，电瓶工作了，说："他爸，你还坐我车回去吗？"

父亲说："我得坐你车回去，我怕你找不到家。"

母亲说："我能找到家，要不你坐荣军的车回去吧！"

我也让父亲坐上我的车走，可是父亲执意要坐母亲的小三轮。到了这样的年纪，父亲以为他和母亲同时行动，轮子才能转动吧！这样，母亲把父亲扶上三轮儿，母亲驾着三轮儿行驶在车辆穿梭的马路上。我看到他们行驶在大货车的车缝中，心里异常难受。我闭上眼，让司机开车。没有办法，这就是他们的生活。我在很远的外地工作，我不能够帮助父母亲。我为此感到悲哀，唯有祈祷和祝福，愿上天保佑我年迈的父母亲。

走亲戚

充分自我做主的日子，让父亲劳累着。他不断用自己的智慧和母亲的体力延续着生活。他的智慧指引着母亲走，母亲的健康牵着他外出。灯坏了，带着老伴儿到灯店选灯。他选灯，要把所有的灯店转个遍，最后选型。父亲是个很挑剔的人，也很精益求精，一辈子都没改变。我以为需要什么，到那里直接买上就行，可是这一对老人不厌其烦地转，还要讨价还价。茶几碎了，二哥答应帮忙换，但是因为单位公务没有马上做。父亲母亲自己去买了一个，父亲选一个，人家要关门，说明天送来。母亲忘记已经选了茶几这件事，她又选了一个，自己拉了回来。结果两个茶几，两种颜色，一个黑色，一个白色，一个大一些，一个小一些。这两个茶几体现了父母亲的品性，一大一小、一白一黑的茶几放在那里，就像孩子们摆在那里的积木。我们回到家，看到它们，虽然觉得有些不和谐，却很有趣。

父母他们嫌床大，他们找地方换床。所有的家具店都问过了，人家不给换。

这时，一个好心的老板说：“大爷，这样吧，我给你找个人，把你的床改小了怎么样？”

父亲说：“那不错。”

木工师傅一边做活儿，一边说：“你这床板也就七八十块钱。一百五十块钱，我给你买俩回来。”

师傅走了，父亲将师傅的话记在心头，他们没事到家具店询问和自己用的一款床的价钱，这价钱真与木工师傅说得差不多。这下老两口动气儿了，因为这床是二哥帮着买的，报的价格是二百块钱一对。他们认为二哥在这里打了埋伏。父亲本来就是个爱讲故事的人，这件事他给我讲了，我不好说什么，只是笑，实际好多店现在的物价是一时一个样，谁知道这里的是非呀。

吴老太太来家里串门，有意请父母亲去家里吃饭。他们都是老朋友了，可是吴老太太住在三楼。这对父亲来讲是个难题。从我们掌握的情况看，父亲上不了楼。后来，听说父亲能够上二楼，在地下超市试验过。但是，他和母亲还是去了。这在他病后的三十多年中唯一一次上三层楼。为了看看这四十年老朋友的家，为了实现老朋友在家招待他的愿望，也许这愿望在吴老太太心里也存在几十年了吧！写到这里，我觉得父亲像刚学会走路的孩子，不断渴望外面的世界，不断地探索，不断提高自己的能力。可是孩子的生命是向上的，父亲的生命在下行，父亲的年龄和身体都有局限性。对这一点，他恣意消耗自己的生命，说起话来就忘了自己的身体有病的现实。他似乎不在意这一点。吴老太太家的面积没有父亲家大，但是收拾得很干净。父母亲相伴参观了吴老太太的居室，坐下来吃饭，两荤两素，吃的羊肉馅饺子。父亲还喝了一杯啤酒。他们都想起来当年他们都还年轻，吴老太还把父亲当作他们农机局的局长，她认为在父亲病倒后，后来的几位局长都没有父亲敬业能干和精神饱满。是啊，父亲那个时候山一样的品格，英姿勃发，身体力行，真是干了不少事。当年吴老大没少向父亲请教事情。当然，也帮了父亲不少忙。吃饭中提起当年的往事，三位老人都开怀大笑。

我五一放假回家看望父母。父亲提出要坐我的车，到五姨姥姥家。我说我陪他们去。父亲不允许，让大哥大嫂陪着。他们出发不久，我的电话铃声响起来，原来是姨姥姥，她一听我接电话说在宁山天义，就说："荣军，你怎么不陪你爸妈来？"

我不知道说什么好："我在这里要考察市场，和人家联系好了，走不开。所以我没陪父母去，我大哥大嫂陪着他们呢，等我有时间一定去看望您老人家。"

挂了电话，我赶紧打通大哥的电话说："哥，姨姥姥来电话了，问我为啥没去看她。我说我有工作走不开，你到后可要按照我的话去说呀！"

大哥笑了，说："没事，我会把话说圆的。"

姨姥爷是父母亲师范时的老师，而姨姥姥是母亲的同学。姨姥姥和姨姥爷是师生恋，母亲和我说过这事。姨姥爷年轻时教过父母亲，又加上亲属关系，所以他们的感情非常深。姨姥姥在饭馆请他们吃饭，他们与父母亲年龄相仿，也都是白发苍苍，他们对父母亲的到来是非常高兴的。所以，这饭吃得很长时间。父亲与他们的这次相见，是父亲未住院期间，走得最远的路。他打算年后到我们家、妹妹家、弟弟家都看一看。

这一年，父亲带领母亲几乎每隔一两个月就出一次门。他们回过老家，看了老家的亲属。还给爷爷奶奶上坟，不知道父亲这八十多岁的老人给自己的父母亲上坟时，心里想得是什么。母亲说回去时，我们的哥哥和老家的弟弟们给填土，她和父亲共同向坟茔行礼。他们去了母亲的老家，还真找到了母亲的叔伯弟弟，这一姐弟相见，中间相隔了五十多年。他们去了何叶姑家，这位姑姑是我四爷爷的女儿，四爷爷在父亲成长中给予了很大的帮助和支持。四爷爷走了，何叶姑也老了。父亲走向她们家，从小区门口走到他们的楼中间，有二百多米。这也是父亲，从未走过的距离。但是他走了进去，又走了出来。姑姑住着大房子，是姑娘给买的，生活富裕舒适，就是老伴儿先走了，独自一个人有些孤独。父亲讲到这些事，又回忆起他青年时代的坎坷说："没有你四爷爷，我就不会有今天。"

父亲他们还去见了他的老同学，毕业近六十年，同学相见，互相还能认识，而且父亲一一叫出了他们的名字。这老人家真是记忆力超群。我真是佩服他们这一代人的智慧和才华。

换住处

父母亲的住宅，是二十多年的老建筑，最近传闻要拆。我们大家知道这楼一时半会儿也是拆不了的。父母亲算得上老住户，在这栋楼里住了十几年了。这楼里住得多是退了休的老人。所以每年回家过年总能听到，母亲念叨哪个单元哪个楼层的某某因病去世了；新搬进的住户，什么习惯都有。一天，小妹妹回家来给父母洗衣服，往门前的晾衣绳晒衣服。楼上的住户，开窗喊道："别往上面搭衣服，那是我们家的绳子！"

妹妹回头跟我说："这都是什么人啊？"

又到休息时，我跟母亲买菜回来的路上，母亲指着路边的铺面说："有那样的一间房，就够你爸我俩住的。"

还没等我反应过来是什么意思的时候，她已经走到面前，正赶上小铺子的主人出来，母亲问道："你这楼是多少钱买的？"

人家告诉她说，花了近二十万。

母亲问："现在，还有卖这样的楼吗？"

人家说："附近没有卖的了。你要想买楼，可以到前面那栋楼里，到售楼处去问一问。"

母亲说："谢谢。"

她一边走，一边说："人们都说我们住的楼要拆呢！我们到那里去问问，有没有卖的楼房？"

我就陪着她前去打听，一问才知道有现房，但都是五六层的楼房了。我们回到家，母亲照例向父亲报价，然后把我们打听楼房的事告诉了父亲。

父亲说："唉！你就别操心了！这楼拆不了，他们要拆，我们不搬，他们能把我们怎么样？"

母亲说："你那么说还行。人家都搬走的话，我们能不搬吗？"我听到这些话，心里不是个滋味儿。

随后，我把这话说给二哥。我说："二哥，爸妈住的楼要拆迁，他们可住哪儿啊？"

二哥说："甭听他们瞎吵吵，那楼近期拆不了。如果真要拆，我就接爸妈住我家，我家是一楼。"

这个态度不错。但是不能解决二老的后顾之忧。正好，这时我卖掉了一处住宅，就与爱人商量，在宁城买一个房子给爸妈住吧！主意定了，告诉了父母亲。

父亲说："这房子一时半会儿拆不了，不用吧！"

我们也没听父亲的话，我和大哥找了一圈房源，没有找到合适的，就把这事交给大哥慢慢找，然后我回单位上班了。

过了一段时间，大哥找到一户旧房子，是他住楼房后的一栋，而且是一楼。我们商量认为位置可以，但是卖房人关系复杂。这房子女主人和自己未婚的女儿共住，而男主人现在在监狱服刑。我们俩沟通后，感觉不妥，就把这事放了下来。这期间，父亲找大嫂打听到了这房子的地方，他们是满意的。

不多时，父亲打来电话说：“荣军，你说那房子还买不买啊？要买就快买，不买就算了。”

我说：“能不能再找一找更好的房子，我怕这个卖房子的人有麻烦。”

父亲说：“我看这个房子就不错，再加上上哪里找这样的房子啊？你说得那个所谓的麻烦不存在。只要房证是卖房人的就行。”

我再次找大哥商量，最后定了下来，我回父亲家和嫂子一同到卖房的那家看看房子，那房主人说：“你们家老爷子和老伴儿都来过两次了。大爷进屋后，坐在前屋的床上，我怕老人累着就让老人在这张床上多躺一会儿。”

这说明父亲相中了这套房子，而且他不怕事，因为他能分析到事情的根本。老人家有这个态度，我们做儿女的还说什么。

我与卖房者签了合同，但该来的事还是来了。就在交易中心进行交易时，女主人的小姑子赶来阻止她卖房，说：“这房子有他哥的一半。”

她们在交易大厅吵了起来。

保安过来阻止他们，办证人员对来找茬的人说：“你说什么都没用。这房证写的是独立产权，这与你没有任何关系。”

那个女人走了，扬言要找人收拾卖房人。卖房的女主人打电话叫来她弟弟护驾。我真怕她们再节外生枝，加快交易速度，当天交易完毕。

卖房人第二天就搬了出去。又过了几天，父母亲搬了进来。我又一次独自来看父母。出租车送我来到这个小区，司机说：“这个小区是富人区。”

我下车后，发现这个小区的车真多，说明富人不少。可我的父母是穷人。母亲的小三轮儿在楼下，怎么看它也是一辆车啊，可是在这栋楼下一停，看上去就像个箩筐。但是父母亲对它倍加爱护，每天都用塑料布罩好，锁好。开始怕有人偷，住一段时间后，发现这里很安全。

设立奖学金

父母亲量入为出的生活在延续。我们没觉得他们富裕，但是也不认为他们穷。毕竟，他们二老每月都有退休金。

一天，我在外出差的时候，父亲打电话给我。我说：“老爸，有什么事吗？”

他告诉我，要元旦回去一趟，说有事商量。我原来没想元旦看望母亲。因为前不久，才回家一次，但是父亲说了，不敢违抗。可是父亲有什么事呢？也许每个人都带着这个问题不约而同地回到父母那里。

人员到齐后，父亲郑重其事地说，一要建立奖学金制度，二要买车。他不过攒下六万元钱，这对他们老两口来说是一大笔财富。他要拿出三万元作为家族子孙的奖学金，奖励优秀的孩子。另外的三万元购买一部车，他要向每个孩子借一万元，然后买一部车。这个意思提出后，让父亲很没有面子，我们所有人都不同意，一致认为父母亲都已年迈，用钱的地方很多，这钱应该作为二位老人的救急钱。父亲反复说，他身体现在很好，母亲身体也很好，暂时不需要钱，所以非要这样做。无论怎么说，父亲也不改变。

我向大哥提意见说：“大哥，莫不如一事一议。”

我是跟大哥私下沟通的：奖学金可提；车不能买，买了车，没有办法管理。

我鼓励大哥买车：“大哥，你们买车吧！父母亲和嫂子的父母亲年龄都大了，买车方便点，这样老爸就不张罗了。”

大哥说：“目前，我的实力还差点。不过，可以计划着。”

于是，大哥对父亲说：“老爸，别让大家这样乱议论了，咱们一个问题一个问题的讨论，怎么样？”

父亲说：“行，你说得不错。”

只见他面对大家，坐在竹制的靠椅上，泰然自得。我们大家或坐在沙发上或坐在小凳子上，将父亲半合围。母亲是不管事的，她在卧室里打游戏。

父亲接着申明他的想法，我认为他说得是有一番道理的，只是因为他们老了，需要孩子们帮助落实。我坐在最边上的沙发上。观察他老人家。我想此时此刻，他享受到的是类似于领导的权威，他是不是以为他是当年的公社书记呢，因为太像做报告了，这是中国式家长的权威。

大家七嘴八舌地议论着，大哥帮着维持秩序。小妹夫先发言说：“三万元实在不多。但老爸的想法不错，我觉得我们可以提出这个想法，也可以搞个制度放那里。不用先投入钱，老爸老妈年龄一年比一年大，有点儿积蓄以备急用是必要的。”

妹夫说得不错，但是父亲的钱不多，但是他却想着怎么鼓励后代好好读书，这事很有意义。

二嫂说：“爸，我不同意搞奖学金。你们俩都已年龄大了，还身体有病。这钱留着治病用，有钱也应该给我妈存点。”

二嫂对母亲有特殊的感情，在这件事情上，她还想着母亲。

我家的代表是我媳妇。她说：“老爸，你这个想法挺好，搞一个奖金制度鼓励孩子们求学创业，出人头地。我倒不反对，但是这钱是不是一定先拿，也可以说个数儿放那，或者拿出一万元钱放在那里。不管怎么着，你们二位老人都到这年龄了，今天好，不敢说明天也这样。有点儿救急钱，还是必要的。”

二哥说：“要搞奖学金不在多少，只是个名誉，拿到就光荣。另外，别条件太高让人够不着。”

二哥说得非常有道理，表达了人们对奖学金的向往和可操作性。

大嫂说：“老爸老妈的想法不错！我想还是搞奖学金吧，鼓励下一代孩子们学习进步，有一个家族意识，我赞成！如果大家觉得老爸的钱少，大家可以往奖学金里注资。”

大嫂认识问题比别人深刻，但是让大家注资的事情，可能行不通，现在每个家庭的日子都是上山阶段。

三哥说：“这事简单！老爸你就决定吧！”他离得远，吃粮不管户。

大家又议论起来。我走到大哥跟前说：“大哥，看来设立奖学金的事，多数人同意，你就马上把老爸的意见修改得了。”

大哥说：“爸，这样，你也说半天了，你去卧室里休息。我来研究一下怎么将草稿修改一下。”

父亲休息去了，大哥领着大家，最后把制度定了下来，分别征求意见，大家都不再说什么，就由父亲发布了。

然后，父亲重提买车的事。

“我反对，爸。你这么大岁数不适合买车，为车操不起心。但是你非买，你自己有钱，我不反对。跟我借钱，我现在没有，我有外债近十万，现在还在逐月还。”说这话的是三哥。

其他的人一一反对买车。父亲长叹了一口气，也就把问题放下了。我似乎有点同情父亲。唉！人老了，不是什么事情都能做，我的老爸，你明白吗？

等到春节后我们再回家看望父母时，又和我说起买车的事。原来父亲搬家后，去了一个叔叔伯伯家，参加他儿子的婚礼。他们曾经来为父亲祝八十大寿，父亲这个认真的人觉得自己得去，给人家捧个场。其实他不去给稍礼金也行，毕竟他们都这么大年纪了。可父亲认为自己行啊，大哥找车把他们送去，与这位叔叔说好由他给送回来。这位叔叔也答应了，可是也许叔叔为喜事忙晕了头，他没顾上送父母。父母只能打车回来，别的车打不着，打了一个三轮车，父亲坐不上去，几乎是跪在车上到家的。

经历了这件事后，他说：“说啥也要买车。”

我听父亲讲这段故事都怨这位叔叔，父亲说：“别说他了，他们也觉得对不住我们两口子，带上东西专门到家里来赔礼，事情都过去了，还说它干啥？”

我和三哥商量后说：“现在是家人得有个车的时候了，用起来方便。不如这样，大哥二哥谁家买车，让父亲给上两万。”

三哥说：“这样也不错。”

他耐心地劝父亲，父亲最后同意了。

父亲独自当家的日子到头了，大哥回来了。有事时，他又可以找他大儿子了。如果没有这一年的实践，他也许知道在意自己的身体，小心生活。可是有了这一年的折腾，他放松了自我保护意识，特别是大哥回来让他放心了。过春节时，他天天都很疲惫，我们大家都感到担心，劝父亲要休息，劝父亲少活动，可是怎么劝都劝不进去。

春节后，父亲还没有休息，她千呼万唤的小姨子，也就是我们的老姨来了，本来没有他的事，他一定要亲自为小姨下厨。吃过饭，谈话到十点多，母亲硬是让他休息，他才回到床上。可是，当晚就犯病了，吃上药缓过来后，早晨又病情加重了。

他告诉母亲说："这次我可能先走了。"

第八章
依　恋

初迎朝阳

父亲的七个儿女中，在他生病之后这段时间里，他引以为傲的就是大哥。大哥的人生也有些传奇色彩，十六岁时响应国家号召，高中毕业下乡，下乡不久就入了党，十九岁当上大队党支部书记，而这些是大哥自己干出来的，他骨子里传承着父亲的苦干精神。

在乡下是艰苦的，刚下乡时正值秋收的季节，骄阳似火，大地弥漫着成熟的粮食谷香味道。每天起早到田里收割谷子、高粱、玉米和大豆等作物，很多青年都吃不消了，他们在家都娇生惯养，不习惯农田劳作，到了农村没几天就病的病、逃的逃。大队干部直接找到县里知青办，请知青办好好组织一下年轻人，现在正是用人的时候。知青办主任带人下乡到基层调查研究，想在知青中发展一批党员，让党员发挥带头作用，他们发现大哥很朴实、很能干，在村民中印象好，正是组建知青点党支部的时候，认为他够一个党员的条件。

他们找到大队说："你们知青中叫顾荣兴的同志提出入党申请书了吗？"

大队老支部张书记说："提出来了，这小伙子思想上要求进步，他刚到知青点就递交了入党申请，现在他每隔一段时间就交一份思想汇报，我们村上支部有意发展他为党员，可是不知道这样行不行。"

知青办主任说：“老书记，这样怎么不行啊，我正想组建知青点党支部，用党支部来凝聚青年们，做青年人的思想工作，以党员的模范影响青年。”

老书记说：“那我们就开会研究这个问题行吗？”

主任说：“老书记，我们这么办，我回去后对所有的知青来一个全面考核，每个考核鉴定上党支部都要拿意见。你在这个过程中，认为顾荣兴符合党员条件，可以按照《中国共产党章程》的要求吸收他入党。我争取在下半年将知青点党支部建起来。”

老书记非常高兴地说：“好，我就按你说得办，顾荣兴这小青年真不错。”

知青主任回去做工作了。

两个月后，大哥被吸收为中共党员。那个年代，加入党组织没有预备期。在申请入党的同志中，他是那批入党人员中最小的一位，一被经批准就是正式党员，大哥入党了！这消息是大哥下乡的那公社书记告诉父亲的，同时还向他祝贺，说他的儿子表现非常优秀。

父亲脸上非常光彩，他不好意思跟别人说，回到家跟母亲说：“咱们的大儿子不错，入党了！”

母亲说：“不错不错，他那么小，入党后什么都得带头干，他能吃得消吗？”

做母亲的更关心孩子的身体健康问题。

父亲说：“没事，我刚从农村走出来时比他瘦多了，简直是皮包骨，不也顶过来了。”

母亲说：“那你有空要到他知青点看看他，也嘱咐嘱咐他，年轻人要谦虚，另外别累坏身体。”

父亲说：“你想得对。”

父亲在一个月后，到大哥下乡的大队下乡，办完公后，约大哥出来在田边走了走。一望无际的大地上，各种粮食作物都成熟了，大豆的豆荚基本黄透，谷子被谷穗压弯了腰，齐刷地压着头，有些庄稼已被割倒。一对父子走在秋天田野中的小路上，这是两代人的交流，长辈的经验带着岁月的厚重，晚辈的体会都是新鲜泥土的味道。

大哥把自己的情况向父亲做了介绍。父亲说："不错，不过你现在农活干得不错，不知你记读书笔记不，学习抓得怎样？"

大哥说："读书是读了点，不多，没记笔记，主要是没有时间。"

父亲说："这样不行，时间是可以挤出来的，向雷锋同志学习，发挥钉钉子精神。当然读书是学习，实践也是学习，重要的要善于总结，所以要记一下日记，每天把学习心得和工作体会都记到日记上。"

说着父亲从包里拿出一个新笔记本说："爸给你拿来一个笔记本，你好好用吧。"

大哥拿过笔记本，翻来调去的瞧了又瞧，一副爱不释手地样子。然后父亲就做人、做事又向大哥谈了一些，他就往回走，大哥送他。

他在回去的路上，碰上了村里的老支部张书记，父亲与他也熟悉，父亲说："书记，你好啊！"

张书记说："你看，这不是顾局长吗？你怎么到这来啦？"

父亲说："我到大队下乡，顺便来看看我儿子。"

说着对大哥说："快来见老支书。"

大哥说："爸，我们是熟人，我入党还是支书做介绍的呢。"

父亲说："是吗？老支书，谢谢你对我儿子的培养，今后请你还要对他多要求，严要求，我这个儿子在你这里，我就放心了！"

老书记说："顾局长，哪里的话，顾荣兴，姓顾，没想到是你的儿子，你儿子他非常优秀，又有文化，咱村里就缺这样的青年，你就放心吧！顾局长，你到我家坐一坐呗！"

父亲说："这次不了，下次有机会我一定到你家中拜访你。"

老书记说："那你和儿子再待一会儿，我去办事了。"

父亲说："好，下次见。"

父亲很忙，也和大哥告别，自己回大队部和队干部们谈论一会儿后，他又到别处去了。

知青点党支部成立，大哥做支部的组织委员。支部中，因为党员人数少，所以从村支部借一位党员进来，知青点的老大哥有三年下乡经历的宋东旭，组织上让他当书记。又过半年时间，宋东旭被县知青办抽调回城，党支部的工作基本落在了大哥身上。大哥和知青点的知青们，把知青点当家一样经营，他们办起猪厂，搞米面加工，在知青点的院内还架起简易的篮球架。在农闲时，大家打打篮球。知青点的生活有声有色，下乡青年变得不总往家里跑了，家长对孩子也放心很多，他这个知青点做法得到县知青办的推广。大哥做这些事情就像看到父亲当年的身影，一样的朴实无华，一样的敢想敢干，一样的贴近大伙儿。

大队党支部进行改选，乡党委有意吸收知青点的青年党员加入大队党支部，因为大哥他们知青点的日子红火，工作有劲头，影响着周围乡村的生产和生活。

大队书记有意推荐大哥接他的班，直接找到了公社党委组织委员说："我老了，没有年轻人有朝气，你看人家知青点工作干得多亮堂，不但在那下乡的知青不走了，我们各村的年轻人都天天往那凑，我这个书记想让给顾荣兴小伙子干，他有两年党龄，对党忠诚、有干劲，对工作有颗火热的心，另外年轻有朝气，接受新事物快，有他们这些下乡青年在，我们农村也能借一些力，让他做书记，比我做对大队的生产、生活都有好处。我也私下与大队支部的其他支委商量过，他们同意我的想法。"

组织委员认为这个想法不错，向公社党委作汇报，公社党委认为这是一项新生事物，吸收知青到大队支部来，有利于农村建设，对知青成长也有益处，于是公社党委在这次各大队支部改选中，为此增加一项试验型工作，让够条件的知青党员参加到大队党支中来。

大哥当上了大队党支部书记。这时他刚刚十九岁，身上的担子重了，但是他有三年多的农村工作经验，凭着一心为了群众、一心为了推动生产，在工作中虚心学习，吃苦在先，所以很快得到群众的拥戴，当年被公社推荐在县农业六百人参加发展大会上做了典型发言。真是无独有偶，也是在这个大会上，父亲因为家里盖房一事受到通报批评。于是公社的党委书记对大哥在态度上有所改变。

大哥带领大队一班人把工作向前推进，随后找机会回到家中。

他将近期情况介绍给父亲。父亲说：“你长期在农村也不是办法，不如这样吧，今年征兵工作还没安排，你准备准备参军吧！”

大哥回到大队上，没过多久，全县征兵工作开始，大哥在发动全大队各村应征入伍时，自己在做激烈地思想斗争，他是热爱军队的，从小就对那身军装非常崇拜，做梦也希望自己也穿上这衣服，成为一名合格军人。但是他在这个知青点四年多了，自己带领知青和社员打下的基础来之不易，如果再能坚持一到两年，所在的乡村就会有一个整体的变化，如果他这一走，不知会变成怎样，但是在最后，他还是决定报名。他首先到公社找到组织委员，说了自己的想法，组织委员马上请示公社书记。这时大哥当兵去，再换一个支部书记，这难题也就解决了，所以他马上同意。

青果未熟

在我从母亲家里拿来的小相册中，有一张全家福，我看着这张全家福，想了想，这是我们家第一张全家福。在这之前没有，在这之后又过了几十年，陆续有了几张全家福。这张全家福就是大哥入伍即将出发前借了一个照相机在老院子的房子门前照的。那时我上小学，听说大哥当兵了就跑回家来。二哥仍在下乡，三哥上初中，四哥上小学五年级还满脸的稚气，小妹妹五六岁坐在母亲的怀里。一转眼，这张照片记录的场景都过去四十年了。

大哥在父母亲千叮咛万嘱咐中，和新兵一起登上火车赶往部队，开始了新生活。父亲身边少了一个帮手，他又把一些体力活捡了起来。现在他的身体大不如从前了，他怕入伍的大儿子想家，写信嘱咐他在部队这个大熔炉里好好锻炼，将来成为对社会有用的人才。

大哥他也是好样的。他们一批新兵到了部队，领兵的军干部把大哥招入部队，像得到宝一样，到了部队就把大哥领到首长那里做了介绍。首长看着大哥个子不高，敦敦实实的，看不出像领兵干部说得那么好，因为大哥是党员，所以党员关系直接落到连队。连队党支部将他吸收进来，这引起新兵的不满，平时故意冷落他。大哥认为没必要和他们计较，自己带了几本书，在闲暇时就读一读，还把父亲送给他的笔记本带来了，有一半还没有用完，他接着用。很快部队对新兵进行基础训练，先训练体力耐力，他们进行强行军，大哥个儿矮，背上行李和装备就看不见人了。

指导员走过来说："顾荣兴，你还行吗？"

大哥说："报告指导员，我没事。"

等到一个里程下来，有一半的新兵躺倒，大哥没什么问题，他歇下后就跑前跑后给战友们打洗脚水，帮着解背包等。

新兵小魏说："行啊，顾荣兴你不累吗？快来歇歇。"

"我不累，这点路算啥呀，我们在农村时，每天早上五点就下地干活儿，比这苦多了。"大哥说。

小魏很吃惊地说："怎么你还在农村待过，你不是城镇兵吗？"

大哥这时也忙完了，来到小魏身边坐下，说："我高中毕业就下乡了，是在乡下直接参军的。"

小魏说："我也下过乡，但我基本没去，就在家待着了，当兵来就指着将来能分配工作。"

大哥说："将来干什么，我们也得将这军训坚持下来。你今天怎样？"

小魏说："我还可以，我在家喜欢打篮球，所以身体素质还行。"

这时开饭号响了，大哥他们起身去吃饭。

晚饭后，指导员带队到各班巡查，来到大哥他们班上，全班人都休息了，大哥还在灯下看书。

指导员到后，大哥马上站起说："指导员！"

他给指导员郑重地行了一个军礼。

指导员说："顾荣兴，你还没睡呀？"

大哥说："报告指导员，我马上就睡。"

指导员说："你这么爱学习，将来可以考军校啊，早点儿休息吧，明天还要急行军。”

大哥说：“是！”

大哥躺下来，指导员的一句话让他动了心，他是多么想上大学呀，如果考上军校也不错，想着想着进入了梦乡。

凌晨五点，部队起床号吹响，战士们紧急集合向前进目标开拔。八点就地休息，每人发了一个面包、一瓶水、一根火腿肠，二十分钟后继续行军，下午两点到达目的地。刚到地方，大哥还没休息，就被抽去连队成立一个紧急救护队，原来上午的急行军中，有许多没有走过这么远路的战士受伤了。首长告诉紧急救护队对伤员进行治疗救助，这回大哥出名了，因为在农村时他们知青点就有救护箱，自己有点儿小毛病从来不去医院。

在救护队中，随队军医发现大哥手法熟练，就说：“顾荣兴，你带一个队，我带一个队。不然，我们忙不过来。”

这样大哥成了代理医生，连队指导员看着救护队的同志忙碌的身影说：“这小伙子不错。”大哥的表现给他留下了深刻的印象。

体能训练后，部队休整两天，马上开始技能训练，这不但要有体能支持，还要有技能，不然很难通过。大哥善思考，又有体力，所以每项训练他都能够得满分，等到训练进行到最后，连队里只有包括大哥在内的为数不多的人全部以优异成绩通过。全连召开了部队基础训练总结大会，大哥得到两项奖励，一项是全部训练项目均达优秀奖，一项是训练期间主动为战士服务的助人为乐奖，这时连队里人人都对他刮目相看了。

大哥给家里写信报告他们训练结束，他取得了较好成绩的情况，同时请示父亲，他想报考军校。二哥这时考上中专，大哥写信表示祝贺，并将他的军务补贴寄了一部分到家里，父亲写信同意他准备报考军校的事，让他注意身体，不要寄钱给家了，但是大哥参军的四年中，每年都给家寄钱。

第二年，大哥开始担任班长，他在完成各项任务之余，全力复习，准备报考军校。我在一九八二年考入大学，他用英语给我写了简信，把一件崭新的军装上衣寄给我，我是那样的高兴，穿上绿色上衣，自己又配个绿色裤，俨然像一个战士。一提起大哥无比的自豪，自己的学习劲儿也高了，这个时候大哥好像谈恋爱了。听母亲说，他们一起下乡的女知青在县里部门工作，正在和大哥通信呢。

第三年，大哥他们几位准备考取军校时得到通知，因为对越边境吃紧，部队不派战士参加军校考试了，每个战士都要严阵以待。大哥放下考军校的想法，想报名参加对越的反击战争，但他的部队是汽车兵，一般开不到前线，闲下来觉得没事干了。小魏跑来悄悄告诉大哥："顾荣兴，我听说部队要从基层提拔一批干部，你够条件，如果咱连出一个也应是你。"

大哥说："提拔都是组织上决定，我们对自己只能听从组织安排。"

"你别太一本正经了，现在都什么时候了，你要不去找找人，肯定不是你的。"小魏说。

大哥说："谢谢你对我这么关心，让我再想想。"

大哥左思右想，认为自己的表现和为人摆在那里，组织会对自己有一个公正态度的，所以他也没有行动，不长时间有了消息，同连的一个班长被提拔到别的另外一个连队，而自己的连队来一个其他连队新提拔的干部。

这时大哥才明白过来，他去找到连队指导员，说说自己的想法，指导员说："开始推荐时有你，但是首长指名提拔另一位，所以你就没得到提拔，好好干，还是有机会的，不要闹情绪，要经得起组织对你的考验。"

大哥没说什么，回到了宿舍。小魏又凑过来说："我说得怎样，不过你也别生气，听说被提拔的那个班长给某首长送了一台缝纫机，这东西都凭票，别说你没钱，就是你有钱也买不着，我知道这几年你一直在给家里寄钱。你说得对，就是咱们去找也没用，因为咱们没那关系，也没钱。"

"部队的风气怎么会这样？"大哥说。

小魏说："现在社会到哪儿都一样。我准备转业了，回去后也得想办法。不然，好工作都找不到。"

他又说会儿话走开了。

对越反击战打起来了，大哥他们部队待命，要求停止一切通信。

父亲开始得病，越治越重，最后卧床不起。父亲这座山因为突发的重病使他失去了生机。但是山的阴影仍在，这阴影影响他的儿女的生活，首先在大哥这里体现了。

大哥的部队向前线方向移动六百公里待命。三个月后，部队解除紧急状态，返回部队所在地，开始部队的吐故纳新，小魏提出转业，大哥被叫去谈话，要求他在部队继续服役，并承诺再有提拔时他排第一。

大哥共收到八封信，他一封一封拆开读信，有两封家信，他得知父亲得了病中，家里只有母亲和三哥，小妹还小，照顾父亲很吃力。他这时陷入了沉思，按照首长的谈话，如果继续留在部队，他有希望提拔，可是父亲怎么办，母亲自己能不能照顾父亲？弟弟还小，耽误了学业，将来怎么就业？有三封是女朋友写来的信，表明了自己感情所属，大哥也很激动，女朋友长得很漂亮，有点像刘晓庆，梳着两个又黑又粗的大辫子，家里父母都有工作，她是家里的老小，大哥也想表明自己的感情，毕竟通信已经有两年了，双方之间都很了解。还有两封是朋友的信，知青点都撤了，点上的知青都返城了，有的工作，有的待业。看完了信，他又思考起来，自己的女朋友也许希望自己留在部队，将来提拔起来多好，可是家里怎么办？他一宿没有入睡，第二天带着两封家信找到首长，要求转业，首长再三挽留，大哥坚持自己的意见，最后首长说："你真是个孝子，转吧！"这时部队得到命令要休整下来，大哥请假回家，陪父亲在京治病，两个月后归队。

一天，大哥、小魏还有一些准备转业的战士在小果园遛弯儿，这果园还是他们入伍那年开辟的，那个时候营队初建，除了几栋房子外什么都没有，这入伍的四年中，战士们为营队建设没少出力，这回真的要走了，心里真不是滋味儿，满园的果树结满了果子，可是一个熟的也没有。

大哥穿着没有军徽的军装和几个战友登上了开往家乡的列车。

杨树林

大哥坐在火车上望着车外迅速闪过的风景，心事重重。入伍四年，两年前他回家探亲，那时父亲身体好好的，他怎么也想不通，开朗、健康的父亲怎么说倒下就倒了，而且到首都医院治疗都不见效。

他又想起女朋友。两年前通过别人介绍，他联系上现在的女朋友海梅，海梅长得水灵灵的，个头几乎和大哥差不多高，身材像南方姑娘，在知青点时，她还小，大哥很照顾她，只觉得她像自己的妹妹，比妹妹还柔弱，可怜兮兮的。后来大哥入伍参军后没有联系，入伍的第三年，海梅通过自己大姐的同志找到大哥，给大哥写了信，大哥当时还没有谈婚论嫁，看到信后回忆起自己当年照顾的小妹妹，觉得不错，就回信说等到探亲时见上一面。他们在离家不远的小树林见面了，海梅已出落成大姑娘，少了些少女时的柔弱，多一些青春女性的妩媚。而大哥呢，经过两年军队的锤炼，虽然个子没长，但眉宇间生出一种威武英俊的气势，男子汉的风度显露出来。海梅还是有些羞涩，大哥看到她羞涩样子，笑了说："梅，工作还好吗？你父母都好吧？你的姐姐还在文化局吗？"

海梅红着脸说："我的工作还好，父母亲也非常好，母亲退休了，父亲还在上班，姐姐从文化局调出来到工商局工作。你怎么样？入伍两年变化挺大的，怎么个子也长高了？"

大哥说："个子怎会长高，是这身军装显得，部队是个大熔炉，这两年在部队得到很大锻炼，学到不少东西。"

因为是初次见面，他们海阔天空地聊了半天，各自留了地址就分开各回各家了。

现在又过去两年，两年中他们通信几十封，从兴趣爱好、理想目标谈到同学、朋友、知青生活，各自生活工作的酸甜苦辣等。最后的这几个月，更多是谈相互之间的思念之情。特别是大哥，他们部队待命那几个月，海梅想念大哥想得快疯了，大哥部队开拔前他写信告诉她不要写信，可是她还是忍不住给大哥发了三封长信："兴，你怎么样，上前线了吗？上前线，你一定要小心，我还在家等着你归来呢；兴，我是多么地多么地爱你，你一定不要出事，我盼着你回来，回到我的身边；兴，你一定要给我写信，收不到你的信，你知道不，我几天几夜不能入睡，人瘦一圈。被妈妈看见，她说我病了，要带我去看医生，我是知道的，我就是想你想的。”大哥回来后，没有给她写信，只是发了电报，说他返回部队准备转业，回家见面。

大哥在想，父亲病了，这个病能不能治好，如果就这样一直病下去，他和海梅的婚事是否会受到影响，想到这里，心中一阵酸痛，两年多的交流，双方把对方都印到了心里，现在从心中抹去，真是舍不得，那怎么办呢?

“荣兴、荣兴，你在那里愣着干啥，来打会儿扑克。”几个同时转业的战友打起扑克来。大家的兴致都集中在扑克牌上了。时间过得很快，再有一个多小时就到家，小魏说：“我们也打了一路了，休息休息，再过一会儿就到家了。”

扑克局散了，各自回到自己的座位上，大哥想起自己的弟弟妹妹。二弟今年中专毕业，三弟应该也在高中，四弟应该在体校二年级了，小妹也应该三四年级了。自己不在家，三弟和母亲共同照顾着父亲，自己回去后先把三弟替换出来，让他好好读书，将来考个大学，这样很快到了车站，武装部一位副部长到车站与他见了见面，三哥到车站接他回家。

大哥坐在三哥的自行车上，想起自己入伍时弟弟还是个孩子，就是两年前探亲回家，三弟也没脱掉满身的稚气。

这次见到三弟，他已变成了一个小伙子，比他还高，大哥说：“荣升，爸爸怎么样？”

三哥说：“还那样，不知怎么治，好像没有治疗的方法，吃什么药，打什么针都不管事，现在就躺在炕上养着。”

大哥又问：“你的成绩怎样，对将来考大学有没有信心啊？”

三哥说：“马马虎虎吧，将来工作也不一定非得念大学。”

大哥说：“你这想法有点问题，大学毕业总比不念大学的好找工作。另外，上大学还能够提高综合素质呢，你得好好学习，努力考上大学。”

他们说着说着就到了家，母亲听到动静出来迎接他们，说：“他爸，荣兴回来了，荣兴回来了。”

大哥到门口说：“妈，我回来了，这回转业了，不走了，妈妈好吗？”

“好！好！快进来看看你爸，他可想你了。”母亲说。

大哥三步并两步跑进屋里，来到父亲跟前。父亲依旧瘫躺在炕上，他心中一紧，瞬间涌出眼泪，他掉着眼泪，握着父亲的手说：“爸，我回来了，我回来了，我转业了，这回不走了。”

父亲等大哥把情绪稳定下来后，声音像蚊子声似的说：“你回来就好，我就有救了，我这病还得好好看看，你先歇歇，有空去看看你的女朋友。”

大哥说：“爸，你放心，我们一定要想办法把你的病治好。”

母亲做好饭往桌上端，小妹妹放学回家。小妹已经是三年级的小学生了，听三哥说大哥回来了，高兴地跑进屋说：“大哥回来了，大哥！大哥！”

大哥见到小妹妹上去就把她抱住：“这么高了都要抱不动你了，放学啦，想没想大哥？”

小妹说：“想了大哥，你给我买什么好东西了？”

大哥说：“我给别人谁也没买东西，唯独给小妹上街买了一件礼品，你猜是什么？”

小妹说：“不猜，不猜，大哥快拿给我。”

大哥从包里拿出一个多功能五彩文具盒，这可是好东西，保准小妹他们全班都没有。小妹高兴地抢过来就到一边去玩耍。

父母亲叫她吃饭，叫了好几次，她才过来说：“这回我有了一个全班同学都没有的好东西，看我明天非好好馋馋他们不可。”

母亲说：“快吃饭吧！”

大哥给父亲喂饭，又伺候父亲躺下，坐在炕沿上跟母亲轻轻地唠嗑，母亲把父亲得病的前后和采取了哪些治疗方法，请了哪些医生等情况，向大哥一一唠出来说：“咳，你爸这病怪呀！怎么治疗效果都不明显呢？你明天去看看你的女朋友，他们家派介绍人来家看看你父亲，还给拎了些糕点，我看那意思不像单是看望你爸，是到这里探探情况，所以你和你女朋友还不能说得太多，你爸是病了，但是我们坚持治疗，还可能治好呢！”

大哥说：“妈，我知道了，不早了，我们都休息吧。”

父亲心里感觉暖和多了，大儿子回来，他感到有依靠了，只要找到好大夫看病，就有可能治好自己的病，他很久才入睡，睡着后梦见在宁南的一个大队带着大家修大田呢。大哥到东屋，三哥已经把被褥铺好，他们躺下后又说了几句话，三哥就睡着了。

大哥也累了，躺下后也很快睡着，梦见一个女孩在引导她钻迷宫怎么也钻不出来，醒了已经是天亮了，他把梦说给三哥听，三哥说你一定是想准嫂子了。

大哥买了东西到海梅家串门，得到全家人的欢迎。

海梅的父亲杨山说："荣兴转业了，今后工作方向定了吗？"

大哥说："还没定，武装部副部长让我们先回家等着，应该没有问题，将来让干啥就干啥吧。"

杨山说："你父亲病好一些吗？他得的是什么病啊？"

大哥说："父亲还那样，现在没有具体的诊断，我母亲我们商量准备还到外地看一看，大医院治疗的方法手段要多些，有治愈的希望。"

杨母说："荣兴，我们家梅子从小娇生惯养的，你父亲如果长期病下去，他恐怕不能够很好地照顾，对此我们很担心。"

大哥说："阿姨，父亲有我母亲和我呢！再说，我们要进一步给父亲治病，一定能够治好，他得的不是绝症。"

杨父说："他妈，你说这些干啥？孩子们处得好好的不说这个，我喜欢荣兴，这孩子不但善良，还特别理解人，孝敬父母，这样孩子错不了。"

他们共同吃过饭后，大哥和海梅又来到了那片杨树林。

进入夏季，杨树的叶子茂盛发黑，整个树林漏出点点的光亮。这时候农民下地，孩子入学，所以小树林非常安静。大哥梅子他们俩在一起还不惯，大哥伸出右手轻轻地拉着海梅的左手，他走着唠着，到一处树荫下并排坐在一块大石头上，海梅把头轻轻地枕在大哥的肩上，谈到她想大哥的情景时哭了，大哥赶紧掏出手绢给她擦眼泪，说："别哭了，我这不是回来了吗？"他们没有唠到结婚的问题，大哥送海梅回家去了。他独自走回家，总是感觉杨母的话另有含义。可是又想不出什么来。

回到家中，母亲说："怎样，你们谈得还好吗？你见到海梅父母了吗？"

大哥说："还挺好，他父亲那个人挺好，他母亲有点儿宠海梅，怕她到咱们家受不了。"

母亲说："抓紧给你爸治病吧，爸爸的病治不好，我看你们成不了。"

这也是大哥所担心的问题，他没说什么。

大哥跑医院、卫生局办理父亲转院的问题。终于可以转院了，转到沈阳医院治疗，又过了三个多月，稍有好转，但不能治愈，最后决定把父亲接回家治疗，父亲的病要从长计议了。

到家安顿好后，父亲和大哥说："我这病一时半会儿好不了，但也死不了，慢慢治。家里你是老大，多帮你妈管好这个家，你抓紧看看你的女朋友，也这么大了，该成家了。"

大哥说："爸，你安心养病，安心治病，放心吧，我和我妈一定能管好这个家。"

第二天，大哥就去找海梅。实际上，父亲住院时，大哥在医院和她通信，不断说着父亲的治疗情况，等到父亲回家治疗后，大哥再约海梅时，她已不出面了。介绍人找到大哥说因为父亲生病的事，她的母亲坚决不同意这门婚事，所以大哥和海梅关系不能够维持了，大哥心中涌满苦水。

大哥独自漫步在小树林，无限感慨涌上心头，那么能干健壮的父亲却病成这个样子，世事难料。自己那么喜欢的姑娘绝决地离他而去，也让他深感意外。他想到这个家需要他支撑了，不由得感到肩上的担子重了。这时三哥放学回来，见到大哥，过去说："我准嫂子没来？"

大哥说："人家不干了。"

三哥说："什么东西，谈得好好的，说不干就不干了。"

大哥说："不要怨人家，谁不为自己的幸福考虑啊。"

说着话，他们一同回家，大哥让三哥保密，三哥有些气愤，到家就把这个消息告诉了父母亲。

这一天全家都很安静。

日出日落

日出日落，大院里父母亲一家的生活是平静的。大哥被安排到交通局的运管站当工人，命运之神并不是只唱白脸，大哥他们运管站给一个上电力大学的名额，有五个人够条件，站长说让谁去呀？干脆抓阄，五个人抓阄，大哥抓到了这个名额，他高高兴兴地上学去，圆了自己的大学梦。

给大哥介绍对象的人络绎不绝，都因他有一个躺在床上的父亲，人家先把他放弃。这些父母亲都不知道，大哥在海梅的问题上受到打击很大。后来他也想开了，像现在这样的家庭状况，没有哪个姑娘愿意嫁过来，日子也必须过下去。

在这个问题上，受打击最大的是父亲，他是起不来了，他认为不错的儿子让马上结婚的对象给蹬了，这原因是因为他。他亏欠大哥，他逢人就说大儿子因为他白瞎一个媳妇，这也是大哥对家族贡献大的一个佐证。

大嫂叫王兰，当年是县里边远小镇上的广播播音员。她自立自信，做事按性子来不计后果，用自己制定的筛子筛着每一位从她身边走过的男青年，一要人好，二要当过兵，三要有工作。大哥本身当过兵有工作，最主要是人好，这些条件入了大嫂的法眼，她将大哥套牢。只有她忽略了父亲有病这个重要条件，这让大哥和父亲两个男人感动，大哥为此宠爱大嫂一生。父亲为此，家中女性唯宠大嫂，而嫂子她没有后悔过吗？她也许曾经抬起一只脚迈出门没有落地，那只脚后来又落了回来，是大哥的善良、宽厚留住了她。

大哥电大毕业调到局里，局长是当年父亲那个学校的校长于长志，他是韩平书记的红人，他和父亲没有过节，但是他看不上父亲，觉得父亲目中无人，自高自大。他的这些评价和韩平一样。于长志把大哥提为政工股长。这是大哥自身的能力水平决定的。在这个岗位上，大哥对于长志帮助不小，可是他对大哥一用就是五年。说因为不是干部所以不能提拔。外面转干的事情都哄作一团了，这个领导还对大哥保密。大哥的战友小魏找到大哥告诉他时，大哥才知道，他在最后一天找到报名表报了名，随后参加了考试，顺利考过，他转为干部了。但是于长志对转干后的大哥仍然不重用。在一次局里组织的大型活动中，被机关党委书记王志杰发现，他那里正缺像大哥这样组织能力、写作能力和综合能力较强的干部，他想把大哥调走，这时大哥的领导开始百般阻挠，说他的局里离不开大哥，有机会提拔等等，就是不放行，为此组织部副部长找到他，谈了一次话，他才准许办手续。人的心眼儿既可像天，也可如豆，这个领导的心就像瘪豆子一般。

到了机关党委的大哥工作上如鱼得水，倍受领导赏识，很快组织部调他去做办公室主任，大哥的综合工作能力又得到了一次展示，几位部长一说起大哥来都认为他不错，只是没有机会提拔，部长给他做工作："荣兴，我们知道你年龄也不小了，但是你还得接着干，有了机会就给你安排，你说怎么样？"

大哥说："部长，你们领导心中有我，就让我感激不尽了，我没有什么思想包袱，一定会接着把工作做好。"

大哥一如既往地工作着。这时他听到一个消息——县政府曹县长要调往昭乌达盟林西县担任副书记。他将这个消息告诉了父母亲。

父亲小声地说："曹亚军很能干。这对他来说是重用。你抽时间去看看他，告诉他我祝贺他。"大哥答应了父亲。

下午，大哥找到曹亚军副县长，向他转达了父亲的祝贺。

曹县长说："我都五十三岁了，不愿意离开这里，有啥可祝贺的。你父亲怎么样了？"

大哥说："我爸说这也是对你的重用，副书记干两年，还能提拔。我父亲还那样，可能一时半会儿治不好病。"

曹亚军副县长说："可惜啊！你父亲如果没有生病，比我干得好多了！"

大哥说："哎！我父亲的命不太好。不过，能活着也不错了。"

大哥听着有人敲门，就说："曹县长，我先走了。"

曹亚军副县长说："好，再见！"

又过了一年，部长通知他要把他调到乡镇做党委书记。这一次，大哥他真是想去，他第一个工作是下乡知青当大队党支部书记，他热爱乡村，青年时的梦想时常还环绕在他脑海，但是家中老父亲跟前是不能没人的，这一次他长长地叹了口气，无奈地找到部长。部长也是比较失望，他想把自己的办公室主任好好安排了，也是对大哥的一种交代，但最后他对大哥采取了理解的态度，说：“荣兴，你工作不错，你还真是个孝子，现在像你这样的很少见，好吧，组织不会让你这么好的人吃亏的，我再慢慢找机会。”

大哥对他的领导感激不尽，就差磕头了。后来大哥到宣传部做副部长，又调任教育局，但是对他都是照顾性的安置了。很早就显露出政治才华的大哥，一生都是安排好父亲，再安排自己，因为他在父母身旁照顾父亲，我们这些在外地生活的弟妹们得以安心。我们都感谢大哥的付出。

一家人想尽办法为父亲治病，但是无论怎么治疗都收效甚微。疾病不以人的意志为转移，他的身上除了添病，没有哪个病治愈，得一个病就积攒下一个病，这个病就治不好了，多种病痛共同攻击他们的宿体——父亲。父亲却以顽强的毅力和疾病展开长达三十余年的战斗。战斗离不开大哥，大哥就是为他所生，生个儿子养老，大哥就是他为养老而生的儿子。写到这里，我记得父亲和母亲对大哥的依恋，他们很多决定都是通过大哥传达给我们的，父亲生命最后的时刻住在医院，我们在身边照顾他，大哥一走，他就用手指向外面。我们不懂他要什么，我说老爸，你找我大哥嘛？父亲点点头，我为什么不知道这是父亲最后的依恋？好好地待在他身边。

嫂子来到这个家时，盼儿早结婚的父亲终于安心。父亲这个人脾气急，加上长期有病大家都包容他，他经常给人甩脸子，但大嫂进门这么多年，父亲对她从来都是和颜悦色的。他和我们说：“你大嫂这个人善良，人家找你大哥，没因为我是个病人，不像你大哥之前那个对象一听说我病就把你大哥给踹了。”随后就讲大哥因为他久病白瞎一个媳妇，这一对比，心中更证明大嫂是一位多么善良、无私、体贴的人。父亲说得不错，能够在这种情况下愿意与大哥结婚，并坚持把日子过下来，中途没有散伙也不容易，对这一点顾家一族人都认可。

梦 魇

如果大哥大嫂都在乡村生活，他们会是非常和谐的一对，偏偏嫂子在新闻中心，每天成为人们关注的焦点，她又比较在意身份地位。大哥几十年的奔波，工作职务变化不大，本来可以提拔，但他自己放弃了。在这个事上大嫂就是想不通。这时大嫂想起他们家要还买楼的债，要供儿女读书，自己要穿戴亮丽的衣服等，这些事都让她感到有压力，这种压力使她对现实生活生出不满。这种情绪的反映，被她单位一位怪人技师小黄看在眼里，这个人似乎对大嫂有单恋情结。虽然长得比较高大，但站着就像满身是软骨，哪哪都不直溜，说话娘娘腔，技术不错，经济条件好，三十几岁也不结婚。他很为大嫂鸣不平，当然他也常得到大嫂的关心，有时大哥他们改善生活就叫他去一起吃饭。大哥呢，多这个弟弟也不说啥，根本就没把他当回事。这时小黄最近正被几本传销书迷上了，一天他来到大嫂的办公室，大嫂正有一肚子不满意，正好向他倒出来。

大嫂说："你说李副局长，本来编导在我这，他自己想怎么办就怎么办，也不征求我的意见，就说上一条新闻吧，新闻本来归类农业生产，这是条农业机械的新闻，他却归到工业经济里。出这么大的事，局长也不说纠正。当然播就播了，至少得说一说，下不为例，可这算什么？"

小黄说："王兰姐说得对，我看像这样的缺点毛病还不止这些，在前天的专题报道中，播报人员两次把稿子读错，现在的业务要求上也太松了，抓业务工作，本来是你王兰姐管，他们现在不让你工作，这整个局里的工作都在滑坡，还不知道会再出啥事。"

大嫂说："可不是嘛，这局里的业务工作再不抓，可能要出大乱子，我得找局长谈谈。"

小黄说："王兰姐，你谈什么呀，上次你与局长闹僵差一点没死过去，他虽然最后让你做高工，心里不知多恨你，你还不知道吧，我们那位被你顶下来的小姐都快把你恨死了。"

大嫂听他这么一说气不打一处来，本来阴着的脸更难看了，她气愤地说："她凭什么恨我？我是靠实干干出来的。她靠什么？不就年轻脸蛋生得圆点吗，她有什么资格跟我比？"

小黄说："王兰姐，你别生气了，我今天来也是为了向你推荐一本书，推荐一种全新的销售理念，有好多人采用这样的销售理念都发了大财。实际上，我们在这样的领导手下工作，不就是没钱吗，如果给我几千万，我早不在这干了。"

大嫂的气稍缓一些说："小黄，你可别说疯话，今天的工作岗位来之不易，工作上还应该尽职尽责，发牢骚不能影响工作。就把你的书留下吧，你也该回去了，我心情稍好了些。"

小黄说："王兰姐，什么时候你都有高度的责任心，令人佩服，那我走了。"

说着他走出去。

小黄回到办公室，接到广东叶先生电话，"喂，你好！是黄先生吗？"

小黄说："是我，你是哪位？"

叶先生："我是广东新产品销售部经理叶华先生啊，我上次给你打过电话的。"

小黄说："噢，是叶先生啊，上次你打电话后我认真想了想你提的建议，怎么又有新的主意啊？"

叶先生："黄先生，我的老板已经给我承诺，如果产品投放市场，我就是总代理，我发展你当我的下线代理，你再发展两个下线，我发展你下线不提提成，你的下线你可提成百分之五十，其中百分之十交给公司，也就是说公司产品出厂是在价格上加百分之十，这对于你来说是非常好的机遇……"

大嫂把书拿回家读，这书写得很有趣，所以她读得很卖力。

大哥问："你看什么书呢？"

大嫂说："是我们局小黄送的书很有趣，书上说你如果采用他那种销售理念，就会成为一个销售专家，挣很多钱。现在社会是产品经济时代，谁最易发财，搞销售的人最易发财，只要你能把东西卖出去，你得到的利益要大于生产的利益，而这本书就是辅导你怎样做一个出色的销售专家的。”

大哥说：“不见得吧，如果人人都那么容易当销售专家，那销售专家还不遍地都是啊。”

大嫂说：“你怎么不信呢，书上就是这么说的。”

大哥说：“你愿意看你看吧。”

他到网上搜资料了。

大嫂读一会儿困了，她先去睡觉。大哥又搜一会儿资料读了读，关掉网络，他拿起被大嫂说得天花乱坠的书，大致翻了翻，想这哪是什么销售方法，这纯粹是一本专门辅导传销的书，他放下书也上床睡觉，心想明天要说说媳妇，不要让她上当受骗。

早晨刚七点，大哥家电话响了。大哥接电话：“喂，你好，我是顾荣兴！噢，是老爸呀！爸，你有什么事儿啊？”

父亲：“你老姑打电话来说，她和你姑父今天中午到咱家来看看我们，你们回家来吃饭吧。”

大哥说：“好，还用我买点什么吗？”

父亲：“不用，家里缺点青菜，一会儿我们去买点就行了。”

大哥说：“好，我争取早点回去，帮我妈做饭。”

父亲也给二哥家打了电话，让他顺便把老姑老姑父接到家。

大嫂起床，大哥说：“爸打电话让我们中午回家吃饭，说是老姑和姑父来。你看的书是鼓吹传销的书，还是别看了。”

大嫂说：“老姑他们没事来这干啥，是不是又有事啊？我的书是传销书？我读着不是啊。”

大哥说：“饭好了，吃饭吧。”他们一同就餐，稀饭馒头和青炒芹菜。

上午九点多，父亲和母亲要出门去，父亲穿戴整齐，母亲把平时出门的衣服随便穿上说：“走，我要锁门。”

父亲说：“老伴儿你把衣服穿得立正些，你的衣领还立着呢。”

母亲说：“谁认识我这个老太婆，就那样吧。”

父亲说："那怎么行！人们不认识你还认识我呢，你是顾廉的老伴儿。来，我给你把领子翻出来。"

母亲走到父亲身边说："谁还认识你，这么多年不出屋了。"

父亲把母亲的衣领翻出来，又给拽直。母亲开门，等父亲出门用钥匙把门反锁上。到门外把电动车头转出停好，把父亲扶上电动车，母亲上车，小车开走了。

中午，大哥先回到家和母亲一起准备饭菜，大嫂接着到家，她到厨房转了一圈，拿起笤帚扫地。二嫂开门进屋，她到厨房问大哥她做点什么，大哥让她把芹菜择一择，再剥一头蒜。大嫂扫完地就到父亲身边跟父亲聊起天来，她谈起她现在读的书，说现在社会是多么缺高级的销售人员，她看了这本书后，认为自己比较适合做销售人员，比如自己口才好，很会和人打交道，能够说服不同意见的同事采纳她的意见等。

她说："当初我如果选择商业，搞销售工作，现在肯定能赚很多钱，看现在挣这点钱，干这儿干不了那儿。"

父亲说："你说得也有道理，你要是当销售员，可比那些卖货的强多了。"

大嫂说："我说的销售人员不是指卖货员，是专门向各大商场各、大企业推销产品的人员。"

父亲说："我看他们的性质都是一样的。"

嫂子非常自信地说："爸，我们这个破单位干着真没意思，要是有一个我看中的好机会，我宁愿不干这份工作。"

这时大哥进屋说："爸，你别听王兰那一套理论，她说的东西就是传销，她看的那本书也是鼓吹传销的书，我说她，她还不信，我看她有点走火入魔。"

父亲吃惊地说："传销，那可不行，我在电视上看到了，现在国家正在四处打击传销窝点呢，王兰如果你说的是那个，你可不能参与。"

大嫂说："荣兴净瞎说，我说的哪是传销啊。"

这时门铃响了，二嫂开门，老姑老姑父进来，后面是二哥，放好桌子，请父母亲、老姑老姑父上桌，大嫂、二哥、二嫂全部坐下，大哥端上最后一道菜，开始吃饭。

父亲说：“荣军，怎么没跟你们来呢？”

老姑说：“他上班呢，不能请假，他和他媳妇都挺好的，你放心吧。”

饭后，老姑老姑父还要去看一看三姑，大哥开车把他们送过去，二哥、二嫂、大嫂都上班去了。

这几天大嫂天天说当销售员的事，大哥的耳朵都被她磨出茧子了，她愿意说什么就说什么，不理她了。这一天因为单位业务工作的事，大嫂与副局长又干了一仗，心情非常不好，这时小黄到办公室说他联系到一种新产品，这种产品是保健类药品，它介于保健品和药品中间，所以药监部门不管，食品部门也不管。他们的销售采用线上销售法，问大嫂有没有兴趣，如果有兴趣可以一起做。大嫂说什么是线上销售，他说：“线上销售就是书上提出的那个销售理念形成的方法。”大嫂问他能不能做兼职，他说先得培训，培训费是三千元，他跟公司说了他带的人培训费可交一千元，培训后，按着公司线销的方法就可以在家做兼职。大嫂问他培训时间多长，他告诉大嫂长班二十天，短班十天。嫂子想这工作这么憋气，莫不如请假出去参加一次培训，如果能够做个兼职，正职工作做好做赖也不用在意。

于是她说：“小黄，要不这样，我回家跟你顾哥商量一下，我也参加一下培训，同时也散散心去。”

小黄说：“王兰姐，那我就听你的消息。”

大哥回到家，大嫂先回来了，看那样是在收拾东西。

大哥问：“你明天要出差啊？”

嫂子说：“是的，我准备请假参加一个产品销售培训会。”

大哥有些生气地说：“说说你还来真的呢，你这不是胡闹去吗，放着好好的工作不干，对这个产品你了解多少，你这不是去上当受骗吗，我不同意你去。”

嫂子来气地说：“谁胡闹了，我在网上查过广东有这个厂，规模还挺大，是做保健产品的，现在他们的新产品下线，我就去试试。你看咱家过得这么紧！你本来可以提拔的，你又不去。这样紧紧张张的日子，我不想过了，既然指你指不上，我自己努力。”

大哥说：“咱家日子怎么了，少你吃还是少你穿，所有开销都依着你吗？我不提拔也是有原因，现在工资也没少挣，你还想过什么日子。总之，你不能去，那就是个骗局，你单位的小黄天天也不务正业，他们说的话你怎么这么爱听。”

大嫂说：“我怎么是爱听他的话了。我这个人就是这样，不管是谁，说得有道理我就信，说得没道理我就不信，人家小黄也对这个公司研究很长时间了，这次公司收培训费三千，他带我们去只收一千。”

大哥急眼了：“王兰这么劝你，你还是不听！反正这家你不能出，你如果去，你就永远别回这个家。”

说完气得把门一摔。上班去了。

嫂子真的请假走了。到第五天还没有消息，早上大哥起来做饭，他的小姑娘说：“爸爸，妈妈干啥去了，怎么还不回来？”

大哥说：“唉！你妈嫌你爸没有能耐，自己跑出去挣钱去了。”

“爸，她能挣来钱吗？”姑娘说。

大哥叹了口气说：“不知道。”

他实在没法跟女儿说她的母亲。

上班后大哥接到大嫂的电话，要大哥寄两千元钱，一千作为资料费，一千作为销售的费用。大哥接到电话后，根本就没想给大嫂寄钱。他却直接给在包头的三哥打了电话。说了说大嫂故事的前后，认为她是受骗了，请三哥帮忙把大嫂劝回来。三哥答应了大哥的事，并劝了劝大哥说：“大哥，你别着急，我一定把大嫂劝回来。”

放下大哥的电话，三哥想：“这个大嫂，怎么会这样。”

大嫂他们这一天没上课，组织的人让学员们准备钱将培训费交了。嫂子没带多少钱，她等大哥给寄钱呢。这时电话响了。嫂子接起电话，原来是三哥的电话。

三哥说：“嫂子，你培训得怎么样了？”

嫂子说：“刚讲完产品。”

三哥："没再跟你要钱？"

嫂子说："通知收一千元，说是资料费，我心想把资料买来学学也行，既然来了。"

三哥："嫂子，什么资料那么贵，一本书才二三十元，一千元得买多少本书了。"

嫂子说："是呢，这几天我也糊涂了，怎么资料费会这么多。"

三哥说："你不糊涂就不对了，培训是在给你洗脑呢。嫂子你不信，他收完这一千他还要接着收，接着收多少你都愿意拿，因为你被人家洗了脑了。"

嫂子说："不能吧，我自己还很清楚啊。"

三哥说："收没收你们的身份证？"

嫂子说："收了，很多人都交了，我说我没带，他们让我派熟人送来。"

三哥说："这就对了，传销都是这样，把你袋子的钱收光，把你身份证收走，让你没钱，没证件，你走也走不了，头脑被洗后就愿意听他们的。"

嫂子说："那么可怕，这真是传销啊？"

三哥说："嫂子这百分之百是，你没给他们身份证还是聪明的做法，你就趁着他们对你还没有严加看管，赶紧逃走，还来得及。你身上还有钱没有？"

嫂子说："就十多元了，等你大哥给我寄钱呢。"

三哥说："十多元就够，你沈阳有没有朋友，来不来往？"

嫂子说："有朋友，我还想把她发展成下线呢。"

三哥说："你这样，什么也别带，带上身份证，跟公司说到朋友那里取身份证，然后赶紧走。到朋友那里借钱买上火车票就往回走，回头我让大哥到车站接你，回去什么也别说，到家后让姓黄的那个小子把你的东西寄回来。嫂子，你听我话，你不能在那待了，你也谁都别说，你回来了就好了，如果这事让别人知道，你就走不了了，等政府解救你们出来那多丢面子呀。"

嫂子说："听你一分析我才有点害怕，当初不如听你大哥的话。"

三哥说："没事的，我大哥早就原谅你了。"

第三天，嫂子请假说去取身份证，值班人员问她去什么地方找谁，路多远、几点返回都一一记录下来，他们看嫂子就拎个挎包。也没有介意。嫂子出去后坐公交，下车步行到朋友的公司，找到好朋友把情况一说，女朋友给她买上返程车票，又亲自送她到车站，嫂子登上返回的火车，十个小时后到了，下车后，只见大哥正在车站等着她，她下车就扑到大哥怀里哭了。

大哥说："别哭、别哭，回来就好，两个孩子在家等你吃饭呢。"

回到家，两个孩子开门把妈抱住喊着："妈妈回来了，妈妈回来了。"

家的温暖把大嫂包围，让她非常激动地说："孩子们，妈妈今后再也不走了，就待在家里。"

大家热热闹闹地吃了饭，孩子们做作业去了，嫂子走进卧室，把自己摔到床上。

晚上入睡后，大哥看着瘦了一圈的妻子真是有点心疼，嫂子很快就睡着。大哥却失眠了，这时嫂子像做梦一样，使劲地喘着气，大哥喊她，她也不出声，大哥轻轻地动了一下她的胳膊，她醒了，出了一身汗，告诉大哥刚才做梦说很多人抓她，她使劲地跑，跑也跑不走。大哥说这是受到惊吓了，没事的，接着睡吧。大哥的眼皮也开始打架，不久他们都睡着了。

英雄不死

大哥给小黄打了电话，让小黄把大嫂的旅行箱寄回来，建议他马上回来，不然最好和单位办停薪留职，自己在外做什么自由。现在这情形是参加非法传销活动要受到处分的。小黄很快寄回大嫂的行李，向单位提出申请，办理了停薪留职手续，人消失两年后回单位上班，据说他赔了很多钱。

大嫂不再随意出去，但是她还是受到商业理念的影响，她开始做网络生意。保健品第一推销对象就是父亲，父亲虽然不信，但是给她面子，多少都买一些。这要是别人这样做，父亲早就训人家了，对于大嫂父亲总是多给些面子，大家看在眼里也不说啥。大嫂在父亲这里拿到销售业绩，又去推销给别人。她还是有一种产品对父亲管用，父亲脚烫伤，伤口不愈合，她给父亲上了海豹油没几天伤口愈合了。后来愈合的伤口又裂开了，再上药反复几次，父亲脚上的伤彻底好了。

大嫂退休了，在企业做兼职，还在私立学校当老师，她很忙，特别是周六周日，常常是我们大家伙做饭、洗衣，而她去做自己的事。有一天我们说起大嫂的工作，父亲当着我们所有人的面说："你们大嫂退休找点事做，她这样办不管别人怎么看，我是赞成的。"因为父亲到这个时候，精神独立，身体也有一定的好转，他说话变得掷地有声。

我也跟了一句话说："我也赞成，退休了有点事做对身体有好处。"

我用眼睛的余光看了一眼二哥二嫂，他们一脸木然神色。天天给父亲干活、服务的人好像是应该的，而像大嫂一样点个卯就走，倒得到了支持。我知道父亲支持大嫂的是一种积极的生活态度，退了休也有追求的精神。他不说也罢了，一说反而引起大家心理上的反感。

妹夫是个文人，他说过他和大嫂都有崇尚英雄的情节，他们在心理上依恋父亲、崇拜父亲。父亲尽管病着，但在这一家人中，父亲就是一座山，其他人是山上的石头和树木，这个家谁不在都称为家，因为有父亲在，如果哪一天父亲走了，这个家就不在了。同时家里的父亲、大嫂、妹夫，他们都是有艺术家的气质的人。在一次过年的聚餐中，所有人都吃完饭了，唯有他们三人却在那里讨论怎样朗读诗歌，首先妹夫引出话题，妹夫说："我们大学有五十多位学生，论朗读我是对他们一个也不服，朗读诗歌要有气势，比如毛泽东的沁园春《雪》：'北国风光，千里冰封！'"

他嚎一嗓子，高八度的腔调挑起，把大家吓一跳。

大嫂说："声调要上去需要从丹田发声，她把郑愁予《美丽的错误》朗读了一句，'我哒哒的马蹄是美丽的错误'。"

父亲说："你们说得都不错，我在年轻时也非常爱朗读诗歌，朗读诗在声音上还要高低错落有节奏感。"他读了一句毛泽东的《红梅赞》："风雨送春归，飞雪迎春到。"还有几个人跟着打哈哈凑曲。我不知怎么搞得有点烦，这三个人都是些爱动口，懒得动手的家伙，老爸是讲不了的，老爸如果不久病他是最勤快的人，做什么家务都是一流的。而大嫂和妹夫他们就赶不上父亲了。

我感到父亲脸上出现疲惫的神色，他好像有点累，就站起说："吃完饭了，咱们收拾碗筷吧。"

几个孩子都站起来，这场饭局也就这样散了。小妹夫虽然意犹未尽不情愿，但是他也知道父亲是个病人，而嫂子又忙着回家录音了。

父亲这位八十多岁的人一点都不驼背，母亲用小三轮车带着他上街，没少摔跤，但从来没让他伤筋断骨，而我们周围出现多少个，跌一跤，就断腿断胳膊的。他不锻炼，他不晒太阳，但是他的骨头就是那么硬，他是个英雄，虽然不是战场上的英雄，他是与疾病做斗争的英雄，在痛苦艰难中挣扎，在生死线上舞蹈的英雄，以高昂的斗志，乐观的生活，我们这个大家族因为有他而得到兴旺发达，他没有对社会做更多的贡献，可他的子孙个个都不错，他们在为社会做事。写到这里，我觉得父亲身上每个细胞、每根毛发都散发着英雄气慨，是那样的骄傲和自律，我放下了自己所有的架子，向父亲拜倒在地。父亲，英雄不老！

依　恋

父亲的壮年无比光辉，高峰耸立，满山苍翠，而中老年时期对于他是灰色的，当然，灰色中还带着点粉色、黄色、绿色等，也有风采。一个生活需要大家帮助，特别离不开母亲照料的人，非常有自知之明。无论言论还是其他都是低调而亲切的。后十年，特别是后十年中的后四五年，是他老年中光彩照人的一段时光，像多数老年人一样，母亲在七十岁时还机智、健康、活跃，她能将五到七套各种老年体操、剑舞、扇子舞、健身球、刀等做得飒飒生风，每个动作的名称记忆准确，一边做动作，一边报着动作名称，一脸的阳光。家里收拾得干净利索，厨房擦亮堂，菜板子用过后放到水龙头下一遍一遍地冲洗。我们子女回家，她会做许多好吃的。可在她七十岁后，父亲几次重病住院，自己出的事故等一系列打击，几乎逐渐把她击垮。我可怜的母亲，她的灵光只有在她痴迷的游戏中多少闪一闪，平时多数神态都是冷漠的、沉思的，行动缓缓地，眼神不太好了。家里的活计做得也变得粗糙，她老了。我不得不说父亲对母亲有些嫌弃，父亲经常对母亲粗声粗语，有时甚至发脾气，这些是我们非常看不惯的。

一次父亲不要的一个纸壳母亲又捡了回来，父亲和母亲发脾气说：“啥都舍不得扔，你留着那破纸壳干什么，又占地方又显乱。今天我就给扔了。”

母亲说：“我还留着卖钱呢，日子就是这样过来的，你凭什么跟我发脾气，我身体比你好，我挣得钱比你多。”

父亲说：“那破东西你还留着，满屋都是些破烂，现在都是啥时代了你还留着，不给你扔，你扔吗？”

母亲说：“节省有什么错，勤俭节约，过去不节省过日子，有今天的生活吗？你这样对待我，我就不跟你过了，这么多年我照顾你，你好了就这样待我，你这个人太没有良心。”

她把手中拿着的笤帚往地上一扔，把门一摔走了，母亲是从来不发脾气的。父亲一看不好，他回到屋，给大哥打电话，把事情的原委说清，大哥从单位回家把在外面溜达的母亲找回来，父亲先给母亲道歉，母亲没说啥，这个事过去了，可是母亲一定很伤心，她如果不伤心就不会跟我说。大哥在父母亲闹意见时，从来都是一个稳定器、调节器，这样才使父母亲能够和好如初。

父亲的精神没老，他停留在中年，他和家里的男性说话唠嗑就像他的同龄人，在心理学上讲在家中父亲爱女儿，母亲爱儿子，这里也可以用异性相吸的原理解释，妹妹是父亲的好女儿，妹妹永远是他怀中的小鹿，二哥、三哥、四哥和我不入父亲的法眼。而大哥大嫂一家人却是父亲最宠爱的、最为依恋的。大哥是孝子，对待父亲的态度是：“事父母几谏，见志不从，又敬不违，劳而不怨。”（引自《论语》）这样大哥什么事都听父亲的，就是父亲说法有明显的错误，大哥也听着，他只是按照正确办，以后再给父亲解释说明。大嫂聪明、精神，气质上有点像父亲，她又是那样地崇拜父亲，而且大嫂是在父亲躺在床上娶进的儿媳，本来他对大嫂心中就存一份感激，这样大嫂就自然而然得到父亲的宠爱，而老年的父亲对家中其他女性评价不高。

他一说起母亲就会皱着眉说：“你妈她就那样了。”他忘记了在青年时代两人是怎么比翼双飞的，忘记了他病了这么多年，母亲如何照顾他的。

说起二嫂：“你二嫂人不错，就说话太直。”

说起小妹：“你妹子总是长不大。”

他对所有的除了大哥以外的男性也多少有点意见，但是对大哥就是一个字：“好！”他要做的每件事，需要有人帮助时，首先想到的就是大哥。

这个家庭的关系是按照父亲的亲疏来摆布的。尽管这样，我们看待父亲一个病人的份上，大家不计较这些，都尊重父亲，努力地维持着这种关系。

第九章

怨　家

并　轨

二哥个子也不高，仅比大哥高一点，但是身体看上去很结实，像塔一样。他的思想行为，对于父亲来说，是格格不入的。二哥源于父母，却生个特殊的模样。如果二哥是一座不高的山，父亲无论从思想和行为上都不能登顶。父亲对待二哥一家的感情是复杂的。有亲人之间和谐一致，柔情绵绵的一面；也有仇目相视，刀剑相见的一面。父亲对二哥他们之间的争斗长达四十多年。

二哥还很小的时候，就表现出与家里所有成员不一致的智慧。他有经济头脑，看到别人用自来水笔很羡慕。他自己在星期天的时候到山上挖远志、防风等药材，卖掉药材自己买了支钢笔，别到了上衣兜的兜盖上。钢笔在那个年代不是寻常物。这样持笔的人，都是些参加工作的，自以为自己有文化的人，或是确实有文化的领导、技术人员、学校教师等，中学生也有。总之，这样别钢笔在当时很时髦。那个年代还没有发明时髦这个词，而是用显摆、张扬来形容，这件事遭到了父亲的责罚和训斥。我记得父亲的理由是二哥这样耽误了学习，属于不务正业，是显摆自己。父母亲都是不张扬的人，怎么会让自己的儿子显摆呢！而且，这支钢笔，不准许他用。我可怜的二哥，我们只看到那亮晶晶的钢笔这样耀眼，却想不到为了换这支钢笔，二哥在大山里在悬崖峭壁上是怎样挖药材，再将药材卖掉，攒着钱，不买吃的，还得将卖掉药材的钱藏好，他不断地挖药材，攒钱才去换来这支钢笔。他跟我们说过，一次在山上采药，不小心脚踏空了，自己突然向下一滑，他拽住一个小树枝，小树枝咔嚓一下断了，他抱着头滚到了三四丈深的沟底，差一点撞到沟底的大石头上。如果撞到石头上，你们就没有我这个二哥了。我瞪大了眼睛，想想都感觉到背后发凉。这支钢笔来得不容易。这也许是他孩童时代第一次通过自己的努力，实现了自己的一个梦想，但是这个梦想却被父亲捏碎了。也许从这时起，他幼小的心灵就和父亲结下了梁子。到他成年时，这梁子就成为铁杠子，不能跨越。

到成年后，我想那个年代父母亲也是青年人，他们对孩子的教导也不是很有经验，我觉得当时父亲对二哥的责罚有些过了，他不过是通过自己的劳动换来一支笔。父亲的这种管教，让他的孩子们不要有歪门邪道的想法，要一心走正路，是有震慑作用的。这件事折射出二哥有自己的独立思考，而且从这时起，他的思想行为和父亲开始产生不一致了。也可能从这时起，使他们明争暗斗一辈子，像两列并轨而行的列车各自行走在自己的轨道上，父亲的列车呼啸开过，二哥的列车也呼啸着行驶。

那么父亲和二哥是怎样的不同呢？首先，是父亲和二哥思想站位不同，父亲有高尚情操，他爱事业爱百姓爱家人，这种爱多表现一种无私性，他在宁南公社艰苦奋斗那么多年，充分证明了这一点。而二哥的思想明显掺杂着商业经济的价值观念，他无利不起早，什么事都要为自己，当然这种打算不是去违反规则的，但是他有一种投机的心理。人有什么行为，就会折射出什么心理。同时，与他这样具有相同心理或相似心理的人相互吸引。所以在二哥周围有一些这样的人，他们之间呼来喝去的。因此他恋上赌博的活动，一直不能收手。后来，他跌了跟头，才让他痛定思痛罢手。再就是父亲政治立场比较鲜明，眼里不揉沙子。二哥却比较世俗，别人怎么做，他就怎么做。在他们单位发放出租车牌时，看到别人搞了一个，他也搞了一个，还给卖了，后来东窗事发他们被人告了，最后他花钱将卖出去的车牌号码再买了回来交公。从个人手里往回买时，人家按着市场价卖，他赔了二十万，真是偷鸡不成蚀把米。他这样和父亲是格格不入的，实际上是拒绝了一个有丰富人生经验的人的指导，使他自己走了很多弯路。他并不觉得这是个事，反正父亲过他的日子，自己过自己的日子，两家人来往不算多。我和三哥、四哥、妹妹回家的时候，或者老家来人的时候，他回来看看我们。在年节的时候，他们要到父母家团聚，剩下的日子去的时候较少。

姐姐成家

二哥长得黑，是我们家脸最黑的。这种黑脸，我在三叔的脸上见过，也在大舅的脸上见过。二哥的脸，也许是奶奶家和姥姥家双重的遗传基因。二哥有一张北方汉子的脸型，下巴也有点大，他单眼皮细眼睛，眼睛很有神。别人说话时，他就眨着眼睛仔细听，好像一听就明白了似的。二哥不爱说话，但是每说一句话，都是有见解的。在三哥找个外地对象这件事情上，好像家人都不太看好，二哥却跟母亲说："我看荣升和她女朋友分不开了。"

母亲说："是吗？那老远，怎么办呀？"结果三哥和三嫂真的走到一起了。

上学时代，没有人看上他，他喜欢一个女同学，那女学生聪明，长得白白净净的，一副眼镜架在鼻梁上，一双很细的眼睛常眯成一条缝。人家姑娘不喜欢他，二哥也没觉得什么。到工作岗位后，因为他有正式工作，还是中专毕业生，是知识分子，所以给他介绍对象的人很多。但是他有自己的思考，当时父亲躺在炕上，没有治愈的希望；大哥刚结婚和父母住对面屋；家里的事，就算都推给老大去办，也没有余下来的房子给他结婚；当时大嫂是在乡下工作的，她调动工作的事，还不知从何做起。对于非常爱思考的二哥来说，这些事一定都在他的意料之中，所以在别人给他介绍二嫂时，他欣然同意了。

给二哥做介绍人的是二哥的同事，他了解二哥的家庭情况。在他找二嫂时，他重点介绍了二哥的才华。当时，二哥在公社当秘书，写一手好钢笔字，还经常给盟报社投稿。二哥的家庭情况也不错，父母和大哥、大嫂都有工作，这样的家庭负担轻。唯一不太合心的是父亲有病。但是，介绍人说有公费医疗。二嫂对二哥的条件非常满意，这样就同意和二哥相处。

然后，在介绍人的安排下，他见到了二嫂。二嫂人长得还算漂亮，脸上白里透红，大脸盘，高颧骨，是护士专业毕业的中专生。二嫂有工作，在县精神病医院当护士，工资比二哥高，这是二哥非常满意的地方。因为有工资收入，未来生活经济上就有保障。还有就是二嫂他们单位给每个职工都分了住房，每家一间半房子。这是那个年代职工的一个重要待遇标准。记得三哥到包头工作后，他和三嫂分到了住房。就这样，二哥想如果他和二嫂成家就有房子住，解决了没有房子的大问题。还有，就是二嫂比二哥大，这应该是她的一个缺陷，是缺少竞争力的，也是不利的一个条件，但是二哥怎么看这个问题呢？他也许想妻子年龄大，会过日子，懂得人情事理。总之，他没有将这一条看得很重。

二嫂这一方是怎么看的呢？首先，她是要找一个和自己一样的中专毕业生有工作的人，这样才有共同语言；再就是人要好，家庭好。当时父母家在当地有口皆碑，家庭和睦，家风好，目前没有负担。虽然当时父母亲生病，但是父母亲都是有工作的人，有工资收入。父母亲有病，还有公费医疗，这样实际家庭压力还不算大。我母亲是蒙古族，这对她也是有一个有利的条件，她认为婆婆和自己一个民族，自己不会受气；另外，二哥人好顾家。这些条件都让二嫂满意。

在介绍人的安排下，他们开始约会，首先问候了对方的父母，然后介绍了自己的工作情况，互相觉得非常亲切。二嫂年龄大一些，想抓紧拥有自己的家。二哥因为家里住房紧张，住在单位，也想抓紧有个家。他们两个这样的想法都在见面中表露出来。他们是在二嫂的房子里见的面。二哥准备走时，还将房子看了看。这个细节被二嫂观察到了，她觉得他们能走到一起，所以特别高兴。在二哥走出门时，她上前拉着二哥的手，说："荣风，以后我们见面就来我这家吧，这里方便。你直接给我单位打电话，我们不用介绍人传话了。"

二哥微笑着点点头，心想这个姐姐很大胆，说话直来直去，这样的人好处。从此，他们开始交往。都是大龄青年，很快进入了生活情节，二哥和她就在她家做饭吃。然后，见了双方家长。

父亲看到二嫂，没有说什么，自己儿子相中了，他同意。而且知道二嫂有房子后，也松了一口气，不然，他们结婚就得出去租房子。

不过，他和母亲说：“那丫头满脸横肉，不好处。”

母亲说：“老二喜欢，他们就自己处关系呗！”

这样，他们交往一段时间，很快进入结婚的准备工作。

我想，二哥当时二十多岁，参加工作没几年。他们在婚姻问题上考虑得这么周全，说明了二哥的早熟，同时经济上的独立，这给父母减少了许多负担。对于这些事，本应该得到父亲的肯定，父亲却没有这样思考，却认为二哥太自私，还没有给家做什么贡献，就忙着自己成家过小日子了，他们心里不太痛快。一个人是什么样的人，也常常要求自己身边的亲人或同事像自己一样。父亲对待家人、家族是全身心地奉献。他当然希望二哥也这样，所以二哥在婚姻问题上减少了负担，他也有所不满。但是父亲是民主的，这民主源于自己的自由恋爱的经历。父亲尊重了二哥的意见，况且自己长期患病，二嫂一个中专毕业生，没有挑二哥的家庭条件，愿意和二哥结婚。父母也觉得这一点不容易，所以痛快答应了他们的婚事。

当时，年轻人结婚要四大件，还要组合的家具。对四大件，二嫂没有讲究，但是二哥却奢侈的要求家里给他打一套组合家具。当时家里经济很紧张，本来大哥结婚不长时间，三哥正在上技校。父母亲收入有限，四哥工作了能给父母一些资助，生活才得以维持。父母希望二哥把结婚的时间往后推一推，因为家里确实没钱，他自己本身参加工作没有多长时间，又没开多少工资。但是二哥不同意，父母亲最后借钱给二哥打了家具，让他们结了婚。

在这个问题上，父母亲尽管有些想法，但最后却尊重了他的意见，给二哥预备结婚的所有条件。按说有这样的父母，也算过得去，毕竟家庭条件摆在那儿。但是，结婚的事在父母和二哥的心里多少留下了一些不满意的想法。二哥认为父母亲对他不如对大哥好，而父母这一方面的意见是二哥不顾家，认为老二自私自利做事不替家里着想，只要自己合适就行。这等于双方都戴上了有色眼镜看事物。他们这一双有色眼镜自此戴上之后，几十年就没有将眼镜摘下来过。

父事儿栽

二哥不善于与父母沟通，从思想上也不愿意沟通，他又是那种比较在乎钱、在乎利益的人，所以在成长的路上，没有得到父母亲更多生活智慧的启迪，自己又不会总结经验教训，自然要走弯路。

二哥的才能很早就显露出来了。他当上了公社的党委秘书，我们多少有过行政经验的都知道党委秘书百分之百被提拔，所以党委秘书也被大家看好。二哥不幸的是遇到了王岳坤，这时候他从宁南公社调回县城担任天义公社书记，正好领导二哥。他对二哥表面很好，常和二哥说：“你父亲我们是要好的同事，当年在宁南，你父亲没少栽培我等等。”把二哥哄的乐呵的，实际对二哥是不约束、不提拔。他天天说：“好，好，好……”二哥那个时候就参与赌博，领导也知道，但对他从来不管。二哥年轻没有经验，认为领导对他很好。这领导还常和二哥说：“好好干，将来你会有前途的。”这个好好干，包括多少内容啊，二哥对这些内容了解吗？他好好干了，交给他的工作，他都完成得很好，但是也好好玩儿了。

那个时代一个星期上五天半的班。在一个星期六的上午，公社书记王岳坤到县里开会去了，二哥将手头的活儿干完了，就不见了踪影。他又被一些人叫去赌博了，他们来到一个地下麻将馆开始打麻将，这次的赌注很大。二哥刚发了工资，还没有到家交给二嫂，就将工资都当了赌注。开始时，他手气不错，赢了不少。到了中午，他想回家，但是那些人怎么会让他走呢。其中一个人就说：“小顾，我们下馆子，我请客。下午又不上班，我们再耍一会儿。”二哥想自己赢了人家的钱，不好意思直接走，就和他们一起下馆子，他们每个人要了一壶酒。吃了饭后，他们几个人接着玩儿。不知怎么搞的，二哥的钱没有几把就被那几个人赢光了。实际上，这三个人就是想把二哥工资赢光，然后人家就不玩儿了。二哥没钱了，他不知道怎样和二嫂交代，就求人家再和他玩儿一会儿，这三个人就想在二哥身上割肉。所以二哥一求情，人家每个人借给他一百元，这样合起来有三百元，比他工资还多，他高兴地谢了人家，接着玩儿。可是他怎么可能是那三个人的对手，这样他们一直玩儿，没停下来。那三个人看二哥没钱了，他们就借给他。人家借给的钱，他就当自己的钱。他们晚上打了一宿，还没有结束。

二嫂回家后，中午不见二哥回家，就到单位找。单位只留下值班的人，他们对二嫂说不知道顾荣风在哪儿，单位早没人了。

二嫂在单位没有找到二哥，就气呼呼地跑到父母家。当时大哥大嫂带孩子到大嫂的父母那里去了，只有父亲和母亲在家。

二嫂进屋就说："爸妈，荣风不见了，我也找不到。反正荣风是你们的儿子，我要向你们要人。"

父亲听了这话就生气，说："那仁，你们都是成年人，自己过自己的日子。老二不见了，他也没有到我们这里来，你管我们要人，我们到哪里去找他呢？"

母亲说："那仁，你先回家去吧！不要着急，等你大哥大嫂回来后，我让他们去找找。"

二嫂又哭了起来，她一边哭，一边说："我这个人是啥命啊？两个儿子都不错，他们怎么摊上这样的爹，这家也不回，工资也不交，我这日子怎么过呀？"

母亲上前赶紧劝她，她才停下来。母亲说："你先回家吧！两个儿子和他们的老姨该着急了。老二不会出事的。"

二嫂也惦记自己的孩子和妹妹，就说："爸妈，你们想办法找找老二，我先回家了！这个荣风死哪去了？"说着她就往外走。

她走后，父亲跟母亲说："这老二可能拿着工资去耍钱了，不知道藏在哪里。他肯定耍钱耍输了，我们家要摊灾了！"

傍晚，大哥大嫂回来了。父母将二嫂找人的事说了说，他们请大哥大嫂帮着找找二哥。

大嫂说："荣风真是的，那么大的人了，不走正路。这若去耍钱，还不得将房子地都输了！"

大哥说："你就少说两句吧！我到街里去找人问问。"大哥骑上自行车走了。嫂子回到自己的房里。父母点上灯等着听大哥的消息。

这时二哥的大儿子国玉来了，他还没有上小学。他跑进奶奶家，就说："奶奶、爷爷，我爸还没回来？他去哪儿了？怎么还不回来？我妈都要急疯了！”

父亲说：“国玉，你爸去哪里，我们不知道。让你大爷去找了，你先回去吧！”

那孩子说：“爷爷，我不回去，我要等大爷带我爸回来。”

母亲说：“你不回去，就等等吧！一会儿你大爷回来再把你送回去。”他们三个人在灯下谁也不说话。

这时大嫂进来，她看到国玉说：“你来了，你爸还没回来！你爸也是，家人都不管，自己想干啥就干啥！”

国玉不愿听他这么说话，说：“大娘，我爸不是那样的人，他对我们都可好了。”

大嫂还想说什么，母亲说：“他大娘，你别说了。他还是个孩子。”大嫂把嘴一撇，将到嘴边的话咽了下去。她看着这老的老、小的小，叹了口气，又回到自己屋里。

不知过了多久，大哥独自一个人回来了，他看到国玉说：“你来找你爸爸？”

父母都在等着他说话，他喘了口气说：“爸妈，我打听了一下，中午有人看到他和几个人下馆子吃饭来着。吃完到哪里去了，我没有打听到。看来，他是和那几个人在一起，我们找不到。这样，我把国玉先送回去。天也晚了，我们都先睡觉。荣风和那几个人在一起，就不会有生命危险。”

爸爸说：“这破孩子，这是在造孽。我们找不到他，也只能把国玉送回去。他大嫂也跟去，说说那仁，别让她着急。”大哥大嫂和国玉走出院子。满院子的寂寞向屋内压去，今夜注定不能入睡。

实际上，大哥还找了公安局，公安锁定这是一起赌博案件。几个干警进行了侦查，先将那个小馆子的人叫来了解情况，到第二天上午还没有头绪，大哥到公安局等候。

二哥他们一直玩到第二天，也就是星期天。他不记得自己输了多少，反正手上还抓着二百元。他们几个人说好了，要先睡一会儿再接着玩儿。等他们睡到中午，吃了点儿饭，刚坐到麻将桌边上时，公安局干警到了，将他们所有人都带到了公安局。实际上，这个时候，他们每个人身上没有几个钱。二哥在他们睡觉前就给这几个人写下了借据。那几个人将借据藏了起来，没带在身上。他们被带到公安局，大哥得到了消息后回家了。

后来，与二哥赌博的三个人纠结起来向三哥讨赌债，他们要闹到二哥家和父母那里。二哥说："这些事拿不到台面上。如果你们这样办，我一分也不给你们。如果容我个空儿，我给你们一半儿，就算还完了。"那些人觉得这样也好一些，就给二哥一个月的时间。又过了一个星期，单位派二哥到赤峰办事。他办完事后，到四哥家求助。他不好意思当着四嫂的面说这个事情，将四哥请到外面散步。时间进入初冬季节，街上没有人。二哥不好意思地说了这件事，请四哥帮忙。四哥听后，二话没说就同意帮助二哥，但是他又告诉二哥，让他再找荣军和荣荣，他自己没有那么多钱。后来，二哥又找到我和小妹妹。我们几个帮二哥还了赌债。这都是后话了。

当时第二天，二嫂带着两个孩子和她妹在家里吃完早饭，赶到父亲家。两个孩子来后，尽管也想着父亲，但是很快和大哥家大女儿玩了起来。二嫂不断地哭诉，她妹妹反复劝着姐姐。到了中午，等大哥回家，他们才知道二哥他们被公安局抓了去，正在审问。二嫂又哭上了，她边哭边说："这日子可怎么过？"

母亲劝她说："你别哭了，老二不会有事的！"母亲和大哥做好饭，让他们吃饭，然后他们在家等候结果。

公安局对他们的审问到晚上也没有结束。第二天，大哥接到公安局的电话。他来到公安局，看到了二哥。公安局要大哥担保，他们才能放二哥。因为没有搜查出多少钱，所以他们四个没有被刑拘，都让担保人带回去。

大哥带二哥回来，问二哥："你想到哪里？"

二哥说："我上单位吧！今天上班了！"

大哥说："这两天，家里人都急坏了！你不看看父母和你媳妇他们？"

二哥说："那有什么看的！我直接上班去了！"

星期一，二嫂上班了。她不放心二哥，就打电话给大哥。大哥接到二嫂的电话后，告诉他二哥没事了，已经上班去了，请她放心。可是二嫂放下电话，跟办公室的人说了一声就出了医院。她几乎是一路小跑的来到天义乡。乡里当时办事的人很多，她也不和别人打招呼，直接冲进二哥的办公室。

当时，二哥正和一个职工说材料的事。他一见是二嫂来了，就赶忙说："小李，你先出去吧！按我说的先准备！"他推着人家，几乎是将人推了出去，然后关上门。

二嫂上前拽着二哥的脖领子，就给了二哥一个嘴巴子，然后还想接着打。二哥也力气大，他把二嫂的手抓住。

二嫂骂道："不要脸的，你还要不要这个家？要不要两个儿子？不让你赌博，你偏去赌。这回好了，怎么不让公安局把你押起来。让你去赌，让你去赌！"说着，他把二哥办公桌上的东西用手划搂飞向地面，书和墨水瓶噼里啪啦掉落在地面上。

二哥说："你别这样，你别这样，我不是好好在上班吗？"他忙着蹲下来捡东西。

二嫂觉得还不过瘾，将二哥捡起来的东西又扔到地上。这时有人敲门，是乡政府的副乡长。二哥忙捡了捡东西站起来，说："进来。"

二嫂不好意思再闹了，就站在办公桌边，冷眼地看着窗外。

副乡长进来看了一眼地面，没有表情地直接跟二哥说："上星期公社发的文件，你这里还有吗？我想看看。"

二哥说："有一份。"他走到书柜前将一个夹子拿出来，打开夹子，将副乡长要的文件递给他。

副乡长说："就是这个文件。我先拿去看看，然后再还给你！"

二哥说："好。"副乡长拿着文件走出了办公室。

二哥走上前，又把办公室门关上，说："你先回去上班吧！我中午回家。"

二嫂气狠狠地说："你发的工资呢，拿来给我！"

二哥从裤兜里掏出一卷皱巴巴的钱，递给了二嫂。二嫂将钱打开数了数装进自己的上衣兜，哼了一声，瞪了二哥一眼，摔门走出二哥的办公室。

二哥像没事人似的上着班，他们单位的其他人都听说了这件事。王岳坤是从公安局副局长那里听说的，但是他也当这件事没有发生似的。父亲想起这件事就生气，他强挨到星期日，派大哥将二哥请来。二哥到屋后，大哥就退了出去。

父亲说："老二，你做得是什么事？你自己说说吧！"

二哥站在地上缓缓地说："我不应该参与赌博，给父母家和自己家都带来了麻烦，自己对不起家人。"他对自己的检讨还算深刻。

父亲听他说完后，说："你的认识还可以。可是当初你为什么要去赌博？不知道赌博违法吗？作为公职人员，这是你应该做的吗？你自己有妻子有孩子，你为他们着想了吗？"

母亲在旁边插话说："老二，你这样做是不对的。赌博就是无底洞，你有多少钱？你的老婆孩子谁养着？"

父亲接着说："我们这里，你平时不关心也罢了。但是我不希望你给我们添麻烦，天天到这里又哭又闹的，我们家受不了。自己有赌债自己还，也别闹到我们头上。"

这时大哥走进屋子说："饭好了。"

二哥说："爸、妈，别生气了，我以后不去赌了！你们放心吧！"

每个人的成长都要靠自己。二哥人生走弯路，还是在于他思想不端正，这是主要方面。但是环境对人的成长也有影响，二哥非常不幸的是他遇上父亲的老部下当他的领导。当时父亲那一辈子的是是非非都转到了他的身上，父事儿载，王岳坤纵容了二哥的坏毛病。二哥对此没有警觉，同时父亲也没有在这些事上为儿子操操心，他内心是信任王岳坤的，况且他主要操心的是治病和生存，他没有精力做别的。

兄弟关系

大哥顾荣兴和二哥顾荣风是一起长大的。当大哥九岁，二哥七岁时，母亲病倒了，孩子们提前抗起了生活的重担，家里的一些事，都是他两个哥哥商量着结伴去办，互相配合，这样哥俩的关系理应不错。可是长大后，随着各自思想上的成熟，行为上的自立，他们两人的关系却渐渐地疏远了，形成一定的缝隙，虽说两人是亲兄弟，但是他们不怎么亲密。

因为大哥很早加入党组织，当兵、工作都当排头兵，在思想上接近父亲，得到父亲的认可。二哥就不同了，人的行为最受思想引导和约束。对二哥的思想和行动，父亲不认可，可也没有设法和二哥沟通，他更像一个两方世人在旁边对二哥品头论足，像这座山望着那座山一样。如今看，父亲的这种态度有些不应该。他的这种态度一定关系上影响了大哥和二哥的关系，因为大哥认同父亲的一些想法。

等到大哥、二哥各自成家后，兄弟关系成为两个家庭的关系，中间掺杂着两个嫂子的行为，关系更为复杂些。有些事两个兄弟也解决不了。据说，当时二哥家有事后，大哥家借给二嫂二哥一千元，当时一千元钱差不多就相当于现在一万多元吧，是个不小的数目，是大哥家两个半月的收入。后来二嫂他们是否还钱，我不知道。但大嫂气愤地对我说：“你二哥、二嫂最不讲理，没还我们一千元钱，硬说是还了，对这样的人，我今后不再来往。”我听后只能默默地。二嫂也对我说：“大嫂那人怎么是那样，本来借我们五百硬是要一千，明明是还给她了，还说没还。”我听后也是默不作声，这两家本来互相看不惯，这件事让他们更加生分了。兄弟之间从亲密到生疏，有时候就是因为这些鸡毛蒜皮的小事。

当然，兄弟之间偶然也有些走动。一次，大嫂到二嫂那里串门。二嫂会烙黄油饼，吃起来香脆可口。她那天用烙黄油饼和几个炒菜招待大嫂和自己的好姐妹。可是吃饭后，大嫂就开始推销她经营的一些产品，如数家珍地介绍这些东西是多么管用。二嫂的朋友不新潮，对大嫂说得很反感，搞得大家不太愉快，她们草草收场了。二嫂在过年时和我说起这事：“从那以后我再也没有请大嫂到家吃饭，也不想买她的东西。”我也不知说什么好。

二哥是东方不亮西方亮，他和他两个把兄弟来往不错，他们之间关系密切。在孩子小的时候，因为二哥家俩儿子都学习好，这两个把兄弟都很羡慕他们。二嫂教育孩子有一套，她认为一是要营养跟上。可是当时他们家庭收入有限，她就将快要过期的减价苹果、牛奶等批发来，买给两个孩子吃。两个儿子个子都很高，他大儿子是顾家最高的，身高一米九，二儿子一米八。二是注意孩子的心理健康。孩子有什么心事，她都启发孩子说出来，这样孩子的心情就会好很多。他们的这两个孩子学习都好，心理健康，他们都考上了北京重点大学。后来，这两个孩子留在北京工作。这样，二嫂在他们的群中被公认为会教育孩子，二哥的兄弟常请二嫂给他们介绍经验，在高考的时候，她还被请去帮别人的孩子填报志愿。而那两家人生病，需要打针吃药的小病治疗，二嫂都帮忙，这样二哥与把兄弟关系还真好，比亲兄弟都亲。在二哥有个大事小情的时候，他的把兄弟都出了大头，来操心帮着张罗，而我们亲兄弟的似乎做得一般。

二哥的这两个把兄弟，一到过年过节时，都带上礼物去看望父母。父母对他们也很感谢，热情地接待他们。我想二哥在兄弟身上缺少的情谊，在把兄弟身上都得到了。于是，有时我回家过年时，大哥拉上我带着礼物去他的把兄弟家看望他们的老人。这等于我们也多了两个兄弟，但是我们来往不多。

三哥、四哥及我和小妹在外地工作，我们有时候年节一起赶到家，大哥家、二哥家都会表达他兄弟的情谊，请我们到家吃饭。到大哥家，因为大嫂爱干净，所以到处都锃亮发光，我们去了有点约束，坐一个地方就不想动了。不过，大嫂做的蘑菇汤非常好喝，饭菜也好吃。到了二哥家就不一样，可以倒着歪着，这屋那屋串着，比较自在。老家的亲戚来了一拨又一拨。二哥还亲自下厨，精心制作菜肴。如果包饺子，总是包两种以上馅，所以我们可以在那里尽情喝酒吃饭。二嫂会做黄油饼和奶茶，有的时候还上一盘奶豆腐，都很好吃。想起这些，觉得二哥、二嫂也很会做人。就是在父亲这里过不了关。

那些年父亲需要打针，二嫂每天跑过来给父亲打针；孩子们有了病，也赶紧到精神病医院门诊挂号，精神病院的人都认识那些孩子们，他们马上去告诉二嫂，二嫂会急着跑来张罗这个事。这些事作为一个家人，做得也算到位吧！那么，父亲为什么总是见不得二哥他们呢？父亲站在自己思想的山崖之上，不肯了解二哥他们。那时我和妹妹两个私下说，认为二哥对父母太爱算账，有些事总计在心上；而父亲却总是记着那些不愉快的事。在这一点上，二哥继承了父亲心细的特点。而他和父亲的相遇是两个心细的人的相遇，谁也不服谁。

亲属的口碑

父亲这一代人因为他兄弟姐妹多，所以近亲很多。在过去那些年，人们多是农民，大家守着自己的土地过生活，互相之间来往得少。在改革开放二十多年后，人们经济条件有所改善，人员的流动性提高了，老家的人就开始与父亲走动，有的人家干脆把家搬到宁山，开始来的几家找父亲，父亲安排大哥二哥帮助他们办事，而后来迁到这里来的人就不直接找父亲办事了，一般他们来的时候都先来看望父母亲，然后自己张罗去了。实际上，后来他们就跑到二哥家去说自己的想法，二哥给他们做参谋，帮助他们分析决策。有时候他们直接找二哥，二哥也不说什么，能办了就帮助办了。这些亲属当然不让二哥他们白办，给他们今天送鸡蛋，明天送公鸡的。这时二哥就会张罗着大家来他家里共同聚一次，来个大餐，大家其乐融融。这些故事，父母亲不知道，因为没有人告诉他们。还有就是老家需要家里人参加一些活动，如婚礼等，这时候父亲找大哥，大哥时常忙得不可开交就去找二哥商量，二哥就请假跑一趟，反正也不远，一天可以打来回。

这样的时候多了，人们跟二哥比较熟悉，所以他们到宁山来想去的地方就是二哥家。亲属们去二哥家成为家常便饭，大家坐到一起免不了要说话唠嗑，二嫂对父亲不满，也说给他们听。听话的自然有自己的看法，这些看法多少带点偏见，而且因为这些人不了解父母的为人，不了解一些事情的前后，所以做出的判断也有问题。一次叔伯二叔家的老二看望父亲，给父亲讲一些外面的传言，无非是父亲他们偏向老大，对老二不公平等等，父亲听后非常生气地说："扯老婆舌头扯到我家来了，谁在背后敢扯老婆舌头，就让他滚回老家去。"父亲在老家中威信极高，从那以后还真没有人到他跟前说三道四，但是人们对父亲的看法仍然存在。二哥以自己的世俗哲学和亲朋们相处，生活也算如鱼得水。

在单位他以普通职工身份又靠上一些职级坚持到退休的。这个当年的中专生，是一个知识分子，人也不坏，混得不怎么样吧！不过，二哥干什么像什么，因此单位有些工作还让他去办。在众多的亲属中，他有个好人缘。亲属们说：“二哥二嫂善良，能够融入大家，有事时还肯帮助大家。大哥大嫂都是有地位的人，他们不敢高攀。”这些若是在父亲口里说出来，就是另外的意思了。父亲说：“对老二家，老家那帮人都向着他说话，说我有偏心。谁对我好，我还不知道呀。”实际上，老家这些人都是奔着父亲的威望赶到这里的，他们的大小事情也没少麻烦父亲，但是后来渐渐少了。一是因为父母年事已高，不愿意给老人家找麻烦了；另外就是有二哥在，为他们提供了帮助。对这些，父亲也不会看到。父亲老了，而他自己固有的观念又是不容改变的，所以我们无法指望老人家对二哥有什么善语。二姑和二姑夫无法面对她婆婆，来到父母身边，向他们哭诉自己的生活境遇。父亲劝他们说：“哎，都这么大年纪还这样激动干啥！不行，就出来躲几年。”他们的到来是父母家的一个大事，父亲将大哥大嫂、二哥二嫂都叫回家。对二姑家的事，大哥一筹莫展地说：“我认为老爸说得对，但躲到哪里呢？你们到这里，可是能干点啥？”大哥的愁绪感染了大家，大家一时不知道说什么好。

二哥打破这个僵局说：“在金三角开发的商业区正好还有未卖出的房号，如果二姑二姑夫同意，我可以帮着打听打听，能做点小买卖也好吧！”

母亲说：“这倒是个方法，可是二妹二妹夫也没做过买卖呀。”

父亲说：“没做过，还不会学着做吗？反正他们也没有别的出路，我觉得这个事可以研究。”

大家你一言我一句说这事，最后二姑夫说：“二哥二嫂和孩子们，我们按荣风说得做吧！”

父亲说：“好，荣风你给安排安排。”在二哥张罗下，二姑二姑夫在宁山落脚，做起了小买卖。

天平两边

父亲七个孩子，我长期生活在老姑家，三哥参加工作后调到外地了，四哥早就工作了，小妹妹长大后也到了外地，还有一个弟弟被送人了。我们四个孩子在外地成家立业，对父母没有照顾到。同时我们各自的日子也是自己过，没有得到父亲母亲多少帮助。在父母身边的大哥二哥，在父母的天平上是有些倾向大哥。二哥做事是这样的，他平时不到父母家，但是在过年的时候全家人都到父母家团聚。他带着两个儿子和媳妇帮助干活。他一到父母家，先跟父母打声招呼，就指挥媳妇和儿子干活儿，他们扫房子、擦玻璃、擦地板、洗衣服等等，个个都像是在为自己忙似的。大概过了两个小时，这个家就明亮起来。但是，二哥拿的东西不多，给的钱也不多。他们家两人工资不少，但还要照顾二嫂的娘家，钱也得省着花。

对此，父亲不说什么，但是他心里有数。全家人过年的餐饭很重要，大哥二哥下厨，大家热热闹闹吃过饭后，二嫂洗碗。孩子大了后，洗碗的活都由孩子们包了。我们家这些人，无论大小，到父母家时都干活。二哥家的两个儿子跟爷爷奶奶亲，有什么事都想着爷爷奶奶。到家来时，非常听爷爷奶奶的指挥，让他们去干什么，他们就去干。

在我眼里，他们没有大错，父亲却不那么看。等吃过年夜饭后，我们和父亲唠嗑时，父亲说："你二哥给的东西不值几个钱。"然后，他会把陈芝麻烂谷子的事都挖出来。在父亲眼里，二哥没有一丝的好。我们觉得这样对二哥不公平。有的时候我们劝父亲："老爸，事情过了这么多年，你就不要提了！"可是父亲按照他的思维逻辑还要接着说，父亲他们经济上紧张时说，现在日子不紧张了，日子过好了，父亲还要说。

我在想父亲的生活中，一定要有一两位对手，他要塑造一个假设的山峰，这样他才能够精神振奋，积极应战，从中显示他的能耐。在工作岗位上，他跟天斗、跟地斗、与人斗没有觉得累过。现在因为在家里，他需要与家里人斗。那么二哥，这个倒霉蛋还赶上了，他有前科，他做过错事。虽然他改变了，但是父亲的顽固不化的老脑筋，在不停地强化他自己的观念。从某种意义上说，二哥成了父亲的假想对手、敌人、竞争者。无论二哥怎么做，父亲对他的肯定不多，好话也不多。有时父亲也说："这个事，你二哥出了不少力，但是你大哥也出了不少力呀。"这句话对于二哥来说是肯定呢，还是否定呢？我可怜的父亲啊，你几十年没有把自己的有色眼镜摘掉，这对二哥不公平。

尽管我们的二哥没有大哥那么孝顺，但他也不是坏孩子，他对父母也尽了一份孝心。我写到这里感到父亲对二哥是悲哀的，他没有给二哥改变的机会，他对二哥一棍子打死，不许重生。但是在顾家的亲属中是另一番议论，二哥家在北京买房，这体现了二哥的经济头脑，这是他家的好事。而父亲认为就不应该给孩子买房，所以一分钱也没帮。后来我跟父亲聊天时，聊到这时父亲说："北京的房子多贵呀，你二哥他们还给儿子买房子！"

我说："他大儿子在北京工作，将来也得成家，早晚得买，现在买还便宜点儿，将来更贵，老爸你给他们借钱了吗？"

父亲说："我没有钱借给他们。"

我说："老爸，这是他们的家的大事，你该帮他们的。"

父亲说："我跟你三叔家说了，他们借给你二哥两万。"实际我知道父亲他们的想法，他们怕二哥把钱借了，不还他们。但是就二哥二嫂的人品来说，他们不会这样做。但是这么多年他们家与父母家的积怨一直没有化解，大哥家的大姑娘念研究生父亲给支持了，二哥家买房这么大的事，父亲还不支持，这是父母亲的立场。父亲也因为他有了这个固执的做法，感觉这人是人不是神，更觉其人生有声有色。这个倔老头也许一倔到死。

父母支持的话，就他们经济条件来说，也拿不出几个钱，但是这说明的是态度问题。二哥千方百计买到了房子，他不仅给老大买了房子，而且给老二也买了房子。虽然他们借了一屁股债，但是债可以一天天还，买下的房子却是一天天涨价的。这个买卖合算，孩子结婚生子，有了最基础的物质条件，就会安下心来，认真过日子，认真干事业。二哥并没有再提买房子的事，他们认真地还债。一次我到他们家，我看到了二哥二嫂共同绣十字绣。后来听二嫂说，二哥的把兄弟在孩子买房子时借给他们二十万元，他们绣完这幅画再裱上，送给这个把兄弟，感谢人家借给他们钱。好像在那时候，二哥二嫂一针一线的绣了好几幅山水画送给帮助他们的人。

二哥家的日子，没有因为父亲的看法而改变，他们用自己的方式活在世界上，自己的苦乐自己受着、因为二嫂家也得指着二嫂，所以他们家的负担不轻，这也许是养成二哥精打细算的原因。不过，这也是他们自己的日子过下去的一种经营方式吧。

我曾劝过父亲说："不管怎样，二哥家的日子过得还好，没有让你操心，这也是不错的。如果他们过不好，天天到你这里闹，你也省心不了呀！"

父亲说："你说的这一点我承认，那么做子女的就过好自己的日子，对亲生父母也不管不问，这样对吗？"

我说："这样不对。"如果说老父亲的天平歪一些，二哥他们自己也是有毛病的。

第十章

兄　弟

暖　心

暖气的流行是由中国人民生活水平提高以及它暖和、干净的特征决定的。父母亲住平房的后期，开始流行土暖气，北方广大的平房地区，有条件的都在自家安上土暖气。到了冬天，上了土暖气的，室内温暖而干净，不像生煤炉那么灰大。父母亲家当时也安了暖气，但是没安好，总之他们常挨冻，父亲的脚到冬天都会长冻疮，好长时间不能痊愈。

三哥的调走，给父亲心里留下了很大的创伤。当时三哥因孩子小，工作、经济条件各方面的原因，他不是每年都回来过年，一般是三四年回一次，不过父母也还是欢迎他们的。父亲在我们回家的时候就常讲，三哥偷着调走的故事。我的很多亲属，比如三姑等都知道这个故事，多数听到这个故事的人对三哥都有指责，大嫂更是一说起来就是气："本来二哥家就不管父母，如果三弟在身边，还分担点我们的压力。这可好，他说走就走了，而且还走得那么远。"她气得是三哥不能分担照顾父亲的压力，没有考虑三哥自己的生活。

一件事转变了父母亲的印象，那就是三哥在一九八八年左右的入冬前探亲时，从包头通过火车给父亲扛来一个暖气炉。回到家，他又亲自给父母把暖气安好，在装暖气时，对父亲他们这个老炕的烟道，又清理一下灰，挑出好几筐烟灰。然后家里有什么活，他都去做，一边做，一边和父亲唠磕，他的生活情况、包头的风土，这样他大概在家待了十来天，父子间的感情得到一些修复，父亲对三哥的看法有所改变了。

冬天到了，外面的北风呼啸冰冻三尺，屋内却很暖和，炉内的火苗旺旺的，火炉上烧水、热饭都行。当时有人来，父亲就坐在温暖的炕上说起三哥："荣升这小子，偷着调走这事让我生气，但是这小子还能够想着他爹妈，知道我这脚冬天冻得暖不过来，给我从包头那么远的地方扛个暖气炉来，这不，今年我的脚没冻着。"看来改变一个人对自己的固有看法，需要具体的行动，用事实说话。三哥为父母亲安炉子的事，让固执的父亲转变了对他的看法，这是很不易的。大家也被三哥的真情所感动，也很少提往事了。三哥在离开家后自觉对不起父母，又不常回家，他对父亲的态度也谦虚一些，那爷俩唠嗑真能唠，一唠就是几个小时。

这样一来二去，父亲对他的不满情绪慢慢地缓和了。而且，还送给三哥东西。三哥在给母亲收拾煤仓时，在一堆中书发现了一本《康熙字典》，他跟父亲要，父亲就给了他。据三哥说这本字典是四爷爷家的，四爷爷因为他的儿子没有爱读书的，就把这本字典送给父亲。我们其他的兄弟姐妹都没有见过这本字典，当然我们读过的书，掌握的知识也好像都不如三哥深厚，如今大家都到了中老年，三哥仍是家中知识渊博的人。论我们的学识水平，就是拿到这本字典，又不知道怎样用，肯定会将它扔到一边去。因此，他来收藏《康熙字典》最好。

流水不腐，人与人的感情纠结、隔阂很多时候是因为存在着误会和不了解，如果每个人总用自己的思想去衡量其他人，这样会使误会越来越深，最后系成疙瘩，解也解不开，各自心中留下都是恨和怨。像我的父亲与我的二哥之间，在父亲活着的时候是这样的，而三哥与父亲之间的感情在三哥调走后很长一段时间里也存在着误会和怨气，后来爷俩随着沟通交流的增多，慢慢地双方都有了退让和谅解，父子和好如初。

父母亲的毛衣多数时候都是三哥他们给张罗的。三嫂隔两年就给父母亲每人织一件毛衣，这一针一线里织进的感情是暖人心的。我曾跟三嫂唠嗑，我说：

“你有空就给妈爸织毛衣，不累啊？”

她说：“荣军，你看我们离爸妈这么远，家里经济条件又不允许买多好的东西，我也就织这么几件毛衣吧，这么多年你真没少照顾妈爸和我们。”

我说：“你这说哪儿去了，你也给你爸妈织吗？”

她说：“我妈人家自己会织呢，我给织的她相不中，她也退休好几年了，除了跟邻居打打麻将也没事，自己眼睛现在还不错，就自己做了，不用我。”三嫂跟羊毛厂联系上活，把活拿过来分给她认识的自家有织毛线机的姐妹们，给人家加工费，自己挣差价，还把余下来的毛线攒起来再织成毛衣，她们这样给父母亲最早穿上了羊绒衫，当时我还不知羊绒是什么东西。想一想，我们家的这么多女生，除了弟妹给父母亲织过毛衣外，好像二嫂给织过一件，剩下的好像谁也没有给织过。谁对父亲好，他是不藏着的，他穿着三嫂给织的毛衣，来人就说是我三儿媳妇织的，穿着暖和舒适。

有一年三哥他们回家过年，父亲跟他说：“这被子你妈也不说拆洗拆洗，真是又凉又硬，钻到被窝半天暖不过来，翻身掀着它真叫沉。人老了，什么也干不动，什么也不想干了。你妈现在连做饺子都懒得做了，想吃饺子了，她就上街买一斤回来。”

三哥说：“棉花的被子就是拆洗了也一样沉，棉花这东西吸潮，一阴天下雨，空气水蒸气大，它就吸进去，不晒被就往死了沉。潮的被子不爱热，睡觉可不是半天暖不起来。爸，这样吧，我和媳妇到街上转一转，如果能够遇上蚕丝被就给你们买上两条，如果没有我回去给你买上寄过来。那蚕丝被盖着又轻又薄，但是热乎，而且不吸潮。”说着他叫上媳妇两人上街了，过了一个多小时回到家里，他们抱回了两条被子。三哥用他一点一滴的行动关怀着父母亲的生活，让他们感受到儿子虽然在远方，但是没把他忘记，心里还装着父母亲，点滴的积累起来，编织成三哥与父母亲的亲情之网，亲情随网线传递着。

下岗创业

随着改革深入，三哥他们这样规模不大、技术含量不高的企业，不再受国家政策的保护，他们被像雨后春笋一样的民营企业迅速挤垮。企业倒闭，三哥他们夫妻同时下岗，他们年龄不大且有两个孩子，习惯于每天去上岗的人没有班上了，接着没有了收入。

三嫂是会计，有一技之长，先找到了工作，给一个私营企业老板打工，她恢复了每天上班的生活，尽管收入不高。三哥开始了艰难的创业路，办养鸡场，自己租块地方，建起简易的鸡架，他开始自己研究饲料、鸡雏，养鸡的科学方法，然后雇工，引进鸡雏，干起养鸡的事业。他早出晚归，雇了一位比自己小很多的小姑娘小华帮助养鸡。他盼着鸡雏长大下蛋。结果，鸡饲料价格上涨，鸡蛋价格不动，他卖的鸡蛋仅够日常开支。一年下来，鸡是养成了，赶上鸡的价格下跌，他卖了鸡付了房租、工资和各种欠的饲料费、药品费等，自己所剩无几，这与他自己的希望值差太远了。他自己算了一下账，他就是把这鸡厂养鸡的数量再翻倍，很顺利养下来，自己的收入还不及上班时的工资，而且太忙，他想了想自言自语说："快别干了，受这么大的累赚不到钱。"于是他把这个鸡厂仨瓜两枣地兑出去，自己不干了。下岗对于一个家庭来说，是天大的事。对这样的事，三哥没有告诉父母亲，也没有告诉大哥和二哥，我想他如果告诉了他们，也许能得到他们的帮助。

三嫂对他不敢说什么，也不想说什么。她想原来有个工作拴着他，现在工作没有，三哥如果以工作为由跑到外地去，他回不回来都说不准，都有两个孩子的她对三哥还是不放心，所以对三哥的态度近似于惯着，由他做啥，不多说什么。她想天天有事做稳住心，在她眼前晃来晃去的她就安心。这位家庭的独生女，她实在感到孤独，没有三哥在，她心中没底。我当时想，三哥如果在宁山县没走，下岗了，大哥、二哥一定会帮助他找点事做，家里有困难也能帮一下，这么远，没有办法。

父亲后来知道这件事，他说起这事是另一种看法，他说：“三哥下岗了也有饭吃，他岳父岳母都是退休职工能不管他们吗？”他没想自己也该管管三儿子，当然他自顾不暇，没有办法管这事。三哥有艺术细胞，他喜爱琴棋书画，自己刻着一手好字，画着一手还过得去的画，而且文学素质较高。既然养鸡不干了，自己经营一下自己的爱好吧。他凭着自己对各种石头的研究，花钱买回很多印章料子，自己没黑没白地刻起来，刻到了一定数量，他到专卖这类商品的市场租一个地方卖他的印章，他想只要高价卖出几枚印章，他的收入就可观了，刚入道的他自以为可以，实际上他真的不懂这个行当的行情，他早出晚归地经营自己的印章生意，观察到这一行实际是其他的买卖一个补充，只把经营印章当一个门面，兼做其他，如工艺品、石头等更重要的买卖，印章卖不卖都无所谓。而三哥是指着这门手艺生活的，他一年下来，仍是不赔不赚。如果接着干下去，也得像其他经营者一样多种经营，扩大门面、没有扩大经营类别货物的本钱，他只得放弃，他喜欢这一行当，当喜欢不能供你生存时，放下还是对的。无奈时他看着自己设法找到的工具，已经车好的章料，长长地叹了口气，找了个大纸箱全部收了起来。

家里知道他们下岗的事后，都为他们着急。

大哥打电话给他，建议他不行的话，回来找点事做。

大嫂却说：“荣升如果不去，现在有稳定的工作，弄好了可能还混上个一官半职。这下可好，两个人都下岗了，日子怎么过？”大嫂说的话，三哥的心里实际也想过。可是对于三哥这个人来说，男子汉大丈夫，一米八的个子，眉宇间透出一种坚毅的气息。他要对自己的生活负责任，对自己走过的路负责任，他没法去抱怨，他还要养家糊口。

他这次认真考察了市场需求，当时人民的收入增加，结婚装房买家具，家家比着过。包头地区新流行家具门镶上雕花玻璃，还跟刻章有点类似，经过了解，他认为这一行有市场，和三嫂商量后，决定做玻璃雕花买卖。他先去参加了一个培训，同时在自己工作过的老厂租一间房子，租房时享受到下岗职工的待遇，租金下浮百分之三十，通过自己的朋友借了五千元，购买了电动切割雕刻玻璃的仪器设备。

荣升玻璃雕刻工艺馆开业。在开业典礼上，他们厂的下岗工作安置办公室人员，他的好朋友、三嫂还有三哥的岳父岳母都到场祝贺，所在街道办事处工业助理还给剪彩。放了五百响的挂鞭，鞭炮炸响纸屑乱飞，很是热闹，他带了两个人，一个是自己的师弟凯歌，也是下岗职工；另一位是他养鸡时雇的小姑娘小华。他自己做厂长兼雕刻师和销售。父亲得知他的厂开业了，给他寄去一千元表示祝贺。小华这姑娘中等个，水灵灵的样子，有一双会说话的眼睛，她再次到三哥手下工作特别高兴，虽然离开三哥有两年了，现在一个服装门市打工，但她一直盼着，能够再到三哥做的买卖中帮忙。她是个农村出来的小姑娘，认识太多的没多少文化的人，但偶然发家后到城市里闯市场的人。她觉得给这些人打工没意思，他们说话粗俗，不尊重员工。她喜欢三哥这样的老板，文质彬彬、吃苦耐劳、说话和善，有人情味，在他身边打工，感觉自己跟着也提高一个档次。她快乐地工作，负责每天到各处发艺馆的广告，联系各方面信息。三哥上午负责在小华了解到的情况上进一步调整约定价格。下午到晚上十点，他作为雕刻工程师，按照客户的需求进行设计后，作为技工用电动雕刻机在玻璃上雕刻。他的师弟凯歌负责进货、送货和其他杂务，他们三个工作很卖力，一年下来，艺馆还了五千元欠款，三个人的工资都兑付，另存两个月雕刻所用的玻璃。

过年前，他给父母亲家寄了一千元钱，是孝敬父母的，父亲说起这事挺有意思的。他说：“荣升开店赚不少钱了，不然也不会给我寄钱，这一千元也许是他赚的钱的九牛一毛啊！他有事做就好。”

新的一年开始，他们又上了一道雕花上色的工艺，市场需求进一步扩大，凯歌提升为雕刻师，小华对同类合同可以直接接单，而三哥重点谈一些大客户和工艺把关、设计及雕刻，将一些常规性的雕刻交给凯歌，自己对复杂工艺亲自负责。小华一向将三哥称顾哥，称凯歌为凯哥，他一天天顾哥顾哥叫着。凯哥有些看不惯，一天，他对着小华说：“你别顾哥长顾哥短地叫着，他是我们老板。”

小华说：“我对外称老板，在馆里称顾哥，我不是也管你叫凯哥吗，这有什么不对？”

三哥说：“好，好，这些小事快别说她。凯歌，那雕花的玻璃要用没了，你去我们进玻璃的地方看一看，前天我订了一家用较厚玻璃的客户，你顺便了解一下行情，小华你到新近东区交工的楼宇那里转转，可能会开发一个新的市场需求。我把新订合同的几个客户的玻璃案例设计一下。”

小华和凯歌一起说好，小华瞪了凯歌一眼走了。

凯歌走到三哥前说：“师傅，她总这样称顾哥，我看小华最近有点变化，她是不是看上你了？师傅，你可别对她动心，你家嫂子和两个孩子多好，我们这个艺馆也不错。”

三哥说：“师弟，没你说得严重，我会把握分寸的，我没空，你有空给小华张罗个对象，让她早日嫁人算了，我们都省心了，快干活去吧！”

凯歌说：“好的，师傅。”

凯歌走了之后，三哥点着一支烟狠劲抽了一口，吐出一圈一圈的烟环，看着这些烟环慢慢地散去。对于小华，他不是没有感觉，有小华在身边干活还真觉得有劲头，他深知自己苦心经营的小厂还不知道前途如何，自己没有心思消费爱情，这样一个好姑娘应该有一个理想的归宿，要帮她找一个好人家。他晚上回家后跟三嫂也说了这个想法，三嫂还不理解地说：“她一个打工的，你管她那么多事干什么？她给你干活，你给她开工资就算了嘛。”三哥没说什么，心想：“好一个傻婆娘。”

三哥他们的生意越来越红火，凯歌建议说：“师傅，咱们的活有点干不过来，我想再雇个人过来，能干得多些。”

三哥说：“你没有看到我们附近又多了几家厂吗？等他们开业后我们活就不会这样了，你再雇个人，今年好了，明年没活干，我们怎么开支，我估计那几个厂在下个月，最晚七月就能够开业。”

凯歌说：“师傅说得也是，那我多加加工，我们争取今年多挣几笔。”

小华跑来说：“顾哥，我看到西区新的商铺中又开了四家雕花店呢！”

三哥说：“不去管它，我们是老店，信誉在那呢，我们的市场谁也别想挤进来。”

这一天，三哥和小华在，三哥在那里画图纸，小华给三哥倒了一杯水，走过来说：“顾哥，喝口水歇歇。”

把水双手递给三哥，然后动情地看着三哥说：“顾哥，看你为这店操心操的，人也瘦了，脸色不太好，你是不是休息休息，我少挣点也可以，就是不忍心顾哥你这样受累。”

三哥听了很感动，心想我老婆都没这样的关心过我。他还是沉着脸说：“你说得什么话，我们这行没有多难，所以谁想干都行，我们不拼命干活，你闲下一天，第二天、第三天，甚至以后都可能没活。那时候我们喝西北风啊？”

小华说：“顾哥，我能够理解你，又有人给我介绍对象了，我们见了一面，我觉得他没有顾哥好，所以不想往下处。”

三哥说：“小华，你老大不小了，处了好几个都不成，那还行？你说好与不好，不要被表面的东西所蒙蔽。听凯歌说给你介绍的这个对象是大学生，学习技术的，虽然现在没有工作，但有工作就不会错。人家没工作才找你，有了正式的工作谁能找到你头上？你要好好和人家处，争取这次成功，等你们结婚了，顾哥送一副柜子的雕花玻璃。”

小华说：“谢谢顾哥，我就愿意听顾哥给我讲道理，你这么一说，我的心里敞亮多了，顾哥，我给你续点水。”

三哥说：“不用了，我们干活吧。”

这一年艺馆收入颇丰，凯歌攒下结婚钱，小华已经开始准备嫁妆，三哥家过年每一个人都添了新衣服，给上中学的女儿买了一辆新自行车，春节时给父母亲寄来两千元。父亲逢人就讲他小儿子还不错，都为三哥长出了一口气。

新的一年开始，正如三哥预测的那样，玻璃雕花工艺厂就像城市这大盆生了一盆豆芽菜一样到处都是。活难揽了，三哥他们三人分头去招揽生意只能够吃半饱。这样有了活大家一起干，没活时候凯歌忙装房子，小华忙着谈恋爱，店里有时候就剩三哥一人，他天天打着电话，把所有的关系都动用起来，努力维持小店的生意。凯歌请假要离开一段，说自己跟未婚妻旅行后结婚，三哥觉得生意不忙就准了假。这时同学给揽了一个较大的活，给一个私家的店装修玻璃雕花，他同学揽下装修的活，把玻璃雕花给了他，一是给他帮个忙，再就是信得过三哥。凯歌不在，三哥自己忙里忙外，有些小华做不了，所以他日夜加班，三嫂也抽空过来帮忙，一干就是二十几天，三哥的脸黑瘦黑瘦的，三嫂想法买肉、买鸡、鱼给他补身体，但是他就是睡不好觉，有时十一点到家，凌晨三四点才能睡着，凌晨六点必须起床。活完成了，凯歌也回来了，这一天三哥、凯歌、小华都在店，三哥突然感觉心脏疼痛难忍，浑身冒汗，他让凯歌打120，等120到时，他已呼吸困难，意识模糊了。

三哥因心脏病住院，店由凯歌和小华支应着。三哥住院想着心事，这个店恐怕做不下去了，可是做什么呢？前途再次进入盲区，本来这个店开得不错，可是自己的身体不能再干重活，雇人干就挣不到钱，怎么办呢？

三哥出院后，自己很少干雕工做的活了，他在用心地给他的师弟雕一副家具所用的玻璃，雕完休息几天，又按着小华的要求设计雕刻，这两个活完成后，给他的朋友又雕刻了一副送去。他就把早已拟好的小店转让条件拿出来与凯歌和小华商量，他们俩非常吃惊，反复劝三哥，三哥说："我不是不爱这个店，可是我得了心脏病，以后干不了体力活了，趁着年轻早点转行，再拖几年我干不了这行当，干别的又晚了。如果你们俩想盘这个店，就你们来。"他把转让的广告让小华贴出去。

不断地有人来打听转让事宜，却因一下拿不出钱走人。

凯歌与妻子商量想把这个店盘下来，但是没有那么多钱，妻子回娘家借了一些，还是不够。这一天，他跟三哥谈了自己的想法，并把欠款年底无论挣与亏都还给三哥。三哥说："你来接着干这个店，我感情上还好受些！好吧！就这样，这个店就盘给你了。"他们做了合同进行交接，凯歌、小华将三哥送到门外，三哥最后看了小店一眼，上了出租车，满眼含着泪。车走很远了，后车镜里还有凯歌、小华的身影。

三哥正式回家休养。下岗四年多的时间里他没有闲过，身体透支够呛。对于他这样的状态，他的妻子、孩子和岳父母都没说什么。不过，三哥是个闲不住的人。

他翻箱倒柜，把早年开了头的小说拿出来，每天只写八个小时，其余时间思考、休息。白天他写书，晚上女儿回来帮他抄一抄。女儿说：“爸爸，你的小说写得让人感到悲凉，这样不好吧？”

三哥说：“生活本来快乐的事就不多，你自己考察每个人的一生更多的是曲悲歌。”

这样竟完成了两部小说，三哥这人真是有才啊！

有山就靠

小妹有一个朋友在沈阳的卫生巾厂做销售副经理，因为小妹经常和他们做羊肉的买卖，他们来往多些。这个朋友想在赤峰地区设一个销售店的消息告诉了小妹。小妹就把这个信息告诉了家人，问有没有人做这个店。当时卫生巾刚刚走入中国市场，市面上能够生产的企业不多，卫生巾在市场上的价格不低，但很走俏。大哥知道三哥下岗，大嫂的二妹夫也下岗，就把这个信息告诉他们两人。大嫂的妹夫原来在家乡糖厂做过销售工作，下岗后找单位上岗，给别人打工，他的理念是打工挣钱可以，但绝不自己当老板，一是没有底垫；再就是害怕市场风险。三哥这时已经休整两年多，他的第三本小说也已接近尾声，他得到这个消息后，进行了市场研究认为可行，但是因为销售点设在赤峰，他有些犹豫，三嫂不愿意让他做，她认为三哥离开就有可能把他们娘仨扔下。大哥去了一个电话，说这个机会不错。小妹问如果没人做，那个公司就让别人做了，这时三哥就回到父亲家。

三哥这次回家来，是他下岗后第一次回家，一看各家的日子过得都不错，自己的日子是一塌糊涂。他看了看这一行，可能还可以，但是自己没有底。三哥跟父亲、母亲、大哥、大嫂说自己想干是想干，现在下岗也没得干，下岗了就想自己干点啥，不愿意给别人打工，他的想法与大嫂的妹夫的想法正相反。大嫂说：“荣升，你自己干当老板吧，正好我妹夫现在待在家里没事，让他给你打工，你们俩的问题都解决了。”

三哥说："我前一阵子搞玻璃雕花工艺馆搞得还可以，就是身体不做主，累出个心脏病干不成了。如果搞这个卫生巾销售店可能也得雇人，但我没有底垫钱，就是厂子给供货，还得租房，装修门面、打广告等很多花钱地方，而我下岗五六年了，挣得钱还不够开支，所以干不了这事。"

父亲说："那么这个买卖真能赚钱吗？"

大嫂说："能赚钱，过去女生来月经都用卫生纸，现在都用卫生巾，携带方便又卫生，市场一定很大。"

父亲说："那么我让你三姑借你点钱，然后你赚了钱还给她就得了，我明天就跟她商量商量。"

大哥说："我手中有别人一些钱，但这个钱最多能用两个月。"

三哥说："用两个月就管够，这样的售货企业一年资金不周转五到八次就是贴钱。"

大哥说："你再研究研究。"

第二天，父亲把三姑请来说她小儿子开店想从她那借点钱，三姑说："我侄儿开店，三姑有钱得借给，不借哪像当姑的样嘛！不过，二哥这钱我不能借给荣升，他到时不还我找谁呀，要借我就借给你，我不能白借，我钱存银行还吃利息呢，借你就按银行定期存款一年的利息算，二哥你要同意我就借。"父亲想他三妹瘫痪个身子行动不便，说这话也算有道理。现在我说到这件事，顾家父母亲和他们的儿女，这个年头，谁家都没有存款，还不如一个高等残疾的姑姑有钱，也真是可悲。姑姑自己在路边开了个小商店，因为她是残疾人，不用交各种费用，所以能赚钱。姑姑这个人无利不起早，借给侄儿的钱还要利息，亲情不值钱！

三哥与大哥和大哥的妻妹夫，称他为姐夫，他们三个商量了两次，钱也筹到，小弟和姐夫一起到赤峰找一个小旅馆住下，他们在市里靠边一点的地方租到房，是一间有二十多平方米的门脸房，经过简单的粉刷装修，办营业执照，雇佣人员，但这个店除姐夫外，他得在当地雇一位卖货的小姑娘，大男人无法卖卫生巾，一切都妥当后，和厂家进货。

厂家在布点期间进货交货款的百分之五十就可按百分百的货物，如果有担保也可交百分之二十的货款。进货时，三哥因为手头没多少钱了，争取交百分之二十的货款，厂家要求有担保人，他找不到人，后来小妹的朋友就在担保人这一栏把小妹填上，他们公司因为跟小妹有来往账目，认为这个担保人也可以。这样，三哥交了六千元现金，在厂家上一次上三万元的货，运货车直接从厂家拉到店里。

这个店不需要三哥做什么，他当起了真正的老板，卖货由女雇员做，零活由姐夫做，他没有事就今天上红山，明天到石市，后天去水库。第一个月下来，还又向厂家转账货款五千，他们三人都有了工资。第二个月还好。这时他觉得高枕无忧了，想从下个月开始还欠大哥和父亲的借款。三哥将近两个月没有还大哥的钱，大哥找三哥，他说前两个月还公司的货款了，从这个月开始还你的钱，有两个月就还上了，大哥说："不行，上级检查得马上到。"

三哥说："那我也没有办法。"

大哥说："要不你跟老四打个电话，我也打个电话，让他出钱先把我的窟窿堵上？"

三哥说："那也行。"四哥分别接到了他们的电话后，临时借一万元给大哥寄了过去，四哥当时是可怜大哥，怕他因这钱被处分。

三哥他们三人在饭店吃饭，每天到那里吃饭，开支不少，每月两千元，姐夫给三哥提出说："荣升，我们这是个小买卖，要不我们别这样吃饭了，自己买个电饭锅，就在店里做怎样？"

三哥说："在店里做，人们来买东西一股饭味，心情不好，还买东西吗？先这样，我们慢慢想办法。"这时临店的一个女老板与三哥熟了，三哥现在真是闲得不行，就与她眉来眼去地斗了起来。

姐夫说："荣升，你可要离这个人远点，我听说她作风不好，跟过许多人。"

三哥说："谁还跟她玩真的，不过消遣消遣。"谁知道有一天晚上，这个女老板不知从哪里打听到三哥住处，悄悄地来到他的住处。赶上三哥不在，这个女生被三哥的房东看见，等他回来房东告诉他来了个女的，给他描述一下穿戴，他一听就知道她来过，但是说："这个人我认也不认得，不用管她。"

第三个月销售不好，旁边又多了几家销售其他厂家卫生巾的店，他们的产品价格低，三哥要求厂家降价，厂家不同意。这个月没有给厂家返款，也没有还款。除开支外的剩余两千元他给三嫂汇了过去。他离家近四个月第一次汇钱过去。第四个月仍不景气，这时他采用姐夫的建议，开始自己做饭，一个月省饭费八百元，他不再租房，和姐夫挤住在店里。仍然不能还款，不能给厂家付货款，他把工资开支剩余的两千多元又给家汇了过去。

姐夫说："荣升，你这样不行，你应该把剩余的利润还欠款。"

他说："这点钱，还了也还不完，等经营好了，我就一下都还了。但是我们现在怎么办呢，卖卫生巾的店已经越来越多。"

姐夫说："这样坚持只能是亏本，要不把货退回去干点别的。"

三哥向厂家发电要求退货，厂家不要，说可以缓一个月还款。三哥开始降价处理，这样一个月下来，还了房租和其他杂费，工资只能开半个月，没有剩余。店内还有不到一万元的货，进货的资金没有。三哥当机立断不干了，他用卫生巾抵工资发给女雇员和姐夫，姐夫说："我不要，我要那些卫生巾干啥？"

三哥说："我没有钱给你工资，你就收下吧。"把其余的货托运到包头，把租的房子退掉，把店内值钱的东西都卖掉，自己凑上路费。这已经是这一年的十二月初了，回到父母那儿。

大哥大嫂都来看他。大哥问他："四弟的钱你能不能给张罗上？"

三哥说："我连爸的钱都没有还，怎么能还他的钱。"

大哥说："那样的话，你给你四弟打个电话，告诉一声。"

他却说："大哥，你别操心了，我会的。"

他掏出五百元给父亲说："爸，儿子不孝，这次开店又赔了，快过年了，过年我就不回来了。那么远，路费我也拿不起，这钱你和我妈过年买点东西。我欠你的钱我会还的。我把一万元的货运到包头去了，总也能卖几千元，在家卖不用雇人不用租店，成本下来了，卖的钱就是自己的钱，等卖了货我还你的钱。"

父亲说："那你弟弟的钱呢？"

他说："他的钱，我慢慢地还吧。"

父亲说："那厂里的货款呢？"

三哥说："货款让他找我吧，我给他退货，他不给退，我又卖不了，能怎么办？"这样三哥第二天买了火车硬座车票回到包头。

他运回包头的卫生巾降价推销出去，他没有还任何人钱。对此，三嫂知不知道？但是她是高兴的。"风雨如晦，鸡鸣不已，既见君子，云胡不喜。"家里一对儿女和老人都是高兴的，因为三哥这半年寄给家里两次钱，而且带回这么多货，这都是令他们高兴的事。

他的同学到大连办公司，请他加盟做副总。他想去，三嫂不同意，要去的那天，三嫂在他面前跪下，一个孩子抱住他一条大腿。岳父岳母也说："要不别去了，你身体也不太好，在家里一家人能够相互照顾。"三哥哭了，自己想："我怎么是这样的命啊。"打电话给同学说不去了，让同学把他骂了一顿。三哥这心里有说不出的感受。"泛彼柏舟，亦泛其流。耿耿不寐，如有隐忧。微我无酒，以敖以游。我心匪鉴，不可以茹。亦有兄弟，不可以据。薄言往诉，逢彼之怒。"孤家寡人的他，卫生巾厂催他货款，他不理；把他告上法庭，他不应诉。卫生巾厂找到担保人小妹，查找厂里还欠她一万五千元，厂里下达止付通知，将款项直接打到货款项目中。小妹向卫生巾厂索要欠款时，厂家拒绝。她找到律师去交涉时，律师劝她放弃说："你是顾荣升亲妹妹，又是货款的担保人，你哥不付货款，又不应诉，这钱人家给你扣下，你没有办法。现在你要钱，只能跟你哥要。"小妹从此欠公司一万五千元。她跟三哥要钱，他说我不欠你钱，她说你的货款在我的账中扣了，他说那你让他们找我。小妹一肚子气，事过这么多年，她说起来这事还气不打一处来。

过完年，父母亲想起来该还三姑的钱了。正好三姑在过了正月十五后，被老伴推到父母那里，明面拜年实则要钱。父亲说："你的钱，我儿子没还我，我现在没钱啊。"

三姑说："二哥呀，你还指你老儿子还你钱啊，那是不可能的，他要是挣着钱他还你，他都赔钱了，他还你吗？你就痛快地还我吧，那钱还是我看病钱呢。”

父亲生气地说：“儿子不还，老子还。三妹你放心，肯定会把你钱还上。”

三姑走后，父母亲给小弟写信，连发三封信不见回信，不见汇钱，更不见人。父母亲这个气啊。老父亲几乎逢人就讲这事，可是把他气坏了，本来已经忘记了的旧事也想起来了，说他儿子不孝，偷着调走，又骗他钱。怎么说是骗呢？原来大嫂的妹夫回来，过年拜年时把三哥两次往家寄钱的事告诉我父母，父亲想你有钱不还给我，你汇给你媳妇，你这不是骗我的钱。

真是人穷志短，三哥那么个说话办事仗义的人，怎么也欠账不还了，让人搞不懂。他欠四弟钱的事，四弟没要过。现在想起这事，觉得他做得不应该，他伤害的都是最爱他的人。要说几个兄弟过日子，谁也没靠父亲这座山，但是三哥靠上了，最终他没还父亲的钱。

后来，我听说他将处理货的钱拿去出版他的小说了。出版后，他请人家帮助推销。我干脆在书店定了五十本，发给周围人读。真的有人读了这本书，说写的故事和文笔很不错。他的第一部本书出版后，收回了本钱，但是也没有还钱。他接着出版了两本书，一本是小说，反映现代城市拆迁的故事；另一本书是散文。小说销售不错，而散文却没有全部销售。这样一来，我们家不经意间出了一位作家。他后来再出版，还是没有还钱。

最后的雪茄

父亲和三哥是什么关系？我一直在思考这样一个论题。他们是父子这不假，是由他们长序、血缘决定的，但是他们更像兄弟。他后来回到家中，将自己书上的故事讲给父亲听。父亲听后，会哈哈大笑。他们之间谈笑风生，别人是插不进话的。

二〇一二年春节初四，好像是下午，几个人忙着自己的事，在幽暗的客厅里没有开灯，这个房子是客厅夹在前后卧室中间，白天没有光源，虽然前面的卧室与客厅之间是用玻璃窗做的隔扇，但客厅与前面明亮的卧室比，还是显得很暗。因为我准备第二天走，所以收拾东西。我从卧室进客厅，看到在黑乎乎的客厅的靠背角里面坐着三哥，他正在吸烟，烟头上的火明晃晃的，他对面坐着父亲，他们说着话。父亲是坐在竹制半包围的竹椅上，他猫着腰，上体向前倾，我走向前一看，父亲也抽着烟，是半截雪茄烟，烟夹在父亲的右手食指中指之间，冒着蓝色的烟雾。

“爸爸你在吸烟呢？”我说父亲。

然后对着三哥说：“你怎么会让父亲吸烟。”

我说这话时上前伸出手从父亲的手里轻轻把雪茄烟拽走，走到南侧的茶几旁，把烟碾灭在烟灰缸，把烟屁股扔进茶几边的纸篓。父亲没说什么，三哥也没说什么，我也没再说什么。他们父子依旧在唠嗑。

三哥就有这本事，让长久不吸烟的父亲吸烟，然后听他扯三说四的，而家里任何人不能做到这一点。大哥、二哥不吸烟，父亲的女婿吸烟，但他在父亲面前定会选择不吸烟，唯有三哥这家伙，自己在父亲跟前吸烟，也给父亲点上一支，父亲也不拒绝，他们之间能够发生这样的行为，说明他们之间关系的融洽，心理的相融，感情的密切，思想上的相互理解。实际上父亲依恋的是大哥，最贴心的是大哥，父亲和大哥之间永远不可能起纷争。父亲和三哥可以纷争四起，然后他们仍是兄弟般的贴心。

三哥把卫生巾店办亏，把欠三姑的钱推给父亲，父亲他们还三姑的钱，那是怎样还啊。父母亲节衣缩食，在长达五个月的攒钱中，前三个月没有吃肉，后两个月一个月买了一次肉。母亲上街去买最便宜的菜，为了买到便宜的菜，母亲常骑车到五千米以外的三角批发市场买菜，骑着单车在车水马龙的大道上行走、过了涵洞，又骑很远的路才到地方。无论雨天、风天都是这样。那是不容易，那时父母亲也是近七十岁的人了。就是这样他们也攒了不到八千元，他们又从二姑那拆借了两千元，共还三姑八千八百五十元。三姑这个商人，真是雁过拔毛，在父母亲千方百计地还她钱时，她没忘了要利息，这么多年有多少事，父母亲帮助她们，她们却都不记人家好。如果父亲不把她安置到这里，她家的日子是过不下去的，父亲为了管她们家的事，不知道气病多少次。即使这样连兄弟姐妹的情谊也没维系，父亲对三哥不还钱的事也生气。记得每次回家他都要和我说几遍。我一般说："老爸，那不是你儿子吗？他们家双双下岗，两个孩子，生活不易，你就算帮他们吧。"

父亲却说："我这人眼里从不揉沙子，我帮归帮的，你过日子缺钱，只要吱一声，我可以有能力时帮你，他这叫什么？是欺骗，设计个圈套，我们都被套进去了。"

父亲这么大的激愤什么时候转变的，我没有清晰地感觉。总之两个人又变得有话说不完的样子了。对三弟搞父子关系的功夫，我真是佩服呀！

在儿女们为上学、就业、娶妻、购房等最为较劲的时候，父亲病了。病重期间需要儿女们和母亲为他助力，他对儿女的事操心少了，他以自己的儿女都能够自立而自豪，他觉得做儿女的就应该这样。到了我们这一代，他看不惯我们为自己的儿女做事情。很久以前，孩子暑假时，我带女儿回家。母亲做饭不知做什么，我也不知做什么，顺口说："姑娘，想吃什么饭啊？"

父亲在床上看电视，还没等女儿回答我，就说："大人做饭还听小孩子的？依着他想吃就吃啥，那不惯出毛病来？对小孩子就应该做啥吃啥。"

我说："老爸，我到你这儿人多了。在我家就我们三口人，做什么饭媳妇想不起来，我想不起来时，可不就问她。现在家庭人口少，很多家庭都是以孩子为中心的。"

父亲倒没再与我争论，他说："这样呢，你们怎么过就怎么过吧。"说得还很开明，父亲慢慢地不去太较真了。大嫂家的外甥大学毕业后在南方某城市工作，过了几年自己买房结了婚；二哥家给大儿子购房时父亲就不同意，现在二儿子毕业又面临买房的问题。他就天天讲嫂子外甥的故事，表明他的态度，这让儿孙们有些反感。在父母亲、三哥和我吃饭时，父亲又提起这事，我说："老爸，人家二哥家想办法张罗给老二买房，你就说嫂子外甥好，人家能愿意吗？"

父亲说："他愿意不愿意，这就是我的态度，儿子买房要父亲拿钱那叫啃老。"

三哥说："爸，这就像一句俗话'矬子面前不说矮话'一样，我二哥就得给老二买房，他给老大买房了，老二也得买，而且在北京买房，那就得家族一起使劲，当然也可以租房。"经三哥这么一说，父亲就将话转到别的方面。

我曾对三哥说："我们跟爸说话都得小心翼翼地，你和小妹跟爸说什么他都不生气。"

三哥说："小妹跟爸说啥爸不生气，那是老姑娘，我跟老爸说话可要小心，老爸刚要生气我就得把爸逗乐了。"这是他的睿智。父亲是个有智慧的人，他的聪明劲都传给了三哥，他比父亲圆滑，这是生活把他磨炼的，他能够理解父亲，设身处地为父亲着想，在感情上融洽，所以父亲对他能不计前嫌，多次搞僵了关系都能够重归于好，他们更像兄弟，像朋友。

第十一章

花开一处

痴迷受制

对于四哥荣俊来说，他离我更近一些。儿时对他的记忆是那样的深刻。因为他出生后，与我们其他孩子都不一样，他一对细眼睛，大脸盘，鼻子很挺，嘴唇很阔，双耳垂肩。儿时听说四哥的同学都觉得他的耳朵长很好玩儿，时不时就有人悄悄地跑到他跟前使劲拽一下他的耳朵就跑，他对此似乎并不在意，常常揉一揉耳朵，咧开大嘴笑笑就过去了。而揪他耳朵的人都跑到一边大笑一番，其他在场的人也跟着大笑。他在三哥身后跑来跑去，因为他很小，三哥基本上什么也不让他干。父母对此似乎也不怎么操心。因为这个孩子一点儿也没有讨人嫌的倾向，从来也不惹事。就是小妹妹出生后，有点粘他，总是缠着他跟她玩儿。

可是等他到了初中的时候，不知道他从哪里淘到一本佛学书籍，从此爱不释手，在学校上课时偷偷拿出来翻看，被老师发现阻止，老师将这本书没收了。但是他跑到老师那里声泪俱下，千般求饶，认真忏悔，保证自己不再看了，并且一定要将所学课程学好。老师看到这个学生这样诚心，一副可怜的样子，就又把他教训一番后将书还给了他。他从此不在课堂上看这本佛学书了，但是在家里却躲到角落里看。

一天，他正在读这本书时，被三哥看到了。三哥上前一抓，把书夺了过来，说："老四，你看的是什么书？"

四哥说："三哥，把书还给我，你把书还给我！"说着，他就不顾一切上前去抢三哥手上的书。

三哥跳起来，左手将书举得高高地说："老四，你不让我看，我就告诉妈！"

四哥一听他这么说就蔫儿了，他停止抢书，说："三哥，你看也不感兴趣，你就给我吧！我也没耽误别的事，你给我行不行？"

三哥看他不往回抢书了，就将举着的手放了下来，并且将书打开看了两眼，然后看着四哥的眼睛说："老四，你怎么读这样的书啊？这上说的全是迷信，不能相信！你老读这些东西就会耽误学习。爸妈知道了肯定会生气。听哥的话，把这本书烧掉，以后不要读了！"

四哥听着三哥说话，也不吱声，低垂着眼眉，一副受难的样子。

等三哥不再说话时，他说："三哥，给我吧，我以后肯定不再读了！"

三哥又瞧了他一眼，没好气地将书还给了他。四哥真的在家、在学校都不看这本佛学书了。可是，在一个深秋的周日，谁也没在意四哥干什么，他穿一件棉大衣就出门了。在乡间的小路上出了村子，走向空地，在很远的一棵大树旁坐下，然后将那本佛学书从怀里掏出来读了起来。这样一读就是一上午。到中午吃饭的时候，父母和三哥谁也不知道他在哪里。三哥猜测四哥可能躲到某个地方去看佛学书了，就说："妈妈、爸，我们吃饭吧，他待一会儿就回来吃，不然饭菜都凉了。"父亲现在正忙着农机推广，就让三哥饭后找四哥，也没有在这事上太操心。母亲却放心不下。

她问三哥："你知道老四去什么地方了？"

三哥说："妈，我不知道他上什么地方去了。等我们吃完饭，到处找找他。妈妈，你不要担心，他都这么大了，肯定不会出事的！"经三哥这么一劝，母亲暂且不再提四哥的事。

吃饭后，三哥到院外四下看看。他想："这老四干什么去了？也没有听说他有什么朋友！"他也顺着乡间小路走到村子口，看着这深秋的大地，庄稼都收割完毕，地上都留下了很多玉米茬、谷子茬和高粱茬等，旷野非常通透，秋风呼呼地吹着，地垄沟庄稼留下的枯叶被吹得滚来滚去。万里无云，秋阳高照，大地显得特别安静。他往远处望了望，看到旷野中那棵孤零零地树，也没有多想，又把眼睛转到别处，并没有发现什么。正想往回走时，他突然觉得好像哪里不对，就向那棵树望去。这次他看到树下有个黑影。他想："这是什么东西，难道是谁家的狗，或者猪跑到那么远的地方去？"突然，他想是不是老四在那里。这样想着，他就迈步向那棵树走去，一会儿还跑了起来。

大概用半个多小时时间，三哥呼哧呼哧地来到大树前，看到四哥正如痴如醉地读着那本佛学书，根本没有发觉三哥的到来。三哥低头看到四弟看佛书的样子，像一个泄了气的皮球，"扑通"一声坐在四弟身旁。这时四哥才发现他，吃惊地看着三哥，还将拿着的书向身后躲藏。

三哥说："你就别藏了，我也不看你的书，你跑到这么远的地方偷看禁书，也不记得中午回家吃饭，你不饿吗？"

四哥说："什么，都到吃中午饭时间了！这天也没到那时候啊？"这时候他肚子咕咕叫，连三哥都听到了。

三哥说："你的肚子都咕咕叫了，你不饿才怪呢！"

四哥说："我还真有点儿饿了。三哥，我们回家吧！"

三哥站起来说："我们回家！"

这哥俩一前一后往家走，谁也不说话。四哥把书装到大衣的内兜里，从外面看好像什么也没带似的。三哥一边走，一边想这回我怎么着也不能给老四隐瞒这件事情了，如果老四再走火入魔，那可就糟了！

大概走了一个小时，他们回到家中。看到他们进院，母亲就走出房门，等这哥俩走到她身旁，问道："老四，你上哪里去了？中午也不回家吃饭，你不饿吗？"

然后看着三哥说："你在哪里找到的老四？"

三哥没有好气地说："妈，你不要问我。你问他吧！"他指了一下四哥，就不想说啥了。

母亲一听觉得不太对劲，就看着四哥说：“老四，你老实说，干什么去了。”

四哥说：“周日没事，就跑出去看书了，看书时忘记了时间。天气还挺暖的，然后，我三哥走到我身边，我才觉得回来晚了。对不起，妈妈，让你操心了！”

妈妈听他这么一说，心中的疑惑减少了一大半，问四哥说：“是什么书让你这么着迷？”

四哥说：“这……”

三哥这时冲到四哥面前，伸手就将他的书拽了出来，说：“妈，你看，他看这本书入迷了，都不记得回家吃饭，真是气人！”

母亲拿过三哥递给他的书，打开看了一页，又翻了翻书，说：“老四，你从哪里搞来的这本书？这是一本禁书。你一个学生不好好学习文化课程，却迷上这样的书，你想干什么？”

四哥说：“妈，我没有影响学校的课程，每科成绩都排在前头，在学校我也没有看这本书，就是周日时没事翻开看看。妈，我饿了。”

母亲听他这么一说，就把书拿进屋放在柜子上，然后到锅台前，将还热着的饭端过来，说：“你自己吃吧！我也不多说什么，等晚上你爸回来和你算账！”

三哥叹口气，到东屋卧室休息去了。母亲也不再说什么，自己回到里屋，也叹了口气。四哥自己吃了饭，将碗筷收拾起来，掀开东屋的门帘闪身进屋。这时三哥睡着了，他和衣躺在炕上，一副非常无奈地样子。可是四哥又想到了佛书上的事，他认为那些话是很有道理的，自己也许会像那些佛家人一样。想到这里，已经不知道自己在想什么，然后又想到父亲，父亲会怎样训骂自己呢？会不会打自己呢？不过，他又一想，该来的肯定要来，想也没有用。这时，他的困意袭来，他睡着了。

四哥还在做着美梦的时候，他感到有人在推他，他睁开眼睛，看到三哥说：“推我干什么，三哥？我还做梦呢！”

三哥看上去很不耐烦地说：“老四，快起来。爸爸回来了，他喊你到西屋去。”

听说父亲找他，四哥一骨碌爬起来，一只手扶着炕沿往下跳，一只手还抓紧理了理头发，他轻轻地走到东屋门口掀起门帘，说：“爸，你回来啦！”他就走进屋子。

父亲没有理他，见他站好后，就说：“老四，这本佛学书是你看的？这是哪里找来的？”

四哥说：“我就看了看，没有全看，也没有耽误学习，我的各科学习成绩都很靠前。这本书是我在一次去书店买书的路上一个人塞给我的。那个人长啥样，我也没看清。”

父亲说：“塞给你，你就看？为什么不把这件事情事先告诉爸妈？”

四哥说：“我以为就是一本书，也没有什么了不起的，也就没把这事说给你们。”

父亲说：“你们学校没告诉你该读什么书吗？”

四哥说：“学校不允许读这些书。”他想起老师把书没收的事情。

父亲突然来气了，他狠狠地把这本书往炕上一摔，说：“不让你读这些书，你还读！你的胆子也太大了！学习好，成绩名列前茅就可以读禁书吗？”

说着，他就拿起手中的皮带劈头盖脸地向四哥抽打起来，一边抽，还一边说：“让你不听话，让你不听话！你爸你妈都是共产党员，怎么养你这么个逆子，你还看禁书！啊？谁给你的胆量，有能耐你自己跳级啊！”

挨打的四哥开始时还左右躲闪着父亲抽来的皮带，后来干脆低着头任由父亲抽打。他心里想：“爸爸，如果你抽我解气，你就抽吧，我受得了！”这时，在外面玩耍的妹妹回来一看四哥挨打了，“哇”的一声就吓哭了，被三哥拽了出去。

这时母亲出来解围说：“孩子他爸，你都打累了，别打了！他要有心，不用打；他要无心，打也没有用。老四，你说你还看不看这些书了？你快说话呀！”

四哥哭着说：“爸爸、妈妈，对不起！我以后不再看这些书了！”

母亲说：“孩子他爸，别打了。老四都说了，这孩子说话算数。你也别生气了，看把你气得！”

父亲一松手把皮带扔在地上，他也不管这些，说：“滚！滚！滚得远远的！”

四哥猫腰将皮带捡起来，放到炕沿儿上说：“爸、妈，你们都消消气！”然后，他掀开门帘走了出去，看到三哥站在外屋抱着小妹妹，他也没有说什么，就出了门。

小妹妹说：“四哥、四哥，你别走，跟我玩儿呀？”四哥根本没有理她。

三哥把小妹妹放在地上说：“你去看看爸爸。”然后，就紧跟着四哥出去了。

坚持修身

四哥因为看禁书被父亲打的事情，在哥儿几个中传开，大家都认为他做得不对，也很可怜四哥，觉得他因为看禁书被父亲抽打有点儿亏。但是，事情很快过去了。而四哥像换了一个人似的，不但没有再犯错误，而且积极帮助母亲做家务，还坚持锻炼身体，特别是跑步，每天都坚持跑五公里。

他和三哥在一个学校，他是初中一年级，三哥是初中二年级。在一次学校运动会上，四哥参加了男子三千米长跑和八百米中长跑，都拿到了第一名。在秋季全县运动会时，他作为入选队员参加了五千米长跑项目，竟然也取得了第一名的好成绩，还打破了县中学五千米长跑项目的记录。这可把学校高兴坏了，他们认为自己学校出了一个全县知名的明星了。四哥并没有觉得怎样，他认为也就是将平日长跑锻炼的速度发挥出来了，所以跑得非常轻松。正在这时候，县教体队招人。有人提议让四哥参加，他们找四哥谈了一下，说在不耽误学习文化课的情况下进行训练，准备来年参加昭乌达盟地区中学田径运动会。这次四哥学乖了，他告诉老师说：“老师，这事我自己不能决定，我得回家问问我爸妈。”老师觉得这样很对，只有孩子的父母同意，孩子才能没有负担地参加集训。

四哥放学回家后，等父亲回家，就将学校老师找他谈话的事情跟父母说了。母亲说："不要参加什么集训队，会耽误学习，没有必要。"

父亲说："我同意你妈的意见。你就好好把学习抓好就行。"

四哥也就跟老师说了，老师虽然对他很惋惜，但是认为父母决定是正确的，也就没有再说什么。

四哥仍然坚持锻炼身体，父母就由着他来。

一九七八年，在三哥初中二年级毕业要考高中时，学校让初中一年级的学生也准备参加考试，说一年级如果考上高中也算数。四哥回家跟家里人说了学校的这个决定。

父亲说："这学校净胡闹！初中一年级还没有学完课程，怎么能够考高中呢？"

这时四哥说："爸爸，我借初二学生的课本读了一下，感觉初二的课程实际上比我们初中一年级的课程深不了多少。"

三哥也说："我到了初二，也就觉得没学到什么。老四说得有道理。这些事，学校和教体局一定都掌握。不然也不会让初中一年级也参加升高中的考试。"这样，家里有两个孩子考高中，父母也没有多想。

在三哥四哥他们考高中时，考完文化课后，又加试了音乐和体育。大家觉得这是学校的安排，谁也没有多想。学生们按照学校的安排参加考试。这时的学校很热闹，整个初中的学生乱哄哄的。每个学生领到自己的准考证，就去找自己的考场。等考试开始，就全部安静下来。

四哥拿着数学考卷看了看，就低头开始答题。他没觉得题有多难，只是有一道十分的题做不出来。他就将这道题放了下来，不做了。他想反正自己也没指望着考上高中。

文化课考完后，学生们加试体育和音乐。教师告诉学生们按照自己的特长和喜好进行选择，选哪一科都行。四哥选的是长跑，三哥选的是武术。三哥和四哥在学校操场上相遇了，他们互相鼓励了一下，就到各自的考点去了。很快，他们都考完试就回家了。

到家后，他们向母亲说了考试的事。

三哥说："妈，考我们的老师好像也不懂武术。大家在一起学习了老师的新动作，也就是一节体操似的武术，然后每两个人一组去做新学的武术动作。有一个体育老师负责打分，好像还像个样子。后来，我听说我们考武术的人都给了及格。我还指望着体育给我加分呢！现在像没考一样。"

四哥说："我们选长跑的就五个人，跑的是三千米。老师让我们在跑道上准备好起跑，等发令枪"啪"的一响，我们五个都冲了出去。最后，二班的一个叫王大毛的同学跑了第一名。本来我们两个并排跑着，最后他加速把我超过去了。我想追他干啥，所以没有加速。后来，看老师也好像给我们五个都是及格的成绩。我想及格就比不及格强！"

母亲看了看这两个儿子，说："行了，你们都考完试了。看看菜园的菜，去摘几个西红柿和黄瓜，把茄子也捡两个来，我们中午做两个菜。"这时父亲回来了，他带来了新的消息。

他跟母亲和两个儿子说："听说县教体局的同事说，你们加试音乐和体育，是因为昭乌达盟新成立了一所音乐体育学校，在全盟内招生，考上的学生在学习高中课程的同时，学习音乐和体育。这些人比其他人高中多念一年，毕业后到小学去当音乐体育老师。不知道你俩谁有这个可能？"

母亲说："孩子还小，在家跟前读书省钱，还少操心。我不希望他们两个到远处读书。现在，老大当兵回不来，老二下乡也回不来，所以他俩在跟前，加上他妹妹，我们才五口人。"

三哥说："妈，我们才考完试，考试结果还早着呢！"

一家人放下这个话题，一起做饭，吃饭，然后开始午睡。

大概过了一个月，三哥和四哥的考试结果出来了。三哥被大城子蒙中录取，四哥被昭乌达盟音体学校录取为体育班的学生，学制三年。大城子蒙中对学生有补助，不用父母出多少钱。而四哥的学校因为是师范院校，所以吃住都不花钱，学校还给学生发运动服。父亲乐呵呵的，觉得自己的孩子都很争气。

这时我回家来度假，因马上要升初中，看到两个哥哥都有进步了，祝贺他们。我很羡慕四哥，就凑到他跟前说：“四哥，你上学后，我到你们学校看你去。”

看不出四哥高兴，他说：“行，等我上学，你就去我学校找我，我带你参观学校。我们还可以去赤峰玩一玩。”当时我就盼着那一刻的到来。

很快到了开学时间，四哥收拾行李，和母亲妹妹告别后就步行到汽车站，坐汽车到了赤峰。四哥的学校在赤峰市东面，出了学校就是农田了。到学校后才发现，原来的学校去了三名学生，一个是那天跑三千米的王大毛，他家是头道营子的，在宁山县城的大姨家读书；另一位是个女生，名叫高铁梅，是初二五班的学生，她的特长是投掷标枪，据说也打破过县记录。铁梅生得有点像江南女子，个子一米六多，身材高挑，一根大辫子过腰，柳眉杏眼，小鼻子，樱桃小口，看上去是弱不禁风似的。四哥见她那样，就想这个同学能拿得动标枪吗？实际上，人家铁梅也是运动健将。

体育生是上午上高中课，下午上体育课。高中课上得比较浅显，四哥学着没有意思。好在学校有图书馆，四哥抽空就去图书馆读书。一天，他在图书馆看到了佛教书籍，心里紧缩一下，伸手就想把这本书拿来。但是，此时他想到父亲的皮带就叹了一口气，放下了这个念头，他就去翻看文学、哲学等书籍。体育专业的人，多数都不爱学习文化课。上课时，睡觉的有，干别的也有。只有四哥和几个同学在好好听课，老师也因为他们几个爱学习的学生，才坚持把文化课上下去。

在学习中，他们经常到校外参加各种比赛。一次四哥和大毛、铁梅等十几个学生代表昭乌达盟参加了辽宁省大中专学校田径运动会，来回去了八天。四哥除了一百米短跑项目外，所有竞赛他都参加了，成绩还可以，五千米第二名，三千米第三名，他们还是不大的学生。

等他们回到学校，四哥才知道在他离开学校的当天家里来信了。因为他们去参加比赛了，所以就没有把信给他，都以为是平时的家信呢。四哥打开信封一看，是母亲给他写的。信上说父亲病了，现在在大城子医院住院。现在是三哥请假照顾父亲，过一段时间，二哥回来照顾父亲。要是父亲的病不好的话，他也得请假回来，但是现在还用不着。四哥读完信后哭了，他想不通父亲怎么生病了。

于是他学习也有不安心的时候了，被班主任发现了。班主任是一位年轻的女教师，是学体育专业的毕业生。除了当班主任之外，她还带他们上投掷课。据说，这个老师最拿手的是投手榴弹。她把四哥叫到办公室，问四哥有什么事情，让他心里难受。

四哥现在长得有点儿男子汉气概了。本来个子就不矮，到学校后，因为伙食好，他又长高了一些，加上他爱锻炼，有肌肉，所以像个小塔一样。他心智也成熟了许多，所以老师一找他，他就明白是什么事了。他说："老师，没有事，就是我爸生病了。我三哥在照顾，可能我过些天要请假，我妈说现在不用我。这几天，我在学习上有些耽搁，回头我补上。"

老师听他这么一说就笑了，觉得这个大男孩还蛮懂事的，然后就让他回去了。

四哥把老师这关过去了，但他自己这关却过不去了。他担心父亲，想念母亲和小妹妹。这一天，他又来到图书馆，那本佛教书籍又进入了他的眼帘。他想都没想就拿起这本书读了起来，一读起来，就连晚饭都没有顾上吃。直到图书馆要关门了，他才恋恋不舍地将书放下往外走。等他走出去后，图书管理员走到他看书的位置，看到他看了这本佛教书籍，觉得这个学生很特别，因为这册书尽管存有年头了，基本没有人看。当然，管理员也没有多想，就将所有的书整理好后下班了。

每到星期天，本地的学生都回家，外地的学生可以到体育馆、图书馆活动。四哥自己吃了饭，就走出了学校。他在学校就听说，在学校的不远处有个寺庙。悄悄地来到寺庙，他见到一个坐在佛像旁边的和尚，先在释迦牟尼像前拜了三拜，然后走到和尚跟前。那和尚看到他，感觉似曾相识，而四哥也有这个感觉，突然两个人都伸出手，然后都笑了。原来这个和尚就是当年给四哥佛书的那个人，四哥还依稀记得当年这个和尚的样子。

老和尚说："小施主，我给你的书可看了？"

四哥说："看了，但是看不懂。我今天，是为父亲求个签。"四哥脸上出现了很烦恼的神情。

和尚说："小施主，你的未来在佛界，将大有作为。如果你好好读我给你的书，你就会给自己的父亲做祈祷，保佑他长命百岁。不过，看来你没有好好读。阿弥陀佛，这无大碍，你抽签吧！"

四哥对和尚的话半信半疑，但是他主要是来给父亲求签问命的。所以，他没说什么。他在和尚的签筒里抽了一个签递给和尚，和尚打开签，读道："福如东海波折寿，一生行善能添年。"

和尚接着说："你父亲得病是命中注定。不过，不要太着急，你父亲这病治不太好，但是可以长寿，因为他做了太多的好事。"

然后，他盯着四哥又说："你的命运，我给你说了。你越早归于佛界，你的造化越大。小施主早点上路吧！我不能跟你说得太多，这是泄露机密。"

四哥对他说自己的话并不理解，心想："我过得好好的，当什么和尚。"听说父亲无大碍，替父亲担心的事得以缓解，只是可惜父亲从此不能工作了。他从兜里掏出母亲给他的零钱，都给了和尚。和尚收下向他行礼。四哥向和尚还礼，然后他就匆匆出了庙门，很快回到学校。当他到学校时，很多同学还没起床。他回到宿舍就开始给家写信，先告诉母亲和家人不要着急，然后介绍自己的学习情况，说一切都好等等。四哥把信装好后投进了学校门口的邮筒。他们上课，放假还要集训，都没有回家的时间，因为很多学生家里困难，没有来回的路费，所以都不回家。四哥想回家，但母亲说："你爸到外地看病，家里没有人，先不要回来了。"

父亲病着，大哥转业回来；二哥也停止了下乡，考上了中专；三哥高中毕业，因为没有考上大学在家待着；家里人一直没有人关注四哥做什么。一九八二年，转眼四哥毕业了，和铁梅一起分到了赤峰的向阳乡学校当了体育老师。当时他年龄尚小，铁梅的年龄也不太大。虽然到学校后，有人跟他们两个人开玩笑，但是这两个年轻人根本还没开窍。对于四哥来说，男女关系什么的，他考虑也不考虑。

他到学校报到后，请了五天假，并和老同志借了钱回家探望父母。他回家的路不太好走，先要在上午十点坐十二个小时的汽车到赤峰，再等晚上七点半坐上从赤峰到沈阳的火车，在火车上坐三个多小时到宁南，再坐一个小时的毛驴车到家，到家得晚上十一点。他上了火车后，找到一个座位想睡一会儿觉，可是刚坐下不久，对面来了一个和尚。这个和尚盯着四哥看了两眼，四哥也没有理会，自己闭上眼睛就睡着了。不知睡了多久，感觉有人扒拉了他一下，他就醒了。扒拉他的人就是对面坐的和尚。

和尚看他醒了，就说："小伙子，你睡得可真香！你要到站了！"

四哥眨了眨眼睛，说："下一站是哪里？"

和尚和蔼地说："是宁山，你不是在宁山县城下车吗？"

四哥说："是的，谢谢师傅！你怎么知道我到宁山？"

和尚友好地说："是我的师哥说起你，你的长相和别人不一样，我坐下后马上认出了你，就想到师哥说的话。你这是回家看生病的父亲吧？他还没有好转？但是，对于寿命来说，没有影响。你和我们这行有缘，要早点儿想好，下决心才行，这样对你好，也对你的家人好！"

四哥说："我生得怎么和别人不一样，我认为自己和别人没啥大区别！我已经成为一名小学体育老师，我对你们那行没有什么兴趣，谢谢你对我的关心。"这时火车到站了，四哥拿着自己的包要下车。和尚从挎包中拿出一本佛教书籍，递到四哥手里说："你拿着，想看时就看，不想看时就放一边儿。我会给你父亲念经祝福的，你就放心吧！"

四哥本想拒绝，但听他说要给父亲念经祝福，就不好意思拒绝，就将这本书塞到包里，然后向和尚挥手道别，自己背着包走下车。这个和尚看四哥这个小伙子还是不觉悟，这样影响他在佛界的前程啊！但是这事得靠自己的信仰，不能强迫加入，他们也只得等四哥觉悟。

四哥找了个毛驴车，车上已经坐了三个人。他上车后，毛驴车就"嘚嘚嘚"跑了起来。这是初秋的季节，天清气朗，晴空万里，秋风飒飒。驴车行驶在砂石路上，有些颠簸，还有一丝丝凉意。四哥把衣服裹紧些，这样少往身体里钻风。他想起父母，还有哥哥和妹妹，这读书的三年，中间都因为集训、参加比赛占据时间，他就回过家一次。父亲病倒后，因为家里有人照顾，母亲写信让他不用回来，他也就没回来。这次请了五天假，在家也就只能待三天，也做不了什么事情。想到这里，他又想起火车上遇到的和尚，不理解自己为什么总是遇到这样的人，还说他如何如何。他想着想着就到家了，他又让毛驴车的老板多送了一段路，然后才下车。他走了几分钟，就直接到家了。

走到大门口，大门没有插，他推门进院，又把大门插上，看到东屋的灯亮着。这时房门开了，是大哥走了出来。他轻声喊了声："大哥。"大哥走向前，伸手要帮他拿包。

他说："大哥，不用，不沉。"

他们两个人直接走进东屋，这时三哥也醒了。四哥洗了脸就上炕睡觉。哥仨儿没有多说几句话就睡着了。

天亮了，大哥先起来。不一会儿，母亲也起来了，她问大哥："老四回来了吗？"

大哥说："在昨天夜里十一点多回来的，现在还在睡觉呢！"

母亲说："这孩子一路太累了，让他多睡一会儿！"

大哥和母亲一起张罗早饭。过了一会儿，三哥、四哥都起床了。

三哥一边叠被子，一边说："老四你真有运气。我高中毕业没考上大学，一年过去了，前些日子大哥让我考技校，人家考四科，我就考三科，中间因为老爸要大便，我就没法儿去。你倒挺好，现在都有工作了，比二哥和我都早！"

四哥说："我们学校的老师，有的比我还小，现在还不到十八岁。他们也一样当小学老师，不知道他们干了不？"

三哥说："干上了、干不了，都是有工作了，干几年还能调个单位什么的。"

这时，母亲扶父亲坐起来穿上了衣服。父亲让母亲把四哥叫过来。母亲这时也有空来到东屋，对四哥说："这几天你挺累吧？晚上睡得好吗？你爸叫你呢！"说着她拽住四哥的胳膊。四哥一起跟着母亲往外走。

他一边走，一边说："妈，我不累。晚上睡得挺好的。"

说到这里，他们来到了西屋。父亲坐在褥子上，正眼巴巴地望着门口，看见儿子，眼睛流出温暖的目光，嘴唇动了几下。四哥也没有听到父亲说什么。

母亲拉着四哥走到父亲面前，说："你看看你儿子，又长高了。"

四哥上去握着父亲的手，说："爸爸，我回来看你了。"他马上放开手，赶紧把给父亲买的奶粉都放到炕上。

父亲轻声说："回来看我就行，还买什么东西？现在都工作了，说说你工作单位的事。"父亲有些急不可待地样子。

四哥凑到父亲跟前，说："我上学就定了方向。现在算是中专毕业，被分配到赤峰红山区向阳公社小学当一名体育教师。我还没有正式上班，先回家看看爸爸，再过去上班。"四哥说得很轻松，没有什么高兴和不高兴。

妈妈说："老四，这不错。你爸你妈都是当老师出身。你看，我们有病，国家还给我们治疗，你要好好工作啊！"

四哥点点头说："爸爸妈妈，我会好好工作的，你们就放心吧！"

父亲小声说："老四，赤峰离家远了点儿。你要好好照顾自己，挣的钱留够自己花的，剩下的寄给你妈妈，不要乱花。"

这时小妹妹也爬了起来，揉揉眼睛说："四哥，抱抱！"

四哥过去给她穿衣服，穿好后将她抱起来。现在她都上小学了，还是很会撒娇。

大哥把炕收拾好，将饭桌放上，说："大家准备吃饭。"然后，把给父亲的饭菜端来，准备给父亲喂饭。

四哥走过来，把小妹妹放到炕上，说："大哥，我来给父亲喂饭。"他端起饭碗，拿着小勺子，一勺勺地给父亲喂饭。这是他在父亲生病后第一次给父亲喂饭。他小心翼翼地给父亲一会儿喂饭，一会儿喂菜，一会儿喂点汤。他心里觉得很苦，他在想那么帅气能干的父亲怎么成了这个样子？他简直都想哭，但是他强忍住了。等他给父亲喂好饭后，大家一起围桌吃饭。早餐是黄玉米面干粮和高粱米稀饭，还有一大盆大白菜炖豆腐。这豆腐是母亲昨天特意买回家的。

母亲说："中午，咱们杀一只鸡吃。"

四哥却说："不要杀鸡，那小鸡还在下蛋呢！"

小妹妹却说："四哥，我们都好长时间没有吃肉了。那只鸡不爱下蛋了，它都老了。"

四哥也没接小妹妹的话，大家安静地吃着饭。

大哥吃完了说："老四，你在家待几天？"

四哥这时也撂下饭碗，也吃完了，他回答道："我一共请了五天假，回来路上用了两天，在家只能待三天。"

大哥说："你也很长时间不在家了，想到各处走走吗？"

四哥说："我哪里也不去，就在家里待着，看看有什么活让我干？"

三哥说："家里的活，都让大哥和我干完了。你就陪爸妈吧！"

很快大哥到了上班时间，他骑着自行车上班了。三哥说同学那里有点事，他也出去了。家里就留下父母亲、小妹妹和四哥。四哥和父母说着他这三年的学生生活，还问到了二哥。母亲告诉他二哥正在上中专，还有一年就毕业了。在聊天中，四哥讲起到庙里给父亲算卦和在火车上遇到和尚的事。

当父母听他这么说之后，母亲首先说："老四，你爸我们都是共产党员，是不信佛教的。你不应该去给你爸算卦。"

父亲听了母亲这话后，也点头表示同意，但是他听到四哥说他的病不会影响太多的寿命时，心里还是多少踏实了一些。他还是悲哀，使本来有些认命地他又生出了新的希望，他觉得既然自己的生命没有问题，那么只要好好地治疗，也许能治好自己的病，重新回到工作岗位。但是这是不可能的，当时谁也想不到父亲的病一直让他带到墓穴。

我回到家中，是大哥给老姑打电话让我回来，老姑让我买了火车票回到父母家。我已经三年多时间没有看到四哥了，记得还是他考中专前的寒假见过他。到家后，我看到比我也就大三岁的四哥真的变成大哥哥的样子了，他一米七多的个子，人长得不胖不瘦，四方圆脸，挺鼻子、嘴和耳朵的特征更为突出。四哥见到我，就把我抱起来在地上抡了好几个圈儿，说："小弟，看看你，你也不快点儿长个儿，我都落你一头多了。"

我说："我怎么能赶上你，你大我好几岁呢！这几年，你不允许长个儿了啊，我连续长三年，一定能赶上你。"

他问我学习的事，并嘱咐我要好好学习，将来考上大学，他还要供我念书，说得我特别地感动。我怎么感觉这四个哥哥中好像只有四哥这样设身处地地为我着想。四哥在我来后的第二天就回去上班了，我又住了两天，也回到老姑家。

悲凉转身

从上次见到后，大概过了五六年的时间，这期间三个哥哥都成了家，而且大侄女和大侄子都出生了。我正在上大三，放假了没回家，想和同学们到处走走。这时我接到老姑的电话，说我四哥带着媳妇回家，还准备去老姑家看望他们，让我回家一趟。这样我和同学们之约就失去了。不过，能见到四哥和嫂子也是很高兴的事。我是多么想四哥啊！自从那次见到他后，他还真给我了几次钱，可是都让我挥霍了。这事我还悄悄地告诉了姑姑。姑姑知道爸妈他们生活不松快，让我写信告诉四哥不要给我寄钱了。我就写了一封信给四哥，后来四哥基本不再给我寄钱了，但是常写信过来，当然他让我好好学习用功的事说得多。我和同学们告别后，回到姑姑家。姑姑、姑父都为四哥他们的到来感到高兴。表弟、表妹他们正在上高中、初中，也特别想见四哥他们。因为姑姑和我，很多人都说过四哥这个人是怎样的命好，那么小就参加了工作等等。他们俩从来没有见过这个表哥，都以为他是个传奇人物呢！

四哥拎着大包小包的东西，带着嫂子，还有一个漂亮的姑娘来到姑姑家。四哥先向姑姑、姑父问好，然后将嫂子介绍给大家。那漂亮的姑娘是嫂子的妹妹，这次跟他们一起去赤峰，想找点儿活儿干。他们坐下后，我就四哥长、四哥短地叫着，对嫂子暂时亲不起来。而那位姑娘很腼腆，什么也不说。

四哥和嫂子是同学，嫂子就是那个叫铁梅的姑娘。当年宁山县就去他们三个同学，四哥和铁梅被分到一个学校。两个人好像谁也没有想到成家的事，特别是四哥还经常参加地区的一些比赛，这样忙忙乎乎过得更快一些。等到了今年，他们的一个同学，偶然的机会到学校看望他们。这个同学告诉他们，同班同学几乎都成家了，有的同学孩子都有了，然后问他们俩怎么还不结婚？没等四哥说话，铁梅不满意地说："我怎么不想结婚，可是人家不提这事啊！"

四哥带着不解的眼神看着铁梅，把铁梅看得有些发毛，铁梅说："顾荣俊，你看我干什么？我又不是大熊猫！"这话把他们的同学听得都乐了，这时四哥说："铁梅，你说你想结婚，你想跟谁结婚？我去跟他说。我们这么好的一个姑娘想跟他结婚，他竟然看不出来，还不来自己表白。"

这时候他们的同学哈哈大笑。他一会儿看四哥，一会儿看看铁梅，然后他说："铁梅，顾荣俊，你们两个人怎么像打哑谜？现在是秃子头上的虱子——明摆着。为什么没有人追求你铁梅，为什么没有人追求你顾荣俊，人们都以为你们是铁定的一对儿啊！"

听了他这话，四哥才想起自己已经二十四五了。他看看铁梅，又看看同学，然后很郑重地说："今天同学作证，铁梅，我要娶你为妻，我们今天开始谈恋爱。"

铁梅一听有些吃惊，马上又红了脸，心想这个铁木疙瘩，今天总算开窍了，但是她也不好意思表态，就说："哪有这样当着第三者的面谈恋爱的！你们两个人唠吧，我走了！"然后，铁梅站起来走了。

那位同学和四哥都笑了。同学的笑是因为两个同学之间终于捅破了这层窗户纸，而四哥是一种苦笑，他想都没有想过谈恋爱、结婚的事，他以为生活工作就是天天忙碌。今天，同学来说这事，他才想起铁梅对自己的各种好，觉得自己太辜负人家了。这个同学又坐了一会儿，说："我也不是专门到你这里，只是出差多出半天时间，才来看看你。也顺便了解一下你们的情况。顾荣俊，我希望你的表白是真话。你们别忘了通知我喝喜酒啊！"然后他就回去了。

四哥送走同学后，自己整理一下思绪，将追求铁梅当作一件大事。转天，他专门到街上买了一身合体的衣服，还给铁梅买了一条艳丽的纱巾。然后就到铁梅住处找她去了，想约她看电影，坐上公交车到赤峰逛公园、逛商店。有时铁梅在给学生上体育课，四哥就在旁边观看，帮助指导。而四哥上体育课时，铁梅也去观看。

他们要结婚的事很快就传开了。四哥给父母写信告诉他想娶铁梅的事。父母请大哥给他回了信，一家人都同意这个婚事，并说四哥回家办婚礼或者在学校办婚礼都可以，由四哥自己定。如果他想回家办婚礼，家里就做一下准备，如果他想在学校办婚礼，家里就派人参加。四哥接到信后，觉得铁梅她们都在学校工作，就在学校办婚礼吧，要不还给家里添麻烦。于是，他和准新娘子铁梅商量了结婚日期后，分别写信通知了各自家里。

结婚那天，全体教师都参加了。大哥和大嫂代表父母亲去参加。铁梅是他们家的老大，他的弟弟铁柱、妹妹铁英前去参加婚礼。婚礼办得既简单又热烈。这对新人步入了新的生活。

在结婚后的一个星期，他们向学校请了一个星期假回家看望双方父母。他们先回父母家，父母一家人对他们隆重地欢迎。大哥家和二哥家，还有大表哥一家，都赶到父母家。由大哥、二哥掌勺，做了两桌子菜，在家里热热闹闹地吃了一顿饭。大哥、大嫂到嫂子家住下，把自己的屋腾出来让他们住了两宿。这是四哥、四嫂一生中唯一一次共同住在父母家。小妹妹已经上中学了，她跑前跑后围着四哥和四嫂转。铁梅感受到了一家人的温暖，感觉到了自己嫁到顾家是这样的幸运。父母对这儿媳很满意，一是她知书达理，再就是长得也不错，觉得他们的儿子有四嫂照顾，他们就放心了。

然后，四哥、四嫂回四嫂娘家。第三天早晨，他们坐上汽车。父母亲还给亲家准备了一份厚礼。这时是初夏的季节，大地绿油油的，农田的庄稼长势喜人。他们坐在汽车上向窗外望去，一片广阔的原野。四哥想自己的另一方父母每天种着自己的田地，日出而作，日落而归，过着田园生活，也比父母生活的快乐，因为他们没有疾病的困扰。四嫂因为要回自己家了，她喋喋不休地说着家长里短。四哥有一搭无一搭地和她对话。他们很快就到了四嫂家，家里妹妹和弟弟到车站迎接他们。

在四嫂家住了两宿后，他们就来看姑姑和姑父。我对四哥感情深厚，所以对四嫂和嫂子妹妹的到来特别欢迎，特别热情。姑父到饭店请他们吃饭。然后我还带他们到处转转，其中一个庙所在地也当成了景点，我们自然到那里看了看。一行四人各自拿着自己的票走进庙里的正殿，都象征性地行了礼。这时旁边的一个老和尚走到四哥面前，双手和一说："施主，阿弥陀佛，请慢行，老朽有话与你说。"

四哥心里一惊，也还了礼，他让我带着嫂子和小姨子到庙外等他，然后和老和尚走到算卦的地方。

老和尚说："小施主，我们又见面了。"四哥回想起来这位老和尚，就是五年前他在学校毕业后回家探望父母时，在火车上见到的那位和尚。

四哥说："师傅，事隔五年，您还记得我，有什么吩咐？我现在新婚时刻，不可久留。"

和尚说："有缘之人终相见。你的命中有妻有子。但是终要脱离世俗，归为佛界。我这里就是你剃度之地，我相信你找的到来这里的路，你去做你该做的事吧！"

四哥说："谢谢师傅。"然后，他毅然转身向外走。他想："这些年没想到过成家，很大原因就在于此，没想到自己刚刚成家，就又一次得到指点，既然我命中有子，我先将自己的日子过好再说。"

他走出庙门，我和嫂子，还有铁英在外面等，我们都满腹狐疑。

我问道："四哥，那个老和尚跟你说什么了？"

四哥说："他就想给我算上一卦，我也同意了。他说我命中有妻有子。我想我娶了媳妇，还能没有孩子，这是顺理成章的事，还用他说！"

我们一听他这样解释，大家都有些释怀了。于是我们接着又到处转了转，然后回到姑姑家。姑姑姑父在家给我们准备了晚饭，姑父和四哥喝了点儿酒，他们一边喝，一边唠，爷俩似乎很投缘。姑父表扬他上班后还供三哥上学。四哥说父母都不容易，更多的忙他也帮不上，这么做也是应该的。然后，我们又喝了点茶。四哥他们是晚上的火车。我和姑父给他们叫了出租车，我送他们到火车站，将他们送上车。没想到这是我见四哥的最后一面。

四哥、四嫂在第二年就生了一个小男孩。四哥也当上了副校长，分管学校文艺、体育工作，还担任区教体队的教练。他们学校招收了一千多名学生，规模很大，有一个一百多人的体育队，其中长跑队是他负责带的。而四嫂到区内另一个学校担任副校长了，他们一家人都取得了事业进步。四嫂的妹妹铁英来到他们家，帮助他们带孩子，料理家务，还在学校谋了一个打扫卫生的工作。一九九九年秋，四哥带的体育队在全盟比赛中，中长跑取得第一名，这让各旗县市区教体界刮目相看。他们学校在文艺体育方面亮点纷呈，儿童剧目在盟剧院公演，被选为参加省少儿文艺参赛剧目；而他带的中长跑队在全县运动会上打破县级记录，几个苗子被盟体校看中，可能在初中毕业前就直接到体校学习，然后像四哥一样，将来当个体育健将或从事体育事业。

正当他的事业风生水起的时候，儿子也长到了三岁，四嫂都爱上了别人。四哥苦苦挽留，四嫂却不肯回头。他们两人离婚了，四嫂带着孩子走了。然后铁英不满意大姐这样对待姐夫，自己坚持在学校打扫卫生，还日常照顾姐夫。四哥心中有无限的苦痛，每当痛苦涌上心头，他就会想起那个和尚说的话。那些话，四嫂至今也不知道。可是他不想皈依佛界，他惦念自己的父母和兄弟姐妹，更惦念自己的儿子。一天，他和同事喝酒喝得很多，回家后自己和衣而卧。铁英听说他喝酒后，就赶紧去姐夫家。她看到他家一片狼藉，就简单给收拾一下。然后到卧室看到姐夫醉得不像样子，就轻轻地给姐夫将外衣脱掉，给他盖上被子。当她转身下床时，四哥从背后抱住她说："铁梅，你别离开我，我不去当和尚！你不要离开我！"铁英一边使劲掰他的手，一边说："我不是铁梅，我是铁英。我不是铁梅，我是铁英！姐夫，你放开我，我是铁英，你放开我！"可是她的力气哪有四哥大。

等他醒来看到铁英和衣在自己的身旁正哭呢，他不顾一切地跳起来，穿好衣服说："铁英，你怎么在这里？你为什么哭啊？"脸上带着不解地情绪，还带着十分地关切。

铁英哭着说："姐夫，你喝多了，昨天晚上，你把我当成我姐了，就……"

四哥抬手就给自己两个嘴巴子，说："铁英，是我对不起你，是你姐夫不好，我都没脸跟你说话。我怎么这样糊涂啊！你说吧，你要姐夫怎么办，姐夫都听你的！姐夫真是对不起你啊！”说着，就双腿一曲，跪在铁英面前。

铁英下了床，叹了口气，将姐夫拉起来，擦了擦眼泪说：“姐夫，你就当什么事都没发生过吧！我给你煮碗面去。”她走出卧室到厨房，大脑是一片空白，她给姐夫煮了一碗面，放到餐桌上，走到卧室的门口，喊道：“姐夫，面条煮好了。”然后，她自己就开门出去了。她必须抓紧到学生宿舍去打扫卫生。

这件事后，对四哥触动很大。他不知道今后的日子该怎样进行下去。后来又过了几天，他向学校辞职了，写了一份财产赠予书，将自己的房子赠予铁英，将自己的存款和辞职后的收益赠予自己的儿子，然后来到我们一起游玩的庙里，找到那个和尚给他剃度了。据说这件事在当地教育界引起很大震动，但是因为四哥为人很好，几乎没有别的过错，这件事很快过去了。当时，他们学校的老师和学生曾到庙里看过他，而我们家人却不知道。我的四哥从此消失了。

父母亲后来听说这个事情后非常震惊，专门派大哥到四哥工作的学校打听这事。大哥找到校长问情况。校长说四哥在学校工作表现非常勤奋、敬业，分管工作都是县里，甚至是盟里的先进典型，学校也知道四哥离婚的事，并说这事没有影响他的工作，四哥离开得非常突然，学校这里一点信儿也没有。校长还说，学校体育研究室主任去看过四哥。大哥又找那个老师问了问情况，那个老师说那个庙离朝阳不远，四哥见到他们不做任何交流，他们就回来了。大哥又向他打听了一下四嫂和铁英姑娘。那人说，四嫂和一个非常有钱的老板结婚了，铁英在四哥出走后就辞职不干了，去了哪里他们也不知道。

大哥还给四嫂打了电话，想见她一面。

四嫂说：“大哥，见面就不必了。我会把儿子养大的，他是顾荣俊唯一的孩子。也请你们不要打扰我，我又有了新的家庭，这样更好些！”

大哥说：“铁梅，我尊重你的意见。如果你有什么事情需要帮助，就给我打电话。”

这样，大哥还去了四哥剃度的那个寺庙，但是四哥已经离开那里了。

他回家后，他把整个过程都说了。父亲非常无奈和沮丧，他犯病了。大哥找到二哥，一起送父亲住院治疗。这次是心脏问题，是父亲因为四哥的离家过于伤心造成心脏受损。在医院治疗调理一个星期后，父亲才得到恢复。

又过了很多年，父亲对四哥这事也算放下很多了。我在一本杂志上看到一篇关于佛界事物的报告，文章中有一个佛学者的合影，大概有三十多人。我发现站在靠后一排靠左的位置上的那位佛学者，特别像我四哥。我就将这本杂志保存下来，在一次回家探视父亲时，将这个图片翻出来给父亲看。父亲对这个照片注视很久，然后长长地叹口气说："哎！你们愿意干啥就干啥吧！不过，要做善事，不要害人，要做好自己。"这是对孩子们非常开明的态度啊！

通常我们回家看望父母时，大家都小心地避开有关四哥的话题。但是父母他们后来慢慢听到四哥的事情，一是对自己的孙子很惦念；另一个是对四哥这样的选择非常的无奈。母亲劝父亲说："他爸，就等于我们没有生这个儿子，他爱干啥就干啥吧！"一次我回家时，父亲告诉我，他曾经做了一个梦，梦里他登上一个很险峻的高山，这山云雾缭绕、古柏松枝纵横，在通往高山的一座庙宇中有个和尚担水扫地。他想走上前去看一看他的老四是不是在那里。我的三个哥哥和小妹妹和我对四哥都有很多不舍，特别是我，更是这样。愿你云游四海，四海为家吧！我的四哥！

第十二章
无　奈

姑姑家

姑姑家在建平县南山公社一个不大的村子，那里叫杏花溪村。杏花溪村所在地是山区，房子都靠山盖，如果是晚上看这个村，在那山上有三层、四层甚至局部五层的房子都亮着灯。外地人会以为这是个很大的地方，夜色朦胧，高楼林立，灯光闪烁，星空璀璨。实际这村子集中连片的地方就那么几十户人家而已。

当初姑姑跟着姑父第一次来这里，她有些不习惯，曾经要求姑父到山外去安家。但当时姑父的父亲是村里的大队党支部书记兼村长。在村里非常有威望，而且姑父家在村子住户最下一层，他家有两个房号，相比较院子挺大。当时他家自己有拖拉机等机械占了半个院子，另外的院种有果树和蔬菜，生活条件非常好。可是当时父亲都是一个公社书记了，却还挤在两间半借来的房子里，姑姑一看这样的条件，马上不说什么了。

姑姑姑父结婚后，他们先在这个大院里生活了一段时间，后来自家在村上盖了三间房，院也不小，姑父转业就当了大队部的副主任，姑姑结婚后到村办小学任教。我就是在这个村办小学读完小学的。我小学二年级那年回去看父母，回来时将四哥请来和我玩，当时四哥小学毕业了。这时表妹也五岁了，表弟刚两岁。我带着四哥、表妹把姑姑家山前山后都转转。我们先到山前的大果园里，那个时候是暑假，果园里的苹果、梨等都长够个了，但是没熟，不过杏、桃等小个的水果开始变红，因为姑父是大队干部，这些看果园的人也都知道我，所以我们进果园就是一顿造，那些人看我们有够不着的杏，还帮我们找木杆打下来，那噼里啪啦落下的杏逗得我们几个小孩儿欢天喜地地又跑又笑。等玩儿够了我们就去登山，这时表妹走不动，不过还有四哥，四哥个子比我高一头，很壮实，在家有时候，小妹要出去玩儿，他总是背着小妹就跑，所以这时他将表妹背起来，我们爬山去了。

那座山就在村子后，是当地最高的山，不过也不算高，海拔有三百多米。但是爬到山顶也让我们气喘吁吁的了。从山顶向下望去，有一条小河在山下的谷里弯弯绕绕的流向山外，河的两岸有很多杏树，开花的时候非常好看，现在看这条小河像白色的绸缎一样飘在山谷间，而整个山村的土地围着山的四围，山脚下有几层梯田，这时庄家还绿油油。我们在山顶的一棵树下坐下歇着，吃着带上来的杏、桃子等。我跟四哥说："四哥也就是你来了，我陪你登山逛果园，这些地方我都没来过，不过在山顶看杏花溪村还是挺大的，也挺开阔。"

四哥说："你说得对，我觉得这个山村很美。比当年我在宁南时那里的山村美多了，这里可能是气候好。不过宁南那里的山村到我们搬出来时，也让爸爸他们治理得挺好了。"

我同意四哥的说法，我们又说些别的事。我想起一个乐子，我跟四哥说："我们小学还有谈恋爱的。"

四哥"噗"的一声笑了。他说："你们才是多大的小屁孩，懂什么谈恋爱。"

我说："真的，四哥。他们一次在墙角亲嘴，一下子让我撞见了，我不好意思跑开。后来他们见我都脸红，特别是那个男生见我就傻哈哈地笑。"说着我也笑了，四哥也笑了。

这时表妹说："那儿有一堆小花还有蝴蝶，我去看看。"她起身跑到一堆草花前，我和四哥也站起，走到表妹跟前和她玩儿了一会儿。然后我就开始下山，同样由四哥背着表妹。等走到半山腰时，看不远处有一座庙，四哥说："我们去那里看看？”

我有点儿不解地说：“那是一座废弃的庙，没什么好看的，你怎么对这些感兴趣？”

四哥说：“废弃的庙，那就不要去了，我们往山下走吧！天有点儿晚了。”

我们一起慢慢往山下走，一边玩儿一边走路，速度不快，所以到家已经是下午五点多。回家不久，姑姑就把饭做熟，我们一起吃了饭，表妹提议我们打扑克，我们哥俩又跟她玩儿一会儿扑克。

第二天姑父搞一辆大点的摩托车，带着我们到村上的小水库看看，那还是姑父在父亲任宁南公社书记时，他到那里考察后回来建的。水库三面环山，一面是大坝，水面不算大，但是水很深。水库的水特别清，周围的山，树林等景物的倒影清晰可见。我和四哥到水库侧面山上看看，也没什么好玩的，四哥问姑父水库里面有没有鱼，姑父说：“因为刚建成不长时间，准备放些鱼苗，还没放呢。”

四哥有兴趣地说：“如果有鱼了，可以设一块儿地方让人来钓鱼，再在山上建个亭子什么的，将来这儿有山有水，还能成为公园。”

姑父说：“老四，你的想法不错，你哪里学的这些东西？”

四哥说：“我在一本介绍寺庙园林的书上看到的。”

姑夫说：“这样的书，你还读？以后少读点儿，不过你的想法挺好。你们去玩吧！”我又玩儿了一会儿就回家了。

转天，四哥坐车回宁山了。

我上初中时要住校，在入冬时节，学校要组织长跑队，我报了名，母亲不知怎么知道了，她给我织了一个毛脖套。父亲到建平县出差，就在姑父的陪同下到学校看我，同时把毛脖套送给我，我们在教室的房山墙根儿说几句话，父亲就将脖套递给我，我抱着毛脖套跑回教室，因为当时还在上课，我的同桌跟我说：“给你毛脖套的是你爸爸啊，好高大，就像山一样，看上去特威风。”

我自豪地说：“那当然，我父亲当过公社书记！”这时老师来了，我们都安静下来，可老师在课堂上都讲什么内容，我一点儿也没听进去。总想同学说的那句“你父亲像山一样！”的话。对我们孩子来说，父亲就像山一样，父亲身体高大挺拔，最主要的是父亲特别精神。我想这主要是因为父亲总是想着工作，想着亲人，不像有些人，有时间就放空自己，姑父有时候就这样。再一个就是任何困难都难不倒父亲，所以他身上有一种豪气和勇气，这些都造就了父亲山一样的品格。父亲的这种精神在我心里扎了根，长大后也自觉地向父亲学习。

到初中二年级时，学校分成专业班，有体育班和文艺班，老师听我唱歌很好听，嗓音洪亮，就给我报了文艺班。到了文艺班后，老师用手风琴伴奏试听我们每个学生的嗓音，说我音域太窄，不能学独唱，就让我学乐器，可是我自己没有乐器，老师就让我今天弹学校的三弦，明天拉大胡等。我感觉备受冷落。回家跟父母说起这事就表现得很无奈。一次父亲到北京出差，背回一把二胡送给我，当我把崭新的二胡背到学校乐器班时，老师拿过去给兑好弦说："不错，你到二胡队吧。"这是我留在学校小乐队的一个最充分的理由，还使自己有了一个爱好。

相　轻

二〇一一年春节期间，二哥请家人一起到他家吃饭，我又看到了当年父亲给我买的那把二胡，旧得不成样了，我把这支二胡拿到手上奏起熟悉的曲子。我为父亲拉了一支歌，父亲看到这支二胡说："当年为了买这把二胡，我从北京东街到西街走了好几里路，是从北京背回来的。"我心里感激父亲，但讨厌父亲自以为是，父亲说了这些往事，我竟对父亲没回应。这种情绪上对父亲的排斥造成我们爷俩热乎不起来。倒是媳妇反应快，她说："爸爸，你真宠着荣军呀！"后来想想自己的行为，太不应该了。

实际上，我一路走来，都或多或少受到父亲的指导。我考上大学后，父母亲和姑姑、姑父说，我上大学的钱他们出，姑姑、姑父说："大哥大嫂，你们很紧，这钱你别都出了，到时候我缺钱的时候让荣军管你要。"因为当时还有奖学金，我基本没和父母要钱。毕业后我分到一个单位工作，干了几年后升为副科长。这时，大哥也当上了副科级干部，可是大哥比我大十多岁呢。

一天，我回家看父母，就把单位的一些事给父亲简单说说，没想到父亲很上心。

他说："荣军，你年龄不大，当上了科长了，在业务上一定研究透了，不要以为自己手下有几个人，就当甩手掌柜。一些比较重要的事，一定要自己亲自干。这样，才能掌控全局。另外，干工作要负责任，不要从中牟取私利。一想谋取私利，思想就不端正了。这样，不仅干不好工作，还会犯错误。你很小的时候，就说自己当县长怎么样怎么样，要先把副科长干好。"

父亲说到这里，我也想起自己小时候的事，觉得好玩，但现在却不去想这个事了。

后来，我换了几个岗位，在三十八岁时做了单位一把手。看得出，父亲这时以我为骄傲了，跟我说话也比跟其他人说话更和气些。我那时候听他和别人说家里的事情时，不怎么反对他，听不下去我就找个理由躲开。后来有些不识时务，每当父亲讲起他的那些陈年往事时，特别是他对二哥，三哥甚至小妹的不满时总是善意地劝一劝。父亲对我的劝说不满意。我是劝一劝就停下来，或者走开，没想到这些在他心里积存起来。

但是父亲对我还算多有包涵。我回家时，他常打听我工作的情况，我不太愿意说这些，但是碍于父亲的面子，就简单介绍一下。父亲告诉我干得不错，但是有些工作用常规办法是做不好的。这时他给我讲在宁南公社造田改田的事，说那个时候他不带着大伙苦干，哪会有后来的粮食丰收，所以，在工作中遇到难题，要开动脑筋，要创造方法才行。我想父亲说得很对。可是父亲说完这些，又提起他那些陈芝麻烂谷子的事，我满脸不屑一顾的表情，有时候还对父亲旁敲侧击两句，当然不直说。但是父亲不听那一套，总要把自己的话说完。

后来我当上了建平县副县长。这是家族的大事，老姑家特别的高兴，父母亲得到消息也特别高兴。因为对于顾家来说，这是开天辟地的大事。我分管的是农村工作，非常忙。当年大部分农村部分产到户了，农村已经不再是传统意义的农村了，但是农业生产还在继续，产生了很多新的问题。一次，我回家看望父母亲，就应父亲的要求，把工作的事说一说，并说有些事非常令人焦虑。父亲这时七十多岁，但是头脑非常清醒。他跟我说："分产到户，调动农民积极性是短期的。如果人口流动起来，农村劳动力就缺乏。现在大型农机用不上，小型农机还是需要的，将来还得将一家一户的生产设法统一起来。"我当时觉得父亲真是杞人忧天，不过他说的小型机械问题很重要。我回到岗位后认真抓了小型农机的推广工作，农业生产效率一下子提高了不少。我正为此高兴时，城市向农村放开，大批农民工进城，父亲说的农村缺乏劳动力的事情真出现了。我当时想父亲那么大年纪怎么会看得这么远？这是中国农村广泛存在的问题，对于农业生产产生了深刻的影响。

这时老家的人，包括老姑父的亲属都来找我办事，我根本办不了，很烦恼。父亲让母亲写信给我，嘱咐我："一是要关心农村老百姓生活，对贫困家庭要救济。再就是要一心为公，不要谋私，不要办自己和亲属的事，家里什么事也不找你。"这让我很感动，所以在工作中认真注意了这些问题。因为及早提出帮助农村贫困户的事，得到县政府和县委的支持，通过努力将这项工作做在全省的前面，受到了上级的表扬。他们不知道这是我智慧的父亲给我支的招啊！

二〇一〇年的春年，我们一家三口在父母家过年。年三十的早晨，我起床后，到厨房转了一圈，看没我的事，来到客厅想把窗帘挂上，把洗过的窗帘抱到沙发上，自己站到窗台上拿起窗帘。

这时父亲来到客厅说："你那是干啥？"

我说："我把窗帘挂上。"

他说："下来，你挂不了。"

我说："一个窗帘我还挂不了。"

他急眼说："让你下来你就下来得了，什么你挂了，那还有窗眉呢！"说着把我要挂的窗帘拿走，我没说什么从窗台跳下来，媳妇见我俩有点动气，我们都没说啥时，她悄悄把窗眉和窗帘都挂到窗户上了。父亲看到后也没说什么。

大年初二那天吃早饭，大哥要到岳父岳母家，二哥家里也有事。我们和父母一起吃早饭，我女儿睡懒觉未起。吃着饭，父亲又谈他的那套磕，我说："老爸，这套磕你唠了多少年了，说起来就生气，还不如不说它。"

他说："我愿意说，你愿意听就听，不愿意听你就走！回你的家去。"我赶紧闭嘴，将碗里剩的口饭扒拉到嘴里就到另一屋。

母亲说："大过年的，你怎么这么说话。"

父亲说："我一说话他就不让我说，有什么权利老挡我说话，以为自己有多了不起。我在另一个屋里听到父亲的话，觉得这老人家不像每次回家似的，不知道他为什么不痛快。"唉！叹了口气没再多想，随意找了本书看上了。

大年初四的早晨，又是我们四个大人吃饭，一边吃饭一边说话，他说："内蒙古自治区就是落后，那晚会搞得什么东西。"我说："老爸，你不出去不知道，内蒙古自治区现在可不落后了，它的发展速度连续八年全国第一，我常出差，和内蒙古自治区接壤的吉林、河北、辽宁他们的公路和村镇没有内蒙古自治区建设的好，但是内蒙古自治区的公路赶不上山东。"

说完这些事后，父亲夹了一块鸡肉说："你二哥他们今天八成就拿来这些东西，一只鸡还有点其他的，给你妈一百元钱。那一家人尽算别人家的账，你三姑家树清也算账，算到我的头上，人家外孙女给姥姥买的自行车，我想你妈也不骑了，让她帮着卖了吧，她问我卖多少钱，我也不知道能卖多少钱，就说至少也得一百多啊，我不知道行情，结果她说二舅，那我给你一百元，这车我骑走。说着从兜里掏两张五拾元递给我就把车子骑走了，赶上抢了。我那还是新车子呢。"

我说："爸，你就别再说那些事了，十个指头还不一般长，我二哥二嫂就是那样的人，生就的骨头，长就的肉，你跟他计较干什么呢？"

父亲说："怎么我一说话你就不愿意听呢，那些事他就是不对。"

我说："事情都过去了，对不对再讲它还有什么用啊，你都这么大年纪了。"

父亲听我一说"啪"一声，把筷子拍到桌子上，"早年你大哥为了我白瞎个媳妇，我把半个院子给你大哥，那时让你二哥来，你大哥他们去住楼房，那你二哥不来啊。"我要张嘴说什么，我媳妇拉我一下，我就闭了嘴。

母亲说："你爸吃饭呢，别说了，快吃饭。"

我还是上了劲地说："爸，你总说我大哥为了你白瞎个媳妇，我大哥大嫂现在不是过得好好的吗？当时他们谈了恋爱不假，最后没走到一起那是没有缘分，怎么是白瞎一个媳妇。”

父亲“啪”一下拍桌子，“我一说话你就给我摆架子，当个副县长到家里领导我来了，你又不常回家，你知道个屁！你回家就为了来教训我？你滚，你给我滚出去。”

我含着眼泪说：“老爸呀，说话唠嗑跟县长不县长的有什么关系？”

父亲不听我说什么，指着我说：“你滚，滚出去。”

我是又气愤，又伤心地打电话，给我的司机打电话，可是电话号就是拨不对，这时女儿起来，过来说：“爸爸，你别哭了，也别生气了。爷爷那么大岁数你跟他计较什么，这大过年的，再把他的身体气坏了。”

我说：“你去劝劝爷爷，把他气犯病我就犯罪了。”

她跑到爷爷那说：“爷爷，爷爷你还生气吗？爷爷最好，我最疼爷爷，爷爷最疼我，我爸那个臭脾气，你还跟他一般见识，爷爷多智慧，你大人不记小人过。”

女儿这么一说，把爷爷说笑了。说：“行，我的孙女是不错的，你赶上外交家了，爷爷不生气了。”

这时我媳妇也劝父亲：“老爸，身体不好，别生气，荣军就是那样，他是常有理，到家来他还差多了，在我们家他总给我上课，我讲不过他，我就不吱声了。他也是为你好，把过去的事放一放，思想负担轻些。好了，老爸喝点水。”她给父亲倒杯水，双手递给父亲，父亲长长地叹口气，把水接过去又放到桌子上说：“不生气了，不生气了。”

这时电话响了，我媳妇去接电话，原来是二哥打来的电话，要我们一家三口到他家吃饭。她说：“老爸，我二哥让我们去他家呢。”

父亲说：“你们去吧。”我在外面的屋子，穿了衣服直接和媳妇走出去，心里还是很生气。女儿说她一会儿自己去，我们也没管她。

我们打到一个车，坐到出租车上，媳妇说：“你可真是的，今天你真不应该啊！老爹都这么大岁数，你把他气个好歹的，你不成罪人了。”

我说："上一边去，跟你有啥关系。"

她说："什么跟我啥关系，跟老爹斗气，你不觉脸红啊。"我们走到二哥家，我的心里仍不平静，一静下来就有点伤心，想这么多年，我认真从事我的事业，夙兴夜寐，靡有朝矣。一方面是对事业的追求，另一方面也延续着父亲的理想，我努力工作，多为群众办事，也是秉承父亲的愿望。可是父亲却那样说我。我为了父母亲辛辛苦苦地来回地跑路，父亲竟在大过年的赶我出门，我在家才过几个年。心里有事，我到二哥家闭口什么也不说，过一会儿，他家的大侄、二侄和我女儿一起来了。家里人多热闹，我的心情也就好多了，吃过饭我们一起打扑克，我也没提回母亲家的事，下午四点多，大哥给打手机，问我干什么呢？

我说："我们在二哥家。"

他说："老爸把我叫回去了，说他自己脾气太大，往外撵你啦，让我给你打电话，他有点后悔。"

我说："没事，我和媳妇一会吃过饭就回去了。"

回到父母亲家，我向父亲正式道歉，父子和好如初。

反　思

过完年，回到姑姑家，姑姑和姑父问我们父母的情况，我就大概说了说在父母家过年的情况，没有说与父亲吵架的事。

但是过了一段时间，姑姑到老叔家中串门，不知道谁添油加醋将这件事情告诉了老姑，老姑回家后给我打电话，让我和媳妇回去一趟。我们晚上下班后，在街里买点水果和蔬菜就往姑姑家走。本想到姑姑家后，自己下厨做几道菜和姑父喝杯酒。可是，一走进门，姑姑说："你们回来了，都坐下。荣军，我问你，在过年期间，你是不是和你老爸吵架了？那架你该吵吗？你老爸有病在身，那么大年纪了，你凭什么和他吵架，什么事都听他的得了。你吵架把你爸气犯病了，你妈还得伺候他。你知道他们过得多不容易吗？"

这时，我表弟表妹回来了，表妹看我正在挨她妈妈训，就说："妈，你少说两句吧！我哥懂得这些道理。"然后，她就到厨房做饭去了，我媳妇也溜了出去。

老姑还没有停下来的样子，她接着说："你从小在我这里长大，我们什么也不少你的，就指望你长大了多为你爸妈做点事。"

这时，表弟说："妈，你也太爱我二舅二舅母了，我哥在咱家长大，是爸妈照顾供养他成人的，他长大最主要是孝敬你们才对。我二舅家还有那么多孩子，他们孝敬自己的父母就行了。"

他转过头不满地看我一眼接着说："看看我哥，总往那头跑，都有点儿不把咱家当家了。"

我听了这句话说："是老姑在说我，你怎么也有这么多话？我怎么不把这儿当家了，我是那样忘恩负义的人吗？咱俩从小一起长大，你被别人欺负时我帮了你多少次！"

老姑看我们俩又要撞牛，就说："富山，你去帮你姐他们做饭去。"

表弟瞪着眼说："每到这个时候你就说我，我还是不是你亲生的？"

我听表弟这话里有话，觉得他不应该这样说老姑，就说："表弟，就啥事论啥事，别扯别的，你不是说我吗？我在姑姑家长大，当然要好好孝敬姑姑和姑父，对我的生身父母也要孝敬，因为他们给了我生命。你好好工作，等说媳妇的时候，我准备给你个惊喜呢！"

表弟听我这么一说，就不再把话往前赶了，说："哥，你说的对。我要娶媳妇的事还远着呢，到时候你必须拿钱。"

说着，他就出门到外面去了。这时姑父也回来了，姑姑当着我的面，将老叔家听到的话给姑父说了一遍。姑父说："人们传话都是越传越没样，你别信那些！"然后对我说："荣军，你在过年和你爸吵架了呀，怎么没听你回来说这事？"

我说："没有姑姑所说得那样严重。我老爸总是一遍一遍讲他们过去的故事，不容许我们有别的意见。所以，就吵了几句。然后，我就不吱声了。正好这时我二哥打电话请我们到他们家吃饭，我们就都到二哥家去了。晚上回来，我还给老爸道歉了，没什么大事。"

姑父说：“都是一家人，说话也不是看唱本，多一句少一句都正常。不过，你父母年龄越来越大，你老爸还常年有病，今后你看他们时说话要注意一些。”

我说：“好的，今后我一定注意这些。姑姑，你就不要生气了，我会慢慢改正自己的毛病的。”这时，晚饭做好了，我们把桌子放好，将菜饭都端上桌。

姑父说：“荣军，咱爷俩喝上一杯。”

我说：“好。富山不来点？”

姑夫说：“别让他喝了。他还年轻，在创业阶段，少喝点儿酒。”

富山说：“爸，在你眼里我是老长不大，我怎么也是大学毕业三年了，工作也两年多了。”

我说：“姑父这样对你，也是为你好，你工作压力那么大，主要精力要都放在工作上。”

表弟说：“哥，你别把我当成你的职工，总给我讲大道理。我不喝酒，是我不想喝。”

我说：“好。”

姑父根本没听我和富山的对话，举起杯说：“荣军，喝酒。你过完年，还没陪我喝顿酒呢！”

我忙举起酒杯和姑父碰了一下，说：“我敬姑父。”然后，自己喝了一口。

大家一起有说有笑地吃着饭。这时，姑姑往我碗里夹了一块肉，我用眼睛的余光看到表弟的嘴一撇。姑姑这样的行为不是说她多爱我，是她从小照顾我，养成的习惯。我夹了一块肉放到表弟的碗里，说：“吃肉！你那么高的个子，需要更多的营养。”

他没好气地说：“我不大不小的，你给我加什么菜？知不知道我不喜欢吃别人夹过的菜。”

我说：“好，好，好，下不为例。”我端起酒杯，再敬姑父。

回家的路上，我媳妇开车，我坐在副驾驶上叹了口气。她问我：“你叹什么气呢？今天饭吃得不顺当啊？”

我说：“也不是，就是觉得表弟对我好像有意见似的，我也没觉得对不起他。他上大学那么浪费，那还不是我总给他寄钱。怎么现在他好像忘了似的，待我越来越生分，不知道是为什么？”

我媳妇一边慢慢开车，一边说：“你心思太重，我看没有那么严重，他说的话有几分道理。人家本来是姑姑家的长子，应该受到优待。结果啥事都让你占先了，他小时候不觉得这是事，长大了好像有一些在乎似的。今后，你也得注意些。”

媳妇的一席话让我有些茅塞顿开的感觉，我说：“你分析得有道理，可是这一切也不是我造成的，我也不愿意是这样的形式。唉！这中间的关系真难处！”

我望着车窗外的月光，心里有无限的感慨，小时候我哭着喊着要回家的情景又闪现在脑海。那是一年冬天，姑姑和姑父刚结婚时间不久。那天，我肚子疼，也没有告诉姑姑。姑姑扫了地后，让我扔垃圾去。

我说：“肚子疼，我不去。”

姑姑拿起笤帚劈头盖脸就打我，还说：“你这懒骨头，让你干这么点儿活儿，都不痛快去干，天天吃闲饭，越来越不像话了！今天我要教训你一顿。你爸爸说，让我严格管理你，今天我就管管你，看你还懒不懒。”

我一边躲着姑姑的笤帚，一边捂着肚子，哭着喊：“肚子疼，就是肚子疼。我没懒。我要回家去，我要找我妈我爸去，我要回家！”说着，就跑了出去，气得姑姑也没管我。我在房外，站在墙根，在冷风中瑟瑟发抖，哭诉着，觉得自己是那样的孤独无助，父母亲不要我了，姑姑也不要我了，干脆冻死我得了。

不知道什么时候，姑父走过来把我抱起来就往屋里走，他说：“你这孩子，你姑姑说你两句就说两句呗！都是为你好。你就蹲在外面不回家，冻坏了怎么办？”

我哭声更大了，说：“姑父，我求你了，把我送给我爸妈家吧！我要回家！”

姑父用一只手拍了拍我，说：“傻孩子，姑姑姑父家就是你的家。这是你很小的时候，你的爸妈和姑姑姑父决定的。再说，你的父母家生活困难，你母亲病很重，你要爱爸爸爱妈妈，你就好好地待在姑姑、姑父家，不给他们添乱……”

想到这时，我们到自己家了。这时，我看到外面大雪纷纷扬扬，飞落的雪花四处飘舞。实际上，在路上就开始下了，只是我在回忆中没有注意。我和媳妇放下车，快速地跑回家，脱掉鞋子和外衣后，我躺在沙发上，吸了一支烟，看着那烟蒸腾的样子。媳妇从厨房端来一杯热饮来，她走到我身边说："荣军，你今天喝了不少酒，喝点杨梅汤，是我新熬的，还加了一点蜂蜜。"

我将杯子接过来，说："媳妇，谢谢你！还是在自己家待着舒服！"她坐在沙发上，我的心里还不能平静下来就和媳妇说起话来，这样心情好些了。

我说："我在姑姑家，知道自己的身世，所以也算谨慎做人，怎么表弟会另眼看待我？我不是他哥吗？有个我这样的哥哥不好吗？"

媳妇说："你这个哥哥做得真不错，对他关心、照顾、包容。但是他还认为姑姑爱你的感情深，你抢了他妈妈的爱，所以他生气啊！"

我非常不解地说："姑姑爱他一点也不比我少，我怎么抢他的爱。"

媳妇感慨地说："你说得不错，但是表弟不这么看，你又改变不了他，还能总跟他吵啊？"

我说："今后我躲着点吧！"

我躺在床上一动不动，却怎么也睡不着，一会儿听到媳妇熟睡的声音。我悄悄地起来，走到客厅，吸了一支烟，又站在窗前听着丝丝点点的落雪声，想着自己的身世，一种无奈和隐痛敲打着自己的心，好难受！好在自己的媳妇和女儿都能够理解自己，媳妇令仪令色，小心翼翼。既明且哲，以保其身。有媳妇帮助我协调各方亲人的关系，我才好做一些，也真难为她了。想到这些，深深地叹口气，回到床上，不知道什么时候睡着的。

等我醒来，太阳已经露头，自己走出门一看，哇！雪白的世界，一尘不染！我高兴地冲到雪地里弯腰捧起一把雪，向天空撒去……

长　夜

二〇一二年春节后，窗外的雪下下停停，又刮起了风。山山岭岭、村村寨寨灰白一片，在医院住院部，父亲在ICU病房的病床上，他感觉不到外面的雪，他被身体内的雪困扰着，他的心脏、肝、脾、胃一切器官都在衰竭中。我们在外地工作的兄妹们都赶了回来。

我们是以多么热切、多么紧张、多么喜悦的心情将父亲迎出重症病房的，这一夜是这样的漫长，后来成了我和大哥、大嫂在医院共同陪伴父亲有生之年的最后一夜，父亲努力地和无创式呼吸机配合着，父亲看上去痛苦，我心里不堪忍受，又没有办法，我坐在父亲床边握着父亲的手。

本来，医生计划明天给父亲换这样的呼吸机。父亲转下来之后，他本人比画着，他指一指自己的嘴，然后用手指指医生，再用大拇指和食指拢成圆状，我们猜几遍猜不透，回来我说："老爸，你是不是想换无创式呼吸机啊？"他点了点头。

我找到大哥说："大哥，爸要换无创式呼吸机。"

大哥走到父亲头前："老爸，你想换无创式呼吸机啊？"父亲点点头。

我突然想到父亲晚饭还未吃，如果放上无创式呼吸机，嘴和鼻子都要罩上，没法吃饭了，说："大哥，爸晚饭还没吃呢。"

大哥找到大夫，提出父亲要求换呼吸机的事，而且现在还没吃饭。

大夫说："换呼吸机容易。不如，你们先用鼻式，把饭给父亲吃上。"

我们把小米粥和牛奶用热水热好，大哥亲自尝一下，认为可以了，由二哥用粗的注射器给父亲的鼻式管中推小米粥，父亲此时，手捂着腹部，我把父亲的手拿开，用自己的右手轻轻地在他的腹部按摩，打完了小米粥后给他注射牛奶，父亲摇头。我说："二哥，父亲好像不想要牛奶了。"

二哥说："哈！还能听他的。"我听他这话感觉不对路，起码对父亲不尊重，父亲即使在病中也不是不可理喻之人，他说不了话，并不是没有想法，但是想到父亲身体需要能量，注射点是应该的，我们多希望他的胃好好工作，有源源不断地能量供给他整个的生命体啊。对他这么说和这么做，父亲没有反应，在场的大哥、大嫂包括小妹我们谁也没说什么，两管之后，父亲再一次摇头，我有些看不下去了，就对大哥说："大哥，行了吧，父亲不让注射了。"

大哥说："那就这样吧。"后来听说在我们回家吃饭时，父亲把吃的东西几乎都吐了出来。这时我又想起二哥的那句话，心想当时依着父亲不把牛奶打进胃里是不是父亲不吐？父亲吐出食物是父亲胃本不适而排斥食物，还是父亲思想上排斥二哥的那句不妥的话，而引发的胃对食物的排斥作用。想到这些，我在心里说："二哥，你可真是的。"

我吃过晚饭，时间还早，我又在家里稍坐一会儿，二哥和二嫂因为我晚上要去值班就劝我在家里先睡一觉。我心里惦记着父亲，坐了一会儿就开门从家里出来，走在大街上，人不多，风冷飕飕的，雪花飘飞，一片素白，鞋跟踏在路面上刚下的雪上，发出吱呀的声响，我此刻不想让天下雪，可是我阻止不了天气活动，走在雪中，觉得通往医院的路是这样长。

这时我想起呼吸机和人体，如果都是硬碰硬还好些，都是软碰软也好些，可是它是软碰硬相遇，父亲的整个嘴在呼吸机的罩内一张一合，像鱼呼吸一样，真是受罪。想到这里，长长地呼一口气，气吹出口化作白色的雾，和纷纷扬扬的雪花交集，无语对自己说："老爸啊，挺着吧，挺过去，我们就好了。"我长长地吸了口气，使劲地吐了出去。这气被雪花带走，我走进医院，抖掉身上的雪，向电梯走去，迎着来来往往的人群。

我进入病房，首先看到的是几位医生站在父亲的床前，一位护士正在往输液瓶内注射药物，一个护士在给父亲量血压，我有些紧张，但看见有这么多医生为父亲治病忙着，自己心里有些底了，医护人员是我们生命的守护神，我希望他们能针对父亲的症状开方用药，心里盼望父亲好转。也认为父亲能够好转，在父亲这一生中不知创造出多少奇迹，我相信这次他还能创造奇迹，现在想来这个态度多么不科学。

医生们走后，夜里十点多，父亲与呼吸机的合作稍一致些，大哥、我和大嫂围绕着父亲，父亲基本上是十到二十分钟吐一下，这时一个人把呼吸罩从父亲嘴上移开，一个人给父亲擦吐出的白气泡、痰沫，请护士来吸痰，再给父亲罩上，父亲把被子往下推，浑身全是汗，体温还不高，我以为是父亲热了，用毛巾给父亲擦汗，父亲还是推被子，我又给擦汗。过一会儿大哥说，让父亲侧身躺着能够轻快些，他说先让父亲靠床一边，这样好翻身，可是他一推开父亲的被子才发现父亲大便了。这时我才明白父亲反复推被子是告诉我他大便了，我是这样的笨，根本就没有明白父亲的意思。好大一坨屎，他的屁股、大腿根都沾上了屎。大哥把他的右腿叠到左腿上，又把上身轻轻抬起，把屁股下垫的纸巾卷上，再让父亲向反面翻一下把大便卷起，又垫上干净的纸巾，把他的屁股和大腿根清理干净，这时父亲好像安静多了。

实际上，我们都没有经验，父亲最后一次排大便是泄气的过程。一般情况下人一泄气，再有五六个小时就咽气了，不过，父亲挺得时间长了一些。给父亲收拾好后，让父亲稍作休息。

大哥把我叫到门外说："刚才老爸挺危险，现在稳定下来了。心脏大夫说心脏的情况不太好。"

我说："那怎么办？"

大哥说："现在稳下来了，也只能先这样。"

我们俩看父亲要吐，大哥我俩配合，他掀开父亲的呼吸罩，我负责擦父亲吐出的东西，一边擦一边喊："老爸使劲咳一咳，把嗓子里的痰都咳出来，使劲吐。"

父亲使劲咳了两下，我们说："好，再咳一咳，再使劲吐。"

父亲再咳再吐，为父亲清理了痰沫，父亲又出一身汗，我为他擦去。

我看了大哥一眼说："大哥你直一直身子，我在这盯一会儿。"

这时嫂子进来了，她半天不在这了，我看见嫂子把脖子掐出一道道的紫红色竖纹，我有些吃惊关切地说："大嫂你这是干啥，怎么把自己掐成这样。"

她说："我上火了，嗓子干，头痛，这样掐一下好受一些。"她陪我撑着。

我说："大嫂你也躺一会儿吧！"

她说："没事。"可是坐一会儿她就坐不住，自己躺在旁边的床上。这后半夜的时间，我和大哥换着班，没再叫醒大嫂。父亲手又放到腹部，我把他的手轻轻移开，放在床上。用自己的手按摩抚摸。一会儿他另一只手又去向后梳头，我把他的手拿开，我给他梳头。用手梳理头发，是父亲的一个习惯，他一生的头发都是整整齐齐的。我想父亲已经与呼吸机配合基本一致了，这样好，父亲可以稍作休息。现在想：“父亲为什么想整理自己的头发？这个终生都爱整洁干净的人，是在做走的准备吗？”

夜里十一二点，重症病房的主任大夫到父亲的病房来，我站起来，他观察一下父亲，又给父亲量一量血压，父亲的心跳、血压基本正常。他说：“还可以。”

我说：“谢谢大夫。”

我接着说：“我父亲吃饭问题怎么解决，他有糖尿病还不能给他输糖。”

他说：“有这个问题。”没说解决的办法。他走了，我送到门口，走廊里有的陪床家属在地下搭地铺。

我在思考，父亲现在连水都咽不进去，整个喉咙因为长时间用插入式呼吸机是不是有所损伤，这些我们不知道。父亲说不出话来。他的声带好像也受了损伤，所以他自己吃不成东西。这时父亲要吐，我出门喊大哥，给父亲处理后，大哥说你去躺一会，我到走廊上的折叠床上，一坐上那床，那床就“嘎吱嘎吱”地响，在夜里这声音显得特别的大。我躺上，侧翻脸向墙面，闭上眼睛，根本睡不成，那也闭眼躺着。不一会听大哥说：“爸，要咳咳痰吗？”我赶紧起身，给父亲处理完。

大哥说：“我刚才给爸腿和身子都按摩按摩，老爸躺着一定很累。”

我说：“大哥你去躺一会儿。”我想，我怎么也比大哥小十来岁，体力要好些，也让大哥多休息。大哥到走廊去，我坐在父亲身边，握着他的手。

父亲的手再次放在腹上，我看他放了一会儿给他移开，我用右手在他的腹部左右的抚摸，轻轻按摩，左手轻轻握着父亲的右手，父亲把我握着他的手轻轻地握了一下，我感觉到了。我很激动，因为我长这大，从来没有跟父亲这样的亲密过，我觉得此时的父亲是那么慈祥、温暖、亲切。他的右手从我握他的手里抽出，去捋他的头，我的手在他梳了几下后接着给他用手的四个指头梳理着头，银白色的头发一根一根很是精神。他的右手又去揉他的耳尖部，我很快地用双手同时给他揉双耳的耳尖部。我记得他给我们说过经常揉耳的这个部位，能够平稳血压，在这种情况下他想到的是他的健康，对父亲这些举动我很高兴，觉得父亲好起来的希望是很大的。

我说：“老爸你睡一会，让自己的身体休息一下。”父亲将两个胳膊放好，轻轻地闭上眼睛。

这时大夫轻轻地走进来，我站起来，他问：“怎么样？”

我说：“好像还可以，心跳在八十六到九十多下，呼出的气量提高一些。”他轻轻转身回去了。

和父亲同室的病人是肺心病，人很胖，脸酱紫色，一看就是呼吸不畅憋气憋的。父亲一宿不断地吐痰吸痰，我们来回走动。他也没有睡好，这时父亲安静一些，这位病友也睡着了。他大声地打着呼噜，每呼一下中间要停顿，把自己憋醒再呼一下，他就这样半睡半醒的，一会将自己的输氧瓶滚掉了，这对他是很危险的，我轻轻地动一下躺在旁边折叠凳上的他的瘦弱的妻子，他妻子起身说：“把管子插上。”这病人嗓子里哼哼两下，又去打他的呼噜，我真替他难受。我轻轻地坐在父亲的床边，轻轻地握着他的手，一会儿看着监测心脏的仪器，一会儿去看看测量呼吸量的仪器，就这样大概过了四十多分钟，父亲嗓里发声要咳痰，我说：“老爸要吐一吐吗？”

大哥说：“你去躺一会儿。”

我说：“刚才老爸好像睡了一会儿。”

我走到外间，一个病房开着门，我看到和父亲一起在重病监控室里的另一位病人，她也转入了普通病房。她的儿子在走廊里来回踱着步，他见到我，我们共同向对方点点头。他的母亲，一个很瘦的老太太，七十多岁，曾非常健康，说不行就不行了，但主要的毛病是肾，不像父亲这样，心、肺、胃、肝集体的罢工，父亲的病比那位老太太重多了。我因为自觉得父亲好多了，心里放松一下，轻轻地躺一会就有点晕了，准备睡过去，这时又听大哥说：“老爸，想吐吗？”我麻利地起身，搞得折叠床“嘎吱嘎吱”的响，把打地铺睡觉的病人陪床家属吵醒，好在大家都能够相互地理解。

凌晨四点多，大夫走过来，我和大哥分别在父亲病床左右，医生站在床尾，护士给父亲的输液管里注药，父亲的精神好像好一些，与呼吸机的配合较为和谐。大夫说："不错，老爷子，你很坚强。"父亲瞪眼看着大夫，自己用手指指自己又指指大夫，笑了。

大哥说："我老爸认识你。"大夫也笑了，然后父亲伸出自己的拇指将手臂用力地伸向大夫，然后双手一抱，抖了几下，我想他身体感到轻松一些时，他首先要感谢的是大夫。

他稍稳了稳想坐起来，右手伸出四个指头，医生不同意，他又伸伸，医生始终不同意，他过了一会用左手伸出三个指头，医生说："有危险了啊！"我说："父亲，别举了。"他又伸出三个指头，意思求大夫坐三分钟，我看医生还是不允许，他又伸，我说："老爸，你怎么这样任性啊，坐起来有生命危险，医生怎么会允许，你不是难为人家吗？我们再休息休息，恢复一下体力，等天亮太阳高高的时候，我们再坐不好吗？"父亲这时像个大婴儿，他听了我的劝，不再伸手。

医生说："老爷子，再休息休息。"他回去了。这时大嫂下了床，我们三人围在父亲的床前，过一会我说："大哥，你去休息一会去吧，白天还会有许多事。"我和大嫂轮班，我和大嫂护理着父亲，只见大嫂给父亲按摩大腿，手法非常熟练，我也照葫芦画瓢，但就觉得不是那样，心想：自己真是没用。

太阳渐渐升起，早晨到来，父亲邻床的病者起床，一看就是没有休息好的样子，脸色铁青，浮肿着，本来就很小的眼睛成一条缝，上眼皮肿得像一对灯泡。我看出了他的不满，心里也觉过意不去，和他打招呼说："早晨好，多打扰了，我老爸看这样熬过来了，托你的福啊。"

他说："托我的福，我托您的福吧。"

我大哥说："我们都共同祝福，祝福大家都早日康复。这时病房进来一个人，他看望父亲邻床的病人。他见到大哥说："李部长，你怎么在这里？"（大哥当过宣传部副部长）"大哥说："你是农业局的赵局长，赵志成，我父亲刚从ICU病房转入。"

他看着父亲的对床病人接着说："他是你的亲属？"赵志诚说："顾局长，

老人家怎样？”说着将身体转向父亲说：“顾局长，您老好！”

父亲看着他眼睛亮亮的，不能说话。他看一会父亲，转过身跟大哥说：“这床上的病人是我的姨夫，他是肺心病。顾局长这病很重吧？”大哥说：“是的。”二哥、二嫂怎么还不来换班啊。大嫂出去了，我和大哥迎着早上来为父亲检查，测量的护士和大夫，父亲这一夜过来看上去有些疲惫，大哥拿湿毛巾给父亲擦脸，我学着他们给父亲把腿和胳膊都按摩一下。早上，我发现父亲一个特点，他的眼神都是盯着大哥，大哥一出去，他马上用手指门口，我说是找大哥吗？他点点头，我实在是一宿没有睡觉，大脑的敏感性缺乏，我竟然没有觉得这就是父亲最后的时刻。

二哥随母亲进入病房，只见母亲直奔父亲的床头，“他爸你好点了吗？我给你拿来了鱼腥草。”说着从她的军绿色半大大衣兜里掏出来个小白瓶给父亲看说：“我吃鱼腥草就不咳嗽，你也吃两片。”她根本就没有注意到父亲嘴上扣着呼吸罩，她非常着急地又给父亲再说一遍：“他爸我告诉你，鱼腥草管咳嗽。”这时父亲不再看她，他的手还是指大哥。我扶着母亲和大哥一起走出住院楼，大哥说我们在前面吃饭，我说我陪母亲回家里吃，大哥小跑着上前面的小店吃饭去了，我不知道大哥为什么要跑。但是也没多想，就陪着母亲慢慢往家走，因为刚下过雪，路上有些滑，我小心地扶着母亲，怕母亲滑倒。想到回家吃饭，我想起父亲家的大桌面。

自从上次与父亲的冲突发生后，我还是有些生父亲的气，只是不说什么，在二〇一一年春节前我带了许多年货送到家中，然后回来自己过的年，初六又赶回去给父亲过八十大寿。渐渐地，觉悟许多，跟媳妇说：“今后对待老人，就应该哄着、惯着，不能较真了。”

媳妇说：“这就对了，你终于长大了，哈哈。”担心父亲将不久于世，自己小心与父亲相处着，尽量耐心，避免冲突，和气相处。母亲真的老了。这里不得不提吴老太对父母生活的影响。吴老太在用保姆的事上受到了伤害，把体会反复地跟父母亲讲这说那的，使父母亲对雇保姆产生了很深的偏见。我们儿女都想为父母亲请保姆，父母仍不同意，他们举吴老太的例子，说保姆偷雇主家的东西，吴老太太的保姆把她家新买的猪肉、家里的豆油偷走，请保姆心不静，他们拒绝我们的建议。两个住得比较近的子女要搬到家中和父母亲一起生活，父母亲不接受。

二〇一二年春节，我们回家过年，给家里置办年货。想到家里回来过年很多人，设两桌，又觉不好安排座位，如果有一个大桌就好了，就跟父亲商量想置个大桌，说一次他不吭声，又说一次，他说："买那干啥，用几次？"

我想起了自己在过元旦时一桌人无法坐的情景说："老爸，反正上次回家吃饭时我是一个大腿坐桌的，你如果不让买，下次吃饭我不坐桌了，弄一碗饭泡点菜汤，端到旁边一吃就完活。"

父亲听我这么一说"扑哧"一声笑了，说："买！买！买！你愿意买什么样就买什么样的。"

我对家乡的行情不了解，问道："老爸，哪儿有卖的？"

他说："卖家具的地方都有卖的，人家给送回家。"

我觉得自己一个人不行，把我的二侄子打电话叫来，我们到街上经各家比对，与卖家讨价后，把一米六的桌面买回家，这样吃饭时家人把大桌面放上，过年二十九时炖羊骨头或手扒羊肉，三十吃团圆饭，初一全家吃饺子。初三三哥到家又团圆。父亲坐在桌上，大家都围桌听他说些趣事，加上革命道理，大家其乐融融，觉得一家人是那样的祥和幸福。而老父亲又是那样的自豪、自在和快活。我们像众星捧月一样围着他，他看上去精神、愉快、满足。

父亲感冒了，他总是告诉我们夏天吃香瓜带籽吃，这样能够预防感冒，说："你看你妈我们俩什么时候感冒？"这次他感冒我还想："怎么样，吃了带籽的香瓜的人也感冒了吧。"我们反复劝说父亲吃药，我一方面有些不放心父亲，一方面又得早走，回到家打电话关心父亲，三哥让父亲吃着药呢，第二天、第三天都打过电话，认为父亲好才放心。没想到父亲从感冒到入院这一段时间实际病就没好。

我曾是家里父母和四个哥哥最疼爱的孩子，特别是父亲，就是小妹妹出生后，父亲也一样爱我。在二〇一〇年住院后，母亲问父亲当时最想见的人是谁时，他告诉母亲，他最想见的人是他的五儿子，还有孙女。知道我生活和工作都不容易，他让孙女到他家里读书，这是那么多孙子孙女中对她唯一的独特爱。知道我爱吃酸菜、海带炖粉条，我每次回家，他都让母亲做给我吃，他能够站起来，就自己给我做着吃，知道我爱吃葱、生菜蘸酱，每次我回家饭桌上总摆着。

父亲啊父亲，我虽然跟你吵吵闹闹的，有时候较劲儿，但是你知不知道我是更爱你的啊！是想让你放弃那些想法，让生活快乐起来。我无论是怎么看不惯你，但我是始终爱你的啊！

和小妹妹说话："如果我在父亲身边，就可以亲自照顾父亲，如果不做这个副县长，也会有空跑回家，如果不考虑女儿英语班就不会过年那么早回来，如果知道父亲如此重病难归，我就不会过年离开太早，如果知道他坐起来有危险，就不会说：'明天太阳高高时，我们再坐起。'小妹妹说：'五哥，你不要说这些了，要说起父亲我觉得他对我来说就像一个梦'。"

我看着她，希望她把话说下去。她和我讲起过去的故事。

第十三章

小　鹿

玩　伴

一个夏天的下午，我家的院内格外地静，母亲在菜园中忙着给黄瓜掐尖，将已经红的西红柿摘下来。在房内西屋，朝北的炕上，坐着一个大男人，旁边一个不大的小女孩围着他忙着给他梳朝天锥。父亲从来没有这样有耐心过，他现在有耐心，他在无所事事中也愿意和女儿玩，朝天锥是女儿给梳的，现在女儿正在站在旁边欣赏自己的作品，只见她歪着脑袋左看看右看看，觉得不满意，她去把一个红色的宽发带拿到手里，跑到父亲身边说："爸爸，刚刚梳得不好，我要重梳，我要把这条发带系到上面，因为邻居家姐姐就是那样梳的。"

父亲说："是吗？那你就给爸爸梳成那样。"无奈地叹了口气想：反正我也做不了什么，哄女儿乐吧！

女儿上去一抓把系朝天锥的头绳拔了下来。父亲说："慢点慢点，你这一拽都把爸爸的头发拽疼了。"

女儿说："爸爸疼了？爸爸没事儿的！"

然后转过头又说："爸爸一会儿就好了。"她又试着给父亲梳朝天锥，费了半天得劲，还是梳不好，她只得又重梳，折腾来折腾去，她就是梳不好。搞得她没有兴趣了，又生出别的念头，她说："爸爸，你别梳了，爸爸，你给我梳吧。”

父亲说：“你要梳头发，去找你妈妈去吧！爸爸手没劲，系不紧你的头绳，容易掉。”

女儿说：“爸爸，你的手怎么那么没劲，你看我，我能够把头绳系得可紧了。”

这时母亲从房子前的菜园拎着一个菜筐进屋来，里面装着半筐的绿豆角和几个红红的柿子。她看着小妹说：“好了，荣荣，别和你爸玩儿了，你爸坐这么长时间，现在该休息了，不然他累着又该说不出话了。”

女孩说：“好的。”她双脚朝下从炕东头的炕沿自己滑落地上，穿上鞋向筐里看。

看着筐里的西红柿就喊起来：“妈，我要吃西红柿。”说着小手就往筐里伸。

母亲说：“等等，我去洗一下。”

母亲拿起筐到外屋，将西红柿洗了两个放到一个碗里端了进来，拿起一个说：“给你，荣荣。”

又将另一个两手一掰，掰成两半，一半递给父亲，一半自己吃上。

父亲说：“我吃不了这么多，尝尝就行了。”

母亲说：“你能够消化，就把那半个都吃了吧，这西红柿里的维生素很多，多吸收点维生素对身体恢复有好处。”

小妹说：“我多吃西红柿能够长高个吧？”

母亲说：“吃吧，能够长高个。”

小妹说：“我长了高个，就能够给爸爸的朝天锥梳好了，刚刚怎么梳也梳不好，是吗，妈妈？”

母亲说：“是的，长高个不仅能够给你爸梳朝天锥，还能够上学读书呢！”

小妹说：“要像四哥一样上学，是吗？”

母亲说：“是，好了，你吃完柿子到院子里玩一会，去捉两只蝴蝶、蚂蚁什么的。”

小妹说："好的，只是妈妈你得把我的头发梳好，不梳头发，上面该爬虫子啦！"

母亲笑了笑说："好，来，我给你梳头，早晨不是给你梳一遍了吗？"

小妹说："我刚把头绳解下来给爸爸梳朝天锥，不然我没有头绳。"母亲给她梳好头发，她就跑到院子里玩去了。

母亲把一张报纸铺到炕上，又将筐里的豆角倒到报纸上，一边和父亲说着话，一边摘豆角，父亲这时候躺在炕上的褥子上，跟母亲唠了几句磕，他有些困意就对母亲说："我睡一会儿。"

母亲说："你睡吧，到吃饭时我叫你。"母亲摘完豆角后，将豆角拿到外屋开始做饭，父亲闭上眼一会儿就睡着了。

中午三哥、四哥回到家，四哥一进门看见小妹正在门口蹲在那里，两只小手不停在那里忙来忙去的，神情专注。他就蹲在小妹身前，影子落在小妹影子的前面。

小妹手指影子头说："四哥，你快来看，这些小蚂蚁来回地往窗前运土粒了，我不让他们运，可他们不听我的，我把它抓到这边，但它们还得回到那边，这是为什么？"

四哥说："这蚂蚁不会听你的，他听他妈妈的。"

小妹说："它妈妈在哪里？"

四哥说："在蚂蚁洞里。"

小妹说："我把它妈妈挖出来。"

四哥说："那洞可深了，在这房子底下呢，你挖不到的。好了，我们不玩蚂蚁了，我们洗手吃饭去。"说着他拉小妹的手让她站起来。

小妹说："好的，我都饿了。"他们到屋门口在门口的洗脸盆里洗手。

这时母亲把中午饭已做好，是猪油炖豆角和玉米面干粮，给父亲煮了一碗小米粥和一个鸡蛋，先把豆角用小勺在碗里割成一小段一小段的，再把小米粥盛好，凉了一杯开水，把父亲扶坐起来。三哥给父亲喂饭，先给父亲喝点水然后一小勺粥，一小勺菜给父亲喂。

三哥说："爸，你上午感觉还好吧？"

父亲说："不错，今天天气挺好的。等啥时候搞到一个轮椅就能好些，可以出外转转，不然这样活着有啥意思。"

三哥说："爸，你别多想，慢慢治病，我看看能不能搞个轮椅。"

父亲吃饭后，三哥帮助父亲把药吃了，然后母亲、四哥、小妹她们开始吃饭，三哥先把小妹抱到椅子上坐好，然后自己坐下，吃完饭后，三哥让母亲休息，自己把碗筷收拾下去洗干净放好。

小妹每天都这样成长，在院里和蚂蚁、蝴蝶玩，在家里和不能下地的父亲玩，她原以为每一家的爸爸都像父亲一样，不觉得特别，周围没有几家人，谁家也没有她这样大的孩子。过了一年，我们家的西侧有一户社员盖了房，他家有一个四岁的小孩，他家搬来之后，小妹和这个女孩玩得时间多了，不是在他家就是在我家，或在院外的门口玩。父亲这个大玩伴基本闲着了。这时候，家里买了一个轮椅，天好的时候把父亲推出来晒太阳。

暑假到了，我从老姑家回来度假，在家跟小妹玩，有时用自行车带到外面玩。好像用自行车带她到县城玩了几次。这几次为小妹做了个大事情创造了条件。这一天，我们在家各干各的活，我在西园子里玉米地挖沟，准备浇水，因为有些旱了，三哥给菜园子浇水，四哥帮着截水等。母亲洗好的衣服往外头的衣绳上晾。知道小妹和邻居家女孩玩去了，谁也没有在意。突然，邻家大婶跑到家来说，她的女儿不见了，问我们看到没有，我们说没看到，同时我们也想起小妹来，可是哪里找都没有，三哥说会不会是荣荣和他们家的女娃娃一起出去了，大家一想这心里都没有底。我们决定分头找，我和三哥、邻家的大婶、大叔和他家的妻妹，我们五个人都跑了出去，每个人心中都非常得焦急，我们找了很久也没有找到，离这里近的村子，不远处的学校，还有不远处的精神病院等，能找的都找了，大家聚到一起还是没有，准备报案，这时候三哥用自行车把两个孩子驮了回来。原来她们两个到三四里外的县城去了，三哥找到她们时，她们两人坐在站台边上，双腿伸到站台下边，在那里一边摇腿，一边看远处火车呢。

找到了孩子，邻居把他家的女孩领回家，女孩被父母打了，孩子的哭声都传到了这院。小妹被三哥抱着放在炕上，母亲给洗了根黄瓜，父亲问她都到哪里了，看到了什么东西。听她的描述是她们过了铁路，到了百货想买东西，小妹只带了一角钱，什么也买不了，就回来到车站看火车，忘了回家的事。那时候社会治安好，如果放到现代，这么小的小女孩自己行动没准早就被拐走了。父亲听小妹说完后，没有教训小妹，而是和她说："荣荣，以后不要这样做了，如果外面坏人把你们抱走，我们就找不到你了。而且路上车多，看不见你们就可能被撞着，这都是要命的事。"

小妹听了这话很惊讶，她说："爸爸，放心吧，以后我不出去那么远的地方了，今天挺累呢。"那时小妹太小，现在她有可能也不记得这件事，但我是记得非常清楚的。我现在想，小妹长大了，自己闯荡江湖，只是她小时候的行为重演而已。

影　子

父亲病倒时，我们大一些的几个孩子都十几岁到二十几岁，父亲的形象是完美的。他病是病了，而小妹心中，父亲的形象就没有树立起来，父亲在她心中总是影影绰绰的，这影影绰绰的父亲又是那样的爱她。小妹上学了，母亲领着她去报名。那时候她念书的学校是红瓦房砖铺地，比我们在学校读书时条件改善多了。我记得在姑姑家上小学，那时的教室是土房、土地，有的桌子就是砖砌起来的，上面放上木板。但是冬天要生炉取暖是一样的。生炉的活从上学开始就由学生轮流值日，小学生的轮流实际是由学生的家长轮，家长帮自家的学生给班级生炉子，把教室烤暖了回家。有的孩子有独立性，他们自己起早到班级点火生炉的，我的两个大侄子上学时，他们就是自己做这事。那两个孩子现在在北京工作，从小就能干。小妹从小爱生病，身体弱，在家最小，她什么也不会做，父母特别是父亲惯着她，什么都由着她来。无拘无束的童年，注定她好习惯养成的滞后，自己的自由意识强而独立行为能力滞后，她上学是母亲坚持的督促帮助完成的。

这些学生由家长代生火炉的事执行起来挺有意思。妹妹是由母亲代生炉子，其他的学生是由姥姥、爷爷、哥哥、姐姐代生炉子等，更多的是孩子父亲代生炉子。

父亲挺拔的个子，有力而熟练的动作，以及对待学生时又亲切又冷漠的态度，凡是被小妹看到眼里，小妹都会记在心上。她开始想自己的父亲，父亲有多高，她不知道，因在她的记忆中父亲没有能站立过，父亲是什么时候病倒的她不知道，甚至父亲得的是什么病，病能不能好都不知道。她能够记得的是小时候父亲陪她玩，都玩什么内容，她也多数忘记了。但记得父亲和蔼可亲，脾气很好，无论她要求父亲怎么和她玩，父亲都答应。现在父亲不能够和她一起走，一起在野外搞活动，一起去班级生炉火等，所有需要父亲在户外的活动，父亲都不做不到。别人的父亲做什么的都有，做干部、工人、做农民、搞小买卖等等，唯有自己的父亲什么也不做，每天躺在炕上，需要家人扶起放下，喂饭喂水，她开始觉得自己有压力，她不愿提起父亲。如果父亲是一座山，在小妹妹这里是影影绰绰，似有似无的，她的体验和我们任何兄妹都不一样。当别人谈到自己父亲的时候，她不是借故走开，就是看书或趴在桌上睡觉。因为在这方面，她是苍白的，别人也都不知道她的父亲是谁，她的父亲是干什么的。

实际上这是一种逃避的态度，凡是有关父亲的话题，她都自觉地迅速逃开。这种逃避的态度浸染着她的行为和人生态度。有些事情是逃不掉的，初中语文课中有一篇朱自清的课文《背影》，通过老师的富有感情地讲解，大家对《背影》中父亲那种背负生活的压力，而对儿子无微不至的关怀，为了买橘子去趴墙头、钻火车，危险也不顾一切去做非常的感动。语文老师是男性，他要求每一个学生都要写一篇以自己父亲为载体的作文，每个学生都交了作文，大家以自己的视角或模仿或独创。总之，每人都写了字数达到要求的作文，小妹只是写了几个字：父亲的背影很高大、很厚实，他每天面对着窗，迎接东方初升的太阳……

老师讲评作文，举了三位同学的作文，讲了他们各自的写作特点，有的同学立意新颖，有的文字优美感人，有的充满人生的哲理，最后老师说：“顾荣荣同学作文立意独特，文字感人，就是写得过于简洁，顾荣荣，你能够给我们讲一讲你父亲的故事吗？”

小妹站起来说：“我的父亲在我出生不久就病了，几乎每天都是躺着，我不知道父亲他过去是做什么的，母亲和哥哥们也很少谈起，他们怕父亲伤心，但是我的父亲爱我，在小时候每天陪我在炕上玩，上学后他关心我的学习，他每天都吃很多药，对生命充满热爱，我盼望他早日战胜疾病，恢复健康。就像同学们的父亲一样，哪怕他只是农民，甚至是在街上捡破烂的我都愿意，只要父亲能够站起来，只要父亲健康。”说到这里她眼睛充满泪水，她悄悄坐下。

老师说：“你的父亲是非常优秀的父亲，他的事迹我们多少知道一些，他在疾病中还能够坚持乐观的精神和疾病做斗争，这份对生命的热爱和尊重值得我们敬重的。同学们，让我们一起为荣荣同学鼓掌。”

这让小妹再次热泪盈眶。反复说：“谢谢老师，谢谢同学。”这位老师给小妹留下深刻的印象，就是到了成年，她每当回忆起中学的生活，都会想起这位善解人意、充满爱心的老师，老师的爱心温暖了她的心灵，慰藉了她的精神。从此以后，她慢慢改变自己消极悲观的学习态度，参加课外活动的态度都有所改变，当别人再谈到父亲的话题时她不再躲避。但谈得最多的就是她时刻盼望父亲早日康复起来，实际上，父亲后来恢复健康，能够站立行走，自己照顾自己，但是儿时父亲的形象在她的心目中是那样坚固，不可改变，父亲仍然是很模糊的。这种不完整，不真切的印象成为她终生缺憾。

叛　逆

青春期伴随叛逆的行为一同到来。一天周日，小妹上午把自己的衣服泡到洗衣盆就去找同学玩了，本打算一会就回来，可是几个同学到一起就分不开，到中午饭时她才到家。

父亲说：“你怎么才回来，也不早点回来帮你妈干点活。”她没有吱声。

吃饭时，母亲说：“吃了饭，把自己泡的衣服洗了。”

她说：“我没说我不洗。”

父亲说：“你这孩子怎么说话呢？”

小妹没说什么。吃了饭后，她连碗都没有收拾，就把洗衣盆端起来，走到屋门外“乓”的一声礅在地上，半盆水洒在地上，她找来搓衣板没好气地搓着。母亲洗了碗将外屋收拾停当出来，本想帮她洗衣服，一看她洗衣服的样儿，就说：“你是怎么洗衣服，那样揉不但脏的地方洗不掉，还容易把衣服揉破了。”说着她蹲下来，手去拿盆里的衣服。

小妹却说：“不用管，我自己洗。”

母亲接着拽衣服想帮她揉洗她的衣服，小妹说：“不用你管，不用你管呢！”一边说一边上手把母亲使劲一推，还没蹲稳的母亲经她一推一下坐到了泥水里。

母亲一边起身一边说：“你这孩子怎么这样，不用就不用，你推我干啥？”

小妹说：“我不是故意的，我又没让你坐在泥地上。”

妈站在她跟前，挥手就给了她一巴掌：“没见过你这样不讲理的孩子，我让你不讲理。”举起手来又要打，小妹捂着脸一边哭，一边跑进东屋，把门“哐”一声关上。

母亲到西屋换衣服，到东屋门外一边喊：“你出来”，一边使劲推门，父亲在西屋喊：“行了，你别理她，听见没？你别理她了。”母亲气呼呼地走进东屋。

父亲说：“你们娘俩怎么啦？”

母亲说：“这破孩子，我想帮她洗洗衣服，她不用就不用呗，把我推倒在洒水的地方，弄我一身泥水，我给了她一巴掌，真是不管不行了。”

父亲说：“孩子大了，有脾气了，我看她吃饭时就有点不顺气。”

到了晚上，小妹从屋里也没出来。当妈的就是当妈的，和子女动了手也不忘关心他们。母亲把小妹的衣服给洗了晒到晒衣绳上，但是不理小妹。三哥回来叫小妹，她给三哥开门后又关上，三哥劝劝小妹，又劝劝母亲。

母亲说："我不愿意理她，让她那样对我。"

四哥凑过来说："小妹，我们俩玩游戏。"

妹妹说："不玩！"

四哥无语，闷闷地陪着小妹。就这样母亲不和小妹说话，中间父亲给求了两次情，母亲都没给她面子，后来小妹哭着跟母亲做检讨，赔礼道歉，母亲才饶恕，她以后不敢轻易地对母亲动气了。

从中学到高中，小妹在叛逆中游荡，父亲不说她，母亲说不了她，大哥、二哥无法管，三哥、四哥到外地上学。一天，门外传来吆喝声，有减价呢子大衣出卖，父亲让母亲把卖衣服的商人请进家，跟人家讨价还价，给小妹卖了件绿色半大衣。他满怀高兴的心情等到女儿回家，回家后让女儿穿上看一看，这是作为父亲久病后第一次给小女儿买衣服，也是唯一一次给他的儿女买礼物，他是多么希望女儿高高兴兴的，穿上父亲给买的衣服上下学啊！可是女儿回家来，一看那衣服的颜色就没有相中，一点也不想穿。

父亲说："荣荣，你穿上给爸看看，你爸挑了半天，跟人家讲价才买下来。"

小妹穿上了，一照镜子觉得自己像个二大妈了，马上脱了下来，把衣服往炕上一扔，说："不好看，我不穿。"

父亲看她一眼，满脸的失望，笑着的脸不笑了，木在那里，那种失望和无奈的情绪全都写在脸上，顿时他看上去突然老了好多。叹了口气说："不穿就算了，让你妈送人吧。"又叹了口气。

小妹有些心软了，她说："爸，不是我不穿，穿上像二大妈似的。"

母亲说："等妈给你改改就好了。"听小妹说母亲后来把衣服给改了改，她还穿了好几年，母亲手巧能干，这里也体现出来。父亲再也没有给她买衣服。实际上，这件衣服是父亲在病后给她的子孙买的唯一一件衣服。

青春期的女孩本来都自然靓丽，小妹几分姿色的脸加上稍黑肤色，有一种特殊的魅力，身边男孩多了起来，她也愿意和他们交往，一起学习、逃课，荒废着黄金般的年华，父亲不知道，老师不家访，小妹回家什么也不说，结果正规的大学没考上，考了个职大念书去了。

心 病

父亲母亲对他五个孩子（我在姑姑家），基本没操什么心，孩子们都通过自己的努力找到工作，成家立业，并且以自己的方式关心、关怀帮助着父母。只有在小妹的身上，他们也算是操碎了心。小妹职大毕业了，父亲给在公司当处级干部的老舅写信，请就他帮助安排一下工作，这位老舅连自己的亲妹妹、妹夫下岗都不给想办法的人，怎么会给自己的外甥女找工作，他也不是好交好为的人，没有广泛的社会关系，找工作多难啊，而且他自己的两个女儿马上又要就业。父母亲明知不成也要求助，结果回信是让他们失望的。他们老两口设计了好多方案，一是让我安排，他们电话说，见到我时讲，我答应帮忙；二是让我大哥来安排，大哥也应了；三还想让三哥能够给她介绍找到工作的对象，由婆家给找工作。这三条路线都走过，可是小妹还是选择了自己的路，就像当年五六岁时去逛三四里外的县城一样，渴望外面的世界。

在家待了几个月的小妹，在我探亲回去时跟着我走了，因为我在探亲中每天面对父母亲一双愁苦的脸，当时我也是工作刚刚有点基础，给妹妹找工作哪那么容易，但不管怎么说，我找到内蒙古霍林郭勒市工作的同学帮忙，给她找到一份代课教师的工作。她走马上任，一个星期下来体会不错，又来了一个星期，还是不错。就在这个时候，一个公司招工，月薪六百元，当时我的工资是四百多元，而且是做她的会计专业，她就立刻同意从教师行业跳槽。这样父母所有的孩子没有一个继承他们的职业，有机会做老师的小妹与之擦肩而过。过了二十年后的她回忆往事时说："如果当时坚持把教师做下来，将是另外一个人生。"是啊，人在交叉路口必须自己做出选择，小妹选择了一条终生都不可懈怠的路，家人因为她有了暂时的安顿，也可喘口气了。

小妹在给私营企业打工，父母亲还算满意，他们不再找我了，我当时对父亲和小妹有话在先："我只给找一次工作，如果这次工作你放弃了，以后就不要再让我找工作。"这二十年走过来，我也在反思，我当时所说的后来所做的都是正确吗？不管我怎么想，小妹是自己愿意的。父母亲找大哥，一次再一次的找，他想把小妹调回家。小妹的工作是紧张的，几乎没有周六周日。这样过了两年，他们公司把设在霍林郭勒市附近的办事处撤了，整个公司搬到了牧场，市里就比较寒冷，而她们牧场平均气温比市里低二到三度。那里艰苦但快乐，她接触到大学毕业后的第一个对象，两个人年龄相当，在人烟稀少的牧场，工作之余两个人就在齐腰的草场上奔跑，采黄花、红色山丹花、紫色的马兰花，有景色好的地方两人就坐在那里，瞭望远方一望无际的大草原，白云天上飞，地下云影游。到冬天，在晴日去踏上一串串脚印，和几个青年职工们一起堆雪人、打雪仗，把新打来的野兔烤了吃掉，大块吃羊肉，喝上天籁的酒。她在那里快乐的工作几年，玩了几年。当她注视着镜中的自己，她发现自己老了。她不再像往日一样的玩啊、跳啊、跑啊、闹啊，突然地安静下来，不是呆呆地坐在那里，就是跟在同事的身后一声不吱，从她的两只藏不住东西的眼睛里明显看出，她有新的心事。她在想：我一生就在这个没有几个人的牧场中度过吗？我老了怎么办？离家这么远，在这里结婚有了孩子将来上学都没地方去。

她的恋人小虎发现了秘密，他说："你不想在这里待了？"

小妹说："是的，我不能老死在这里，我想家，我要离开这里，你和我一起走吧。"

小虎说："我在这里挣两年钱，然后我们一起离开这里。"

小妹说："你父母能够同意我们在一起吗？"

他说："慢慢会同意吧！我们自己愿意就行，我们又不指着父母活着。"

小妹说："这里我一天都不想待了，一想起来就害怕，如果再在这里待下去我非疯了不可。"

他说："不是还有我吗？"

小妹说："有你也不行，我必须走，离开这里，新找一番天地。"

第二天，她正式向公司辞职，准备带上行里就走人。但是领导拦下她说：你不能说走就走，你管理的账目、牲畜的经营和单位后勤工作，我得找人接一下，最少需要三个人，你得把接手的人教一教，小妹怎么也没有想到是这样，不是有几个人说走就走了吗！实际她没想到自己还是一个单位的主要干将，她如果撂下就走，单位可能停止运行。不过两个月后她还是辞职了，带上行李搭一便车，知我者，谓我心忧。不知我者，谓我何求。她义无反顾地走出了茫茫草原。先到我这里住下。

我们说了很多话，“你如果留下来，我再想办法？”我说。

小妹说：“哥，不想在这里，当时刚到牧场，天天手脚热乎不过来，年轻也没当回事，现在我想到北京去。”

我说：“你到北京投奔谁？”

她说：“我有一个同学，我到北京打工去，我在牧场挣的钱还能够生活几个月，我想我能够找到工作。”

我说：“那小虎怎么办？”

她说：“他不跟我走，说明我们之间的关系不能保持了。我不想再在牧场干下去，我必须离开，而他还想做下去，我有什么办法。”

我说：“你们俩纯真的感情就这么放弃，你不觉得可惜吗？”

小妹说：“不是一路上的人，感情再怎么好也没有用，五哥，我不能后悔，后悔我就走不出牧场了。”

媳妇说：“小妹离开那里也好，我赞成，到北京有事就给你五哥打电话。”

写到这里，我真是佩服小妹，她勇敢地走进牧场，又果敢离开牧场，这个精神、志气有点像父亲，当年父亲不走出家，就一辈子是农民。这弱女孩的心比一个男汉子还坚强。

当时我说：“好，只要你决定好了，走就走吧，走出去是一片新天地，记着有什么困难找五哥，哥就是你的大后方，你不要客气就是了。”小妹走了，我和媳妇、女儿共同送她上了车，她在车窗前挥动着手，双眼含泪，我突然觉得她有点可怜，但愿小妹变得更坚强啊！

她到家里，这时大哥给她找人安排到县医药公司当会计。当初小妹一位要好的男同学工作了，而且说如果跟她结婚，他能够安排小妹工作，当时小妹正在失恋中，那份疼让她心里排斥任何男性，她一口回绝了人家，等到她心里平息再打听这位同学时，人家已经结婚生子，她成了同辈中被落下女孩。母亲和大哥让她到医药公司上班时，小妹也想试试看，就去上班了。可是上班后，看到那里明显落后的机制和几个自以为是、不把别人放在眼里的长者，想起了牧场，在那里大家之间没有任何芥蒂，都能够处得很好，她不喜欢这里。一天要到下班时间，她接到一个电话，是中学的一个同学叫几个朋友吃饭，小妹心情正是不畅快，想想同学吃个饭也好。在饭局上，她的一同学领一个比她们小的女孩子，大家都不熟悉，同学将她介绍给大家说："这是我新的女朋友，叫王小华。"

那个王小华走过来跟妹妹说："顾姐，我听我妈妈常说起你父母亲，我妈叫鞠海燕，他们过去挺熟！"

小妹就问了问她妈妈的情况。原来她是王岳坤和那个女大学生鞠海燕的私生女，那个女大学生当年在宁南公社工作，那个时候父亲在那里当书记。她们没说几句话，小妹忙着和同学交流很晚回家。第二天早晨小妹起床后就把这个事讲给父母亲。

父亲想起来这事了，母亲说："那个女大学生鞠海燕不是做手术了吗？"

父亲说："当时是那样，做完手术，她还给我打了电话，说一切顺利。可是后来我们到宁南公社出差，那机械修配厂厂长杨平告诉我，这个孩子生下来了。现在看是这样啊，现在王岳坤也该退休了，一切事都过去了。想不到，这两人还真走到了一起！"

晚上，大哥到父母亲那里看看小妹工作的事情。小妹妹将自己的感受跟大哥说了说，反正就是不想干了。大哥劝她怎么也要干两个月。她答应了。

然后，父亲问王岳坤的事，大哥说："他退休了。好多年前听说他原来的老伴得了抑郁症，突然死了。公安局定性为自杀。现在和一个叫鞠海燕的女人一起生活。"

父亲说："这真让人想不到啊！"

小妹在这个单位硬着头皮干了一个月。父母亲和大哥苦苦相劝，她都不改变自己，父亲说：“孩子长大了，翅膀长硬了，不听父母话了，走就走吧。”大哥辛辛苦苦给找的工作也不要了。女子善怀，亦各有行。小妹毕业的几年中，连续辞掉两份工作，和自己曾经深爱的人分手，都有其深入的思考。她终于去北京了，去成就她的新梦想，这种毅然决然的态度让人佩服。

小妹去了北京。小妹和同学一起租房子，交了半年的租金，又找了一份工作，每月收入两千多元，这比我的工资高好几倍。她将自己剩下的六万元买了几支股票。到二〇一六年，她的股票赚了三倍多，她又将二十多万买了北辰实业和招商轮船两支股票。这些事我们当时都不知道。父母的心病，随着她到北京也延续着，特别是父亲过去是愁工作，现在他们愁的是对象，小妹人都三十岁了，房无一间，地无一垅，生活没有得到安置，父母亲怎么不着急呢？两位七十多岁的老人心不静啊。父亲打电话，小妹不让他说，父亲打电话让我劝她。一次回家，父亲和我说小妹对象的事。我说：“爸，你宽点心吧，这个事不是劝的事，要靠缘分，北京虽然人多，但缘分不好碰，老爸你就放心吧，小妹不会剩下。”但是我是着急的，每次相见每次通话都少不了这个话题。人们对待事情，永远是这样，当你觉得无论怎样的努力都没有办法取得成果时，你就麻木了，当我们大家都麻木时，这个事却有了转机。小妹找到了妹夫，妹夫给予她婚姻，虽然仍是房无一间地无一垄，但他们相爱，这就够了。他们的新生活就这样开始。父母亲的心终于安静、安宁些了。

但是，小妹有事的时候，父亲一定要犯病的，这是一个亲人之间的感应电流吗？小妹出一点问题，都会刺痛父母亲的心，过去有多少次，我们不是很清楚，最近几年中好像都是这样。二〇〇七年小妹结婚，就在进行婚礼那天，父亲住了院，我们中午参加完婚礼，下午就往家跑，父亲早不病晚不病，一定要等这个时候病，是因为多年心病消除得放松了，身体有的器官罢工。还是对自己女儿不放心，而思虑加重呢？谁也不知道，当时我认为小妹结婚和父亲住院这两件事偶然赶到一起，没有深想，也没有跟父亲求证。

二〇〇八年春节，小妹和妹夫回妹夫家过年，父亲又病重，这次他借了小妹夫的光，小妹夫托他大学同学帮忙让父亲到京当天就住进医院，这次父亲的依仗是治疗及时，不然有生命危险。那一年南方下好大的雪。还有一次小妹与妹夫之间产生了矛盾，两人搞僵了，妹妹给我打电话，我劝了半天，我刚刚放下小妹的电话，家里来了电话，说父亲住院了。这次我想天下哪里有这样的巧合，明明是他们父女心有灵犀的感应嘛！是小妹因父亲身体难受，而心里难受脾气焦躁，还是因为小妹心里难受引发父亲更难受而引起病重，这真是让人搞不懂。更让人不解的是，父亲这次犯病的那天，小妹与小妹夫起纷争，父亲半夜难受时，是小妹她们吵得最凶的时候。老爸啊，你太爱你的小女儿了吧，她一有点风吹草动，你心里就受不了，你真是不用这样，她们都长大成人，自己的事自己能够处理了。实际到了后几年，也就是二〇〇〇年后，小妹打了个彻底翻身仗，成为当时顾家家族最富有的人。在前几年买北辰实业和招商轮船股票，到二〇〇一年翻了一百二十倍，他们家一下子成为几千万的富裕家庭，在北京买了房子，另外用四百万买了一个做办公用品的股份进入这家企业做总会计师。到二〇一六年，这个企业以二点六亿成功转让，小妹妹因此分得现金八千万。这时，他们家成为名副其实的亿万家产的家庭，这也是父亲及整个顾家所有人都不曾想到的。父亲做事的胆识在小妹这里体现的最突出，她得到了真传。

父亲八十一岁了，这一年他的行为反常，我们都感到父亲的行为有些反常。但是我没觉得父亲的生命脆弱，我反而认为父亲比以前更好了。可是小妹她感到了，她反复这么说，令我也有些警觉，但又被父亲那健康快乐的外表所迷惑，所以时而担心，时而不担心。而妹妹的担心是正确的，这也说明父亲和她都是比较敏感的人。

第十四章
心　念

灵相撞

父亲住院的时候，韩平书记也在住院。他在赤峰人大副主任职位上离休，但是他觉得在宁山县更舒服，所以早就回家乡养老了。这时他因病也住进了医院。父亲去世的前一天睡了一会儿，却做了梦。正巧住院的韩平也在做梦。结果他们的梦就搅到一起了。

“顾廉，你怎么在这里，前几天不是出院了吗？”韩平问。

父亲说：“韩书记怎么遇到你，尽管多年不见，我也不想遇到你。”

韩平说：“顾廉，你的脾气也挺倔强，都快要转世的人了，怎么不改一改？”

父亲说：“你也和我一样，直接说就是快死的人了，还记着教训人，我现在不归你管，你快离开我。”说着父亲似乎要醒过来。

韩平说：“顾廉，你忙着走干什么？”

他似乎回忆起来什么，接着说：“当年我不想让你去党校当教员，也是为了让你在教育界好好地发挥作用。当时你在的甸子学校开始就几间土房，没设几个教学班，你从到那里就跟当时的校长抓学校建设，而且担任很多教学任务，干得样样都不差。”

在韩平说这些话的时候，父亲回忆到了甸子学校。学校原来的景象都不见了。过了四十多年，社会发生了翻天覆地的变化。他心里有些茫然，但是遇到一个他教过的学生，他还似乎认识父亲，他们说了两句话，父亲就走了。

韩平接着说：“学校在你的努力下，增加校舍，扩招学生，给当地群众办识字班。整个甸子的教育工作走在了全县的前列。”

父亲说：“韩大人，还知道我工作啊，那你也没提拔我啊。”

韩平说，“当时想提拔你，可你要跳槽，这是对教育工作的背叛，我凭什么提拔你？”

父亲说：“哪儿都是革命工作，是革命的事业，你这样想，就是境界不高。”

韩平说：“顾廉，还轮到你给我上课啊，我就想挡下你，不让你离开教育界。”

父亲说：“你倒是挺爱才啊，那你后来也没重用我，还给降级了。”

韩平说：“后来你不是成了红人了吗，从一个科员直接当了宁南的书记，将那个穷山恶水的地方，彻底改变了面貌，整个辽宁省的山区发展工作现场会，都在你们那里开。当时我如果不推荐你顾廉的宁南公社，现场会能上你那里开吗？”

父亲说：“不错，现场会是在宁南开的，但是也是我做出了样子。我努力工作，是为了让宁南几万乡亲都过上好日子，不缺衣少食，有房住，有书读，不受洪水和旱灾的打击，我也没指着因此而出名。你拿我当典型，也是往自己脸上贴金，不是吗？开完现场会后，你不是就从副书记升为正书记了吗？”

韩平在听父亲说话时想：这个顾廉都八十多岁了，还这么能讲，逻辑严密，用词得当，说出了道理，心里有点服气。他叹气说：“都过去啦。顾廉你说得也有几分道理，谁不为自己的进步考虑，我也要进步，多为群众办事。”

父亲说：“这话不错，你当书记的那几年办了一些大事，这我们都知道。我见你还真想起一件事来，想当年，我只在县委三干会上，给县委提了几条建议，也是为农村的建设进步，你为什么对我的档案做手脚？”

韩平说："都是过去的事了，这么认真干啥？当时还不是都为了革命工作，当然也要替自己考虑，你提的问题，如果有人落实这事，县委和我就有危机。不把你这个刺儿头摁住。还让你兴风作浪。"

父亲说："你是以小人之心度君子之腹，我怎么成刺儿头了，你就那么心虚，那么虚伪吗？"父亲好像有点不依不饶。

这时韩平说："我们都要不久于人世了，别在这里打嘴仗了。我后来还是挺羡慕你的，你儿孙满堂，几个孩子都有工作了，他们的孩子大多数都上了大学，有很好的前程。你老伴一直伴着你，你久病这么多年，老伴不离不弃，心甘情愿地照顾你，这不是你做好事修来的福吗？看看我就不一样了，尽管在县里当书记，后来又提拔到盟当了厅级干部，离休待遇还挺高。但是这个福都让我自己享了，老伴七十岁得脑溢血去世了，这二十年我有多孤独，你知道吗？现在好了，我要解脱了，我的一双儿女本来给他们都安排好了。儿子在邻县当副县长，工作也不错，我以为他能接我的班。但是他喝多了酒开车，出车祸死了。儿媳妇一着急疯了，我孙子也不学好，最后连大学都没考上，只能打工。一个月挣得没有他花得多，好赖才说上媳妇，他们俩还天天吵架。看你的儿孙过得多好。唉，这都是命啊！"

父亲对他生出了恻隐之心，说："韩书记，不要伤心啦，儿孙自有儿孙福，你都九十多岁啦。还管那些事干什么？要说起来，你如果不整我，我可能还不会久病，我家里的孩子们可能要比现在好。"

韩平说："天灾病业，这你不应怪我，你如果不久病，命运一定要好些。我到了盟里后，还向盟委组织部部长推荐过你，他们还专门到你家做了家访，这个事，你不记得啦？如果你能工作，就得到提拔了，但是你已经工作不了了。"

父亲说："不错的。盟委组织部部长是到家找我谈过话，我真干不了工作，咱不能欺骗组织，这也是天命吧，我谢谢你。"

这样的灵魂交流真是不错，如果将时间退回三十年，父亲和韩平书记也能这样坦诚相待该多好！可是那时的韩平高高在上不可一世，那时的父亲像山一样挺立，不会像树一样在风中摇摆，更不会像墙头的草随风倒。

这时，两个老人老泪纵横。一个九十岁出头，一个八十多岁。唉，他们对过往的岁月都要告别了。父亲突然睡醒了，他为自己的梦感慨万分，但是因为不能说话，也就自己半睡状待着。我后来听说韩平先父亲一步走了。这个在工作生涯专与人斗的人，没想到他最后想见的人竟是父亲。这位对他来说一生既怕又爱的人，他对父亲怕的时候多，爱的时候少，后来父亲得病了，他的爱才稍多些。

一会儿，父亲又睡了过去，又开始做梦，梦中那闪着亮光的记忆又被激活。他回到了甸子生活时期。甸子是北大山一块不小的平原地区，那里设两个乡，七八个大队，数甸子土地肥沃。在学校前不远处有一片很大的树林。父亲他们放学后，有时候就到树林里散步。那里绿树成荫，草花发出阵阵的香气。下有蝴蝶和蜜蜂乱飞，上有鸟儿唱歌。结婚之后，有时父母两人也到小树林来坐一会儿，他们一心扑在事业上，享受生活的时候不多人。父亲还回忆起来他们租住的小屋，屋里啥也没有，就一铺炕放着两套行李，有一个炕桌。晚上，他们两人就在炕桌上批改学生的作业。点的煤油灯像黄豆粒大的火苗，就灯苗那点亮度，他们也觉得不错。二哥就是在这里出生的。想起二哥，父亲心中一动，所有记忆轰然失去。父亲进入了半昏迷状态。

想见之人

父亲到了最后时刻，全身所有的能量都要消耗殆尽，还有一丝的热量，只能支持他的灵魂做最后的告别。他给母亲托梦，我睡在母亲身边，母亲像是在梦中挣扎着，我动了动她，母亲醒了。

我说：“妈，你做梦了吧？”

她说：“嗯，刚才梦见你爸要拉我去见送人的儿子，我不去。”

我说：“送给人家就送给人家，我们不能去打扰人家。”

母亲回答说：“你父亲说，我就是要去看看他嘛！”

母亲说：“你要看，让他来看我们。”你父亲不满地走了。这时父亲梦见了一个不熟悉的地方，是个工作场地，父亲梦中，终于找到了他的送了人的最小的儿子。落在他跟前，用手摸了摸他的头说："儿啊，爸对不起你，爸走了。"说着老泪横流。

朝阳第一水暖公司设计院的审图室内，七八名工程师一起正在审查新建朝阳文化馆的设计图纸，站在中间位置的是公司负责技术的副经理兼总工程师顾标。他正领着大家工作，突然他的头疼痛难忍，他一边敲着头，一边说着事，总觉得有一个老者站在图纸上，他上去触摸时，就没有了。他说："好，今天就先到这儿，大家就提出的问题回去仔细研究一下。"他刚刚站起来。就晕倒了。在他晕倒的一刹那时他见到了那个白头发老人，老人说："儿啊！爸对不起，爸走了。"一个白发苍苍的老人站在他的面前，他觉得亲切，他双眼看着他，心里特别的难受。刚想伸手向前去握老人的手，老人却不见了。他茫然中要醒来，睁一下眼又晕了过去。同事将他送到了医院后，医生对他进行了抢救。他恢复了知觉。

医生说："他没有什么实质的病变，可能是他最近休息不好，太过劳累造成的。给他输些营养液，他就可以恢复。"

这时，他的妻子得到消息赶来，见到丈夫就握住他的手说："你这是怎么啦，不是好好的吗？"

他说："没事，医生说没事了，我怎么会有事呢？"

妻子坐在身旁，他告诉她说："我今天真是奇怪，正在和大家讨论图纸，突然头开始疼，我以为像每次头痛一样，忍一忍就过去了，可是这次不但疼，而且总是看见前面有人影似的。我伸手想把他抓到，但什么都没有，我以为可能是出现幻觉了，干脆把大家解散了，反正也干好几天了。刚把大家解散了，我就晕过去了。"

妻子说："可能真像医生说得，你这些天太累了。"

他说："我近十年来没怎么休息好，倒是真的。但也不至于晕倒啊，而且更为奇怪的是，我晕倒期间好像还醒了一下，看见一个白头发的长者站在我的面前，好像还说什么。只是他说的话我不明白，他还哭了。我伸手要抓他时，他立刻就不见了，我又晕过去了。不知道什么时候到的医院，不知谁送我到的医院，这可真是的。”

妻子说：“那也许是真的出现幻觉了，人的暂时幻觉和梦等表现本来就是无法解释的。”

说到这里，她才想起应该对送顾标来医院的同事致谢，她站起对两个陪床的同事说：“谢谢你们及时把顾标送到医院，平时你们都很支持他的工作。他到家常常提起你们，我作为你们的嫂子，感谢你们啦！”说着跟这二位同事握了握手。接着说：“要不你们回去吧，留我在这里就行。”

顾标的一个同事说：“嫂子不用你谢，这是我们应该做的，他是我们的头儿，我们应该帮助和支持他。嫂子要不这样，你先去吃饭然后给我们头儿弄点儿饭来。我们先陪他坐一会儿，等你回来，我们再去吃饭好吗？”

另一个同事说：“我看应该给我们头儿弄点儿酒，最近他太累了，喝点酒，好让他放松放松。”

顾标妻子说：“喝什么酒，人都在病中要戒酒，好，那我去给他弄点儿吃的。”

她走出病房，那个说让弄酒的同事说：“头儿，你刚才说的我都听到了，我觉得那不是幻觉，我姥姥去世时我才十五岁，正在中学读书，突然就发生了你说的情景。不过，我没有晕过去，我是在书桌上睡了一觉也就十分钟，我看见我姥姥来了，她说她要走了，来看看我。我当时不明白，姥姥好好的，怎么要走了，结果晚上我爸来电话让我回去，说我姥姥去世了。我姥姥最疼我，现在她去世都十几年了。”

顾标说：“你说的情景真与我遇到的情景差不多，但我想不起我身边有谁是这样，他谁也不像。”

这时妻子回来了，给他端来两个菜，一盆饭，还拎了一桶鸡汤。他说：“你们嫂子还真够快的。”

妻子说：“我到高级餐厅，那里都是给大官和大款消费的地方。还别说，饭菜质量还可以，你趁热吃吧。”

她看着那两位同事说："你们快去吃饭，现在还有饭呢，一会儿怕没了，你们吃过饭就回去吧。我在这儿就行。"

那两位齐声说："你在这儿不行，我们在这儿才行。"

她说："你们先去吃饭，吃过饭我们再争怎么样？"他们俩说着笑着去吃饭了。顾标和他妻子一起吃饭，没再说他晕倒的事。

顾标的同事和他的妻子都吃完饭后，他们争论来争论去，谁都不想走。后来顾标说："老婆，你看我不是好好的吗？你就回去吧，他们年轻人留下来一个就行。"

拽着一个年轻的说："你也回去，你媳妇不在家，回去管孩子。"

那同志说："我儿子有人管，他大姨在我家。"

顾标说："自己的孩子自己带好，你回去吧。"

他妻子说："那我就回去了，你也没什么大病，有事给我打电话。"

他俩走后，顾标与留下来的同事就单位的一些事唠了一会儿。

同事说："头儿，你太累了，休息一下吧。"他给顾标放好枕头。

这时护士来把输液管拔了下来，说："晚上有事叫我，你可以休息了。"时间到了晚上十点多。顾标躺下，那位同事也在旁边的空床上躺下，很快就睡着了。

顾标睡了一会儿又醒了，他对自己晕倒后的经历百思不解，他怎么会对那个白发老人感到亲切呢？那老人怎么会哭呢？他和我说的是什么？同事讲的他自己亲身经历的事，是很令人不解的。现在科学解释不了的现象太多了，可自己经历算哪档子事呢？想了一会儿这事后，又想起工作来，很多事浮向脑海。他理理思维又想几个问题，强迫自己再睡一会儿。过一会儿，他睡着，这一觉睡得很死，转眼到凌晨五点。他突然做梦了，梦见自己很小的时候，好像上小学二年级，在放学回家的路上，一个同班的胖男孩跑过来说："顾标别以为你学习好一点，你就觉得了不起，你是野孩子，你不是你爸妈生的，你是从别人家抢来的。"

别的孩子也跟着起哄："你是抱来的，你是抱来的。"

他哭着回了家，母亲正在做饭，看他哭着回来就说："妈的好儿子，你怎么哭了？快告诉妈妈。”

他哭着说：“妈是怎么回事呀？大胖说我不是妈生的，我是被抢来的，妈，你说啊？”

他妈妈说：“好儿子，别听他们乱说，妈是你亲妈，他们是嫉妒你学习成绩好才这样气你的。好啦，别哭了，你看今天妈给你做什么好吃的啦。”

可是，正说话的女子突然没了，又换上了这个老爷子说：“你是我的儿子，你是我的儿子！”他这时惊醒了。这个梦提醒了他，他想起来了。自己的亲爸应该八十多岁了，是不是他来跟自己告别来了。

早上七点，他起来洗漱。回来后，同事也睡醒了，他一骨碌爬起来说：“头好些了吗？”

他说：“我本来就没有啥病，早好了。你去看看，今天能不能出院？”

那同事喊：“好了。”就出门跑了。

顾标想，“这小子就是有一股雷厉风行的精神，他打心眼儿里喜欢他。”

这时，主治医生走过来说：“顾标今天上午再给你把主要指标查一查，我从电子档案查看你已经半年多没做体检了。平时你又没空，这样用这个机会查一查。昨天查过的不查，没查的再补几项。”

顾标说：“大夫，我真是很忙，要不我再找个机会。”

大夫说：“你怎么就那么忙，你要是不忙透支了，你能晕倒吗？晕倒一次对身体伤害很大，包括对脑细胞的损伤，你必须在家休息三天才能够上班。”

顾标说：“那好，我就再拿出半天检查带休息，下午再去上班，这样总可以吧。”

大夫说：“这样才算勉强。”顾标在同事的陪伴下进行检查，九点多做的心脏检查，刚刚做完CT没有发现什么。刚从检查床上下来，他觉得心脏疼痛难忍。他说：“大夫，我好像心绞痛似的。”

大夫说：“你再躺下，我再给你看看。”他忍着疼接受检查，这时他好像又看到那个老爷子，他喊到：“你，你，到底是谁呀？”

医生说：“你在喊谁？不要说话。”他出了一身的汗，这时心脏好像平息了。心里生出无限的悲哀，眼泪不自觉地涌出。

医生检查完了，说："你刚才的心里反应异常，是心绞痛带来的这个异常，现在心脏恢复正常了。你有心脏病的家族史吗？"

他说："不知道。"

大夫说："你的父母、兄弟姐妹有没有得心脏病的？"

他说："没有。"

可是，他停顿一下说："我家没有得心脏病的人，父亲肝癌去世，母亲肾病去世。"

大夫又说："你得过心脏病吗？"

他说："原来感冒引起过心肌炎，可是这是二十几年前的事了。"

大夫说："你刚才的现象看来是由于激动、伤心引起的心脏紧缩现象。紧缩过程中就会发生心绞痛，严格说这不是心脏病，但是这种现象如果频繁发生，引发心脏病的机率非常高，建议你今后无论遇到什么事，都要控制好自己的情绪，不可以太激动。"

这时，顾标已经下地穿好鞋。他说："谢谢大夫，我会按照你的嘱咐办的，谢谢您。"

大夫说："不用客气，下一个。"他走出检查室，下一个患者进去了。

顾标做完检查回了家，没有把上午心绞痛的事告诉妻子，下午上班后他第一件事就给家乡的二姐打了一个电话询问父亲的事，说自己产生的幻觉等等。他姐说现在还没有听说，让他等一下，有消息后给他打电话。顾标有些心神不宁，他没有工作，在办公室内坐卧不安。中间有几个电话是联络工作的，他都两句话把人家打发了，生怕耽误了他姐的来电。

电话又响了，这是他二姐打来的电话，他二姐说："顾标，你稳住点情绪，我打听到了，老爷子上午九点四十多在市医院去世，享年八十一岁，他们三天后出殡，你回来吗？"

顾标叹了一口气说："活着的时候都没能见上一面，去世了还见什么，都怨你们非挡着我不许我去见老爷子，这回你们安心了吧？"说着把电话"叭"一声撂下。他哭了，无声的哭了，多年来对亲生父亲的惦记都涌上心头，他后悔啊！

中午回家，他吃饭的时候喝了半斤酒，妻子劝他少喝酒时，他急眼说：“你少管我。”他妻子也急眼了，说：“你这是说什么话。”他也不理，吃完饭他睡觉去了。下午四点多顾标起来走出家门，没告诉任何人。自己打车到了一个小饭馆点了二两酒，两个小菜，慢慢地喝着，手机也关掉了。天黑之后，他到卖纸钱的地方买了一包的纸钱，找到一个比较僻静的路口，点着火给父亲烧纸，他一边哭一边烧……

寻　子

四十几年前小弟顾标被武装部工作的一个姓顾的人家收养，当时这顾家男主人叫顾胜莱，是武装部的一个科长，有三个女儿了。父亲在党校工作时他们就认识，后来父亲到县委当秘书时，一次武装部开展军事活动，父亲陪书记参加了，顾胜莱请父亲去练习射击。他们一起吃了饭，吃饭时互相聊天，原来顾胜莱想要一个男孩就是生不出来，听说父亲有五个儿子时跟父亲抱怨说：“我媳妇不知怎么搞的，就是生不出儿子来，生一个是姑娘，再生一个还是姑娘，都三个姑娘了，我就是盼着她生儿子，现在不敢再要了，怕是又生个姑娘。”

我父亲半开玩笑地说：“生儿子不是件容易的事，我家现在五个儿子，我媳妇如果再怀孕生了儿子送你一个。”

这个顾同志说：“此话当真？如果生儿子我可真要了！”父亲还未答他的话，就有人喊他，这事也就过去了。

等到后来母亲又怀孕想做人流没有做成，就将这个小弟弟生下来，刚过满月父亲找到那位顾胜莱说了这个情况，他马上说：“你说话可要算数，这个儿子必须给我。”当时母亲身体不太好，父亲回家同商量母亲说：“要不就把儿子送给他吧，他们家家庭条件好，还没有儿子，咱儿子到他家享福，你也歇一歇。”

母亲不愿意，父亲又反复跟母亲商量，母亲最后也同意了，他们就到我家将我们的小弟弟接走了。顾标到了新的顾家，是全家宠爱的宝贝，确实很享福。可是好景没有几年，顾家生出一个男孩，顾标多少受到一些冷落，好在他的养母非常疼他，他的姐姐们特别是大姐也疼他，这孩子仁义，学习好，又勤快，这个家与他还是非常相融的，所以他也没有受委屈。等顾标上学的时候，父亲还能偶然看到他。顾标也多少听到些闲言碎语，在养母和大姐姐的疼爱下，他慢慢地放下这个事。后来在他三年级时，养父调回老家朝阳工作，举家迁走，父亲再也没有见过他。

这十几年中没怎么提到他，等到父亲老年时，特别是过了七十多岁后，对这个小儿子的思念与日俱增。他设法打听顾标的情况，终于搞到顾标的地址。老父亲举笔写了一封长信，信中描述了这件事的经过及他和母亲对他的思念之情和家人目前的情况。父亲自从写了这封信后日夜盼着收到回信，掐指头数邮路所需要的时间。大概过了一个月吧，这封信被退了回来，上面印着“查无此人”。

父亲拿着这封被退回来的信，信被磨得边缘开胶，在开胶处可以将信拿出来再放回去。他打开自己写的信，感觉这信被人读过，而且读信的人在读的时候哭过，因为在信的边缘处有明显的泪痕。他说：“只要顾标读到了这封信他就满意了。”因为他听说当年顾标的养父母为了稳住顾标编了一个故事，说父亲母亲把顾标生下来之后扔到了野外，是他从山上捡回来的，养父母对他有再生之恩，而且这个家都统一口径，对顾标都这么说。这次顾标读到信知道这情况他就安心了。实际上父亲的心不安了，他想见这个儿子。他跟大哥大嫂说了这件事，他们答应了。

父亲有个侄子，是我大爷家的二儿子。这位二哥有一个女儿，到朝阳念职业大专，学习物流专业，她上学前来看二爷爷。这位二哥到家乡是投奔父亲的，他与父亲走动得比较近，每年过节都来看望父亲。他有一帮女儿，这个女儿是最小的，叫顾红雁。红雁喜欢父亲，每次上学前都到家看看父亲和母亲，母亲见她来就给孩子买水果点心等。父亲喜欢这个孙女，认为她有闯劲，人长得也机灵。他把自己的心事告诉了红雁，小红雁不负重托，在上学期间四处打听，最后通过关系把顾标那个县区所有叫这个名字的人都找了一遍，最后终于找到顾标。顾标请侄女红雁吃饭，对红雁这种锲而不舍的精神非常感动。

小红雁说：“叔叔，我找你找的好苦，你知道我这些年走了多少路吗？我把朝阳这个区都找遍了。”

顾标说：“你这个小姑娘真是挺闯荡，将来一定会有个好前景。”

小红雁说：“叔叔你不去看看我二爷爷吗？我二爷爷和二奶奶现在过得可好了，他们住的楼房八十多平米，他们身体看上去还不错，他们非常想念你。”

顾标说：“红雁，这件事过去这么多年了，重新提起还不是时机，我现在工作非常忙，等我闲下来再看怎么办，我想过去的事最好就让它过去吧，你二爷爷和二奶奶他们生活幸福，身体健康就好。”

小红雁把叔叔的工作单位、通讯地址、电话号码要到手，就与叔叔再见，回到自己的学校去了，到学校后她把自己找到叔叔的情况写信一五一十地告诉了父亲。等我们回家过节时父亲把这令人激动的事告诉了大家，大家都表示祝贺。

我是最先与顾标弟联系上的，那一年我们市有同事到朝阳办事，我把顾标的通信地址告诉了一个朋友小郭，请他到当地与顾标联系，把我的电话给顾标。他找到顾标后不久，顾标给我打通了电话。这时他喝了太多酒，说不了什么，后来我们开始通话。到二〇〇四年，我回家过节事先告诉了他，他说可能回家看他大姐，如果回去他跟我联系。春节后大概初四时，他给我发信息说要见我，我把家的住址给他，并把消息告诉了父母。父亲看上去有点激动，一时没说什么，过了一会儿跟母亲说：“老太婆收拾收拾，顾标要来了，小儿子要来了。”我也是坐卧不安，在客厅里来回走动，这时他又发信息说他只想见一见大哥和兄弟姐妹。我又告诉父亲说他临时有事不来了，父亲真是好一阵失望，自己找了一根烟吸了起来。我们知道父亲戒烟了！我跑到外面找到大哥说明情况，大哥和我又通知五个兄弟。

这一天，让大侄子和大侄女领着家里的七个孩子在父亲家吃饭，陪着他们的爷爷奶奶玩，我们几个都到大哥家，顾标拎了两瓶酒到大哥家，我们兄弟姐妹见面了。他个子不高，像大哥一样戴着眼镜，头有些秃顶，我们的感觉还是有点生，交流不多。他参观了大哥家的住房说：“这样设计有它的合理处，如果再改善一下，把门厅和客厅结合一下，客厅和门厅都显得宽敞些。”

大哥买了点鱿鱼，我们平时不吃这些，他不会做，问：“你们谁会做？”

顾标说：“我会。”他下厨亲自炒了鱿鱼。气氛稍微融洽些。

大家一起吃饭，大哥敬酒说：“今天顾标小弟来到大哥家和我们兄弟姐妹相见，我们十分激动，非常欢迎，小弟弟从小被父亲送到他养父母家，得到养父母的关怀、爱护，抚养长大。我当大哥的，向顾标的养父母表示感谢，今天我们相见真是个值得庆祝的日子，我们共同喝一杯酒，欢迎顾标回家。”

这一杯酒刚一落杯，三哥顾荣升就端起酒杯说：“顾标，我是你的三哥，你是我弟弟，我们是亲生兄弟，来，我们俩干一杯。”

顾标说：“我喝不了一杯。”

三哥说：“你连一杯酒都喝不了，还是我亲生兄弟吗？你必须把这杯酒喝了。”顾标听他这么一说激动了，说喝就喝了，他们把一大杯酒喝掉，我看顾标趴在桌子上，他不胜酒力。再看看三哥不是十分高兴，而且是不屑一顾的样子。

二哥这时没喝多少，说：“那我也得敬杯酒，顾标这次来与我们哥哥、小妹相认，这事是值得庆贺的。父母对你没有养育之恩，但是你的生命是他们给的，所以生身父母不能忘记。”

我说：“二哥，我们先不说这些。”

二哥说：“不说这些，这样我们兄弟姐妹共同喝杯酒吧，我把这杯全干了，顾标少喝些，大家随意吧。”

我说：“顾标，我是你五哥，今天你来和我们大家相见真是件不容易的事，我祝大家在新的一年里事业发达、幸福美满、万事如意，大家都少喝点多吃菜，我们多说说话。”我的建议得到兄弟和嫂子的拥护。

可是这时顾标已经不能说话了，最后我们也草草结束，把顾标送到他的大姐家。他大姐出楼问：“怎么让顾标喝这么多酒，他不能喝这么多酒。”我们相互打一下招呼，各自回家了。

我们当年谁也没有把这件事告诉父母，父母对我们没有任何怀疑。我又想起那天的事，总是感觉当时三哥、二哥对顾标没有多少亲情。他们有点排斥，这是什么原因，顾标不会回到这个家的，对三哥在父母心中的地位没有冲击，对二哥更是没有什么关系。但是几个嫂子和小妹都很在意顾标，这个家除父亲外，对顾标小弟是女人比男人热心。第二年我们参加小妹的婚礼，因父亲入院而提前返回，在路上我提出了这个问题："大哥，我觉得父亲现在年事已高，应该告诉顾标，想办法让他回家看望一下父母。"

大哥说："我不那么认为，顾标又不是不知道父亲这样，他如果想来还用我们说。"

大嫂说："他去年春节亲自见了我们，我们不是该去他家看看吗？"

大哥说："他见咱们兄弟姐妹又没有看父亲母亲，我们倒是也应该看看他，看看他的养父母，但我觉得这些事现在都不能安排。"

我说："那有什么不能安排？"

大哥说："你去看人家，人家欢迎吗？人家会怎么想我们。"

我说："欢不欢迎都不是事，我们又不是把顾标夺回来，就是让父亲见一面。"

大哥有些生气地说："反正我认为现在不是去看他们的时候。"他这样说之后我也不能说啥。毕竟他是长兄，要尊敬他。

二〇〇八年，我到沈阳出差，路过朝阳。一天，我私下抽空找到顾标，他说："哥，你怎么来了？"

我说："我要看看你，我想到你家看看。"他带我到他家见到他的女儿，屋里收拾得非常干净，家具比较高档，这说明他们的生活水准很高，在客厅的地下铺上床垫，床垫上有被子没有叠。我跟顾标说："这是你的地方吧？看来你家的日子主要是你的媳妇过呢。"

他对我不知怎么安排，我说："这样吧，我晚上还要回去，我们出去一起坐一坐吧，你把你媳妇喊来。我请你们吃一顿饭。"

顾标不回家看父母主要的问题是他妻子。他妻子说："你就不应该来，我们跟你没有什么关系。"

我说："提前没有跟你打招呼就登门拜访的确有些不礼貌，我们不能说没有关系，我和顾标是兄弟，我们是同一个娘肚子里爬出来。”

二〇〇九年，父亲跟我说，让我设法找到顾标，他想见一面，我答应了父亲。可是这一年的三四月，顾标的二姐打我的手机说：“请我们不要再打扰顾标的生活。他们也不容易，顾标身体不好，一着急他就犯病。”我也答应她了。我曾经在心中策划多种让顾标与父亲母亲见面的场景，但是没有行动。

二〇一二年春节，说起顾标的事，我和大哥把我们这些年与顾标交流沟通的事都讲了。

父亲听了之后说：“你们还瞒着我这么多事？”

母亲说：“他认你们兄弟姐妹，不认爹妈，没有爹妈生养他，哪里有你们？”

父亲说：“人家不认咱们就不认吧，这么说他不想认，可我也没有一定要他认啊。”这时我有意把话题转移。

到了这样的年龄，父亲这座山被岁月、风霜侵蚀得差不多了，当年从这山中移走的山石怎么会滚上这座山。山和山石距离不远，但中间有云雾遮挡，相互都看不见。

不能割舍的人

爷爷奶奶生的三姑就是父亲在世时的债，我们家的所有孩子都这样认为，实质上是父亲对这个残疾妹子的深爱。

三姑家的大表哥是三姑夫第一个媳妇的儿子，三姑夫能够找三姑这样的残疾人当媳妇，主要的原因就是他自己死了一个老婆欠了一屁股债，怀里又抱着吃奶的孩子。大表哥在二十来岁来到我家，父亲给他找些零活做，他把钱都寄给了三姑三姑夫，很孝顺，在家里也帮助母亲做一些家务，我们小时候很相融，他在工作中患上甲型肝炎，在公社医院住院治疗。住院四十天不见好转，父亲打听一下，原来大表哥就没好好治病，他治病期间谈恋爱，和在公路道班的一个女工认识了，这个女工给他父亲陪床。人家知道父亲这个人，一听说大表哥是父亲的外甥，人又长得帅气就主动和他交往，一来二去两个人好上了。这女工还把大表哥带到他父亲那里，他父亲也非常满意，正准备找人给说媒提亲呢。

父亲听说之后，这个气啊，他见到大表哥就是一顿训，“你挺大的人怎么不想事呢，我们给你花着钱治着病，你不好好治病倒谈上恋爱，搞上对象了！你才多大啊，再过五年结婚都不晚，你忙什么？你忘了你家里那个残疾的妈了？还有你那几个未成年的弟妹，你怎么这样不懂事呢？把你拿这来就是想让你出息出息，将来管一管你们家，你搞对象这么早就想自己小家的事了？”父亲越说越气。

大表哥说：“二舅，你别生气了，我知道我做得不对，我下一步要好好治病争取早点出院。二舅你说就我这条件我能找人家谁当媳妇，人家任姐还是有工作的，这不是我想找她，是她先找我的，人家说了不看我这条件，就奔着二舅你的为人，就定这个婚，二舅你说吧，就她那条件找啥样的都比我强啊。”

父亲说：“你啥意思，就想和她搞对象了，这个事我和你舅妈得商量商量，现在毕竟是你舅妈管着你呢，就这么说吧，你现在先把和那女工的交往停下来，抓紧治病，这样好不好。”

大表哥说：“行，二舅你放心吧，我一定按你说的办。”

父亲回到家和母亲讲这个事，母亲也为大表哥这样做不满意，但是母亲说：“他们可能断不了，你看看他怎么结婚的事，本指着他出息了管管他们家，看来指不上了，你要竹篮打水一场空喽。”

果然不出母亲所料，很快女方家找人来家提亲，母亲接待说：“外甥还小，不想让他这么早就安家。再说，他们家有五个孩子呢，那几个都小，母亲还是个残疾人，我们指着他多管一管他们家呢。”

那介绍人说：“嫂子，这都不是问题，结婚成家也一样能管家，那时候和媳妇一起挑起这个担子了力量更大，我给你外甥介绍这个姑娘又能干又勤快又孝顺。”

母亲说：“这事还得外甥的父母拿主意，我们怎么说也不是他的亲爹亲妈，要不你们再等等？”

介绍人说：“好吧，嫂子我可要听你的好消息啊！”父亲给三姑三姑夫写信说这事，信还没发出去，三姑三姑夫的信就来了，他们同意这门亲事，说这么多孩子出去一个是一个，只要女方不要房子不要地就行。父母白打了如意算盘，这个三姑从此躺在二哥二嫂怀中啊。

三姑家在老家过不下去了，在父亲的努力下三姑家迁来落户，离我家不远，大概十几公里。这可好，他们家事无巨细均成了我家的事了，这样一管就是四十多年啊！

这一天三姑夫把三姑用小推车推到我们家，三姑进屋在地上就是大哭起来：“哎呦我的二哥、二嫂啊，我可怎么过啊，我怎么这么没本事啊，生了一群畜生，老了也老了，没有房子住，我可怎么活啊，我的那个妈呀，你为什么不从小把我掐死啊，你看我现在受这个罪啊，还不如死了好啊，死了一死百了，我的妈呀，我的二哥、二嫂啊！”

这个哭声越来越大，把当街的邻居都引来了。母亲一直在旁边劝她，让她别哭了，她就是不听，母亲说：“三妹子你别哭了，你二哥他也是病人啊，你一直这么哭他就犯病了，好三妹子，你别哭了，别哭了。”

母亲对三姑父说：“快劝劝三妹，让她别哭了，邻居家的人都来看热闹了，好像我们家出了啥事似的。”

三姑还是哭：“我可怎么办啊，我不想活了，没法活了。”

这时父亲有些急眼，大声喊道：“你死去，你愿意死就死去，别在我这闹！”这时三姑才停下来。三姑夫和母亲把三姑抬到炕上，母亲给她拿了一块毛巾递给她擦脸。

父亲不管自己有病没病，不管自己身体好坏，他这座山都是三姑的靠山，三姑生来残疾很不幸，可是有父亲这个关心爱护、帮助他的二哥，她是万幸了。

三姑很会说话，她说：“二哥、二嫂真是不好意思了，我这满腔的委屈、满腔的气一到二哥这就收不住了，不哭出来就要被这口气给憋死了，这回我松快些了。”

父亲说："你就知道哭，你哭得我血压都上来了，心脏也跳得不行，你只顾自己痛快，你想过我吗？我这身体不是好身板啊，你想怎么作就怎么作，你还要不要你二哥好啊？"

母亲说："他爸，你也别叹气，做一做深呼吸，别着急，着急该犯病了，我们好不容易把你养到这种程度，你可得自己在意点。"

父亲说："我在意着呢，不然我就会被气得背过气去。三妹子你家里到底出什么事了？"

三姑说："老四他们把我们赶出来了，不让我们住了，他们说：'你给老二盖了房子、给老三盖了房子，住这个房子就是我的，你们愿意到哪里住就到哪里住。'"

父亲说："那你们俩有什么打算？"

三姑说："我们有什么打算，四个儿子谁家也不要我们，我们先到姑娘家住一宿，然后看看在县城能不能做点买卖。"

父亲说："你做买卖有底垫钱吗？"

三姑说："我还有点，不太足。"

父亲说："你们先到姑娘家自己想想办法，我再找找我儿子，看看怎么办吧。"

三姑说："只能先这样了。"这时母亲把饭做熟放桌上了，他们四人共同吃的饭，饭后三姑夫用车推着三姑走了，父亲拿起电话给大哥和二哥打了电话。

这个问题在大哥、二哥的努力下解决了，三姑在城边的公路旁搭个小棚子，一边住在里面，一边做着小买卖，父亲借她一些钱，她倒是讲信用，过了一年还给了父母。

父亲最后住院时，我三姑得了癌症也在住院，我父亲是知道的，因为听说后，父亲让母亲带他探视过三姑。不过现在也操不动这份心啊！他对他的这个不讲理且残疾的妹子不放心啊！三姑在父亲去逝的那天九点钟小睡一会儿，在梦里她见到了父亲，父亲笑着说："三妹子，我要走了，你好好照顾自己，你有空去看看我。"说着父亲哭了。

三姑在梦里说：“二哥啊，你要走，你去哪啊？你还回来吗？你怎么还哭了，二哥、二哥！”她喊着父亲，父亲不吱声。

“二哥、二哥”她把自己喊醒了，她跟后老伴说：“二哥八成要出事，我刚梦见他了。”

她往父亲家打电话，我接的，她说：“你爸呢？”

我说：“住院呢。”

她说：“你怎么在家？”

我说：“回来看我爸来了。”

她说：“那好了。”

这时父亲在弥留之际。三姑对父亲住院问题早就习惯了，她以为只要父亲住进医院就会治好病回家。她没有想到，这次父亲住院和以往不同啊。

父子朋友

父亲的记忆中，有一对父子朋友，让他不能忘怀，在生命的最后时期，他在梦里回忆起这一段难忘的岁月。父亲先认识的是肖爷爷，他坐在轮椅上，天天向外望，差不多每天下午四点多，有一个老爷子背着一捆柴火，从我家门口过去向东走过。父亲的好奇心特强，他怎么也想不出这个头发胡子全白的老爷子为什么天天去捡柴，他需要这些吗？他是谁家的？有一天，父亲让母亲在下午的这个时间把他推到大门口的附近，我母亲问他：“你到这来干啥，窗户下太阳最足，在那里晒太阳最暖和。”

父亲说：“我在这边看外面景色，也透透气，你看咱们家的房子在绿树的衬托下，还挺有历史感的。”

母亲说：“是呀，当初这院里一棵树也没有，现在这棵杏树也有七八年了。”他们就这样说着话，很快到了下午四点多，老远听到一个人稍重的、不紧不慢的脚步声，父亲又看见了天天捡柴的老爷子，他背着一捆柴火，慢慢悠悠从西向东走着。

父亲向他喊道："老大爷，到院里来坐一坐，歇一歇。"

那老爷子站在门口说："你在喊我？"

父亲说："是的，大爷，你每天在我们家门前过，这么辛苦，我就想认识认识你。"

老爷爷说："我不辛苦，习惯了。人老了，不中用了，不活动活动更走不动了。"

父亲说："我姓顾，大爷您贵姓？您今年多大年纪了？有七十多了吧？"

老爷爷走到父亲跟前，将背上的柴火卸下来，靠墙立到地面上。他扶着那捆柴火说："我知道你姓顾，这地方人都认得你。我姓肖，今年七十八。老伴早死了，是我二儿子养着我。二儿子是公社医院的大夫，他有两个孩子，都上大学了，我儿媳妇没有工作。你说我不动弹动弹就光让人养活着，怎么行啊？"

父亲说："大爷动弹动弹好啊！你看我得这病，哪都动不了，天天不是在炕上，就是在这轮椅上，也真是够憋人的，可是也没有办法。"

"你得的是啥病？怎么就治不好呢？"大爷问父亲。父亲给他讲了半天自己的病。

老爷爷说："你说的病我也不懂，我回家让我儿子给你看看，我看他医道还行，只是没给我看过病，因为我从不得病。"说到这儿，老爷子自己哈哈笑了。

父亲也跟着笑了笑说："不得病，那多好！行，我是有病乱投医，让你儿子来给我看看病，没准他能治好。"

这时母亲在园子里摘了几根黄瓜，她把一根洗过的递给老爷爷说："大爷你吃根儿黄瓜解解渴。"

老爷爷："哎！"接过黄瓜就咬了一口，说："这黄瓜真脆生，还有甜味。"

然后他又吃了几口黄瓜接着说："你这媳妇可真好！邻居都夸她，又有耐心又勤快。"

父亲说："您可说对了，我全指望她活着，要不然早完蛋了。"

他们又唠了一会儿嗑儿，老爷爷说："不早了，我得回去了，我儿媳等用我捡来的柴做饭呢。"

母亲说："把这几根黄瓜带上，晚上可以拌着吃。"

"哎！"大爷爷一手拎着黄瓜，背着那捆柴火走了。

从那以后，老爷爷经常到家里坐一会儿和父亲唠唠。有时背着柴火到我家歇歇，母亲一般不让他空手回去。这是老爷爷在这十几年中，第一次有个地方歇歇脚、说说话，他把父母就当他的亲戚。转眼又过了几年，父母家往城里搬家时，老爷爷在搬家那天还来送一送父母。当时，他眼里含着眼泪。

父亲说："肖大爷，我们搬走了，去住楼房了。这样，我老伴不用搬煤块烧炕，她也有点干不动了。到时候你去我们家串门，去坐坐，我给你掏车钱。"

那肖大爷说："哎！我一定去看你们，也祝你们身体好。"他恋恋不舍地看着父母坐车走了。

肖爷爷的儿子，肖医生是公社医院的中医大夫，在父亲和肖爷爷首次认识的那天晚上下了班吃了晚饭后，他来到家里坐一坐，父亲把自己得病的前后讲给肖大夫，肖大夫听了后说："在北京医院治疗中，所诊断的病症应该没问题，但对你这种病我也查过很多资料。目前，还没有太成功的病例。治疗工作还在摸索中。你如果认为我这个乡大夫还能干点儿啥？我就给你诊诊脉开开方。"

父亲说："我现在是有病求医，谁的药我都吃，你就给我实心治治，别吃坏就行。"说着父亲将胳膊递到肖大夫面前。

肖大夫给父亲认真诊脉、望舌、看脸，他认为父亲的胃经很弱，和正常人差挺大，于是他从父亲的胃开始治疗，没有针对父亲的主病去治。他对父亲说："《黄帝内经》上记载：胃主神。胃好，对其他的人体器官都能有促进机能恢复的作用，我们先把你的胃调一下吧。"

父亲同意，他给开药方，给了大哥说："里面的多数药在公社医院都没有，你就到外面买一下。"这样父亲开始接受他的治疗，春去冬来，父亲吃他的药一吃就是近两年的时间，父亲和肖大夫成为要好的朋友，有时家里有改善，就把肖大夫和他父亲全都请来吃饭，还喝一点儿酒。从肖大夫治疗后，父亲的胃渐渐可以吃些稍硬的食物。他身体一点一点有了点力气，脸色也红润起来。

这样又持续了一段时间，在一次肖大夫给父亲诊脉后他说："顾大哥，我也就这本事了，目前看你的五大器官都正常，按理说你不是不能行动，这病应该是神经科的病，我没有这本事，我的治疗就到这里。以后有什么事，你就打发孩子去喊我一声就行。"之后，父亲基本不怎么用药，因为不知道还吃什么药。

一天，他喝醉了酒来到家里，这一天是个阴天，他到家里已经是下午三点，他跟父亲说："他们医院选科室主任，这次又没选上他，他感到特别的窝囊，几个人中午喝了酒喝到这时候，不去上班了。

父亲让母亲给他沏了杯浓茶，劝他想开一些说："实际上什么主任不主任都没有用，只要患者认你就行。"

肖大夫说："顾大哥，中医科，百分之六十多的业绩都是我创造的，他才看几个病人，凭什么他来领导我？"

父亲说："肖大夫，你得想开点。过去，都看谁干得好，就用谁，现在是领导看上谁就用谁，现在社会这样活跃，商品经济嘛，更是这样，你一心一意给患者治病，没有时间去迎合领导，这不是很正常吗？你干嘛自己找苦恼？只要好好研究医学，多给患者治病，你就是大圣人，为社会做贡献，大家离不开你，一样受到社会的尊重。"

肖大夫说："顾大哥，你说这话，我爱听。现在，人们不怎么重视中医，有一点不舒服，就打针输液，把自己的身体系统都搞乱了，治疗很长时间，也不对症。实际上，这样的患者吃几副中药，调一调身体器官功能，身体自然就恢复了。"

父亲说："你说得有道理。我身体恢复过程就证明了这一点。我现在能走几步，生活自理基本没问题。这都是从你给我治好胃病开始好转的。祖国的中医学真是无价之宝。所以，你不要对这些事太注重了，你都快成老中医了，妙手回春，为大众救死扶伤，是做善事，患者的口碑更重要！"

肖大夫听着听着，笑了说："顾大哥，你真会给人做思想工作。经你这么开导，我这郁闷的心情好多了！我们也只能这样想。但是，现在这些事，我就是看不惯。医院是专业部门，不看业务能力，那谁还去研究业务？”

父亲说：“也是，但是我们管不了这些。将来，这些问题一定会改过来。你就专心治病，给患者解除病痛吧！”

肖大夫端起水杯喝一口说：“但愿有人出来管管这事。我也这么大岁数了，再干五年八年的，不做那科长也就罢了。”

他们说着话，喝着茶，一下午就过去了。晚上，母亲做饭，留肖大夫在家吃饭，肖大夫的酒也醒了一些，他说：“顾大哥，我的心里话跟你唠一唠，我心里痛快多了。”

父亲说：“这就好，你就不管那些事，多给病人看病就行，他们怎么说我不管，我认为你的医术高超，连北京大医院都治不了的病，你还治得不错，咱们县像你这样的大夫还不多呢，首先他们没看过的病，他们就不看了。不像你摸索着治疗，这样才能找到疑难杂症的治疗方法，使患者恢复健康。”他们唠到很晚，直到肖大夫告辞回家。

我们家搬到县城就离开这一家人，肖大夫还专程看过父亲，后来听说那位可亲、勤快、明事理的爷爷去世了，他活到八十八岁。

致　谢

父亲与医生有着深厚的感情。他得病后这三十多年，时时刻刻都与医生打交道。他在重病条件下，能够闯过无数的鬼门关，是医生在为他助战，他生命的生机是医生给他注入了活力，对这一切父亲非常认可。这次父亲的生命就像一棵枯老的树，无论医生怎样助战，他都不能再站起来了。他知道自己的大寿已到，他回忆起自己后半生，他不舍自己的亲人，他也不舍帮他的医生，他要向医生告别。

我和母亲进重症监护病房，见父亲正在把右臂屈伸向前，向为他护理的护士长伸出大拇指。我们来到他身边，我们问父亲好些没有，表扬父亲是坚强的、好样的，这时父亲向我们指着护士长，我们一起把头转向护士长。父亲用嘴发出一点声音，我们转过脸来，父亲向我们伸出大拇指。我不懂父亲的手语，旁边的小护士说：“大爷是在夸我们护士长，今天护士长给大爷擦了身，剪了指甲，洗了头发。”我和母亲转过身来谢谢护士长。这护士长看上去三十多岁，面很善，非常和气，她就像一个爱的使者，病人得到她细心的护理，会心情舒畅，身体舒服。父亲是个爱挑剔的人，他满意这位护士长，说明她护理的水平高，技能好，人更是敬业、善良、有同情心，现在这样的护士不多。

这时监控病房的主治医师来了，他为父亲监控心脏、血压、呼吸等指标，又轻声轻语地询问护士长对父亲的指标测量数据，对父亲说：“老爷子今天比昨天还有进步，各项指标都在恢复中，要坚定信心。”父亲点点头，向他伸出拇指。

医生笑了说：“这是我们应该做的，我们的目的就是使每个患者满意。这与老爷子对医生的配合分不开，老爷子，我们还得好好配合。”父亲点点头，主治医生说得不错，任何一人的康复，症状得到治愈，都必须两个方面努力，父亲如果没有坚强的毅力、耐力和不屈不挠的斗志，他的病不会有好转。在人类与疾病做斗争的过程，很多人挺了过来，他们把生命推到自己的极致，如癌症病人活过八十岁等。更多的人被疾病吓倒，被疾病折磨的老早死去，如果有重大病症的人坚持生的希望，千方百计与疾病做斗争，我相信会有很多人能充分享受自己的生命的。我的父亲不错，他把他的生命坚持到了尽头，创造了自己独特的风景。父亲能够重病后活这么久，他遇到的大夫，这些医生、护士对他是负责任的，利用了所有的医疗手段。

还有一个更重要的原因，我庆幸父亲生在社会主义国家，国家的医疗保障为治疗疾病创造了基础条件。这样收入不高的人，才能治得起疾病。我母亲也得过重病，她在康复之后说过：“我能够治好病，全靠社会好，如果国家不给我出钱看病，我早就变成鬼了。”这话也适用我的父亲，尽管父亲收入不高，工资多年不涨。但在父亲去世的半年前，工资终于涨了，生活紧张的局面得到缓解。此时，他不悲哀了、不抱怨了。

父亲的记忆力强，知恩图报，把别人为他做的事情都牢记在心里。从重症病房转到普通病房后，有一段时间很危险，呼吸科主任医生请来各科医生会诊。过了危险期后，父亲看到了呼吸科主任、心血管科主任和泌尿科主任，这些都是他两年前住院时候给他治病的医生，他笑了，无创式呼吸机把整个脸罩住半个，但笑容还能从他含情的眼神中表露出来。父亲没有多少力气，但是他向三位主治医师伸出大拇指，我想这不仅仅是夸这几个受人尊重的大夫，也是送上父亲对他的感激和信任，留恋和尊重。我佩服父亲在生命最后还头脑清醒，把两年前给他治病的大夫记起，用手语和大夫交流。

这几位大夫分别给父亲以回应。

“老爷子还记得我们呢！”

“大爷你是好样的！”

“老人家，你还是很精神呀！”

父亲微笑着听他们的话，手握着在空中划了两下，表示他都听到了。

呼吸科医生说：“老爷子，你少动，要静养，不然呼吸跟不上，会给心脏带来压力。”父亲点点头。医生们出去为其他病人服务了，父亲努力配合呼吸机，同时好像在想什么事情，他会想起谁呢?

挥泪神别

父亲在半昏迷状态维持着生命体征，这实际是向每个人告别。

父亲看到母亲说：“你好好的活着，去各儿女家看看，告诉他们我爱他们，你好好活着，到处走一走、转一转吧，这些年让我拖累的，你只能围着我转，从今以后你得到解放了，老伴啊，我真对不起你，不能够陪你了，老伴啊，你一定要好好活着。”如果说亏欠的话，父亲欠母亲的最多。但是，母亲不那样认为，她佩服父亲，和父亲相依为命。父亲走了，她就孤独了。父亲这一辈子，一直都把母亲当战友。自己走了，却把一些事又交给了母亲。他不知道他这一走，将母亲半条命也带走了。母亲不再是他眼中又善良又能干的坚强战士了。她步入了老年，需要儿女们照顾了。

父亲看到三姑说：“三妹，不能再照顾你了，我走了，你好自为之吧！你有事还可以找你二嫂，她是善良的人，她能照顾你。”

父亲看到老姑说：“老妹子，你走好自己的路吧，这些年你也一直自己走，怎么过都是过，你要过好啊！有事去找荣军，你们把他养大，他应该好好孝敬你们。”父亲这话没错，我必须好好孝敬老姑和姑父。

父亲看到大哥说：“大儿子，谢谢你，这些年耽误你的时间最多，也把你拽老了，我走了。不过，还有你妈，你要好好照顾她，拜托了。”对于大哥，他永远都放心。

父亲看到二哥说：“二儿，对不起，我们这么多年不能交心。爸爸有责任，我知道你心中有我，我走了，你好好过日子吧，有空看看你妈妈。”父亲在生命旺盛时期，为什么不说这些话？我固执的老爸呀！

父亲看到三哥说：“三儿，这些年你懂事了，就是离我太远。现在好了，不用再惦记我了，还有你妈妈，你要好好孝敬她，她最疼你。你们老二还没长大，要教育好他。”

父亲看到四哥，还是四哥三十多岁的样子。他说：“四儿，你到哪里了？这么多年不见，我还认为你活着，你选择了自己的路，爸不怪你，但是，你知道我多想你吗？现在，我走了，你好自为之吧！”我想四哥在世，他一定知道父亲的事，他一定为父亲祈祷。

父亲看见我说：“五儿，难为你了，我们家的日子，你也帮助过呢，我心里有数！不要跟爸爸劲劲的，你好好过日子，常看看你妈妈，你在你老姑家长大，要孝敬他们，不要怨爸妈。”我曾经不理解父母，为什么把我放到了姑姑家，我爱姑姑和姑父，但是我更想在父母身边生活。

父亲看到小妹：“老姑娘，爸爸没有把你教育好，你总算有个家了，一定要珍惜，谁家的日子都不容易，不要动不动就吵架，你们一吵架我的心就难受，别看你不告诉我，实际我早知道了。多关心你妈妈，自己要好好过日子，有事找你大哥吧。你现在经济条件最好，要经营好，不然也是穷人。还有就是要好好教育孩子，让他从小养成好习惯。”小妹妹最恋的人是父母，最依靠的人也是父母。父亲走了，她的靠山没了，只有自己了。

父亲想到顾标：“你小时候的模样，我还记得，你怎么不来看我？我不要你的钱，我只想见你一面，可是你没来啊，现在永远也看不见你了，你过得好就好啊！”顾标也许还想念他的亲生父母，但是因为自己的不坚定，只能抱憾终生。我非常为他惋惜。

父亲看到他的孙子、孙女、外孙子、外孙女，他一一端详，一一祝福：孩子们，顾家今后就靠你们了，爷爷姥爷什么也没有给你们留下，但是我相信你们都会给顾家争光添彩的，老顾家因为你们会名扬天下，孩子们别忘了，一定要过好日子，过好日子才有精力工作，才会幸福，一定要为社会做贡献，有贡献，人家才会信服你，爷爷姥爷走了，你们不用总想我，我会经常看你们的，你们不要辜负我的希望啊，别忘了我那奖学金。

父亲看到与顾家有缘的所有亲属，说：“我们顾家要生生不息，需要每一个人努力，我在天上祝福大家。”父亲一生为家没少操心，每一家的情况，他都了如指掌，谁家有困难他都帮忙，自己做不了，就让我们这些儿女去办。这回，他要走了。这个顾家的族人们今后要自己过自己的日子了。

父亲看到他的活着的同学：“战友们，同学们，我也走了，你们中又少了一个，你们好好的生活，享受生活，多活一天是一天，我们天上再见吧！”

父亲看到曾经帮助过他的人。父亲的亡灵在无数的好人中飞过，他一边飞一边向他们告别：“谢谢了，谢谢了，我走了，不再给大家添麻烦了，我祝福大家，再见了。”

最后一刻，父亲的所有对生者的记忆全部消失，他不再回头，灵魂飞离人间，离开了他念念不忘的亲人们。父亲肉体的山轰然倒下，他精神的山在他倒地的沃土中，轻悠地上升，这个山将留存在父亲后人的心中。

第十五章

后　记

告　别

父亲在二〇一二年二月二十五日上午九时停止呼吸。

二〇一二年二月二十七日上午九时，在县殡仪馆举办父亲的遗体告别仪式。父亲的遗体停放在鲜花丛中，他身穿深灰色中山装，外套黑色羊绒大衣，银白色的头发偏分，梳理得很整齐，就像睡着了一样，脸上的皱纹全部散开，看上去非常精神。

唉，我的老爸！

在大厅的东面墙上悬挂着父亲的遗像，两边贴着对联：“人间府第失慈爱，天宫仙班多善仁”。横批是“顾廉老人千古”。遗像是父亲近期的照片，他看上去精神矍铄，满眼含星，嘴角带笑，慈严面容，白发偏分，整齐地向后背着，使人看上去心情舒朗而稳贴，这是父亲平常的表情。他对家人从来都是慈爱的，同时也是威严的。父亲这山一般的品格永远留在他的遗像上。

在大厅的外侧放着两排花圈，都是父亲的儿女和亲朋送的。在大厅的南侧，家人站成一排，母亲在小妹妹的搀扶下站在第一位上，她满脸的悲伤。我们曾商量让母亲待在家里，不要参加父亲的遗体告别仪式，但是母亲表示要参加。让妹妹照顾母亲，可是小妹妹已经哭得眼泪都止不住了。唉，我的老妈呀！你一定要和自己的同学、战友、老伴道别吗？

来参加父亲遗体告别仪式的，有热爱他的所有亲人，他的老同志、老朋友也来了十几位，其中有他的老战友曹亚军和夫人古菊，他们也是白发苍苍的老人了。曹亚军调任林西做副书记，两年后被提拔为县长，在县长位置上工作三年后，调到赤峰科技局任局长，一直干到退休。他在赤峰安了家，这几天到宁山串亲戚，听说父亲去世了，他们来慰问老母亲和家人，今天特意赶来见老战友最后一面。曹亚军和古菊看望母亲时，母亲还认得他们。母亲说："亚军、古菊你们来了，顾廉他走了，他这一辈子不容易啊！"曹亚军说："宴珍，这些年你受累了！你要多保重。"母亲的眼神望向远方，她似乎想起六十年前的岁月。还有两位父亲的同学，都对父亲的离开感到非常悲痛，但是想到父亲病了这么多年，能活到八十多岁不容易。王岳坤和他的夫人鞠海燕也来了，王岳坤退休几年了，鞠海燕还在上班。王岳坤见到父亲，回忆起当年追随父亲在宁南艰苦奋斗的岁月，感慨万分，流下热泪。这时，他看到了曹亚军，从人群中挤过去和曹亚军握手，鞠海燕也跟了过来。王奎、赵志成、岳山平也站在人群中，岳山平七十多岁，头发全白了。哎！父亲的亡灵会看到自己的老战友们吗？

我们的兄弟的同事、朋友都来了一些人，大家都佩戴着白花，等待向遗体告别。农机局的杨副局长，代表单位主持并参加父亲的遗体告别仪式，后由大哥介绍了父亲的生平。哀乐响起，人们首先对父亲的遗体三鞠躬，然后有秩序地向父亲的遗体告别，此时家人已经哭作一团了。

最后的吻

我们送父亲的遗体前去火化。在火葬场的焚烧车间里，父亲的遗体摆放在纸棺里，纸棺的棺盖打开着，父亲安详地睡在纸棺中，一切的病痛、压力都离他而去。我们几个儿女轻轻地站在纸棺的两侧，暗自落泪。我去摸父亲的脸，冰凉。他的灵魂也许早就归于天地，去到人类不知道的地方。

焚烧炉预热后，门向两侧缩回，马上就要把父亲的遗体推进去了，我们都哭起来，父亲真的要彻底走了。

就在父亲躺着的平面滑板载着父亲进炉前的那一刻，二哥低下头来，在父亲的脸上轻轻地吻了一下。父亲进炉，他的肉体在烈焰中化为灰烬，这一吻象征着二哥和父亲所有的恩怨一笔勾销，二哥把他对父亲的孝心敬上。

二哥在给父亲办丧事的几天中瘦了一圈，二嫂和两个侄儿都瘦了一圈，他们一家人尽力了。大嫂晕倒后要休息，我们其他人都是从外地赶来，不知道忙什么好，在家就是大哥、二哥他们忙得多，二嫂带两个儿子一起帮忙。父亲去世是二哥最先发现的，晚上我回家休息，大哥到不远的地方吃早饭，大嫂去做别的事，二哥、二嫂和我单位的小胡白天护理父亲。据说二哥、二嫂到后，心电监护仪反映的数据就有些异常，医生给开药去了。大哥回来，这时不到九点，太阳高高的，窗外晴朗，父亲要起身坐起，在医生的允许下，将父亲的床调整到半坐状态。这时父亲笑了，看了看大家，他要求写字。大哥把大嫂预备的写字板放在父亲怀里，父亲写字，写了一遍，大家没看清，他又写了一遍，大家还是没看懂。

大哥说："爸，你先躺下歇一歇，我猜一猜你写的是什么。"

父亲躺下后，二哥说："大哥，你找下大夫，我总觉得老爸的状况不正常。"

大哥出去找大夫，父亲用手指一指他，二哥说："我哥去找大夫了。"

大哥找大夫没有找到，回到病房，走到父亲的床头，对父亲说："老爸，你写的字我大概猜出来了，你是不是写的'你们对我负责了'。"父亲转过脸看着大哥点点头，笑了，然后将头转过去，就像在望着远方。他就这样走了。

二哥说："看爸的瞳孔都散了，快叫大夫。"

大哥喊："爸！爸！"父亲没有反应。

等到医生再抢救时，父亲已经走了。他的眼睁着，嘴因抢救时扣那呼吸机板还张着。

大哥走向前说："爸，孙儿们马上到了。"他用手轻轻地捂住父亲的眼睛，流出热泪。我用手轻轻托着父亲的下颚，二哥接手，一只手托着父亲的下颚，一只手给父亲刮胡子，用毛巾给父亲擦脸，然后把父亲搬起坐着给他擦身、穿衣。这期间二哥一只手一直在托着父亲的下颚，搬着父亲的头，而另一只手给他的朋友和兄弟打着电话。大哥等人忙着给父亲穿戴整齐，然后将父亲送往殡仪馆。这时，大哥和二哥分工，大哥安排遗体告别等事务；二哥在殡仪馆守灵迎接来吊唁的亲友。

在父亲的遗体运到殡仪馆后，二嫂匆匆到家来，打开柜子，找到两条父亲的棉裤，那棉裤看上去又脏又旧，经常摩擦的地方是锃亮的，她也不管那些，将两条棉裤一卷，说："妈，这两条棉裤我拿去给我两个儿子穿，这两天他们两个得在我爸灵前守着，我怕他们冻着。"

母亲说："拿去吧，你爸再也不用了。"她匆忙地走了。二嫂在退休后，经常到父母这里，特别是在搬家过程中，家里所有的东西都是她帮母亲收拾的。有些衣物她拿回家洗完再拿回来，精心帮助父母过日子。母亲糊涂了，她在出门前，母亲总是要问："格日乐，你没拿东西吧？"嫂子笑着告诉我，她能够原谅母亲对她的猜疑，而把这一切当作笑话，这是多大的改变啊！父亲找不到东西时，就说找二嫂问，我们回家找不到东西去问母亲，父亲就说："去找你二嫂，格日乐知道在哪儿。"这时的二嫂已经不是当年跟他喊叫的撒泼媳妇，而是善良、勤快的儿媳了。父母有五个儿媳妇，大嫂因为自己身体原因帮不上忙；三嫂从包头来，她也找不着头绪；四嫂早年和四哥离婚了；我媳妇也和三嫂一样，啥都找不到头绪，所以需要儿媳妇做的事都是二嫂做。

在殡仪馆帮助二哥迎接来往的亲朋时，我说："嫂子，你去休息一下吧！"

她说："你二哥不让，她说老爸这没个儿媳不好看，让我喝降压药在这儿顶着。"我听了这话突然涌出眼泪，我的二哥、二嫂啊！

我说："那二嫂你小心别冻着，注意照顾自己。"

二哥在这个问题上想得多周到，这也是对父亲的一种孝敬啊。二哥两个儿子帮助二哥做事或者独立地办各种事务，忙前忙后，二哥自己吃着治疗心脏的药。

父亲在世时，他们没有这样尽力过。父亲走了，他们围在父亲身边，父亲如果能够起死回生，他会感动，也会改变。可是这个如果不存在。二哥也许在救赎自己，让心灵得到安慰。我们从外地赶回来，不断问大哥有什么事让我们办，千头万绪的事都在他这儿过手。但是我们什么忙也帮不上，大哥什么事都不用我操心，只需要来殡仪馆守着父亲，然后一直到将父亲遗体送进火葬场。

新　聚

父亲的骨灰暂时安放在殡仪馆骨灰堂。大家在中午吃过饭后都聚在母亲家。

二哥向大哥提议："明天，孩子们都要返回，晚上吃顿团圆饭吧。"

大哥好像在忙乱中还没有恢复状态，他听了二哥的建议说："我看这样不错，找一个大一点的、能够容纳二十多人的地方，这个事我来办。"于是他四处打了几个电话，预订在电力宾馆。

我们分头打车去，小胡也要放下车一同去。二哥拎了四瓶白酒、四瓶啤酒放到出租车的后备箱中，然后坐在车里等我们上车。母亲以及小妹、二嫂上车后，到电力宾馆宴会厅，二哥坐下后说："酒没拿下来。"他跑到门外，出租车已开走。那么精明的二哥却在此时糊涂了。这都是老爸去世打击的。人糊涂没有什么坏处，大智若愚。他要回家取酒去，说着出门打车，过了一会儿从家里拿来四瓶汾酒和四瓶啤酒。

经过撤大凳换小凳的折腾，圆桌周围总算安放开二十二人的座位，唯一给母亲留下了比较舒服的带扶手的靠背椅，其他全部换小凳子或简单靠背椅。菜上得差不多时，人们开始围坐，母亲坐在了最中间的位置，我们这一辈依次坐下，然后孙儿一辈的孩子们都坐好。母亲的表情有些木讷。要开始的时候，我悄悄地走到母亲的椅后，提醒母亲："妈，你得准备准备，一会儿你还得给我们大家提酒呢。"母亲点点头。

我回到座位上，又上了两道菜，大家倒满了酒。母亲没等大哥给他揭个门帘，就站起来说："菜都上好了，大家吃吧，你们的父亲、爷爷、姥爷去世了。他也这么大岁数，走就走吧，大家要好好过日子，要工作好，孩子们要进步，好，大家喝一杯。”大家共同举杯喝酒。母亲虽然还没有从悲痛中走出来，但可贵的是她向前看，这是很好的一种心理状态。我们无论处在怎么悲劣境况中都要向前看，向前看才能使脚下的路向远方延伸。

气氛还有点紧张、低沉，每个人都有些拘束。

大哥站起来，向大家敬酒，他说：“刚才老妈作为长辈对大家的嘱咐，大家都要记在心上。明天，弟妹们还有孩子们都要起程回到工作岗位去，今天我们家吃个团圆饭，在老爸的丧事上大家都尽力了，丧事办得很顺利，老爸在天之灵也会很满意的。老爸走了，他一生工作勤奋肯干，不怕艰难，心系百姓，为社会做出很大的贡献。得病后，他坚持与疾病做斗争几十年，不屈不挠，有坚强的毅力，使我们的家族得到兴旺发达。父亲活到八十一岁，是高寿，我们要化悲痛为力量，努力工作，为社会做更多的贡献，孩子们能够茁壮成长，将来都成为优秀的人。接下来，我祝老爸安息，祝老妈长寿，干杯！”大家站起来相互干杯。

这时我想起了父亲，这之前父母没有在一个桌上吃过饭，就是过年也要分开两桌坐。刚过的春节有大桌了，大家在一桌吃饭，他该是多高兴，多骄傲自豪，又多风光得意。“父亲的磁场大，父亲是了不起的人物。”这是小妹跟我说的，我相信这个说法来源于妹夫。我说：“荣荣说得对，老爸就是一个很牛的人。”现在想起来过去的一些事情，父亲有病那么多年，他一直是家中坚不可摧的中心，像山一样！大哥没有冲击过，二哥没有，三哥没有。母亲是父亲的影子，父亲怎么想她就怎么想，在家族中，她最无私。父亲走了，她不能够顶替父亲做家族的中心了，未来顶替的就是大哥了。可是大哥能有这个心思吗？这要看今后他们是怎样作为了。我希望母亲有所改变，再次成为家族的中心，她百年后再传给别人。

二哥的敬酒简单一些：“老爸走了，老爸的一生大哥给总结了，我不再多说，我提议我们要好好地孝敬老妈，老妈这些年照料老爸非常不容易，我们要让老妈晚年更幸福。我们共同祝老妈健康长寿！”大家举杯示意，将酒喝下。

这时妹夫站起来提酒：“我们的老爸走了，老爸是非常牛的人，我非常佩服他，我听到荣荣的电话哭了一路。我跟老爸相处的时间不多，关系非常融洽，我们很谈得来。老爸这个人是有追求的，他虽然八十多岁，头脑非常清晰。今天，老爸撇下我们走了，我们缅怀他、纪念他，向他学习，同时孝敬老妈，祝福老妈长寿，同时过好我们各自的日子，让老爸安心。我敬大家。”他将杯中酒一饮而尽，眼泪从眼眶中涌出。

荣荣说：“你看你又激动。”妹夫是文人，感情丰富，他把父亲当作自己的偶像，他很爱父亲，这样一位可敬、可亲、可爱的老人去世了，他很伤心。

我敬酒，提出了要学习父亲身上折射出来的精神，他执着、刚毅、不畏强权、不畏病魔；他勇敢、热心；他有才华、有追求，有一种只争朝夕的精神。我们要学习他，让他的精神传承下去，这个提议得到大家的赞赏。

这时，小妹夫站起来，向地面到处地看，像是在寻找什么东西，原来他把自己的金戒指弄丢了。

我们大家让他回忆什么时候还带着时，他说：“不太记得，只记得在给老爸守灵时还带着，大侄子他们几个纯粹是搞我，我一到灵前，他们几个都跑了，搞得我心里毛的溜的，这戒指不是老爸带走了吧？他对我这么不信任，非要带走一个信物吗？”大家笑了，几个晚辈起身帮他找。

小妹说：“大家别找了，不一定是丢在这里，还不知丢到什么地方了。”

妹夫这个人比较相信命运，他这么说的，也就是这么想的。据小妹后来说，妹夫回去后对她的态度有很大转变，好像更疼她了。

大哥来维持秩序，三嫂提酒，她嫁到顾家回宁山几次，每次都感受到大家庭的温暖。她有些激动，双肘戳在饭桌上，一手夹着只香烟，一手举着酒杯，用带着西部的口音慢条斯理地说：“老爸去世了，这是我们心里都不愿看到的事，但是他也那么大年纪了，这么多年得了很多病，活着很不容易。走了，他也算享福了，我们大家虽然很悲痛，但是还得为老妈着想。我和荣升对老爸老妈尽孝不多，家里全靠大哥大嫂、二哥二嫂了，大家对我们没有什么要求，这让我们很感动。我来到顾家得到大家庭的爱护，孩子们也在这和谐温暖的家庭中长大，受到很大影响。现在剩老妈一人了，我们欢迎老妈到我家住一段时间，也敬兄弟姐妹，祝我们各家生活快乐，孩子们茁壮成长。”三嫂这个当年的美人，身上有了明显的中年妇女特征，这个家中的独生女走向中年，她的智慧、她的自信也增长了许多，她与三哥之间的亲情也浓了许多。如果说二哥家的日子与父亲家的日子叫作并轨而存，那么小弟家的日子就是游轨而行吧。他离家最远，父母想关怀他都关怀不上，这样的日子适合他，他自由自在，无所约束，人也过了半百，人生轨迹定型了。

我媳妇一定要申请提一杯酒，她得到大哥的许可，她说："老爸走了，他的精神鼓舞我们，他会永远活在我们心中，我们家族这种和谐、团结的氛围最需要大家珍惜，这是家族的力量，我感觉我们每一个人都有责任来维护它。孩子们都长大了，我希望孩子们也要学习我们的这种家族意识，这种对父母的孝心。最后祝老妈健康长寿，祝孩子们进步。"她又从新的观点提出了家族精神的维护问题，我认真听了她的话，媳妇还有点儿思想。我们这个家族走到今天，家族中的每个人都在努力。对于一个集体来说，每个分子的力量都向着正确的方向时，集体的集合力量更大。我们的下一辈要想把这种和谐、团结的家族之风传承下去，需要大家共同的努力。

大哥请我的司机小胡提一杯酒。这些天把小胡累坏了，他一方面给我们跑着杂事，父亲的死亡证明是他去医院开的，父亲的遗像是他将底像拿到照相馆冲洗的，另一面还要做我们那一方来吊唁的同仁们的总联络。我们全家对他都很感激。他站起来说："我给顾县长开车，加入这个家族很受教育，很幸运。我爷爷这个人得了那么多的病，都能乐观地生活，这真是难得的，这么一大家人，关系非常和谐，这也很难得。我也不会说，我这杯酒敬奶奶，祝奶奶健康长寿，到我们那里转转、串串门，敬大爷大娘等所有的长辈，祝大家家庭幸福快乐，祝弟弟妹妹们工作、学习进步。"从情感上我已经把小胡看作是我们的家庭成员，这是同事之间感情的一种升华。当你的所有血亲都距你很远的时候，每天和你最近的就是身边的同事和朋友，中国有句古语，远亲不如近邻。说的就是这个道理。但亲情长期不见也是亲人，同志和朋友需要常交流和交往。

该孩子们提酒，大哥给每个孩子一次机会，他们各显神通各找话题，我佩服他们的是每一个孩子表达的内容都不重复，等他们长大了，定能够超过他们的父辈。

大侄女是父亲的大孙女，跳到第三家企业工作，MBA研究生，沉着果断，思路清晰。作为爷爷的大孙女，她提酒说：“爷爷虽然走了，但给我留下丰富的精神财富，我们要继承顾家的精神，丰富自我，为家族争光！祝奶奶健康长寿。”

大侄子是国家公务员，是单位骨干，负责任、敢担当，有大家风范：“作为爷爷的长孙，不辜负爷爷的期望，努力拼搏，干事创业，让家族发扬光大。”

二孙女大学毕业准备就业，她文静、独立、有思想：“爷爷走了，爷爷的精神将永远激励我，顾家孩子都将会不错的。”

二孙子重点大学研究生马上毕业，他善良、执着、有主见：“不是长孙，也不是最小，中间的我要继承爷爷留下的精神，让顾家因为我，因为我们而更有前途。”

三孙女，也是我女儿，正在读大学，她有个性，聪慧，有理想，想考英国的研究生，正在准备外语，她说：“我们要像爷爷那样有毅力，更坚强，家族团结才有力量。”

四孙女读医科大学，即将保送研究生，她单纯、文静、敬业，她说：“顾家团结、和睦，我们小辈人要向长辈学习，让爷爷安息。”

四孙子憨厚、质朴、有逻辑思维，在读初中：“我作为爷爷的孙子，不辜负爷爷对我的希望，好好读书，将来为社会做事，为爸爸妈妈争气。”

这七个孩子讲得都不错，大家的言行举止等有一致特点。只有四孙女，这个优秀的女孩，这么小就在全国技术比武拿到三等奖，她表现得过于单纯，跟这些孩子共同性少些。人们都站起来，相互之间各自表达情意。

大嫂到沙发上与弟妹唠嗑，我凑到大哥跟前和他商量下一步母亲生活安排问题，加上这几天家中的一些问题。这边三哥要跟我唠嗑，我不跟他唠嗑，他跟弟媳唠，说着说着还哭了，我赶紧走过来，他是与媳妇说到我的不容易时哭的，唉，我可怜的三哥，弟弟还没有去安慰他，他开始同情我了。二哥跟妹夫唠几句后，一直盯着我看。我敬完大哥去敬二哥，二哥提出：“你跟大哥唠二十分钟，你来敬我酒，你必须跟我唠几分钟，十分钟就够了。”

我说："二哥，我是来敬酒，你怎么给我规定说话的时间了。"

他把我俩的酒杯倒满说："你说吧，这可不是为难你。"

我说："好吧，二哥，我敬你，在办理父亲安葬这件事上，你功不可没，你起到的作用，我们大家都看到了。"

二哥说："你这么说，那咱俩喝一杯，我们把杯中的啤酒干掉。"

我说："二哥，我们兄弟姐妹的感情不错，我觉得二哥二嫂都非常亲切，每次到你们家，你都下厨给我们做好吃的，让我们感到幸福！你们的日子也不容易，把两个孩子教育的那么好。"

二哥说："好，我们干一杯！"接着说，"你们今天在妈那里是不是又说你二嫂了。"

我把酒喝了一口说："我没在意。"

他说："我听到了，都过去这么多年，老爸都去世了，还说是什么意思。"

我说："二哥，我是这么看这件事的，老爸当年报110有点过分，但是他是个无助的有病的人，当时情况没人能够控制局面，他不报怎么办？我二嫂也有毛病，对待父母有多大问题也不该发那么大脾气，如果放到现在，她一定不会那样做，你信不信？"

二哥说："你不用说了，我们俩再喝一杯。"之后，我又敬二哥一杯。

然后，我走到妹妹跟前说："荣荣，我向你和妹夫一起敬个酒。"

她把妹夫喊来，妹夫说："五哥，我正要敬你酒呢，来咱们俩干一个。"

我说："好！"我们俩把杯里的酒喝掉。然后我说："该我敬你酒了，老爸走了，今后五哥家就是你们的家，别忘了有空回家看看我，你俩是兄弟姐妹中最小的，要好好过日子，将孩子教育好。"

妹妹、妹夫说："好，五哥，干杯。"我们三人将酒喝下。

这时大哥在喊："大家都回到座位上。"

等大家都回到座位上，大哥举杯喝收杯酒，说："祝老爸一路走好，祝老妈健康快乐，祝我们各个家庭幸福和谐，祝孩子们学业有成、工作顺利。"大家举杯喝了，然后吃饭。这时，三哥和我悄悄说起了四哥，我真的想他了！唉，四哥，你在哪里啊?

父亲走后，全家人第一次聚会就这样结束了。第二天，我们把要走的人，全部送上火车，我们一家人也开车离开宁山县。

离开儿时的故乡，路上的雪开始融化了。